KB175873

원전으로 읽는 우리 고전 3

팔찌의 인연

쌍천기봉

⑤

원전으로 읽는 우리 고전 3

팔찌의 인연

쌍천기봉

5

장시광 옮김

이담
Books

역자 서문

　역자가 <쌍천기봉>을 처음 접한 것은 1993년도, 대학원 석사과정 1학기 때였다. 막 입학하였는데 고전소설을 전공하는 이지하, 김탁환, 정대진 선배 등이 <쌍천기봉>으로 스터디를 하고 있는 것이었다. 당시에는 무슨 내용인지도 모른 채 선배들 손에 이끌려 스터디 자리 한 구석을 차지하고서 소설 읽기에 동참하였다. 그랬던 것이, 후에 이 작품으로 석사논문을 쓰고, 이 작품을 포함하여 박사논문을 쓰기에 이르렀다. <쌍천기봉>은 역자에게는 전공에 발을 들여놓도록 하고, 학업의 징검다리 역할을 한 실로 은혜로운(?) 소설이 아닐 수 없다.

　역자가 <쌍천기봉>에 매력을 느낀 것은 무엇보다도 발랄하고 개성이 강한 인물들의 존재와 그에 기인한 흥미의 배가 때문이었다. 아버지가 정해 주는 중매결혼보다는 마음에 드는 여자를 발견하고 멋대로 결혼한 이몽창이 가장 매력적이다. 남편에게 무조건 복종하기보다는 자신의 주체적 의지를 강조하며 남편에게 저항하는 소월혜도 매력적이다. 비록 당대의 윤리에 저촉되어 후에 징치를 당하지만, 자신의 애정을 발현하려고 하는 조제염과 같은 인물에게서는 측은한 마음이 든다. 만일 이들 발랄하고 개성 강한 인물들이 존재하지 않고, 윤리를 체화한 군자형, 숙녀형 인물들만 소설에 등장했다면 <쌍천기봉>은 윤리 교과서 외의 존재 의미를 지니지 못했을 것이다.

역자는 이러한 <쌍천기봉>을 현대 독자들도 알았으면 하는 바람을 가지고 틈틈이 번역을 하였다. 북한에서는 1983년도에 이미 번역본이 출간되었는데 일반인들이 접하기 쉽지 않고, 또 북한 어투로 되어 있어 한국에서도 새로운 번역본의 출간이 필요하다는 생각에 번역을 시작한 것이다. 2004년에 시작하였으나 천성이 게으른 탓에 다른 일 때문에 제쳐 두고 세월만 천연한 것이 벌써 13년째다. 이제는 마냥 미룰 수만은 없다는 생각에 '결단'을 내리고 작업을 매듭지으려 한다.

이 책은 총 2부로 구성되어 있다. 1부에는 현대어 번역본을, 2부에는 주석(註釋) 및 교감(校勘) 본을 실었다. 저본은 한국학중앙연구원 소장본(18권 18책)이고 교감 대상본은 국립중앙도서관 소장본(19권 19책)이다. 2부의 작업은 현대어 번역의 과정을 보여준다는 의미와 더불어 전공자가 아닌 분들도 흥미롭게 읽을 수 있도록 하려는 취지에서 덧붙인 것이다.

이 번역, 교감본을 내는 데 여러 분의 도움과 격려를 받았다. 원문의 일부 기초 작업은 우리 학교에서 공부 중인 김민정, 신수임, 남기민, 유가 등이 수고해 주었다. 이 동학들과는 <쌍천기봉> 강독 스터디를 약 1년 전부터 꾸준히 해 오고 있는데, 이제는 원문을 능수능란하게 읽어내는 모습에 보람을 느낀다. 역자에게도 자신을 돌아보게 한 스터디가 되었음은 물론이다. 어학을 전공하는 목지선 선생님과 우리 학교 한문학과 황의열 선생님은 주석 작업이 완료된 원문을 꼼꼼히 읽고 해결이 안 된 부분들을 바로잡아 주셨다. 이 자리를 빌려 감사드린다. 2004년도에 대학 동아리 웹사이트에 <쌍천기봉> 번역문 일부를 연재한 적이 있는데 소설이 재미있다는 반응이 꽤 있었다. 그 당시 응원하고 격려해 준 선후배들에게 늘 빚진 마음이 있었다. 감사드린다.

<쌍천기봉>이라는 거질을 번역하는 작업은 역자의 학문적 여정에서

특별한 의미가 있다. 그런 면에서, 역자가 고전문학을 공부하도록 이끌어 주시고 지금까지도 격려와 질책을 아끼지 않으시는 정원표 선생님과 박일용 선생님, 이상택 선생님께 고개 숙여 감사드린다. 역자의 건강을 위해 노심초사하시는 양가 부모님께는 늘 죄송하고 감사한 마음뿐이다. 마지막으로 동지이자 반려자인 아내 서경희에게 감사한 마음을 전한다.

차례

제1부

현대어역

쌍천기봉 卷 9

소월혜는 모함받아 남창으로 귀양 가고
옥란은 죄가 발각되어 처형을 당하다

이날 밤에 어사가 숙부를 모시고 자며 죽매각에 가지 않으니 소 씨가 몸에서 가시를 뺀 듯 시원하여 이날에서야 비로소 옷을 벗고 잠을 푹 잤다. 그런데 누가 능히 간사한 사람이 일을 꾸미며 끝까지 따라가며 그 틈을 엿보는 줄을 알 수 있었겠는가.

이때 옥란이 난매와 마음을 합쳐 죽매각의 모든 동정을 낱낱이 살펴 모르는 일이 없었다. 이에 요약(妖藥)을 삼켜 소 소저의 얼굴이 되어 간부(姦夫)가 보낸 것처럼 편지를 꾸미니, 어사의 총명을 가리고 소 씨의 옥 같은 몸을 깨끗이 없앨 수 있을 것이라 생각해 몰래 기뻐하였다. 그런데 어사가 할아버지와 아버지 이관성, 숙부 이연성의 꾸중을 듣고 아버지에게서 매를 심하게 맞아 죽매각에서 오랫동안 고생하고 있다는 말을 들으니 놀라고 애달파 이를 갈며 말하였다.

"소 씨의 평생이 이 옥란의 수중에 있는 줄을 모르는구나. 한 번 계교를 꾸미면 이 승상 아니라 원천강(袁天綱)[1]이며 이순풍(李淳風)[2]인들 어찌할 수 있겠는가? 설사 억울하게 여긴다 해도 죄가 강

---

1) 원천강(袁天綱): 중국 당나라 때 인물. 풍수와 관상을 잘 보았다고 함.
2) 이순풍(李淳風): 중국 당나라 태종 때의 천문학자.

상(綱常)3)을 범하였으니 어찌하겠는가?"

독한 생각과 간악한 계교가 백출(百出)하니 참으로 끝을 누르기 어려웠다. 난매가 안에서 응하고 서로 뜻이 합하였으니 이 어찌 소씨의 타고난 운명이 기구한 것이 아니겠는가.

이날 밤에 어사가 서당에서 소부를 모시고 자는 줄을 알고 옥란이 스스로 요약을 삼켜 한 명의 날렵한 남자가 되어 짧은 옷을 입고 한 자가 되는 비수를 끼고 어사가 머무는 서당으로 갔다. 원래는 먼저 소 씨의 침소에 가려 하였으나 다시 난을 일으키지 못한 것은 영매, 상매 등이 승상의 명을 받은 후에는 소저의 곁을 떠나지 않으며 혹 소저가 없는 때라도 사실(私室)을 떠나는 적이 없었으므로 간사한 무리가 감히 틈을 엿보지 못했기 때문이다.

이때는 늦봄 스무날 정도 되었다. 삼경(三更)이라 야심한데 몽롱한 달빛이 희미하여 깁창에 빛났다. 어사가 비록 숙부를 모시고 자는 듯하였으나 소 소저의 평소 행동과 자신이 직접 본 음란한 거동을 헤아리니 마음속이 매우 착잡했으므로 어찌 잠자리가 편하겠는가. 참으로 잠을 못 자고 뒤척거릴 즈음에 삼경이 되어 문득 창밖에 인적이 스르르 있으며 또 가만가만 길게 탄식하는 소리가 들렸다. 어사가 놀라 귀를 기울여 들으니 창밖에 인적이 있어 가만히 부르짖으며 말하는 것이었다.

"원수가 자는가, 깨었는가? 연산(燕山)4)의 흰 날이 무디지 않았으니 오늘 밤에 가히 원수 이몽창의 머리를 베고 옥인 소 씨를 빼앗아

---

3) 강상(綱常): 삼강(三綱)과 오상(五常)을 아울러 이르는 말. 곧 사람이 지켜야 할 도리.
4) 연산(燕山): 산의 이름. 연산에 뜬 달은 검과 같다는 말이 중국 당나라 시인 이하(李賀)의 <마시(馬詩)>에 나옴. 즉, "고비사막의 모래는 눈과 같고, 연산의 달은 검과 같네. 大漠沙如雪, 燕山月似鉤."라는 구절이 있음.

고향에 돌아가 서로 즐겁게 살리라."

또 슬피 말하였다.

"불쌍하다 옥인 소 씨여. 필부가 괴롭게 보채 대니 약한 몸이 얼마나 괴로움을 겪었는가?"

이렇게 말하여 창밖에서 돌아다니며 슬퍼하는 것이었다. 어사가 가만히 일어나 창틈으로 엿보니 희미한 달빛 아래에 남자가 칼을 안고 창밖에서 돌아다니며 분명히 사람이 잠들기를 기다리는 거동 같았다. 어사는 꼼꼼하지 못한 남자라 간악한 사람의 계교가 이처럼 공교함을 알 수 있겠는가. 이에 분하여 생각하였다.

"간부(姦夫)가 반드시 음란한 여자를 데리러 온 것이로구나. 간부와 음녀의 소행이 일마다 이러하거늘 할아버님과 부모님, 숙부가 다 나만 그르다고 하시니 어찌 애달프지 않은가? 오늘 밤에 이 도적을 시원하게 잡아 모든 의심을 풀어야겠다."

그러고서 잽싸게 벽에 걸려 있던 철편(鐵鞭)을 내려 손에 쥐고 무심결에 문을 열고 크게 소리쳤다.

"간악한 도적놈은 도망치지 마라. 내 오늘 너를 잡아서 죄를 엄정히 물으리라."

말을 마치고 한편으로는 좌우에서 숙직하던 서동을 깨워 도적을 잡으라 하고 한편으로는 스스로 도적을 따라갔다. 소부가 조카의 마음이 착잡한 것을 근심하여 또한 자지 않고 있었던 터라 크게 놀라 일어나 보니 어사가 철편을 들고 도적을 따라가는 것이었다. 도적이 뜻밖의 일에 크게 놀라는 척하고 급히 칼을 끌고 달아나며 크게 외쳤다.

"도적놈 몽창아. 너는 재상의 자제요, 조정의 명환(名宦)5)이라 부

5) 명환(名宦): 중요한 자리에 있는 벼슬.

귀와 위세가 오늘날 겨룰 사람이 없거늘 어디 가 한낱 처녀를 얻지 못하고 구태여 이 호광 땅 가난한 선비가 겨우 얻은 아내를 빼앗아 깊은 규방에 넣어 두고 너의 주머니 속 물건으로 삼은 것이냐? 너의 부자와 숙질이 끝내 남의 천금과 같은 여자를 돌려보내지 않는다면 내 비록 형세가 외롭고 미약하나 또한 당당한 팔 척의 대장부라 이 관성 부자, 숙질을 무사히 둘까 생각하는 것이냐?"

말을 마치고 날랜 기러기와 같이 몸을 날려 화원을 넘어 잽싸게 달아났다. 어사의 호랑이 같은 발걸음으로 어찌 요인(妖人)을 잡지 못하겠는가마는 소 씨의 액운이 기구하고 때가 아직 이르지 않았으니 요인이 어찌 부질없이 잡히겠는가. 어사가 간악한 남자를 잡지 못하고 분노를 이기지 못하였으나 하릴없이 도로 들어와 앉으며 철편을 던지니 분노한 기색이 가득하였다. 소부가 역시 직접 눈으로 보았으므로 요인(妖人)의 계교가 끝이 없는 것에 어이가 없어 눈을 흘려 어사를 가만히 바라보다가 한참 뒤에 말하였다.

"네 한밤의 변을 가지고 어찌하여 갈수록 어진 처를 의심하는 것이냐?"

어사가 화를 진정하지 못하고 소 씨를 미워하는 마음이 싹텄으나 숙부가 갈수록 이와 같음을 보니 감히 속마음을 바른 대로 고하지 못하고 고개를 조아려 대답하였다.

"지금 막 일어난 변은 숙부 또한 보신 바와 같으니 소질이 감히 숙부의 뜻을 우러러보지 못하거니와 소질이 본디 천성이 어리석어 이루(離婁)6)의 눈밝음과 사광(師曠)7)의 귀밝음이 없으니 어찌 흉악

---

6) 이루(離婁): 중국 황제(黃帝)때 사람. 눈이 밝은 사람으로 유명함.
7) 사광(師曠): 중국 춘추시대 진(晉)나라의 음악가. 소리를 들으면 잘 분별하여 그 길흉 화복을 점쳤다 함.

한 사람의 소행을 자세히 알겠나이까?"

소부가 어사의 기색을 보고 한바탕 차게 웃기를 마지않다가 또 길이 탄식하며 말하였다.

"알겠구나. 이것이 어찌 현질(賢姪)이 현명하지 않은 탓이겠느냐? 전혀 소 씨 조카의 홍안이 빼어난 까닭에 조물이 방해하여 소 씨가 극한 재앙을 면하지 못하는 것이로다. 그러나 근본을 따지자면 네가 호방한 탓으로 시첩(侍妾) 중에 간악한 무리가 일을 저지르는 것이로다."

어사가 진실로 생각이 전혀 나지 않았으므로 다만 잠자코 말을 하지 않았다. 어사는 소탈한 장부라 옥란과 비록 정을 통한 일이 있었으나 불과 당(堂) 아래의 종으로 존비(尊卑)가 지엄하니 제 미미한 천인이 어찌 부인을 해칠 수 있을 것이라 헤아릴 수 있겠는가. 이러므로 마음속이 복잡하여 능히 쉽게 깨닫지 못하였으니 이는 모두 소소저의 액운이 기구해서가 아니겠는가.

어사가 숙부에게 취침하기를 아뢰고 자신도 잠자리에 누웠으나 뒤척이며 잠을 이루지 못하였다. 소부가 어사의 기색을 알고 하릴없어 도리어 위로하며 경계하였다.

"소 씨는 고금에 드문 숙녀니 네 또한 숙녀를 조금도 의심하지 말고 또 지난 밤의 일을 앞으로 일컫지 말고 장래를 보아 잘 처리하거라. 여자가 경솔해도 쓰지 못하는데 더욱이 장부가 통달하지 못한다면 어리석은 종과 다를 것이 없느니라."

어사가 절하고 명령을 받들었다.

다음 날 아침에 조부모 등에게 문안을 드리고 대궐에 가 조회하고 만조백관이 조하(朝賀)8)를 마치고 날이 늦었으므로 바야흐로 퇴조

---

8) 조하(朝賀): 동지, 정조(正朝), 즉위, 탄일 따위의 경축일에 신하들이 조정에 나아가 임금에게 하례하던 일.

하려고 하였다. 그런데 문득 도어사 조훈의 상소가 통정사(通政司)9)
에서 올라왔다. 천자가 놀라고 의아하여 전전태학사(殿前太學士)를
시켜 읽으라 하니 대개 다음과 같았다.

'신은 들으니 인륜 오상(五常)에 예절이 으뜸이라 하였습니다. 그런
데 이제 재상 규방에 놀라운 변고가 있어 어지신 교화를 어지럽혔으니
이는 곧 다른 사람이 아니라 현 승상인 이 모의 며느리요, 호부상서 소
문의 딸이요, 도어사 이몽창의 아내입니다. 소 씨가 당당한 재상 집안
의 딸이며 조정에서 봉작을 받은 부인이거늘 음란한 행실이 있는바 몸
이 시집에 있으면서 태연히 간부(姦夫)를 들여 몰래 통정하였습니다.
그러나 이몽창 부자는 전날 소씨 집안으로부터 은혜 입은 것에 구애받
아 이를 좋은 일처럼 묻어 두었으니 이는 성대지치(聖代之治)10)의 큰
변고입니다. 몽창이 집안을 엉망으로 다스림이 이와 같거늘 조정에서
중요한 벼슬을 하고 있으면서 편안히 있으니 어찌 한심한 일이 아니겠
나이까? 엎드려 바라건대, 성상께서는 음탕한 여자와 간통한 남자를
엄히 다스리시어 만고의 풍화(風化)11)를 바르게 하소서.'

학사가 다 읽자, 조정을 가득 채운 관리들이 놀라지 않는 이가 없
었고 임금은 놀라 낯빛이 바뀌었으며, 소 상서 부자는 이 말이 꿈에
도 생각지 못했던 것이라 대경실색하고, 어사는 빨리 관을 벗고 고
개를 조아려 집안을 잘 다스리지 못한 죄를 청하였다. 임금이 어사
에게 명령하여 몸을 편히 하라 하고 유영걸에게 명령하여 소 씨의 좌
우 사람들을 잡아 사실을 추문(推問)12)하라 하니 법관이 명령을 받

---

9) 통정사(通政司): 명나라의 관제로 내외에서 올리는 상소 등을 받아 황제에게 보고하
   는 일을 담당함.
10) 성대지치(聖代之治): 훌륭한 임금이 다스리는 시대.
11) 풍화(風化): 교육이나 정치의 힘으로 풍습을 잘 교화하는 일.
12) 추문(推問): 어떠한 사실을 자세하게 캐며 꾸짖어 물음.

아 물러났다.

이 승상 형제, 숙질이 크게 놀랐으나 감히 임금 앞에서 한 마디를 하지 못하고 퇴조(退朝)하여 대궐 문을 나섰다. 소 상서 부자가 수레를 돌려 이 승상을 따라 승상부에 이르러 안으로 들어가 바깥 정자에 좌정하니 주인과 손님이 얼굴을 서로 보고 소 상서가 쉰 소리로 길게 탄식하고 말하였다.

"불초한 여식이 비록 고금 성녀(聖女)의 자리에는 낄 수 없으나 어려서부터 성현의 옛 글과 규방의 내법(內法)을 배워 거의 큰 허물을 면할까 하였더니 어찌 이런 불미(不美)한 사단이 날 줄 알았겠습니까?"

승상이 눈썹을 찡그리고 길게 탄식하고 말하였다.

"이 또한 운명입니다. 우리 며느리의 재주와 용모가 너무 탁월하여 재앙이 평지에서부터 일어나니 누구를 원망하고 누구를 한하겠습니까? 다만 아득한 하늘이 마침내 숙녀의 평생을 더러운 덕 가운데에서 마치게 하지 않으실 것이니 명공(明公)은 슬퍼 마소서."

소 공이 눈물을 흘리고 오열하며 능히 말을 하지 못하고 딸도 찾아 볼 경황이 없어 일어나 하직하며 말하였다.

"자수[13] 형이 우리 딸의 심담(心膽)을 능히 살펴 원통하다고 헤아려 주니 우리 부녀가 풀을 맺고 구슬을 머금어도 공이 알아 주신 은혜를 다 갚지 못할까 하나이다. 그러나 딸아이가 죄고 있고 없든 간에 존문의 죄인이니 법부의 판결문을 기다려 데려가겠나이다."

이렇게 말하고 드디어 돌아가니 승상과 무평백 이한성, 소부 이연성 등 이씨 제공이 다 위로할 말이 막혀 묵묵히 말을 하지 않았다.

---

13) 자수: 이관성의 자(字).

관차(官差)14)가 이씨 집안에 이르러 죽매각 시녀를 다 잡아가니 소 소저가 하늘을 우러러 탄식하고 소당(小堂)으로 내려가 죄를 기다리고 홍벽, 운아, 경소, 난매 등 십여 인을 잡혀 보냈다. 난매는 벌써 옥란의 청탁을 받았고 옥란이 또 제 아비 송선을 보채 조 어사를 사주하여 이 사단을 이룬 것이었다.

형부상서 유영걸은 본디 마음속에 확고한 중심이 없고 인자하지 않기가 세상에 쌍이 없는 자였다. 남창 사람으로서 일찍이 경사에서 벼슬하였으나 부인은 고향에 있고 상서는 경사에 있어 소첩 각정을 얻었다. 각 씨는 극히 요사하고 간악하였으므로 옥란이 가만히 천금의 뇌물을 각녀에게 주고 옥사를 이루어 줄 것을 부탁하였다. 유 상서는 각 씨의 참소를 듣고 소 소저가 적자(嫡子)를 죽였으며 간부(姦夫)와 음란한 행위를 하여 인륜을 어지럽힌 자취가 낭자하다고 알고 있었다. 이날 임금의 명을 받고 형부에 돌아와 좌우의 낭관(郎官)을 모으고 좌기(坐起)15)를 베풀어 형벌 도구를 엄히 갖추어 놓고 홍벽, 운아, 난매, 경소 등을 잡아 엄히 형벌을 주고 추문(推問)하려 하였다. 먼저 운아를 형틀에 올리니 운아가 기운이 맹렬하고 소리가 격렬하여 주인이 백옥처럼 티끌이 없음을 부르짖으며 해명하였다. 그러나 저 어리석고 무지한 짐승 유영걸이 어찌 옥석을 구분하여 숙녀의 원한을 씻어 주겠는가. 다만 수많은 패옥으로 사랑하는 애희의 욕심을 채워 주었으니 어찌 조금이나마 분명하고 바르게 다스릴 뜻이 있겠는가. 시녀들에게 엄히 형벌을 내려 어떻게 해서든 초사(招辭)16)를 받으려 하였다. 운아는 이미 여러 차례를 맞아 다리가 깨지

---

14) 관차(官差): 관아에서 파견하던 사자(使者).
15) 좌기(坐起): 관아의 으뜸 벼슬에 있던 이가 출근하여 일을 시작함.
16) 초사(招辭): 죄인이 자기 범죄사실을 진술하는 말.

고 혈흔이 낭자하여 다시 더할 것이 없었다. 차례가 난매에게 미치자, 사오 대에 이르지 않아 난매가 크게 울며 부르짖었다.

"치기를 늦추시면 사실을 아뢰겠나이다."

유 상서가 명령하여 형벌을 늦추고 초사를 받으려 하니 난매가 일렀다.

"어르신은 소비(小婢)를 다스려 무슨 일을 알려고 하시나이까?"

형부가 노해 욕하며 말하였다.

"요사스럽고 악한 천인이 어찌 잠시 사이에 말 뒤집기를 이와 같이 하는 것이냐? 내가 무슨 일을 알려고 하겠느냐? 너의 주인 소 씨가 사람의 재실이 되어 전실소생을 불쌍히 여겨 어루만져야 하거늘 문득 목강(穆姜)[17]의 인자함을 본받지 않고 강보의 젖먹이 아이가 무슨 죄가 있다고 독약을 먹여 태연히 해쳤으며, 또 당당한 재상의 딸로서 명사(名士)의 아내가 되어 영화와 부귀가 극하거늘 무엇이 부족하여 대낮에 간부(姦夫)를 들여 음행을 한 것이냐? 이미 대간(臺諫)의 붓 끝에 더러운 자취가 나타났으므로 황상께서 나를 시켜 너희를 잡아 다스려 사실을 조사해 밝히라 하셨다. 내밀한 일을 알려 하는 것이니 너희가 만일 사실을 고한다면 이는 소 씨의 음란하고 패악한 죄를 말한 것일 뿐이요, 너희에게는 해로움은 없고 이로움만 있을 것이니 어서 바로 말하여 죄도 없이 주인의 죄를 떠맡아 형벌의 괴로움을 받지 말라."

난매가 다 듣고 하늘을 우러러 길게 탄식하고 크게 부르짖어 말하였다.

"주인이 천비(賤婢)를 지기(知己)로 허락하시고 저를 진심으로 부

---

17) 목강(穆姜): 진(晉)나라 정문거의 아내 이 씨의 자(字). 친아들 둘을 두고 전처의 아들 넷이 있었는데, 정문거가 죽자, 전처의 아들 넷은 이 씨가 자기들을 낳은 어머니가 아니라고 하여 박대하였으나 이씨는 그들을 사랑으로 대하였다 함.

리셨으니 주인을 위한 저의 충성스러운 마음은 옛사람만 못한 것이 아닙니다. 그러나 천지신명이 새로이 돕지 않으시니 항우(項羽)가 죽을 때에 이른바, '하늘이 나를 망하게 한 것이요, 내가 싸움을 잘 못한 죄가 아니라.'고 한 것이 참으로 오늘날 우리 주인을 이른 것입니다. 천비가 비록 첫 뜻을 지키려 하였으나 독한 형벌이 뼈를 깨부숴 약한 마음을 지키기 어려우니 설마 어찌하겠나이까?"

이렇게 말하고 드디어 복초(服招)[18]하였다.

'천비 난매는 본디 이씨 집안의 종으로서, 이 태사의 며느리인 태군부인(太郡夫人)[19]의 명령으로 이 어사 어른의 재취 소 부인의 신임을 받았습니다. 소 부인이 비자(婢子)를 중도에 얻었으나 존당께서 주신 바라 하여 저를 자못 사랑으로 대우하시고 또 비자의 위인이 영리하여 더불어 큰일을 도모할 만하다고 하시어 저 사랑하시기를 오히려 홍벽 등보다도 더하셨습니다. 천인이 그 은덕에 감복하여 장차 목숨으로 갚을 뜻이 있었습니다.

그런데 어느 날은 부인이 천비에게 가만히 이르시기를, '나는 본디 소 상서의 천금과 같은 사랑받는 딸이니 어찌 이 어사의 재실 되기를 달갑게 여기겠는가마는 하늘의 인연이 기구하여 상공(相公)이 호광(湖廣)[20] 땅을 지나실 때 제 스스로 색을 좋아하는 경박자가 담을 넘고 벽을 뚫는 행동으로써 규방에 돌입하여 나의 규법(閨法)을 더럽혔으므로 형세를 어찌하지 못해 이씨 집안으로 온 것이다. 그런데 어찌 천만뜻밖에 먼저 초실(初室)로 상 씨를 맞이한 줄을 알았

---

18) 복초(服招): 문초를 받고 순순히 죄상을 털어놓음.
19) 태군부인(太郡夫人): 군부인은 왕자군(王子君)이나 종친의 아내에게 내리던 외명부의 봉작. 여기서 태군부인은 이관성의 아내 정몽홍을 가리키는 말.
20) 호광(湖廣): 중국의 호북(湖北)과 호남(湖南) 두 성(省)을 아울러 이르는 지명. 소월혜가 호광 땅에 있다가 이봉창을 만난 바 있음.

으며 그 골육이 있음을 뜻하였겠는가? 윤문이 있으니 내 아이 성문은 어찌 무용지물이 되지 않겠는가? 이러므로 내 밤낮으로 헤아려 계교를 생각해도 다른 계교가 없구나.'라고 하시며 이리이리 윤문을 해치려 하셨습니다. 천인이 비록 소 부인께 은혜 받은 것이 깊었으나 어미 없이 홀로 있는 어린 공자의 사정을 생각하고 그 한 목숨을 차마 없애지 못해 머뭇거리며 시간을 지체하였습니다.

그런데 하루는 부인이 공자가 늦잠 자는 때에 친히 독을 먹여 죽이시고 자신이 시체에 엎어져 기절하는 모양을 하여 존당을 비롯한 집안사람들의 의심을 막으셨습니다. 날이 점점 지나자 어사 어르신이 홀연 의심을 하셔서 숙소에 왕래하는 일이 드물고 부인의 행동을 유심히 살펴 종종 불평하는 일이 잦으셨습니다. 부인이 이에 한을 머금고 분노를 감추셨으나 또 두려움이 없지 않아 거취를 정하지 못하시던 차에 전날 호광에 계실 적에 정을 두었던 옛사람이 있었던 듯하여 간간히 괴이한 자취가 있었으나 간부(奸夫)의 근본은 천비가 자세히 알지 못하니 이는 홍아, 벽란이 알 듯합니다. 비자는 이밖에는 알지 못하나이다.'

유 형부가 난매의 초사를 보고 대로하여 운아 등 시녀들을 다시 엄히 문책하니 시녀들의 기운이 서릿발 같고 원통함과 분노가 가득하여 낱낱이 난매를 꾸짖고 죽음을 각오하고 자백하지 않았다. 형부의 독한 위엄으로도 다시 더할 것이 없어 또 윤문의 유모 계지를 잡아와 실상을 물으니 계지가 울며 다만 자기가 본 바를 고하니 유 상서가 할 수 없이 모든 결안(結案)[21]을 다 거두고 임금에게 아뢰었다.

"죄인의 시녀를 추문(推問)하오니 난매가 이리이리 바로 아뢰었고

---

21) 결안(結案): 원래는 판결하거나 최종 처리한 것을 뜻하는데 여기에서는 초사(招辭)를 이름.

또 계지가 본 바가 이와 같으니 소 씨 여자가 죄를 지은 실상이 현저히 드러났나이다."

천자가 비록 현명하였으나 온갖 정무를 다 살펴 정력이 자못 쇠한 차에 또 국문(鞫問)을 베풀고 엄히 심문하려 하였으나 국가에 관계된 큰일이 아니라 친히 심문하지 못하고 형부의 계사(啓辭)22)를 살펴 소 씨는 이몽창과 이혼하고 명부(命婦)의 직첩(職牒)23)을 빼앗고 혼서(婚書)24)와 채단(采緞)25)을 거두고 남창부(南昌府)26)에 귀양보내라 하였다. 그 괴수를 다스림에 살인한 자는 사형이라, 비록 어린 아이나 인명이 중요하니 소씨 여자가 전실소생을 스스로 해친 것이 옳다면 그 죄는 마땅히 사형에 해당하나 그 시비(侍婢)의 무리가 서로 미루어 분명하지 못한데 사형을 시킴은 과도하므로 다만 이가(李家)와 혼인 관계를 끊고 이몽창과 이혼시켜 귀양보낸 것이요, 그 시비(侍婢)의 무리는 허실 간에 그 주인을 좇은 것으로 특별히 저들의 죄가 아니니 풀어 주어 거취를 묻지 말라고 하였다. 또 어사 이몽창은 비록 분명히 살피지 못해 집안의 한 아내를 제어하지 못하고 무죄한 자식을 죽게 하였으나 이 또한 소탈한 장부가 한 생각 없는 일이라 다시 조정이 논란하지 말라고 하였다.

전지(傳旨)가 내리니 소, 이 두 집안에서 놀라움을 이기지 못하였으나 할 수 없었다. 이 승상이 며느리를 위해 강개함을 이기지 못해 분노를 머금고 표를 올려 일을 돌이키려 하니 무평백과 소부공이 크

___

22) 계사(啓辭): 논죄에 관하여 임금에게 올린 글.
23) 직첩(職牒): 임명장.
24) 혼서(婚書): 혼인 때, 신랑 집에서 예단에 붙여 신부 집에 보내는 편지.
25) 채단(采緞): 혼인 때, 신랑 집에서 신부 집으로 미리 보내는 푸른색과 붉은색의 비단.
26) 남창부(南昌府): 명나라 때에는 처음에 홍도부(洪都府)로 불리다가 후에 남창부로 바뀜. 현재 중국 강서성의 남창현(南昌縣)과 신건현(新建縣)의 두 현에 해당하였음.

게 놀라 급히 중지시키며 말하였다.

"형님은 노여움을 가라앉히소서. 비록 이 일이 아니라도 근래에 소 씨 조카의 미간에 불길한 기운이 끼고 재앙이 비치니 어찌 오는 재앙을 면하겠나이까? 다만 편안히 그것을 받아 하늘의 뜻을 순순히 받으시고 위세로써 국법을 굽힌다는 시비를 듣지 마소서."

부마가 또 두 숙부의 간언(諫言)이 이치에 맞음을 아뢰니 승상이 분함을 이기지 못하였으나 두 아우와 자식의 간언(諫言)을 옳게 여겨 이에 상소할 마음을 그쳤다. 태부인과 태사 부인은 놀라움을 이기지 못하고 집안 사람들이 소 씨의 평소 행동을 행각해 소 씨가 누명 쓴 것을 놀라워하고 어느 곳에 소 씨를 미워하는 간인(奸人)이 무슨 마음으로 소 씨를 저토록 해하는고 하며 괴이하게 여겼다. 어사는 소 씨를 억울하다 이르지는 않았으나 규방의 은밀한 자취가 사람들을 소란스럽게 하고 깊고 깊은 대궐까지 들려 소 씨가 희한한 귀양까지 가게 된 것을 이상하게 여겼다. 그리고 소 씨의 평소 행동을 생각하여 한편으로는 가련한 마음이 없지 않았으나 오히려 아득히 소 씨의 선악을 분간하지 못하였다.

임금이 전지를 내려 위생이라는 자를 잡아오라 하였으나 형체 없는 위생을 어디에 가 찾겠는가.

소 상서가 딸의 신세가 살아갈 방도가 끊겼음을 슬퍼하였으나 임금이 명령하여 이미 딸로써 이씨 집안과 의리를 끊어 남창부에 귀양가라 하였고 며칠 내로 행장을 차리라고 하였으니 어찌 마음대로 하겠는가. 태부인과 장 부인이 과도히 슬퍼하여 눈물이 줄줄 흘렸으니 상서가 온갖 슬픔을 억지로 참고 재삼 위로하며 아들에게 명령하였다. 아들이 승상부에 가 노태사와 승상 형제를 뵙고 누이 데려감을 고하니 이 승상 부자가 다만 탄식하고 소저에게 돌아갈 것을 명하였다. 이때 소 소저는 화관(花冠)을 벗고 옥패(玉佩)를 풀고서 비실(卑室)로 내려가 죄를 기다리고 있었는데 존명을 받아 존당(尊堂)에 나아가 하직하였다. 존당과 시부모가 소저의 근심어리고 슬픈 얼굴을 보니 애련함을 이기지 못하여 진 부인이 소저의 옥수를 어루만져 재삼 꽃다운 몸을 보중(保重)하여 훗날 다시 만나기를 기약하고 승상은 슬픈 빛으로 말하였다.

"며느리의 맑은 덕과 어진 행실은 지금 어느 착한 여자에 비겨도 부끄럽지 않거늘 며느리를 미워하는 어느 간악한 사람이 있어 며느리의 몸을 이 지경에 미치도록 모함하였으니 어찌 분하고 한스럽지 않겠느냐? 간악한 무리가 반드시 멀리 있지 않아 우리 집에 숨어 있는 듯하나 이 늙은이가 현명하지 못해 악한 단서를 잡지 못하고 며느리처럼 옥과 같은 맑은 몸에 놀라운 누명을 실어 이러한 길을 가게 하니 어찌 한스럽게 않겠느냐? 그러나 우리 며느리는 몸을 보중하여 훗날 원한이 풀리기를 기다리라."

정 부인이 슬피 눈물을 흘리며 말하였다.

"오늘 며느리가 멀리 떠나가 돌아올 기약이 아득하거늘 어미 없는 성문 형제의 외로운 모습을 차마 어찌 보겠느냐?"

소저가 존당과 시부모의 큰 은혜에 감동하여 또한 아름다운 눈썹에 근심이 가득하고 별 같은 눈에서 슬픈 눈물이 줄줄 떨어져 손으로 맑은 눈물을 가리고 자리를 피해 죄를 청하며 말하였다.

"소첩이 어리석고 사리에 밝지 못해 몸가짐을 잘못하고 아랫사람들에게 인심을 잃은 까닭에 천고에 희한한 나쁜 이름과 더러운 행실을 몸에 실어 비록 장강과 한수에 씻고 가을 햇볕에 드러내오나 밝힐 길이 없거늘, 존당과 시부모님께서 신명하시어 억울한 원한을 씻어 주시니 불초 소첩이 저녁에 죽으나 한이 없을 것입니다. 한 올의 실처럼 쇠잔한 목숨이 귀신이 죽이지 않기 전에는 스스로 연명하여 다시 존하(尊下)에 우러러 절하기를 생각하겠나이다."

드디어 하직하니 존당과 시부모가 슬퍼하기를 마지않고 계양 공주와 모든 시누이가 잇따라 위로하여 이별을 아쉬워하였다.

소저가 두 계집종과 함께 걸음을 돌려 중당에서 나와 가마에 오르려 하더니 문득 두 아들의 유모가 각각 어린아이를 안아 이르러 울며 이별하였다. 소저가 눈을 들어 두 아이를 보고 거듭 탄식하니 눈물 십여 줄이 옷깃에 줄줄이 굴러 떨어졌다. 영문을 나오게 해 뺨에 대고 성문을 어루만져 탄식하며 눈물을 흘리고 말하였다.

"너희 어린아이들이 무슨 죄가 있겠느냐? 네 어미의 기박한 운명이 끝이 없어서로다."

이때 영문은 난 지 예닐곱 삭이라 지각이 없고 성문은 네 살이라 총명이 비상하여 행동거지가 보통 아이들과는 달랐다. 집안 사람들이 어린아이가 슬퍼하여 그 몸이 상할까 염려하였으므로 소 부인이 내쫓기는 화를 만난 줄을 자세히 이르지 않았으나 성문이 어찌 의심하지 않을 수 있겠는가. 모부인이 전날은 친정에 귀녕(歸寧)27)할 적에는 봉관옥패(鳳冠玉佩)28)를 갖추고 화려하게 치장하고 유모와 시첩이 좌우에서 부축하며 가는 모습을 눈 익게 보았더니 오늘 돌아가는 모습은 전날과 달라 크게 괴이하였다. 성문이 문득 의심하여 모부인의 손을 붙들고 별 같은 눈으로 우러러보며 고하였다.

"어머님이 전날은 귀녕하실 적에 이렇지 않으시더니 오늘은 어찌 행색이 이렇듯 간략하시나이까? 제가 생각건대 모친이 반드시 귀근

---

27) 귀녕(歸寧): 친정에 가서 아버지를 뵘.
28) 봉관옥패(鳳冠玉佩): 봉관옥패. 봉관은 봉황 모양으로 장식한 예관(禮冠)이고 옥패는 옥으로 만들어 차던 패물임.

(歸覲)29)하는 것이 아니라 쫓겨나시는 모습인가 싶으니 그렇다면 돌아오실 기약을 정하지 못할 것입니다. 제가 모친 품을 떠나면 허전하고 빈 듯하여 어찌 차마 살겠나이까?"

말을 마치고 오열하여 목이 메고 옥 같은 얼굴의 맑은 눈동자에 슬픈 눈물이 가득하여 청삼을 적셨다. 부인이 가뜩이나 심란한데 아들이 슬퍼하는 모습을 보니 더욱 애련(哀憐)함을 이기지 못해 눈물을 머금고 탄식하며 머리를 쓰다듬어 위로하고 경계하였다.

"네 어미가 오늘 행색이 괴이하나 본디 죄가 없으니 반드시 오래지 않아 돌아올 것이다. 그러니 네 어찌 이별의 기약이 없다고 하는 것이냐? 우리 아이는 마음을 놓고 구구하게 슬퍼하는 마음을 내지 말아 철 없는 행동으로써 사람의 시비를 취하지 말고 존당 곁을 떠나지 말거라. 잘 있거라."

성문이 어머니의 가르침을 듣고 슬픔을 이기지 못해 진진히 느껴 말하였다.

"천지 사이에 사람이 가장 큰 까닭은 오륜(五倫)이 뚜렷하기 때문입니다. 금수도 그 어미가 소중한 줄을 알거든 제가 비록 어리지만 어찌 모자 천륜의 그윽한 정을 알지 못하겠나이까? 결단코 어머님의 행색이 귀녕과 다르시니 제가 어머니 곁을 떠나는 마음이 어찌 슬프지 않겠나이까?"

말을 마치자 목이 쉴 정도로 우니 소저가 비록 천성이 담백하고 욕심이 없어 세상일을 알지 못하는 듯하였으나 모자간의 천성은 사람이 차마 견디기 어려운 일이었다. 자기가 맑고 깨끗한 몸으로 애매한 누명을 쓰고 시가에서 쫓겨나는 며느리가 되어 남창 수천 리에 귀

---

29) 귀근(歸覲): 부모를 뵙기 위하여 객지에서 돌아가거나 돌아옴.

양 가는 사람이 되니 진실로 이씨 집안에 돌아올 기약이 없었다. 아이가 이와 같이 슬퍼하는 모습을 보니 어찌 슬프지 않겠는가. 하염없이 두 눈동자에 구슬 같은 눈물이 가득하여 한참을 슬퍼하다가 반나절이 지난 후 천천히 영문을 안아 유모에게 맡기고 성문을 경계한 후 이별하고 빨리 가마에 올라 돌아가니 성문이 모부인 가마를 바라보고 목이 쉬도록 눈물을 흘렸다.

차설. 소 한림이 누이와 함께 본가에 돌아오니 태부인과 장 부인이 신을 벗고 마중 나와 가마의 문을 열고 소저의 손을 잡아 오열하며 말을 하지 못했다. 소저가 또한 조모와 어머니의 손을 받들고 오열하며 눈물을 흘리며 말을 못 하였다. 소 공이 보니 딸이 종의 옷을 입어 뚜렷이 죄인의 복색을 하고 있는데 머리칼은 어지럽게 흩어져 있고 두 눈썹에 슬픈 빛이 어려 있으며 어여쁜 얼굴이 초췌한데 맑은 눈물이 뺨에 연이어 흐르고 있었다. 가련한 얼굴이 근심하는 가운데 더욱 빛나니 상서가 안타깝고 슬퍼 간담이 끊어지는 듯하였으나 어머니가 너무 슬퍼하는 것을 근심하여 재삼 위로하고 당에 오르니 노 부인이 손녀의 손을 잡고 눈물을 흘리며 말하였다.

"아직 죽지 않고 사는 내가 목숨이 질겨 모질게 지리하게 살고 있다가 오늘날 희한한 역경을 볼 줄 알았겠느냐? 월혜야. 너는 심규의 아녀자요 이 늙은 할미의 손안의 보배다. 머나먼 이역에 귀양 가는 것은 다 큰 남자라도 참으로 어려운 길이거늘 우리 아이가 심규의 약질로 남창 수천 리에 어찌 갈 것이며 남쪽 땅에서 고초를 받고 장려(瘴癘)[30]의 괴로움을 감당할 수 있겠느냐? 이 때문에 내 아이가 아름다운 몸을 보전할 수 있기를 바랄 수 있겠느냐?"

---

30) 장려(瘴癘): 기후가 덥고 습한 지방에서 생기는 유행성 열병이나 학질.

장 부인이 한갓 딸의 손을 잡고 뺨을 대었는데 맑은 눈물이 어지럽게 흐르니 무슨 말을 할 수 있겠는가. 소 상서 역시 이러한 모습을 보니 영웅의 진중한 마음을 지녔으나 어찌 초나라 죄인[31]과 같은 자질구레한 눈물이 나지 않을 수 있겠는가. 아름다운 눈썹에 근심이 산처럼 일어나고 가을물결 같은 두 눈에서 눈물이 연이어 떨어지니 거친 소매로 가렸으나 다 가리지 못하였다. 소저가 할머니와 부모가 이처럼 너무 슬퍼하는 것을 보고 도리어 불효라 느껴 스스로 슬픈 눈물을 거두고 나직이 위로하여 말하였다.

"이는 다 불초한 저의 액운이 기구해서 일어난 일입니다. 일마다 하늘의 뜻이요 운명이니 작은 일도 운수입니다. 불초한 저는 만사가 다 천수(天數)에 달려 있음을 헤아리고 있으니 귀양 가서 겪는 고초를 족히 슬퍼하겠나이까? 다만 존당, 시부모님의 봄볕 같은 은혜와 우리 할머님과 부모님의 각별한 자애로써 제 불효가 가볍지 않음을 슬퍼할 뿐입니다. 엎드려 바라건대, 할머님과 부모님은 그 사이 돌아올 기약이 아득하니 저를 생각지 마시고 길이 강녕하시기를 원하나이다."

장 부인이 눈물이 비처럼 쏟아져 말을 못 하고 상서가 길이 탄식하고 말하였다.

"내 아이의 식견이 자못 통달하니 어리석은 아비가 미치지 못하겠구나. 우리 아이가 효도를 완전히 하려 하거든 적소(謫所)에 돌아가나 갈수록 몸을 사랑하여 위험한 중에도 몸 보전할 방법을 생각하여 옛사람의 명철보신(明哲保身)함을 본받아야 한다. 그리고 훗날 숨어 있는 간인(奸人)이 자멸하기를 기다려 풍운의 좋은 때를 만나 고향에 돌아와 부모, 동기가 다 모이기를 생각하라."

---

31) 초나라 죄인: 포로로 잡힌 초(楚)나라 사람으로 역경에 빠져 어찌할 수 없는 사람을 비유적으로 이르는 말.

소저가 길이 탄식하며 명을 듣고 할머니와 손녀, 어머니와 아들, 아버지와 딸, 오빠와 누이가 한 당에 모여 헤어지는 회포가 가득하고 이별의 눈물이 어지럽게 흐르니 몇 수레의 책에도 다 기록하기 어려울 정도였다.

이때, 유 형부가 임금의 명령을 받아 소 씨의 모든 시녀를 다 석방하였다. 시녀들은 모두 중형을 입어 기거를 제대로 못해 관아 문밖을 나서면서 인사(人事)를 수습하지 못하였다. 홍아, 벽란, 경소는 오히려 상처가 대단하지 않았으므로 막대를 의지하여 돌아왔으나 운아는 처음부터 혹형(酷刑)을 받았으므로 반죽음이 되어 능히 걷지 못해 짐수레에 실려 바로 소씨 집안으로 돌아갔다. 그런데 난매는 옥문(獄門)을 나서며 보이지 않았는데 바로 옥란의 아비 송선의 집으로 갔기 때문이다.

홍벽 등이 소씨 집안으로 돌아가 소저에게 배알(拜謁)하고 눈물을 흘리며 관아에 가 하던 수말을 고하니 좌우의 사람들이 난매의 불충함을 통탄하지 않는 이가 없었다. 또 난매가 관아의 문을 나서며 간데 없다 하니 반드시 승상부로 갔는가 하여 상서가 난매를 찾아 죽이려 하니 소저가 간하였다.

"간악한 사람의 계교가 끝이 없을 것이니 반드시 이씨 집안에도 가지 않았을 것입니다. 그러니 아버님이 설사 잡으려 하셔도 찾지 못하실 것이요, 설혹 제집에 갔으나 난매는 곧 이씨 집안의 종이라 다만 시부모님의 처치를 보실 따름이니 아버님이 지레 난매를 찾으신다면 이후에 저의 원한 씻을 길을 더욱 끊어 놓으시는 것입니다."

상서가 딸의 밝은 견해를 옳게 여겨 드디어 난매의 자취를 묻지 않았다.

홍벽과 경소는 소저가 데려가려 한 까닭에 함께 행장을 차리는 한편으로 상처를 조리하게 하고 운아는 상처가 중하였으므로 두고 가려 하였다. 그러나 운아는 가다가 중도에 죽을지언정 소저를 모시고 따르기를 다투어 원하니 소저가 조용히 타일러 머무르라 하고 말하였다.

"너는 충성스러운 종이다. 비록 형벌을 받지 않았어도 내 본디 너를 데려갈 뜻이 없었으니 상처를 힘써 조리하여 이씨 집안에 나아가 두 공자를 보호하여 공자들에게 위태함이 없게 한다면 이 또 너의 공이 적지 않은 것이다."

드디어 한 통의 편지를 주며 말하였다.

"내 돌아올 때를 알 수가 없으니 네 이 글을 깊이 간수했다가 공자가 자라 적이 인사를 알 만하거든 이 글을 전해 주어라."

운아가 부인의 분명하고 정성어린 가르침에 감동하여 두 번 절하고 명령을 받들었다.

이때 이씨 집안에서 소 소저 노주(奴主)가 본가에 돌아가니 존당은 눈앞의 기이한 보배를 잃은 듯하였고, 숙부와 시누이들은 다 소저의 재주 있는 모습과 슬기로운 자질을 아껴 슬퍼하지 않는 이가 없었다. 태사가 서자 문성에게 명해 소 씨를 데려가 남창부에 편안히 있게 하고 그 후에도 있으면 반드시 오래지 않아 사면을 받을 것이니 그때 함께 돌아오라 하자, 문성이 절하고 명령을 받아 물러났다. 그 어머니 주 씨가 행장을 차려 주는데 조금도 이별을 슬퍼하지 않았다.

어사는 심사가 우울하여 서당에 들어가 소 씨가 돌아가는 것도 보지 않았다. 낮문안을 할 때가 되어 존당에 들어가니 남녀가 좌우에 열을 지어 있었으나 소 씨의 자리가 비어 있어 존당이 슬퍼하며 즐기지 않았다. 소부가 문득 어사에게 말하였다.

"소 씨 질부의 어질고 착한 자질로써 오늘날 누명을 쓴 것은 참으로 놀라운 일이다. 설사 잘못이 있더라도 두 아이의 안면을 보지 않을 수 없으니 현질은 오늘 밤에 소씨 집안에 나아가 부부가 이별하도록 하라."

어사가 머뭇거리며 대답하지 않으니 승상이 가만히 보고 있다가 한참 지나 정색하고 말하였다.

"어리석은 탕자가 한갓 호색할 줄만 아니 어찌 어진 처의 옥처럼 티 없음을 알아 부부유별을 차리려 하겠는가? 아우는 무익한 말을 일컫지 말라."

말을 마치자 안색이 엄숙하니 어사가 황공함을 이기지 못하여 고개를 숙이고서 감히 한 마디도 하지 못하였다. 무평백과 소부가 승상을 권해 조카의 허물을 용서하고 조카가 소씨 집안에 가도록 해 줄 것을 청하니 승상이 더욱 노해 바야흐로 어사를 명해 오늘 밤에 소씨 집안에 가 자고 소 씨와 이별하라 하였다.

어사가 기뻐하지 않았으나 감히 아버지의 명령을 거역하지 못하고 석양이 되어 소씨의 집으로 가 바로 내당에 가 뵙기를 청하였다. 이 때 태부인과 상서 부부는 다 한 당에 모여 있었는데 소저와 이별하며 슬픈 말과 괴로운 소리가 어지럽고 이별의 눈물이 쉴 새 없이 흘렀으니 그 광경은 천권만권의 책에 기록하기 어려울 정도였다. 이들이 이 어사가 온 것을 보고 상서는 길이 탄식하고 노 부인과 장 부인은 눈물이 비 오듯 하다가 어사를 대해 눈물을 흘리며 말하였다.

"불초한 딸이 비루한 자질로 외람되게도 군자의 아내 소임을 하니 사위의 기린 같은 재질을 감당할 복이 없어 고소(告訴)하는 풍파가 평지에 일어나게 되었습니다. 딸이 외로운 몸으로 천 리에 귀양을 가게 되니 어찌 슬프지 않겠나이까? 그러나 허실 간에 딸아이는 이씨 집안에서 버림받은 여자라 한 번 존문(尊門)을 하직하면 평생 인연이 완전히 끊어지는 것이니 어찌 군자의 삼가 물으심을 바라겠

습니까? 천만뜻밖에 사위의 귀한 가마가 더러운 곳에 욕림(辱臨)32)
하셨으니 사위가 딸을 마음에 둔 것을 참으로 감사하나이다.”

어사가 감히 사례하는 말을 못 하고 다른 말로 한담하다가 날이
어두워지자 저녁을 한 당에서 먹은 후 소씨 집안 사람들이 어사를
소저의 사실(私室)에 인도하려 하였다. 소저가 속으로 매우 괴로워
할머니에게 고하였다.

“제가 내일이면 멀리 길을 떠나 돌아올 기약이 없으니 할머님을
모시고 자면서 이별하는 회포를 펴려 하였더니 이랑이 따라 이르렀
으니 어찌 괴롭지 않겠나이까? 원컨대 할머님은 오라버니를 보내 이
랑과 밤을 함께 지내게 하고 손녀는 여기에서 할머님을 모시고 자게
해 주소서.”

부인이 소저의 심사를 슬퍼하여 소저의 청을 따르려 하였으나 생
의 위엄을 알았으므로 감히 허락하지 못하고 사실에서 부부가 이별
할 것을 타일렀다. 소저가 슬펐으나 마지못하여 야심한 후 두어 계
집종과 함께 침소에 이르렀다. 어사가 침상에 비스듬히 누워 소저
나오는 것이 더딤을 마뜩잖게 여기고 있더니 소저가 이에 이른 것을
보고 잠깐 몸을 일으켜 맞이해 말하였다.

“부인이 내일이면 멀리 길을 떠나 집에 돌아올 기약이 없어 생이
부부의 정으로 하룻밤 이별을 이르려 왔거늘 어찌 빈 방에 생을 무
료히 두고 야심한 뒤에야 온 것인가? 갈수록 부도(婦道)를 안다고 할
수 있겠는가?”

소저가 말을 다 듣고는 부끄러움과 한스러움이 깊으니 어찌 대답
하는 말을 하겠는가. 옥 같은 얼굴이 냉정하고 별 같은 눈동자가 미

---

32) 욕림(辱臨): 왕림. 남이 자기 있는 곳으로 찾아옴을 높여 이르는 말.

미하여 고개를 숙이고 대답하지 않으니 어사가 눈길을 흘려 냉소하고 말하였다.

"내가 이르는 말이 평소 잊지 못하는 정인(情人)과 같지 못한 것인가, 어찌 답하는 말이 없는 것인가?"

소저가 다 듣고 더욱 노하여 또 대답하지 않았다. 어사가 또한 노하여 긴 팔을 뻗어 소저의 고운 몸을 나오게 해 그 손을 잡고 그 무릎에 머리를 베고는 차가운 눈초리로 뚜렷이 오랫동안 소저를 쳐다보다가 소리를 엄히 하여 꾸짖었다.

"그대의 용모와 안색은 곧 양성(陽城)과 하채(下蔡)33)의 남자들을 미혹(迷惑)시킬 것이요, 재주와 문장은 곧 소약란(蘇若蘭)34)을 압도하네. 일찍이 내 집에 거처할 적에 경대부의 귀함과 팔좌(八座)35)의 높음을 얻었고 봉관(鳳冠)과 화리(花履)36)로 명부(命婦)의 위의(威儀)가 혁혁하였거늘 무엇이 부족하여 적자(嫡子)를 손으로 죽이고 음란한 자취가 온 성에 회자하게 만들었는가? 생이 이 때문에 탄식하니 그대에게 무슨 빛나는 일이 있기에 갈수록 교만방자하여 내가 묻는 말에 응하지 않는 것인가?"

---

33) 양성(陽城)과 하채(下蔡): 미인에게 미혹된 남자들이 있는 곳의 지명. 송옥(宋玉)의 <등도자호색부(登徒子好色賦)>에 나옴. "그러나 한 번 웃으면 양성과 하채의 남자들을 미혹시킵니다. 然一笑, 惑陽城迷下蔡."

34) 소약란(蘇若蘭): 중국 남북조시대 전진(前秦)의 소혜(蘇蕙)로, 약란은 그녀의 자(字)임. 남편인 장군(將軍) 두도(竇滔)가 양양으로 부임하면서 총희인 조양대를 데리고 가자, 상심하여 그를 그리워하는 시를 비단에 수놓았는데 두도는 이 시를 받고서 조양대를 돌려보내고 소약란을 다시 맞아들였다 함. 소약란이 쓴 시는 비단에 글을 돌려가며 쓴 것으로 남편 두도만 해독할 수 있도록 만든 것인바, 이를 직금회문선기도(織錦回文璇璣圖)라 이르며, 가로 29자, 세로 29자이고 총 841자이며 가장 중앙인 421번째 글자는 '심(心)'임. 『진서(晉書)』, 「열녀전」.

35) 팔좌(八座): 중국에서 좌우(左右) 복야(僕射)와 육상서(六尙書)를 통틀어 일컫던 말.

36) 봉관(鳳冠)과 화리(花履): 봉황 문양을 조각한 관과 꽃신이라는 뜻으로 고귀한 부인의 복식을 말함.

소저가 듣는 말마다 원망과 한스러움을 이기지 못해 얼굴이 찬 재와 같아졌다. 소매를 떨치고는 기색이 눈 위에 핀 매화 같았으니 이에 정색하고 말하였다.

"누첩(陋妾)37)의 몸가짐이 용렬하여 죄악이 명교(名敎)38)에 중하거니와 옛사람이 말씀하기를, '예가 아니면 듣지 말고, 예가 아니면 말하지 말라.'고 하셨으니 누첩의 몸가짐은 족히 꾸짖으실 바가 없거니와 군자가 어찌 차마 예가 아닌 말씀을 하여 첩을 모욕하시는 것이나이까? 첩의 죄는 마땅히 죽어도 되나 군자의 말씀에는 그윽히 항복할 수 없나이다."

말을 마치니 옥 같은 소리가 맹렬하고 별 같은 눈동자가 찬 꽃과 같아 춥고 매운 날 같았다. 어사가 그 안과 밖이 현격함을 탄식하며 등불 아래에 그 어여쁜 자태를 대하니 어지러운 머리칼과 빛 없는 옷 가운데에서도 소저의 자태가 더욱 빛나고 깨끗하여 연못의 맑은 얼음 같았다. 속으로 소저의 마음속을 헤아릴 수가 없어 소저의 자태가 눈에는 기이하게 보였으나 마음으로는 의심을 품고 있었으니 어찌 몽창의 마음이 편하겠는가. 문득 생각이 사라져 갑자기 소저의 손을 놓고 안석(案席)39)에 기대 홀로 탄식하며 회포가 착잡하였다. 이처럼 있으며 여름밤을 고단하게 보내고 잠시 뒤에 경고(更鼓)40)가 울리니 부부 두 사람이 각각 한을 머금고 묵묵하게 있으면서 잠을 자지 못하였다. 어사가 새벽 닭소리에 일어나 소저에게 다만 먼 길에 몸 보중하라 이르고 내당에 하직하고 돌아갔다.

---

37) 누첩(陋妾): 비루한 첩이라는 뜻으로 여자가 자신을 낮추어 부르는 말.
38) 명교(名敎): 사람이 마땅히 지켜야 할 바를 가르침 또는 그런 가르침.
39) 안석(案席): 벽에 세워 놓고 앉을 때 몸을 기대는 방석.
40) 경고(更鼓): 밤에 시각을 알리려고 치던 북.

날이 이미 밝으니, 어수선하게 행장을 차릴 적에 할머니와 손녀, 어머니와 딸, 아버지와 딸, 오빠와 누이가 보내며 떠나는 정이 끝이 없어 한 붓으로는 다 기록하기 어려울 정도였다. 온갖 사사로운 감정을 억누르고 소저가 수레에 오르니 소저는 이제 임신한 지 이삼 개월 된 때였다. 부모가 이 때문에 더욱 놀라고 염려하였다.

홍벽 등 예닐곱 계집종이 소저를 모셔 가고 참군(參軍)41) 이문성이 준마를 타고 종과 관아의 사내종을 거느려 소저를 배행해 남창으로 나아가니 상서 부자와 이씨 집안의 사람들이 다 문에 나아가 이별하였다. 운아는 맞은 곳이 아직 낫지 않았고 주인의 부탁을 받았으므로 여기에 머물게 되었으나 슬픔을 이기지 못하였다.

운아가 약으로 힘써 몸을 관리하여 한 달이 조금 지나자 비로소 상처가 다 나았으므로 바야흐로 태부인과 상서 부인에게 하직하고 이씨 집안으로 돌아가 정당(正堂)에 알현하고 공자 보호하기를 청하였다. 유 부인이 그 충성스러움을 어여삐 여겨 이에 소공자를 보호하며 죽매각을 지키고 있으라고 하였다.

이때 이씨 집안의 사람들은 또한 난매의 종적이 없음을 괴이하게 여겼으나 찾지 않았으니 이는 승상의 명령 때문이었다.

옥란이 묘한 계책을 잘 써서 소 소저를 없앴으나 진실로 이 어사의 은정 바라는 것은 푸른 하늘에 오르는 것보다 어려운 일이었다. 밤낮으로 꾀를 생각하고 다시 곰곰이 헤아려 금란을 보채 미혼단(迷魂丹)을 마저 얻어 어사를 시험하려 하니 그 끝 없는 꾀가 미치지 않는 곳이 없었다. 난매를 제집에 깊이 감추어 두었는데, 송선이 또 본처가 노쇠하고 옥란의 어미도 죽었으므로 난매가 나이 젊고 자색

41) 참군(參軍): 벼슬 이름. 중국 명나라 때에, 중서성에 속한 벼슬.

이 아름다운 데 혹하여 문득 첩으로 삼아 살았다. 옥란이 소 씨는 잘 없앴으나 난매 처치하는 것을 실로 매우 어렵게 여기고 있었더니 제 아비가 정을 두어 처리가 잘 되었으므로 매우 잘된 일이라 생각하였다. 그러나 어사의 박정함을 한하여 밤낮으로 노심초사하여 오히려 물이 넘치는 재앙을 두려워하지 않으니 어찌 요악하고 방자한 사람이 아니겠는가.

이때 운아는 부인이 준 밀서를 밤낮으로 몸에 지니고 있었으나 공자가 어렸으므로 쉽게 전하지 못하고 밤낮 근심하고 슬퍼하며 부인의 원한을 빨리 갚지 못할까 초조해 하였다.

이러구러 몇 달이 지나니 이때는 9월 늦가을이었다. 찬 바람이 나의 (羅衣)42)를 뒤짚고 산에 가득한 단풍이 아름다워 온갖 향기나는 국화가 꽃밭을 이루었으니 가을 경치가 참으로 화려하였다. 남쪽으로 가는 기러기가 어지러워 그 소리가 구슬펐으니 참으로 슬픈 마음을 돋웠다. 운아가 슬픈 회포를 걷잡지 못하고 다시 주인을 잊지 못하였다.

운아가 소임이 한가한 때를 타 하염없이 뜰 안을 거닐며 홀로 탄식하다가 걸음이 가는 바 없이 죽매각 후당 아래에 이르렀다. 그런데 문득 난간 안에서 슬피 흐느끼는 소리가 나는 것이었다. 운아가 놀라고 의아하여 고개를 돌려 자세히 보니 이는 곧 소공자 성문이었다. 성문이 비록 어린아이였으나 자못 특이하여 타고난 효성이 각별하였다. 모부인이 길을 떠날 적에 했던 경계를 생각하고는 항상 여러 사람이 있는 곳과 존당 안전에서는 한 점의 슬픈 빛도 보이지 않았으나 사람이 없는 그윽한 곡란(曲闌)43)과 고요한 집안에서는 반드시 절로 소리를 죽여 눈물을 흘렸다. 그러나 슬피 어머니를 부르는 소리가 절

---

42) 나의(羅衣): 얇은 비단으로 지은 옷.
43) 곡란(曲闌): 곡란. 굽이진 난간.

로 일어나고 근심하여 탄식하며 흐느끼지 않는 날이 없었다.

이날도 홀로 죽매각 후함(後檻)44)에 이르러 자부인(慈夫人)이 거처하던 곳을 보니 자부인의 목소리와 얼굴을 우러러보며 품속에서 사랑을 받는 모습이 뚜렷이 기억나 슬프고 그리운 감정이 함께 일어났다. 이를 참지 못해 난간 뒤에 의지하여 하늘 끝을 바라보니 먼 산의 가을 경치가 더욱 사람의 슬픈 마음을 요동시켰으므로 소리가 나는 줄 깨닫지 못하고 길이 눈물을 흘리며 말하였다.

"내 나이가 네 살이라. 유가의 집안에서 나고 부귀한 집에서 자랐으며 어른들이 모두 계셔서 할머님이 위에 계시고 부모님이 모두 살아 계시니 만일 조물이 시기하여 어머님이 변을 만나지 않으셨던들 내 어린아이로서 무슨 슬픔이 있을 것이며 봄에 까마귀가 노닐고 가을밤 긴 바람이 불 때 무슨 일로 간장을 태우겠는가? 알지 못하겠구나. 이때는 우리 어머님이 남쪽 황폐한 곳에서 몸이 평안하시며 북당(北堂)의 양친을 얼마나 그리워하실 것이며 슬하의 불초자를 얼마나 생각하시어 옛일을 생각하며 애를 얼마나 망자산(望子山)45)에서 태우고 계실까?"

말을 마치고 쉰 소리로 눈물을 흘리며 마냥 흐느끼니 인적이 가까이에 있었으나 알지 못하였다. 운아가 이에 다다라 이 모습을 보니 더욱 애가 천 갈래로 끊기고 분하고 원통함이 극에 달하여 급히 달려들어 공자를 안고 눈물을 흘리며 말하였다.

"천비(賤婢)가 일찍이 공자 알기를 아직도 부리가 노란 새 새끼 같은 어린아이여서 하늘의 이치와 사람의 일을 알지 못하시는가 여기고 있었더니 어찌 이렇듯 총명하고 효성스러울 줄 알았겠나이까? 알겠나이다. 우리 부인의 열 달 태교를 받아서 그런 것이니 그렇지

---

44) 후함(後檻): 뒤편 난간.
45) 망자산(望子山): 아들이 오는 것을 바라보는 산.

않다면 어찌 이렇겠나이까?"

성문이 운아를 보고 그 지극히 충성스러운 말에 더욱 슬피 눈물을 흘려 말하였다.

"나의 마음은 하늘의 이치 상 늘 있는 일이라 운랑이 어찌 괴이한 말을 하는 것이냐?"

그러고서 말하였다.

"모친이 남쪽으로 가신 후 한 달이 넘었을 때 차관(差官)[46]이 돌아왔으므로 모친이 평안히 도달했음을 알았으나 이제는 계절이 바뀌어 자부인 몸이 건강하신 줄을 알지 못하니 자식의 마음이 어찌 편하겠느냐? 알지 못하겠구나. 내 벌써 운랑에게 물으려 하였으나 어린아이가 무엇을 안다 하고 존당(尊堂)께 심려를 끼치는 것이 무익하여 묻지 못하고 있었더니 오늘은 조용하니 묻겠다. 일찍이 어머님이 남쪽으로 가실 적에 운랑에게 각별히 부탁하신 것이 없더냐?"

운아가 공자의 조숙하고 신명함에 기뻐하며 한편으로는 슬퍼 한참을 오열하고 말하였다.

"과연 부인이 떠나실 적에 이리이리 말씀하시고 천비(賤婢)에게 한 봉서(封書)[47]를 주시면서 공자에게 전하라고 하셨나이다. 그런데 공자가 실로 너무 어려 천륜(天倫)의 정을 모르실까 하여 공자가 나이를 한 살이라도 더 먹고 세상사를 좀 알기를 기다려 내년에나 드리려 하고 있었더니 공자의 말씀과 행동이 이와 같이 성숙하니 첩이 어찌 봉서를 드리지 않겠나이까?"

드디어 품에서 한 통의 짧은 편지를 꺼내 드리니 성문이 슬퍼하면서도 반겨 바삐 뜯어 보니 대개 다음과 같은 내용이었다.

---

46) 차관(差官): 심부름을 보낸 관리.
47) 봉서(封書): 겉봉을 봉한 편지.

'네 어미의 환란은 다 액운이 기구하고 네 부친이 호색하며 소탈한 데서 비롯된 것이다. 사람이 보지 않은 것을 근거 없이 헤아리는 것이 옳지 않지만 또한 네 어미를 해친 사람은 옥란밖에는 없을 것이다. 간사한 사람의 계교를 헤아릴 수 없으니 또 어찌 적소(謫所)에서 편안히 있기를 바라겠느냐? 간악한 사람이 또 나무를 베어 냈으니 뿌리를 없애 후환을 끊으려 할 것이니 우리 아이는 늘 신중하여 존당 곁을 떠나지 말고 윤문과 같은 화를 만나지 말거라.'

성문이 자모(慈母)의 현명한 경계와 자모의 필적을 반겨 편지를 손 가운데에 두어 차마 놓지 못하고 운아에게 일렀다.

"옥란이 어떤 사람이고 모친과 무슨 원한이 있어 이처럼 모친을 해친 것이냐?"

운아가 좌우에 사람이 없는 것에 마음을 놓아 눈물을 뿌리며 자리를 가까이하고 가만히 정씨 집안의 옥란이 의심되는 줄과 옥란이 전날 부인에게 독을 내왔던 일을 자세히 고하고 또 말하였다.

"옥란이 우연한 정씨 집안의 종이면 어찌 이렇게 했겠나이까? 반드시 어사 어른이 정을 둔 사람으로서 부인이 사랑받는 것을 시기하고 미워하여 평지에 풍파를 일으킨 듯 싶나이다."

성문에 다 듣고 얼굴에 눈물이 가득하여 바로 대답하려 하였더니 문득 등 뒤에서 한 사람이 부르며 말하였다.

"우리 아이가 무엇 때문에 이렇듯 마음을 상한 것이냐?"

성문과 운아가 크게 놀라 돌아보니 이는 곧 다른 사람이 아니라 성문의 부친인 어사 이몽창이었다.

이때 어사가 죽매각 소 부인의 협사(篋笥)48)에서 찾을 것이 있어

---

48) 협사(篋笥): 버들가지, 대나무 따위를 결어 상자처럼 만든 직사각형의 작은 손그릇.

죽매각에 들어왔는데 후당의 난간 안에서 은은히 사람의 슬픈 말소리가 들려 왔으므로 어사가 괴이하게 여겨 발걸음을 멈추고 들으니 아들 성문이 운아와 문답하는 소리였다. 어사가 분명히 들었으니 총명이 밝게 깨어 바삐 후창을 밀고 아들을 불러 슬퍼하는 까닭을 물은 것이다. 한편으로는 서간을 앗아 다 보고 바야흐로 옥란의 일을 분명히 깨닫고 한스러움을 이기지 못하여 운아와 아들을 물러가라 하였다.

서간을 소매에 넣고 정당(正堂)에 들어가니 바야흐로 낮문안 때였다. 집안의 위아랫사람들이 모두 모여 있었는데 조부모와 아버지, 숙부 등이 다 태부인을 모시고 있었다. 어사가 성난 기색을 억제하고 나직이 시립(侍立)하고 있다가 말이 몇 차례 돌자 문득 관을 벗고 자리 아래에 무릎을 꿇고 머리를 두드리며 말하였다.

"불초자가 어리석고 사리에 밝지 않아 위로 아버님의 밝으신 교훈을 저버리고 아래로 어진 처를 보전하지 못하였으니 이는 다 불초자가 색을 탐하고 현명하지 못한 죄입니다. 오늘 범인의 단서를 잡았으니 마땅히 소 씨의 원한을 풀고 불초자는 어리석어 저지른 죄의 대가를 받겠나이다."

좌우 사람들이 다 듣기도 전에 놀람과 의아함을 이기지 못하고 승상이 역시 괴이하여 눈을 들어 어사를 보고 말하였다.

"네 말이 반드시 연고가 있음을 의아해 하니 모름지기 밝히 풀어 말하도록 하라."

어사가 다시 일어나 절하고 드디어 아들 성문과 운아가 문답하던 일을 처음부터 끝까지 고하고 소 씨의 봉서(封書)를 드렸다. 사람들이 한 번 듣고는 어사가 옥란에게 정을 둔 일이 참으로 뜻밖이었으므로 크게 놀랐다. 또 소 씨의 편지 내용이 십분 분명하니 소 씨에게 다른 적국(敵國)이 없었으므로 이는 곧 옥란이 저지른 일이 아니겠는가. 좌중이 어사의 호방함을 어이없게 여기고 천인(賤人)이 저지른 일에 놀라워하였다. 승상은 도리어 한바탕 차게 웃고 말하였다.

"몽창은 참으로 풍류를 아는 화려한 선비로다. 곳곳에 아름다운 여인을 두었으니 대장부가 새 여자를 좋아한다는 말을 시원하게 행하였으니 참으로 상쾌하다 하겠거니와 가련한 소 씨는 호방한 남편을 만난 까닭에 가냘프고 약한 몸이 남쪽 땅 황폐한 곳에서 고초를 겪고 있으니 원통하구나. 내 전날 너에게 벌을 줄 때 집안에 정 둔 자가 있는지 물었을 때 끝까지 없다고 하더니 옥란이 어찌 까닭없이 악한 일을 행한 것이더냐?"

어사가 황공함을 이기지 못하여 고개를 조아리고 말하였다.

"소자가 진실로 어설프고 현명하지 못한 까닭입니다. 그때에는 엄한 위엄 아래에 숨기려 한 것이 아니라 잊고 있었던 것입니다. 옥란은 과연 소자가 상 씨를 잃은 후 어느 날 외가에 갔다가 얻은 것입니다. 옥란이 외할머니 앞에서 시중을 들고 있기에 그 절세한 모습에 어린 남자의 호색하는 마음이 자연히 동하여 두어 번 유희한 일이 있으나 종시 첩으로 거둘 뜻은 없어 소 씨를 맞이한 후에는 엄히 거절하였습니다. 간악한 천비(賤婢)가 감히 방자하고 요사스러움이 이 지경에 미칠 줄을 알았겠나이까? 감히 죽을 죄를 청합니다."

승상이 분노한 빛이 뚜렷하여 대답하지 않으니 태사가 말하였다.

"간악한 사람의 자취를 모를 때는 할 수 없었지만 이미 안 후에는 소 씨의 원통함을 어서 아뢰야 할 것이니 아들은 다른 생각 하지 말고 옥란을 어서 엄히 잡아들여 간악한 정황을 밝히라."

승상이 명을 듣고 이에 두 아우와 자질(子姪)을 거느려 외헌에 나와 교의(交椅)에 자리를 정하고 금방울을 흔들어 하관(下官)과 관아의 사내종, 사예(使隷)49)와 나졸(邏卒)50)을 모으고 형장 도구를 크게 베풀어 옥란을 잡아오라 하였다.

이때 옥란은 이 어사의 은애를 다시 얻을 길이 없어 야속하고 분하였는데 그러한 마음이 다 소 부인에게 돌아갔다. 소 부인이 오히려 적소(謫所)에서 무사히 머무는 줄을 한하여 다시 그 아버지와 상의하고 도박하는 무뢰자 나승이란 놈을 사귀어 천금을 주며 남창에 가 소 부인을 해치라고 하였다. 나승이 기꺼이 허락하고 무뢰한 악소년들과 작당하여 급히 소 부인의 귀양 행렬을 따라가 소 부인이 미처 적소에 들지 않았을 때 해치려고 하였다. 그런데 흉적이 도중에 독병을 얻어 치료하여 나은 후에 남창에 이르니 소 부인 일행은 벌써 적소에 평안히 거하고 있었다. 흉적이 어느 날 밤에 소 부인이 머무는 곳에 불을 놓고 부인 노주(奴主)를 해치려 하였으니 알지 못하겠도다, 다음 회에 어찌 되는고.

옥란이 자객을 보내고 손꼽아 날을 세며 회보(回報)51)를 고대하더니 몇 달이 지나도록 소식이 없으므로 매우 초조해 하였다.

어느 날 밤은 꿈자리가 매우 흉하고 저녁까치가 자기 있는 곳에 내려와 슬피 우니 옥란이 놀라고 의심하여 길조인지, 흉조인지 생각하였다. 문득 승상부로부터 범과 이리 같은 아역(衙役)52) 십여 명이 불문곡직하고 달려들어 옥란을 수리매가 채듯 잡아갔다. 옥란이 혼백이 떨어져 나가는 듯하여 미처 연고도 묻지 못하고 잡혀 이씨 집안의 대서헌에 이르렀다. 누대 아래에 형벌 기구를 벌여 놓고 범 같

---

49) 사예(使隷): 집장사예(執杖使隷)를 말함. 장형(杖刑)을 집행하는 일을 맡아 하던 사람.
50) 나졸(邏卒): 순라(巡邏)를 하는 사졸(士卒).
51) 회보(回報): 돌아와서 보고함.
52) 아역(衙役): 수령이 지방 관아에서 사사롭게 부리던 사내종.

은 아역과 나졸이 단단한 매를 가지고 오형(五刑) 기구를 다 갖추어 놓았으니 엄연히 대죄인을 다스리는 것들이었다. 대청 위를 바라보니 승상이 자제, 조카들과 함께 나란히 앉아 있었는데 빼우난 미우(眉宇)에 서릿바람이 차가웠으니 비록 죄가 없는 자라도 감히 우러러보지 못할 정도인데 더욱이 옥란 천녀(賤女)와 같이 죄가 있는 사람에 있어서랴. 위로 쳐다보고 아래로 내려다보고 한 번 보고서 넋이 나가 도리어 무엇에 홀린 듯 있었다. 승상이 문득 한 번 크게 소리를 질러 옥란을 끌어내 형틀에 올리니 옥란이 담력이 있었으나 몸을 매우 떨었다.

승상이 이미 좌우의 사예(使隸)를 꾸짖어 독한 형벌을 내리며 실상을 추문(推問)하였다. 옥란이 처음은 견뎌 내어 원통함을 부르짖더니 한 차례를 지나 연한 살이 떨어져 붉은 피가 좌우로 솟구쳐 나오고 흰 뼈가 살짝 드러났다. 그런데도 옥란이 자백할 마음이 없었으므로 승상이 그 요사스럽고 악한 데 대로하여 장차 오형(五刑)[53]으로써 더하려 하였다. 옥란이 이에 이르러는 크게 울고 초사(招辭)를 올렸다.

'천비(賤婢)는 본디 정씨 집안 태부인이 신임하는 시녀였습니다. 소 부인과 원한이 없었으니 어찌 소 부인을 해치겠나이까마는 천인(賤人)이 한 번 이 어사 어른의 은정을 얻은 후에는 어리석은 마음에 길이 백 년 동안 은애를 받을까 여겼습니다. 그런데 소 부인이 들어오시고 그 빼어난 자태가 천고에 희한하실 뿐 아니라 상공께서 이 천한 몸을 헌신짝처럼 버리시고 다른 데 시집갈 것을 이르셨으니 천인

---

53) 오형(五刑): 다섯 가지 형벌. 묵형(墨刑), 의형(劓刑), 월형(刖刑), 궁형(宮刑), 대벽(大辟)을 이르는데, 묵형은 죄인의 이마나 팔뚝 따위에 먹줄로 죄명을 써넣던 형벌이고 의형은 코를 베는 형벌이며 월형은 발꿈치를 자르는 형벌이고, 궁형은 생식기를 자르는 형벌이며, 대벽은 목을 베는 형벌임.

의 원망이 이로부터 골수에 사무쳐 소 부인을 해친 것이 적실합니다.

어느 날 먼저 소 부인을 독약으로 시험하였으나 무사하신 것을 한하여 또 죽매각 비자(婢子) 난매와 형제 되고 재물로 그 마음을 사 먼저 윤문 소공자를 독약 먹이고 그 죄를 소 부인에게 씌웠습니다. 난매를 시켜 부인 친필을 훔쳐 내 천비(賤婢)가 필체를 본떠 간부(姦夫)가 보낸 편지를 만들었습니다. 어느 날 부인이 정당(正堂)에서 미처 돌아오지 못한 틈을 타 개용단(改容丹)을 삼켜 난매는 부인이 되고 천비는 가칭 위생이 되어 어사 상공이 친히 보시도록 하였습니다. 과연 어른이 소 부인을 의심하시어 발자취가 죽매각에 드물게 되니 어른이 큰어르신께 매를 맞고 감히 소 부인 처치를 마음대로 못 하셨습니다.

천비는 어찌 됐든 부인을 어서 없애려 하였으므로 시작한 간모(奸謀)를 그만 두지 못해 어느 날 밤에 뭇 어른들이 서당에서 주무시는 때에 천비가 또 스스로 약을 삼켜 날렵한 남자가 되어 비수를 끼고서 어사 어른이 의심하도록 만들었습니다. 또 뇌물을 행하여 대간(臺諫)을 사주하여 임금께 아뢰도록 하였으며 옥사가 이루어지자 유 상서 곁의 사람에게 뇌물을 주어 옥사가 성사되도록 한 것은 다 아비 송선을 시켜서 그리 된 것입니다. 난매는 판결이 난 후에 도망하였는데 아비가 거두어 아비 집에 있게 하였으니 이는 다 천비의 계교입니다. 환약의 출처는 천비의 형 금란이 장군 두 모의 시첩인바 형이 단약을 얻어 장군 부인을 해하여 출거시키고 형이 장군에게 총애를 독차지 하였으므로 천비가 그 남은 것을 얻어 왔던 것입니다. 그것으로 소 부인을 해하고 어사 어른이 천비를 다시 돌아볼 것을 구하였으나 어른이 끝내 길 가는 사람 보듯 저를 보았으니 천비가 분함과 원통함이 쌓여 또 자객을 남창에 보낸 지 몇 달이 지났으나 아직 소식이 없습니다. 이제 감춰 왔던 자취가 다 드러났으니 이는 다만 신명께서 돕지 않으셔서입니다. 그러나 계교 행함은 천인이 한 것이지만 소공자를 죽인 것은 난매가 한 짓이니 천비가 혼자 한 죄가 아닙니다. 엎드려 바라건대 어른께서는 쇠잔한 목숨을 용서해 주소서.'

승상 형제와 좌우의 사람들이 초사를 다 보고 옥란의 요사스럽고 방자한 행동을 놀라워하지 않는 이가 없었고 승상이 책상을 치며 크게 꾸짖었다.

"간악한 천녀(賤女)가 어찌 이처럼 방자할 줄을 알았으며 몽창의 어리석음 때문에 어진 처와 자식의 몸이 보전되지 못한 줄을 어찌 알았겠는가?"

아역(衙役)을 호령하여 송가에 가 난매를 잡아오게 해 형벌을 엄히 내리니 난매가 놀라 청천벽력이 한 몸을 부수는 듯하였으나 옥란의 모습을 보니 변명하여 이로울 것이 없다고 생각하여 전후에 저지른 악한 일을 낱낱이 아뢰니 옥란의 초사와 조금도 다름이 없었다. 승상과 이씨 제공(諸公)이 분개한 것은 이를 것도 없고 어사가 분통하여 이를 갊은 더욱 비길 데가 없었다.

승상이 이 일을 사사로이 처단하면 안 될 것으로 헤아려 아버지에게 아뢰고 즉시 두 여자를 잡아 형부에 대령하라 하고 두 여자의 초사를 거두어 임금에게 아뢰고 소 씨의 원통함을 풀어 줄 것을 청하였다. 임금이 또한 두 여자의 악독하고 방자함에 대로하고 유 형부가 뇌물을 받아 옥사를 허투루 한 데에 놀라 유 상서의 허물을 나무라고 도찰사 임경유로 형부상서를 교체하여 그에게 옥사를 다스리라 하였다. 임 상서는 강직한 자라 역시 놀라워하고 형부에 이르러 즉시 좌기(坐起)하고 난매, 옥란과 송선을 다 잡아 물으니 과연 전후의 일이 명백하였다. 형부가 이대로 임금에게 아뢰니 이 가운데 또

두 장군의 첩 금란의 악한 일이 발각되었으므로 두 장군이 역시 대로하여 금란을 잡아 죄를 묻고 형부에 부쳤다. 임금이 옥란 형제의 악하고 음란함에 놀라움을 이기지 못해 즉시 율전을 살펴 말하였다.

"살인한 자는 한 고조의 약법삼장(約法三章)54)에서도 용서하지 않았거늘 하물며 옥란과 난매는 집의 종으로 주인의 자식 죽이는 것을 꺼리지 않았으니 이는 시역(弑逆)55)과 마찬가지다. 한 가지 죄만 해도 용서하지 못할 죽을 죄이거늘 당 아래의 천첩이 감히 여군(女君)을 모해하였으니 그 죄는 목 베어 죽이는 것으로도 용납받지 못할 것이다. 그러니 어찌 한 목숨을 용서하겠는가? 옥란과 난매를 다 능지처참하여 그 죄를 엄정히 하라."

그러고서 두 장군 시첩 금란이 당 아래의 비첩(婢妾)으로서 여군을 도모한 죄가 중하나 목숨은 상하게 하지 않았으니 죽이지는 않겠으나 형장(刑杖) 몇 차례를 한 후에 멀리 북해주에 충군(充軍)하여 관비로 삼으라 하였다. 옥란의 아버지 송선이 또한 죄가 없지 않으므로 중형(重刑)을 세 차례 하여 절도(絶島)에 충군하여 영영 사면을 입지 못하게 하라 하였다. 그리고 소 부인의 남창 적거(謫居)를 풀어 부부가 다시 합하라 하고 소 상서를 위로하며 형부상서 유영걸을 삭탈관직(削奪官職)56)하여 향리에 내치니 조야(朝野)57)에서 통쾌하게 여겼다. 유 상서가 벼슬을 빼앗기고 꾸짖는 조서를 받으니 열없고

---

54) 약법삼장(約法三章): 중국 한(漢)나라 고조가 진(秦)나라의 가혹한 법을 폐지하고 이를 세 조목으로 줄인 것. 곧 사람을 살해한 자는 사형에 처하고, 사람을 상해하거나 남의 물건을 훔친 자는 처벌한다는 것임.

55) 시역(弑逆): 부모나 임금을 죽임. 시살(弑殺).

56) 삭탈관직(削奪官職): 죄를 지은 자의 벼슬과 품계를 빼앗고 벼슬아치의 명부에서 그 이름을 지우던 일.

57) 조야(朝野): 조정과 민간.

부끄러웠으며 또 이씨 집안의 사람들을 볼 낯이 없어 드디어 고향으로 내려갔다.

다음 날, 옥란과 난매를 저잣거리에 가 베니 난매가 죽을 적에 탄식하며 말하였다.

"내 재물을 탐한 죄로 목숨을 잃으니 누구를 원망하며 누구를 한하겠는가? 이 씨 어린아이의 원혼이 어찌 원한을 갚은 것이 아니겠는가?"

이미 두 여자를 죽여 시체와 머리를 사람들에게 돌린 지 삼 일 만에 송선이 거두어 장사지내고 자신은 적소로 돌아갔다.

두 장군은 무관으로서 성격이 과격했으므로 금란의 악한 일에 대로하여 법부에서 다스려 내친 것을 다시 잡아다 형벌을 한 차례 더 쳐 내쳤다. 금란이 반죽음이 되어 수레에 실려 적소로 가다가 중도에 맞은 자리가 덧나 죽었다. 두 장군이 금란을 내치고는 부부가 다시 합쳐져 일 없이 즐겁게 지냈다.

이씨 집안의 모든 사람들은 소 소저의 누명이 이처럼 시원하게 벗겨져 소 소저가 쉽게 돌아오게 된 것을 기뻐하였으나 자객이 길을 따라갔다는 말에 깊이 염려하고 마음을 놓지 못하였다.

정씨 집안에서는 또 옥란의 악행이 발각되어 크게 놀랐다. 비록 지나간 일이나 부인은 처음에 옥란을 허락하여 손자에게 보낸 것을 한하고 소 씨가 귀양 가서 겪을 고초와 윤문의 비명횡사를 불쌍히 여겨 탄식하였다.

승상이 바야흐로 어사를 불러 한바탕 크게 꾸짖어 전날 자기 속인 것을 책망하니 어사가 황공하여 사죄하고 감히 다시 변명을 못하였다. 예부가 거행하여 소 씨의 성친록(成親錄)[58]을 고치며 이씨 집안

---

58) 성친록(成親錄): 혼인을 이루었다는 기록.

에서 폐백을 갖추어 소씨 집안에 보내고 전후 현명하지 못함을 사죄하니 소씨 집안의 사람들이 소저의 신원(伸寃)이 시원하게 되었음을 기뻐하고 태부인은 이씨 집안의 문명(問名)[59]을 어루만지며 탄식하고 말하였다.

"월혜가 진실로 만난 바가 기구하구나. 이가(李家)의 문명이 두 번 돌아가고 세 번 다시 오니 이후에는 편안히 지내기를 바라노라."

노 태부인이 사면의 명령을 들은 후에는 손을 꼽아 날을 세며 손녀가 돌아오기를 기다렸다. 승상부의 모든 사람들도 어느 누가 소부인이 돌아오기를 기다리지 않겠는가. 진 태부인의 염려는 소씨 집안 노 태부인의 마음과 똑같았다.

어사는 비록 희로애락을 나타내지 않았으나 부인이 어서 집에 돌아오기를 자못 간절하게 기다리더니 이윽고 사명(赦命)이 내려진 지한 달이 지나 문득 남창 지부(知府)[60]의 아뢰는 글이 대궐에 오르고 참군 이문성의 편지가 이르렀다. 남창 지부는 한 달 전에 부인이 변을 만난 일을 나라에 아뢰었고 문성의 서간은 대강 다음과 같았다.

'부인(夫人)이 적소(謫所)에 오신 후 기거가 늘 무양하더니 모월 모일에 옥수(玉樹) 같은 남아를 낳으시고 산후의 몸이 평상하고 갓난아이도 건강하여 무사히 삼칠일을 지냈더니 홀연 어느 날 밤에 도적이 들어 부인 모자(母子)와 노주(奴主)가 다 흩어져 종적이 없고 시녀 경소는 도적의 칼 아래 죽음을 면치 못하였나이다.'

이씨, 소씨 집안의 사람들이 날로 부인이 경사에 돌아오기를 손꼽아 기다리다가 이 말을 들었으니 어찌 놀라지 않겠는가. 소씨 집안

---

59) 문명(問名): 혼인을 정한 여자의 장래 운수를 점칠 때에 그 어머니의 성씨를 물음. 여기에서는 그 종이를 이름.
60) 지부(知府): 고을의 수령. 지현(知縣).

의 노 부인과 장 부인은 기운이 자주 막히니 상서 또한 딸의 존망을 몰라 애도함을 마지않았으나 자부인(慈夫人)이 늘그막에 이처럼 너무 슬퍼하는 것을 근심하여 감히 내색하지 못하고 낯빛을 좋게 해 자부인을 위로하고 슬픔을 진정하도록 청하였다. 태부인이 슬픔으로 오장이 끊어지고 간담이 스러지는 듯하였으나 며느리와 손자 부부가 억지로 참는 사정을 알아 약간의 위로를 삼았다.

이씨 집안에서 진 태부인은 참으로 애석해 하였으나 승상이 할머니가 이와 같음을 근심하여 위로하며 아뢰었다.

"소 씨 며느리가 비록 지극한 약질이오나 타고난 몸이 건강하고 미우에 팔채(八彩)[61]의 복덕(福德)이 가득하오니 훗날 반드시 몽창이의 집안을 진정할 자는 소 씨입니다. 아직 저들 부부의 액운이 기구하여 만난 바가 한심하오나 이 때문에 목숨을 걱정할 정도는 아니니 엎드려 바라건대 할머님은 걱정을 하지 마소서."

태부인이 길이 탄식하고 눈물을 흘리며 말하였다.

"네 말이 가장 좋으나 노모는 반평생 운명이 기박한 사람이라 이미 간장이 시든 지 오래니 마음이 연하고 심지가 굳지 못하여 사람의 어려운 지경을 차마 듣고 보지 못하겠구나. 소 씨 며느리처럼 기이한 꽃과 밝은 달과 같은 기질과 깨끗하며 곧은 덕행을 가진 사람이 액운이 기구하여 사생을 정하지 못하는 지경에 있으니 어찌 아깝고 슬프지 않겠느냐? 더욱이 분만하여 기린 같은 아들을 낳았다 하거늘 귀양 중에 흩어져 모자, 노주의 사생과 거처를 다 알지 못하니 어찌 더욱 참통(慘痛)[62]하지 않겠느냐?"

---

61) 팔채(八彩): 중국 요(堯)임금의 눈썹이 여덟 가지 색이었다는 데서 유래한 말로 덕이 있음을 가리킴.
62) 참통(慘痛): 슬프고 고통스러움.

말을 마치고 오열하며 눈물을 흘리니 태사는 어머니가 손자며느리를 위하여 늘그막에 지나치게 슬퍼하시어 몸이 평안치 않을까 두려워 재삼 좋은 말로 위로하였다. 희고 긴 수염을 날리며 부드러운 눈동자를 나직이 하여 어머니를 위로하며 이따금 우스갯소리와 밝은 웃음이 얼굴에 가득하였으니 비유하건대 칠십 먹은 사람이 뛰어다니다 넘어지며 어린아이의 놀이를 하는 모습63)과 비슷하였다. 그러니 어찌 증자(曾子)64)가 아버지의 뜻을 받든 것과 맹종(孟宗)65)이 죽순 꺾어 효성을 다한 일만 홀로 기특하다 하겠는가. 진 태부인이 아들과 뭇 손자의 지극한 효성에 감동하여 슬픈 마음을 자못 참을 수 있었다.

　어사가 부인이 분만하여 아들 낳았다는 말을 들으니 더욱 놀라고 안타까우며 슬퍼하였다. 그런데 서숙(庶叔)의 서간 가운데 세월이 흘러 찾기가 어려운 줄을 기별하였으니 비록 부인의 관상을 믿었으나 진실로 하늘의 이치와 사람의 일을 헤아리기 어려웠으므로 기색을 태연히 하였으나 마음속으로는 슬픔이 간절하여 한밤중에 뉘우쳐 자기의 어리석음을 탄식하고 옥란의 죄는 오히려 주륙(誅戮)도 아까움을 통탄하였다. 알지 못하겠도다. 소 소저의 종말이 어찌될 것인가.

　재설. 소 소저가 문성과 함께 남창에 이르니 본읍의 지현(知縣)이 공경하며 영접하였다.

---

63) 칠십~모습: 중국 초(楚)나라 사람인 노래자(老萊子)의 고사. 노래자는 칠십이 되었어도 모친을 위해 오색 무늬의 색동옷을 입기도 하고 물을 받들고 당에 올라가다가 일부러 미끄러져 어린아이의 울음소리를 내기도 하며 모친을 즐겁게 했다고 함.

64) 증자(曾子): 증삼(曾參). 중국 노(魯)나라의 유학자로 자는 자여(子輿). 공자의 제자로 효성이 깊은 인물로 유명함.

65) 맹종(孟宗): 중국 삼국시대 오(吳)나라 사람. 자는 공무(恭武). 효자로서 이름이 높았으며, 겨울에 그의 어머니가 즐기는 죽순이 없음을 슬퍼하자 홀연히 눈 속에서 죽순이 나왔다고 함.

쌍천기봉 卷 10

소월혜는 피난하며 이경문을 잃고
이몽창은 늑혼하고 전장(戰場)에 나가다

차설. 소 소저가 문성을 데리고 남창에 이르니 본부의 지현이 경사 예부상서의 딸이요, 도어사 부인이 이에 이르자 크게 놀라 친히 오 리 밖 정자에 가 맞이해 힘써 공경하고 큰 집을 치워 소저를 머무르게 하고 문서를 만들어 공차(公差)¹⁾를 돌려보냈다. 소저가 또한 이씨 집안의 사내종 몇 명을 머무르게 하고 더러는 돌려보내면서 시부모와 부모에게 서간을 부치니 새로운 슬픔이 가슴속을 끊는 듯하였다.

소저가 이로부터 적소에 머무르니 문성이 밖에서 지키며 지극히 보호하고 지현의 대접이 극진하니 몸은 평안하였다. 그러나 자기 한 몸을 돌이켜 헤아려 보니 천고에 없는 강상(綱常)의 죄악을 무릅써 머나먼 이역 땅에서 수졸이 되어 다시 누명을 씻을 길이 어렵고, 고향에 돌아가 부모 앞에서 채색옷을 입고 춤출 일이 없었으므로 비록 대장부의 철석같은 마음이라 해도 어찌 녹아내리지 않겠는가. 스스로 운명이 기구함을 골똘히 생각하고 밤낮으로 자리에 엎드려 낯을 들어 하늘의 해를 보지 않았다. 그리고 근심을 이기지 못하여 옥 같

---

1) 공차(公差): 관아나 궁에서 파견한 사자(使者)나 관원.

은 얼굴이 초췌하여 달 같은 자태가 시들어 해골처럼 되었으니 이이른바 옥이 진흙에 묻히고 백벽(白璧)이 공산(空山)에 묻힌 것 같았다. 문성이 스스로 불쌍함을 이기지 못해 들어가 창밖에서 문안하고 위로하며 말하였다.

"부인(夫人)이 한때의 재앙으로 이러하시나 오래지 않아 사면을 입어 북으로 돌아가실 것이니 무슨 까닭으로 이렇듯 슬퍼하시어 몸이 상하는 줄을 알지 못하시나이까? 천생(賤生)이 큰어르신이 재삼 부탁하신 명령을 받아 이리 오게 되었으니 어르신이 천 리 밖에서 부인을 바라는 마음이 귀중하거늘 어찌 이렇듯 슬퍼하여 몸 상할 줄을 알지 못하시나이까? 생이 무슨 낯으로 훗날 적형(嫡兄)2)을 뵐 수 있겠나이까?"

소저가 읍(揖)하고 사례하였다.

"첩이 어찌 알지 못하겠나이까마는 첩이 본디 약질로 낯선 땅에 익숙하지 못해 기색이 병든 듯하나 심각하지 않으니 아저씨는 마음을 놓으소서. 사생이 운명이요, 목숨의 길고 짧음이 하늘에 달려 있으니 첩에게 어찌 지레 죽을 병이 있겠나이까?"

문성이 재삼 위로하였다.

소저가 이리 온 지 다섯 달 만인 9월 음력 보름에 아들을 낳으니 낳을 때에 붉은 구름이 집을 두르고 향내가 원근에 쏘이더니 어린아이를 본 것이다. 왼쪽 이마가 우뚝 솟았고 봉황의 눈초리에 누에눈썹을 하고 있었으니 보통 아이와 크게 달랐다. 어사와 조금도 다름이 없었으니 홍아가 아이를 깃에 싸며 탄식하고 말하였다.

"이 어사가 한 아이도 잘 못 키우거늘 또 어찌 둘을 보겠나이까?"

---

2) 적형(嫡兄): 서자가 아버지의 정실에게서 난 형을 이르는 말. 여기에서는 서자인 이문성이 정실 소생인 이관성을 두고 적형이라 부른 것임.

이때 문성이 밖에서 듣고 크게 기뻐 의약을 다스려 소저를 극진히 구호하니 소저가 또한 억지로 몸을 조리하여 즉시 몸이 나았다. 문성이 들어와 보고 치하하자 경교가 새로 낳은 아이를 문성의 앞에 놓았다. 문성이 대갓집 자제로 예법을 자못 알고 승상이 우애를 자못 두터이 하였으나 스스로 겸손하고 삼가기를 위주로 하는 까닭에 이에 들어와 소저를 상대하고는 돗 밖에 엎드려 눈을 들지 않고 있었으므로 경교가 아이를 가까이에 놓은 것이다. 문성이 눈을 들어 보고 크게 놀라 엎드려 치하하였다.

"이 아이가 비록 강보에 싸인 어린아이지만 이렇듯 신기하니 부인의 복록을 알겠나이다."

소저가 슬피 탄식하며 말하였다.

"이 아이의 팔자가 얼마나 좋으면 이렇듯 박복한 어미에게서 났겠나이까?"

문성이 말하였다.

"부인은 그리 이르지 마소서. 부인이 마침 운수가 불리하신 때를 만나 이러하시나 오래지 않아 북으로 돌아가실 것이니 근심을 마소서."

소저가 슬피 눈물을 흘리며 말하였다.

"천고에 없는 죄를 무릅써 목숨을 건진 것도 족하니 엇지 은사(恩赦)[3]를 입어 북으로 돌아가겠나이까?"

문성이 슬픈 낯빛을 하고 위로하였다.

"부인이 억울하심이 옥과 같으니 천도(天道)가 자연히 살핌이 없겠나이까? 원컨대 마음 놓으시기를 바라나이다."

소저가 이에 사례하였다.

---

3) 은사(恩赦): 나라에 경사가 있을 때에, 죄과가 가벼운 죄인을 풀어 주던 일.

삼칠일 후에 아이를 씻길 적에 소저가 문득 보니 가슴에 붉은 점이 있는데 크기가 모란잎 같아 붉은 빛이 낯에 쏘였다. 크게 놀라 다른 데를 보니 등에 검은 사마귀 일곱 개가 있고 배에 '경문' 두 글자가 있었다. 소저가 더욱 놀라 생각하기를,

'이 아이의 모습이 이러하니 기특하거니와 아비를 모르고 이런 기박한 어미에게 어찌 났는고?'

하고 다시 말을 하지 않았다. 이후에 아이를 사랑하여 잠깐 시름을 잊었다.

어느 날 밤에 달이 희미한데 방안에 앉아 경사를 생각하고 있었다. 그런데 홀연 찬 바람이 앞을 지나며 머리에 쓴 관이 내려지는 것이었다. 놀라서 관을 거두고 잠깐 생각하더니 크게 놀라 말하였다.

"위태하다. 이 어찌된 일인가?"

드디어 상자에서 네 벌의 남자옷을 꺼냈다. 원래 소저가 총명하여 만 리 밖의 일을 미리 헤아려 이런 일이 있을 줄 짐작하고 경사를 떠날 적에 흰 깁으로 남자옷을 지어 간수하고 있었던 것이다. 오늘 흉한 일이 있을 줄 알고 홍아 등 네 명을 불러 일렀다.

"하늘이 나에게 재앙을 계속해서 내려 주시어 이제 큰 환란이 앞에 있으니 앉아서 욕을 받는 것은 우스우니 이제 피하려 하는데 어린아이를 장차 어찌할꼬? 홍아 등 세 명은 나이가 젊어 능하지 못할까 두려우니 경교는 나이를 더 먹었고 성실하니 남복을 말고 어린아이를 보호하면서 나를 좇으라."

네 명이 이 말을 듣고 급히 명령대로 하니 소저는 선비의 복색을 하고 홍아 등은 사내종의 옷을 입고 경교는 어린아이를 업어 갈 적에 가벼운 재물을 약간 가지고서 드디어 문성을 청하여 말하려 하였다.

그런데 홀연히 함성이 크게 일어나고 살기가 하늘에 가득하니 노

주 다섯 명이 정신이 황홀하여 뒷문으로 급히 뛰어 달아났다. 이때의 정신 없는 모습을 어찌 헤아릴 수 있겠는가. 이십여 리는 가니 문득 길이 끊어지고 앞에 긴 강이 가로막고 있었다. 모두 숨을 진정하고 돌아보니 경교가 공자를 데리고 간 데가 없었으므로 소저가 크게 놀라 한 소리를 지르고 거꾸러져 혼절하였다. 홍아 등이 바삐 주물러 깨우니 소저가 소리를 머금어 울며 말하였다.

"박명한 인생이 경사에서 죽지 못한 것은 경문 때문이었다. 구차히 연명하여 남창에 가 저를 낳아 마음을 위로하더니 이제 잃었으니 다시 무엇을 생각하겠느냐?"

이렇게 말하고 몸을 날려 물에 뛰어들려고 하였다. 이때 새벽달은 몽롱하고 찬 서리가 쌀쌀한데 강물은 아득하였으니 서러운 사람의 회포를 더하게 하였다. 홍아 등이 크게 곡하고 소저를 붙들어 말리며 말하였다.

"소저가 이에 이르신 것은 천수(天數)입니다. 마땅히 몸을 힘써 보중하시어 원수를 갚는 것이 옳거늘 어찌 중도에 천금 같은 몸을 가볍게 버리려 하시나이까?"

소저가 오열하며 말하였다.

"내 이제 규방의 몸으로 남자의 옷을 하고 어디를 갈 것이며 자식을 잃었으니 만사가 꿈과 같아 차마 살 뜻이 없구나."

홍아가 다시 간하였다.

"소저가 전날은 통달하시더니 오늘은 어찌 이렇듯 조급하십니까? 공자의 골격이 비상하시니 아무 데 가셔도 위태하지는 않을 것이니 원컨대 소저는 마음을 놓으시고 몸을 편히 둘 곳을 생각하소서."

소저가 울며 말하였다.

"타향에 아는 사람이 없고 몸이 여자라 어디를 가 의지하겠느냐?

하물며 자식을 잃었으니 내 차마 살 뜻이 없구나.”

말을 마치자, 한바탕 쓸쓸한 바람이 앞을 가리며 경교가 낯에 피를 묻히고 앞에 서서 일렀다.

“소비(小婢)는 이미 시운이 불리하여 목숨이 칼 끝에 날린 넋이 되었거니와 공자는 반석처럼 무양하시니 16년 후에 만날 줄 아소서. 도적이 지금 오 리 밖에서 따라오고 있나이다.”

말을 마치니 경교를 보지 못하였다.

소저가 경교가 죽은 것을 애통해 하였으나 공자가 무양하다는 말을 듣고 또 전날의 꿈을 생각하고 잠깐 마음을 놓았다. 도적이 따른다는 말에 크게 두려워 이에 강가를 따라 두어 걸음을 가니 배 여러 척이 매어 있고 사람을 건너게 해 주는 나룻배도 있었다. 소저가 담을 크게 하고 사공의 앞에 나아가 손을 꼬고 만복(萬福)을 칭한 후 말하였다.

“우리는 남방 사람이네. 마침 급한 기별을 고하려 장사(長沙)로 가고 있었네. 원컨대 우리를 건너게 해 주신다면 많이 사례하겠네.”

사공이 흔쾌히 나룻배를 대어 오르라 하였다. 네 명이 배에 올라 강 한가운데로 가니 사공이 홍아 등 네 명이 가진 것이 많음을 보고 욕심을 내어 문득 일렀다.

“수재(秀才)4) 뱃삯을 얼마나 주려 하시오?”

소저가 말하였다.

“달라 하는 대로 주겠네.”

사공이 냉소하고 말하였다.

“수재가 저것을 다 줄 것이오?”

---

4) 수재(秀才): 예전에, 미혼 남자를 높여 이르던 말.

소저가 흔쾌히 말하였다.

"거 무엇이 어렵겠는가?"

그러고서 즉시 홍아 등에게 명령하여 가진 금은을 다 사공에게 주었다. 사공이 한때의 욕심을 참지 못해 우연히 말하였는데 제 저렇듯 다 주는 것을 보니 의혹을 이기지 못하였고 또 귀신이 자기를 시험하는가 두려움이 나서 급히 엎드려 말하였다.

"소인이 어찌 이런 뜻이 있었겠나이까? 잠시 실언한 것이니 상공께서는 죄를 용서하소서."

그러고서 뭍에 내려 주고는 나룻배를 옮겨 가니 소저가 역시 사공의 거동을 괴이하게 여겨 홍아를 시켜 부르도록 했다.

"내 어찌 네 배를 타 건너고서 그저 있을 수 있겠는가? 이 물건이 소소하나 한때의 밥값으로 쓰게."

하고서 백은(白銀) 열 냥을 내어 주니 사공이 돌아보지도 않고 달아났다. 이에 은교가 말하였다.

"그 사공이 괴이합니다. 처음에는 장한 욕심을 내었다가 저리 심하게 거절하니 귀신이 소저의 뜻을 시험하는 것이 아닌가 하나이다."

소저가 말하였다.

"네 말이 우습구나. 저 무리가 재물에 욕심을 내었다가 내 태연히 다 주니 의심하여 갔거늘 이런 허망한 말을 하는 것이냐?"

이렇게 말하고 즉시 열 냥의 은을 강 가운데를 바라보고 던지니 세 사람이 놀라 그 까닭을 물었다. 이에 소저가 말하였다.

"이 물건이 이미 뱃삯을 주려고 한 것이니 내 어찌 거두어 가지겠느냐? 그러므로 수신(水神)에게 주어 그 사람이 배를 가지고 다닐 때 위태로움이 없게 하려는 것이다."

세 비자가 그 덕에 탄복하였다.

드디어 뭍에 내려 십 리는 가니 바야흐로 날이 밝았다. 나루터에 행인이 왕래하고 있으니 소저가 가게에 들어가 아침을 먹고 물었다.

"이곳은 어디인고?"

가게 주인이 말하였다.

"여기는 남창 지경 안문현입니다."

소저가 물었다.

"여기에서 남창을 가려 하면 몇 리나 되느냐?"

가게 주인이 웃고 말하였다.

"수재가 알지 못하니 여기에서 남창까지는 백 리 거리입니다."

소저가 놀라 속으로 헤아렸다.

'사오십 리는 왔는가 싶더니 정신 없는 중에 멀리도 왔구나. 잠시나마 장차 어디에 의지할꼬?'

이렇게 계교를 생각하고 있더니 홍아가 말하였다.

"이제는 도적이 멀리 갔을 것이니 도로 남창으로 가는 것이 어떠하나이까?"

소저가 대답하였다.

"너의 계교가 두 번 이리 입에 드는 것이다. 이제 원수가 보낸 사람이 나를 죽이려 하다가 못 하고 분한 마음이 가슴에 가득할 터인데 다시 나아가 그곳에 있으면 반드시 목숨을 보전하지 못할 것이다. 박명한 인생이 인간세상을 과도하게 연연하는 것이 아니나 흉적(凶賊)을 만나면 욕이 가볍지 않을 것이요, 비록 죽으나 더러운 넋이 될 것이니 부모가 낳아 주신 큰 은혜를 조금도 갚지 못하고 그 길러 주신 몸을 상하게 할 수 있겠느냐? 이곳이 남창의 지경이니 귀양 온 죄인으로서 지경을 넘는 것은 도리가 아니다. 몸을 평안히 둘 곳을 얻어 몸을 감추었다가 혹 하늘이 도우신다면 북으로 돌아갈까 하노라."

홍아 등이 눈물을 흘리며 말하였다.

"비자 등이 소견이 얕아 미처 소저의 큰 뜻을 헤아리지 못했나이다."

가게를 떠나 오 리는 가다가 문득 보니 길가에 빈 암자가 있어 노주가 들어가니 텅 비어 있었다. 이에 소저가 말하였다.

"가게 안이 매우 시끄러우니 이곳에서 이 밤을 지내야겠다."

이렇게 말하고 서로 기대 앉았다. 그런데 밤이 삼경은 하여 홀연 수십 명의 강도가 들어와 겁탈한 돈을 나누려 하다가 사람이 있는 것을 보고 놀라 물러서며 말하였다.

"너희는 어떤 사람이냐?"

네 명이 놀라 일시에 몸을 일으켜 운교가 먼저 일렀다.

"우리는 멀리 사는 객인데 가다가 날이 저물어 이곳에 들어와 밤을 지내고 있나이다."

강도가 말하였다.

"너희가 목숨을 잘 마칠 때로구나. 너희 재물을 내 놓아라."

홍아가 도적이 행여 소저에게 가까이 올까 두려워,

"주인은 본디 선비로 길을 갈 뿐이요, 행장은 간섭하지 않았으므로 우리가 당당히 내어 줄 것이니 원컨대 목숨을 살려 주소서."

하고 드디어 주머니에서 금을 내어 주니 도적이 노하여 말하였다.

"너만 가진 것이 아닐 것이니 저 두 종의 것도 가져 오라."

은교와 홍벽이 잠깐 머뭇거리니 도적이 대로하여 말하였다.

"너 어린 종이 어찌 이렇듯 거슬리게 하는 것이냐?"

그러고서 달려들어 품을 뒤져 가진 것을 다 빼앗고 소저의 품을 마저 뒤지려 하였다. 그런데 홀연 금빛이 앞을 가려 보지 못하니 도적이 놀라고 두려워 급히 재물을 수습하여 가지고 달아났다.

소저가 도적이 간 후에 정신을 진정하고 세 비자의 주머니를 보니 한 푼의 재물도 없었다. 이에 소저가 어이없어 일렀다.

"오늘 모습이 나의 운수니 한하여 무익하며 또 재물은 더러운 것이라 내 몸에 치욕이 이르지 않은 것이 다행이라 무엇을 근심하겠느냐?"

드디어 태연히 움직이지 않으니 그 너른 심지는 다른 사람이 가볍게 의논하지 못할 바니 저 세 명의 시비가 무엇이라 하겠는가.

날이 밝자, 드디어 몸을 일으켜 두어 리는 가서 한 곳에 다다랐다. 검은 문이 길에 임하였는데 집의 뜰이 매우 적적하였다. 소저가 잠깐 문 앞에 앉아 쉬고 홍아가 집에 들어가니 한 노인이 머리에 관을 쓰고 몸에는 갈옷을 입고 있었으니 분명한 학발(鶴髮)의 선인(仙人)이었다. 앞에 술병을 놓고 젊은 여자 한 명을 데리고 담소하고 있으니 홍아가 나아가 절하고 손을 꼬고 말하였다.

"대자대비하신 어른은 적선하소서."

노인이 놀라 눈을 들어서 보니 아리따운 고운 눈썹에 구름같이 풍성한 머리를 하고 있었다. 아리따운 모습이 삼춘(三春)에 웃는 복숭아꽃 같았다. 노인이 이에 물었다.

"너의 얼굴을 보니 걸식(乞食)함 직하지 않거늘 어찌 빌어먹는 것을 달게 여기는 것이냐?"

홍아가 눈물을 흘려 말하였다.

"소복(小僕)은 절강 소 상서 댁 종이온데 소상공을 모시고 경사로 가다가 길에서 도적을 만나 노자를 다 잃고 겨우 목숨만 남았습니다. 수천 리 여정에 경사를 가기는커녕 기갈을 견디지 못해 이처럼 빌어먹는 것입니다."

노인이 말하였다.

"네 주인이 지금 어디에 있느냐? 한 번 보고 그 낭패한 주머니를 돕고자 하노라."

홍아가 머리를 두드리며 말하였다.

"어르신의 두터운 은혜는 감격하오나 주인의 성품이 용렬하여 사람 대할 줄을 모르시니 어르신이 다만 한 되의 쌀을 주어 돌려보내신다면 은혜를 잊지 못할까 하나이다."

노인이 말하였다.

"군자의 가난하고 천함은 본디 성인도 허물로 여기지 않으셨으니 내 비록 성현(聖賢)을 본받지 못하나 한 조각 자비로운 마음은 있다. 네 주인이 더욱 불쌍하니 속히 불러오너라."

홍아가 저 처사의 말이 적당하고 속되지 않음을 흠모하여 나아가 소저를 보고 노인의 말을 전하였다. 소저가 이윽히 생각하다가 선뜻 몸을 일으켜 초당에 들어가 노인에게 절을 하니 노인이 답례하고 물었다.

"수재는 어느 땅 사람이십니까? 성명을 듣고 싶나이다."

소저가 대답하였다.

"절강 사람이요, 이름은 소형입니다. 마침 가친이 경사에 계시므로 놀러 가다가 도적에게 노자를 다 잃고 길에서 구걸하는 신세를 면하지 못했더니 어르신이 이렇듯 후하게 대접하시니 참으로 은혜를 고맙게 여깁니다. 귀한 성명을 알고자 하나이다."

노인이 말하였다.

"노인은 선조 적에 급사(給事)⁵⁾ 벼슬을 했던 오환인데 나이 늙어 벼슬을 버리고 고향에 돌아와 산수를 벗하고 있나이다. 수재는 귀한 집의 자제로서 의외에 변을 만나 이렇듯 길에서 돌아다니고 계시나 대단한 일은 아니고 이 늙은이가 비록 늙고 아둔하나 노자를 차려

---

5) 급사(給事): 급사중(給事中)을 줄여 부른 관직명. 궁전 안에서 황제의 시중을 들며 일을 맡아 보았으므로 이러한 명칭이 붙음.

드릴 것이니 평안히 가소서."

소저가 저 오 공의 의기에 크게 감격하여 사례하며 말하였다.

"어르신이 소생을 평생 처음으로 보셨는데 이처럼 은혜를 많이 끼치시니 소생이 결초보은하겠나이다."

급사가 사양하며 말하였다.

"피차가 환란에 구해 주는 것은 대장부의 예사로운 일입니다. 어찌 과도히 칭찬하십니까?"

소저가 오 공이 나이가 늙고 자녀가 없는 것을 보고 잠깐 속여 말하였다.

"소생이 도적을 만난 후에 두려움이 심하여 능히 서너 명의 어린 사내종과 함께 먼 길을 가지 못할 것입니다. 며칠 전 경사에 가는 사람에게 글을 부쳤으니 가친이 말과 수레를 속히 보낼 것입니다. 그러니 잠깐 세월을 보내며 평안하고 고요한 곳에 머문다면 다행일까 하나이다."

급사가 흔쾌히 대답하였다.

"노인이 수재의 기질을 사랑하여 만류하려 하였더니 수재께서 이렇듯 하시니 모름지기 머무시는 것이 다행일까 합니다."

소저가 속으로 천만다행이라 생각하고 급사의 은혜가 큼을 사례하였다. 급사가 서녘의 별실을 깨끗이 치우고서 그곳에 소저 일행을 평안히 머무르게 하고 아침저녁으로 음식을 극진히 하여 친자식처럼 사랑하니 소저가 두어 달을 편히 있었다.

차설. 나승이 중도에 병이 들어 두어 달 고생하다가 겨우 호전되어 다시 졸개를 거느리고 남창에 이르러 소 씨의 처소를 살피니 지키는 것이 엄숙하였다. 그래서 무뢰배와 작당하여 밤을 틈타 소 씨의 처소를 둘러싸고 내당에 돌입하였으나 소 씨의 모습이 없으므로 크게 놀라고 괴이하게 여겨 밖으로 나오니 종의 무리가 한 사람도 없었다. 크게 분하여 고함을 치고 뒷길로 따라가니 앞에 한 중년의 여자가 작은 아이를 안고 뒷간에 갔다 오는 것이었다. 이에 나승이 생각하기를,

'이 여자가 소 씨로구나.'

하고 급히 달려들어 여자를 붙잡았다. 원래 경교가 무리의 뒤에 떨어져 가다가 복통이 급해 뒷간에 갔다가 나승을 만난 것이었다. 경교가 다만 빌며 말하였다.

"첩은 사족의 여자로서 이제 그대가 무례하게 핍박하는 것을 차마 감당하지 못할 것이니 만일 예로 맞아들인다면 순종하겠습니다."

나승이 여자의 자색이 아름다웠으므로 매우 기뻐하며 기세가 부드러워졌다. 경교는 본디 평민의 자식으로서 이씨 집안의 유모로 뽑혀 정 부인의 신임을 받아 일을 하다가 소저를 좇아서 온 것이었다. 오늘 도적에게 욕을 당할 일이 급하므로 차고 있던 칼을 빼어 자기 목을 찌르니 목숨이 다하였다. 나승이 크게 놀라며 아까워하였으나 할 수 없이 주검을 밀쳐 덮고 이어서 어린아이를 보니 용모가 크게 비상하였으므로 가만히 생각하였다.

'이 아이를 자식 없는 곳에 팔면 큰돈을 받을 수 있겠다.'

그러고서 졸개를 흩어 보내고는 경문을 데리고 그윽한 곳으로 가 살 곳을 찾아보았다.

이때 형부상서 유영걸이 부인 김 씨가 남창에 있더니 늦도록 자식이 없으므로 매양 한스러워하고 첩을 얻어 경사에 두고 남창에는 오지 않았다. 김 씨가 스스로 팔자를 탄식하더니 지난 해 납월(臘月)[6]

---

6) 납월(臘月): 음력 섣달을 달리 이르는 말.

에 상서가 이에 이르러 부인의 외로움을 불쌍히 여겨 은근히 정을 맺고 돌아갔다. 김 씨가 이때를 틈타 계교를 생각하고 열 달을 드러누워 아기가 섰다고 칭하였다. 유 공이 듣고 크게 기뻐하며 약을 다스려 보내니 김 씨가 더욱 의기양양하고 달이 차자 심복 시녀 취향에게 금은을 주어 아이를 사 오라 하였다. 취향이 금은을 가지고 남창현에 가 돌아보았는데 홀연 보니 한 장사가 어린아이를 품고 오는 것이었다. 이에 급히 물었다.

"알지 못하겠구나. 아저씨가 이 아이를 팔려고 하는 것이오?"

나승이 이 말을 듣고 기뻐 말하였다.

"내 마침 길을 가다가 얻었으니 살 사람이 있으면 팔려고 하네."

취향이 말하였다.

"내 나이 늙도록 자식이 없어 스스로 팔자를 탄식하여 어린아이를 사려고 했는데 아저씨가 판다고 한다면 천금을 아끼지 않을 것이오."

드디어 금 천 냥을 내어 놓으니 승이 우연히 취향을 만나 이러한 일을 겪으니 기쁨을 이기지 못해 하늘에 사례하기를,

'내 비록 소 씨 여자를 잃었으나 이 강보의 아이를 얻어 금은을 취하였으니 내 팔자가 좋구나.'

하고 거짓으로 아이를 치켜세우며 일렀다.

"아줌마는 이 아이의 관상을 보게. 이렇듯 귀인이 될 아이를 마침 기갈을 이기지 못해 판들 어찌 금 천 냥만 받을 수 있겠는가?"

취향이 말하였다.

"마침 가져온 것이 이것뿐이나 아저씨가 수고롭지만 우리 집으로 오면 달라고 하는 대로 줄 것이오."

나승이 더욱 기뻐 취향을 따라 유 상서 집에 이르렀다. 취향이 경문을 안고 들어가 김 씨에게 주고 전후수말을 자세히 고하니 김 씨

가 크게 기뻐 값을 헤아리지 않고 또 일천 냥을 주니 모두 이천 냥이었다. 나승이 온 몸에 기쁨이 가득하여 금을 수습하여 가지고 경사로 올라가던 중에 제 동료 한 사람을 만났다. 나승이 제집 안부를 물으니 그 사람이 손을 저으며 말하였다.

"그대의 집에 일이 끝이 없더라."

그러고서 전후의 사연을 일일이 이르니 나승이 크게 놀라 서울로 가지 못하고 사잇길로 달아나 깊은 산골짜기에 가 살았다.

이때 김 씨가 경문을 얻고 크게 기뻐 경사에 아들 낳았음을 알리려 하더니 유 상서가 삭직(削職)을 당해 여기에 이르렀다. 김 씨가 놀라 연고를 물으니 유 공이 소 씨의 옥사를 판결하다가 벌 받은 일을 이르고 바삐 낳은 아이가 남자인지, 여자인지를 물으니 김 씨가 웃음을 머금고 말하였다.

"첩이 늘그막에 잉태한 것이 괴이한 일이거늘 자식이 크게 기특하여 보통사람과는 다르니 우리 가문의 행운입니다."

말을 마치자 취향이 경문을 안아 상서의 앞에 놓으니 유 공이 보고 놀라 기뻐하며 아이를 어루만지면서 칭찬하였다.

"만일 부인이 아니었으면 이 아이를 어찌 낳았겠는가? 생이 전날 어질지 않은 행동을 한 것이 부끄럽네."

김 씨가 이때 의기양양하여 웃으며 말하였다.

"첩이 비록 아들을 낳았으나 상공이 아니었으면 어찌 얻었겠나이까?"

유 공이 드디어 이름을 현명이라 지었는데 그 사랑을 이루 헤아릴 수 없었다. 그리고 몸에 세 표식이 있는 것을 보고 놀라 기특히 여겨,

"이 아이가 장래에 귀한 사람이 될 것이네."

하고 이후에 부부가 현명을 사랑하여 꽃 피는 아침과 달 뜨는 저녁에 재미로 삼았다. 경문이 몸이 무사하였으나 알지 못하겠구나.

부모를 언제 만날 것인가. 다음 회를 보라.

각설. 문성이 잠이 깊이 들었는데 홀연 함성이 크게 나므로 미처 옷을 입지 못하고 사내종과 함께 각각 도망하여 관아에 들어가 군사를 빌려 도적 잡기를 청하였다. 지현이 크게 놀라 즉시 부리는 군사 가운데 천 명을 뽑아 소 부인의 처소에 이르니 도적은 그림자도 없고 소 씨의 거처도 알 수가 없었다. 문성이 정신이 아뜩하여 군졸을 거느려 급히 따라가니 안문현 지경에 한 주검이 있거늘 살펴보니 이는 곧 경교였다. 문성이 참담함을 이기지 못해 나이든 종 영운을 시켜 시체를 거두어 숙소에 가 염습(殮襲)[7]하라 하였다. 또 십여 리를 가니 큰 강이 앞에 막혀 있고 도적의 종적도, 소저의 종적도 알 수 없으므로 할 수 없이 숙소에 돌아와 스스로 한바탕 통곡하고 죽으려 하였다. 이에 지현이 급히 말리며 말하였다.

"이제 도적의 환란이 참혹하여 소 부인의 거처를 알 수가 없으나 또 생각건대 소 부인이 세 명의 시비와 함께 다 죽지는 않았을 것이니 어찌 아녀자와 같은 모양을 하여 죽으려 하는 것인가?"

문성이 통곡하며 말하였다.

"소생이 일찍이 어리석은 위인으로 적형(嫡兄)의 우애를 산과 바다처럼 여기고 있었더니 이제 그 며느리를 내게 맡겨 보내셨거늘 그 몸을 보전하지 못했으니 무슨 낯으로 북으로 돌아가 승상 어른을 보겠습니까?"

지현이 재삼 위로하였다.

"이제 일이 이에 이르렀으니 할 수 없고 하늘은 어진 사람을 도우니 혹 부인이 평안히 계시다면 그대가 죽는 것이 우스운 일이니 범

---

7) 염습(殮襲): 시신을 씻긴 뒤 수의를 갈아입히고 염포로 묶는 일.

사에 급한 것은 옳지 않으니 헤아려 보라."

문성이 이 말을 듣고 잠깐 마음을 진정하여 사방의 문에 방을 붙여 소 씨를 찾았다. 두어 날 후 경사에서 육 시랑이 사문(赦文)[8]을 가져 이르니 문성이 더욱 놀라고 슬픔을 이기지 못해 육 공에게 전후의 변란을 모두 일렀다. 이에 육 공이 크게 놀라 말하였다.

"이제 나라에서 부인을 크게 표창하셨으므로 이 늙은이가 성지(聖旨)를 받들어 이르렀더니 이제 부인이 간 곳을 알 수가 없으니 이를 장차 어찌할꼬?"

문성이 말하였다.

"소생이 천하를 다 돌아서라도 소 부인이 계신 곳을 찾아 경사로 갈 것이니 어르신은 먼저 가소서."

그러고서 서간을 써서 주니 육 공이 여기 있어도 할 일이 없었으므로 문성과 이별하고 경사로 갔다.

재설. 이씨 집안에서 육 시랑을 보내고 온 집안사람들이 한 당에 모여 모두 말을 할 적에 경 시랑 등은 소 씨의 원통함이 시원하게 풀린 것을 기뻐하고 어사가 밝게 깨달은 것을 다행으로 여겨 치하가 분분하였다. 이윽고 자리를 파하여 모두 물러나고 어사가 모친 침소에 이르러 죄를 청하니 부인이 혀를 차고 오랫동안 탄식하다가 말하였다.

"내 덕이 없는 위인으로 너희를 두어 맑은 가문에 욕이 미칠까 밤낮으로 마음을 놓지 못했거늘 네 어린아이로서 전후의 행동을 보건대 족히 그 몸을 보전하지 못할 것이다. 이런 까닭에 내가 사람을 대할 면목이 없더니 이제 네가 요행히 깨달은 바가 있고 며느리의 원

---

8) 사문(赦文): 나라의 기쁜 일을 맞아 죄수를 석방할 때에, 임금이 내리던 글.

통함이 밝히 풀렸으니 이런 까닭에 너를 용납하는 것이다. 이후에는 마음을 다잡아 유교의 가르침을 어기는 죄인이 되지 말거라."

어사가 모친의 구구절절이 진심어린 말을 듣고 감격함을 이기지 못해 고개를 조아려 절하고 말하였다.

"제가 사리에 밝지 못해 억울한 처자를 그릇 의심하여 사지에 넣고 부모님의 밝은 교훈을 잊어 버렸으니 그 죄는 죽으려 해도 죽을 땅이 없을 정도입니다. 그런데 이제 부모님이 저의 태산 같은 죄를 용서하시고 아내를 위로해 주시니 제가 비록 사리에 밝지 못하나 또 죄를 얻는 일이 있겠나이까?"

부인이 길이 잠자코 있으면서 말을 하지 않았다. 이때 승상이 들어오니 부인과 어사가 일어나 맞이하였다. 승상이 생을 나아오라 하여 경계하였다.

"네 비록 잊어 버렸다고는 하나 천비(賤婢)를 가까이하여 이런 대란(大亂)을 일으켰다. 내 너를 어릴 때부터 가르치면서 무엇을 일러 주었더냐? 네 그 하나를 행하지 않으니 내가 죽어도 구천(九泉)에서 눈을 감지 못하겠다."

어사가 부친의 말을 듣고 땀이 뼈에까지 흘러들 정도라 두 번 절해 이후에는 잘못하는 일이 없을 것이라 일컫고 재삼 사죄한 후 물러났다. 서당에 이르니 아우들과 숙부, 부마 등이 모여 말하고 있다가 어사를 보고는 이 중 철 순무가 웃으며 말하였다.

"백달[9]이 전날에는 처자에게 법을 세울 것이라고 자신 있게 말하다가 지금 와서는 거동이 너무 요란하니 대장부의 몸가짐에 빛나는 일이 없구나."

---

9) 백달: 이몽창의 자(字).

어사가 웃으며 말하였다.

"소제가 비록 소 씨를 의심한 일이 있었으나 드러내어 소 씨를 다스린 일이 없었는데 요사스러운 사람이 들어와 큰일을 빚어 낸 것이니 소제의 탓이 아닙니다."

순무가 크게 웃고 말하였다.

"네 말이 과연 허무하다. 비록 옥란이 그렇듯 일을 꾸몄어도 네가 제대로 알았다면 이번과 같은 대란이 났겠느냐? 너의 사나움이 비할 데가 없구나. 내 이번에 나랏일을 보고 오다가 어느 곳에 이르러 한 귀신을 만났는데 머리 크기는 장군 같고 얼굴이 흉악하기는 금강신(金剛神)[10] 같은데 바로 내게 돌입하더구나. 내 마침 날카로운 검을 가지고 있어서 귀신에게 시험하니 귀신이 감히 나를 범하지는 못하고 종 두 명과 가게 주인 한 명을 해쳤으니 그 사납기는 여느 귀신보다도 심하더구나. 내가 가게 주인에게 물으니 이 귀신의 이름은 몽달로, 사람들이 이곳을 지날 적에 부디 향불을 피워 놓고 제를 지내면 그런 장난을 안 한다고 하니 내 요망히 여겨 꾸짖고 온 적이 있다. 그런데 너의 사나움이 그 귀신과 흡사하고 네 이름은 몽창이요, 자는 백달이니 고쳐서 몽달이라 하는 것이 어떠하냐?"

좌우가 크게 웃고 어사도 웃고 대답하였다.

"형님이 소제를 너무 박대하나이다. 사람이 성인도 허물이 있으신데 하물며 조그만 어린아이에게 어찌 허물이 없을 것이라고 몽달에게 비겨 저를 욕하십니까?"

연수가 크게 웃으며 말하였다.

---

10) 금강신(金剛神): 여래의 비밀 사적을 알아서 오백 야차신을 부려 현겁(賢劫) 천불의 법을 지킨다는 두 신. 절 문 또는 수미단 앞의 좌우에 세우는데, 허리에만 옷을 걸친 채 용맹스러운 모습을 하고 있음. 왼쪽은 밀적금강으로 입을 벌린 모양이며, 오른쪽은 나라연금강으로 입을 다문 모양임.

"너의 사나움은 몽달보다 더하다. 몽달이 순식간에 세 사람을 해치고 그 분노를 발할 적에 그 흉악함에 대적할 사람이 없어 내 참으로 몽달을 흉하게 보았더니 너의 행동이 몽달과 흡사하다."

어사가 웃고 말을 하려 하다가 보니 성문이 안에서 나왔다. 온화한 얼굴과 법도 있는 기품이 공자(孔子)와 안자(顏子)11)의 도학을 품은 듯하였으니 부마 이몽현이 크게 사랑하여 천천히 성문의 손을 잡고 말하였다.

"이 아이가 세 살배기 어린아이지만 이렇듯 기특하니 철형은 몽창을 업신여기지 마소서. 이렇듯 성현의 자식을 두었으니 우리가 공경해야 할 것입니다."

연수가 크게 웃고 말하였다.

"고수(瞽瞍ㅣ)12)가 순(舜)13)을 둔 것이 아닌가?"

어사가 웃으며 말하였다.

"형이 어찌 소제를 이런 몹쓸 사람에게 비하시는 것입니까? 소제가 난 지 열아홉에 조금의 불미(不美)한 행동이 없었는데 다만 처자 때문에 부형(父兄)의 꾸지람이 연이어 있었지만 이는 몸가짐에 큰 과실이 아닌가 하나이다."

연수가 말하였다.

---

11) 공자(孔子)와 안자(顏子): 공구(孔丘)와 안회(顏回). 공자(孔子)와 안자(顏子)는 높여 부른 이름. 공자는 중국 춘추시대 노나라의 사상가·학자로 자는 중니(仲尼). 인(仁)을 정치와 윤리의 이상으로 하는 도덕 정치를 강조함. 안자는 공자의 수제자로서, 자는 자연(子淵). 학덕이 뛰어났다고 전해짐.

12) 고수(瞽瞍): 중국 고대 순(舜)임금의 아버지. 순임금이 제위에 오르기 전에 그를 죽이려 하였음.

13) 순(舜): 중국 고대 순임금. 성(姓)은 요(姚), 씨(氏)는 유우(有虞), 이름은 중화(重華)이고 우순(虞舜)이나 순(舜)으로 칭해짐. 요(堯)임금에게서 임금 자리를 물려받고 후에 우(禹)임금에게 임금 자리를 물려주었음.

"큰 과실이 아니라면 십삼 성의 어사가 상소하여 논핵했을까?"

어사가 웃고 말을 하지 않더니, 흥문이 기문, 세문을 거느리고 나왔다. 이때 흥문은 여섯 살이요, 세문은 장 씨 소생이니 네 살이요, 기문은 공주 소생이니 세 살이었다. 모두 한결같이 늠름하고 준수하였다. 이에 부마가 말하였다.

"나의 세 아들이 하나도 성문만 못하니 이는 전혀 제수씨가 어질게 태교하신 덕이로다."

어사가 대답하였다.

"흥문의 거동이 지극히 총명하고 준수하여 대장부라 할 수 있으니 어찌 그것을 모르십니까? 성문은 두 살 적부터 괴물의 행동이 있었으니 제 어미를 심하게 닮아서 그런가 하나이다."

부마가 웃고 대답하지 않았다.

온 집안사람들이 소 씨가 돌아오기를 손꼽아 기다리더니 한 달이 지난 후 육 시랑이 이르러 문성의 서간을 드렸다. 승상이 다 보지도 않아서 크게 놀라 한동안 말을 하지 않다가 몸을 일으켜 내당에 들어가 모든 데 소 씨의 소식을 고하니 집안사람들이 놀라지 않는 이가 없어 서로 얼굴을 바라보았다. 이에 태부인이 눈물을 흘려 말하였다.

"우리 며느리의 기질로 이제 도적을 만나 죽었는지 살았는지 그간 곳을 모르니 이는 모두 노모의 팔자인가 하노라."

태사가 급히 위로하였다.

"소 씨가 원래 남창 적거(謫居)로는 무궁한 액운을 다 떼어 버리지 못했을 것입니다. 제가 이번에 쉽게 풀려난 것을 의심하고 있던 차에 이런 일이 생겼으니 이는 필연 그 액운의 수(數)를 채우려 해서일 것입니다. 몇 년 후 무사히 모일 것이니 너무 심려치 마소서."

승상이 또 이와 같이 위로하니 좌우가 바야흐로 슬픈 빛을 못 하고 소 씨가 길에서 분주히 떠돌아다니는 것을 탄식하였다. 이에 유 부인이 말하였다.

"노모가 비록 아는 것이 없으나 소 씨는 일찍 죽을 상이 아니요, 문성의 서간에 경교의 시신만 있고 소저와 홍아 등 네 명의 시신은 없다 하였으니 우리 며느리가 본디 현명함이 다른 사람들과 다르니 몸을 보전함이 없지 않을 것이다. 그러나 그 약질이 길에서 떠돌아다닐 것을 생각하니 어찌 마음이 편하겠느냐?"

승상이 대답하였다.

"그렇게 하여 액운을 채울 것이니 위태할 것이라는 근심은 없으나 이번 도적의 일도 반드시 옥란의 일일 것이라 그런 요악(妖惡)한 것이 없나이다."

태사가 말하였다.

"사람이 보지 않은 것을 미루어 헤아리면 안 되거늘 네 어찌 많은 사람이 모인 가운데 사람의 허물을 이르는 것이냐?"

승상이 깨달아 얼굴을 가다듬고 사죄한 후 고하였다.

"문성이 이제 소 씨 찾는 일로 마음을 써 망령되이 죄인으로 자처하는 거동이 있을 것이니 문성을 빨리 불러와야겠나이다."

태사가 조개를 끄덕였다. 승상이 앞일을 헤아리고 부모와 존당 앞에서 내색하는 것이 옳지 않아 말을 시원하게 하였으나 속으로는 소 씨 약질이 무사한지를 믿지 못해 소 씨를 매우 불쌍하게 여겼다. 그러나 안색을 고치지 않고 일어났다. 정 부인이 비록 참담한 심사가 있었으나 또한 신명함이 보통사람과 달랐으므로 얼굴에 나타내지 않았으니 그 나머지 소년들이 각각 소견이 있으나 어찌 드러낼 수 있겠는가.

승상이 밖에 나와 종을 재촉하여 남창에 보내고 즉시 소씨 집안에 갔다. 상서를 보고 조용히 수말을 이르니 소 공이 다 듣고는 크게 놀라 줄줄 흐르는 눈물이 옷에 젖어 말을 하지 못했다. 이에 승상이 온화한 낯빛으로 타일렀다.

"소제가 지식이 없으나 또한 사람의 빈부(貧富)는 볼 줄 압니다. 우리 며느리의 기질로 십팔 청춘에 목숨을 마치지 않을 것이요, 며느리의 신명함은 보통사람에 비할 수 없어 며느리가 몸을 방비할 것임은 의심이 없으니 원컨대 형은 무익한 슬픔을 그치고 훗날을 보소서."

소 공이 오랫동안 눈물을 흘리다가 손을 들어 사례하고 말하였다.

"형의 금과옥조와 같은 말이 소제의 무식한 흉금을 시원하게 하거니와 외로운 우리 딸이 어디에 의지하여 몸을 보전하겠습니까? 이를 생각하면 심간(心肝)이 막히고 어머님이 딸아이를 밤낮으로 생각하시는데 이제 무엇이라 고하겠나이까? 하물며 소제가 딸아이를 십 년을 떠났다가 이제 겨우 모였는데 문득 사생의 이별이 있으니 소제가 대장부이지만 이를 참지 못하는 것이라 형은 괴이하게 여기지 마소서."

승상이 역시 탄식하고 말하였다.

"소제가 어찌 며느리 사랑이 덜하겠는가마는 일이 이에 이른 후에는 할 일이 없고 소제가 천수(天數)를 잠깐 아는 것이 있어 말을 시원하게 하였으나 며느리를 잊은 것이 아니니 형은 소제의 무던함을 짐작하소서."

소 공이 길이 한숨을 쉬어 장차 말을 이루지 못하니 승상이 재삼 위로하였다.

"소제가 어려서부터 잠깐 천문(天文)을 아는 것이 있으니 형이 소제의 말을 믿지 못하겠거든 오늘 밤에 천문을 잠깐 살펴 보는 것도 무방합니다."

공이 다만 낮에 눈물이 가득한 채 잠자코 있었다.

밤이 되자 승상이 소 공을 데리고 밖에 나와 건상(乾象)[14]을 우러러보며 별의 따위를 일일이 가리키며 말하였다.

"중간의 맑은 별은 문혜성이니 우리 며느리를 지키는 별입니다. 맑기 저러하니 결단코 사생의 염려가 없을 것입니다. 그러니 형은 원컨대 두어 해만 참으소서."

소 공이 이 말을 듣고 크게 기뻐 이에 사례하였다.

"형의 밝은 소견이 이와 같으니 만일 딸아이가 살아 있다면 생전에 만날 것이니 차후에는 부질없는 염려를 그치겠나이다."

승상이 기쁜 빛으로 속마음을 열어 말하였다.

"우리 며느리가 수명을 누리고 지극히 복이 많을 것인데 이삼 년 액운이 깊은 까닭에 천수(天數)가 이미 이런 것이니 며느리를 구차히 찾는 것이 무익합니다. 형은 그때를 기다리고 지레 과도하게 초조해하지 마소서."

소 공이 사례하고 응락하였다.

밤이 새도록 서로 말하다가 날이 새자 승상이 돌아갔다.

공이 내당에 들어가 모친과 부인을 대해 승상과 나눈 말을 이르니 노 부인은 정신이 아뜩하여 말을 못 하고 장 부인은 크게 울어 정신을 차리지 못하였다. 이에 공이 부인을 크게 꾸짖어 금하게 하고 모친을 위로하였다.

"이 자수[15]의 말이 이치에 맞고 전날 밤 천문(天文)을 보니 아이에게 조금의 위태함도 없으니 모친은 너무 심려치 마소서."

그리고서 모친을 극진히 위로하고 슬픈 빛을 드러내지 않았다. 노

---

14) 건상(乾象): 하늘의 현상이나 일월성신이 돌아가는 이치.
15) 자수: 이관성의 자(字).

부인이 아들의 뜻을 받아 잠깐 마음을 놓고 장 부인은 가슴이 끊어지는 듯하였으나 그 모친을 위하여 참고 물러나며 하늘을 우러러 원망할 따름이었다.

이때 이 어사가 남창 소식을 듣고 멍하였다. 그러나 부친의 말이 자못 고명하고 또 자기도 앞날을 내다보는 것이 있었으므로 자약히 물러나 서당에 이르렀다. 철 순무와 육 시랑 등이 모여 위문하니 어사가 웃으며 말하였다.

"남자가 한 아내를 잃었다고 무엇이 대수로워 여러 말을 하겠습니까?"

연수가 그 소매를 잡고 보려고 하자 어사가 뿌리치고 다시 말을 하지 않았다. 이때 운아가 크게 통곡하여 눈물이 강물과 같고 소리가 처절하여 소리를 내지 못할 정도였다. 생이 심사가 더욱 측량없었으나 참고 운아를 크게 꾸짖었다.

"소 씨가 비록 죽었어도 내가 있으니 네 도리는 이렇게 하면 안 될 듯하거늘 무슨 까닭에 소 씨가 잠시 떠돌아다니는 것 때문에 집안에서 이리도 요망히 구는 것이냐? 다시 이런 행동을 한다면 영영 용서하지 않을 것이다."

운아가 겨우 울음을 그쳤으나 장차 간장(肝腸)이 끊어질 듯하여 속으로 어사를 한하고 소저를 생각해 두 아이를 보호하며 남쪽을 바라보면서 애만 썩일 뿐이었다.

어사가 운아를 꾸짖고 성문 등을 데리고 백화각에 들어가니 정 부인이 옥안(玉顔)에 눈물이 마르지 않아 길이 슬퍼하니 어사가 나직이 위로하였다.

"소 씨가 죽지 않은 줄은 신명하신 어머님께서 거의 아실 것이온데 어찌 무익하게 슬퍼하시나이까?"

부인이 길이 탄식하고 한참 있다가 말하였다.

"소 씨가 비록 살아 있은들 너 때문에 온갖 슬픈 일을 겪고 타향에서 구걸하는 거동을 생각하니 내 마음이 돌이나 나무가 아니라 어찌 무심하겠느냐? 너는 과연 토목 같은 것이로다."

어사가 웃고 사례하였다.

"제가 어찌 생각이 없겠나이까? 일이 이에 이르렀으니 슬퍼하나 소 씨를 만날 길이 없고, 소 씨를 만날 길이 없는데 슬퍼하는 것은 장부가 할 일이 아니라 겉으로는 기뻐하는 것처럼 보이지만 실제로는 좋게 여기는 것이 아닙니다."

부인이 탄식하고 말을 하지 않았다.

어사가 이튿날 소씨 집안에 나아가 소 공을 뵙고 자리를 옮겨 사죄하니 공이 탄식하고 말하였다.

"이는 모두 나의 운수가 불미(不美)해서이니 어찌 네 탓이겠느냐?"

어사가 재삼 사죄하고 들어가 부인을 뵈었다. 부인이 어사를 보고 너무 울어 소리가 나지 않을 정도이니 어사가 극진히 위로하였다.

"아내가 고생하는 것이 소서(小壻)의 탓이거니와 장모님이 어찌 이처럼 소서의 부끄러움을 도우시나이까?"

장 부인이 소리 내어 울며 말하였다.

"첩이 어찌 그대를 한하겠는가마는 모녀가 떠난 지 십 년에 겨우 만났으나 문득 생이별하는 일이 생겼으니 사람이 돌이나 나무가 아니라 어찌 참겠나이까?"

어사가 안색을 온화하게 하고 위로하였다.

"장모님의 인정과 도리가 이러하신 것이 괴이하지 않으나 훗날을 기다리시고 과도히 번뇌치 마소서."

부인이 무수히 울고 말을 못 하였다.

생이 하직하고 돌아와 온 생각이 소 씨에게서 떠나지 않았으나 겉으로는 자약하게 지냈다.

이때 임금이 소 씨가 도적을 만나 달아났다는 소식을 듣고 크게 놀라 소 공과 승상을 위로하고 온 지방에 조서를 내려 방문(榜文)을 붙이라 하고 마음이 평안하지 않았다.

천하가 불행하여 임금이 질병이 낫지 않아 온 나라 사람들이 마음을 잡지 못했다. 이 공이 이미 천수(天數)를 헤아려 정신이 어릿하고 식음을 전폐하여 스스로 임금의 몸을 대신하려고 하였다. 그런데 마침내 임금이 돌아가시게 되었으니 임금이 돌아가시기 전에 태후에게 네 번 절해 하직하고 말하였다.

"신이 불초한 자질로 대위(大位)에 나아가 낭랑을 죽을 때까지 모시려 하였더니 이제 구천(九泉)에 돌아가오니 불효가 막대합니다. 낭랑은 불초 신을 생각지 마소서."

태후가 목이 쉬도록 눈물을 흘리니 임금이 재삼 위로하고 계양 공주를 돌아보아 말하였다.

"누이의 총명과 인효(仁孝)가 뛰어나니 모름지기 태낭랑을 보호하여 위태하신 일이 없게 하라."

또 부마에게 말하였다.

"경의 극진함은 다시 이를 것이 없거니와 누이를 평생 한결같이 대우해 준다면 짐이 구천에 가서도 눈을 감을 것이로다."

그러고서 태후에게 들어가라 하고 만조백관을 부르고 태자를 불러 말하였다.

"네 오늘부터 이 선생을 스승으로 알아 매사에 그 말을 어기지 말라. 만일 하나라도 듣지 않아 대사를 그릇한다면 구천에 가서 너를 보지 않을 것이다."

태자가 울며 절해 명을 받으니 임금이 승상을 나아오라 하여 손을 잡고 일렀다.

"선생의 충성과 의리는 고금(古今)을 다 살펴도 비슷한 이가 없으니 다시 이를 것이 없도다. 그러나 태자가 전후에 그릇하는 일이 있을 것이니 경은 이윤(伊尹)16)의 일을 본받으라. 계양이 선제(先帝)를 여읜 후 짐을 의지함이 있더니 이제 짐이 마저 돌아가니 그 사정이 가련한지라 선생은 모름지기 계양을 평소처럼 돌봐 주기를 바라노라."

그러고서 돌아가시니 재위 10년이었다. 문무 신하들이 태자를 붙들어 태자가 대위에 오르니 곧 정통(正統)17) 황제이다. 발상(發喪)18)을 하니 곡하는 소리가 하늘에 사무쳤다. 슬프다! 선종(宣宗)19)이 총명하고 어질며 공손하여 일세의 명군이더니 수명을 다 못 채웠으니 천도(天道)를 가히 탄식할 만하도다.

이 공의 서러움은 부모의 상사(喪事)나 다르지 않았으나 이를 참고 정사(政事)를 잡아 밤낮으로 게을리하지 않으니 임금이 높은 스승처럼 공경하였다.

이때 계양 공주가 임금이 돌아가신 후 설움을 참고 태후를 극진히 위로하였다. 그러나 태후는 임금이 돌아가신 후로 인간세상에 머물 뜻이 없어 밤낮 통곡하며 날을 보냈다. 공주가 근심하여 대의(大義)로 개유하니 태후가 공주의 효성에 감동하여 통곡을 그쳤으나 임금

---

16) 이윤(伊尹): 중국 은(殷)나라의 이름난 재상으로 탕왕(湯王)을 도와 하(夏)나라의 걸왕(桀王)을 멸망시키고 선정을 베풀었음.

17) 정통(正統): 중국 명(明)나라 제6대 황제인 영종(英宗) 때의 연호(1436~1449). 영종의 이름은 주기진(朱祁鎭, 1427~1464)으로, 후에 연호를 천순(天順)으로 바꿈.

18) 발상(發喪): 상례에서, 죽은 사람의 혼을 부르고 나서 상제가 머리를 풀고 슬피 울어 초상난 것을 알림을 뜻함.

19) 선종(宣宗): 중국 명(明)나라 제5대 황제인 주첨기(朱瞻基, 1399~1435)의 묘호로, 연호는 선덕(宣德, 1425~1435).

의 온화한 얼굴과 부드러운 말을 보고 듣지 못하니 구름 낀 아침과 비 내리는 저녁에 임금을 간절히 생각하여 천안(天顔)에 눈물 마를 적이 없었다. 공주가 잠시도 태후 안전에서 떠나지 않고 좋은 말로 위로하며 세월을 보냈다. 그런데 시집을 떠나온 지 오래 되었으므로 체면에 미안하여 정 부인에게 글을 올려 고하니 정 부인이 이 말로 승상에게 전하여 아뢰니 승상이 흔쾌히 허락하였다. 부인이 답서를 보내 몇 달을 머무르게 하니 공주가 그 큰 은혜에 감사하고 마음을 놓아 태후를 모시고 지냈다.

이미 임금의 장사를 지내니 공주가 태후에게 하직하고 나왔다. 태후가 더욱 서러워하였으나 위후–선종의 황후–의 효성이 공주에 지지 않고 공주의 마음을 심란하게 하지 않으려 하여 좋은 낯빛으로 이별하였다.

공주가 눈물을 뿌려 하직하고 이씨 집안에 이르자 사람들이 모두 조문하고 각각 위로하니 공주는 다만 눈물이 소복(素服)에 젖을 따름이었다. 이윽고 승상이 조당(朝堂)에서 나와 공주가 온 것을 보고 더욱 슬퍼 눈물이 비같이 떨어져 얼굴에 가득하였다. 공주가 시아버지의 저와 같은 의리를 보고는 탄복하고 간담(肝膽)이 끊어지는 듯하였으나 본디 예의를 먼저 차렸으므로 방석 아래 엎드려 나직이 승상의 기운을 물었다. 이에 승상이 길이 탄식하고 말하였다.

"나의 평안함은 반석과 같으니 다시 무엇을 염려하겠나이까? 그러나 근래에 태후의 건강이 어떠하십니까?"

공주가 옷깃을 여미고 대답하였다.

"태낭랑 기운이야 다른 때와 다르시겠나이까?"

승상이 눈물을 머금고 말하였다.

"공주께서 선제(先帝)를 어렸을 적에 여의시고 금상(今上)을 지극히 우러러보시다가 금상께서 이제 마저 붕(崩)하셨으니 그 슬픔은 일러 알 바가 아닐 것입니다. 그러나 또한 한결같이 간담(肝膽)을 사르는 것이 옳지 않으니 모름지기 마음을 편안히 하소서."

원래 공주가 겉으로는 온화한 듯하였으나 그 마음은 넋이 사라져 선제를 따르려 하였으므로 승상이 자못 알고 이처럼 이른 것이었다. 공주가 두 번 절해 명을 받고 물러나 비록 하루 네 번 문안할 적에는 낯빛을 받들며 온화한 기운을 가졌으나 궁에 돌아가면 간장(肝腸)을 태워 좋은 빛이 없었다. 진 상궁이 근심하여 넌지시 이런 사정을 정 부인에게 고하니 부인이 근심하여 이날 문안 때 태사에게 수말을 고하고 아뢰었다.

"공주가 대의(大義)를 알아 절절한 슬픔을 바깥으로 나타내지는 않으나 그 효성과 우애로써 황상(皇上)을 여의고 속으로 간장(肝腸)을 태워 장차 인간세상에 머물 뜻이 없는 듯합니다. 이는 염려할 만한 일이 온데 있는 곳이 한 집이 아니라 함께 위로하여 지낼 사람이 없으니 잠깐 권도(權道)로 제 침소에 데려와 그 회포를 위로하고자 하나이다."

태사가 다 듣고 놀라 말하였다.

"공주의 행동이 이러하다면 현부(賢婦)의 말대로 할 것이지 어찌 나에게 묻는 것이냐?"

부인이 절하고 어사를 불러 이 뜻으로 승상에게 아뢰니 승상이 답하였다.

"부모님이 허락하셨다면 됐지 어찌 내게 묻는 것이오?"

어사가 들어가 이대로 고하니 부인이 뜻을 결정하여 공주가 문안하는 때를 맞아 일렀다.

"옥주의 위엄이 체체[20]하신데 여염 집안에 거처하심이 정도(正道)

---

20) 체체: 행동이나 몸가짐이 너절하지 아니하고 깨끗하며 트인 맛이 있음.

가 아니나 일마다 권도(權道)도 있으니 홍문이 장가가기 전까지는 홍매정에 머무르면서 제 곁을 떠나지 마소서."

공주가 자기를 사랑하는 시어머니의 정을 알고 은혜에 감격하여 다만 두 번 절해 명령을 받들었다. 이에 처소를 옮겨 소옥, 소영, 궁인 네댓 명에게 홍매정에 거처하게 하고 진, 허 두 사람은 본궁을 지키게 하였다. 이 홍매정은 크기가 백 간은 하고 시원하여 여느 집과는 달랐다.

공주가 이에 오니 장 씨가 밤낮으로 모셔 극진히 위로하고 정 부인이 때때로 어루만지며 사랑하기를 평소보다 더하였으며 승상이 절로 지극히 사랑하니 공주가 은혜에 두루 감격하여 슬픈 것을 모르고 세월을 보냈다.

이때 문성이 남창에서 행장을 차려 천하를 다 돌아다니며 소 씨를 찾으려 하였다. 그런데 홀연 경사에서 온 창두(蒼頭)[21]가 승상의 서간을 올리거늘 뜯어 보니 다음과 같은 내용이었다.

'우리 며느리가 환란 겪을 줄은 이미 알고 있던 일이니 망령되이 찾을 생각을 하지 말고 빨리 북으로 돌아오라.'

문성이 이에 감히 거역하지 못해 드디어 경사에 이르러 당 아래에서 머리를 땅에 두드리며 죄를 청하는데 눈물이 얼굴에 가득하였다. 승상이 친히 손을 잡고 위로하였다.

"며느리의 액운이 매우 심하여 도적을 만나 죽었는지 살았는지 모르는 것이 어찌 너의 탓이겠느냐? 조급히 생각지 말고 마음을 놓고 있으라."

문성이 오열하여 말을 하지 못하니 태사가 망령됨을 꾸짖고 승상

---

21) 창두(蒼頭): 사내종.

이 지극히 위로하였다. 문성이 이에 겨우 진정하여 다만 죄를 청하며 말하였다.

"천제(賤弟)가 사리에 밝지 못해 어른의 부탁을 저버리고 살피기를 게을리하여 소 부인이 풍진(風塵) 사이에 있는데 그 거처를 모른 채 여기에 이르렀으니 그 죄가 어찌 깊지 않겠나이까?"

승상이 자약히 웃으며 말하였다.

"무심결에 수많은 무리가 초옥을 쌌으니 비록 진시황의 용맹과 마무(馬武)22)의 능함인들 어찌 잘 막을 수 있었겠느냐? 그래도 우리 며느리가 반드시 몸을 잘 보전했을 것이니 너는 지레 과도히 굴지 말라. 묻나니 며느리가 낳은 것이 무엇이더냐?"

문성이 말하였다.

"남자아이였나이다."

그러고서 그 얼굴이 어사와 조금도 다르지 않고 몸에 세 군데에 표식이 있음을 일일이 고하였다. 이에 집안사람들이 새삼 아까워함을 마지않으니 승상은 태연히 요동하지 않고 말하였다.

"그 아이의 모습이 그러하다면 아무 데 가더라도 무사히 성장하여 만날 것이니 근심할 바가 아니로다."

문성이 물러와 어사를 보고 죄를 일컬으니 생이 좋은 낯빛으로 말하였다.

"소 씨의 액운이 심하여 그렇게 된 것이니 어찌 아저씨 탓이겠습니까?"

문성이 그 도량에 탄복하고 칭찬할 뿐이었다.

---

22) 마무(馬武): 중국 후한시대의 인물. 자는 자장(子張). 광무제(光武帝)를 도와 왕망(王莽)의 대군을 격파하여 후한(後漢)을 세우는 데 큰 역할을 하고 후에 양허후(楊虛侯)에 봉해짐.

이때 정통 황제가 새로 즉위하니 이 승상이 섭정(攝政)하여 정사를 다스려 국가에 일이 없었다. 그런데 병부상서 오겸이 죽고 후임을 새로 낙점할 적에 임금이 이몽창의 문무 재주를 알았으므로 특별히 이몽창에게 병부상서를 시켰다. 어사가 나이 어렸으므로 사양하다가 마지못해 병부 큰 소임에 거하니 군대의 일은 번다하였으나 몽창의 위엄은 거룩하였다. 상서가 재상의 자제로 호걸의 풍모가 있었으니 본디 경륜(經綸)과 지략(智略)을 뱃속에 품고 병서를 널리 보아 군대 기율을 잡는 데 능통하였으므로 조금도 잘못하는 일이 없고 엄정한 법령을 적용하였으니 고금에 없는 재주였다. 이에 조정이 칭찬하고 승상은 자식의 방탕함을 근심할지언정 그 재주는 본디 알고 있었는데 그토록 잘할 줄은 채 알지 못해 기쁨을 이기지 못하고 상서에게 더욱 공손하고 검소할 것을 경계하였다.

이때 승상의 셋째아들 몽원의 자는 백운이었다. 얼굴이 늠름하고 준수하며 시원한 풍채는 형과 다름이 없으되 일대(一代)의 풍류를 아는 선비였으니 승상이 매양 묵묵할 것을 경계하였다.

나이가 열네 살에 이르니 키가 크고 행동거지가 조금도 미진한 데가 없었다. 승상이 할머니의 나이가 많은 것을 슬퍼해 아들들의 혼인을 서둘렀으나 선종(宣宗)의 초기(初忌)가 아직 지나지 않았으므로 세월을 보내고 있었다.

이때 공부상서 최문상이 부인 소 씨를 맞아 딸 여섯을 낳고 단산하였다. 소 부인이 남편에게 후사가 끊길 것을 근심하여 널리 미희(美姬)를 구해 이혜염으로 소실을 삼게 했다. 혜염이 최씨 집안에 들어가 즉시 아들을 낳으니 공이 크게 기뻐하고 승적(承嫡)[23]하여 그

---

23) 승적(承嫡): 첩에게서 난 서자가 적자로 됨.

아들로 종사(宗嗣)24)를 받들게 하였다. 그리고 혜염을 숙인(淑人)으로 봉하니 혜염이 무궁한 영화와 부귀를 누리며 계속하여 아들 셋을 낳고 정실을 극진히 섬기니 어진 이름이 최씨 집안에 자자하였다.

최 공의 막내딸 소아 소저가 나이가 열셋에 이르니 용모가 연못의 연꽃과 가을물의 모란 같아 덕이 유한(幽閑)25)하고 넉넉한 자태가 여유로워 비록 엄숙한 성품이 나쁘나 그 나머지는 단점이 없었다. 최 공이 지극히 사랑하여 걸맞은 쌍을 얻으려 하여 몽원을 보고는 눈에 들었으나 이 공의 뜻을 알지 못해 발설하지 않았다.

하루는 몽원 공자가 아줌마를 보러 최씨 집안에 갔다가 숙인이 없었으므로 도로 나오려 하다가 홀연 가까이에서 웃음 소리가 낭랑히 나는 것을 들었다. 가만히 문틈으로 엿보니 맞은편 난간에 한 여자가 화장을 성히 하고 손에 공작선(孔雀扇)을 들고 시녀 한 쌍을 데리고 서서 앵무를 희롱하고 있었다. 그 고운 용모는 마치 요지(瑤池)26)의 선녀 서왕모(西王母)가 강림한 듯하였다. 공자는 또 풍류를 아는 사람으로서 천하에 무쌍한 절색을 대하고서 어찌 춘정(春情)이 일어나지 않겠는가. 크게 사모하여 눈이 뚫어질 듯 보았다. 소저가 이윽고 안으로 들어가니 공자가 정신이 멍한 듯하여 돌아와 가만히 기뻐하며 일렀다.

"제 이미 처녀요, 아버님과 최 공이 막역한 벗이니 결혼함이 어려움이 없을 것이다. 아줌마를 잘 달래면 혼인은 손바닥 뒤집는 것 같을 것이다."

---

24) 종사(宗嗣): 종가 계통의 후손.

25) 유한(幽閑): 인품이 그윽하고 느긋함.

26) 요지(瑤池): 중국 곤륜산에 있다는 못. 주(周)나라 목왕(穆王)이 서왕모(西王母)를 만났다는 이야기로 유명함.

이렇게 말하고 최 숙인이 올 때를 타 조모 주 씨의 방에 들어가 숙인을 보았다. 마침 주 씨는 없고 숙인이 홀로 있으니 공자가 숙인을 붙잡고 물었다.

"알지 못하겠도다. 상서에게 처녀 딸이 있는가?"

숙인이 대답하였다.

"있거니와 공자가 물어 무엇하려 하는고?"

공자가 그 얼굴 모양을 일일이 이르며 말하였다.

"이것이 최 공의 딸인고?"

숙인이 놀라 말하였다.

"그대가 언제 남의 규중 딸아이를 보았는가?"

공자가 웃으며 말하였다.

"우연히 보았거니와 얼굴을 보니 하늘이 이미 나를 유의하여 낸 줄을 알겠도다. 아줌마가 중매 노릇을 하는 것이 어떠한가?"

숙인이 다 듣고 거짓으로 노해 말하였다.

"그대가 진실로 버릇이 없도다. 재상의 처녀를 엿보아 이렇듯 비례(非禮)로 구하니 승상 어른께 고해야겠다."

공자가 급히 빌며 말하였다.

"아줌마가 만일 내 말을 입 밖에 낸다면 내 둘째형의 환란을 당할 것이니 원컨대 나를 살려 주게."

숙인이 대답하였다.

"둘째낭군이 매 맞은 일을 생각하면 지금도 간담이 서늘하니 승상 어른께 고하지는 않겠지만 중매 노릇은 하지 않을 것이네. 최 소저의 현명함이 고금의 성녀(聖女)와 흡사하거늘 어찌 그대 같은 탕자와 짝을 지으리오?"

공자가 웃으며 말하였다.

"아줌마가 나를 무슨 까닭으로 탕자라 이르는 것인가? 내 지금 남교(藍橋)27)의 숙녀를 아내로 맞으려 하고 집안 종이나 기생 중에 일개 정을 둔 자가 없으니 탕자란 두 말은 지극히 억울하도다. 원컨대 아줌마는 내가 최 씨를 아내로 맞도록 해 주게."

숙인이 눈을 흘기며 말하였다.

"어디에서 저런 말이 나오는고? 둘째형의 행동이 그대에게 있으니 남의 처녀를 엿보아 구하는 남자가 군자냐?"

공자가 웃고 옷을 잡아 괴롭게 보챘다. 숙인이 고집을 세워 듣지 않으니 공자가 급하여 애걸하기를 마지않았다. 그런데 홀연 병부상서 몽창이 금관(金冠)을 기울이고 옥 같은 얼굴에 술기운이 발그레하여 비단 갑옷을 입고 이에 들어와 이들의 행동을 보고 의심을 이기지 못해 말하였다.

"셋째가 아줌마에게 무슨 말을 그리 간절히 하는 것이냐?"

공자가 놀라 급히 일어나 맞이해 말을 하지 않으니 숙인이 미미히 웃으며 이르지 않으므로 상서가 이윽히 생각하다가 정색하고 말하였다.

"셋째가 벽을 엿보고 담을 넘어가는 일28)이 있어 아줌마와 마음을 같이한 것이 아니냐?"

공자가 황공하여 말을 못 하고 숙인이 말하였다.

"지금 시대에 금자(金紫)29)와 옥대(玉帶)30)를 한 대신(大臣)이 담벽

---

27) 남교(藍橋): 중국 섬서성(陝西省) 남전현(藍田縣) 동남쪽에 있는 땅. 배항(裴航)이 남교역(藍橋驛)을 지나다가 선녀 운영(雲英)을 만나 아내로 맞고 뒤에 둘이 함께 신선이 되었다고 하는 이야기가 당나라 배형(裴鉶)의 『전기(傳奇)』에 실려 있음.

28) 벽을~일: 남자가 여자를 몰래 만나는 것을 말함.

29) 금자(金紫): 금인(金印)과 자수(紫綬)로, 금인(金印)은 관직의 표시로 차고 다니던 금으로 된 조각물이고 자수는 고위 관료가 차던 호패(號牌)의 자줏빛 술임.

30) 옥대(玉帶): 임금이나 관리의 공복(公服)에 두르던, 옥으로 장식한 띠.

을 엿볼 줄 알지 몽원 공자는 그런 일을 모르도다."

상서가 잠깐 웃고 말하였다.

"아줌마가 어찌 괴이한 말을 하는가? 내 당초에 고향 산촌에 가소 씨를 본 것이니 이 구태여 담을 넘은 것은 아니네. 또 있는 곳이 떨어져 있지 않았으므로 두어 말로 시험한 것이니 담벽을 엿본 것에는 비할 바가 아니네. 설사 나에게 그러한 행실이 있었던들 몽원 등이 배우는 것이 옳겠는가?"

말을 마치고 공자를 재촉하여 연고를 물으니 공자가 늘 둘째형의 엄정한 모습을 두려워하더니 오늘 형이 이러함을 보고 하릴없이 전후수말을 일일이 고하니 상서가 다 듣고는 정색하고 말하였다.

"네 비록 어린아이나 예의를 알 것이어든 어찌하여 이런 무례한 행동을 하였느냐?"

공자가 엎드려 감히 대답하지 못하니 숙인이 웃고 말하였다.

"상서가 남을 책망하는 것을 보니 가히 부끄럽도다. 자기는 남의 집 처녀와 말도 하였으면서 셋째공자가 처녀를 엿보고 구혼하려 하는 것을 꾸짖는고?"

상서가 정색하고 말하였다.

"아줌마는 어린아이의 날카로운 기운을 너무 돋우지 말게. 내 상 씨 얻을 때 저렇듯 했던가? 소 씨와 말한 것은 저 마음의 깊이를 알려고 했던 것이요, 소 씨는 정실과 달라 재실이니 몽원의 행동에 비할 수 있겠는가?"

숙인이 크게 웃고 말하였다.

"상서가 한갓 말을 공교롭게 하여 온 몸의 허물을 가리려 하는 것인가? 초례(醮禮)에 백량(百兩)[31]으로 맞는 것이 무엇이 다른가?"

상서가 미소하고 일어나 난간에서 배회하며 다시 말을 하지 않으니 엄정한 기운은 가을하늘에 달이 높이 돋은 것 같았다. 공자가 두려움을 이기지 못해 밖으로 나가니 상서가 한참을 묵묵히 있다가 숙인을 대해 말하였다.

"몽원이 벌써 최 소저를 눈에 들어했으니 그 뜻을 막으려 해도 할 수 없고 부모님이 아신다면 무거운 꾸중이 그 몸에 이르러 길이 요란할 것이니 아줌마는 최 공에게 일러 어서 아버님께 구혼하여 두었다가 선제(先帝)의 초기(初忌)를 지낸 후에 혼례를 지낼 수 있도록 하게."

숙인이 웃고 말하였다.

"내 어찌 중매 소임을 하겠는가? 그러나 상서가 아끼는 그토록 꾸짖다가 또 어찌 이렇듯 정답게 구는 것인고?"

상서가 웃으며 말하였다.

"아줌마가 어린 것인가? 내 비록 불초하나 동생 사랑이 덜하리오? 그러나 저 듣는 데서 옳다고 하면 방자한 마음을 더 돋울 수 있어 그렇게 한 것이네. 제 또 마음이 그렇게 된 후에는 꾸짖어 무익하므로 조용히 처치하여 일이 편하게 되게 하려 한 것이네. 그런데 아줌마의 거동을 보니 무슨 일을 내려 하는 것 같으니, 아줌마가 본디 진중하지 못하니 이때에 어찌 진중하겠는가?"

숙인이 또한 웃고 말하였다.

"상서의 온화하고 이치에 맞는 말이 오늘 처음이니 첩이 이를 기뻐하도다. 첩이 비록 지식이 어리석으나 상서의 말대로 할 것이로다."

상서가 웃고 말하였다.

"원래 아줌마가 나를 업신여겨 보았도다. 내 비록 호화로운 말을

---

31) 백량(百兩): 100대의 수레라는 뜻으로 혼인하여 여자를 맞이함을 이름.

하며 삼가는 말이 없으나 그 속에는 곧 성현 군자와 제갈량(諸葛亮)[32]의 모략을 품었으니 아줌마가 또 어찌 능히 알겠는가?"

그러고서 비단 부채를 쳐 크게 웃으니 숙인이 또 웃으며 말하였다.

"자고로 스스로 칭찬하는 자는 상서뿐이로다. 어찌 저리 어리석은 자에 가까운고?"

상서가 또 웃고 말하였다.

"고인이 이르기를, '스스로 이르는 것이 밝다.'고 하였으나 무엇이라 해야 아줌마에게 칭찬을 들을꼬? 다만 한낱 소실을 얻어 손을 이끌어 잠시도 떠나지 않아야 아줌마가 기릴까?"

숙인이 할 말이 없이 길이 웃으니 상서가 또 웃기를 그치지 않고 밖으로 나갔다.

숙인이 이날 시가로 돌아가 상서를 대해 몽원 공자의 말을 일일이 이르고 또 말하였다.

"첩이 집안의 조카를 기리는 것이 아니요, 또 그 행동을 옳다고 하는 것이 아니지만 그 풍채가 세상에 드문 줄은 어른이 보시는 바와 같습니다. 소년의 삼가지 못한 행동을 괘념치 마시고 결혼시킴이 어떠하나이까?"

최 공이 다 듣고 놀랐다가 웃고 말하였다.

"내 본디 몽원의 풍채를 사랑하였더니 몽원에게 이렇듯 외람된 뜻이 있는 줄 알았으리오? 네 말이 옳으니 빨리 이 공에게 내 말을 이르고 구혼하라."

숙인이 명을 듣고 이튿날 협문을 통해 이씨 집안에 이르러 승상에

---

32) 제갈량(諸葛亮): 중국 삼국시대 촉(蜀)나라 유비(劉備)의 책사. 자(字)는 공명(孔明)이며, 별호는 와룡(臥龍) 또는 복룡(伏龍). 후한 말 유비를 도와 촉한을 건국하는 제업을 이룸.

게 아뢰었다.

"상서의 막내딸 최 소저의 나이가 열셋이니 얼굴과 행동이 옛사람을 능가하는 까닭에 상서께서 극진히 사랑하시어 집안의 한천(寒賤)33)함을 이르시고 최 소저가 셋째공자의 건즐(巾櫛)34) 받들도록 하기를 청하시더이다."

말을 마치자 소부(少傳)가 손뼉을 치며 크게 웃고 말하였다.

"최문상이 누이를 몹시도 귀하게 여겨 끝내는 매파 노릇을 시키는 것이냐? 우리가 이후에는 누이라 말고 이 매파라 하는 것이 옳겠다."

무평백이 웃고 말하였다.

"집안이 한천(寒賤)하다고 한 말이 옳도다. 너 같은 첩을 얻어 행동이 그릇되기에 이르렀고 첩의 자식에게 선조의 제사를 받들게 하였으니 또한 알기는 아는구나."

숙인이 대답하였다.

"천매(賤妹)가 최 공의 명령을 거스르지 못하여 셋째공자 혼인의 중매가 되었으나 상공들의 기롱이 참으로 심하나이다."

승상이 말하였다.

"저들이 어찌 누이를 기롱하겠는가? 일이 그러하므로 웃기려 해서 한 말이로다. 최 씨가 진실로 어떠한고?"

숙인이 대답하였다.

"비록 공주와 소 부인께는 비할 수 없으나 장 씨 며느리의 소담35)함에는 짝이 될까 합니다."

소부가 웃고 말하였다.

---

33) 한천(寒賤): 한미하고 천함.
34) 건즐(巾櫛): 건즐. 수건과 빗. 아내가 남편의 수건과 빗을 챙기는 것을 의미함.
35) 소담: 생김새가 탐스러움.

"이르지 말라. 누이가 거짓말하는 것이로다. 용렬한 최문상의 딸이 어찌 장 씨에게 미치겠는가? 장 씨는 소담할 뿐만 아니라 엄숙하고 시원한 태도가 경국지색(傾國之色)이니 어찌 최가 용렬한 것의 딸이 반이나 따라갈 수 있겠느냐?"

숙인이 일렀다.

"상공이 최 공과 원한 맺은 일이 있나이까? 어찌 매양 과도히 최 공을 폄하하나이까? 최 상서가 비록 군자의 몸가짐에는 미진한 점이 있으나 상공보다는 나을까 하나이다."

소부가 손을 저으며 말하였다.

"더럽고 추하다. 내 어찌 최문상만 못하겠느냐?"

숙인이 말하였다.

"최 상공이 용렬하나 규중 처자에게 편지를 던지지36)는 않더이다."

소부가 숙인을 밀쳐 말하였다.

"그렇게 말 안 해도 최 상서가 대장부는 아니니 누이는 최 상서를 너무 기리지 말라. 다 아노라."

승상이 천천히 잠시 웃고 말하였다.

"최 공을 누이라서 기리지 누가 기리겠느냐? 그러나 구혼에 대해서는 누이가 나를 속이지 않을 것이니 최 공과 나는 어렸을 때부터 벗이요, 서로 자식을 나누는 것이 옳지 않음이 없으니 어찌 허락하지 않으리오? 그러나 부모님께 아뢰어 허락하시거든 다시 알리겠다."

숙인이 사례하고 물러갔다.

이날 저녁에 승상이 정당에 들어가 부모를 뵙고 최 공이 구혼했다는 말을 고하니 태사가 말하였다.

---

36) 규중~던지지: 예전에 이연성이 정혜아와 혼인하기 위해 조카 이몽창을 시켜 정혜아에게 편지를 전한 일을 말함.

"최문상은 어진 사람이요, 또 숙인이 너를 속이진 않았을 것이니 결혼하는 것이 괜찮겠구나."

승상이 명을 받고 물러났다.

다음 날 최 공을 보고 먼저 자신의 집안에 구혼한 것을 사례하고 혼인을 허락하니 최 공이 크게 기뻐하며 사례하고 말하였다.

"학생이 문호의 한미함과 딸아이의 용렬한 자질을 살피지 않고 영랑 (令郞)의 신선 같은 풍모를 흠모하여 산닭이 봉황과 짝을 짓고자 하여 망령되이 구혼하였더니 이제 흔쾌히 허락해 주시니 이는 평생의 경사입니다."

승상이 기쁜 빛으로 웃고 말하였다.

"소제가 형과 붕우의 정이 가볍지 않고 또 천매로 인연하여 피차 정분이 두터우니 결혼함이 이토록 조금도 불가한 일이 아니거늘 어찌 과도하게 일컬으십니까?"

무평백이 웃고 말하였다.

"형이 천매의 세찬 기질에 넋이 빼앗겨 말초차 저렇게 촌스러운고? 피차 유학자 집안이라 결혼함이 예삿일이요 또 형이 금자옥대 (金紫玉帶)37)로 지위가 재상의 반열에 있거늘 무엇이 한미하다고 저런 말을 하는 것입니까? 이는 천매의 기세에 눌려 천매를 정실로 공경해서가 아닙니까?"

자리에 있던 사람들이 크게 웃고 최 공도 웃고 말하였다.

"자회38)가 어찌 사람을 업신여기는가? 그대 누이는 나의 아내이

---

37) 금자옥대(金紫玉帶): 금자는 금인(金印)과 자수(紫綬)로, 금인(金印)은 관직의 표시로 차고 다니던 금으로 된 조각물이고 자수는 고위 관료가 차던 호패(號牌)의 자줏빛 술. 옥대는 임금이나 관리의 공복(公服)에 두르던, 옥으로 장식한 띠.

38) 자회: 이한성의 자(字).

니 나를 공경할 만하도다."

소부가 크게 웃고 말하였다.

"어리석은 최 공이 가소로운 말을 하십니다. 우리 천매를 형이 당초에는 첩으로 맞았으나 지금에 이르러는 숙인으로 봉하고 그 자식을 적자(嫡子)로 삼았으니 천매가 우리에게는 서얼이거늘 어디라고 큰 소리를 치는 것입니까?"

최 공이 웃고 말하였다.

"그대가 천매(賤妹)라 하며 업신여겨 매양 나를 기롱하니 네 누이를 내쳐야겠다."

소부가 입을 싸고 웃으며 말하였다.

"이는 반드시 누이가 전한 말입니다. 누이를 버린들 누가 두려워하겠나이까?"

말을 마치자 좌우가 크게 웃었다.

승상이 최 공과 자리 위에서 혼사를 정하고 성례는 황상의 초기(初忌)가 지난 후 이루려 하니 셋째공자의 기쁨은 이루 헤아릴 수 없었다.

세월이 흘러 선종(宣宗)[39]의 초기가 지나니 군신의 애통함이 한이 없었고 더욱이 이 승상의 슬픔은 뭇 신하에 비길 수 없었다. 진실로 매사에 흥미가 다 없어져 삼 년을 기다리려 하였으나 진 부인의 연세가 많아 그 사이의 일을 알지 못해 부득이하게 최씨 집안에 알리고 길일(吉日)을 택하였다. 최 공이 단장을 성대하게 하고 신랑을 맞았다. 최 공의 집은 이씨 집안과 이웃하였으나 문을 돌아가야 했으므로 거리가 멀었다. 신랑이 행렬을 거느려 최씨 집안에 이르러 기

---

39) 선종(宣宗): 중국 명나라 제5대 황제 주첨기(朱瞻基)의 묘호. 연호는 선덕(宣德)이고 재위 기간은 1425~1435년임.

러기를 올리고 신부와 함께 집으로 와 독좌[40]를 마치고 폐백을 받들어 존당에 나왔다. 최 씨의 빛나는 용모는 삼색의 복숭아꽃이 이슬에 젖은 듯, 별 같은 안채(眼彩)와 앵두 같은 입술은 참으로 절색의 가인(佳人)이었다. 시부모가 좋아하여 기쁜 빛이 미우(眉宇)에 나타나고 태부인은 최 숙인을 돌아보아 말하였다.

"네 본디 구변이 실없을 뿐 아니라 한 일도 잘하는 일이 없더니 오늘 신부를 보니 네 공이 크구나. 노모가 마땅히 상을 주어야겠다."

드디어 금잔에 술을 가득 부어 친히 주니 숙인이 의기양양하여 무릎을 꿇고 술을 받아먹었다. 상서가 한 가에 서 있었는데 이 광경을 보고 넓은 소매로 입을 싸고 미소를 지었다. 소부가 무수한 희언(戲言)이 북받쳐 말을 참기 어려웠으나 태사 면전이었으므로 감히 발설치 못하고 눈 주어 웃을 뿐이었다.

석양에 잔치를 마치고 신부 숙소를 초매당으로 정하였다.

셋째공자가 신부가 절색임을 보고 기쁜 빛이 가득해 신방에 들어가 신부를 보니 전날은 가는 틈으로 멀리서 보았으므로 자세히 알지 못했더니 가까이에서 대하니 그 아름다운 자태로 방안이 밝아진 듯하였다. 공자가 크게 기뻐 무한한 정이 끝이 없어 즐거운 얼굴로 옥수(玉手)를 잡고 일렀다.

"소저는 재상 집안의 여자요, 백운은 아직 벼슬하지 않은 남자로 이제 서로 만났으니 이는 천연(天緣)이라 어찌 기쁘지 않겠소?"

소저가 부끄러워 대답하지 않으니 생이 더욱 과도하게 빠져 함께 이불 속으로 나아가니 은정이 산과 바다가 옅을 정도였다.

소저가 이에 머물러 효도를 공경스럽게 하고 아침저녁 문안을 정

---

40) 독좌: 새색시가 초례의 사흘 동안 들어앉아 있는 일.

성껏 하며 일찍 일어나고 늦게 자 조금도 미진한 행실이 없으니 정부인이 지극히 사랑하였으나 소 씨를 생각하여 눈물을 흘리지 않는 날이 없었다.

최 씨가 무릇 행동이 미진한 데가 없었으나 투기가 심하였다. 생이 만일 시녀배를 희롱하면 겉으로 드러내지는 않았으나 기색이 심히 차고 식음을 전폐하여 죽는 것을 달게 여겼으되 남이 알지 못하게 하였다.

생이 하루는 시비(侍婢) 소안과 희롱하다가 최 씨의 이러한 행동을 만나 감히 희롱할 생각을 하지 못하였다. 그리고 최 씨를 온갖 방법으로 달래며 최 씨와 잠시도 떨어져 있지 않고 다시는 그런 행동을 하지 않았는데 최 씨는 생의 그러한 행동을 더욱 분하게 여겼다. 최 씨는 마음이 원래 고집스러워 자기를 과도하게 사랑하는 것도 싫어하고 생이 천한 사람과 같이 자는 것도 분하게 여겼으니 이는 대강 그 성정(性情)이 매우 고상했기 때문이었다.

부마와 몽원 공자의 금실은 매우 좋았다. 그러나 상서는 재상이라는 존귀한 벼슬자리에 있었음에도 홀아비로 빈 방에서 지낸 것이 오래되었다. 부모는 비록 소 씨가 죽지 않았음을 알았으나 이별한 지두 해에 소식이 묘연하니 밤낮으로 생각하며 삶에 흥미가 없어졌다. 생은 비록 화려한 태도로 소 씨 생각하는 빛을 보이지 않았으나 자기 때문에 억울한 숙녀가 풍진 사이에 버려졌으니 어찌 심사가 좋겠는가. 매양 침소에 이르면 두 아들을 어루만져 슬피 탄식하기를 마지않았다.

이때 국구(國舅) 조겸이 삼자이녀를 두어 장녀는 황후가 되고 차녀 제염이 나이 열다섯이었다. 얼굴이 당대에 무쌍하고 여공(女工)의 기묘함이 대단하였으므로 국구가 크게 사랑하여 걸맞은 쌍을 구하였다. 조겸은 원래 천자의 장인으로 권세가 일세(一世)를 기울였으니 집이 대궐과 같았고, 재물은 산과 같았으므로 제염 소저가 평생 부귀에 싸여 다른 사람을 눈 아래로 깔보고 스스로 천하에 자기 얼굴에 맞설 자가 없다고 자랑하였다.

국구가 걸맞은 사위를 얻으려 하였더니 현 병부상서 이몽창이 소 씨를 잃고 울적하게 지낸다는 말을 듣고 중매로 구혼하니 승상이 허락하지 않으며 말하였다.

"소 씨가 지금 거처를 모르나 장래에 모일 것이요, 설사 모이지 못해도 우리 아들에게는 두 자식이 있으니 후사가 끊어질 근심은 없으니 재취(再娶)할 생각은 없나이다."

매파가 돌아가 이대로 고하였다.

국구가 한스러워하였으나 그 권세와 풍채를 사모하여 가만히 황후에게 이 뜻을 알려 소원을 이룰 수 있도록 청하였다. 황후가 본디 마황후(馬皇后)[41]의 어진 품성이 없어 친척을 후하게 대우하는 것을 한나라 때의 여후(呂后)[42]와 같이 하였으므로 기쁜 빛으로 허락하였다. 조용히 황상에게 온갖 말로 꾸며 고하니 임금이 또한 선종(宣宗)의 총명하고 예를 좋아하는 성품이 없고 부드러움만 있어 황후의 말을 듣고 이 상서를 명패(命牌)[43]하려 하니 필경이 어떠할까. 다음 회를 보라.

다음 날 임금이 이 상서를 부르니 상서가 전지(傳旨)를 받고 급히 조복(朝服)을 갖추어 대궐에 나아가니 임금이 기쁜 빛으로 자리를

---

41) 마황후(馬皇后): 중국 후한(後漢) 때 명제(明帝)의 후비(后妃). 부덕(婦德)이 후궁(後宮)에서 으뜸이었고 사가(私家)의 일로 조정에 간여하지 않았다고 함.

42) 여후(呂后): 중국 전한(前漢)의 시조인 고조(高祖) 유방(劉邦)의 황후. 유방이 죽은 뒤 실권을 잡고 여씨 일족을 고위직에 등용시켜 여씨 정권을 수립하고, 유방의 총비(寵妃)인 척부인(戚夫人)의 수족을 자르고 변소에 가두기도 함.

43) 명패(命牌): 임금이 신하를 시켜 벼슬아치를 부름.

내어 주고 일렀다.

"짐이 오늘 경에게 이를 말이 있으니 경은 모름지기 임금의 명령에 순순히 응하라."

상서가 고개를 조아리고 사은하여 말하였다.

"폐하께서 소신에게 내리실 말씀이 무엇이옵니까?"

임금이 말하였다.

"이는 다른 일이 아니라 경이 소 씨를 풍진 사이에 잃고 홀아비로 있다 하니 짐이 생각건대, 경이 나이 어린 대신으로 지위가 재상의 존귀한 자리에 있으면서 어찌 한 처를 위하여 미생(尾生)⁴⁴⁾의 어리석은 모습을 본받겠는가? 짐이 스스로 불쌍함을 참지 못하여 국구 조겸의 차녀로 사혼(賜婚)하니 경은 길일을 택하여 육례(六禮)⁴⁵⁾로 혼례를 이루라."

상서가 다 듣고 매우 놀랐으나 안색이 변하지 않은 채 머리를 바닥에 두드리고 사은하며 말하였다.

"성은이 미미한 신에게 넓은 하늘처럼 끝이 없으시어 처자의 유무로 번뇌하시니 신이 간뇌도지(肝腦塗地)⁴⁶⁾하나 다 갚지 못할 것입니다. 신이 폐처(弊妻)⁴⁷⁾를 잃은 후에 구태여 절부(節夫)⁴⁸⁾의 신(信)을 달게 여기는 것이 아니로되 소 씨 여자가 신 때문에 만 리에 죄

---

44) 미생(尾生): 중국 춘추시대 노(魯)나라 사람. 여자와 다리 아래에서 만나기로 약속하고 기다렸으나 여자가 오지 않자 소나기가 내려 물이 밀려와도 기다리다가 마침내 교각을 끌어안고 죽었음. 약속을 굳게 지켜 융통성이 없는 인물의 대명사로 쓰임.

45) 육례(六禮): 『주자가례』에 따른 혼인의 여섯 가지 의식. 곧 납채(納采)·문명(問名)·납길(納吉)·납징(納徵)·청기(請期)·친영(親迎)을 말함.

46) 간뇌도지(肝腦塗地): 참혹한 죽임을 당하여 간장(肝臟)과 뇌수(腦髓)가 땅에 널려 있다는 뜻으로, 나라를 위하여 목숨을 돌보지 않고 애를 씀을 이르는 말.

47) 폐처(弊妻): 자기 아내를 낮추어 이르는 말.

48) 절부(節夫): 절개를 지키는 남편.

수 되어 끝내는 도적의 환란을 만나 살았는지 죽었는지 소식을 모르니 신이 비록 남자지만 사람을 저버려 선비 무리 사이에서 죄를 얻었습니다. 이런 까닭에 소 씨 여자의 간 곳 찾는 것을 기다리고 있으니 어찌 재취에 뜻이 있겠나이까?"

임금이 웃으며 말하였다.

"경은 이른바 신하가 되어 벼슬을 하는 사람이로다. 짐이 비록 미약하나 경에게는 군부(君父)이니 그 말을 거역하는 것이 옳으냐?"

상서가 자리를 옮겨 사죄하고 말하였다.

"신이 어찌 임금의 명령을 거역하겠나이까마는 신의 아비가 집에 있으니 그 슬하가 되어 알지 못하는 곳에 혼인과 같은 대사를 신의 마음대로 하지 못하는 것이옵니다."

임금이 말하였다.

"경의 아비에게 이를 것이어니와 또한 경의 뜻을 알고자 하노라."

상서가 대답하였다.

"신이 비록 지식이 없어 어리석으나 조강지처불하당(糟糠之妻不下堂)49)을 생각하나이다."

임금이 또 말하였다.

"소 씨가 있었다면 짐이 어찌 사혼하는 일이 있었겠는가?"

상서는 임금의 뜻이 이러한 것을 보니 능히 사양할 길이 없었다. 또 평생 먹은 마음이 임금 앞에서는 그 뜻을 거스르지 않으려 하였더니 이때를 당해서는 임금이 현명하지 못함을 개탄하여 안색을 엄숙히 하고 아뢰었다.

---

49) 조강지처불하당(糟糠之妻不下堂): 가난할 때 함께 고생한 아내는 내쫓지 않음. 조강지처는 지게미와 쌀겨로 끼니를 이을 때의 아내라는 뜻으로, 몹시 가난하고 천할 때에 고생을 함께 겪어 온 아내를 이르는 말임.

"미천한 신의 비루(鄙陋)한 소회를 황상 아래 아뢰오는 것이 만 번 죽어도 아깝지 않은 일이오나 오늘 성상께서 신의 소소한 곧은 마음을 모르시고 미인으로써 사혼하려 하시니 신이 또 어찌 군부(君父) 안전에서 신의 마음을 속이겠나이까? 신이 처음에 소 씨가 비천하였을 적에 아내로 맞이해 그 어버이를 떠난 마음을 불쌍히 여겼나이다. 그런데 소문이 돌아와 신(臣)을 지극히 사랑하고 소 씨가 아내의 소임을 당해 매우 부지런히 일하고 두어 자식을 두어 오륜(五倫)을 차린 것이 뚜렷했습니다. 그러했거늘 신이 사리에 밝지 못해 그릇 소 씨를 의심하여 간악한 무리의 상소가 천정(天廷)을 어지럽게 하여 아녀자가 머나먼 곳으로 귀양을 가게 되고 마침내 풍진 사이에 자취를 감추었습니다. 신이 사람 저버린 죄가 태산 같으니 당당히 잘못을 뉘우침이 옳거늘 하물며 사생을 알지 못한 채 다른 사람을 아내로 맞이해 집안 살림을 맡기는 것은 배운 자가 할 일이 아닙니다. 그러니 성상께서는 살피소서."

임금이 생의 언어가 격렬하고 말의 기운이 엄숙함을 꺼렸으나 황후의 청을 들었으므로 기뻐하지 않으며 말하였다.

"소 씨가 있었다면 경의 말이 옳거니와 이미 소 씨의 존망을 모르는데 경은 짐의 말을 가볍게 여기는 것인가?"

드디어 물리치고 내시를 명해 승상을 명초(命招)50)하니 상서가 하릴없어 물러나 집에 돌아왔다. 중사(中使)51)가 함께 이르러 승상에게 임금의 명령을 전하였다. 상서는 중사가 있으므로 고하지 못해 묵묵히 있고 승상은 연고를 모르고 관복을 갖춰 입고 대궐에 이르러 조회하니 임금이 말하였다.

---

50) 명초(命招): 임금의 명으로 신하를 부름.
51) 중사(中使): 궁중에서 왕명을 전하던 내시.

"짐이 경의 아들 몽창이 홀로 있는 것을 염려하여 조 국구의 차녀로 사혼하였으나 몽창이 고집을 부려 사양하고 듣지 않는도다. 경은 모름지기 그 마음을 개유하여 짐의 마음을 좇도록 하라."

승상이 다 듣고 크게 놀라 바삐 자리를 떠나 아뢰었다.

"이제 신의 자식 몽창이 현명하지 못해 억울한 처자를 거리에 버려 현재 소 씨의 거처를 모르옵니다. 하물며 성상께서는 만백성의 주인이신데 내청(內請)52) 때문에 외조(外朝)에 사혼하신 것은 결코 옳은 일이 아니니 전교(傳敎)를 거두심이 다행일까 하나이다."

임금이 정색하고 말하였다.

"선생이 비록 탁고대신(托孤大臣)53)으로 위엄이 높고 무거우나 이렇듯 임금을 심하게 경시(輕視)하는가?"

승상이 다 듣고 관을 벗고 고개를 조아려 말하였다.

"신이 폐하의 신하가 되어 지위가 대신이라고 폐하를 경시하겠나이까? 신이 자식으로써 국구의 사랑하는 사위를 삼는다면 비단 위에 꽃을 더하는 것이나 신의 아비가 초려(草廬)의 미천한 몸으로 선제(先帝)의 은혜를 입어 작위가 제후에 이르렀으나 일찍이 외람되게 여기고 두려워하여 여러 불초 자식이 화려해지는 것을 금하였나이다. 하물며 재취를 경계하였으니 신이 어찌 그 말을 거역하겠나이까? 스스로 굳게 마음을 먹었더니 형세 마지못하여 몽현이 두 아내를 두었으나 옥주께서 존귀하시므로 장 씨가 어찌 어깨를 나란히 하겠나이까? 일시 부빈(副嬪)의 항렬로 있으니 또 어찌 두 아내라 할 수 있겠나이까? 소 씨는 당당한 재상 집안의 여자로 불미(不美)한 일

---

52) 내청(內請): 내청. 부인의 부탁.
53) 탁고대신(托孤大臣): 탁고한 대신. 탁고는 신임하는 신하에게 어린 임금의 보호를 부탁하는 것.

이 없었거늘 이제 잠깐 떨어져 있다 하여 새 사람을 모을 수 있겠나이까? 폐하께서 이리 하시니 신이 선황(先皇)을 생각하여 간담이 끊어짐을 참지 못하겠나이다."

말을 마치고 봉의 눈에 눈물이 샘 솟듯 하니 임금이 또한 슬퍼하였으나 자기 뜻을 세우지 못하였으므로 용안이 크게 불안하여 한참을 있다가 일렀다.

"선생의 말이 짐의 마음을 무안케 하거니와 짐이 이미 조 국구에게 허락하였으므로 사혼 명령을 일시에 고치지 못할 것이로다. 노태사의 굳은 마음이 그러하다면 짐이 마땅히 수조(手詔)54)로 청할 것이니 노태사는 고금에 통달한 대신이니 인군의 말을 듣지 않을 리가 없을 것이로다."

그러고서 태학사 위병을 시켜 태사를 명패(命牌)하니 승상이 곰곰이 생각하니 다른 신하의 여자와 달라 국구의 딸이니 임금이 내청(內請)을 들은 것은 크게 옳지 않은 일이었다. 한 조각 충성이 금을 연하게 여기고 인군을 아끼는 마음이 극하여 바삐 명패(命牌)를 멈추게 하고 아뢰었다.

"조정의 신료가 들으면 시비하는 소리로 어지러울 것이니 신이 스스로 성지(聖旨)를 받아 혼례를 시킬 것이나 다음에 소 씨가 돌아오면 조강이 살림 맡는 것은 옳기지 못할 줄로 아뢰나이다."

임금이 승상의 강개한 말을 듣고 다시 억지로 핍박하지 못해 허락하였다.

승상이 물러나 집에 돌아가 서헌에 이르러 눈물이 옷 앞에 젖어 이윽고 정신이 어지러웠다. 승상이 국구의 혼사를 과도히 불쾌하게

---

54) 수조(手詔): 임금이 손수 쓴 조서.

여긴 것은 아니나 임금의 이러한 모습에 골똘하여 앞에 닥칠 일과 선종(宣宗)의 부탁을 생각하니 심간이 막힌 것이다.

부마와 상서가 급히 구호하여 한참 지난 후에야 승상이 정신을 차렸다. 노각헌에 들어가 태사에게 수말을 자세히 고하니 태사가 크게 놀라 한참 동안 말을 않다가 승상을 꾸짖었다.

"내 본디 조금도 인간세상에 머물 뜻이 없었으나 외로우신 편모를 저버리지 못해 속절없이 여러 세월을 보내는 동안 즐거움이 없었고, 보배와 재물이 상자에 가득하였으나 다 긴요하지 않게 여겼다. 다만 성천자(聖天子)께서 보살펴 사랑해 주시는 은혜 덕분에 행렬을 따르는 하리(下吏)로 어수선하고 잉첩이 집안에 가득하게 되었으니 이는 네 아비가 즐겨하는 바가 아니다. 천자의 뜻이 그러하셨어도 내 먹은 마음이 두 아내 두는 것을 상서롭지 않게 여겨 전날 뭇 손자에게 일렀고 네 또 들었을 것이다. 그러하거늘 너는 네 아비의 마음을 알면서 내척(內戚)과 결혼함을 짐짓 좋게 여기는 듯이 순순히 응하여 군상(君上)께서 이렇게 하시는 일에 간하지 않았다. 그러니 네 천하의 정승이 되어 정사를 보필한 것이 무엇이 있느냐?"

말을 마치자, 안색이 엄숙하여 가을서리와 뜨거운 해 같았다. 승상이 세상에 난 지 서른일곱에 태사의 준엄한 꾸중 들은 것이 처음이라 황공하고 두려워하여 죽으려 해도 죽을 땅이 없을 정도였다. 이에 바삐 관을 벗고 머리를 두드려 말하였다.

"제가 불민(不敏)하여 아버님의 큰 덕을 저버렸으니 무슨 면목으로 아버님 안전에 뵙겠나이까? 그러나 어리석은 소견에 성상의 뜻이 굳이 정해지셔서 두어 번 간했으나 뜻을 얻지 못하였고 각신을 부르시어 아버님께 전교하려 하셨나이다. 인군께서 아내를 외조(外朝)에 중매하시는 일은 큰 실덕(失德)이니 정문한 등 일대 강직한 재상이 가만히 안 있어 상소하는 일이 있을 것이요, 황상의 분노에 부닥친다면 그들이 귀양 가게 될 것입니다. 그러니 그런 일이 일어나지 않도록 해서요, 또한 제가 선조(先朝)의 유조(遺詔)[55]를 생각고 금상(今上)의 허물을 가리려 하여 부득이하게 한 일이나 아버님의 높은 뜻을 모른 것이 아니요, 제가 즐겨서 한 일이 아니옵니다. 앞날에 벌어질 일을 생각하니 오늘 일은 작은 일이요, 제가 죽을 곳을 얻은 것 같나이다."

말을 마치고 눈물이 봉황의 눈에 비처럼 흐르고 그치지 않았다. 태사가 다 듣고 바야흐로 그 나라를 위한 충성스러운 마음을 다 알고 탄식하며 말하였다.

"우리 부자가 박복하여 맑은 성군을 여의었으니 무엇을 한하겠느냐? 오늘의 일 또한 천명(天命)이라 설마 어찌하겠느냐?"

승상이 절하고 물러나니 찬 땀이 적삼에 배었다. 태사의 엄정함이 이와 같았으나 승상은 태어나서 한 번도 크게 꾸중들은 일이 없었으니 승상의 기특함을 더욱 알 수 있다.

조 국구가 이 승상의 허락을 받고 크게 기뻐 중매를 보내 구혼하니 승상이 선뜻 허락하고 길일을 택하니 늦가을 그믐께였다.

연수 등이 상서를 보고 어지럽게 치하하니 상서가 미미히 웃고 괴롭게 여기는 기색이 없었다. 이에 모두들 상서가 혼인을 좋아한다고 하였다.

승상이 소 공을 찾아 보고 조용히 조 씨와 혼인한다는 말을 하고 또 사례하였다.

"어머님이 일찍이 위급했을 적에 영선대인(令先大人)[56]이 거두어 살리셨으니 그 은혜는 바다가 얕고 태산이 가벼울 정도입니다. 소제

---

55) 유조(遺詔): 임금의 유언.
56) 영선대인(令先大人): 상대의 돌아가신 아버지를 높여 이르는 말.

등이 은혜를 다 갚지 못할 것이거늘 이제 형의 한 딸을 편히 거느리지 못해 풍진(風塵) 사이에 버리고 새 사람을 얻게 되니 참으로 신의가 없습니다. 무슨 면목으로 세상에 설 수 있겠습니까?"

소 공이 다 듣고 탄식하며 겸손히 사례하였다.

"소제(小弟)의 운명이 기박하여 딸아이를 잃어 버렸으니 누구를 한하겠습니까? 형의 말을 믿어 장래에 만나기를 기다리고 있으니 영랑(令郎)이 열 명의 미인을 취한다 한들 관계가 있겠습니까? 또 이는 형세가 부득이해서 그런 것이니 소제가 천성이 통달하지 못하나 어찌 이를 살피지 않겠으며 딸의 적국(敵國)을 꺼리겠나이까?"

승상이 또 탄식하고 말하였다.

"며느리의 액운이 거의 다 사라져 가니 금년 중에 만날 것입니다."

소 공이 슬피 눈물을 흘릴 뿐이었다.

이러구러 길일이 다다르니 집안 사람들이 중당(中堂)에 모여 신랑을 보냈다. 뭇 사람들이 소 씨를 생각하고 슬픈 기색이 은은하였으나 상서는 조금도 불쾌함이 없이 안색이 좋아 봄볕 같았다. 관복을 단정히 입고 나가니 모두 탄식하였다.

상서가 조씨 집안에 이르러 전안(奠雁)[57]을 마치고 내당에 들어가 교배(交拜)를 이루고 신방에 이르니 벌여 놓은 것이 찬란하고 사치함이 눈이 부실 정도였다. 상서가 눈을 들지 않고 단정히 앉아 있었는데 야심하여 신부가 가벼운 화장을 하고 이에 등불 아래 앉았다. 상서가 몸을 굽혀 잠깐 두 눈을 흘려서 보니 이 본디 조마경(照魔鏡)[58]이 아니었으나 사람의 우열을 바로 알아챘으므로 조 씨의 위인

---

57) 전안(奠雁): 혼례 때, 신랑이 기러기를 가지고 신부 집에 가서 상 위에 놓고 절함. 또는 그런 예(禮).

58) 조마경(照魔鏡): 마귀의 본성을 비추어서 그의 참된 형상을 드러내 보인다는 신통한 거울.

이 시기가 많고 가슴 가운데 날카로운 검을 품은 줄 알지 못하겠는가. 상서가 이에 크게 놀라 생각하였다.

'내 처음 정한 뜻은 조 국구의 일이 비록 사리에 어긋나나 그 딸은 죄가 없으니 만일 순박한 사람이라면 부부의 의리를 끊지 않으려 하였더니 이 사람이 이렇듯 흉악하니 가까이 못할 사람이로다. 남자가 세상에 처함에 어찌 화근을 가까이하겠는가.'

이처럼 생각하니 속으로 놀랐다. 두 손을 마주 잡고 단정히 앉아 삼경(三更)이 된 후 바로 옷을 벗고 옥상(玉牀)에 높이 누워 깊이 잠들었다. 이때 조 씨는 상서의 태양 같은 위엄 있는 풍채를 보고 크게 기뻐 자기 팔자가 좋은 줄 스스로 치하하고 있었다. 그런데 뜻밖에도 생의 기색이 냉랭하여 요동하지 않는 것을 보고 흥이 사라지고 의심하는 뜻이 생겨 두 시간 동안이나 앉아 생의 행동을 살폈다. 상서가 숨소리도 없이 누워 있으니 조 씨가 크게 괴이하게 여겨 혹 반편(半偏)[59]인가 의심하여 입속에서 꾸짖었다.

"숙맥불변(菽麥不辨)[60]도 있도다. 주인을 누우라 권하지도 않고 혼자 자니 저렇게 예절 차릴 줄도 모르는 사람이 있을까?"

이처럼 말하니 생이 이미 다 듣고 크게 우습게 여겼으나 요동하지 않았다. 조 씨가 참지 못하고 곁에 놓인 차 그릇을 엎어 버리니 생이 누운 데로 흘러 들어가는 것이었다. 이에 조 씨가 소리쳐 말하였다.

"군자야! 물 들어가나이다."

생이 잠깐 몸을 돌려 물러 누워 비단 이불로 몸을 감추고 다시 움직이지 않았다. 조 씨가 크게 이상히 여기고 정말 숙맥불변(菽麥不

---

59) 반편(半偏): 반편이. 지능이 보통 사람보다 모자라는 사람을 낮잡아 이르는 말.
60) 숙맥불변(菽麥不辨): 콩인지 보리인지를 구별하지 못한다는 뜻으로, 사리 분별을 못하고 세상 물정을 잘 모름을 이르는 말.

辮)인가 여겨 철편(鐵鞭)을 들어 던지며 말하였다.

"아버님이 한 딸을 위하여 어디 가서 병신을 얻어 오셨는고? 내 일찍 들으니 그대의 풍채와 재주는 일세의 영걸이라 하더니 이제 얼굴은 사람 같은데 어찌 저렇듯 용렬하여 잠만 잘 줄 알고 부부의 깊은 정은 모르는 것인가?"

생이 그래도 움직이지 않으니 조 씨가 촛불을 손에 들고 나아가 보았다. 생의 넓은 이마와 깨끗한 귀밑이며 백옥 같은 피부가 천지의 조화를 지녀 밝은 기운은 자기의 부정(不正)함을 태워 버리고 시원한 풍채는 자기의 어두운 눈을 밝히는 듯 엄숙한 거동이 눈 위에 서리를 더한 듯하였다. 흠모하는 마음이 온 몸에 가득하였으나 그 엄숙함을 문득 두려워해 촛불을 물려 놓고 소리를 낮추어 일렀다.

"아까 낭군이 누우신 데로 물이 들어가서 당돌히 깨운 것이니 괴이하게 여기지 마소서."

상서가 저의 전후 행동을 보고 세상에 저런 위인이 있음을 기괴하게 여기고 소년의 마음에 한 조각 호기가 없지 않아 우습기가 그지없었다. 그러나 조 씨가 자신을 업신여겨 모욕이 한 층 더할 것이므로 잠자코 앉아서 보려 하였다. 조 씨가 생이 말을 하지 않는 것에 조급히 여겨 곁에 나아가 옷을 흔들며 지리히 물었다.

"그대가 어찌 말을 하지 않는 것인가? 나의 얼굴이 나쁜가? 재물이 부족한가? 나의 얼굴은 서시(西施)[61]를 비웃고 재물은 산과 같으니 무엇이 마음에 차지 않아서 이렇게 구는 것인고? 내 비록 불초하나 황명으로 그대의 아내가 되었으니 무엇을 서로 감출 일이 있겠는가?"

생이 또한 대답하지 않으니 조 씨가 하릴없이 그 꽃은 손을 빼어

---

61) 서시(西施): 중국 춘추시대 월(越)나라의 미녀.

서 보니 희기는 옥 같고 곱기는 다듬은 듯하였으니 조 씨가 칭찬하며 일렀다.

"옛날 하랑(何郞)[62]이 곱기로 유명하더니 그대는 이 사람보다 배는 낫도다. 그대의 부모가 군자 같은 아들을 두었으니 복 됨이 겨룰 이가 없을까 하노라."

상서가 이 말을 듣고 크게 놀라 손을 뿌리치고 자리를 물러났다. 상서가 본디 엄숙한 기상을 지녔는데 여기에 평온하지 않은 마음을 먹으니 이른바 북풍(北風)에 찬 달이 빛나는 듯하였다. 조 씨가 무료하고 한스러워 이를 갈고 말하였다.

"끝까지 이렇듯 하거니와 필경은 좋지 못하리라."

상서가 대답하지 않으니 이윽고 시각을 알리는 북소리가 요란하고 닭소리가 새벽을 알리니 상서가 몸을 일으켜 세수하고 다시 단정히 앉았다. 날이 새자 내당에 이르러 장모를 보니 국구 부인 유 씨는 매우 어질어 말이 은근하고 큰 덕이 미우 사이에 비쳤다. 상서가 그 딸이 어머니를 닮지 않음을 탄식하고 집으로 돌아왔다.

중당에서 소부를 만나 절하니 소부가 웃으며 물었다.

"신부의 어짊이 어떠하더냐?"

상서가 참았던 웃음이 바야흐로 터져 한바탕 크게 웃고 대답하지 않았다. 소부가 데리고 정당에 이르니 태부인이 바삐 물었다.

"조 씨가 어떠하더냐?"

생이 미미히 웃고,

"앞일을 가히 알 만한 사람이었나이다."

---

62) 하랑(何郞): 중국 삼국시대 위(魏)나라의 하안(何晏)을 이름. 자는 평숙(平叔)으로, 조조(曹操)의 의붓아들이자 사위. 반하(潘何)라 하여 서진(西晉)의 반악(潘岳)과 함께 잘생긴 남자의 대명사로 불림.

라고 하니 유 부인이 또 물었다.

"어질어 그러하다는 말이냐?"

상서가 웃고 대답하였다.

"순박한 무리에서는 벗어났습니다."

부인이 아연하여 소 씨를 새삼 생각하고 탄식하기를 마지않았다. 태사와 승상이 묵묵히 시비(是非)를 하지 않으니 모두 말을 안 했다. 이윽과 태사와 승상이 일어난 후 공주와 장 씨 등이 물러나자 소부가 물었다.

"아까 너의 웃는 거동이 괴이하니 조 씨에게 우스운 행동이 있었던 것이 아니냐?"

생이 또한 속이지 않고 수말을 일일이 고하고는 스스로 포복절도하며 자리를 잡지 못하였다. 유 부인 등이 웃음을 참지 못하였으니 그 나머지 소년을 이르겠는가. 부마가 잠깐 웃고 말하였다.

"만고에 그런 여자가 있겠느냐? 네 말이 과도한가 하노라."

상서가 웃고 대답하였다.

"소제(小弟)가 평생 사람의 허물을 이르지 않더니 이 여자의 거동은 만고에 없는 일이라 번거롭게 말하는 것입니다."

유 부인이 탄식하였다.

"소 씨가 비록 후에 오더라도 조 씨 때문에 신세가 편하지 못하겠구나."

소부가 또 웃고 말하였다.

"몽창이 어려서부터 웃음 참기와 분노 참기를 못 하더니 조 씨를 필연 귀하고 소중하게 여기는 것 같구나. 조 씨가 그러한 행동을 했어도 알고도 모르는 척하였으니 벌써 조 씨를 향한 네 정을 알겠구나."

상서가 웃으며 말하였다.

"소질(小姪)이 불민해도 이런 음란한 여자는 결단코 용서하지 않을 것이요, 또한 같이 잠을 자지 않을 것이니 숙부께서 이렇듯 말씀하시나이까? 예전에 숙부께서는 청 숙모[63]를 후대하셨나이까?"

소부가 크게 웃고 말하였다.

"조카가 너무 외람되게도 숙부를 기롱하는 것이냐? 청 씨의 행동은 고금을 살펴 보아도 비슷한 사람이 없으니 내 현명하지 못해 청 씨를 박대한 것이 아니었다."

상서가 대답하였다.

"소질이 그때 나이가 어려 세상물정을 알지 못하였으나 오늘 조 씨의 행동은 청 숙모보다 열 배는 더한 것이 있으니 소질의 운명이 괴이하여 저런 인물 얻은 것을 탄식합니다. 그러나 할 수 없나이다."

유 부인이 또 웃고 말하였다.

"청 씨는 필경이 대악(大惡)임이 밝혀졌으나 친영(親迎) 날 이렇게 굴지는 않았다. 앞으로 화란이 작지 않겠구나."

태부인이 웃음을 참지 못하고 자리에 있던 사람들이 크게 웃었다. 정 부인이 생의 말이 경솔함을 편치 않게 여기고 조 씨의 행동은 귀를 가려 듣고 싶지 않았으나 소부와 무평백이 웃음을 돕고 존당이 묻고 웃으니 감히 말은 못 하고 정색하는 것도 옳지 않아 간간히 미소만 지을 뿐이었다. 상서가 모친이 기뻐하지 않는 기색을 살피고 다시 말을 하지 않았다.

자리를 파하고 물러나 모친 뒤를 따라 백각에 이르니 부인이 상서에게 말하였다.

"네 아까 취하였던 것이냐? 그것이 무슨 행동이더냐?"

상서가 두 손을 맞잡고 대답하였다.

---

63) 청 숙모: 이연성의 아내였던 청길을 말함.

"조 씨의 거동이 이미 그러하고 존당께서 물으셨으니 부부의 규방 세세한 일인들 속이겠나이까?"

부인이 정색하고 말하였다.

"너의 행동이 갈수록 미친 듯하구나. 조 씨가 설사 그렇게 행동했던들 남자가 차마 예가 아닌 말을 좋은 말 전하듯이 말하여 좋아하느냐? 다시는 이런 말을 두 번 내지 말라."

상서가 자리를 옮겨 사죄하고 웃으며 대답하였다.

"제가 또한 조 씨의 허물을 바깥사람에게 누설한 것이 아니라 들으신 분들은 숙부와 존당이시니 조 씨의 허물이 나타날 일은 없을까 하나이다."

부인이 이에 가만히 있었다. 그리고 소 씨를 생각하여 슬픔을 깨닫지 못하니 상서가 좋은 말로 위로하였다.

상서가 수레를 타고 소 상서 집에 이르러 악부모(岳父母)를 뵈니 상서가 좋은 낯빛으로 일렀다.

"너는 국구의 사랑하는 사위가 되고 절색의 미녀를 아내로 맞았으니 이 늙은이가 친히 가서 치하할 것이나 어머님에게 작은 병이 있으셔서 가지 못했구나. 네가 없는 아내의 부모를 이처럼 부지런히 찾아 주니 신의가 적지 않구나."

상서가 사례하고 말하였다.

"악장(岳丈)은 무슨 말씀입니까? 형세가 부득이하여 조 씨를 맞았으나 소서(小壻)가 즐겨서 한 것이 아니옵니다."

소 공이 미소를 지을 뿐이었다. 장 부인은 비록 어질었으나 만금같이 여기던 한 딸을 생이 잘못 의심하여 끝내 사생을 모른 채 이별하고 이제 생이 재취(再娶)한 것을 보니 서러움이 칼을 삼킨 듯하여 목이 쉬도록 울고 말하였다.

"현서가 총명하고 인자하나 딸아이는 만리타향에서 떠돌아다니며 사생을 모르니 첩의 서러움은 하늘과 땅을 올려다보고 내려다볼 곳이 없습니다. 그러나 그대는 새 사람과 즐기며 잘 지내소서."

생이 잠깐 웃고 낯빛을 좋게 하여 대답하였다.

"오늘 악모께서 소생의 죄를 밝히 이르시니 부끄러워서 죽으려 해도 죽을 땅이 없나이다. 그러나 소생이 옥란을 가까이할 적에 소 씨에게 화근이 될 줄을 미리 짐작이나 했겠나이까? 또 아무나 개용단을 먹고 악장(岳丈)이 되어 악모(岳母) 침소에 가신다면 악모는 능히 구분할 수 있겠나이까? 이는 사광(師曠)64)처럼 귀가 밝아도 알지 못할 것입니다. 모두 소 씨의 액운이 불행하여 소생같이 미친 사람을 만나 일생이 순탄하지 못하니 그것이 소서(小壻)의 죄입니다."

장 부인이 잠깐 안색을 낮추고 겸손히 사례하며 말하였다.

"첩이 어찌 현서를 그릇 여기겠는가마는 딸을 떠난 지 3년에 어안(魚雁)65)이 끊어졌으니 모녀 사이의 정을 참지 못해서 그런 것이니 현서는 유감을 품지 마소서."

상서가 흔쾌히 대답하였다.

"소서가 어찌 유감이 있겠나이까마는 아까 하신 말씀을 풀어 보니 자연히 개운하지 못함을 면치 못하겠나이다."

부인이 눈물을 머금고 대답하지 않고, 상서는 탄식하고 말을 안 했다.

상서가 한나절을 앉아 악공(岳公) 부부를 위로하고 석양에 집으로 돌아갔다.

이때는 늦봄이었다. 봄날이 화창하여 참으로 즐거운 사람의 흥을

---

64) 사광(師曠): 중국 춘추시대 진(晉)나라 때의 악사로 음률을 잘 분간한 인물.
65) 어안(魚雁): 물고기와 기러기라는 뜻으로, 편지나 통신을 이르는 말. 잉어나 기러기가 편지를 날랐다는 데서 유래함.

돕는 때였다. 그러나 상서는 마음이 울적하여 넷째동생 몽상을 불러 가만히 물었다.

"아버님과 형님이 어디 계시냐?"

몽상이 대답하였다.

"큰형님은 궁에 가 담소하시다가 아이들과 함께 거기에서 주무시고, 아버님은 숙부님과 함께 노각헌에서 주무시고 서헌이 비었나이다."

상서가 기뻐해 대월루에 가 창녀 위란을 불러 서당에서 데리고 자니 집안 사람들이 아무도 몰랐다.

이튿날 조 씨가 신부의 예를 갖추어 집에 이르러 존당과 시부모에게 폐백을 드렸다. 얼굴이 봄에 핀 꽃과 같았으니 모두 칭찬하기를 마지않았다. 그런데 승상과 존당은 불쾌하였지만 겉으로는 기쁜 척하고, 신부 숙소를 화영당에 정해 보내고서 생을 경계하였다.

"신부를 보니 비록 기쁘지는 않으나 인군께서 주신 것이요, 또 나타난 허물이 없이 박대함은 잘못이니 모름지기 공경하여 부부의 의리를 온전히 하라."

상서가 지난 밤의 광경을 차마 고하지 못하고 또 명령을 거스릴 까닭이 없어 명령을 듣고 물러나 화영당에 이르렀다. 이에 조 씨가 한편으로는 반기고 한편으로는 노하여 벽을 향한 채 상서를 보지 않았다. 이 상서가 더욱 우습게 여겼으나 낯빛을 바꾸지 않고 침상에 나아가니 조 씨가 더욱 노해 생각하기를,

'필부가 또 전날처럼 행동하니 결단코 이대로 두어서는 안 되겠다.'

하고 꾸짖어 말하였다.

"괴이하고 독한 필부가 서당에서 자지 않고 무엇하러 들어와 내 심사를 어지럽히는 것인가?"

상서가 끝까지 대답하지 않았다.

이때 최 숙인이 몽창이 새 사람을 잘 대해 주는가 알려고 하여 엿보다가 이 광경을 보고 크게 놀라 급히 정당에 이르러 모든 사람에게 이 말을 고하였다. 유 부인 이하 모든 사람들이 몹시 놀라고 부끄럽게 여기고 승상과 태사가 또한 놀라고 부끄러워 말을 않다가 태사가 숙인을 꾸짖었다.

"신부가 어찌 그런 행동을 했겠느냐? 네 다시는 이런 괴이한 말을 입 밖에 내지 말라."

숙인이 황공하여 물러나고 뭇 소년이 태사의 엄정한 경계를 들으니 두려워하며 물러났다. 승상이 조 씨의 행동을 어이없이 여기고 아니꼽게 생각하였으나 잠자코 있으며 시비를 하지 않았다.

상서가 이 밤을 새우고 외당에 나왔는데 속으로 놀라움이 극하여 종일토록 입을 열지 않았다. 또 밤이 다다르니 아버지의 명령이 엄숙하고, '화영' 두 글자에 분하고 우울함을 이기지 못해 계단에서 야심토록 산보하다가 찬 이슬이 옷에 사무치니 마지못해 천천히 걸어 침소에 이르렀다.

전날과 같이 침상에 누워 움직이지 않으니 조 씨가 저의 행동을 참으로 괴이하게 여겼다. 또 옥 같은 외모의 아름다운 남자를 대해 정을 누리지 못해 이날 밤에는 잠깐 앉았다가 스스로 불을 끄고 상서 곁에 자연스럽게 누우니 상서가 더욱 놀라 자는 듯이 누워 있자 조 씨가 일렀다.

"그대가 죄 없는 첩을 끝까지 매몰차게 대하니 이 어찌 배운 자가 할 만한 행동입니까? 첩이 이미 임금의 명령을 받고 부모의 명으로 그대와 자하상(紫霞觴)66)을 나누었고 부부의 이름이 떳떳하니 한 침

---

66) 자하상(紫霞觴): 자하주(紫霞酒)를 담는 술잔. 자하주는 신선들이 마신다는 술로, 여기에서는 혼례 때 마신 합환주(合歡酒)를 말함.

상에서 같이 자더라도 남이 행실을 잃었다고 알지 않을 것입니다."

드디어 하는 행동과 말이 귀를 씻고 싶을 정도였다. 상서가 크게 놀라고 두통을 얻은 것 같았으나 잠깐도 요동하지 않았다. 조 씨가 한하여 한편으로는 꾸짖고 한편으로는 향기로운 몸을 곁에 두니 기쁨이 태산 같아 좋아서 웃고 혹 말하며 온갖 행동을 하였다. 이러한 행동을 어찌 다 기록할 것이며 지난 밤 광경을 다 기록한다면 도리어 허황된 것이 많으므로 여기에서는 다 뺐다.

이때 상서가 이날 밤을 겨우 새워 내당에 문안하고 서당에 돌아와 지난 밤의 일을 생각하니 분하고 우울하여 식음을 물리치고 서당에 누웠다. 뭇 형제가 이르러 두문불출한 까닭을 물으니 생이 억지로 대답하였다.

"심기가 불편하여 조리하려고 해서입니다."

모두 곧이들었으나 부마는 의심하였다. 그러나 이목이 번다하여 묻지 못하고 있더니 이윽고 모두 흩어지고 홀로 소부와 부마만 있었다. 이에 소부가 생에게 물었다.

"오늘 너의 기색을 보니 알지 못하겠구나, 평안하지 않은 일이 있는 것이냐?"

상서가 묵묵히 있다가 미소하고 대답하지 않으니 부마가 이어 물었다.

"숙부님이 물으시거늘 어찌 대답하지 않는 것이냐? 이는 아버님이 조 씨 후대(厚待)할 것을 경계하셔서 불쾌해 그런 것이 아니냐?"

상서가 두 손을 맞잡고 대답하였다.

"소제가 어찌 그러한 뜻이 있겠나이까? 부부가 한 방에서 같이 거처함이 예사니 불쾌한 일이 있겠나이까마는 소제가 만난 바는 고금에 듣지 못하던 말과 천고에 없는 행동이니 마음이 번민하여 큰 병이 날 것 같으나 아버님이 이미 한 번 경계하셨으니 말씀을 고하지 못한 것입니다. 소제가 조 씨의 손에 죽을 것 같습니다."

말을 마치자 부마와 소부가 놀라고 정신이 어지러웠다. 이에 소부가 말하였다.

"자고로 여자가 패악(悖惡)하여 삼가지 못하는 일이 있거니와 조 씨의 전후 행동은 뼈가 저리고 넋이 놀랄 정도니 형님이 들으신다면 어찌 너를 어리석은 남자가 되게 놓아 두겠느냐? 내 당당히 고해 선처하시게 해야겠다."

상서가 사례하고 부마는 시비를 하지 않았으나 예가 아닌 말을 들은 줄 뉘우쳐 잠자코 일어나 나갔다.

소부가 대서헌에 가 승상을 뵙고 좌우가 고요한 틈을 타 조 씨의 전후 행동을 자세히 고하고 말하였다.

"몽창이 본디 맑고 빼어남이 유다른데 삼 일 동안 조 씨의 괴이한 행동을 보고는 큰 병이 날 듯합니다. 그러나 형님의 경계를 두려워해 마음대로 하지 못하고 있으니 형님은 생각해 보소서. 어느 어리석은 남자가 여자의 이와 같은 모습을 달게 여기겠나이까?"

승상이 다 듣고 크게 놀라 미우를 찡그리고 말하였다.

"나의 평생 뜻이 예(禮)가 아닌 말을 듣지 않으려 삼갔더니 오늘 현제가 불행히도 일렀구나. 내가 당초에 몽창에게 조 씨를 후대하라 한 것은 그 화란을 일으키려는 마음을 진정시키려 한 것이요, 또 나타난 허물이 없이 사람을 박대하는 것은 어진 사람의 할 일이 아닌 까닭에 매사에 일이 편하게 되게 하려 해서였다. 그런데 제후 집안 여자의 행실이 이와 같으니 몽창이 당당한 재상의 높은 자리에 있으면서 이러한 광경을 감수할 바 아니니 현제는 내 말로써 몽창에게 일러 서당에서 몸을 조리하게 하라."

소부가 사례하고 물러와 생에게 이대로 일렀다. 생이 크게 기뻐 이날부터 서당에 있고 조 씨 침소에는 발뿌리도 임하지 않았다. 그리고 온 생각은 소 씨에게 맺혀 풀릴 적이 없었다. 예전에 자기가 소 씨에게 했던 박대를 뉘우치고 소 씨와 이별한 지 삼 년에 파랑새가 서신을 전하지 않으니 속절없이 꿈을 좇아 넋을 날릴 뿐이었다.

하루는 부마가 내당에 들고 서헌이 빈 것을 틈타 위란을 불러 거문고를 타게 하니 셋째공자 몽원이 보고 웃으며 말하였다.

"형님이 어찌 창녀를 가까이하시나이까?"

상서가 웃으며 말하였다.

"홀아비로서 빈 방을 3년 동안 지킨 우형(愚兄)이 창녀를 가까이하는 것이 괴이하냐?"

셋째공자가 웃고 자리에 나아가 역시 창녀 교란을 불러 술을 내오게 하니 상서가 말리며 말하였다.

"우형은 처자가 없어 잠깐 정을 풀려고 기녀를 가까이하는 것이지만 너는 최 씨 제수 같은 처자를 두고 창물을 가까이하는 것이 옳지 않으니라."

공자가 웃고 대답하였다.

"소제가 잠시의 풍류로 이러하나 오랫동안 정을 두려 하는 것은 아닙니다."

상서가 미소 짓고 야심토록 담소하다가 셋째공자가 물러가니 상서는 위란과 함께 잤다.

셋째공자가 둘째형의 행동을 보고 문득 마음이 방자해져 교란과 정을 맺으며 한 달을 보냈다. 그런데 최 소저가 이를 우연히 알고 크게 괴로워하여 이날부터 식음을 전폐하고 생을 용납하지 않고 스스로 죽으려 마음먹었다. 생이 마음이 급해 밤낮으로 최 소저 곁에 앉아 자기가 잘못했다고 빌었으나 최 씨는 한 마디를 응하지 않고 먹는 것을 그치고 드러누웠으니 이런 일을 침소의 시녀를 제외하고 누가 알겠는가. 생이 최 소저가 오랫동안 이렇게 있음을 근심하다가 도리어 홧증이 났다.

하루는 소저의 옥수(玉手)를 잡고 일렀다.

"요새 풍속에 남자가 일곱 부인과 열두 미인을 두는 사람도 있으니 생이 한때의 풍정(風情)[67]으로 기녀와 정을 맺었소. 원컨대 부인은 음식을 먹고 마음을 널리해 분노를 가라앉히시오."

최 소저가 냉소하고 말하였다.

"첩이 어찌 부자(夫子)[68]께서 외입하신 것을 한하겠나이까? 군자께서 재상 집안의 자제로 천한 사람과 함께 잠을 잤으니 첩이 부자(夫子)의 부정함을 보지 않으려 해서입니다. 만일 같은 유학자 집안의 사람과 동렬(同列)이 되면 영화가 될까 하니 군자는 빨리 서당으로 나가시고 여기에는 자취를 이르지 마소서."

생이 다 듣고 노하여 소매를 떨치고 나갔다. 최 씨가 의연히 일어나 아침과 저녁 문안을 때에 맞게 하고 조금도 나쁜 기색이 없었다. 생이 최 씨를 속이려 하다가 못 하였는데 또 진실로 최 씨의 진정이 맑고 고상함을 헤아려 이날 밤에 최 씨 침소에 이르러 잠을 자려 하였다. 그러나 최 씨의 기색이 찬 재 같아 잠자코 멀리 떨어져 말을 하지 않으니 생이 하릴없이 도로 나가 교란과 즐겼다.

이에 소저가 분함을 이기지 못해 이에 병이 생겼는데, 침석에 몸을 던져 곡기를 끊고 죽으려 작정하였다. 이렇게 여러 날이 지나자 시부모는 연고를 모르고 소저가 오래 병들어 있음을 우려하여 의약

---

67) 풍정(風情): 풍치가 있는 정회.
68) 부자(夫子): 부자. 남편을 높여 부르는 말.

으로 극진히 치료하였으나 낫지 않고 점점 위태해졌다. 소저의 유모가 크게 초조하여 숙인을 찾아 병든 까닭을 고하니 숙인이 매우 놀라 이에 이르러 소저를 보았다. 소저가 비단 이불에 싸여 옥 같은 얼굴과 꽃 같은 모습이 초췌하여 몰라보게 되어 있었다. 숙인이 나아가 소저의 손을 잡고 정색하고 타일렀다.

"소저가 어르신과 부인의 교훈을 받아 예를 아실 것입니다. 공자가 소년의 호방한 기운을 한때 삼가지 못함이 있었다 한들 소저가 이토록 식음을 전폐하고 죽으려 작정하시니 이를 존당과 승상 어르신이 아신다면 적지 않게 기분이 좋지 않으실 것이요, 다른 사람이 듣는다면 기롱하며 비웃을 것입니다. 그러니 소저는 병을 조리하여 음식을 먹고 존당과 시부모님께 문안을 폐치 마소서."

최 소저가 다 듣고 숙인이 자기를 경계하는 말이 옳은 줄 깨달아 사죄하였다.

"이생의 행동이 정도에서 크게 어긋나 조급한 성품에 한 병을 이루었더니 서모의 가르치시는 말씀이 자못 옳습니다. 이후에는 마음을 고쳐 조리하겠나이다."

숙인이 기뻐하며 재삼 위로하였다. 문득 공자가 들어오니 숙인이 정색하고 말하였다.

"공자가 이십 전의 소년으로 공명(功名)도 이루지 못하고서 희첩(姬妾) 둠은 무슨 일인고? 처음에 남의 규내(閨內)를 엿보고 나를 보채기로 내 마지못해 두 집안에 중매 노릇을 하여 공자의 소원을 이루어 주었거늘 무슨 일로 이리 요란이 구는고?"

공자가 웃으며 말하였다.

"그대는 부질없는 말을 하여 바깥사람이 듣도록 하지 말라. 내 한때의 풍정(風情)으로 한 창녀를 돌아보았으나 무슨 큰일이라고 아줌마가 이토록 말을 많이 하며, 최 씨가 연일 먹지 않고 침상에 드러누워 규내를 소란하게 하니 이 어찌 숙녀의 도리라 하겠는가?"

이렇듯 서로 문답할 적에 승상이 마침 지나다가 이 말을 들었다. 속으로 어이가 없었으나 알은 체하지 않고 들어가 최 씨를 보고 그 병이 오래 낫지 않음을 염려하여 극진히 무휼(撫恤)[69]하고 밖으로 나갔다. 공자가 부친이 아까 자기의 말을 다 들은 줄 알고 크게 놀라고 황공함을 마지않았다.

이때 승상이 외당에 나와 몽원을 결박하게 하고 창녀와 정을 두어 집안을 어지럽힌 죄를 따져 40대를 쳐 내치고 교란을 종으로 만들어 교방에서 이름을 떼고 고향으로 돌려보냈다. 이때 몽상이 웃고 부마에게 말하였다.

"둘째형이 먼저 창물과 정을 맺었으므로 셋째형이 배우신 것입니다."

부마가 놀라고 노하여 상서를 불러 크게 꾸짖고 아우의 잘못을 바로잡지 않고 마음을 같이해 모의함을 꾸짖었다. 그러나 상서가 변명하니 부마가 더욱 노해 말하였다.

"너는 이제 나이 차고 지위가 재상의 반열에 올랐거늘 무슨 까닭에 부형(父兄) 속이는 것을 능사로 아는 것이냐?"

상서가 관을 벗고 사죄할 뿐이요, 몽원이 교란 가까이한 것은 남 모르는 것처럼 하여 자신이 한 일은 끝내 이르지 않으니 부마가 이를 매우 밉게 여겨 부친에게 사실을 고하였다. 승상이 이 말을 듣고 대로하여 상서를 불러 한 마디 말을 않고 일렀다.

"네가 가까이한 자가 어떤 사람이냐?"

상서가 천천히 대답하였다.

---

69) 무휼(撫恤): 불쌍히 여겨 위로함.

"전날 밤에 회포를 푸느라 창녀 위란에게 풍악을 들게 했나이다."

승상이 대답하지 않고 드디어 위란을 교란과 함께 내치고 상서를 섬돌 아래에 꿇리고 죄를 하나하나 따지며 말하였다.

"네 천한 창녀를 가까이하여 소 씨의 거처를 모르게 하고서 또 어찌 창물과 정을 맺었으며 동생까지 가르친 것이냐? 네 갈수록 내 경계를 홍모(鴻毛)70)같이 여기기만 하려 하니 네 아비가 다시 이르지 않을 것이니 이제는 네 마음대로 무슨 짓이든 하라."

드디어 밀어 내치니 무평백이 웃고 물었다.

"형님이 어찌 이번에는 몽창을 치지 않으시나이까?"

승상이 말하였다.

"제 죄는 칠십은 맞을 정도의 것이나 성은이 과도하시어 큰 벼슬에 있게 하셨으니 저를 위하여 매를 들지 않은 것이 아니라 임금의 명령을 공경해서이다."

무평백이 웃고 말하였다.

"남아가 혹 미색을 가까이하였어도 칠십 대나 칠 정도로 책망을 크게 하시는 것입니까? 이는 너무 과도한가 하나이다."

승상이 말하였다.

"자고로 남아가 미색을 사모함은 늘 있던 일이다. 우형(愚兄)은 생각하기를, 부모님이 주신 몸으로 조강(糟糠) 정실이 족하거늘 어찌 추잡한 창부를 가까이하여 몸을 상하게 하겠는가? 우형이 일찍이 사마상여(司馬相如)71)의 화려한 일을 괴롭게 여기고 신생(申生)72)과

---

70) 홍모(鴻毛): 기러기의 털이라는 뜻으로, 매우 가벼운 사물을 이르는 말.

71) 사마상여(司馬相如): 중국 전한시대의 인물. 과부가 된 부잣집 딸 탁문군(卓文君)을 만나 그녀를 유혹하여 함께 도망친 일이 있음.

72) 신생(申生): 중국 진(晉)나라 헌공(獻公)의 태자. 신생은 헌공이 그 서모뻘 되는 제강(齊姜)과 몰래 정을 통하고 낳은 아들로 헌공이 궁문 밖으로 내보내 신씨(申氏)라는

미생(尾生)73)의 어리석음을 이상하게 여기니 현제는 괴이하게 생각하지 말라."

무평백이 웃고 사례하였다.

"아까 말은 희언이었습니다. 호방한 뭇 조카를 형님이 아니면 어찌 사람 무리에 들게 하겠나이까?"

승상이 저녁문안에 들어가니 태사가 몽창 등이 없는 까닭을 물으니 승상이 대답하였다.

"몽창이 형제가 창녀를 가까이하여 집안에 감추었으므로 꾸짖어 내쳤나이다."

태사가 고개를 끄덕이고 말을 하지 않았다.

이때 상서가 부친이 자신의 죄를 따져 물은 것이 명백함을 듣고 뉘우쳐 물러나 서당에 가 몽원을 구완74)하였다. 부마는 미우에 찬 기운이 맹렬하여 상서를 본 척도 하지 않으니 상서가 크게 두려워 죄를 청해 말하였다.

"소제(小弟)가 불민하여 형님을 속인 죄는 만 번 죽어도 오히려 가볍습니다. 형님은 소제의 죄를 밝게 다스리시고 너그러이 용서해 주시기를 바라나이다."

부마가 넓은 소매로 귀를 가려 듣지 않고 몽원을 경계하고 시간이 좀 지나 일어났다. 상서가 뉘우치고 한탄함을 이기지 못해 다만 셋

백성 집에 주어 기르게 하고 이름도 신생(申生)이라고 지어 줌. 후에 헌공의 총희(寵姬)인 여희(驪姬)가 자기 아들 해제(奚齊)를 태자로 세우려고 독이 든 술과 고기를 신생이 보낸 것처럼 꾸미고 신생을 참소하였으나 신생은 이를 해명하려 하지 않고 자살하였음.

73) 미생(尾生): 중국 춘추시대 노(魯)나라 사람. 여자와 다리 아래에서 만나기로 약속하고 기다렸으나 여자가 오지 않자 소나기가 내려 물이 밀려와도 기다리다가 마침내 교각을 끌어안고 죽음. 약속을 굳게 지켜 융통성이 없는 인물을 가리킬 때 주로 인용됨.

74) 구완: 아픈 사람이나 해산한 사람을 간호함.

째공자를 붙들어 구호할 따름이었다. 이튿날 부마가 나와 공자의 병을 물으니 상서가 다시 애걸하였다.

"소제(小弟)가 어리석고 아득한 마음에 다만 부형의 책망을 두려워해 정도(正道)를 생각지 못하고 형님 안전에 사실을 고하지 못하였습니다. 형님이 이미 밝게 비추어 아신 후였으니 어찌 또 소제의 말을 들어서야 아셨겠나이까? 소제가 사리에 밝지 못한 죄는 크지만 이제 젊지 않은 나이에 아버님의 책망을 입어 가문에 죄인이 되었는데 형님마저 용서하지 않으시면 소제가 무슨 낯으로 사람을 대하겠나이까? 원컨대 이후에는 잘못하는 일이 없도록 하겠나이다."

부마가 정색하고 단정히 앉아 눈길을 들지 않고 함구한 채 응답하지 않으니 엄정한 기운이 눈 위에 서리가 내린 듯하였고 엄숙한 용모는 가을하늘이 높은 것 같았다. 상서를 머리를 두드려 재삼 사죄하고 있더니 문득 소부가 들어와 일렀다.

"무슨 일로 몽현은 저렇듯 매몰찬 체하고 몽창은 어찌 사죄하는 것이냐?"

두 사람이 바삐 일어나 맞이해 좌정하니 소부가 다시 물었다. 상서가 수말을 잠깐 고하니 소부가 웃고 말하였다.

"몽창의 행동이 비록 도리에 어긋나나 큰 과실이 아니거늘 네 형님께 고해 죄를 얻어 주고 너조차 곱지 않은 모양을 하여 몽창을 조르는 것이냐?"

부마가 천천히 대답하였다.

"소질(小姪)이 어찌 몽창을 그르다고 하겠나이까? 자고로 친한 사람은 부자(父子), 형제(兄弟) 같은 이가 없다고 하였습니다. 그런데 몽창은 그렇지 않아 범사에 계교로 속여 겉으로는 친한 척하지만 속으로는 심히 소원하고, 위란을 가까이한 일에 이르러는 제가 이미 알고 묻는 것이거늘 제 마침내 변명을 하였습니다. 어리석은 소견에 제가 그윽이 불초하여 동생 사랑을 극진히 못했는가 골똘히 생각하였습니다. 또 저의 도리는 제가 모르고 그런 일이 있는가 물어도 숨기지 않음이 옳거늘 제가 알고 있는 것을 심하게 속였으니 제가 스스로 부끄러워 감히 말을 통하지 못했던 것입니다."

말을 마치고 소부 앞이므로 좋지 않은 기색은 보이지 않고 행동거지가 평안하고 자리가 조용하니 소부가 칭찬하였다.

"만일 형님이 아니었으면 어찌 너와 같은 사람을 두었겠느냐? 너는 참으로 형님의 뒤를 이을 만한 사람이로구나."

부마가 나직이 절해 사례하고 다시 말을 하지 않았다. 소부는 부마가 비록 아랫사람이나 너무 이러함을 꺼려 다시 권하지 않고 일어나니 부마가 또한 뒤를 좇아서 갔다. 상서가 더욱 두려워 따라나가 사죄를 청하지 못하였다.

하루는 정 부인이 최 씨의 침소에 이르러 문병하고 머리를 어루만지며 일렀다.

"며느리의 총명함으로써 어찌 강상(綱常)을 실천하지 못하여 지아비의 병이 중한 것을 알고도 어서 조리하고 구호해 줄 것을 생각지 못하고 날로 심사만 사르는 것이냐? 우리 부부가 비록 불민(不敏)하지만 며느리를 허물하는 일이 없을 것이니 다시금 더욱 조심하여 며느리의 병이 스스로 낫도록 하고 윗사람이 중한 줄을 생각하거라."

부인이 말을 비록 드러내어 이르지 않았으나 이미 그 뜻이 깊었으니 최 씨가 또한 총명하므로 어찌 그것을 모르겠는가. 두려워서 땀이 모골(毛骨)에 젖어 사죄하였다.

"소첩의 죄는 산과 바다 같으니 다시 무슨 낯으로 문을 나서 시아버님 안전에 뵙겠나이까? 그러나 오늘 말씀은 폐간(肺肝)에 새기겠나이다."

부인이 흔쾌히 위로하고 돌아간 후 최 씨가 잠깐 마음을 돌리니 십여 일 후 쾌차하여 곱게 꾸미고 정당에 문안하였다. 최 씨가 시아버지가 있는 것을 보고 얼굴에 부끄러운 빛이 가득하고 두 뺨이 붉게 물들어 낯을 들지 못했다. 그러나 승상은 마침내 알은 체하지 않고 좋은 낯빛으로 완쾌함을 이르니 안색이 봄볕 같았다. 존당은 일찍이 무슨 일이 있었는지 알지 못했으므로 기뻐하며 말하였다.

"며느리가 수십 일 동안 병이 깊어 염려하고 있었더니 이제 병이 호전되어 무사하니 다행이로구나."

최 씨가 고개를 조아리고 사례할 뿐이었다.

최 씨가 생의 병소에 미음을 때에 맞춰 계속해 들이고 상서가 또한 극진히 붙들어 구호하니 한 달이 지난 후 몽원이 쾌차하였으나 부모의 용서가 없었으므로 형제 두 사람이 우울해 하였다. 공자가 최 씨를 한하여 말하였다.

"부녀의 투기가 너무 과도하여 지아비를 죄인으로 만들었으니 그것이 무슨 부도(婦道)라 하겠나이까?"

상서가 웃으며 말하였다.

"매사에 우리가 일을 그릇하고서 어찌 부인 여자를 책망하겠느냐?"

이에 공자가 대답을 하지 못했다.

이때 위란 등이 행장을 차려 고향으로 갈 적에 위랑이 울며 상서에게 고하였다.

"천첩(賤妾)이 행여 어르신의 거두어 주심에 힘입어 백 년 동락을 바랐더니 이제 만 리 밖에 내쳐지니 구름 낀 산이 가리고 길이 멀어 다시 상공 안전에 뵈올 줄 어찌 바라겠나이까? 다만 회태(懷胎)⁷⁵⁾한

75) 회태(懷胎): 임신.

지 몇 달 되었으니 남녀 간에 훗날 상공을 찾게 하겠나이다."

상서가 위로하였다.

"내 한때의 풍정(風情)으로 너와 정을 맺었더니 이제 아버님의 엄한 가르침이 이와 같으셔서 너를 감히 머무르게 하지 못하나 훗날 내가 너를 찾을 것이요, 뱃속의 아이는 내 자식이라 내 어찌 유념하지 않겠느냐?"

위란이 울며 하직하고 교란이 또 잉태 기운이 있음을 공자에게 고하고 울며 이별하니 공자가 좋은 말로 위로하였다.

하루는 최 숙인이 서당에 이르니 상서는 죽침(竹枕)에 누워 다리를 두드리고 성문을 시켜 손을 주무르게 하고 공자는 당건(唐巾)을 반만 벗고 자리에 누워 구르며 상서에게 말하는 것이었다.

"이제 위란 등이 다 잉태하였으니 나중에 어찌하시겠나이까?"

상서가 웃으며 말하였다.

"그런 것 처리하기야 그리 어렵겠느냐?"

이에 숙인이 나아가 일렀다.

"낭군 등이 부모 안전에 죄를 얻어 사람 무리에 설 수 없었거늘 거동이 다시 저렇듯 추잡한고?"

상서가 바삐 몸을 일으켜 맞으며 말하였다.

"이 몸이 불초하여 부모 안전에 용서를 받지 못하고 아무 데도 몸을 부칠 곳이 없어 누워 있더니 아줌마가 무엇 때문에 흉을 보는고?"

공자가 노하여 말하였다.

"그대가 저렇듯 괴이하고 독한 도적의 딸을 내게 중매하여 내 한때 풍정(風情)으로 창녀를 희롱하였다 하여 사단을 크게 이루어 내가 사십 장 매를 맞게 하였으니 아줌마에게 당당히 분을 풀어야겠다."

숙인이 노하여 말하였다.

"당초에 내 그대에게 최 소저를 중매하겠다고 하였더냐? 비례(非

禮)로 최 소저를 엿보고 나를 보채 구혼하여 두고서는 저런 말이 어디로부터 나오는고? 최 소저 같은 숙녀를 두고 노류장화(路柳墻花)와 정을 맺다가 매를 맞고 내 탓이라 하는 것인가?”

생이 더욱 노해 말하였다.

“내 말이 입으로부터 나오지 어디로부터 나오겠는가? 다만 최 씨를 숙녀라 하니 참으로 애달프도다. 숙녀가 그러할까? 원래 최문상의 딸이 그 어찌 의젓하겠는가?”

숙인이 대로하여 말하였다.

“그대의 말이 참으로 버릇이 없도다. 최 상서의 작위가 재상의 높은 자리에 있고 나이가 많거늘 그대가 감히 이름을 불러 욕하는가? 소부 상공이 나를 희롱하실 적에도 그러시더니 그대조차 할까 싶으냐?”

공자가 손을 젓고 머리를 흔들며 말하였다.

“시관(試官)이 눈이 없어 급제를 주고 성천자(聖天子)께서 너그러우셔서 저를 재상의 반열에 두신 것이지. 원래 아줌마가 글렀는데 총애받는 것을 보니 최문상도 군자가 아니로다.”

숙인이 대로하여 꾸짖었다.

“그대가 저렇듯 어른을 존중하지 않으니 내 당당히 승상께 고하고 또 죄를 얻어 주어야겠다.”

공자가 냉소하고 말하였다.

“아줌마가 나를 최 상서 후리듯 말을 이치에 맞지 않게 하거니와 내 두렵지 않노라.”

상서가 이어서 웃으며 말하였다.

“전날에 아줌마가 할머님께 축하주를 받아먹을 때는 몽원에게 감격하여 은혜를 뼈에 사무치고 마음에 새길 듯하더니 오늘은 어찌 이렇듯 하는고?”

숙인이 정색하고 말하였다.

"상서는 돋우지나 말게."

상서가 말하였다.

"내 어찌 철없는 아이를 돋우겠는가? 심란하여 누워 있는데 아줌마가 어디로부터 내달아 와서 요란이 구는 것인가? 원컨대 훗날에 몽원과 삼 일만 힐난하고 오늘은 그치는 것이 어떠한가?"

숙인이 노하여 말하였다.

"무엇하러 훗날을 기다릴꼬? 오늘 어르신께 고하여 상서 형제가 매를 많이 맞게 하리라."

상서가 짐짓 크게 놀라는 체하여 관을 벗고 꿇어 빌며 말하였다.

"최 상서 부인은 죄를 용서하고 큰 덕을 드리우셔서 아버님께 고하지 마소서. 접때 갓 책망을 입고 또 당한다면 어찌 살겠나이까? 두 번 살리는 은혜를 펴소서."

그러고서 두 손을 비비며 비니 숙인이 노하여 소매를 떨쳐 들어가니 상서 형제가 크게 웃었다.

이때 조 씨는 상서의 자취가 끊어지니 크게 분하여 난을 일으키려 하였으나 존당과 승상 부부의 엄격함이 다른 사람과 다르고 집안의 법도가 극히 엄하며 위의가 체체76)하니 감히 엄두를 못 내고 우울해하며 틈을 엿보며 기다렸다.

이때 독부(督府) 마운이 죽고 조정이 대장군 장청으로 교대한 지 몇 년이 되었다. 정통(正統) 3년77) 여름 오월에, 변란이 났음을 알리는 보고가 눈 날리듯 하였으니 장청이 삼십만 대군을 거느려 지경을

76) 체체: 행동이나 몸가짐이 너절하지 아니하고 깨끗하며 트인 맛이 있음.
77) 정통(正統) 3년: 1437년. 정통은 중국 명(明)나라 제6대 황제인 영종(英宗) 때의 연호(1435~1449).

범하고자 한다는 것이었다. 임금이 크게 놀라 문무 신하를 다 금란전(金鑾殿)[78])에 모아 놓고 계교를 물으니 이 승상이 아뢰었다.

"이제 장 씨 도적이 수만 군을 거느려 수륙으로 승승장구하여 나아오니 그 세력은 인의(仁義)로 달래지 못할 것입니다. 마땅히 지혜와 용맹을 갖춘 훌륭한 장수를 가려 쳐야 할 것입니다."

임금이 말하였다.

"이제 짐이 어린 나이에 대위에 나아온 지 오래지 않아 변방이 요란하니 어찌 큰 근심이 아니겠는가? 선생은 지식이 고명하니 마땅히 장수를 가려 보내도록 하라."

승상이 돌이켜 생각건대 조정에 훌륭한 장수와 꾀 있는 신하가 없었다. 속으로 탄식하기를 마지않아 관을 숙이고 미처 대답하지 못하고 있는데 이부상서 정공이 여러 신하 가운데 선뜻 나와 아뢰었다.

"태자소부 이연성과 병부상서 이몽창은 명문 집안의 자식으로서 충성과 용맹함이 있으며 그 영웅의 기상은 세상을 뒤덮을 만하니 이 두 숙질이 족히 장청을 무찌를 수 있을 것이옵니다."

임금이 크게 기뻐하며 승상을 돌아보아 물었다.

"연성과 몽창의 재주가 능히 장 씨 도적을 제어할 수 있겠는가?"

승상이 고개를 조아리고 말하였다.

"연성은 재주가 있고 영리하니 혹 승전할 수 있을 것이오나 몽창은 곧 부리가 누른 새 새끼처럼 어린아이니 국가의 대사를 그르칠까 두렵나이다."

정 상서가 다시 아뢰었다.

---

78) 금란전(金鑾殿): 원래 중국 당(唐)나라 때 문인 학사들이 임금의 조서를 기다리던 궁전의 이름이었는데, 이로부터 황궁의 정전(正殿)을 가리키는 말로 쓰임.

"이 승상의 말이 겸손한 것이니 몽창의 재주가 특출함은 연성의 위입니다. 그러니 너무 심려치 마시고 이 두 사람을 보내시면 승전하기를 마치 손바닥 뒤집듯이 할 것이옵니다."

임금이 이 말을 좇아 조서를 내려 이연성을 수군도독으로 삼고 몽창을 육군도독으로 삼아 다음 날 출병하게 하였다. 승상이 물러나 집에 이르러 모든 사람에게 이 말을 고하니 집안 사람들이 크게 놀라 마치 물 끓듯 하였으나 태사는 편안한 모습을 하고 놀라지 않으며 말하였다.

"신하가 국록을 허비하고 이런 때에 갚아야 하지 않겠느냐?"

그리고 소부를 돌아보아 말하였다.

"네 나이가 젊고 아는 것이 부족한데 능히 흉적(凶賊)을 소멸할 수 있겠느냐?"

소부가 자리 아래로 내려가 절하고 말하였다.

"제가 비록 학식이 고루하오나 또한 한갓 나라의 은혜를 저버리고 몸을 전쟁터에 버리지 않을 것입니다."

승상이 칭찬하며 말하였다.

"셋째아우의 시원한 말이 이와 같으니 족히 근심할 것이 없으나 다만 몽창이를 근심하나이다."

드디어 상서를 불렀다. 상서가 내쳐진 지 한 달 만에 자기를 부르는 명이 이르니 기쁘고 의혹하여 급히 자리에 이르러 죄를 청하였다. 승상이 소매에서 조보(朝報)79)를 내어 주니 상서가 꿇어 앉아 받들어 다 보고 자리를 옮겨 절하고 말하였다.

"신하가 되어 사지(死地)라도 거역하지 못할 것인데 하물며 군사

---

79) 조보(朝報): 조정의 결정 사항, 관리 임면 등을 실은, 조정에서 낸 문서.

를 거느려 장수가 될 것을 근심하겠나이까? 더욱이 숙부께서 함께 가시니 염려할 것이 없나이다."

승상이 그 상쾌한 말을 듣고 속으로 기뻐하였으나 내색하지 않고 좌우의 사람들은 칭찬함을 마지않았다.

태부인이 노년에 두 손자를 멀리 보내는 것을 슬퍼하여 즉시 자리를 베풀고 작은 잔치를 열어 소부 등을 전송하였다. 부인이 친히 잔을 들어 소부와 상서에게 권하며 말하였다.

"노모가 서산에 지는 해 같은 인생으로 너희의 위로에 힘입어 살더니 이제 너희가 위태로운 땅으로 향하니 노모의 마음이 베어지는 듯하구나. 원컨대 너희는 빨리 흉적을 무찌르고 돌아와 인군께서 기다리지 않으시도록 하라."

소부와 상서가 두 손으로 술을 받아 다 마시고 사례하였다.

"소손 등이 비록 지식이 없어 어리석어 손무(孫武)와 오기(吳起)[80]의 재주가 없사오나 이런 창궐하는 도적을 두려워할 것이 없으니 할머님은 조금도 염려하지 마소서."

태부인이 슬퍼하며 즐기지 않으니 태사가 위로하였다.

"연성이와 몽창이 두 아이가 비록 나이가 어리나 마침내 성공할 것이니 어머님은 걱정하지 마소서."

승상이 이어 아뢰었다.

"신하된 자가 국록을 먹고 이런 위급한 때에 임금의 은혜를 갚지 않을 수 있겠나이까? 그러니 할머님은 마음을 놓으소서."

부인이 말하였다.

"낸들 모르겠는가마는 이별에 연연한 마음을 참지 못하겠구나."

---

80) 손무(孫武)와 오기(吳起): 손무는 중국 춘추시대의 병법가이고, 오기는 전국시대의 병법가. 모두 뛰어난 병법가로 이름이 높음.

상서가 물러나 서당에 오니 부마가 상서의 손을 잡고 슬피 말하였다.

"여러 형제가 흉금을 터 놓고 즐기다가 오늘 네가 사지(死地)로 향하니 우형(愚兄)의 마음을 어디에 비할 수 있겠느냐?"

상서가 형님의 기색이 한결같이 좋지 않아 자기를 용서하지 않음을 근심하다가 이 말을 듣고 매우 기뻐하며 다만 사례하였다.

"소제(小弟)가 이미 나라의 은혜를 입은 지 해가 오래되었으니 몸을 부숴도 성은(聖恩)을 다 갚지 못할 것입니다. 그러니 전쟁터에서 죽은들 설마 어찌하겠나이까?"

부마가 홀연 불길하게 여겨 위로하였다.

"너의 재주로 초로(草露)와 같은 도적을 반드시 사멸시킬 것이니 어찌 근심하겠느냐? 모름지기 전쟁에서 이기고 빨리 돌아오라."

말을 마치기도 전에 승상이 상서를 부르니 두 사람이 급히 대서헌에 이르렀다. 승상이 등불을 밝히고 소부와 상서를 대해 병법의 승패를 이를 적에 소부에게는 수전(水戰)할 때의 기묘한 지략을 가르쳐 주고 상서에게는 육전(陸戰)할 때의 묘책을 밤이 새도록 알려 주었다. 다 말해 주니 무평백이 웃고 말하였다.

"옛날 제갈공명(諸葛孔明)[81]이 이르기를, '강풍(强風)에 수전은 주유(周瑜)[82]가 잘하고 육전은 노숙(魯肅)[83]이 잘한다.'라고 하더니 금세(今世)에 주유와 노숙이 있고 수전과 육전의 승패에 달통한 형님

---

81) 제갈공명(諸葛孔明): 중국 삼국시대 촉(蜀)나라 유비(劉備)의 책사 제갈량(諸葛亮)을 이르는 말. 공명은 자(字). 별호는 와룡(臥龍) 또는 복룡(伏龍). 후한 말 유비를 도와 촉한을 건국하는 제업을 이룸.

82) 주유(周瑜): 중국 삼국시대 오(吳)나라의 인물. 자는 공근(公瑾). 문무(文武)에 능하였으며, 유비의 청으로 제갈공명과 함께 조조의 위나라 군사를 적벽(赤壁)에서 크게 무찔렀음.

83) 노숙(魯肅): 중국 삼국시대 오(吾)나라 손권(孫權)의 책사. 손권을 도와 조조의 군사를 적벽(赤壁)에서 크게 무찌름.

이 계시니 공명을 부러워할 것이 아닙니다. 성상께서 베개를 높이시고 태평을 누리실 것입니다."

승상이 잠깐 웃고 말하였다.

"젊은 아이들이 어찌 노숙과 주유의 재주를 당할 것이며 우형이 어찌 제갈량의 재주를 감당할 수 있겠느냐?"

그러고서 탄식하고 말하였다.

"이때는 시대가 바뀌며 국가적 변란이 생기고 내시가 국권(國權)을 엿보고 있으니 내 죽을 곳을 알지 못하겠노라."

소부가 위로하였다.

"앞날의 일은 이미 천명이니 할 수 없고 형님의 복이 두터우시니 마침내는 무사할 것입니다."

승상이 길이 탄식하고 말하였다.

"우형의 몸이 무사할 줄은 나도 알거니와 인군께서 그 할 바를 잃으신 후에는 내 살아 있는 것이 부질없을까 하노라."

무평백 등이 길이 탄식하고 눈물을 흘렸다.

해가 뜰 적에 소부와 상서가 내당에 들어가 모든 사람들에게 하직하였다. 태사가 백성을 위로하고 죄 지은 사람을 처벌하는 도리로 경계하고 바로 이별하였다. 소부와 상서가 절을 한 후 유 부인에게 하직하니 부인이 기운이 엄정하여 조금도 슬퍼하는 빛이 없으니 부부 두 사람의 통철(洞徹)[84]함이 이와 같았다. 정 부인이 소부의 절에 답례하고 말하였다.

"서방님은 모름지기 백성을 위로하고 죄 지은 사람 처벌하기를 엄숙히 하시고 무사히 돌아오시기를 바라나이다."

---

84) 통철(洞徹): 깊이 살펴서 환하게 꿰뚫음.

소부가 말하였다.

"형수님의 경계를 폐간에 새길 것이니 원컨대 존당을 모시고 평안하소서."

상서가 모친에게 하직하고 눈물을 드리워 말하였다.

"제가 오늘 전쟁터로 향하니 사생을 알 수가 없나이다. 다시 돌아올지 기약할 수 없으니 원컨대 모친께서는 불초자를 생각지 마시고 만수무강하소서."

부인이 다 듣고 크게 불길하게 여겨 정색하고 말하였다.

"네 당당한 장부로서 몸에 융복(戎服)을 입고 이렇듯 녹록한 말을 하니 이 무슨 도리냐?"

승상이 또한 꾸짖으니 상서가 눈물을 거두고 다시 절함에 차마 물러서지 못했다. 승상이 비록 말을 하지는 않았으나 속으로 깊이 염려하였다. 소부의 장자 몽석과 차자 몽선과 장녀 빙혜와 빙희 두 사람이 다 각각 부친의 옷을 붙들어 하직하고 공주, 장 씨, 최 씨, 무평백 장자 몽경의 처 허 씨 등이 다 각각 이별하니 소부가 자녀를 어루만지며 좋은 낯빛으로 잘 있으라 하고 상서가 성문 등 두 아들을 안아 연연하다가 바로 문을 나섰다.

교장(敎場)에 가 군사를 조련하여 대궐에 하직하니 임금이 불러 보고 두터이 위로하고 또 말하였다.

"오늘 국가의 대사를 경 등에게 맡겨 보내니 모름지기 조심하여 천자 조정의 날카로운 기세를 손상시키지 말라."

두 사람이 네 번 절해 사은하고 백모(白旄)[85] 황월(黃鉞)[86]과 상

---

85) 백모(白旄): 털이 긴 쇠꼬리를 장대 끝에 매달아 놓은 기(旗).
86) 황월(黃鉞): 황금으로 장식한 도끼. 보통 천자가 정벌할 때 지님.

방검(尙方劍)87)이며 선참후계(先斬後啓)88)의 전지(傳旨)를 받아 물러나 군중에 이르렀다. 대오를 차려 길을 나서니 만조백관이 다 십리 밖에 나와 배송하였다. 승상이 부마와 셋째공자 몽원과 무평백 등에게 각각 별시(別詩)를 짓게 해 이별하고 다시금 두 사람에게 경계하는 말을 하니 두 사람이 절해 명령을 듣고 손을 나누어 남쪽으로 향하였다.

검극(劍戟)89)이 촘촘하게 늘어서 천 리까지 비추고 기치(旗幟)90)가 햇빛을 가리니 군중이 엄숙하고 대오가 엄격하여 이미 승전할 기세가 당당하였다. 상서와 소부의 고운 얼굴이 융복 가운데 더 아름다우니 만조백관이 바라보고 칭찬하고 공경하기를 마지않고 승상에게 치하하였다.

승상이 상서와 소부를 송별하고 돌아올 적에 무평백이 말 위에서 눈물을 흘리며 말하였다.

"이제 자경91)이 삼십(三十)이 안 되었고 백달92)이 이십(二十)이 겨우 지났거늘 험한 땅으로 향하니 어찌 돌아오기를 기약할 수 있겠나이까?"

승상이 눈물을 머금고 슬픈 빛으로 말하였다.

"동기의 정으로 몸이 베어지는 듯하나 이미 몸을 국가에 주었으

---

87) 상방검(尙方劍): 상방서(尙方署)에서 특별히 제작한, 황제가 쓰는 보검. 중국 고대에 천자가 대신을 파견하여 중대한 안건을 처리하도록 할 때 늘 상방검을 하사함으로써 전권을 주었다는 표시를 하였고, 군법을 어긴 자가 있을 때 상방검으로 먼저 목을 베고 후에 임금에게 아뢰도록 하였음.
88) 선참후계(先斬後啓): 군법을 어긴 자가 있을 때 먼저 목을 베고 후에 임금에게 아룀.
89) 검극(劍戟): 칼과 창.
90) 기치(旗幟): 예전에 군대에서 쓰던 깃발.
91) 자경: 이연성의 자(字).
92) 백달: 이몽창의 자(字).

니 설마 어찌하겠느냐?"

드디어 집에 돌아오니 태사 부부가 조금도 슬퍼함이 없고 승상도 좋은 낯으로 존당과 부모를 위로하였다. 다만 마음속으로 상서가 행차에 임할 때 하던 행동을 생각하니 불길히 여김을 깨닫지 못해 잠시도 마음을 놓는 때가 없었으나 구태여 내색하지 않았다. 혜아 부인을 극진히 위로하고 몽석 등과 성문 등을 자기 서헌에 두고 보호하기를 못 미칠 듯이 하니 뭇 아이들이 부친 떠난 줄을 잊고 평안히 머물렀다. 그러나 아! 이번 행차에 상서가 물에 빠지는 액을 만나니 알지 못하겠도다, 나중에 어떻게 되는고. 다음 회를 마저 보라.

차설. 소 소저가 급사의 집에 있은 지 몇 달이 지났다. 급사의 후대(厚待)가 갈수록 두텁고 온 몸이 평안하였으나 강보의 어린아이를 생각하고 존당과 부모가 슬퍼할 것을 생각하니 간장이 날로 부숴지는 듯하여 침상에서 탄식하고 슬퍼함을 이기지 못하니 홍아 등이 좋은 말로 위로하였다.

오 급사가 일찍이 아내를 잃고 첩을 얻어 살더니 첩이 또 죽고 본현 기생 하나를 얻어 집안일을 맡겼다. 그 여자가 얼굴이 아름답고 춤과 노래를 잘하였으니 이름은 태진이었다. 급사의 사랑을 받아 다른 뜻이 없었으나 본디 기생이라 외당을 엿보고 소 소저의 옥 같은 얼굴과 화려한 자태를 보니 제 어찌 생전에 그런 미남자를 구경이나 했겠는가. 크게 흠모하여 이후에는 옷과 음식을 잘 차려 주고 때때로 화려한 풍모를 바라보며 사모하는 마음을 능히 억제하지 못하였다.

하루는 달밤을 타 외당에 이르렀다. 소저는 등불 아래에 비스듬히 앉아 온갖 회포로 마음이 어지러워 눈썹을 찡그리고 만사를 뜬구름같이 생각하고 있었다. 그런데 홀연 한 명의 미인이 가볍게 걸어 나와 예를 하니 소저가 놀라고 의아하여 천천히 몸을 일으켜 말하였다.

"학생은 지나가는 사람인데 마침 주인 어른의 산처럼 높고 바다처럼 넓은 은혜에 힘입어 몇 달을 머무르고 있으니 은혜가 태산 같거늘 미인은 어떤 사람이기에 심야에 이른 것인가?"

태진이 옷깃을 여미고 말하였다.

"소첩은 이 집의 시녀입니다. 나이가 시집갈 때가 지났으나 일찍이 다른 사람을 섬기지 않았더니 상공의 풍채를 보니 소첩이 평생 원하던 바입니다. 원컨대 소첩을 용납하소서."

소저가 무망중에 이 말을 듣고 놀랍고 우습게 여겨 말하였다.

"나는 본디 재상 집안의 남자로 정실이 있고 마침 액운이 기구하여 풍진 사이에 떠돌아다니고 있으나 오래지 않아 옛집에 돌아갈 것이라 길에서 미색을 가까이할 수가 없도다. 하물며 주인 상공의 은혜가 태산과 하해 같거늘 그 시녀를 가까이하여 은혜를 저버릴 수 있겠느냐? 미인은 나 같은 용렬한 사람을 보내고 아름다운 남자를 잘 얻어 해로하라."

태진이 소저가 거절함을 보고 크게 실망하여 말하였다.

"첩이 감히 어두운 밤에 벽을 뚫고 담을 넘음이 아니라 스스로 군자 사모하는 마음으로 당돌히 나왔던 것입니다. 그런데 상공이 이렇듯 매몰차시니 첩이 부끄러워 낯을 둘 땅이 없나이다. 첩이 비록 천인이나 군자께 한 번 뜻을 아뢰었을 뿐 또 다른 뜻이 있겠나이까? 이후에는 규방에서 상공을 지키고 있겠나이다."

소저가 저 사람의 말이 저러하니 가만히 생각하기를,

'이 사람의 속이 어떠한가 살펴 훗날 이 군의 첩 항렬을 빛내는 것이 좋겠다.'

하고 잠깐 눈길을 들어 태진을 보니 이 본디 거울과 같은 눈을 가

져 다른 사람과 달랐으니 어찌 사람의 속마음을 꿰뚫어보지 못하겠
는가. 제 이르기를 사람을 좇지 않았다 하였으나 눈빛에 장씨 남자
와 이씨 남자를 길들이던 모습[93]이 가득하고 양미간에 살기가 등등
하니 소저가 크게 놀라 눈길을 낮추고서 정색하고 가만히 바라보았
다. 태진이 정을 억제하지 못해 자리를 가까이하여 말로 그 뜻을 돋
우니 소저가 놀라움을 이기지 못해 절절히 꾸짖어 말하였다.

"네 계집의 몸으로써 군자를 거짓으로 사모한다 하며 행동이 이
렇듯 음란하니 어찌 군자가 똑바로 볼 수 있겠느냐? 내 마음이 이미
사라졌으니 너의 달래는 말을 들을 바가 아니다."

이렇게 말하고 다시 움직이지 않으니 태진이 크게 무료하고 속으
로 대로하여 방에 들어가 이를 갈며 말하였다.

"저 지나가는 짐승이 이렇듯 꾸짖기를 잘하는가? 내 당당히 쫓아
내치리라."

계교를 생각하여 하루는 급사에게 말하였다.

"소 수재(秀才)는 성품이 순수하지 못한 사람 같습니다. 지난 날에
홀연 이곳에 들어와 첩을 희롱하였으니 이는 주인의 은혜를 잊고 첩
을 도적질하려 한 것입니다. 행실이 예의에 맞지 않으니 가히 이 집
에 두지 못할 것입니다."

급사가 말하였다.

"소 수재는 바른 군자니 결단코 담을 엿볼 인물이 아니로다."

태진이 노해 말하였다.

"소 수재가 얼굴은 아름답기가 관옥(冠玉)[94]과 같고 말은 화려하

---

93) 장씨~모습: 장씨와 이씨는 중국에서 많은 인구를 가진 성씨인바, 장씨 남자와 이씨
　　남자를 길들인다는 것은 많은 남자를 만남을 의미함.
94) 관옥(冠玉): 관(冠)의 앞을 꾸미는 옥으로, 남자의 아름다운 얼굴을 비유적으로 이르는 말.

니 어찌 나비가 꽃을 따르는 재주와 풍채가 없겠나이까? 상공이 믿지 않으시면 소 수재가 첩을 모욕함이 더할 것이니 첩이 결코 이곳에 있지 못하겠나이다."

급사가 다만 위로하고 소생을 전혀 의심하지 않았다.

제2부

주석 및 교감

A. 원문

1. 저본은 한국학중앙연구원 소장본(18권 18책)으로 하였다.
2. 면을 구분해 표시하였다.
3. 한자어가 들어간 어휘는 한자 병기를 원칙으로 하였다.
4. 음이 변이된 한자어 및 한자와 한글의 복합어는 원문대로 쓰고 한자를 병기하였다. 예) 고이(怪異). 겁칙(劫-)
6. 현대 맞춤법 규정에 의거해 띄어쓰기를 하되, 소왈(笑曰)처럼 '왈(曰)'과 결합하는 1음절 어휘는 붙여 썼다.

B. 주석

1. 다음과 같은 경우에 각주를 통해 풀이를 해 주었다.
    가. 인명, 국명, 지명, 관명 등의 고유명사
    나. 전고(典故)
    다. 뜻을 풀이할 필요가 있는 어휘
2. 현대어와 다른 표기의 표제어일 경우, 먼저 현대어로 옮겼다.
    예) 츄천(秋天): 추천.
3. 주격조사 'ㅣ'가 결합된 명사를 표제어로 할 경우, 현대어로 옮길 때 'ㅣ'는 옮기지 않았다. 예) 긔위(氣宇ㅣ): 기우.

C. 교감

1. 교감을 했을 경우 다른 주석과 구분해 주기 위해 [교]로 표기하였다.
2. 원문의 분명한 오류는 수정하고 그 사실을 주석을 통해 밝혔다.
3. 원문의 의미가 분명하지 않은 경우, 국립중앙도서관 소장본을 참고해 수정하고 주석을 통해 그 사실을 밝혔다.
4. 알 수 없는 어휘의 경우 '미상'이라 명기하였다.

쌍쳔긔봉(雙釧奇逢) 권지구(卷之九)

1면

　시야(是夜)의 어싀(御使ㅣ) 슉부(叔父)룰 시침(侍寢)[1]ᄒᆞ고 쥭미각의 가지 아니ᄒᆞ니 쇼 시(氏) 시원ᄒᆞ미 가싀룰 버슨 ᄃᆞᆺᄒᆞ여 이늘이야 ᄇᆞ야흐로 의샹(衣裳)을 그ᄅᆞ고 헐슉(歇宿)[2]ᄒᆞ엿더니 뉘 능(能)히 간인(奸人)이 용ᄉᆞ(用事)[3]ᄒᆞ미 ᄭᆞᆺᄭᆞᆺ치[4] ᄶᅩᆯ와가며 죠각[5]을 엿보ᄂᆞᆫ 줄 알이오.

　이ᄯᅥ 옥난이 난미로 동심(同心)ᄒᆞ여 쥭미각 일동일졍(一動一靜)[6]을 ᄂᆞᆺᄂᆞᆺ치 심찰(審察)[7]ᄒᆞ여 모ᄅᆞ지 아니ᄒᆞᄂᆞᆫ지라 요약(妖藥)을 삼켜 쇼 쇼져(小姐)의 얼골을 빌고 간부셔(姦夫書)[8]룰 일위니 어ᄉᆞ(御使)의 춍명(聰明)을 가리오고 쇼 시(氏)의 옥빙방신(玉氷芳身)[9]을 죠히 맛출 바룰 암희(暗喜)[10]ᄒᆞ더니, 믄득 어싀(御使ㅣ) 죤당(尊堂)과 부슉(父叔)의 칙교(責敎)[11]룰 듯줍고 부젼(父前)의 즁쟝(重杖)을 바다

---

1) 시침(侍寢): 웃어른을 모시고 잠을 잠.
2) 헐슉(歇宿): 헐숙. 편안히 쉼.
3) 용ᄉᆞ(用事): 용사. 일을 꾸밈.
4) ᄭᆞᆺᄭᆞᆺ치: 끝끝이. '끝까지'의 의미로 보이나 미상임.
5) 죠각: 조각. 틈.
6) 일동일졍(一動一靜): 일동일정. 동정. 일상적인 모든 행위.
7) 심찰(審察): 자세히 살핌.
8) 간부셔(姦夫書): 간부서. 간통한 남자가 보낸 편지.
9) 옥빙방신(玉氷芳身): 옥과 얼음같이 깨끗하며 아름다운 몸.
10) 암희(暗喜): 몰래 기뻐함.
11) 칙교(責敎): 책교. 가르침이 되는 꾸짖음.

죽미각의셔 오릭 신고(辛苦)ᄒᆞ믈 드ᄅᆞ니 놀ᄂᆞ며 이들나 교

●●●

2면

아졀치(咬牙切齒)12)ᄒᆞ여 굴오ᄃᆡ,

"쇼 시(氏)의 평싱(平生)이 이 옥난의 슈즁(手中)의 잇ᄂᆞᆫ 줄 모ᄅᆞᄂᆞᆫ도다. ᄒᆞᆫ 번(番) 대계(大計)ᄅᆞᆯ 운동(運動)ᄒᆞ미 니(李) 승샹(丞相) 아녀 원텬강(袁天綱)13)이며 니슌풍(李淳風)14)인들 어이ᄒᆞ리오? 셜ᄉᆞ(設使) 이미히15) 너긴들 죄뉼(罪律)16)이 강샹(綱常)17)의 이신즉 엇지ᄒᆞ리오?"

독(毒)ᄒᆞᆫ 의ᄉᆞ(意思)와 간흉(奸凶)ᄒᆞᆫ 계괴(計巧ㅣ) 빅츌(百出)ᄒᆞ니 졍(正)히 씃치 누ᄅᆞ기 어렵고 난미 ᄂᆡ응의합(內應意合)18)ᄒᆞ니 이 엇지 쇼 시(氏)의 부명(賦命)19)이 긔구(崎嶇)ᄒᆞ미 아니리오.

ᄎᆞ야(此夜)의 어ᄉᆡ(御使ㅣ) 셔당(書堂)의셔 쇼부(少傅)ᄅᆞᆯ 시침(侍寢)ᄒᆞᄂᆞᆫ 줄 알고 옥난이 스스로 요약(妖藥)을 삼켜 일(一) 개(個) 표20)일(飄逸)21)ᄒᆞᆫ 남ᄌᆡ(男子ㅣ) 되여 져른22) 오슬 닙고 일(一) 척

---

12) 교아졀치(咬牙切齒): 교아절치. 몹시 분하여 이를 갊.

13) 원텬강(袁天綱): 원천강. 중국 당나라 때 인물. 풍수와 관상을 잘 보았다고 함.

14) 니슌풍(李淳風): 이순풍. 중국 당나라 태종 때의 천문학자. 혼천의(渾天儀)를 제작하여 별을 관측했고, 『진서(晋書)』, 『오대사(五代史)』의 율력지(律曆志)를 지음.

15) 이미히: 애매히. 억울하게.

16) 죄뉼(罪律): 죄율. 죄를 지은 데 대해 적용하는 법률.

17) 강샹(綱常): 강상. 삼강(三綱)과 오상(五常)을 아울러 이르는 말. 곧 사람이 지켜야 할 도리.

18) ᄂᆡ응의합(內應意合): 내응의합. 안에서 은밀이 통하고 그 뜻이 합치함.

19) 부명(賦命): 타고난 운명.

20) 표: [교] 원문에는 '포'로 되어 있으나 오기로 보여 국도본(10:52)을 따름.

21) 표일(飄逸): 성품이나 기상 따위가 뛰어나게 훌륭함.

22) 져른: [교] 원문에는 '져은'으로 되어 있으나 문맥을 고려하여 국도본(10:52)을 따름.

(尺) 비슈(匕首)를 씌고 어슈(御使)의 머므는 셔당(書堂)의 느아가니, 원늬(元來) 몬져 쇼 시(氏) 침당(寢堂)의 다시 쟉난(作亂)[23]치 못ᄒᆞ믄 영미, 샹미 등(等)이 승샹(丞相) 명(命)을 바든 후(後)는 쇼져(小姐) 좌와(坐臥)의 쩌느지 아니ᄒᆞ

•••

3면

며 혹(或) 쇼져(小姐) 업는 ᄯᅵ라도 슈실(私室)의 쩌는 젹이 업스니 간인(奸人) 악당(惡黨)이 감(敢)히 틈을 여의오지[24] 못ᄒᆞ미러라.

ᄎᆞ시(此時) 삼츈(三春) 념간(念間)[25]이라. 야심(夜深) 삼경(三更)의 몽농(朦朧)ᄒᆞᆫ 돌빗치 희미(稀微)ᄒᆞ여 깁챵(-窓)의 ᄇᆞ야는지라. 어시(御使ㅣ) 비록 슉부(叔父)를 시침(侍寢)ᄒᆞ여 ᄌᆞ는 ᄃᆞᆺᄒᆞ나 쇼 쇼져(小姐)의 샹시(常時) 힝ᄉᆞ(行事)와 목젼(目前) 음특(淫慝)[26]ᄒᆞᆫ 거죠(擧措)를 혜아려 심니(心裏)의 ᄌᆞ못 번다(繁多)ᄒᆞ거니 엇지 침셕(枕席)의 ᄌᆞᆷ이 편(便)ᄒᆞ리오. 졍(正)히 젼젼블미(輾轉不寐)[27]홀 즈음이러니 밤이 삼경(三更)의 믄득 챵밧(窓-)긔 인젹(人跡)이 홀홀ᄒᆞ며[28] ᄯᅩ 가만ᄒᆞᆫ 쇼리로 길게 탄식(歎息)ᄒᆞ거늘 어시(御使ㅣ) 경동(驚動)[29]ᄒᆞ여 귀를 기우려 드르니 챵외(窓外)의 인젹(人跡)이 이셔 가마니 브르지져 니르딕,

---

'겨른'은 '짧은'의 의미임.

23) 쟉난(作亂): 작란. 난을 일으킴.

24) 여의오지: 엿보지.

25) 념간(念間): 염간. 스무날의 전후.

26) 음특(淫慝): 음란하고 간악함.

27) 젼젼블미(輾轉不寐): 전전불매. 누워서 몸을 이리저리 뒤척이며 잠을 이루지 못함.

28) 홀홀ᄒᆞ며: '홀홀ᄒᆞ다'는 재빨라서 붙잡을 수 없다는 의미로, 여기에서는 인적이 갑자기 있게 되었다는 뜻으로 보임.

29) 경동(驚動): 놀라서 움직임.

"슈인(讎人)30)이 즈는가 씨엿는가? 연산(燕山)31)의 흰 눌 무듸지 아냐시니 금야(今夜)의 가(可)히 슈인(讎人) 니

••
4면

몽챵의 머리롤 버히고 쇼 시(氏) 옥인(玉人)을 아샤 고향(故鄕)의 도 라가 죠히 화락(和樂)ᄒ리라."

쏘 쵸챵(悄悵)32) 왈(曰),

"어엿브다! 쇼 시(氏) 옥인(玉人)이여. 필부(匹夫)의 곤(困)히 보처 믈 닙어 약질(弱質)이 능(能)히 괴로오믈 언마나 겻거는고?"

ᄒ며 챵외(窓外)의셔 방황(彷徨) 쵸챵(悄悵)ᄒ거늘 어시(御使ㅣ) 가마니 니러나 챵틈(窓-)으로 여어보니 몽농(朦朧)ᄒ 월하(月下)의 분명(分明)ᄒ 남직(男子ㅣ) 칼흘 안코 챵밧(窓-)긔셔 방황(彷徨)ᄒ며 분명(分明)이 사롬의 줌들기룰 기ᄃ리는 거동(擧動) 갓거늘 어亽(御 使)는 쇼탈(疏脫)33)ᄒ 남직(男子ㅣ)라 간인(奸人)의 계교(計巧ㅣ) 이 ᄀ치 궁극(窮極)ᄒ믈 알니오. 분연(憤然)ᄒ여 싱각ᄒ듸,

'간뷔(姦夫ㅣ) 반ᄃ시 음부(淫婦)룰 다리라 왓도다. 간부(姦夫), 음 녀(淫女)의 쇼힝(所行)이 일마다 이러틋 ᄒ거늘 죤당(尊堂) 부모(父 母)와 슉당(叔堂)이 다 날만 그르다 ᄒ시니 엇지 의답지 아니리오? 금야(今夜)의

────────────────
30) 슈인(讎人): 수인. 원수.

31) 연산(燕山): 산의 이름. 연산에 뜬 달은 갈고리와 같다는 말이 중국 당나라 시인 이 하(李賀)의 <마시(馬詩)>에 나옴. 즉, "고비사막의 모래는 눈과 같고, 연산의 달은 갈고리와 같네. 大漠沙如雪, 燕山月似鉤."라는 구절이 있음.

32) 쵸챵(悄悵): 초창. 슬퍼함.

33) 쇼탈(疏脫): 소탈. 예절이나 형식에 얽매이지 아니하고 수수하고 털털함. 여기에서는 꼼꼼하지 않음을 의미함.

쾌(快)히 ᄎ적(此賊)을 잡아 모든 의심(疑心)을 희셕(解釋)[34] ᄒ리라.'

번연(翻然)이[35] 벽샹(壁上)의 쳘편(鐵鞭)을 ᄂ리와 쥐고 무심즁(無心中)[36] 문(門)을 열쳐 대호(大呼) 왈(曰),

"간젹(奸賊)은 닷지 말나. ᄂᆡ 금일(今日) 너를 ᄌ바 죄(罪)를 졍(正)히 ᄒ리라."

언파(言罷)의 일변(一邊) 좌우(左右) 슈직(守直)[37] 셔동(書童)을 ᄭᆡ와 젹(賊)을 ᄌ브라 ᄒ며 일변(一邊) 스스로 쫄오니 쇼뷔(少傅ㅣ) 질ᄋ(姪兒)의 심의(心意) 번다(繁多)ᄒ믈 근심ᄒ여 역시(亦是) ᄌ지 아녓던지라 크게 놀나 니러ᄂ 보니 어ᄉᆡ(御使ㅣ) 쳘편(鐵鞭)을 들고 젹(賊)을 쫄오니 젹(賊)이 므망(無妄)의 대경[38](大驚)ᄒᄂ 톄ᄒ고 급(急)히 칼을 싀을며 다르ᄂ며 크게 외오딕,

"젹ᄌ(賊子) 몽챵아, 너ᄂ 지샹(宰相) ᄌ뎨(子弟)오, 됴뎡(朝廷) 명환(名宦)[39]이라 부귀(富貴) 위셰(威勢) 당금(當今)의 겨우리 업스니 어딕 가 ᄒᆞᆫᄂ 공믈(空物)[40] 녀ᄌ(女子)를 엇지 못ᄒ여 굿ᄐ여 이 호광(湖廣) 빈한(貧寒)ᄒ 슈재[41](秀才)[42]의 겨유 어든 쳐ᄌ(妻子)를

---

34) 희셕(解釋): 해석. 풂.

35) 번연(翻然)이: 날래게.

36) 무심즁(無心中): 무심중. 아무런 생각이 없어 스스로 깨닫지 못하는 사이.

37) 슈직(守直): 수직. 건물이나 물건 따위를 맡아서 지킴. 또는 그 사람.

38) 경: [교] 원문에는 '겹'으로 되어 있으나 오기로 보여 국도본(10:55)을 따름.

39) 명환(名宦): 중요한 자리에 있는 벼슬.

40) 공믈(空物): 공물. 임자가 없음을 나타내는 말로, 사람에게 쓰일 때는 결혼하지 않은 것을 의미함.

41) 재: [교] 원문에는 '쟈'로 되어 있으나 의미를 고려하여 이와 같이 고침.

42) 슈재(秀才): 수재. 예전에, 미혼 남자를 높여 이르던 말.

6면

아샤 심규(深閨) 도쟝43)의 너혀 두고 너의 낭즁(囊中) 온유향(溫柔鄕)44)을 숨안는다? 너의 부즈(父子) 슉질(叔姪)이 죵시(終是) 남의 쳔금가인(千金佳人)을 도라보니지 아닐진딕 내 비록 형셰(形勢) 고약(孤弱)45)ᄒ나 또혼 당당(堂堂)혼 팔(八) 쳑(尺) 쟝뷔(丈夫ㅣ)라 니관셩 부즈(父子) 슉질(叔姪)을 무스(無事)히 둘가 너기느뇨?"

셜파(說罷)의 경홍(驚鴻)46)ᄀ치 몸을 느라 닉화원(內花園)을 너머 표연(飄然)이 다른느니 어스(御使)의 룡힝호뵈(龍行虎步ㅣ)47) 엇지 요인(妖人)을 잡지 못ᄒ리오마는 쇼 시(氏)의 운익(運厄)이 긔구(崎嶇)ᄒ고 썩 미쳐시니 요인(妖人)이 엇지 힘힘히48) 줍히리오. 어시(御使ㅣ) 간인(奸人)을 실포(失捕)49)ᄒ고 블승분노(不勝忿怒)50)ᄒ나 ᄒ일업셔 도로 드러와 안즈며 쳘편(鐵鞭)을 더지고 분에51)(憤恚)52)혼 스쉭(辭色)이 가득ᄒ니 쇼뷔(少傅ㅣ) 역시(亦是) 안도(眼睹)53)혼 빅라 요인(妖人)의 계괴(計巧ㅣ) 궁극(窮極)ᄒᄆ를 어히업셔 봉안(鳳眼)

---

43) 도쟝: 도장. 규방.

44) 온유향(溫柔鄕): 따뜻하고 부드러운 곳이라는 뜻으로, 미인의 처소나 아름다운 여자의 보드라운 살결을 이르는 말.

45) 고약(孤弱): 외롭고 미약함.

46) 경홍(驚鴻): 놀라 날아오르는 기러기. 행동이 가벼운 모양을 가리킴.

47) 룡힝호뵈(龍行虎步ㅣ): 용행호보. 용과 호랑이의 행보. 위풍당당한 걸음걸이.

48) 힘힘히: 심심히. 부질없이.

49) 실포(失捕): 잡지 못함.

50) 블승분노(不勝忿怒): 불승분노. 분노를 이기지 못함.

51) 에: [교] 원문에는 '예'로 되어 있으나 오기로 보임.

52) 분에(憤恚): 화를 냄.

53) 안도(眼睹): 눈으로 직접 봄.

을 흘녀 어스(御使)를 믁숑시(默送視)54) 냥구(良久)의 언

•••

7면

왈(言曰),

"네 야변(夜變)으로써 엇더타 ᄒᆞ여 가지록 현쳐(賢妻)를 의심(疑心)ᄒᆞ냐?"

어시(御使ㅣ) 긔운이 분분(忿憤)ᄒᆞ고 쇼 시(氏) 졀통(切痛)55)ᄒᆞ미 심두(心頭)의 밍얼(萌蘖)56)ᄒᆞ나 슉부(叔父)의 가지록 이 ᄀᆞᆺᄐᆞ시믈 보미 감(敢)히 심ᄉᆞ(心事)를 바른 딕로 고(告)치 못ᄒᆞ여 계슈(稽首)57) 딕왈(對曰),

"향쟈디변(向者之變)58)은 슉부(叔父)의 쏘ᄒᆞᆫ 보신 빅니 쇼질(小姪)이 감(敢)히 셩의(誠意)를 앙탁(仰度)59)지 못ᄒᆞᆸ거니와 질이(姪兒ㅣ) 본(本)딕 텬셩(天性)이 암미(暗昧)60)ᄒᆞ온지라 이61)루(離婁)62)의 명(明), ᄉᆞ광(師曠)63)의 총(聰)이 업ᄉᆞ오니 엇지 흉인(凶人)이 쇼힝(所行)을 ᄌᆞ시 알니잇가?"

---

54) 믁숑시(默送視): 묵송시. 묵묵히 눈길을 보냄.

55) 졀통(切痛): 절통. 뼈에 사무치도록 원통함.

56) 밍얼(萌蘖): 맹얼. 싹틈. 생겨남.

57) 계슈(稽首): 계수. 머리를 조아림.

58) 향쟈디변(向者之變): 향자지변. 접때의 변란.

59) 앙탁(仰度): 우러러 헤아림.

60) 암미(暗昧): 암매. 어리석어 생각이 어두움.

61) 이: [교] 원문에는 '일'로 되어 있으나 오기로 보임.

62) 이루(離婁): 중국 황제(黃帝) 때 사람. 눈이 밝은 사람으로 유명함.

63) ᄉᆞ광(師曠): 사광. 중국 춘추시대 진(晉)나라의 음악가. 소리를 들으면 잘 분별하여 그 길흉화복을 점쳤다 함.

쇼뷔(少傅 ㅣ) 어ᄉ(御使)의 긔식(氣色)을 보고 일쟝(一場) 차게 웃기룰 마지아니ᄒ다가 쏘 기리 탄식(歎息)ᄒ여 닐오되,

"알게라. 이 엇지 흔곳 현질(賢姪)의 블명(不明)흔 툿시리오? 젼혀(專-)64) 쇼질(-姪)의 홍안(紅顔)이 졀츌(絶出)65)흔 연고(緣故)로 죠믈(造物)의 희66) 극(極)흔 지앙(災殃)을 면(免)치 못ᄒ미로되 슈연(雖然)이

••

8면

나 근본(根本)인즉 너희 호방(豪放)흔 타ᄉ로 시쳡(侍妾) 즁(中) 요악(妖惡)흔 뉘(類ㅣ) 힝ᄉ(行事)ᄒ미로다."

어시(御使ㅣ) 진실(眞實)노 싱각이 망단(茫斷)67)흔지라 다만 믁연(默然)ᄒ여 말이 업더라. 어ᄉ(御使)ᄂ 쇼탈(疏脫) 댱뷔(丈夫ㅣ)라 옥난이 비록 유졍(有情)ᄒ미 이시나 블과(不過) 당하(堂下) 쳥의(靑衣)68)로 죤비(尊卑) 지엄(至嚴)ᄒ니 졔 미말쳔인(微末賤人)69)이 엇지 부인(夫人)을 히(害)ᄒ리라 혜아리리오. 이러므로 심번난녀(心煩亂慮)70)ᄒ여 능(能)히 슈히 씨71)ᄃ지 못ᄒ니 이 도시(都是)72) 쇼 쇼져

---

64) 젼혀(專-): 전혀. 오로지.
65) 졀츌(絶出): 절출. 매우 뛰어남.
66) 희: 방해.
67) 망단(茫斷): 아득히 끊김.
68) 쳥의(靑衣): 청의. 예전에, 천한 사람이 푸른 옷을 입었던 것에서 연유하여 천한 사람을 일컬음.
69) 미말쳔인(微末賤人): 미말천인. 가장 말단의 천한 사람.
70) 심번난녀(心煩亂慮): 심번난려. 마음이 번거롭고 생각이 어지러움.
71) 씨: [교] 원문에는 '씬'로 되어 있으나 오기로 보임.
72) 도시(都是): 모두.

(小姐)의 운익(運厄)이 다험(多險)73)ᄒ미 아니리오.

어시(御使ㅣ) 슉부(叔父)의 취침(就寢)ᄒ시믈 고(告)ᄒ고 스스로 침셕(寢席)의 누으나 젼젼경경(輾轉耿耿)74)ᄒ여 능(能)히 잠을 일오지 못ᄒ니 쇼뷔(少傅ㅣ) 어ᄉ(御使)의 긔식(氣色)을 알고 홀일업셔 도로혀 위로(慰勞) 경계(警戒) 왈(曰),

"쇼 시(氏)ᄂ 금고(今古)의 희한(稀罕)ᄒ 슉녀쳘뷔(淑女哲婦ㅣ)75) 라 네 ᄯᅩᄒ 슉녀(淑女)ᄅ 죠곰도 의

●●●

9면

심(疑心)치 말고 ᄯᅩ 쟉야(昨夜) 경싁(景色)을 ᄎ두(次頭)76)의 일ᄏ지 말라 쟝ᄂ(將來)ᄅ 보와 션쳐(善處)ᄒ라. 녀직(女子ㅣ) 경솔(輕率)77) ᄒ여도 쓰지 못ᄒ거든 더욱 쟝뷔(丈夫ㅣ) 달(達)치 못ᄒᆫ즉 쥰쥰쟝획 (蠢蠢臧獲)78)으로 다ᄅ미 업ᄂ니라."

어시(御使ㅣ) 비샤(拜謝) 슈명(受命)ᄒ니라.

명됴(明朝)의 훤당(萱堂)79)의 신셩(晨省)ᄒ고 궐하(闕下)의 됴회(朝會) ᄒ엿더니 만됴문무(滿朝文武ㅣ) 됴하(朝賀)80)ᄅ 뭇ᄎ미 졍(正)히 늘이 ᄂ

---

73) 다험(多險): 거칠고 힘에 겨운 일이 많음.

74) 젼젼경경(輾轉耿耿): 전전경경. 누워서 몸을 이리저리 뒤척이며 잠을 이루지 못함.

75) 슉녀쳘뷔(淑女哲婦ㅣ): 숙녀철부. 교양과 예의와 품격을 갖춘 현숙하고 어질며 사리에 밝은 여자.

76) ᄎ두(次頭): 차두. 다음.

77) 경솔(輕率): 경솔. 말이나 행동이 조심성 없이 가벼움.

78) 쥰쥰쟝획(蠢蠢臧獲): 준준장획. 어리석은 종.

79) 훤당(萱堂): 원래 남의 어머니를 높여 이르는 말이나 여기에서는 자기의 조부모, 부모를 가리키는 말로 쓰임.

80) 됴하(朝賀): 조하. 동지, 정조(正朝), 즉위, 탄일 따위의 경축일에 신하들이 조정에 나아가 임금에게 하례하던 일.

젓는지라 ᄇᆞ야흐로 퇴됴(退朝)코져 ᄒᆞ더니 믄득 도어ᄉᆞ(都御使) 됴훈의 상쇠(上疏ㅣ) 통정ᄉᆞ(通政司)[81]로셔 오ᄅᆞ니 텬지(天子ㅣ) 경아(驚訝)[82]ᄒᆞ샤 젼뎐태흑ᄉᆞ(殿前太學士)로 ᄒᆞ여금 닑으라 하시니 딕개(大槪) 굴와시되, '신(臣)은 드ᄅᆞ니 인뉸(人倫) 오상(五常)의 례졀(禮節)이 읏듬이라 ᄒᆞ엿거늘 이제 ᄌᆡ상(宰相) 규각(閨閣)의 히이(駭異)ᄒᆞᆫ 변(變)이 이셔 셩교(聖敎) 풍화(風化)ᄅᆞᆯ 어ᄌᆞ러이니 이 곳 다ᄅᆞ니 아니라 시임(時任)[83] 승샹(丞相) 니(李) 모(某)의 ᄌᆞ부(子婦)오, 호부샹셔(戶部尚書)

쇼문의 녀지(女子ㅣ)오, 도어ᄉᆞ(都御使) 니몽챵의 쳐실(妻室)이라. 쇼시(氏) 당당(堂堂)ᄒᆞᆫ 경샹지녜(卿相之女ㅣ)[84]며 한원(翰苑)[85]의 명부(命婦)[86]어늘 여ᄎᆞ(如此) 음힝(淫行)이 이셔 몸이 구가(舅家)의 잇거늘 의법[87]히 간부(姦夫)ᄅᆞᆯ 드려 ᄌᆞᆷ통(潛通)[88]ᄒᆞ되 니몽챵 부지(父子ㅣ) 젼일(前日) 쇼가(-家)의 샤은(謝恩)을 구이(拘礙)ᄒᆞ여 죠흔 일ᄀᆞᆺ치 무더 두어시니 ᄎᆞ(此)ᄂᆞᆫ 셩딕지치(聖代之治)[89]의 대변(大變)이라. 몽

---

81) 통정ᄉᆞ(通政司): 통정사. 명나라의 관제로 내외에서 올리는 상소 등을 받아 황제에게 보고하는 일을 담당함.

82) 경아(驚訝): 놀라고 의아해 함.

83) 시임(時任): 현임. 현재의 관원.

84) 경샹지녜(卿相之女ㅣ): 경상지녀. 재상의 딸. 경상(卿相)은 육경(六卿)과 삼상(三相)을 아울러 이르는 말로 재상(宰相)을 뜻함.

85) 한원(翰苑): '한림원'과 '예문관'을 예스럽게 이르던 말.

86) 명부(命婦): 봉작을 받은 부인의 통칭.

87) 의법: '의법(依法)'으로 보기에는 맥락에 맞지 않음. 미상. 참고로 국도본(10:59)에도 '의법'으로 되어 있는데 '법'을 수정하려 한 흔적이 있음.

88) ᄌᆞᆷ통(潛通): 잠통. 몰래 간통함.

89) 셩딕지치(聖代之治): 성대지치. 훌륭한 임금이 다스리는 시대.

챵이 스스로 가제(家齊)90)의 파측(叵測)91) ᄒᆞ미 여ᄎᆞ(如此) ᄒᆞ거늘 벼슬이 즁(重) ᄒᆞᆫ 딕각(臺閣)92)의 이셔 안연(晏然) ᄒᆞ오니 엇지 한심(寒心)치 아니리잇고? 복원(伏願) 셩샹(聖上)은 음녀(淫女) 간부(姦夫)ᄅᆞᆯ 엄치(嚴治)93) ᄒᆞ여 만고(萬古) 풍화(風化)94)ᄅᆞᆯ 졍(正)히 ᄒᆞ쇼셔.'

ᄒᆞ엿더라.

흑시(學士ㅣ) 닑기ᄅᆞᆯ 파(罷) ᄒᆞ미 만됴인인95)(滿朝人人)이 ᄎᆞ악(嗟愕)96)지 아니리 업고 텬안(天顔)이 경동(驚動) ᄒᆞ샤 옥ᄉᆡᆨ(玉色)을 변(變) ᄒᆞ시고 쇼 샹셔(尙書) 부ᄌᆞ(父子)ᄂᆞᆫ ᄎᆞ언(此言)을 드ᄅᆞ미 쳔만몽샹지외(千萬夢想之外)97)라

°••

11면

딕경실ᄉᆡᆨ(大驚失色)98) ᄒᆞ고 어ᄉᆞ(御使)ᄂᆞᆫ ᄲᆞᆯ니 면관돈슈(免冠頓首)99) ᄒᆞ여 가부졔지죄(家不齊之罪)100)ᄅᆞᆯ 쳥(請) ᄒᆞ니 샹(上)이 명(命) ᄒᆞ여 평신(平身)하라 ᄒᆞ시고 유영걸을 명(命)하여 쇼 시(氏)의 좌우(左右)

---

90) 가제(家齊): 가제. 집안을 가지런히 함.
91) 파측(叵測): 파측. 생각이나 행동 따위가 괘씸하고 엉큼함. 불측(不測).
92) 딕각(臺閣): 대각. 중앙의 정부 기구.
93) 엄치(嚴治): 엄히 다스림.
94) 풍화(風化): 교육이나 정치의 힘으로 풍습을 잘 교화하는 일.
95) 인: [교] 원문에는 '언'으로 되어 있으나 오기로 보임.
96) ᄎᆞ악(嗟愕): 차악. 몹시 놀람.
97) 쳔만몽샹지외(千萬夢想之外): 천만몽상지외. 천만뜻밖.
98) 딕경실ᄉᆡᆨ(大驚失色): 대경실색. 크게 놀라 낯빛이 변함.
99) 면관돈슈(免冠頓首): 면관돈수. 관을 벗고 이마가 땅에 닿도록 절을 함.
100) 가부졔지죄(家不齊之罪): 가부제지죄. 집안을 가지런하게 하지 못한 죄.

롤 잡혀 졍샹(情狀)101)을 츄문(推問)102)ᄒ라 ᄒ시니 법관(法官)이 명(命)을 바다 믈너ᄂ니,

니(李) 승샹(丞相) 곤계(昆季)103) 슉질(叔姪)이 대경(大驚)하나 감(敢)히 텬졍(天廷)의 일언(一言)을 개구(開口)치 못ᄒ고 퇴됴(退朝)하여 궐문(闕門)을 ᄂ며 쇼 샹셔(尚書) 부ᄌ(父子ㅣ) 슈레롤 도로혀 니(李) 승샹(丞相)을 죠ᄎ 샹부(相府)의 니르러 ᄂ입(內入) 외명(外亭)104)의 좌졍(坐定)ᄒᄆᆡ 빈쥬(賓主ㅣ) 면면샹고(面面相顧)105)ᄒ여 쇼 샹셰(尚書ㅣ) 실셩쟝탄(失聲長歎) 왈(曰),

"블쵸녜(不肖女ㅣ) 비록 고금(古今) 셩녀(聖女)의 ᄌ리의 블ᄉ(不似)ᄒ나 어려셔붓터 셩현(聖賢) 고셔(古書)와 규측(閨則)106)의 ᄂᆡ법(內法)을 빙화 거의 큰 허믈을 면(免)홀가 ᄒ엿더니 엇지 이런 블미(不美)ᄒ ᄉ단(事端)107)이 니러눌 줄 알니오?"

승샹(丞相)이

···

12면

빈미(顰眉)108) 쟝탄(長歎) 왈(曰),

---

101) 졍샹(情狀): 정상. 있는 그대로의 사정과 형편.

102) 츄문(推問): 추문. 어떠한 사실을 자세하게 캐며 꾸짖어 물음.

103) 곤계(昆季): 형제.

104) 외졍(外亭): 외정. 바깥에 있는 정자.

105) 면면샹고(面面相顧): 면면상고. 서로 얼굴을 돌아봄.

106) 규측(閨則): 규칙. 규방의 법도.

107) ᄉ단(事端): 사단. 사고나 탈.

108) 빈미(顰眉): 눈썹을 찡그림.

"ᄎ역명애(此亦命也ㅣ)[109]라. 오부(吾婦)의 ᄌᆡ용(才容)이 너모 탁셰(卓世)[110]ᄒᆞᄆᆞ로 ᄌᆡ앙(災殃)이 평디(平地)의 니러ᄂᆞ니 슈한슈원(誰恨誰怨)[111]이리오? 다만 유유텬되(悠悠天道ㅣ)[112] 맛ᄎᆞᆷᄂᆡ 슉녀(淑女)의 평ᄉᆡᆼ(平生)을 신누(身累)[113] 가온ᄃᆡ 맛게 아니시리니 명공(明公)은 슬허 말ᄅᆞ쇼셔."

쇼 공(公)이 톄타(涕墮)[114] 오열(嗚咽)ᄒᆞ여 능(能)히 말을 못 ᄒᆞ고 녀ᄋᆞ(女兒)도 ᄎᆞᄌᆞ 볼 경(景)[115]이 업셔 니러 하직(下直) 왈(曰),

"ᄌᆞ슈[116] 형(兄)이 오녀(吾女)의 심담(心膽)을 능(能)히 슬펴 원민(冤悶)[117]ᄒᆞᆫ 곳의 밀위니[118] 우리 부녜(父女ㅣ) 결쵸함벽(結草含璧)[119]의 공(公)의 지우(知遇)[120]ᄅᆞᆯ 다 갑지 못ᄒᆞᆯ가 ᄒᆞᄂᆞ이다. 연(然)이나 녀ᄋᆡ(女兒ㅣ) 유죄무죄(有罪無罪) 간(間) 존문(尊門) 죄인(罪

---

109) ᄎ역명애(此亦命也ㅣ): 차역명야. '이 또한 운명이다.'라는 의미.
110) 탁셰(卓世): 탁세. 세상에서 뛰어남.
111) 슈한슈원(誰恨誰怨): 수한수원. 누구를 한하고 누구를 원망함.
112) 유유텬되(悠悠天道ㅣ): 유유천도. 아득한 하늘의 도.
113) 신누(身累): 신루. 몸의 허물.
114) 톄타(涕墮): 체타. 눈물을 흘림.
115) 경(景): 경황. 정신적, 시간적 여유나 형편.
116) ᄌᆞ슈: 자수. 이관성의 자(字).
117) 원민(冤悶): 억울하고 답답함.
118) 밀위니: 미루어 헤아리니.
119) 결쵸함벽(結草含璧): 결초함벽. 풀을 묶어 은혜를 갚고, 구슬을 물고 와 은혜를 갚음. 결초보은(結草報恩)과 수후지주(隨侯之珠)의 고사. 결초보은 고사는 중국 춘추시대 진(晉)나라 때 위과(魏顆)가 아버지 위무자의 죽기 전 유언 대신 평소에 한 말씀을 따라, 위무자가 죽은 후에 자신의 서모(庶母)를 순장시키지 않고 개가시켰는데 후에 위과가 진(秦)나라와 전투를 벌일 적에 서모의 망부(亡父)가 나타나 풀을 맺어 위과를 도왔다는 이야기로, 『춘추좌씨전(春秋左氏傳)』에 전함. 수후지주 고사는 중국 전국시대 수나라의 임금인 수후가 뱀을 살려 주었는데 후에 그 뱀이 은혜를 갚기 위해 어린 아이로 변해 수후에게 보배로운 구슬을 전달했다는 이야기로, 『장자』 등에 전함.
120) 지우(知遇): 남이 자신의 인격이나 재능을 알고 잘 대우함.

人)이라 법부(法部)의 결슷(決辭)[121]룰 기드려 다려가리로쇼이다."

드듸여 도라가니 승샹(丞相)과 무평[122]빅, 쇼부(少傅) 등(等) 니시(李氏) 제공(諸公)이 다 위로(慰勞)홀 말이 막혀 믁믁무언(黙黙無言)이러라.

관치(官差ㅣ)[123] 니

13면

부(李府)의 니르러 죽믜각 시녀(侍女)룰 다 잡아가니 쇼 쇼졔(小姐ㅣ) 앙텬(仰天) 탄식(歎息)ᄒ고 쇼당(小堂)의 ᄂ려 죄(罪)룰 기드리고 홍벽, 운아, 경쇼, 난미 등(等) 십여(十餘) 인(人)을 잡혀 보ᄂ니 난미 발셔 난의 청쵹(請囑)[124]을 밧고 옥난이 ᄯ 제 아비 숑션을 보치여 됴 어ᄉ(御使)룰 쵹(囑)ᄒ여 이 ᄉ단(事端)[125]을 일르혀밀너라.

유 형부(刑部)ᄂ 본(本)디 즁무쇼쥬(中無所主)[126]ᄒ고 블인무ᄡᅡᆼ(不仁無雙)[127]혼 재(者ㅣ)라. 일즉 남챵인(南昌人)으로 경ᄉ(京師)의 벼슬ᄒ나 부인(夫人)은 고향(故鄕)의 잇고 샹셔(尙書)ᄂ 경ᄉ(京師)의 이셔 쇼쳡(少姿) 각녕을 어드ᄉᄂ지라. 각 시(氏) 극(極)히 요악(妖惡)혼지라 옥난이 가마니 쳔금(千金) 회뢰(賄賂)[128]룰 힝(行)ᄒ여 각녀(-女)룰 쥬고 옥ᄉ(獄事) 되오기룰 청쵹(請囑)ᄒ니라. 유 샹셰(尙書ㅣ) 각 시(氏)

---

121) 결ᄉ(決辭): 결사. 판결문.
122) 평: [교] 원문에는 '령'으로 되어 있으나 앞의 예를 따라 이와 같이 수정함.
123) 관치(官差ㅣ): 관차. 관아에서 파견하던 사자(使者).
124) 청쵹(請囑): 청촉. 청을 넣어 부탁함.
125) ᄉ단(事端): 사단. 사고나 탈. 사달.
126) 즁무쇼쥬(中無所主): 중무소주. 마음속에 확고한 중심이 없음.
127) 블인무ᄡᅡᆼ(不仁無雙): 불인무쌍. 인자하지 않기가 겨룰 자가 없음.
128) 회뢰(賄賂): 뇌물을 주고받음. 또는 그 뇌물.

의 참쇼(讒訴)129)로죠츠 쇼 쇼져(小姐)의 젹ᄌ(嫡子)룰 시살(撕殺)130)
ᄒ며 간부(姦夫)로 음오(淫汚)131)ᄒ여 춰우(聚麀)132)의 졍젹(情跡)133)

••

14면

이 낭ᄌᆞ(狼藉)ᄒᆞᆯ 드럿ᄂᆞᆫ지라. 이날 샹명(上命)을 밧ᄌᆞ와 형부(刑部)
의 도라와 좌우(左右) 낭관(郎官)134)을 모흐고 좌긔(坐起)135)ᄒᆞᆯ시 형
위(刑威)136)룰 엄(嚴)히 비셜(排設)ᄒ고 홍벽, 운아, 난미, 경쇼 등
(等)을 줍아 엄형(嚴刑) 츄문(推問)ᄒᆞᆯ시 몬져 운아룰 형벌(刑罰)의 올
니니 운이 긔운이 분분(忿憤)ᄒ고 쇼릭 격녈(激烈)ᄒ여 쥬인(主人)의
빅옥무하(白玉無瑕)137)ᄒᆞᆯ 브ᄅ지져 발명(發明)ᄒ나 져 쥰쥰무지
(蠢蠢無知)138)ᄒᆞᆫ 유츅(-畜)139)이 엇지 옥셕(玉石)을 구분(區分)ᄒ여
슉녀(淑女)의 원(怨)을 신셜(伸雪)140)ᄒ리오. 다만 난연(爛然)ᄒᆞᆫ 비옥

---

129) 참쇼(讒訴): 참소. 남을 헐뜯어서 죄가 있는 것처럼 꾸며 윗사람에게 고하여 바침.

130) 시살(撕殺): 마구 쳐 죽임.

131) 음오(淫汚): 음란하고 더러운 행실을 함.

132) 춰우(聚麀): 취우. 인륜을 어지럽힘. 난륜(亂倫). 짐승은 예(禮)가 없어 부자(父子)가
암사슴을 공유한다는 데서 유래하여 부자가 한 여자를 공유하는, 양대(兩代)의 난
륜(亂倫) 행위를 이름. 『예기(禮記)』, 「곡례(曲禮) 상(上)」.

133) 졍젹(情跡): 정적. 정황과 자취.

134) 낭관(郎官): 시랑(侍郎), 낭중(郎中) 등의 벼슬.

135) 좌긔(坐起): 좌기. 관아의 으뜸 벼슬에 있던 이가 출근하여 일을 시작함.

136) 형위(刑威): 형벌을 가하는 위엄.

137) 빅옥무하(白玉無瑕): 백옥무하. 백옥과 같이 티가 없음.

138) 쥰쥰무지(蠢蠢無知): 준준무지. 어리석어 아는 것이 없음.

139) 유츅(-畜): 유축. 유영걸의 무지함을 깔보아 가축에 빗대어 표현한 말.

140) 신셜(伸雪): 신설. 신원설치의 준말. 가슴에 맺힌 원한을 풀어 버리고 창피스러운
일을 씻어 버림.

(貝玉)141)의 ᄉ랑ᄒᄂ 이희(愛姬)의 쇼욕(所欲)을 치왓ᄂ지라 엇지
일회(一毫 ㅣ)나 명졍(明正)142)히 다ᄉ릴 ᄯᄉᆺ이 이시리오. 졔녀(諸女)
ᄅᆯ 엄형쥰ᄎ(嚴刑準次)143)ᄒ여 아모러나 쵸ᄉ(招辭)144)ᄅᆯ 바드러 ᄒ
ᄂ지라. 운아ᄂ 임의 여145)러 ᄎ(次)ᄅᆯ 마ᄌ 다리 씌여

•••

15면

지고 혈흔(血痕)이 낭쟈(狼藉)ᄒ여 다시 더을 거시 업ᄂ지라. ᄎ례
(次例) 난미의게 미쳐ᄂ 블급ᄉ오쟝(不及四五杖)146)의 크게 울고 브
ᄅ지져 왈(曰),

"치기ᄅᆯ 늘호시면147) 진졍(眞情)을 알외리이다."

유 샹셰(尙書 ㅣ) 명(命)ᄒ여 형벌(刑罰)을 늘회고 쵸ᄉ(招辭)ᄅᆯ 바
드라 ᄒ니 난미 닐오ᄃᆡ,

"노애(老爺 ㅣ) 쇼비(小婢)ᄅᆯ 다ᄉ려 므ᄉ 일을 알녀 ᄒ시ᄂ잇고?"

형뷔(刑部 ㅣ) 노미(怒罵) 왈(曰),

"요악(妖惡) 쳔인(賤人)이 엇지 경긱(頃刻)148)의 반복(反覆)149)ᄒ
기ᄅᆯ 이ᄀᆺ치 ᄒᄂ냐? 므ᄉ 일을 알녀 ᄒ리오? 너 쥬(主) 쇼 시(氏) 사

---

141) 빅옥(貝玉): 패옥. 값나가는 물건.
142) 명졍(明正): 명정. 분명하고 밝음.
143) 엄형쥰ᄎ(嚴刑準次): 엄형준차. 몇 차례에 걸쳐 엄히 벌을 줌.
144) 쵸ᄉ(招辭): 초사. 죄인이 자기 범죄사실을 진술하는 말.
145) 여: [교] 원문에는 '어'로 되어 있으나 오기로 보임.
146) 블급ᄉ오쟝(不及四五杖): 불급사오장. 네다섯 대에 미치지 않음.
147) 늘호시면: 날호시면. 천천히 하시면, 더디게 하시면.
148) 경긱(頃刻): 경각. 극히 짧은 시간.
149) 반복(反覆): 언행이나 일 따위를 이랬다저랬다 하여 자꾸 고침.

룸의 지실(再室)이 되여 젼츌(前出)150)을 무휼(撫恤)151) ᄒᆞ미 믄득 목
강(穆姜)152)의 인ᄌᆞ(仁慈)를 본(本)밧지 아니ᄒᆞ고 강보(襁褓) 유의(乳
兒ㅣ) 하죄(何罪)로 독약(毒藥)을 먹여 희(害)ᄒᆞ기를 타연(泰然)이 ᄒᆞ
며 쏘 당당(堂堂)ᄒᆞᆫ 경샹지녀(卿相之女)로 명ᄉᆞ(名士)의 내지(內子ㅣ)
되여 영춍(榮寵) 부귀(富貴) 극진(極盡)커ᄂᆞᆯ 므어시 부

...

16면

죡(不足)ᄒᆞ여 빅주153)(白晝)154)의 간부(姦夫)를 드려 음오(淫汚)ᄒᆞ리
오? 임의 대간(臺諫)이 붓 긋히 취우(聚麀)155)의 졍젹(情跡)이 ᄂᆞᆺᄐᆞᄂᆞ
ᄂᆞᆫ 고(故)로 황샹(皇上)이 늘노뻐 여등(汝等)을 잡아 다ᄉᆞ려 졍샹(情
狀)을 샤힉(査核)156)ᄒᆞ라 ᄒᆞ여 겨신지라. 닉ᄉᆞ(內事)를 알고져 ᄒᆞᄂᆞ니
여등(汝等)이 만일(萬一) 실ᄉᆞ(實事)를 고(告)ᄒᆞᆫ즉 이ᄂᆞᆫ 쇼 시(氏)의 음
난픽악(淫亂悖惡)157)ᄒᆞᆫ 죄(罪)오, 여등(汝等)의게 무ᄒᆡ유익(無害有益)
益)158)ᄒᆞ리니 일쟉이 직쵸(直招)159)ᄒᆞ여 무죄(無罪)히 쥬인(主人)의

---

150) 젼츌(前出): 전출. 전실(前室)이 낳은 자식.

151) 무휼(撫恤): 불쌍히 여겨 위로하고 도움.

152) 목강(穆姜): 진(晉)나라 정문거의 아내 이 씨의 자(字). 친아들 둘을 두고 전처의 아
들 넷이 있었는데, 정문거가 죽자, 전처의 아들 넷은 이 씨가 자기들을 낳은 어머
니가 아니라고 하여 박대하였으나 이 씨는 그들을 사랑으로 대하였다 함.

153) 주: [교] 원문에는 '디'로 되어 있으나 오기로 보임.

154) 빅주(白晝): 백주. 대낮.

155) 취우(聚麀): 취우. 인륜을 어지럽힘. 난륜(亂倫). 짐승은 예(禮)가 없어 부자(父子)가
암사슴을 공유한다는 데서 유래하여 부자가 한 여자를 공유하는, 양대(兩代)의 난
륜(亂倫) 행위를 이름. 『예기(禮記)』, 「곡례(曲禮) 상(上)」.

156) 샤힉(査核): 사핵. 실제 사정을 자세히 조사하여 밝힘.

157) 음난픽악(淫亂悖惡): 음란패악. 음란하고 도리에 어긋나며 흉악함.

158) 무ᄒᆡ유익(無害有益): 무해유익. 해로움은 없고 이로움만 있음.

159) 직쵸(直招): 직초. 바른 대로 고함.

죄누(罪累)를 담당(擔當)ᄒ여 형벌(刑罰)의 괴로오믈 밧지 말나."

난미 쳥파(聽罷)의 앙텬(仰天) 쟝탄(長歎)ᄒ고 크게 블너 왈(曰),

'쳔비(賤婢) 쥬인(主人)의 지긔(知己)로 허(許)ᄒ시며 혈셩(血誠)으로 브리시믈 바다 위쥬튱심(爲主忠心)[160]이 고인(古人)만 못 ᄒ 거시 아니로ᄃᆡ 텬디신명(天地神明)이 ᄉ로이 돕지 아니시니 항젹(項籍)[161]이 림ᄉ(臨死)의 닐른바 '텬망이(天亡我ㅣ)오 비젼죄(非戰罪)라.'[162] ᄒ

•••

17면

미 졍(正)히 오늘날 ᄋ쥬(我主)를 니ᄅᆞ미로다. 쳔비(賤婢) 비록 첫 ᄠᅳᆺ을 직히고져 ᄒ나 독(毒)ᄒ 형벌(刑罰)이 골(骨)을 ᄶᅵ치고 연(軟)ᄒᆫ ᄆᆞ음을 직희기 어려오니 현마 엇지ᄒ리오?"

드ᄃᆡ여 복쵸(服招)[163] 왈(曰),

"쳔비(賤婢) 난미ᄂᆞᆫ 본(本)ᄃᆡ 니부(李府) 쳥의(靑衣)라. 니(李) 태ᄉ(太師) ᄌ부(子婦)인 태군부인(太郡夫人)[164] 명(命)으로 니(李) 어ᄉ(御使) 노야(老爺)의 지취(再娶) 쇼 부인(夫人)긔 신임(信任)ᄒ오니

---

160) 위쥬튱심(爲主忠心): 위주충심. 주인을 위한 충성스러운 마음.

161) 항젹(項籍): 항적. 중국 진(秦)나라 말기의 무장(B.C.232~B.C.202)인 항우(項羽)를 이름. 적(籍)은 이름이고 자(字)는 우(羽). 숙부 항량(項梁)과 함께 군사를 일으켜 유방(劉邦)과 협력하여 진나라를 멸망시키고 스스로 서초(西楚)의 패왕(霸王)이 됨. 그 후 유방과 패권을 다투다가 해하(垓下)에서 포위되어 자살함.

162) 텬망이(天亡我ㅣ)오, 비젼죄(非戰罪)라: 천망아요 비전죄라. 하늘이 나를 죽인 것이요, 내가 싸움을 잘못한 죄가 아님.

163) 복쵸(服招): 복초. 문초를 받고 순순히 죄상을 털어놓음.

164) 태군부인(太郡夫人): 군부인은 원래 왕자군(王子君)이나 종친의 아내에게 내리던 외명부의 봉작을 가리키는데 여기에서 태군부인은 승상 이관성의 아내 정몽홍을 높여 부른 말임.

쇼 부인(夫人)이 비즈(婢子)를 즁도(中途)의 어든신 빈나 존당(尊堂)의 샤급(賜給)ᄒ신 빈라 ᄒ샤 ᄌ못 익틱(愛待)165)ᄒ시고 쏘 비즈(婢子)의 위인(爲人)이 영오(穎悟)166)ᄒ여 가(可)히 더브러 대스(大事)를 도모(圖謀)ᄒ염 즉ᄒ다 ᄒ샤 후휼(厚恤)167)ᄒ시믈 오히려 홍벽 등(等)의 더으시니 천인(賤人)이 은덕(恩德)을 감복(感服)ᄒ여 쟝ᄎᆞ(將次ᄉ) 스싱(死生)을 갑흘 쯧이 잇ᄉᆞᆸ더니 모일(某日)의 부인(夫人)이 여ᄎᆞ여ᄎᆞ(如此如此)ᄒ샤 천비(賤婢)다려 가마니 니ᄅᆞ시틱,

●●●

18면

'나는 본(本)틱 쇼 샹셔(尙書)의 천금교익(千金嬌兒ㅣ)168)라 엇지니(李) 어스(御使)의 직실(再室) 되믈 달게 너기리오마는 텬연(天緣)이 긔구(崎嶇)ᄒ여 샹공(相公)이 호광(湖廣)169)을 지ᄂᆞ실 졔 스스로 취ᄉᆡᆨ경박쟈(取色輕薄子)170)의 월쟝찬혈(越牆鑽穴)171)ᄒᆞ는 힝ᄉ(行事)로써 규방(閨房)의 돌입(突入)ᄒ여 나의 규법(閨法)을 더러이믹 스세(事勢) 마지못ᄒ여 이의 도라오니 엇지 천만(千萬) 싱각지 아닌 바의 몬져 쵸실(初室)의 샹 시(氏)를 마ᄌᆞᆺ던 줄 알며 골육(骨肉)이 이시믈

---

165) 익틱(愛待): 애대. 사랑으로 대우함.

166) 영오(穎悟): 남보다 뛰어나게 영리하고 슬기로움.

167) 후휼(厚恤): 후하게 구휼함.

168) 천금교익(千金嬌兒ㅣ): 천금교아. 천금과 같이 매우 사랑하는 자식.

169) 호광(湖廣): 중국의 호북(湖北)과 호남(湖南) 두 성(省)을 아울러 이르는 지명. 소월혜가 호광 땅에 있다가 이봉창을 만난 바 있음.

170) 취ᄉᆡᆨ경박쟈(取色輕薄子): 취색경박자. 색을 취하기를 즐기고, 언행이 신중하지 못하고 가벼운 사람.

171) 월쟝찬혈(越牆鑽穴): 월장찬혈. 담을 넘고 구멍을 뚫는다는 뜻으로 남녀가 몰래 만남을 말함.

뜻호여시리오? 윤문이 이시미 닉 아희 셩172)문이 엇지 무용(無用)치 아니리오? 이러므로 닉 쥬스야탁(晝思夜度)173)호여 계교(計巧)를 싱각호미 다른 계괴(計巧ㅣ) 업는지라.'

여츠여츠(如此如此)호여 윤문을 희(害)코져 호시거눌 쳔인(賤人)이 비록 쇼 부인(夫人)의 은혜(恩惠) 밧즈오미 깁흐나 츠마 쇼공즈(小公子)의 무모혈혈(無母孑孑)174)호 졍스(情事)

●●●

19면

로뻐 그 일명(一命) 마츠믈 못 호여 유유지지(猶有遲遲)175)호는 즈음이러니 일일(一日)은 부인(夫人)이 스스로 공즈(公子)의 눗잠 자는 썰의 친(親)히 즁독(中毒)호여 죽이시고 스스로 시톄(屍體)의 업뻐져 혼식(魂塞)176)호는 경식(景色)을 호여 죤당(尊堂) 샹하(上下)의 의177)심(疑心)을 막아 겨시더니 날이 졈졈(漸漸) 오리미 어스(御使) 노애(老爺ㅣ) 홀연(忽然) 의심(疑心)을 두샤 졈졈(漸漸) 슉쇼(宿所)의 왕뤼(往來) 드믈고178) 부인(夫人)의 힝지(行止)를 유심(有心)호여 죵죵(種種) 블평(不平)호미 즈즈니, 부인(夫人)이 함한은노(含恨隱怒)179)호시며 쏘 두로오미 업지 아냐 거춰(去就)를 뎡(定)치 못호시든 츠

172) 셩: [교] 원문에는 '졍'으로 되어 있으나 문맥을 고려하여 이와 같이 수정함. 참고로 국도본(10:66)에는 이 부분이 빠져 있음.
173) 쥬스야탁(晝思夜度): 주사야탁. 밤낮으로 깊이 생각하고 헤아림.
174) 무모혈혈(無母孑孑): 어머니가 없이 외로운 신세.
175) 유유지지(猶有遲遲): 오히려 지체함이 있음.
176) 혼식(魂塞): 혼색. 기절.
177) 의: [교] 원문에는 '임'으로 되어 있으나 오기로 보임.
178) 고: [교] 원문에는 '믈'로 되어 있으나 문맥을 고려하여 국도본(10:67)을 따름.
179) 함한은노(含恨隱怒): 한을 머금고 분노를 감춤.

(次) 젼일(前日) 호광(湖廣)의 겨실 제 유졍(有情) 고인(故人)이 잇던 양하여 간간(間間)이 고이(怪異)혼 졍젹(情跡)이 이시딕 간부(姦夫)의 근본(根本)은 쳔비(賤婢) ᄌ시 아지 못ᄒ옵ᄂ지라. 이ᄂ 홍아, 벽난이 알 닷ᄒᄒ이다. 비ᄌ(婢子)ᄂ 이밧 아지 못ᄒ

• • •

20면

ᄂ이다.'
ᄒ엿더라.

유 형뷔(刑部 l) 난믹의 쵸ᄉ(招辭)를 보고 대로(大怒)ᄒ여 운아 등(等) 제녀(諸女)를 다시 엄문(嚴問)ᄒ니 제녜(諸女 l) 긔운이 셔리 ᄌ고 원분(怨憤)180)이 돌월(突越)181)ᄒ여 찰츨(察察)182)히 난믹를 ᄊᆜ즛고 죽기로써 무복(無服)183)ᄒᄂ지라. 졍위(廷尉)184)의 독185)(毒)혼 위엄(威嚴)이나 능(能)히 다시 더을 거시 업셔 ᄽᅩ 운문의 유모(乳母) 계지를 잡혀 실샹(實狀)을 므ᄅ니 계지 울며 다만 져의 본말(本末)을 고(告)ᄒ니 뉴 샹셰(尙書 l) 홀일업셔 모든 결안(結案)186)을 다 거두고 계ᄉ(啓辭)187)ᄒ딕,

---

180) 원분(怨憤): 원한과 분노.
181) 돌월(突越): 넘침.
182) 찰츨(察察): 찰찰. 꼼꼼하고 자세함.
183) 무복(無服): 이 단어에는 원래 '옷이 없음', '상복을 입지 않음'의 두 뜻이 있으나 여기에서는 '자백하지 않음'의 뜻으로 쓰임. 복(服)은 복초(服招)의 의미.
184) 졍위(廷尉): 정위. 중국 진(秦)나라 때부터, 형벌을 맡아보던 벼슬. 구경(九卿)의 하나였던바, 나중에 대리(大理)로 고침.
185) 독: [교] 원문에는 '득'으로 되어 있으나 오기로 보임.
186) 결안(結案): 원래는 판결하거나 최종 처리한 것을 뜻하는데 여기에서는 초사(招辭)를 이름.
187) 계ᄉ(啓辭): 계사. 논죄(論罪)에 관하여 임금에게 올리던 글.

'죄인(罪人)의 시녀(侍女)를 츄문(推問)ᄒ오니 난미 여ᄎ여ᄎ(如此如此) 직쵸(直招)ᄒ고 ᄯᅩ 계지의 본말(本末)이 여ᄎ(如此)ᄒ오니 쇼녀(-女)의 실샹(實狀)이 현져(顯著)ᄒ오이다.'

ᄒ니 텬ᄌ(天子ㅣ) 비록 셩명(聖明)ᄒ시나 만긔(萬機)[188]를 춍찰(總察)ᄒ샤 졍력(精力)이 ᄌ못 괴로오신 바의 ᄯᅩ 셜국(設鞫)[189] 엄문(嚴問)코져 ᄒ시나 군국(君國)

∙∙∙

21면

대ᄉ(大事ㅣ) 아니라 시러금 친문(親問)치 못ᄒ시고 유ᄉ(攸司)[190]의 뉼뎐(律典)[191]을 샹고(詳考)[192]ᄒ샤 쇼 시(氏)로 니부(李府)의 니이(離異)[193]ᄒ여 명부(命婦) 직쳡(職牒)을 앗고 혼셔(婚書)[194] 치단(采緞)[195]을 거두어 남챵부(南昌府)[196]의 젹거(謫居)ᄒ라 ᄒ시고 그 슈범(首犯)을 다ᄉ리미 살인재(殺人者ㅣ) ᄉ(死ㅣ)[197]라. 비록 쇼ᄋ(小兒ㅣ)나 인명(人命)이 관즁(關重)[198]ᄒ니 쇼녜(-女ㅣ) 젼츌(前出)을

---

188) 만긔(萬機): 만기. 임금이 보는 여러 가지 정무.
189) 셜국(設鞫): 설국. 국문(鞫問)을 베풂.
190) 유ᄉ(攸司): 유사. 담당 관청.
191) 뉼뎐(律典): 율전. 법전.
192) 샹고(詳考): 상고. 상세히 참고하거나 검토함.
193) 니이(離異): 이이. 이혼.
194) 혼셔(婚書): 혼서. 혼인 때, 신랑 집에서 예단에 붙여 신부 집에 보내는 편지.
195) 치단(采緞): 채단. 혼인 때, 신랑 집에서 신부 집으로 미리 보내는 푸른색과 붉은색의 비단.
196) 남챵부(南昌府): 남창부. 명나라 때에는 처음에 홍도부(洪都府)로 불리다가 후에 남창부로 바뀜. 현재 중국 강서성의 남창현(南昌縣)과 신건현(新建縣)의 두 현에 해당하였음.
197) 살인재(殺人者ㅣ) ᄉ(死ㅣ): 살인자사(殺人者死). 사람을 죽인 사람은 죽어야 함.
198) 관즁(關重): 관중. 중요한 데 관계되어 있음.

ᄌᄒᆡ(自害)홀시 올흔즉 죄당ᄉ애(罪當死也ㅣ)[199]로딕 그 비비(婢輩)
의 무리 셔로 미뤼여 분명(分明)치 못혼 바의 딕살(代殺)[200]ᄒᄆᆞᆫ 과
도(過度)혼지라 다만 니가(李家)의 졀혼니이(絶婚離異)[201]ᄒ여 찬젹
(竄謫)[202]ᄒ게 ᄒ미오, 그 시비(侍婢)의 무리ᄂᆞᆫ 유명허실(有名虛
實)[203] 간(間) 그 쥬인(主人)의게 좃ᄎᆞᆫ 빅라 각별(各別) 져히 죄(罪)
아니니 방셕[204](放釋)[205]ᄒ여 거취(去就)를 뭇지 말나 ᄒ시고 어ᄉ
(御使) 몽챵은 비록 명찰(明察)[206]치 못하여 가간(家間)[207]의 혼 쳐
(妻)를 가졔(可制)[208]치 못ᄒ고 ᄌᆞ식(子息)을

∘∘∘

22면

무죄(無罪)히 죽게 ᄒ여시나 이 ᄯᅩ흔 쇼탈(疏脫) 댱부(丈夫)의 무졍
지ᄉᆡ(無情之事ㅣ)라 다시 됴뎡(朝廷)이 논난(論難)치 말나 ᄒ시다.
　젼지(傳旨) ᄂᆞ리믹 쇼·니 냥가(兩家)의셔 대경ᄎᆞ악(大驚嗟愕)[209]
ᄒ믈 마지아니나 홀일업고 니(李) 승샹(丞相)이 식부(息婦)를 위(爲)

---

199) 죄당ᄉ애(罪當死也ㅣ): 죄당사야. 죄를 지었으니 마땅히 죽어야 함.

200) 딕살(代殺): 대살. 살인자를 사형에 처함.

201) 졀혼니이(絶婚離異): 절혼이이. 이혼.

202) 찬젹(竄謫): 찬적. 멀리 귀양 보내어 벌을 줌.

203) 유명허실(有名虛實): 실제로 한 행동이 있는지 없는지의 여부.

204) 방셕: [교] 원문에는 이 앞에 '물딕'가 있으나 문맥에 맞지 않으므로 국도본(10:69)
　　을 따라 삭제함.

205) 방셕(放釋): 방석. 석방.

206) 명찰(明察): 분명히 살핌.

207) 가간(家間): 가간. 집안.

208) 가졔(可制): 가제. 가히 다스림.

209) 대경ᄎᆞ악(大驚嗟愕): 대경차악. 크게 놀람.

ᄒ여 블승강개(不勝慷慨)210)ᄒ믈 이긔지 못ᄒ여 분연(忿然)이 샹표
(上表)ᄒ여 도로오고져 ᄒ거ᄂᆞᆯ, 무평211)빅과 쇼부공(少傅公)212)이 딕
경(大驚)ᄒ여 년망(連忙)이 즁지(中止)ᄒ여 왈(曰),

"형쟝(兄丈)은 식노(息怒)213)ᄒ쇼셔. 비록 이 일이 아니라도 근간
(近間) 쇼질(-姪)의 미간(眉間)의 쳥긔(靑氣)214) 씨이고 지앙(災殃)이
빗최여시니 엇지 오ᄂᆞᆫ 화익(禍厄)을 면(免)ᄒ리잇고? 다만 안이슈지
(安以受之)215)ᄒ여 텬의(天意)ᄅᆞᆯ 슌슈(順受)216)ᄒ시고 위셰(威勢)로
ᄡᅥ 국법(國法)을 굽핀다 시비(是非)ᄅᆞᆯ 듯지 마ᄅᆞ쇼셔."

부ᄆᆞ(駙馬ㅣ) 쏘 냥(兩) 슉부(叔父)의 간언(諫言)이 유리(有理)ᄒ시
믈 알외니 승샹(丞相)

23면

이 분히(憤駭)ᄒ믈 이긔지 못ᄒ나 냥뎨(兩弟)와 아ᄌᆞ(兒子)의 간언
(諫言)을 올희 너겨 이의 샹쇼(上疏)ᄒ기ᄅᆞᆯ 그치고 태부인(太夫人)과
태ᄉᆞ(太師) 부인(夫人)은 ᄎᆞ악(嗟愕)ᄒ믈 마지아니ᄒ고 가즁(家中)
샹해(上下ㅣ) 쇼 시(氏)의 평일(平日) 힝ᄉᆞ(行事)ᄅᆞᆯ 츄이(推理)217)ᄒ

---

210) 블승강개(不勝慷慨): 불승강개. 의롭지 못한 것을 보고 정의심(正義心)이 복받치어
    슬퍼하고 한탄함을 이기지 못함.
211) 평: [교] 원문에는 '령'으로 되어 있으나 앞의 예를 따라 이와 같이 수정함.
212) 쇼부공(少傅公): 소부공. 태자소부를 나타내는 말로 이연성을 이르는 말.
213) 식노(息怒): 노여움을 가라앉힘.
214) 쳥긔(靑氣): 청기. 관상학에서 푸른 기운이 얼굴에 끼면 근심이 생긴다는 설이 있음.
215) 안이슈지(安以受之): 안이수지. 편안히 그 운명을 받아들임.
216) 슌슈(順受): 순수. 순순히 받음.
217) 츄이(推理): 추리. 아는 것을 바탕으로 알지 못하는 것을 미루어 생각함.

여 누218)명(陋名)을 츠악(嗟愕)ᄒ고 어느 곳 유심(有心)ᄒ 간인(奸人)이 이셔 무슨 혐극(嫌隙)219)으로 궁극(窮極)히 히(害)ᄒᄂ고 고이(怪異)히 너기며 어ᄉ(御使)ᄂ 쇼 시(氏)ᄅ 임미타 니ᄅ지 아니ᄒ나 원간(元幹)220) 규즁(閨中)의 암밀(暗密)ᄒ 은젹(隱迹)이 문견(聞見)을 쇼요(騷擾)221)ᄒ고 놉히 구즁뎐궐(九重天闕)222)을 들네여223) 희한(稀罕)ᄒ 젹힝(謫行)까지 닐위게 ᄒᄆᆯ 고이(怪異)히 너기고 평일(平日) 힝ᄉ(行事)ᄅ 츄이(推理)ᄒ여 일단(一端) 년측(憐惻)224)ᄒ미 업지 아니ᄒᄂ 오히려 아득ᄒ여 오됴(烏鳥)의 ᄌ웅(雌雄)225)을 분간(分揀)치 못ᄒ더라.

샹(上)이 젼지(傳旨)ᄒ샤 위싱쟈(-生者)ᄅ 츄

• • •

24면

포(追捕)226)ᄒ라 ᄒ여 겨시나 형영(形影) 업ᄂ 위싱(-生)을 어듸 가 츠ᄌ리오.

---

218) 누: [교] 원문에는 '뉴'로 되어 있으나 오기로 보임.

219) 혐극(嫌隙): 서로 꺼리고 싫어하여 생긴 틈.

220) 원간(元幹): 원래의 의미인 듯하나 미상임.

221) 쇼요(騷擾): 소요. 여러 사람이 떠들썩하게 들고 일어남.

222) 구즁뎐궐(九重天闕): 구중천궐. 문이 겹겹이 달린 깊은 대궐. 구중궁궐(九重宮闕).

223) 들네여: 들레. 야단스럽게 떠들게 해.

224) 년측(憐惻): 연측. 불쌍히 여기고 슬퍼함.

225) 오됴(烏鳥)의 ᄌ웅(雌雄): 오조의 자웅. 까마귀의 암수를 구분하기 어렵듯이 사람의 선악 등도 분간하기 어려움을 말함. 『시경』, <정월(正月)>에 다음과 같은 구절이 있음. "산을 일러 낮다고 하나 산등성이도 있고 언덕도 있네. 백성의 와전된 말을 어찌 막지 못하는가. 저 늙은이 불러 꿈을 점치네. 다 자기를 성인이라 하나 까마귀의 암수를 누가 구분하리? 謂山蓋卑, 爲岡爲陵. 民之訛言, 寧莫之懲. 召彼故老, 訊之占夢. 具曰予聖, 誰知烏之雌雄."

226) 츄포(追捕): 추포. 쫓아가 잡음.

쇼 샹셰(尙書ㅣ) 녀♀(女兒)의 신셰(身世) 계활(契闊)227)을 판단(判斷)228)ᄒᆞ믈 슬허ᄒᆞ나 샹명(上命)이 임의 녀♀(女兒)로써 니가(李家)의 졀의(絶義)ᄒᆞ여 남챵부(南昌府)의 찬젹(竄謫)229)ᄒᆞ라 ᄒᆞ시고 슈일(數日)230) 치ᄒᆡᆼ(治行)ᄒᆞ라 ᄒᆞ시니 어딘 가지록 ᄒᆞ리오. 태부인(太夫人)과 댱 부인(夫人)이 과도(過度)히 슬허 비톄(悲涕)231) ᄒᆡᆼ뉴(行流)ᄒᆞ믈 마지아니ᄒᆞ니 샹셰(尙書ㅣ) 쳔만비회(千萬悲懷)를 관억(寬抑)232)ᄒᆞ여 ᄌᆞ부인(慈夫人)을 지삼(再三) 위안(慰安)ᄒᆞ며 ♀ᄌᆞ(兒子)를 명(命)ᄒᆞ여 니(李) 샹부(相府)의게 가 노태ᄉᆞ(老太師)와 승샹(丞相) 곤계(昆季)233)긔 비현(拜見)ᄒᆞ고 매ᄌᆞ(妹子)를 다려가믈 고(告)ᄒᆞ니 니(李) 승샹(丞相) 부ᄌᆡ(父子ㅣ) 다만 탄식(歎息)ᄒᆞ고 쇼져(小姐)의 도라가기를 명(命)ᄒᆞ니, ᄎᆞ시(此時) 쇼 쇼졔(小姐ㅣ) 화관옥픽(花冠玉佩)234)를 그르고 비실(卑室)의 ᄂᆞ려 죄(罪)를 기다리더니 이의 존명(尊命)을 이어 존당(尊堂)의 ᄂᆞ아가 하직(下直)

홀시 존당(尊堂) 구괴(舅姑ㅣ) 쇼져(小姐)의 슈용쳑안(愁容慼顔)235)

---

227) 계활(契闊): 살림을 할 대책이나 방법을 꾀하여 살아 나감.
228) 판단(判斷): 완전히 끊김.
229) 찬젹(竄謫): 찬적. 멀리 귀양 보내어 벌을 줌.
230) 슈일(數日): 수일. 수일 내. 빨리.
231) 비톄(悲涕): 비체. 슬피 흘리는 눈물.
232) 관억(寬抑): 너그러이 억제함.
233) 곤계(昆季): 형제.
234) 화관옥픽(花冠玉佩): 화관옥패. 화관은 봉관(鳳冠)으로, 봉관은 봉을 장식한 예관(禮冠). 옥패는 옥으로 만든 패물.
235) 슈용쳑안(愁容慼顔): 수용척안. 근심스러운 얼굴.

을 보미 이런(哀憐) ᄒ믈 이긔지 못ᄒ여 진 부인(夫人)이 옥슈(玉手)
를 어ᄅ만져 ᄌ삼(再三) 방신(芳身)을 보듕(保重)ᄒ여 타일(他日) 다
시 맛기를 긔약(期約)ᄒ고 승상(丞相)은 츄연(惆然) 왈(曰),

"ᄋ부(阿婦)의 슉덕현ᄒᆡᆼ(淑德賢行)236)은 당셰(當世) 슉인션ᄉ(淑人
善士)237)의 붓그럽지 아니ᄒ거늘 어ᄂ 곳 유심(有心)ᄒᆫ 간인(奸人)이
현부(賢婦)의 방신(芳身)을 모함(謀陷)ᄒ미 이의 밋츠니 엇지 분한(忿
恨)치 아니리오? 간당(奸黨)이 반ᄃ시 먼니 잇지 아냐 오가(吾家)의 은
복(隱伏)238)ᄒᆫ ᄃᆺᄒᄃᆡ 노뷔(老夫ㅣ) 블명(不明)ᄒ여 능(能)히 슈악239)
(首惡)240)의 단셔(端緒)를 굴히잡지241) 못ᄒ고 현부(賢婦)의 빙옥방신
(氷玉芳身)242)의 ᄎ악(嗟愕)ᄒᆫ 누명(陋名)243)을 시러 이 ᄒᆡᆼ도(行道)를
짓게 ᄒ니 엇지 한(恨)홉244)지 아니리오? 슈연(雖然)이나 현부(賢婦)ᄂ
방신(芳身)을 보듕(保重)ᄒ여 타일(他日) 신셜(伸雪)245)을 기다

26면

리라."

졍 부인(夫人)이 츄연(惆然) 하루(下淚) 왈(曰),

---

236) 슉덕현ᄒᆡᆼ(淑德賢行): 슉덕현행. 맑은 덕과 어진 행실.
237) 슉인션ᄉ(淑人善士): 슉인선사. 착한 여자.
238) 은복(隱伏): 몰래 숨음.
239) 악: [교] 원문에는 '방'으로 되어 있으나 오기로 보임
240) 슈악(首惡): 수악. 악당의 우두머리.
241) 굴히잡지: 가리지.
242) 빙옥방신(氷玉芳身): 얼음과 옥처럼 깨끗하고 아름다운 몸.
243) 누명(陋名): 더러운 이름.
244) 홉: [교] 원문에는 '홈'으로 되어 있으나 오기로 보임.
245) 신셜(伸雪): 신설. 가슴에 맺힌 원한을 풀어 버리고 창피스러운 일을 씻어 버림.

"금일(今日) 현뷔(賢婦ㅣ) 원니(遠離)[246]호미 도라올 지쇽(遲速)[247]
이 묘연(杳然)커늘 무모(無母)호 셩문 형데(兄弟)[248]의 고고(孤孤)호
거동(擧動)을 추마 어이 보리오?"

쇼제(小姐ㅣ) 존당(尊堂) 구고(舅姑)의 셩은(盛恩)을 감츅(感祝)[249]
호여 역시(亦是) 월아(月蛾)[250]의 슈운(愁雲)이 만쳡(萬疊)호고 셩안
(星眼)의 이뉘(哀淚ㅣ) 방타(滂沱)[251]호여 옥슈(玉手)로 쳥누(淸淚)롤
영엄(領掩)[252]호고 피셕(避席) 쳥죄(請罪) 왈(曰),

"쇼쳡(小妾)이 블쵸(不肖) 무샹(無狀)호와 지신(持身)[253]을 잘못호
옵고 하비(下輩)의 인심(人心)을 일흔 고(故)로 쳔고(千古)의 희한
(稀罕)호 악명(惡名)과 누힝(陋行)을 신샹(身上)의 시러 비록 강한
(江漢)의 탁(濯)하고 츄양(秋陽)의 폭(暴)호오나[254] 변빅(辨白)[255]홀
길이 업숩거늘 존당(尊堂) 구고(舅姑)의 셩심(誠心) 신명(神明)호샤

---

246) 원니(遠離): 원리. 멀리 헤어짐.

247) 지쇽(遲速): 지속. 더딤과 빠름.

248) 셩문 형데(兄弟): 성문 형제. 첫째아들 성문과 둘째아들 영문을 이름. 이 부분부터
성문과 영문의 형제 순서가 고정되어 나옴.

249) 감츅(感祝): 감축. 받은 은혜에 대하여 매우 고맙게 여김.

250) 월아(月蛾): 초승달과 누에나방 같은 눈썹.

251) 방타(滂沱): 많은 눈물이 뚝뚝 떨어짐.

252) 영엄(領掩): 가림.

253) 지신(持身): 몸가짐.

254) 강한(江漢)의~폭(暴)호오나: 강한의 탁하고 추양의 폭하오나. 장강(長江)과 한수(漢
水)에 씻고, 가을 햇볕에 드러내오나. 『맹자(孟子)』, 「등문공(滕文公) 상(上)」에 나오
는 말인바, 원래 문맥에서는 공자의 덕이 큰 것을 비유하는 말로 쓰임. 즉, 공자(孔
子)가 죽은 후 자하(子夏) 등 공자의 제자들이 유약(有若)이 공자를 닮았으므로 공
자를 섬기듯 유약을 섬기자 하고 증자(曾子)에게도 이를 요구하자, 증자가 그러면
안 된다 하고 "장강과 한수가 씻어 주고, 가을 햇볕이 내려쬐는 듯이 공자의 크고
큰 덕은 견줄 수가 없다. 江漢以濯之, 秋陽以暴之, 皓皓乎, 不可尙已"라 말함. 여기
에서는 장강과 한수, 가을 햇볕이 소월혜의 억울함을 하소연하기 위한 소재로 쓰임.

255) 변빅(辨白): 변백. 옳고 그름을 가리어 사리를 밝힘.

미 복분(覆盆)[256]의 원(怨)을 신셜(伸雪)[257]ㅎ시니 블쵸(不肖) 쇼쳡(小妾)이 셕싀(夕死])나 무한(無恨)[258]이로쇼이다. 일누잔쳔(一縷殘喘)[259]이 귀신(鬼神)이 쥭이디[260] 아닌 젼(前)은 스

‥‥

27면

수로 지연(遲延)ㅎ여 다시 존하(尊下)의 앙비(仰拜)[261]키를 싱각ㅎ리이다."

드듸여 하직(下直)ㅎ미 존당(尊堂) 구괴(舅姑]) 슬허ㅎ믈 마지아니코 계양 공쥬(公主)와 모든 슉미(叔妹)[262] 면면(綿綿)이 치위(致慰)ㅎ여 니별(離別)을 년년(戀戀)ㅎ더라.

쇼제(小姐]) 냥개(兩個) ᄎ환(叉鬟)[263]으로 거롬을 두루혀 즁당(中堂)의 나와 승교(乘轎)코져 ㅎ더니 믄득 냥ᄌ(兩子)의 유뫼(乳母]) 각각(各各) 쇼ᄋ(小兒)를 안아 니르러 울며 니별(離別)ㅎ니 쇼제(小姐]) 눈을 드러 냥ᄋ(兩兒)를 보고 일영삼탄(一詠三歎)[264]의 옥뉘[265]

---

256) 복분(覆盆): 죄를 뒤집어쓰고 밝히지 못하고 있음.

257) 신셜(伸雪): 신설. 가슴에 맺힌 원한을 풀어 버리고 창피스러운 일을 씻어 버림.

258) 셕싀(夕死])나 무한(無恨): 석사나 무한. 저녁에 죽어도 여한이 없음. 공자가 "아침에 도를 들으면 저녁에 죽어도 좋다. 朝聞道, 夕死可矣."라고 한 말을 변용한 것임. 『논어(論語)』, 「이인(里仁)」.

259) 일누잔쳔(一縷殘喘): 일루잔천. 한 올의 실처럼 오래 가지 못할, 거의 죽게 된 목숨.

260) 이디: [교] 원문에는 '지'로 되어 있으나 문맥을 고려하여 국도본(10:74)을 따름.

261) 앙비(仰拜): 앙배. 우러러 절함.

262) 슉미(叔妹): 숙매. 시누이.

263) ᄎ환(叉鬟): 차환. 주인을 가까이에서 모시는 젊은 계집종.

264) 일영삼탄(一詠三歎): 일영삼탄. 원래 한 번 시를 읊을 때마다 세 번 감탄한다는 뜻으로, 시나 문장의 표현이 잘됨을 칭찬함을 이르는 말이나 여기에서는 자주 탄식함을 이름.

265) 뉘: [교] 원문에는 '저'로 되어 있으나 오기로 보임.

(玉淚ㅣ) 십여(十餘) 쌍(雙)이 의샹(衣裳)의 낭낭(浪浪)266)이 구르러
영문을 나오혀 옥협(玉頰)267)268)의 다히고 셩문을 어르만져 탄식(歎
息) 뉴톄(流涕) 왈(曰),

"여등(汝等) 유이(幼兒ㅣ) 하죄(何罪)리오? 여모(汝母)의 명박궁험
(命薄窮險)269)흔 쇼죄(所造ㅣ)270) 궁극(窮極)ㅎ미로다."

추시(此時), 영문은 싱지뉵칠(生之六七) 삭(朔)의 지각(知覺)이 묘
연(杳然)ㅎ고 셩문은 스(四) 셰(歲)라 총명(聰明)이 비샹(非常)ㅎ여 인

●●●

28면

스동용(人事動容)271)이 범아(凡兒)와 다른지라. 가듕(家中) 샹히(上
下ㅣ) 쇼ᄋ(小兒)의 샹심(傷心)ㅎ미 그 몸이 샹(傷)홀가 념녀(念慮)ㅎ
ᄂ 고(故)로 쇼 부인(夫人) 출화봉변272)(黜禍逢變)273)를 주시 니르지
아냐시나 셩문이 엇지 의심(疑心)치 아니리오. 모부인(母夫人)이 젼
일(前日)은 친당(親堂)의 귀령(歸寧)274)홀 제 봉관옥픠(鳳冠玉佩)275)
룰 굿쵸고 화쟝셩식(華粧盛飾)276)으로 양낭(養娘) 복쳡(僕妾)이 옹위

266) 낭낭(浪浪): 낭랑. 눈물이 거침없이 흐름.
267) 옥협: [교] 원문에는 '유합'으로 되어 있으나 오기로 보임.
268) 옥협(玉頰): 미인의 볼.
269) 명박궁험(命薄窮險): 운명이 기박하고 험함.
270) 쇼죄(所造ㅣ): 소조. 만들어진 바.
271) 인스동용(人事動容): 인사동용. 행동, 용모를 통틀어 이르는 말.
272) 출화봉변: [교] 원문에는 '출변봉화'로 되어 있으나 오기로 보이므로 국도본(10:75)을 따름.
273) 출화봉변(黜禍逢變): 출화봉변. 내쫓기는 화액을 당함.
274) 귀령(歸寧): 귀녕. 친정에 가서 아버지를 뵘.
275) 봉관옥픠(鳳冠玉佩): 봉관옥패. 봉관은 봉황 모양으로 장식한 예관(禮冠)이고 옥패
　　는 옥으로 만들어 차던 패물임.
276) 화쟝셩식(華粧盛飾): 화장성식. 화려하게 치장하고 성대하게 꾸밈.

(擁衛)277)ㅎ여 가는 양(樣)을 눈 닉게 보왓거늘 금일(今日) 도라가는 경식(景色)은 젼쟈(前者)와 달나 크게 고이(怪異)ㅎ지라. 셩문이 믄득 의심(疑心)ㅎ여 모부인(母夫人) 옥슈(玉手)를 붓들고 셩안(星眼)을 우러러 고(告)ㅎ여 왈(曰),

"즈위(慈闈) 젼일(前日)은 귀령(歸寧)ㅎ실 졔 이러치 아니ㅎ더니 금일(今日)은 엇지 힝식(行色)이 이러텃 쵸솔(草率)278)ㅎ시니잇고? 히 이(孩兒ㅣ) 싱각컨딕 모친(母親)이 반ᄃ시 귀근(歸覲)279)ㅎ시미 아니라 츌거(黜去)ㅎ시는 경식(景色)인가 시브오니 연즉(然則)

<small>◦◦●</small>

29면

도라오실 지쇽(遲速)280)을 졍(定)치 못ㅎ리로쇼이다. 히이(孩兒ㅣ) 엇지 춤아 모친(母親) 회즁(懷中)을 써나 결연(缺然)281)ㅎ고 궁거워282) 엇지 슬이잇고?"

언파(言罷)의 오열(嗚咽)ㅎ여 셩음(聲音)이 녈녈(咽咽)283)ㅎ고 옥 면(玉面)284) 닝모(冷眸)285)의 익뉘(哀淚ㅣ) 삼삼(渗渗)286)ㅎ여 쳥삼(青衫)을 젹시는지라. 부인(夫人)이 갓득 심난(心亂)ㅎ딕 ᄋᆞ즛(兒子)

---

277) 옹위(擁衛): 좌우에서 부축하며 지키고 보호함.
278) 쵸솔(草率): 초솔. 거칠고 엉성하여 볼품이 없음.
279) 귀근(歸覲): 부모를 뵙기 위하여 객지에서 돌아가거나 돌아옴.
280) 지쇽(遲速): 지속. 더딤과 빠름.
281) 결연(缺然): 모자라서 서운하거나 불만족스러움.
282) 궁거워: 속이 비어.
283) 녈녈(咽咽): 열열. 슬퍼서 목이 멤.
284) 옥면(玉面): 옥 같은 얼굴.
285) 닝모(冷眸): 냉모. 맑은 눈동자.
286) 삼삼(渗渗): 눈물이 흘러내리는 모양.

의 슬허ᄒᆞᄆᆞᆯ 보니 더욱 이련(哀憐)ᄒᆞᄆᆞᆯ 이긔지 못ᄒᆞ여 함누(含淚) 탄식(歎息)ᄒᆞ고 쓰다담아 위로(慰勞) 경계(警戒) 왈(曰),

"네 어미 금일(今日) 힝ᄉᆡᆨ(行色)이 고이(怪異)ᄒᆞ나 본(本)딕 무죄(無罪)ᄒᆞ니 반ᄃᆞ시 오릭지 아냐 도라올지라 네 엇지 니별(離別) 지속(遲速) 업다 ᄒᆞᄂᆞ뇨? ᄋᆞ히ᄂᆞᆫ 방심(放心)ᄒᆞ고 싱심(生心)도 구구(區區)287) 쳑비(慽悲)288)ᄒᆞ여 미거(未擧)289)ᄒᆞᆫ 거조(擧措)로써 사ᄅᆞᆷ의 시비(是非)를 취(取)치 말고 존당(尊堂) 좌하(座下)를 쩌ᄂᆞ지 말나. 죠히 잇스라."

셩문이 ᄌᆞ교(慈敎)를 듯고 블승비녈(不勝悲咽)290)ᄒᆞ여 진진(津津)이291) 늣겨 왈(曰),

"텬디지간(天地之間)

●●●

30면

의 인위최딕(人爲最大)ᄒᆞᆷᄂᆞᆫ 오륜(五倫)이 두렷ᄒᆞ미라. 금슈(禽獸)도 그 어미 즁(重)ᄒᆞᄆᆞᆯ 알거든 히ᄋᆡ(孩兒ㅣ) 비록 어리나 엇지 모ᄌᆞ(母子) 텬뉸(天倫)의 유유(幽幽)292)ᄒᆞᆫ 졍니(情理)293)를 아지 못하리잇고? 결연(決然)이 ᄌᆞ위(慈闈) 힝ᄉᆡᆨ(行色)이 귀령(歸寧)과 다릭시니 ᄋᆞ히 니슬지졍(離膝之情)294)이 엇지 슬프지 아니ᄒᆞ리잇고?"

---

287) 구구(區區): 구구함. 졸렬함.

288) 쳑비(慽悲): 척비. 근심스럽고 슬픔.

289) 미거(未擧): 철이 없고 사리에 어두움.

290) 블승비녈(不勝悲咽): 불승비열. 슬퍼 오열함을 이기지 못함.

291) 진진(津津)이: 매우 많이.

292) 유유(幽幽): 그윽함.

293) 졍니(情理): 정리. 인정과 도리.

294) 니슬지졍(離膝之情): 이슬지정. 슬하를 떠나는 정.

셜파(說罷)의 실셩엄읍295)(失聲掩泣)296)ᄒ니 쇼졔(小姐ㅣ) 비록 텬셩(天性)이 담연(淡然)297) 무욕(無欲)298)ᄒ여 셰ᄉ(世事)를 아지 못ᄒᄂᆫ 듯ᄒ나 모ᄌ(母子) 텬셩(天性)은 인쇼난닌(人所難忍)299)이라. ᄌ개(自家ㅣ) 빙옥방신(氷玉芳身)의 익미혼 누명(陋名)을 시러 구가(舅家)의 츌부(黜婦) 되고 남챵(南昌) 슈쳔(數千) 니(里)의 젹긱(謫客)300)이 되니 진실(眞實)301)노 니문(李門)의 도라올 지속(遲速)이 망단(望斷)302)혼지라. 히ᄋ(孩兒)의 이ᄀᆞᆾ치 샹도(傷悼)303)ᄒᄆᆯ 보니 엇지 슬프지 아니리오. 히엄304)업시 냥졍(兩睛)305) 츄파(秋波)의 쥬뉘(珠淚ㅣ) 삼삼(滲滲)ᄒ여 냥구(良久) 쵸챵(怊悵)306)이러니 반향(半晌)이 지ᄂᆞ 후(後) 늘호

31면

여 녕ᄋ(-兒)를 안아 유모(乳母)를 ᄆᆺ지고 셩문을 경계(警戒) 니별(離別)ᄒᄆᆡ 가연이307) 승교(乘轎)ᄒ여 도라가니 문이 모부인(母夫人) 교

---

295) 읍: [교] 원문에는 '음'으로 되어 있으나 오기로 보임.

296) 실셩엄읍(失聲掩泣): 실셩엄읍. 목이 쉬어 소리를 내지 못할 정도로 눈물을 흘림.

297) 담연(淡然): 맑은 모양.

298) 무욕(無欲): 욕심이 없음.

299) 인쇼난닌(人所難忍): 인소난인. 사람의 힘으로 참기 어려움.

300) 젹긱(謫客): 적객. 귀양살이하는 사람을 점잖게 이르는 말.

301) 실: [교] 원문에는 '질'로 되어 있으나 오기로 보임.

302) 망단(望斷): 바람이 끊김.

303) 샹도(傷悼): 상도. 마음이 아프도록 몹시 슬퍼함.

304) 히엄: 끝

305) 냥졍(兩睛): 양정. 두 눈동자.

306) 쵸챵(怊悵): 초창. 한탄스러우며 슬픔.

307) 가연이: 선뜻.

ᄌᆞ(轎子)를 ᄇᆞ라 실셩뉴톄(失聲流涕)ᄒᆞ더라.

ᄎᆞ셜(且說). 쇼 한님(翰林)이 미ᄌᆞ(妹子)로 더브러 본부(本府)의 도
라오니 틱부인(太夫人)과 댱 부인(夫人)이 신을 벗고 마죠 나와 교문
(轎門)을 열고 쇼져(小姐)의 옥슈(玉手)를 잡아 오열(嗚咽)ᄒᆞ여 말을
못 ᄒᆞ니 쇼졔(小姐 ㅣ) 역시(亦是) 됴모(祖母)와 ᄌᆞ부인(慈夫人) 숀을
밧드러 오열톄읍(嗚咽涕泣)ᄒᆞ여 말을 못 ᄒᆞᄂᆞ지라. 쇼 공(公)이 녀ᄋᆞ
(女兒)의 쳥의(靑衣) 가온듸 완연(宛然)ᄒᆞᆫ 죄인(罪人)의 복식(服色)이
어늘 운환(雲鬟)308)이 어ᄌᆞ러워 쌍익(雙蛾 ㅣ)309) 쳑쳑(慼慼)310)ᄒᆞ고
화용(花容)이 쵸최(憔悴)ᄒᆞ여 ᄆᆞᆰ은 눈믈이 화싀(花腮)311)의 년낙(連
落)ᄒᆞ니 가련(可憐)ᄒᆞᆫ 방용(芳容)이 근심ᄒᆞᄂᆞ 가온듸 더옥 빗ᄂᆞ니 샹
셔(尙書 ㅣ) 앗기고 슬허 간담(肝膽)이 쓷ᄂᆞ 듯ᄒᆞ나 ᄌᆞ부인(慈夫人)
과쳑(過慽)312)ᄒᆞ시믈 민망(憫惘)ᄒᆞ여 ᄌᆡ삼(再三) 관위(寬慰)

•••

32면

ᄒᆞ고 승당(升堂)ᄒᆞ민 노 부인(夫人)이 숀녀(孫女)의 옥슈(玉手)를 줍
고 뉴톄(流涕) 왈(曰),

"미망여싱(未亡餘生)313)이 완명314)(頑命)315)이 모질어 지리(支離)

---

308) 운환(雲鬟): 여자의 탐스러운 쪽 찐 머리.
309) 쌍익(雙蛾 ㅣ): 쌍아. 미인의 고운 양쪽 눈썹.
310) 쳑쳑(慼慼): 척척. 근심하는 빛이 있음.
311) 화싀(花腮): 화시. 꽃 같은 뺨.
312) 과쳑(過慽): 과척. 지나치게 슬퍼함.
313) 미망여싱(未亡餘生): 미망여생. 죽지 않고 살아 있는 인생.
314) 명: [교] 원문에는 '젼'으로 되어 있으나 오기로 보임.
315) 완명(頑命): 죽지 않고 모질게 살아 있는 목숨.

히 스라다가 오늘놀 희한(稀罕)흔 역경(逆境)316)을 볼 쥴 아르시리오?
월혜야! 네 심규(深閨) 아녀즈(兒女子)오, 노모(老母)의 쟝니보옥(掌裏
寶玉)317)이라. 졀히이역(絶海異域)318)의 츤츌(竄黜)319)은 셩쟝(成長)
남즈(男子)의 힝도(行途)라도 극난(極難)커늘 오으(吾兒)의 심규(深閨)
약질(弱質)노 남챵(南昌) 누쳔(累千)320) 니(里)의 엇지 발셥(跋涉)321)
흐며 쏘 엇지 연연(軟娟)322) 으녀지(兒女子ㅣ) 남황(南荒)323)의 고쵸
(苦楚)와 쟝녀(瘴癘)324)의 괴로오믈 감심(甘心)흐리오. 일노죠츠 늬
으히 옥골방신(玉骨芳身)325)이 보젼(保全)키를 바라리오?"

댱 부인(夫人)이 흔추 여으(女兒)의 옥슈(玉手)를 잡고 향싀
(香腮)326)를 교졉(交接)흐여 쳥뉘(淸淚ㅣ) 환난(汎瀾)327)흐니 므
슴 말이 이시리오. 쇼 샹셰(尙書ㅣ) 역시(亦是) 츠경(此景)을 보
미 영웅(英雄)의 쳔균지심(千鈞之心)328)이나 엇지 쵸슈(楚囚)329)

---

316) 역경(逆境): 일이 순조롭지 않아 매우 어렵게 된 처지나 환경.
317) 쟝니보옥(掌裏寶玉): 장리보옥. 손안에 있는 보배와 옥이라는 뜻으로, 아주 소중한
   것을 비유하는 말.
318) 졀히이역(絶海異域): 절해이역. 아주 멀리 떨어져 있는 땅.
319) 츤츌(竄黜): 찬출. 벼슬을 빼앗고 귀양을 보냄.
320) 누쳔(累千): 누천. 여러 천, 또는 많은 수.
321) 발셥(跋涉): 발섭. 산을 넘고 물을 건너 길을 감.
322) 연연(軟娟): 가냘프고 약함.
323) 남황(南荒): 남쪽의 황폐한 곳.
324) 쟝녀(瘴癘): 장려. 기후가 덥고 습한 지방에서 생기는 유행성 열병이나 학질.
325) 옥골방신(玉骨芳身): 옥같이 깨끗하고 아름다운 몸.
326) 향싀(香腮): 향시. 향기로운 뺨이라는 뜻으로 여인의 아름다운 뺨을 이르는 말.
327) 환난(汎瀾): 환란. 눈물이 물결처럼 흐름.
328) 쳔균지심(千鈞之心): 천균지심. 매우 진중한 마음. '균'은 예전에 쓰던 무게의 단위
   로, 1균은 30근임.
329) 쵸슈(楚囚): 초수. 포로로 잡힌 초(楚)나라 사람으로 역경에 빠져 어찌할 수 없는
   사람을 비유적으로 이르는 말.

의 셜셜(屑屑)³³⁰⁾훈 눈믈 나믈 면(免)ᄒ리오 가월쌍궁미(佳月雙宮眉)³³¹⁾의

• • •

33면

슈운(愁雲)³³²⁾이 뫼ᄌ치 니러ᄂ고 츄파(秋波) 쌍셩(雙星)의 항뉘(行淚ㅣ) 년낙(連落)ᄒ니 쇼슈(疎袖)³³³⁾로 녕엄(領掩)³³⁴⁾ᄒ나 밋지 못ᄒᄂ지라. 쇼졔(小姐ㅣ) 왕모(王母)³³⁵⁾와 부모(父母)의 니러틋 과샹(過傷)ᄒ시믈 보미 도로혀 블효(不孝)를 늣겨 스스로 이누(哀淚)를 거두고 ᄂ죽이 위로(慰勞)ᄒ여 ᄀ오디,

"이ᄂ 다 블효아(不肖兒)의 운익(運厄)이 긔구(崎嶇)ᄒ오미라. ᄉ시(事事ㅣ)³³⁶⁾ 텬얘(天也ㅣ), 명얘(命也ㅣ)니 져근 일도 운쉬(運數ㅣ)라. 블효ᄋ(不肖兒)ᄂ 만시(萬事ㅣ) 다 유수(有數)³³⁷⁾ᄒ믈 혜아려 젹니(謫離)³³⁸⁾ 고쵸(苦楚)를 쥭(足)히 슬허ᄒ리잇고? 다만 죤당(尊堂) 구고(舅姑)의 양츈혜틱(陽春惠澤)³³⁹⁾과 우리 왕모(王母)와 부모(父

---

330) 셜셜(屑屑): 설설. 자질구레하게 부스러지거나 보잘것없이 됨.
331) 가월쌍궁미(佳月雙宮眉): 가월쌍궁미. 궁미(宮眉)는 부녀들이 궁중에서 유행하는 양식을 모방하여 그린 눈썹을 뜻하는바, 가월쌍궁미(佳月雙宮眉)는 미인의 눈썹을 비유적으로 이르는 말이나 여기에서는 남자인 소 상서를 가리킴. 가월쌍미(佳月雙眉).
332) 슈운(愁雲): 수운. 수심이 가득한 기색.
333) 쇼슈(疎袖): 소수. 거친 소매.
334) 녕엄(領掩): 영엄. 가림.
335) 왕모(王母): 할머니.
336) ᄉ시(事事ㅣ): 사사. 이 일 저 일이라는 뜻으로, 모든 일을 이르는 말.
337) 유수(有數): 운수에 달려 있음.
338) 젹니(謫離): 적리. 귀양을 가게 되어 이별함.
339) 양츈혜틱(陽春惠澤): 양춘혜택. 봄볕과 같이 따스한 은혜.

母)의 별뉸지즈(別倫之慈)340)로써 불341)회(不孝ㅣ) 비경(非輕)ᄒ믈
슬허홀 분이로쇼이다. 복원(伏願)342) 왕모(王母)와 부모(父母)는 그
ᄉ이 회환지쇽(回還遲速)343)이 아득ᄒ니 블쵸(不肖)를 싱각지 마ᄅ
시고 기리 령슌(寧順) 안강(安康)ᄒ시믈 원(願)ᄒᄂ이다."
　댱 부인(夫人)이 읍

• • •

34면

톄여우(泣涕如雨)344)ᄒ여 말을 못 ᄒ고 샹셔(尚書ㅣ) 쟝탄(長歎) 왈(曰),
　"내 ᄋ히 식견(識見)이 ᄌ못 명달(明達)ᄒ니 혼용(昏庸)ᄒᆫ 노뷔(老
父ㅣ) 밋지 못ᄒ리로다. 오ᄋ(吾兒)ᄂ 다만 효의(孝義)를 완젼(完全)
코져 ᄒ거든 젹쇼(謫所)의 도라가ᄂ 가지록 유톄(遺體)를 ᄉ랑ᄒ여
위난(危難)345)ᄒ 가온ᄃᆡ 보젼(保全)ᄒ올 도리(道理)를 싱각ᄒ여 고인
(古人)의 명쳘보신(明哲保身)346)키를 효측(效則)ᄒ고 타일(他日) 은
복(隱伏)347)ᄒᆫ 간인(奸人)이 ᄌ멸(自滅)ᄒ기를 기ᄃᆞ려 풍운(風雲)의
길시(吉時)를 만ᄂ미 졔향(帝鄉)348)의 도라와 부모(父母) 동긔(同氣)
단회(團會)349)ᄒ기를 싱각ᄒ라."

---

340) 별뉸지즈(別倫之慈): 별륜지자. 각별한 자애.
341) 불: [교] 원문에는 '부'로 되어 있으나 오기로 보임.
342) 복원(伏願): 엎드려 원한다는 뜻으로 상대방을 높이어 공손하게 원함을 뜻함.
343) 회환지쇽(回還遲速): 회환지속. 돌아올 기약.
344) 읍톄여우(泣涕如雨): 읍체여우. 눈물이 비처럼 흐름.
345) 위난(危難): 위험한 재난.
346) 명쳘보신(明哲保身): 명철보신. 현명하게 몸을 보존함.
347) 은복(隱伏): 몸을 엎드려 숨음.
348) 졔향(帝鄉): 제향. 황제가 있는 곳, 즉 수도를 이르는 말.
349) 단회(團會): 단란하게 모두 모임.

쇼졔(小姐 ㅣ) 기리 탄식(歎息) 슈명(受命)ᄒ고 됴숀(祖孫) 모ᄌ(母子)와 부녀(父女) 형미(兄妹) 흔 당(堂) 모두 니회(離懷)350) 탐탐351)ᄒ고 별뉘(別淚 ㅣ)352) 분분(紛紛)ᄒ니 슈거셔(數車書)353)의 긔록(記錄)기 어렵더라.

ᄎ시(此時), 뉴 형뷔(刑部 ㅣ) 샹명(上命)을 밧ᄌ와 쇼 시(氏)의 모든 시녀(侍女)를 다 방셕(放釋)ᄒ니 졔녜(諸女 ㅣ) 다 듕형(重刑)을

닙어 능(能)히 긔거(起居)354)를 임의(任意)치 못ᄒ니 아문(衙門) 밧글 나며 인ᄉ(人事)를 슈습(收拾)지 못ᄒ더라. 홍아, 벽난, 경쇼는 오히려 샹355)톄(傷處 ㅣ) 대단치 아닌 고(故)로 막ᄃᆡ를 의지(依持)ᄒ여 도라오ᄃᆡ 운아는 처음븟허 혹형(酷刑)을 바듯는 고(故)로 반싱반ᄉ(半生半死)356)ᄒ여 능(能)히 것지 못ᄒ니 이의 츼여(輜輿)357)의 시러 바로 쇼부(-府)로 도라가ᄃᆡ 난민는 옥문(獄門)을 나며 보지 못ᄒ리러라. 난민는 바로 옥난의 아비 송션의 집으로 가돗더라.

홍벽 등(等)이 쇼부(-府)의 도라가 쇼져(小姐)긔 빅알(拜謁)ᄒ고 눈믈을 흘니며 관부(官府)의 가 ᄒ던 슈말(首末)을 고(告)ᄒ니 좌위(左

---

350) 니회(離懷): 이회. 이별하는 회포.

351) 탐탐: 가득함.

352) 별뉘(別淚 ㅣ): 별루. 이별할 때 슬퍼서 흘리는 눈물.

353) 슈거셔(數車書): 수거서. 몇 수레의 책.

354) 긔거(起居): 기거. 몸을 뜻대로 움직이며 생활함.

355) 샹: [교] 원문에는 '형'으로 되어 있으나 문맥을 고려하여 국도본(10:80)을 따름.

356) 반싱반ᄉ(半生半死): 반생반사. 거의 죽게 됨.

357) 츼여(輜輿): 치여. 짐수레.

右ㅣ) 난미의 블튱(不忠)ᄒ믈 아니 통히(痛駭)ᄒ리 업고 아문(衙門)
을 느며 간 듸 업다 ᄒ니 반드시 샹부(相府)로 근가 ᄒ여 샹셰(尙書ㅣ)
난미를 ᄎᄌ 죽이고져 ᄒ거늘 쇼제(小姐ㅣ)

●●●

36면

간왈(諫曰),

"간인(奸人)의 계괴(計巧ㅣ) 궁극(窮極)ᄒ오니 반드시 니부(李府)
의도 가지 아냐실 ᄃᆺᄒ오니 야얘(爺爺ㅣ) 셜ᄉ(設使) 줍으려 ᄒ시나
ᄎᆺ지 못ᄒ실 거시오, 셜혹(設或) 제집의 가시나 난미는 곳 니부(李
府) 청의(靑衣)358)라 다만 구고(舅姑)의 쳐치(處置)를 보실 ᄯ름이니
즈레 난미를 구ᄉᆨ(求索)359)ᄒ시미 이후(以後) 더옥 히ᄋ(孩兒)의 신
원(伸寃)360)의 길흘 ᄭᆮᄎ미니이다."

샹셰(尙書ㅣ) 녀ᄋ(女兒)의 명논(明論)을 올히 너겨 드듸여 미의
ᄌ최를 뭇지 아니ᄒ다.

홍벽, 경쇼는 쇼제(小姐ㅣ) 다려가려 ᄒᆞᆫᄂ 고(故)로 ᄒᆞᆫ가지로 힝쟝
(行裝)을 출히며 일변(一邊) 샹쳐(傷處)를 죠리(調理)ᄒ게 ᄒ고 운아
는 샹체(傷處ㅣ) 줌(重)ᄒ니 두고 가기를 명(定)ᄒᆞᆫ지라 운이 다토와
가ᄃᆞ가 줌노(中路)의셔 죽을지언정 뫼셔 ᄯᆞ로오기를 원(願)ᄒ니 쇼제
(小姐ㅣ) 죠용이 개유(開諭)ᄒ여 머므르고 골오듸,

"너는 튱

---

358) 청의(靑衣): 청의. 푸른 옷이란 뜻이나 주로 천한 사람들이 입던 옷이 푸른색이었
던 데 기인하여 천한 사람이나 평복을 뜻함.

359) 구ᄉᆨ(求索): 구색. 찾음.

360) 신원(伸寃): 원통한 일을 풂.

근(忠勤)361)혼 비지(婢子ㅣ)라. 비록 형벌(刑罰)을 밧지 아냐도 늬 본 (本)듸 다려갈 쯧이 업노니 쟝쳐(杖處)룰 힘써 됴리(調理)호여 니부 (李府)의 노아가 냥(兩) 공조(公子)룰 보호(保護)호여 위틱(危殆)호미 업게 혼죽 이 또 너의 공(功)이 젹지 아니호리라."

드듸여 일(一) 봉셔(封書)룰 쥬어 왈(曰),

"네 이 글을 깁히 간슈362)호엿다가 나의 도라올 쩍룰 뎡(定)치 못 호노니 타일(他日) 쇼공지(小公子ㅣ) 조라 져기 인슨(人事)룰 알 만 호거든 이 글을 젼(傳)호라."

운이 부인(夫人)의 명셩지교(明誠之敎)363)룰 감오(感悟)호여 지빅 (再拜) 슈명(受命)호더라.

초시(此時), 니(李) 샹부(相府)의셔 쇼 쇼져(小姐)의 노쥬(奴主 ㅣ)364) 본부(本府)의 도라가니 존당(尊堂)이 안젼(眼前)365) 긔화(奇 貨)366)룰 일흔 둣호고 슉당조미(叔堂姉妹)367) 다 그 지용혜질(才容 慧質)368)을 앗겨 아니 슬허호리 업논지라. 틱시(太師ㅣ) 셔조(庶子) 문셩을 명(命)호여 쇼 시(氏)룰 다려 남챵부(南昌府)의 안둔(安屯)369)

---

361) 튱근(忠勤): 충근. 충성스럽고 부지런함.

362) 간슨: 간사. 건사하거나 간수함.

363) 명셩지교(明誠之敎): 명성지교. 신명하고 정성어린 가르침.

364) 노쥬(奴主ㅣ): 노주. 종과 상전.

365) 안젼(眼前): 안전. 눈앞.

366) 긔화(奇貨): 기화. 진기한 보물이나 보배.

367) 슉당조미(叔堂姉妹): 숙당자매. 숙부와 시누이.

368) 지용혜질(才容慧質): 재용혜질. 재주 있는 모습과 슬기로운 자질.

369) 안둔(安屯): 사물이나 주변 따위가 잘 정돈됨. 또는 그렇게 되게 함. 안돈(安頓).

호고 인(因)호여 머므

러 반드시 오르지 아냐 은샤(恩赦)[370]롤 만늘 거시니 흔가지로 도
로 오라 호니 문셩이 비샤(拜謝) 슈명(受命)호고 믈너느다. 기모(其母)
쥬 시(氏) 힝쟝(行裝)을 츠려 죠곰도 니별(離別)을 슬허 아니호더라.

어수(御使)는 심시(心思ㅣ) 울울(鬱鬱)[371]호여 셔당(書堂)의 드러
쇼 시(氏)의 도라가는 것도 보지 아녓더니 눗문안(-問安)을 당(當)호
여 죤당(尊堂)의 드러가니 남좌녀위(男左女右ㅣ) 셩녈(成列)[372]호여
시나 쇼 시(氏)의 즈최 뵈여시미 죤당(尊堂)이 츄연(惆然) 블낙(不樂)
호더니 쇼뷔(少傅ㅣ) 믄득 어수(御使)다려 왈(曰),

"쇼질부(-姪婦)의 현덕슉질(賢德淑質)[373]로써 금일(今日) 누명(陋名)
은 진실(眞實)노 츠악(嗟愕)[374]호지라. 셜수(設使) 유과(有過)라도 냥으
(兩兒) 안면(顔面)을 아니 고즈(顧藉)[375]치 못호리니 현질(賢姪)이 가
(可)히 금야(今夜)의 쇼아(-兒)의 느아가 부뷔(夫婦ㅣ) 니별(離別)호라."

어시(御使ㅣ) 유유부딕(唯唯不對)[376]여늘 승샹(丞相)이 믁숑시(黙
送視)[377] 냥구(良久)의 졍싴(正色) 왈(曰),

---

370) 은샤(恩赦): 은사. 사면(赦免).

371) 울울(鬱鬱): 마음이 펴이지 않고 답답함.

372) 셩녈(成列): 성열. 늘어서 있음.

373) 현덕슉질(賢德淑質): 현덕숙질. 어진 덕과 맑은 바탕.

374) 츠악(嗟愕): 차악. 몹시 놀람.

375) 고즈(顧藉): 고자. 돌아보며 아낌.

376) 유유부딕(唯唯不對): 유유부대. "예예" 하기만 하고 대답을 하지 않음.

377) 믁숑시(黙送視): 묵송시. 묵묵히 시선을 보냄.

"혼암(昏暗)[378]흔 탕

지(蕩子ㅣ) 흔ㅈ 호식(好色)홀 쥴만 아ᄂ니 엇지 현쳐(賢妻)의 옥(玉)
의 틔 업ᄉ믈 엇지 아ᄅ 부부유의(夫婦有義)를 츌히고져 ᄒ리오? 아
은 무익지셜(無益之說)[379]을 일ᄏ지 말나."

셜파(說罷)의 안싴(顔色)이 엄듕(嚴重)ᄒ니 어시(御使ㅣ) 블승황공
(不勝惶恐)ᄒ여 져두복슈(低頭伏首)[380]ᄒ고 감(敢)히 일언(一言)도
못 ᄒ니 무평[381]빅과 쇼뷔(少傅ㅣ) 승샹(丞相)을 권(勸)ᄒ여 질ᄋ(姪
兒)의 허믈을 샤(赦)ᄒ고 쇼부(-府)의 가게 ᄒ시믈 히유(解諭)ᄒ니
(李) 승샹(丞相)이 익노(益怒)ᄒ여 바야흐로 어ᄉ(御使)를 명(命)ᄒ여
금야(今夜)의 쇼부(-府)의 가 혈슉(歇宿)[382]ᄒ고 쇼 시(氏)로 니별(離
別)ᄒ라 ᄒ니 어시(御使ㅣ) 블열(不悅)ᄒ나 감(敢)히 거역(拒逆)지 못
ᄒ고 셕양(夕陽)을 씌여 쇼아(-衙)의 니ᄅ러,

바로 내당(內堂)의 쳥알(請謁)[383]ᄒ니 태부인(太夫人)과 샹셔(尙
書) 부뷔(夫婦ㅣ) 다 흔 당(堂)의 모혀 쇼져(小姐)를 니별(離別)ᄒ노
라 비ᄉ고언(悲辭苦言)[384]이 분분(紛紛)ᄒ고 별뉘(別淚ㅣ) 황황(遑
遑)ᄒ여 ᄉ

---

378) 혼암(昏暗): 어리석고 못나서 일에 어두움.

379) 무익지셜(無益之說): 무익지설. 이롭지 않은 말.

380) 져두복슈(低頭伏首): 저두복수. 머리를 숙임.

381) 평: [교] 원문에는 '령'으로 되어 있으나 앞의 예를 따라 이와 같이 수정함.

382) 혈슉(歇宿): 헐숙. 어떤 곳에 대어 쉬고 묵음.

383) 쳥알(請謁): 청알. 뵙기를 청함.

384) 비ᄉ고언(悲辭苦言): 비사고언. 슬픈 말과 괴로운 말.

40면

에(辭語 l) 쳔셔만권385)(千書萬卷)386)의 긔록(記錄)기 어렵더니 니
(李) 어싀(御使 l) 니르믈 보고 샹셔(尙書)는 기리 탄식(歎息)ㅎ고 노
부인(夫人)과 댱 부인(夫人)은 누쉬(淚水 l) 방방(滂滂)387)ㅎ여 어ᄉ
(御使)룰 디(對)ㅎ미 뉴톄(流涕) 왈(曰),

"블쵸녜(不肖女 l) 블혜누질(不慧陋質)388)노 외람(猥濫)이 군ᄌ(君
子)의 빈번(嬪番)389)을 쇼임(所任)ㅎ미 현셔(賢壻)의 린봉(麟鳳)390)
ᄀᆺᄐᆫ 직질(才質)을 감당(堪當)ㅎᆯ 복(福)이 업셔 쇼쟝(訴狀)391)의 풍픠
(風波 l) 평디(平地)의 니러나 녀ᄌᆡ(女子 l) 쳑신(隻身)으로 쳔(千)
니(里) 젹ᄒᆡᆼ(謫行)을 일우게 되니 엇지 슬프지 아니리오? 슈연(雖然)
이나 유명허실(有名虛實) 간(間) 녀아(女兒)ᄂᆞᆫ 니시(李氏)의 기뷔(棄
婦 l)392)라 ᄒᆞᆫ 번(番) 죤문(尊門)을 하직(下直)ㅎ미 평싱(平生)을 판
단(判斷)393)ㅎ엿ᄂᆞᆫ지라 엇지 군ᄌ(君子)의 신근(愼謹)이 무르시믈 바
라리오? 쳔만념외(千萬念外)의 현셔(賢壻)의 귀개(貴- l)394) 누쳐(陋
處)의 욕림(辱臨)395)ㅎ시니 유심(有心)ㅎ믈 다샤(多謝)ㅎᄂᆞ이다."

---

385) 권: [교] 원문에는 '단'으로 되어 있으나 오기로 보임.
386) 쳔셔만권(千書萬卷): 천서만권. 천 권의 책과 만 권의 책.
387) 방방(滂滂): 눈물 나오는 것이 비 오듯 함.
388) 블혜누질(不慧陋質): 불혜누질. 현명하지 못한 비루한 자질.
389) 빈번(嬪番): 아내의 역할.
390) 린봉(麟鳳): 인봉. 기린과 봉황이라는 뜻으로 진기한 것이나 뛰어난 사람을 이르는 말.
391) 쇼쟝(訴狀): 소장. 고소장. 도어사 조훈이 상소한 일을 이름.
392) 기뷔(棄婦 l): 기부. 버림받은 여자.
393) 판단(判斷): 완전히 단절됨.
394) 귀개(貴- l): 귀가. 귀한 가마.
395) 욕림(辱臨): 왕림. 남이 자기 있는 곳으로 찾아옴을 높여 이르는 말.

어시(御使ㅣ) 블감샤샤(不敢辭謝)396)호고 다른 말솜을 한담(閑談)
호여 늘이 어두

●●●

41면

오미 셕식(夕食)을 혼 당(堂)의셔 파(罷)호고 어슷(御使)로 쇼져(小
姐)의 슷침(私寢)의 인도(引導)호니 쇼졔(小姐ㅣ) 심하(心下)의 괴로
오미 극(極)호여 됴모(祖母)긔 고왈(告曰),

"쇼녜(小女ㅣ) 명일(明日)이면 원힝(遠行)397)호여 도라올 지속(遲
速)398)이 업스오니 왕모(王母)399)룰 시침(侍寢)400)호여 별회(別
懷)401)룰 펴고져 호옵더니 니낭(李郞)이 쏠와 니르오니 엇지 괴롭지
아니리잇고? 원(願)컨딕 죠모(祖母)는 거거(哥哥)402)룰 보닉여 밤을
지닉게 호시고 숀녀(孫女)는 이의 시침(侍寢)호여지이다."

부인(夫人)이 쇼져(小姐)의 심슷(心思)룰 익련(哀憐)403)호여 쇼쳥(所
請)을 좃고져 호더니 싱(生)의 강위(剛威)404)호믈 아는 고(故)로 감(敢)
히 허(許)치 못호고 슷침(私寢)의 부뷔(夫婦ㅣ) 니별(離別)호믈 개유(開
諭)호니 쇼졔(小姐ㅣ) 슬호나 마지못호여 가장 야심(夜深)혼 후(後) 두어
추환(叉鬟)405)으로 침쇼(寢所)의 니르니 어시(御使ㅣ) 졍(正)히 샹(牀)의

---

396) 블감샤샤(不敢辭謝): 불감사사. 감히 사례하는 말을 못 함.
397) 원힝(遠行): 원행. 먼 길을 감.
398) 지속(遲速): 지속. 일찍 돌아올지 늦게 돌아올지 알 수 없는 기약.
399) 왕모(王母): 할머니.
400) 시침(侍寢): 웃어른을 모시고 잠을 잠.
401) 별회(別懷): 별회. 헤어질 때 마음속에 품은 슬픈 회포.
402) 거거(哥哥): 오빠.
403) 애련(哀憐): 애처롭고 가엾게 여김.
404) 강위(剛威): 굳세고 위엄 있음.

빗겨 부인(夫人)이 ᄂᆞ오미 더듸믈 미온(未穩)406)ᄒᆞ더니 이의 니ᄅᆞ

* * *

42면

믈 보고 즘간(暫間) 긔동(起動)407)ᄒᆞ여 마ᄌᆞ 굴오듸,

"부인(夫人)이 명일(明日)이면 원힝(遠行)ᄒᆞ여 환가지속(還家遲速)408)이 업거ᄂᆞᆯ 싱(生)이 부부(夫婦)의 졍(情)으로 일야(一夜) 니별(離別)을 니ᄅᆞ려 왓거ᄂᆞᆯ 엇지 븬 방(房)의 무류(無聊)이 두고 야심(夜深)ᄒᆞ기를 그음409)ᄒᆞᄂᆞ뇨? 가지록 부도(婦道)를 안다 ᄒᆞ랴?"

쇼졔(小姐ㅣ) 쳥파(聽罷)의 븟그리며 한(恨)ᄒᆞ미 깁흐니 엇지 답언(答言)이 이시리오. 옥안(玉顔)이 닝졍(冷情)ᄒᆞ고 셩뫼(星眸ㅣ) 미미(微微)ᄒᆞ여 면이부답(俛而不答)410)ᄒᆞ니 어ᄉᆡ(御使ㅣ) 츄파(秋波)를 빗겨 닝쇼(冷笑) 왈(曰),

"나의 니ᄅᆞᄂᆞᆫ 말이 평싱(平生) 미망졍인(未忘情人)411)과 ᄀᆞᆺ지 못ᄒᆞ여 엇지 답언(答言)이 업ᄂᆞ뇨?"

쇼졔(小姐ㅣ) 쳥파(聽罷)의 더욱 노(怒)ᄒᆞ여 쏘 답(答)지 아니니 어ᄉᆡ(御使ㅣ) 쏘흔 노(怒)ᄒᆞ여 원비(猿臂)412)를 ᄂᆞ리혀 쇼져(小姐)의 셤

---

405) ᄎᆞ환(叉鬟): 차환. 머리를 얹은 젊은 여자 종.

406) 미온(未穩): 평온하지 않음.

407) 긔동(起動): 기동. 몸을 일으켜 움직임.

408) 환가지속(還家遲速): 환가지속. 집에 돌아올 기약.

409) 그음: 작정.

410) 면이부답(俛而不答): 고개를 숙이고 대답하지 않음. 소식(蘇軾)의 <후적벽부(後赤壁賦)>에 나오는 말. "나에게 읍을 하면서 '적벽의 놀이가 즐겁습니까?'라고 하자 내가 그의 성명을 물으니 그는 고개를 숙이고 대답하지 않았다. 揖予而言曰, '赤壁之遊, 樂乎?' 問其姓名, 俛而不答."

411) 미망졍인(未忘情人): 미망정인. 잊지 못하는 연인.

412) 원비(猿臂): 긴 팔.

신(纖身)413)을 나호여 집기슈침기슬(執其手枕其膝)414)ᄒ고 닝안(冷眼)415)이 표표(表表)416)ᄒ여 슉시(熟視)417) 냥구(良久)의 쇼릭롤 엄(嚴)히 ᄒ여 칙왈(責曰),

• • •

43면

"그딕 용식(容色)418)인즉 양셩하치(陽城下蔡)419)롤 미혹(迷惑)홀 거시오, 지문(才文)420)인즉 약난(若蘭)421)을 압두(壓頭)ᄒ며 일즉 나의 실듕(室中)을 거(居)ᄒ믹 릭ᄌ(內子)422)의 귀(貴)와 팔좌(八座)423)의 죤(尊)을 졈득(占得)424)ᄒ고 봉관화리(鳳冠花履)425)로 명부(命婦)

---

413) 셤신(纖身): 섬신. 가늘고 고운 몸.
414) 집기슈침기슬(執其手枕其膝): 집기수침기슬. 그 손을 잡고 그 무릎을 벰.
415) 닝안(冷眼): 냉안. 차가운 눈초리.
416) 표표(表表): 또렷함.
417) 슉시(熟視): 숙시. 뚫어지게 봄.
418) 용식(容色): 용색. 용모와 안색을 아울러 이르는 말.
419) 양셩하치(陽城下蔡): 양성하채. 양성(陽城)과 하채(下蔡)는 미인에게 미혹된 남자들이 있는 곳의 지명. 송옥(宋玉)의 <등도자호색부(登徒子好色賦)>에 나옴. "그러나 한 번 웃으면 양성과 하채의 남자들을 미혹시킵니다. 然一笑, 惑陽城迷下蔡."
420) 지문(才文): 재문. 재주 있는 문장.
421) 약난(若蘭): 약란. 중국 남북조시대 전진(前秦)의 소혜(蘇蕙)를 이름. 약란은 자(字). 시를 빼어나게 잘 지은 것으로 유명함. 남편인 장군(將軍) 두도(竇滔)가 양양으로 부임하면서 총희인 조양대를 데리고 가자, 상심하여 그를 그리워하는 시를 비단에 수놓았는데 두도는 이 시를 받고서 조양대를 돌려보내고 소약란을 다시 맞아들였다 하는데, 소약란이 쓴 시는 어느 방향으로 보아도 뜻이 다 통하게 만든 것으로 이를 직금회문선기도(織錦回文璇璣圖)라 이르며, 가로 29자, 세로 29자이고 총 841자이며 가장 중앙인 421번째 글자는 '심(心)'임. 『진서(晉書)』, 「열녀전」.
422) 릭ᄌ(內子): 내자. 옛날 중국에서, 경대부의 정실을 이르던 말.
423) 팔좌(八座): 중국에서 좌우(左右) 복야(僕射)와 육상서(六尙書)를 통틀어 일컫던 말.
424) 졈득(占得): 점득. 차지하여 얻음.
425) 봉관화리(鳳冠花履): 봉황 문양을 조각한 관과 꽃신이라는 뜻으로 고귀한 부인의 복식을 말함.

의 위의(威儀) 혁혁(赫赫)ᄒ거늘 무어시 부죡(不足)ᄒ여 젹ᄌ(嫡子)를 숀으로 슐히(殺害)ᄒ고 음오(淫汚)ᄒᆫ 졍젹(情迹)이 만셩(滿城)426)의 회쟈(膾炙)427)ᄒ엿ᄂ뇨? 싱(生)이 위(爲)ᄒ여 탄셕(歎惜)428)ᄒᆞ니 그ᄃ 므어시 빗ᄂᆞᆫ 일이 잇관ᄃ 가지록 교오429)방ᄌ(驕傲放恣)430)ᄒ여 나의 뭇ᄂᆞᆫ 바ᄅᆯ 블응(不應)ᄒᄂ뇨?"

쇼졔(小姐ㅣ) 듯ᄂᆞᆫ 말마다 블승앙통(不勝怏痛)431)ᄒ여 옥안(玉顔)이 츤 ᄌ ᄀᆺᄐᄂ니 ᄉ미ᄅᆯ 썰치고 긔식(氣色)이 셜샹한ᄆ(雪上寒梅)432) ᄀᆺᄐ여 졍ᄉᆨ(正色) 왈(曰),

"누쳡(陋妾)433)이 힝신(行身)434)이 용녈(庸劣)435)ᄒ여 죄악(罪惡)이 명교(名敎)436)의 관듕(關重)437)ᄒ거니와 고인(古人)이 유언(有言) 왈(曰) '비례믈쳥(非禮勿聽)과 비례믈언(非禮勿言)'438)은 니ᄅ시니 누쳡(陋妾)의 힝신(行身)은 죡(足)히 가쳑(可責)ᄒ실 비

---

426) 만셩(滿城): 만성. 온 성.

427) 회쟈(膾炙): 회자. 회와 구운 고기라는 뜻으로, 칭찬을 받으며 사람의 입에 자주 오르내림을 이르는 말. 여기에서는 안 좋은 소문이 퍼진 것을 말함.

428) 탄셕(歎惜): 탄석. 한탄하며 애석하게 여김.

429) 오: [교] 원문에는 '우'로 되어 있으나 오기로 보임.

430) 교오방ᄌ(驕傲放恣): 교오방자. 교만하고 멋대로 행동함.

431) 블승앙통(不勝怏痛): 불승앙통. 원망과 한스러움을 이기지 못함.

432) 셜샹한ᄆ(雪上寒梅): 설상한매. 눈 위에 핀 매화.

433) 누쳡(陋妾): 누첩. 비루한 첩이라는 뜻으로 여자가 자신을 낮추어 부르는 말.

434) 힝신(行身): 행신. 몸가짐.

435) 용녈(庸劣): 용렬. 사람이 변변하지 못하고 졸렬함.

436) 명교(名敎): 사람이 마땅히 지켜야 할 바를 가르침 또는 그런 가르침.

437) 관듕(關重): 관중. 중요한 것에 관계됨.

438) 비례믈쳥(非禮勿聽)과 비례믈언(非禮勿言): 비례물청과 비례물언. 예가 아니면 듣지 말고 예가 아니면 말하지 않음. 『논어(論語)』, 「안연(顔淵)」에 나옴.

업거니와 군직(君子ㅣ) 엇지 차마 비례지언(非禮之言)을 형언(形
言)⁴³⁹⁾ᄒ여 욕(辱)ᄒ시ᄂ니잇고? 쳡(妾)이 죄당ᄉ례(罪當死禮)나 그
읏이 항복(降服)지 아니ᄒᄂ이다."

셜파(說罷)의 옥셩(玉聲)이 강렬(剛烈)ᄒ고 셩안(星眼)이 한화
(寒花)⁴⁴⁰⁾ ᄀᄐ야 ᄎ고 미온 날 ᄀᄐ니 어ᄉ(御使ㅣ) 그 ᄂ외(內
外) 현격(懸隔)⁴⁴¹⁾ᄒᄆᆯ 가탄(可嘆)ᄒ며 쵹영지하(燭影之下)⁴⁴²⁾의
그 교ᄌ염틱(嬌姿艶態)⁴⁴³⁾ᄅᆯ 딕(對)ᄒ여 어ᄌ러온 운발(雲髮)과
빗 업ᄉᆫ 의샹(衣裳) 가온딕 더옥 빗ᄂ고 죠흐미 쇼샹쳥빙(沼上淸
氷)⁴⁴⁴⁾ ᄀᄐᄆᆯ 보미 심하(心下)의 그 심쳔(深淺)⁴⁴⁵⁾을 측냥(測量)
치 못ᄒ여 눈의 긔이(奇異)ᄒ나 ᄆᄋᆷ의 의심(疑心)되ᄆᆯ 품엇더니
엇지 ᄆᄋᆷ이 편(便)ᄒ리오. ᄆᆮ득 의ᄉ(意思ㅣ) ᄉ연(捨然)⁴⁴⁶⁾ᄒ여
번연(飜然)이⁴⁴⁷⁾ 옥슈(玉手)ᄅᆯ 노코 안⁴⁴⁸⁾침(案枕)⁴⁴⁹⁾의 빗겨 홀노
탄식(歎息)ᄒ여 회푀(懷抱ㅣ) 만단(萬端)⁴⁵⁰⁾이나 ᄒ더라. 이럿ᄐ

---

439) 형언(形言): 형용하여 말함.
440) 한화(寒花): 나뭇가지에 쌓인 눈을 비유적으로 이르는 말.
441) 현격(懸隔): 사이가 많이 벌어져 있음. 또는 차이가 매우 심함.
442) 쵹영지하(燭影之下): 촉영지하. 등불 그림자의 아래.
443) 교ᄌ염틱(嬌姿艶態): 교자염태. 아리따운 자태.
444) 쇼샹쳥빙(沼上淸氷): 소상청빙. 연못 위의 맑은 얼음.
445) 심쳔(深淺): 심천. 깊음과 얕음.
446) ᄉ연(捨然): 사연. 생각이 없어진 모양.
447) 번연(飜然)이: 갑자기
448) 안: [교] 원문에는 '앙'으로 되어 있으나 오기로 보이므로 국도본(10:90)을 따름.
449) 안침(案枕): 앉을 때 몸을 기대는 방석.
450) 만단(萬端): 여러 가지. 온갖.

ᄒᆞ여 하쇼(夏宵ㅣ)451) 고단ᄒᆞ니 경긱(頃刻)452)의 쳘괴(鐵鼓ㅣ)453) 동(動)ᄒᆞᄂᆞᆫ지라 부부(夫婦) 냥인(兩人)이 각각(各各) 함한믁믁(含恨默默)454)

• • •

45면

ᄒᆞ여 능(能)히 ᄌᆞ지 못ᄒᆞ엿더라. 어ᄉᆡ(御使ㅣ) 계셩(鷄聲)을 인(因)ᄒᆞ여 도라올ᄉᆡ 다만 원노(遠路)의 보듕(保重)ᄒᆞ라 ᄒᆞ고 ᄂᆡ당(內堂)의 하직(下直)고 가더라.

임의 날이 붉으ᄆᆡ 분분(紛紛)이 힝니(行李)455)를 슈습(收拾)홀ᄉᆡ 됴손(祖孫) 모녀(母女)와 부녀(婦女) 형ᄆᆡ(兄妹)의 보ᄂᆡ며 쎠ᄂᆞᆫ 졍(情)이 그음 업셔 일필난긔(一筆難記)456)러라. 쳔만ᄉᆞ졍(千萬私情)457)을 졀억(節抑)458)ᄒᆞ고 쇼제(小姐ㅣ) 거듕(車中)의 오ᄅᆞ니 이제 쇼제(小姐ㅣ) 회틱(懷胎)459) 슈삼(數三) 월(月)이라 부뫼(父母ㅣ) 일노써 더옥 경녀(驚慮)460)ᄒᆞ더라.

홍벽 등(等) 뉵칠(六七) 개(個) ᄎᆞ환(叉鬟)461)이 뫼셔 가고 ᄂᆡ

---

451) 하쇼(夏宵ㅣ): 하소. 여름 밤.
452) 경긱(頃刻): 경각. 짧은 시간.
453) 쳘괴(鐵鼓ㅣ): 철고. 밤에 시각을 알리려고 치던 북. 경고(更鼓).
454) 함한믁믁(含恨默默): 함한묵묵. 한스러움을 머금고 묵묵히 있음.
455) 힝니(行李): 행리. 여행할 때 쓰는 물건과 차림.
456) 일필난긔(一筆難記): 일필난기. 한 붓으로 다 쓰기가 어려움.
457) 쳔만ᄉᆞ졍(千萬私情): 천만사정. 온갖 사사로운 정.
458) 졀억(節抑): 절억. 참고 억제함.
459) 회틱(懷胎): 회태. 잉태.
460) 경녀(驚慮): 경려. 놀라고 근심함.
461) ᄎᆞ환(叉鬟): 차환. 주인을 가까이서 모시는, 머리를 얹은 여자 종을 이르는 말.

(李) 참군(參軍)462) 문셩이 쥰마(駿馬)463)를 타고 쟝노(臧奴)464) 아역(衙役)465)을 거느려 쇼져(小姐)를 비힝(陪行)466)ᄒ여 남챵(南昌)으로 느아가니 샹셔(尙書) 부ᄌ(父子)와 니시(李氏) 졔공(諸公)이 다 문(門)의 느아가 니별(離別)ᄒ더라. 운아는 쟝쳬(杖處ㅣ) 디단ᄒ고 듀인(主人)의 탁고(托孤)467)를 바듯는 고(故)로 이의 머므나 슬프믈 이긔지 못ᄒ더라.

운이 의약(醫藥)을 힘써 됴리(調理)

...

46면

ᄒ여 월여(月餘)의 비로쇼 샹쳬(傷處ㅣ) 완합(完合)ᄒ니 바야흐로 틱부인(太夫人)과 샹셔(尙書) 부인(夫人)긔 하직(下直)ᄒ고 니부(李府)의 도라와 졍당(正堂)의 비알(拜謁)468)ᄒ고 공ᄌ(公子) 보호(保護)ᄒ기를 쳥(請)ᄒ니 뉴 부인(夫人)이 그 츙근(忠勤)469)ᄒ믈 어엿비 너겨 이의 쇼공ᄌ(小公子)를 보호(保護)ᄒ며 쥭미각을 직희여 이시라 ᄒ다.

잇씨 니부(李府) 샹해(上下ㅣ) 역시(亦是) 난민의 죵젹(蹤迹)이 업스믈 고이(怪異)히 너기나 춫지 아니믄 승샹(丞相) 교령(敎令)470)일너라.

---

462) 참군(參軍): 벼슬 이름. 중국 명나라 때에, 중서성에 속한 벼슬.
463) 쥰마(駿馬): 준마. 빠르게 잘 달리는 말.
464) 쟝노(臧奴): 장노. 종.
465) 아역(衙役): 수령이 지방 관아에서 사사롭게 부리던 사내종.
466) 배힝(陪行): 배행. 윗사람을 모시고 따라감.
467) 탁고(托孤): 임금이 죽을 때 신하에게 어린 아들을 부탁함. 유비가 죽을 때 제갈량에게 아들을 부탁한 데서 유래함.
468) 비알(拜謁): 배알. 절하고 알현함.
469) 츙근(忠勤): 충근. 충성스럽고 부지런함.
470) 교령(敎令): 원래는 임금의 명령을 뜻하나 여기에서는 일반적인 명령을 의미함.

옥난이 죠히 모계(謀計)를 운동(運動)ᄒ여 쇼 쇼졔(小姐ㅣ)를 졀졔
(切除)471)ᄒ여시나 진실(眞實)노 니(李) 어ᄉ(御使)의 은졍(恩情)은 바
라기ᄂ 난어승쳥텬(難於乘靑天)472)이라. 쥬ᄉ야탁(晝思夜度)473)ᄒ여
다시 궁구(窮究)ᄒ며 금난을 보치여 미혼단(迷魂丹)474)을 마ᄌ 어더
어ᄉ(御使)를 시험(試驗)코져 ᄒᄆᆡ 궁극(窮極)ᄒ 쇠 싱각이 아니 밋츨
곳이 업고 난ᄆᆡ를 깁히 졔집의 금쵸니 숑션이 ᄯᅩ 본쳬(本妻ㅣ) 노쇠
(老衰)475)ᄒ고 옥난

••

47면

의 어미 죽엇ᄂ지라 난ᄆᆡ 나히 졉고 ᄌᆞ식(姿色)이 미려(美麗)ᄒᆞ믈 과
(過)ᄒ여 믄득 쟉쳡(作妾)ᄒ여 사ᄂ지라. 옥난이 쇼 시(氏)ᄂ 죠히 쇼
졔(掃除)476)ᄒ여시나 실(實)노 난ᄆᆡ 쳐치(處置)를 극난(極難)이 너기
더니 졔 아비 유졍(有情)ᄒ니 쥬쳐(措處)477)를 죠히 ᄒ엿ᄂ지라 가쟝
무던ᄒ나 어ᄉ(御使)의 박졍(薄情)478)ᄒ믈 한(恨)ᄒ여 쥬야(晝夜) 노
심(勞心)479)ᄒ니 오히려 믈이 넘ᄶᅵ480)ᄂ 환(患)을 두리지 아니ᄒ니

---

471) 졀졔(切除): 절제. 잘라 버림.
472) 난어승쳥텬(難於乘靑天): 난어승청천. 푸른 하늘에 오르는 것보다 어려움.
473) 쥬ᄉ야탁(晝思夜度): 주사야탁. 밤낮을 가리지 않고 궁리함.
474) 미혼단(迷魂丹): 사람의 마음을 어지럽게 하는 약.
475) 노쇠(老衰): 노쇠. 늙어서 쇠약하거나 기운이 별로 없음.
476) 쇼졔(掃除): 소제. 제거함.
477) 쥬쳐(措處): 조처. 제기된 문제나 일을 잘 정돈하여 처리함.
478) 박졍(薄情): 박정. 인정이 박함.
479) 노심(勞心): 마음으로 애를 씀.
480) ᄶᅵ: [교] 원문에는 'ᄭᅵ'로 되어 있으나 오기로 보여 국도본(10:93)을 따름.

엇지 방즈요악(放恣妖惡)481)지 아니리오.

어시(於時)의 운이 부인(夫人)의 밀셔(密書)를 쥬야(晝夜) 몸가의 써느지 아니ᄒ나 공ᄌ(公子ㅣ) 년유(年幼)482)ᄒ니 능(能)히 슈히 젼(傳)치 못ᄒ고 쥬야(晝夜) 탄우(歎憂)483)하여 슬허ᄒ믈 마지아니ᄒ며 부인(夫人)을 슈히 보원(報怨)484)치 못홀가 쵸죠(焦燥)485)ᄒ더니,

이러구러 슈월(數月)이 지ᄂ니 구월(九月) 심츄(深秋)486)라. 한풍(寒風)이 나의(羅衣)487)를 뒤잇고 만산(滿山)488) 단풍(丹楓)이 가려(佳麗)ᄒ여 일만(一萬) 향국(香菊)이 함담(菡萏)489)을 버려시

48면

니 츄경(秋景)이 가려(佳麗)ᄒ지라. 남(南)으로 느는 기러기 분분(紛紛)490)ᄒ여 안셩(雁聲)491)이 츄츄(啾啾)492)ᄒ니 졍(正)히 슈회(愁懷)493)를 돕는지라 운이 비회(悲懷)494)를 것줍지 못ᄒ고 다시 쥬인

---

481) 방즈요악(放恣妖惡): 방자요악. 제멋대로 하고 요사스러우며 악함.
482) 년유(年幼): 연유. 나이가 어림.
483) 탄우(歎憂): 탄식하고 근심함.
484) 보원(報怨): 원한을 갚음.
485) 쵸죠(焦燥): 초조. 애가 타서 마음이 조마조마함.
486) 심츄(深秋): 심추. 늦가을.
487) 나의(羅衣): 얇은 비단으로 지은 옷.
488) 만산(滿山): 온 산에 가득함. 또는 그런 산.
489) 함담(菡萏): 원래 연꽃의 봉오리를 뜻하나 여기에서는 일반적인 꽃을 의미함.
490) 분분(紛紛): 어지러이 뒤섞인 모양.
491) 안셩(雁聲): 안성. 기러기 소리.
492) 츄츄(啾啾): 추추. 우는 소리가 구슬픔.
493) 슈회(愁懷): 수회. 마음속에 깊이 새겨진 근심.
494) 비회(悲懷): 마음속에 서린 슬픈 시름이나 회포.

(主人)이 잇지 아니하니,

쇼임(所任)이 한가(閑暇)하믈 인(因)하여 히엄 업시 졍즁(庭中)의 힝매(行邁)495)하여 홀노 탄식(歎息)하더니 거름이 가는 바 업시 죽미 각 후당(後堂) 하(下)의 미쳐는 믄득 난간(欄干) 안히셔 오오(嗚嗚)496)히 늣기는 쇼릭 느거늘 운이 경아(驚訝)497) 회두(回頭)498) 슉시(熟視)499)하니 이 곳 쇼공즈(小公子) 셩문이라.

셩문이 비록 쇼희직(小孩子ㅣ)500)나 즈못 신셩(神性)501) 특이(特異)하여 텬싱효의(天生孝義)502) 탁별(卓別)503)흔지라. 모부인(母夫人) 림힝(臨行) 경계(警戒)를 능(能)히 싱각하는 고(故)로 샹해504) 즁목쇼쳐(衆目所處)505)와 존당(尊堂) 안젼(案前)의 일(一) 졈(點) 비식(悲色)을 느토지 아니하나 반드시 사름 업슨 곳의 그윽한 곡난(曲闌)506)과 고요흔 당즁(堂中)의 니른즉 스스로 탄셩

---

495) 힝매(行邁): 행매. 왔다 갔다 함.

496) 오오(嗚嗚): 슬피 우는 소리.

497) 경아(驚訝): 놀라고 의아함.

498) 회두(回頭): 고개를 돌림.

499) 슉시(熟視): 눈여겨 자세하게 들여다봄.

500) 쇼희직(小孩子ㅣ): 소해자. 나이 어린 아이.

501) 신셩(神性): 신성. 정신. 마음.

502) 텬싱효의(天生孝義): 천생효의. 타고난 효성.

503) 탁별(卓別): 특출남.

504) 샹해: 늘.

505) 즁목쇼쳐(衆目所處): 중목소처. 뭇 사람들이 있는 곳.

506) 곡난(曲闌): 곡란. 굽은 난간.

읍하(呑聲泣下)507)호여 이이(哀哀)히 호모셩(號母聲)508)이 니러ᄂᆞ고
읍읍(悒悒)509)히 탄아(嘆訝)510)호여 늣기지 아닐 늘이 업더니,

이늘도 홀노 죽미각 후함(後檻)511)의 니르러 ᄌᆞ부인(慈夫人) 거쳐
(居處)하시던 곳을 보미 완연(宛然)이512) ᄌᆞ부인(慈夫人) 음용(音容)513)
을 우러러 회즁(懷中)의 닉이(溺愛)514)를 밧줍ᄂᆞ 듯 슬프고 그리오미
병발(竝發)515)호니 능(能)히 참지 못ᄒᆞ여 난간(欄干) 뒤롤 의지(依持)
ᄒᆞ여 텬이(天涯)516)를 바라보니 원산(遠山) 츄경(秋景)이 더옥 비회
(悲懷)롤 요동(搖動)ᄒᆞᄂᆞ지라 쇼릭 ᄂᆞ믈 씨둣지 못ᄒᆞ여 기리 뉴톄(流
涕) 왈(曰),

"오년(吾年)이 ᄉᆞ(四) 셰(歲)라. 싱어셩문(生於聖門)517)호고 쟝어
부귀(長於富貴)518)ᄒᆞ미 구경지하(具慶之下)519)의 죤당(尊堂)이 지샹
(在上)ᄒᆞ시고 부뫼(父母ㅣ) 가ᄌᆞ시니 만일(萬一) 죠믈(造物)의 다시

---

507) 탄셩읍하(呑聲泣下): 탄성읍하. 소리를 죽이고 눈물을 흘림.
508) 호모셩(號母聲): 호모성. 어머니를 부르는 소리.
509) 읍읍(悒悒): 근심하는 모양.
510) 탄아(嘆訝): 탄식함.
511) 후함(後檻): 뒤편 난간.
512) 완연(宛然)이: 뚜렷이.
513) 음용(音容): 음성과 용모.
514) 닉이(溺愛): 익애. 지나치게 사랑함.
515) 병발(竝發): 함께 일어남.
516) 텬이(天涯): 천애. 하늘 끝. 먼 곳.
517) 싱어셩문(生於聖門): 생어성문. 유가의 집안에서 자람.
518) 쟝어부귀(長於富貴): 장어부귀. 부귀한 곳에서 자람.
519) 구경지하(具慶之下): 부모가 모두 살아 있음.

(多猜)520)ᄒ믈 만나 ᄌᆞ위(慈闈)521) 봉변(逢變)치 아니시던들 닉 엇지 유년치ᄋᆞ(幼年稚兒)522)로 므슴 슬우미 이시며 츈연(春年) ᄌᆞ오(慈烏)523)와 츄야(秋夜) 쟝풍(長風)의 므ᄉ 일 간쟝(肝腸)524)을 슬오리오? 아지 못게라.

••

50면

이ᄶᅵᆫ 우리 ᄌᆞ위(慈闈) 남황(南荒)525) 쟝녀(瘴癘)526)의 방신(芳身)527)이 안흔(安閒)ᄒ시며 븍당(北堂) 훤쵸(萱草)528)의 냥친(兩親)을 엇마ᄂ 그리시며 슬하(膝下) 블쵸(不肖)를 엇마나 ᄉ렴(思念)529)ᄒ샤 츄원(追遠)530)의 이룰 망ᄌᆞ산(望子山)531)의 슬오시ᄂ고?"

인언(因焉)의 실셩읍톄(失聲泣涕)ᄒ여 늣기기를 마지아니ᄒ니 능(能)히 인젹(人跡)이 ᄀᆞᆺ가이 오ᄂ 쥴을 아지 못ᄒ더니 운이 이의 다

---

520) 다시(多猜): 시기가 많음.
521) ᄌᆞ위(慈闈): 자위. 어머니.
522) 유년치ᄋᆞ(幼年稚兒): 유년치아. 어린 나이의 아이.
523) ᄌᆞ오(慈烏): 자오. 까마귀.
524) 간쟝(肝腸): 간장. 마음.
525) 남황(南荒): 남쪽의 황폐한 곳. 여기에서는 이성문의 어머니 소월혜가 귀양을 간 남창(南昌)을 가리킴.
526) 쟝녀(瘴癘): 장려. 기후가 덥고 습한 지방에서 생기는 유행성 열병이나 학질.
527) 방신(芳身): 꽃다운 몸이라는 뜻으로, 귀하고 아름다운 여자의 몸을 높여 이르는 말.
528) 븍당(北堂) 훤쵸(萱草): 북당 훤초. 북당에 심은 훤초. 예전에 훤초(萱草), 즉 원추리를 북당(北堂)에 많이 심은바 북당은 주부(主婦)가 거처하는 곳이므로, 이로부터 훤초는 모친을 가리키는 말로 쓰임. 『시경(詩經)』, <백혜(伯兮)>에 '어찌하면 훤초를 구해 집 뒤에 심을까. 焉得諼草, 言樹之背.'라는 구절이 있음.
529) ᄉ렴(思念): 사렴. 마음속으로 깊이 생각함.
530) 추원(追遠): 지난 옛 일을 생각함.
531) 망ᄌᆞ산(望子山): 망자산. 아들이 오는 것을 바라보는 산.

드라 이 경식(景色)을 보미 더옥 천비촌이(千悲寸哀)532)ㅎ고 빅분고희(百憤苦駭)533)ㅎ니 황망(慌忙)이534) ᄂ아드러 공ᄌ(公子)를 안고 실셩뉴톄(失聲流涕) 왈(曰),

"쳔비(賤婢) 일즉 공ᄌ(公子) 알오믈 구샹유취(口尙乳臭)535) ᄆᆞ르지 아닌 황구쇼ᄋ(黃口小兒)536)로 텬니(天理) 인ᄉ(人事)를 아지 못ㅎ시ᄂᆞᆫ가 너겻더니 엇지 이러툿 춍명(聰明) 인효(仁孝)537)ㅎ신 줄 알이오? 알괘라. 우리 부인(夫人)의 십(十) 삭(朔) 틱교(胎敎)를 밧ᄌ온 비오니 엇지 이러치 아니ㅎ리오?"

셩문이 운ᄋ를 보고 그 지극(至極)ᄒᆞᆫ 튱언(忠言)을 더옥

...

51면

슬허 뉴톄(流涕) 왈(曰),

"나의 심ᄉ(心思)ᄂᆞᆫ 텬리(天理)의 샹ᄉᆞ(常事 1)538)라 운낭이 엇지 고이(怪異)ᄒᆞᆫ 말을 ᄒᆞᄂᆞ뇨?"

인(因)ᄒᆞ여 글오딕,

"모친(母親)이 남힝(南行)ᄒᆞ신 후(後) 월여(月餘)539)의 치관(差官)540)

---

532) 쳔비촌이(千悲寸哀): 천비촌애. 매우 슬픔.

533) 빅분고희(百憤苦駭): 백분고해. 매우 분하고 원통함.

534) 황망(慌忙)이: 황망히. 마음이 몹시 급하여 당황하고 허둥지둥하는 면이 있게.

535) 구샹유취(口尙乳臭): 구상유취. 입에서 아직 젖냄새가 남.

536) 황구쇼ᄋ(黃口小兒): 황구소아. 어린아이. 황구(黃口)는 입 언저리가 노란 새 새끼라는 뜻으로 어린 아이나 미숙한 사람을 비유하여 이르는 말.

537) 인효(仁孝): 인자함과 효성스러움.

538) 샹ᄉᆞ(常事 1): 상사. 늘 있는 일.

539) 월여(月餘): '달포'와 같은 말로 한 달이 조금 넘는 기간을 말함.

540) 치관(差官): 차관. 심부름을 보낸 관리.

이 도라와 평안(平安) 득달(得達)ᄒ신 줄을 아르시ᄂ 이졔ᄂ 졀셰(節序ㅣ)541) 밧고엿ᄂ지라 ᄌ부인(慈夫人) 셩톄(盛體)542) 귀골(貴骨)543) 이 안강(安康)544)ᄒ시믈 아지 못ᄒ니 인ᄌ(人子)의 ᄆ음이 편(便)ᄒ리 오? 아지 못게라. ᄂᆡ 발셔 운낭다려 뭇고져 ᄒᄃᆡ 유이(幼兒ㅣ) 무어슬 아노라 ᄒ고 죤당(尊堂) 셩녀(盛慮)를 ᄭᅵ치오미 무닉(無益)ᄒ여 뭇지 못ᄒ엿더니 금일(今日)은 죠용ᄒ니 뭇노라. 일즉 ᄌ위(慈闈)545) 남힝 (南行)ᄒ실 ᄲ 각별(各別) 운낭의게 부탁(付託)ᄒ시미 업더냐?”

운이 공ᄌ(公子)의 죠셩신오(早成神奧)546)ᄒ시믈 두굿기며 슬허 오열(嗚咽) 냥구(良久)의 왈(曰),

“과연(果然) 부인(夫人)이 림힝(臨行)의 여ᄎ여ᄎ(如此如此) ᄒ시고 쳔비(賤婢)를 ᄒ 봉셔(封書)547)를 쥬시며 공ᄌ(公子)긔 젼(傳)ᄒ라 ᄒ시

• • •

52면

ᄃᆡ 공ᄌ(公子ㅣ) 실(實)노 너무 어려 텬뉸지졍(天倫之情)548)을 모르시 ᄂ가 ᄒ여 년긔(年紀)549) ᄒᄂ하나 더ᄒ고 혬이 ᄂ기를 기다려 명년 (明年)의나 드리려 ᄒ엿더니 공ᄌ(公子)의 언ᄉ(言辭) 쳐변(處變)550)

---

541) 졀셰(節序ㅣ): 절서. 절기의 차례.
542) 셩톄(盛體): 성체. 몸의 높임말.
543) 귀골(貴骨): 존귀한 몸.
544) 안강(安康): 평안하고 건강함.
545) ᄌ위(慈闈): 자위. 남에게 자기 어머니를 높여 이르는 말.
546) 죠셩신오(早成神奧): 조성신오. 조숙하고 신묘함.
547) 봉셔(封書): 봉서. 겉봉을 봉한 편지.
548) 텬뉸지졍(天倫之情): 천륜지정. 부모 자식 사이나 형제간에 저절로 우러나는 본능적인 애정.
549) 년긔(年紀): 연기. 나이.
550) 쳐변(處變): 처변. 실정에 따라 융통성 있게 잘 처리함.

의 노셩(老成)551)호미 이 깃투니 쳡(妾)이 엇지 드리지 아니호리오?"

드듸여 품 ᄉ이로죠추 일(一) 쳑셔(尺書)552)를 밧드러 드리니 셩
문이 슬프며 반겨 밧비 쩌혀 보니 듸개(大槪) 굴와시듸,

'여모(汝母)의 환난(患難)은 도시(都是) 운익(運厄)의 긔구(崎嶇)홈과
네 부친(父親)의 호식(好色) 쇼탈(疏脫)호신 연괴(緣故ㅣ)라. 사롬이 보
지 아닌 바롤 억뉴(臆類)553)호여 블가야(不可也)어니와 쏘흔 여모(汝
母)를 히(害)흔 쟈(者)는 옥난밧근 나지 ᄋ니호리니 간인(奸人)의 계괴
(計巧ㅣ) 궁측(窮測)554)호미 쏘 엇지 젹쇼(謫所)의 안거(安居)555)호믈
바라리오. 간인(奸人)이 쏘 남글 버히믹 블희556)를 업시 호야 후환(後
患)을 긋츠려 호리니 ᄋ히는 천만신즁(千萬愼重)557)호여 존당(尊堂)

• • •

53면

좌와(坐臥)558)를 쩌ᄂ지 말고 윤문의 화(禍)를 만ᄂ지 말나.'

호엿더라. 셩문이 ᄌ모(慈母)의 명셩(明誠)559)호신 경계(警戒)와
슈필(手筆)을 반겨 춤아 숀 가온듸 놋치 못호고 운아다려 닐오듸,

"옥난이 엇던 사롬이완듸 모친(母親)과 므슴 원슈(怨讐ㅣ) 잇셔 셔
로 히(害)호ᄂ뇨?"

---

551) 노셩(老成): 노성. 어른스럽고 완숙함.

552) 쳑셔(尺書): 척서. 짧은 편지.

553) 억뉴(臆類): 억류. 근거 없이 유추함.

554) 궁측(窮測): 헤아릴 수 없음.

555) 안거(安居): 아무런 탈 없이 평안히 지냄.

556) 블희: 뿌리.

557) 천만신즁(千萬愼重): 천만신중. 매우 신중함.

558) 좌와(坐臥): 앉아 있거나 누워 있는 곳.

559) 명셩(明誠): 명성. 현명하고 정성됨.

운이 좌우(左右)의 사룸 업수믈 방심(放心)ᄒ여 눈믈을 ᄲ리며 좌(座)룰 ᄂ와 가마니 정부(-府) 옥난이 의심(疑心)된 줄과 젼일(前日) 부인(夫人)긔 독(毒)을 ᄂ와던 줄 ᄌ시 고(告)ᄒ고 우왈(又曰),

"옥난이 우연(偶然)ᄒ 정부(-府) 청의(靑衣)면 엇지 이러ᄒ리오? 반ᄃ시 어ᄉ(御使) 노애(老爺ㅣ) 유정(有情)ᄒ신 바로 부인(夫人) 은춍(恩寵)을 시오(猜惡)560)ᄒ여 평디(平地)의 풍파(風波)룰 비즌가 ᄒᄂ이다."

셩문이 청파(聽罷)의 눈믈이 만면(滿面)ᄒ여 졍(正)히 답(答)고겨 ᄒ더니 믄득 비후(背後) 일(一) 인(人)이 블너 굴오ᄃ,

"히이(孩兒ㅣ) ᄆ어슬 가지고 져러ᄐᆺ 심ᄉ(心思)룰 샹(傷)ᄒᄂ뇨?"

셩문

● ● ●

54면

과 운이 대경(大驚)ᄒ여 도라보니 이 곳 다ᄅ니 아니라 그 부친(父親) 어시(御使ㅣ)라.

이ᄯᅥ 어시(御使ㅣ) 듁미각 쇼 부인(夫人) 협ᄉ(篋笥)561)의 ᄎ즐 거시 이셔 미각의 드러오니 후당(後堂) 난간(欄干) 안히셔 은은(隱隱)이 ᄉ룸의 비ᄉ고에(悲辭苦語ㅣ)562) 들니거늘 어시(御使ㅣ) 고이(怪異)히 너겨 족용(足用)563)을 즁지(中止)ᄒ여 드ᄅ니 ᄋᄌ(兒子) 셩문이 운아로 문답(問答)이 여ᄎ(如此)ᄒ지라 어시(御使ㅣ) 듯기룰 명빅

---

560) 시오(猜惡): 시기하고 미워함.

561) 협ᄉ(篋笥): 협사. 버들가지, 대나무 따위를 결어 상자처럼 만든 직사각형의 작은 손그릇.

562) 비ᄉ고에(悲辭苦語ㅣ): 비사고어. 슬프고 괴로운 말소리.

563) 족용(足用): 족용. 발걸음.

(明白)히 ㅎ미 총명(聰明)이 쇼연(昭然)564) 명각(明覺)565)ㅎ여 밧비 후창(後窓)을 밀고 ㅇㅈ(兒子)를 블너 샹심(傷心)ㅎㄴ 연고(緣故)를 므르며 일변(一邊) 셔간(書簡)을 아ㅅ 보기를 다ㅎ미 바야흐로 옥난의 일을 쇼연(昭然) 명각(明覺)ㅎ미 블승통한(不勝痛恨)566)ㅎ여 운아와 ㅇㅈ(兒子)를 믈너가라 ㅎ고,

셔간(書簡)은 ㅅ미의 너코 정당(正堂)의 드러가니 바야흐로 ㅊ문안(-問安) 쩌라 가즁(家中) 샹히(上下ㅣ) 일제(一齊)히 취회(聚會)567)ㅎ여시니 왕부모(王父母)568)와 부슉(父叔) 제친(諸親)이 다 태왕

• • •

55면

모(太王母)를 뫼셧ㄴ지라. 어시(御使ㅣ) 분분(忿憤)혼 긔ㅅ(氣色)을 ㄴ죠와 ㄴ죽이 시립(侍立)569)ㅎ여 말숨이 슈어(數語)570) 죠(條)의 밋ㅊ미 믄득 면관하셕(免冠下席)571) 고두(叩頭) 왈(曰),

"블쵸(不肖ㅣ) 혼암무샹(昏闇無狀)572)ㅎ와 우흐로 대인(大人)의 명셩(明誠)573)ㅎ신 교훈(敎訓)을 져ㅂ리옵고 아릭로 현쳐(賢妻)를 보젼(保全)치 못ㅎ오니 ㅊ(此)ㄴ 다 블쵸(不肖)의 탐ㅅ블명

---

564) 쇼연(昭然): 소연. 일이나 이치 따위가 밝고 선명함.
565) 명각(明覺): 분명히 깨달음.
566) 블승통한(不勝痛恨): 불승통한. 한스러움을 이기지 못함.
567) 취회(聚會): 취회. 모임.
568) 왕부모(王父母): 조부모.
569) 시립(侍立): 웃어른을 모시고 섬.
570) 슈어(數語): 수어. 두어 마디의 말.
571) 면관하셕(免冠下席): 면관하석. 관을 벗고 자리 아래에 무릎 꿇음.
572) 혼암무샹(昏闇無狀): 혼암무상. 어리석고 사리에 밝지 못함.
573) 명셩(明誠): 명성. 현명하고 정성됨.

(貪色不明)574)흔 죄라. 금일(今日) 슈범(首犯)575)의 단셔(端緒)를 씨치오미 맛당이 쇼 시(氏)를 신원(伸冤)576)ᄒ옵고 블쵸(不肖)의 혼577)암블명(昏闇不明)578)흔 죄(罪)를 바다지이다."

좌위(左右]) 쳥미이(聽未已)579)의 블승경아(不勝驚訝)580)ᄒ고 승상(丞相)이 역시(亦是) 괴아(怪訝)581)ᄒ여 봉안(鳳眼)582)을 드러 어ᄉ(御使)를 보와 왈(曰),

"여언(汝言)이 필유ᄉ고(必有事故)583)ᄒᄆ를 의아(疑訝)ᄒᄂ니 모ᄅ미 붉히 희셕(解釋)584)ᄒ라."

어ᄉᆡ(御使]) 다시 니러 졀ᄒ고 드ᄃᆡ여 아ᄌ(兒子) 셩문의 문답ᄉ(問答事)를 ᄌ쵸지죵(自初至終)이 고(告)ᄒ며 쇼 시(氏)의 봉셔(封書)를 드리니 좌위(左右]) 일쳥(一聽)585)의 어ᄉ(御使)의 옥난 유졍(有情)ᄒ여

---

574) 탐ᄉᆡᆨ블명(貪色不明): 탐색불명. 색을 탐하고 현명하지 못함.

575) 슈범(首犯): 수범. 공동으로 죄를 범한 경우 발의·주모한 자.

576) 신원(伸冤): 가슴에 맺힌 원한을 풀어 버림.

577) 혼: [교] 원문에는 '홈'으로 되어 있으나 오기로 보임.

578) 혼암블명(昏闇不明): 혼암불명. 어리석어 현명하지 못함.

579) 쳥미이(聽未已): 청미이. 다 듣기 전.

580) 블승경아(不勝驚訝): 불승경아. 놀라움과 의아함을 이기지 못함.

581) 괴아(怪訝): 괴이하고 의아하게 여김.

582) 봉안(鳳眼): 봉의 눈같이 가늘고 길며 눈초리가 위로 째지고 붉은 기운이 있는 눈.

583) 필유ᄉ고(必有事故): 필유사고. 반드시 일의 연고가 있음.

584) 희셕(解釋): 해석. 이해하기 쉽게 설명함.

585) 일쳥(一聽): 일청. 한 번 들음.

던 줄은 실시녀외(實是慮外)586)라 대경추악(大驚嗟愕)587)하고 쇼 시(氏)의 셔즁(書中) 수의(辭意)588) 십분(十分) 명빅(明白)하니 쇼 시(氏) 다른 젹국(敵國)이 업스니 추시(此是) 옥난의 쟉용(作用)이 아니리오. 좌즁(座中) 이히(以下]) 어ᄉ(御使)의 호방(豪放)하믈 어히업시 너기고 천인(賤人)의 쟉용(作用)을 통히(痛駭)589)하미 승샹(丞相)은 도로혀 일쟝(一場)을 추게 웃고 왈(曰),

"몽챵은 가(可)히 풍뉴화ᄉ(風流華士])590)로다. 쳐쳐(處處)의 옥슈쳥이(玉手青蛾])591) 쟝부호신(丈夫好新)592)을 쾌(快)히 하니 가(可)히 쾌(快)하다 하려니와 가련(可憐)한 쇼 시(氏)ᄂ 호방(豪放)한 가부(家夫) 만ᄂ 연고(緣故)로 연연약질(軟娟弱質)593)이 남황(南荒)594) 쟝녀(瘴癘)595)의 고쵸(苦楚)를 격그미 원억(冤抑)596)하도다.

---

586) 실시녀외(實是慮外): 실시여외. 참으로 뜻밖임.
587) 대경추악(大驚嗟愕): 대경차악. 몹시 놀람.
588) 수의(辭意): 사의. 편짓글의 뜻.
589) 통히(痛駭): 통해. 몹시 이상스러워 놀람.
590) 풍뉴화ᄉ(風流華士]): 풍류화사. 풍류를 아는 화려한 선비. 원래 화사(華士)는 문식만 숭상하는 선비의 뜻이나 여기에서는 화려한 선비의 의미로 쓰임.
591) 옥슈쳥이(玉手青蛾]): 옥수청아. 옥수(玉水)는 여인의 아름다운 손이고, 청아(青蛾)는 여인의 아름다운 눈썹의 뜻으로, 모두 아름다운 여인을 가리킴.
592) 쟝부호신(丈夫好新): 장부호신. 장부는 새 여자를 좋아함. 이백(李白)의 <백두음(白頭吟)>에 나오는 말. 곧, "장부는 새 여자를 좋아해 다른 마음이 많다네. 丈夫好新多異心"
593) 연연약질(軟娟弱質): 가냘프고 약한 바탕.
594) 남황(南荒): 남쪽의 황폐한 곳. 여기에서는 이성문의 어머니 소월혜가 귀양을 간 남창(南昌)을 가리킴.
595) 쟝녀(瘴癘): 장려. 기후가 덥고 습한 지방에서 생기는 유행성 열병이나 학질.
596) 원억(冤抑): 원억. 원통한 누명을 써서 억울함.

닉 젼일(前日) 너를 슈장(數杖)597)홀 제 가즁(家中)의 유졍쟈(有情者)598)를 무르딕 죵시(終是) 업셰라 ᄒ더니 옥난이 엇지 무고(無故)이 쟉악(作惡)599)ᄒ엿ᄂ뇨?"

어ᄉᆡ(御使ㅣ) 블승황공(不勝惶恐)ᄒ여 돈슈(頓首)600) 왈(曰),

"쇼ᄌᆡ(小子ㅣ) 진실(眞實)노 쇼활블명(疏闊不明)601)ᄒ온지라. 기시(其時) 엄위지하(嚴威之下)602)의 은닉(隱匿)고져

• • •

57면

ᄒ미 아니라 과연(果然) 망각(忘却)ᄒ미 되엿더니이다. 옥난은 과연(果然) 쇼ᄌᆡ(小子ㅣ) 샹 시(氏)를 샹(喪)ᄒ온 후(後) 모일(某日)의 외가(外家)의 ᄀᆞ습다가 외왕모(外王母) 젼(前)의 옥난이 ᄉᆞ후(伺候)603)ᄒ오미 졀셰(絶世)혼 태되(態度ㅣ) 년쇼(年少) 호ᄉᆡ지심(好色之心)의 ᄌᆞ연(自然) 마음이 동(動)ᄒ여 두어 번(番) 유희(遊戲)ᄒ미 잇ᄉ오나 죵시(終是) 편방(偏房)604)의 거둘 ᄯᅳᆺ은 업ᄉᆞ와 쇼 시(氏)를 취(娶)혼 후(後)ᄂᆞ 엄(嚴)히 거졀(拒絶)ᄒ엿ᄉᆞ더니 간악(奸惡) 쳔비(賤婢) 감(敢)히 방ᄌᆞ요악(放恣妖惡)605)ᄒ미 이606)의 미츌 줄을 아ᄅᆞ시리잇가?

---

597) 슈장(數杖): 수장. 죄를 하나하나 짚으며 때림.

598) 유졍쟈(有情者): 유정자. 정을 둔 자.

599) 쟉악(作惡): 작악. 악한 일을 행함.

600) 돈슈(頓首): 돈수. 머리가 땅에 닿도록 하는 절.

601) 쇼활블명(疏闊不明): 소활불명. 사람됨이 허술해 현명하지 못함.

602) 엄위지하(嚴威之下): 엄한 위엄 아래.

603) ᄉᆞ후(伺候): 사후. 웃어른의 분부를 기다리는 일.

604) 편방(偏房): 한쪽 방이라는 뜻으로 첩을 말함.

605) 방ᄌᆞ요악(放恣妖惡): 방자요악. 방자하고 요사하며 악독함.

606) 이: [교] 원문에는 이 앞에 '이'가 있으나 부연된 글자로 보아 삭제함.

감청샤례(敢請死禮)607)로쇼이다."

승샹(丞相)이 온식(慍色)608)이 표표(表表)609)ᄒ여 부답(不答)ᄒ니 노태시(老太師ㅣ) 질오딕,

"임의 간인(奸人)의 정젹(情迹)을 모를 젹은 흘일업거니와 가(可)히 안 후(後)ᄂ 쇼 시(氏) 신빅(申白)610)ᄒ기를 밧비 ᄒ리니 오ᄋ(吾兒)ᄂ 집미(執迷)611)ᄒ지 말고 난을 급(急)히 엄츄(嚴追)612)ᄒ여 간졍(奸情)613)을 붉히라."

승샹(丞相)이 슈명(受命)ᄒ고 이의 냥뎨(兩弟)와 ᄌ질(子姪)을 거ᄂ려 외

∵

58면

헌(外軒)의 나와 교의(交椅)의 좌(座)를 뎡(定)ᄒ고 금녕(金鈴)614)을 흔드러 하관(下官) 아역(衙役)615)과 ᄉ예(使隸)616) ᄂ졸(邏卒)617)을 모흐고 형위(刑威)618)를 크게 비셜(排設)ᄒ며 옥난을 줍아오라 ᄒ더라.

---

607) 감청샤례(敢請死禮): 감청사례. 감히 죽을 죄를 청함.
608) 온식(慍色): 온색. 화가 난 기색.
609) 표표(表表): 사람의 생김새나 풍채, 옷차림 따위가 눈에 띄게 두드러짐.
610) 신빅(申白): 신백. 윗사람에게 사실을 자세히 아룀.
611) 집미(執迷): 고집이 세어 갈팡질팡함.
612) 엄츄(嚴追): 엄추. 엄히 뒤쫓아 가서 잡음.
613) 간졍(奸情): 간정. 간악한 일.
614) 금녕(金鈴): 금령. 금방울.
615) 아역(衙役): 수령이 지방 관아에서 사사롭게 부리던 사내종.
616) ᄉ예(使隸): 사예. 집장사예(執杖使隸)를 말함. 장형(杖刑)을 집행하는 일을 맡아 하던 사람.
617) ᄂ졸(邏卒): 나졸. 순라(巡邏)를 하는 사졸(士卒).
618) 형위(刑威): 형벌을 가하는 위엄.

츠시(此時), 옥난이 니(李) 어亽(御使)의 은이(恩愛)는 다시 어들
길이 업亽니 앙앙(怏怏)619) 혼 분심(憤心)이 다 쇼 부인(夫人)긔 도라
가 오히려 적쇼(謫所)의 무亽(無事)히 머므는 줄을 한(恨)ᄒ여 다시
기부(其父)와 샹의(相議)ᄒ고 믈외(無賴)620) 도박(賭博)ᄒ는 호한(豪
漢)621) 나슝이란 놈을 亽괴여 쳔금(千金)을 쥬며 남챵(南昌)의 가 쇼
부인(夫人)을 히(害)ᄒ라 ᄒ니 나슝이 낙낙(諾諾)622)히 허락(許諾)ᄒ
고 믈외악쇼비(無賴惡少輩)623)로 쟉당(作黨)ᄒ여 급급(急急)히 쇼 부
인(夫人) 적힝(謫行)624)을 ᄯᆯ와 미쳐 적쇼(謫所)의 드지 아냐셔 히
(害)코져 ᄒ더니 흉적(凶賊)이 도즁(途中)의셔 독병(毒病)625)을 어더
치료(治療)ᄒ여 ᄂ은 후(後) 남챵(南昌)의 니ᄅ니 쇼 부인(夫人) 일힝
(一行)이 발셔 적쇼(謫所)의 안거(安居)ᄒ ᄯ러라. 흉적(凶賊)이 모야
(某夜)의 쇼 부인(夫人) 햐쳐(下處)626)

•••

59면

의 블을 노코 부인(夫人) 노쥬(奴主)627)룰 히(害)ᄒ려 ᄒ니 아지 못
게라 후회(後回) 하여(何如)오628).

---

619) 앙앙(怏怏): 매우 마음에 차지 아니하거나 야속함.
620) 믈외(無賴): 무뢰. 성품이 막되어 예의와 염치를 모르며 함부로 행동하는 사람.
621) 호한(豪漢): 거친 사내.
622) 낙낙(諾諾): 낙락. 대답하는 모양.
623) 믈외악쇼비(無賴惡少輩): 무뢰악소배. 악한 짓을 하며 다니는 젊은 무뢰배.
624) 적힝(謫行): 적행. 귀양 가는 행렬.
625) 독병(毒病): 독한 병.
626) 햐쳐(下處): 하처. 숙소.
627) 노쥬(奴主): 노주. 종과 주인을 아울러 이르는 말.
628) 후회(後回) 하여(何如)오: 다음 회에 어찌될꼬. <쌍천기봉>이 권 단위로 나뉘어 있

옥난이 ᄌᆞ긱(刺客)을 보ᄂᆞ고 굴지계일(屈指計日)629)ᄒᆞ여 회보(回報)630)를 현망(懸望)631)ᄒᆞ되 슈월(數月)이 지ᄂᆞ도록 쇼식(消息)이 업ᄉᆞ니 난이 졍(正)히 쵸죠(焦燥)ᄒᆞ더니,

일야(一夜)ᄂᆞᆫ 몽죄(夢兆 ㅣ)632) 가쟝 흉(凶)ᄒᆞ고 셕작(夕鵲)이 ᄂᆞ려와 졔 잇ᄂᆞᆫ633) 알픠 와 슬피 울거늘 난이 놀ᄂᆞ고 의심(疑心)ᄒᆞ여 길흉(吉凶)을 ᄉᆞ려(思慮)ᄒᆞ더니, 믄득 니(李) 샹부(相府)로죠ᄎᆞ 호랑(虎狼)634) ᄀᆞᆺᄐᆞᆫ 아역(衙役)635) 십여(十餘) 인(人)이 블문곡직(不問曲直)636)ᄒᆞ고 다ᄅᆞ드러 난을 슈리믜 ᄎᆞᆺᄃᆞᆺ 잡아가니 난이 혼빅(魂魄)이 리톄(離體)637)ᄒᆞ여 미쳐 연고(緣故)도 뭇지 못ᄒᆞ고 잡펴 니부(李府) 되셔헌(大書軒)의 니ᄅᆞ니 되하(臺下)의 형벌(刑罰) 긔구(器具)를 버리고 범 ᄀᆞᆺᄐᆞᆫ 아역(衙役) 나졸(邏卒)이 단단흔 미를 혜치고 오형(五刑) 긔구(器具)를 다 ᄒᆞ여시니 엄연(儼然)흔 되죄인(大罪人) 다ᄉᆞ리ᄂᆞᆫ 규귀(規矩 ㅣ)638)여늘 쳥샹(廳上)639)을 바라보니 승샹(丞相)이 ᄌᆞ뎨(子弟) 졔질(諸姪)노

으나 회와 장 단위로 구분되는 회장체(回章體) 소설의 영향을 받았음을 이로부터 알 수 있음. 또는 <쌍천기봉> 원본이 회장(回章) 단위로 구분되었을 수도 있으나 이는 알 수 없음.

629) 굴지계일(屈指計日): 손꼽아 날을 셈.

630) 회보(回報): 돌아와서 보고함.

631) 현망(懸望): 매우 기대함.

632) 몽죄(夢兆 ㅣ): 몽조. 꿈자리.

633) 잇ᄂᆞᆫ: [교] 원문에은 '익랑'으로 되어 있고 국도본(10:105)에도 그렇게 되어 있으나 오기로 보임.

634) 호랑(虎狼): 범과 이리.

635) 아역(衙役): 수령이 지방 관아에서 사사롭게 부리던 사내종.

636) 블문곡직(不問曲直): 불문곡직. 옳고 그름을 따지지 아니함.

637) 리톄(離體): 이체. 몸에서 떨어짐.

638) 규귀(規矩 ㅣ): 장치. 제도.

639) 쳥샹(廳上): 청상. 대청의 위.

60면

더브러 녈좌(列坐)640)ᄒ엿ᄂᄃᆡ 슈려(秀麗)ᄒᆫ641) 미우(眉宇)의 샹풍
(霜風)642)이 늠늠(凜凜)643)ᄒ니 비록 무죄(無罪)ᄒᆫ 쟤(者ㅣ)라도 블
감앙시(不敢仰視)644)려든 더옥 옥난 쳔녀(賤女)의 유죄(有罪)ᄒ미리
오. 샹쳠하관(上瞻下觀)645) 일견(一見)의 혼신(魂神)이 비월(飛越)646)
ᄒ니 도로혀 여린 ᄃᆞᆺᄒ더니 승샹(丞相)이 믄득 일셩음아(一聲暗
啞)647)의 난을 씌어 형벌(刑罰)의 올니니 난이 일신(一身)이 도시담
(都是膽)648)이나 썰기를 마지아니ᄒ더라.

임의 좌우(左右) ᄉ예(使隷)를 ᄯᅮ즈져 독형(毒刑)을 쥰ᄎᆞ(準
次)649)ᄒ며 실샹(實狀)을 튜문(推問)ᄒ니 난이 처음은 견ᄃᆡ여 원민
(冤悶)650)ᄒᆷᄅᆞᆯ 브르지지더니 일(一) 치(次ㅣ)를 지나 연(軟)ᄒᆫ 술이
ᄻᅥ러져 젹혈(赤血)이 좌우(左右)로 쒸놀고 흰 쎠 은연(隱然)이 비최
ᄃᆡ 난이 복쵸(服招)651)ᄒᆯ ᄯᅳᆺ이 업ᄂᆞᆫ지라 승샹(丞相)이 그 요악(妖

---

640) 녈좌(列坐): 열좌. 자리에 죽 벌여서 앉음.
641) ᄒᆫ: [교] 원문에는 'ᄒ'로 되어 있으나 오기로 보임.
642) 샹풍(霜風): 상풍. 서릿바람.
643) 늠늠(凜凜): 늠름. 차가움.
644) 블감앙시(不敢仰視): 불감앙시. 감히 우러러보지 못함.
645) 샹쳠하관(上瞻下觀): 상첨하관. 위를 보고 아래를 봄.
646) 비월(飛越): 날아감.
647) 일셩음아(一聲暗啞): 일성음아. 한 마디도 하지 않음.
648) 도시담(都是膽): 모두 담으로 채워져 있음. 담력이 있고 배짱이 있다는 말.
649) 쥰ᄎᆞ(準次): 준차. 매를 몇 차례에 걸쳐 때림.
650) 원민(冤悶): 억울하고 답답함.
651) 복쵸(服招): 복초. 문초를 받고 순순히 죄상을 털어놓음.

惡)ᄒ믈 딕로(大怒)ᄒ여 쟝ᄎᆺ(將次ㅅ) 오형(五刑)652)으로써 더으고

져 ᄒ딕 난이 이의 다ᄃ라ᄂ 크게 울고 쵸ᄾ(招辭)653) 왈(曰),

'쳔비(賤婢)ᄂ 본(本)딕 졍부(-府) 태군부인(太郡夫人)

61면

딕하(臺下)654) 신임(信任)이라. 쇼 부인(夫人)과 은원(恩怨)이 업ᄉ니

엇지 ᄒᆡ(害)ᄒ리잇고마ᄂ 쳔인(賤人)이 ᄒ 번(番) 니(李) 어ᄉ(御使)

노야(老爺)의 유졍(有情)ᄒ시믈 어든 후(後)ᄂ 어린 ᄯᆺ의 기리 빅(百)

년(年) 은이(恩愛)를 밧ᄌ올가 ᄒ옵더니 쇼 부인(夫人)이 드러오시믹

그 ᄉᆡᄌ용광(色姿容光)655)이 쳔고(千古)의 희한(稀罕)ᄒ실 ᄲᆞᆫ 아니라

샹공(相公)이 쳔신(賤身)을 헌 신ᄀᆞᆺ치 ᄇ리샤 타젹(他適)656)기를 니

ᄅ시니 쳔인(賤人)의 원(怨)이 일노죠ᄎ 통입골슈(痛入骨髓)657)ᄒ와

쇼 부인(夫人)을 ᄒᆡ(害)ᄒ오미 젹실(的實)ᄒ니이다. 모일(某日)의 몬

져 쇼 부인(夫人)을 독약(毒藥)으로 시험(試驗)ᄒ딕 므ᄉ(無事)ᄒ시

믈 한(恨)ᄒ여 ᄯᅩ 쥭믹각 비ᄌ(婢子) 난믹로 여ᄎ여ᄎ(如此如此) 믹

자 형뎨(兄弟) 되고 지믈(財物)노 그 ᄆᆞ음을 ᄉ긔여 몬져 윤문 쇼공

---

652) 오형(五刑): 다섯 가지 형벌. 묵형(墨刑), 의형(劓刑), 월형(刖刑), 궁형(宮刑), 대벽(大辟)을 이르는데, 묵형은 죄인의 이마나 팔뚝 따위에 먹줄로 죄명을 써넣던 형벌이고 의형은 코를 베는 형벌이며 월형은 발꿈치를 자르는 형벌이고, 궁형은 생식기를 자르는 형벌이며, 대벽은 목을 베는 형벌임.

653) 쵸ᄾ(招辭): 초사. 죄인이 자기의 범죄 사실을 진술하던 말.

654) 딕하(臺下): 대하. 대의 아래.

655) ᄉᆡᄌ용광(色姿容光): 색자용광. 고운 얼굴과 모습.

656) 타젹(他適): 타적. 다른 남자에게 시집감.

657) 통입골슈(痛入骨髓): 통입골수. 억울하고 분한 마음이 골수에 깊이 사무침.

ᄌ(小公子)를 치독(置毒)⁶⁵⁸⁾ᄒ고 죄(罪)를 쇼 부인(夫人)긔 미뤄고 난
미로 부인(夫人) 친필(親筆)을 도적(盜賊)ᄒ여 쳔비(賤婢) 본뼈 간부
셔(姦夫書)를 민ᄃ라 모일(某日)의 부인(夫人)이 졍당(正堂)의셔 미

∵•

62면

쳐 도라오지 못ᄒ 수이를 타 개용단(改容丹)을 삼켜 난미ᄂ 부인(夫
人)이 되고 쳔비(賤婢)ᄂ 가칭(假稱) 위싱재(-生者丨) 되여 어ᄉ(御使)
샹공(相公) 안젼(案前)의 친(親)히 보신 빅 되니 과연(果然) 노애(老爺
丨) 쇼 부인(夫人)을 의심(疑心)ᄒ샤 ᄌ최 죽당의 희쇼(稀少)⁶⁵⁹⁾ᄒ시
민 대노야(大老爺)긔 쟝칙(杖責)을 바드시므로 감(敢)히 쇼 부인(夫人)
쳐단(處斷)를 임의(任意)로 못 ᄒ시ᄂ지라. 쳔비(賤婢) 아모러나 부인
(夫人)을 슈히 업시코져 ᄒ므로 시작(始作)ᄒ 간뫼(奸謀丨)⁶⁶⁰⁾ 그만ᄒ
지 못ᄒ여 모야(某夜)의 졔노애(諸老爺丨) 셔당(書堂)의셔 슉침(宿寢)
ᄒ시ᄂ 쩌의 ᄯ 쳔비(賤婢) 스스로 약(藥)을 슴켜 표일(飄逸)⁶⁶¹⁾ᄒ 남
지(男子丨) 되여 비슈(匕首)를 ᄡ고 이리이리 ᄒ여 어ᄉ(御使) 노야
(老爺)를 의심(疑心)케 ᄒ고 ᄯ 회뢰(賄賂)를 힝(行)ᄒ여 대간(臺諫)을
쵹(囑)ᄒ여 논계(論啓)⁶⁶²⁾ᄒ며 밋 옥⁶⁶³⁾ᄉ(獄事)를 니ᄅ혀민 뉴 샹셔

---

658) 치독(置毒): 독약으로 죽임.

659) 희쇼(稀少): 희소. 매우 드물고 적음.

660) 간뫼(奸謀丨): 간사한 꾀.

661) 표일(飄逸): 성품이나 기상 따위가 뛰어나게 훌륭함.

662) 논계(論啓): 원래는 신하가 임금의 잘못을 따져 아뢴다는 뜻이나 여기에서는 다른
사람의 잘못을 임금에게 아뢴다는 의미로 쓰임.

663) 옥: [교] 원문에는 '유'로 되어 있으나 오기로 보여 국도본(10:109)을 따름.

(尙書)의 시인(侍人)을 회뢰(賄賂)[664]ᄒ여 옥ᄉ(獄事)를 되오믄 다 아
비 숑션을 시기미요, 난미 결옥(決獄)[665] 후(後)의 도망(逃亡)

63면

ᄒ여 아비가 축(畜)ᄒ여 아븨 집의 잇게 ᄒ미 다 쳔비(賤婢) 계교(計
巧)오, 환약(丸藥) 츌쳐(出處)ᄂ 쳔형(賤兄) 금난이 쟝군(將軍) 두모(-
某)의 시쳡(侍妾)으로 형(兄)이 단약(丹藥))을 어더 쟝군(將軍) 부인
(夫人)을 히(害)ᄒ여 츌거(黜去)ᄒ고 형(兄)이 쟝군(將軍)긔 젼춍(專
寵)[666]ᄒᄂ 고(故)로 쳔비(賤婢) 그 나믄 거슬 어더 와 쇼 부인(夫人)
을 히(害)ᄒ고 어ᄉ(御使) 노야(老爺)의 다시 도라보믈 요구(要求)ᄒ
디 노애(老爺ㅣ) 죵시(終是) 여시ᄒᆼ노(如視行路)[667]ᄒ시니 쳔비(賤
婢) 분앙(憤怏)[668]ᄒ 원(怨)이 밧혀 쏘 ᄌ긱(刺客)을 남챵(南昌)의 보
ᄂ|연 지 슈월(數月)이 지ᄂᄃ| 쇼식(消息)이 업습더니 이졔 가만ᄒ 졍
젹(情迹)[669]이 다 나ᄐ나오니 다만 신명(神明)이 돕지 아니시미라.
연(然)이나 ᄒᆼ교(行巧)[670]ᄒ믄 쳔인(賤人)의 쟉용(作用)이나 쇼공ᄌ
(小公子)를 죽이믄 난미의 ᄒ 비니 쳔비(賤婢)의 혼ᄌ ᄒ 죄(罪) 아
니라 복원(伏願) 노야(老爺)ᄂ 잔명(殘命)[671]을 용샤(容赦)ᄒ쇼셔.'

---

664) 회뢰(賄賂): 뇌물을 줌.
665) 결옥(決獄): 소송 사건이 판결이 남.
666) 젼춍(專寵): 전총. 총애를 독차지함.
667) 여시ᄒᆼ노(如視行路): 여시행로. 마치 길 가는 사람을 보듯 함.
668) 분앙(憤怏): 분해 하고 원망함.
669) 졍젹(情迹): 정적. 정황과 자취.
670) ᄒᆼ교(行巧): 행교. 계교를 행함.
671) 잔명(殘命): 쇠잔한 목숨.

ᄒᆞ엿더라.

승샹(丞相) 곤계(昆季)와 좌위(左右ㅣ) 간파(看罷)672)의 난의 요악
방ᄌᆞ(妖惡放恣)673)ᄒᆞᆯ

...

64면

아니 통ᄒᆡ(痛駭)674)ᄒᆞ리 업고 승샹(丞相)이 격상(擊牀)675) 대미(大罵) 왈(曰),
"간악(奸惡) 쳔녜(賤女ㅣ) 엇지 어딕도록 방ᄌᆞ(放恣)ᄒᆞᆯ 줄 알며 몽
챵의 혼암블명(昏闇不明)676)ᄒᆞ미 현쳐(賢妻)와 ᄌᆞ식(子息)을 보젼(保
全)치 못ᄒᆞᆯ 줄 알니오?"

아역(衙役)을 호령(號令)ᄒᆞ여 숑가(-家)의 가 난민를 ᄌᆞ바오라 ᄒᆞ여
엄형쥰ᄎᆞ(嚴刑準次)677)ᄒᆞ니 난민 놀ᄂᆞ오미 청텬벽녁(青天霹靂)678)이
일신(一身)을 분쇄(粉碎)679)ᄒᆞᄂᆞᆫ 듯ᄒᆞ나 옥난의 경ᄉᆡᆨ(景色)을 보미 발
명(發明)이 무익(無益)흔지라 젼후(前後) 악ᄉᆞ(惡事)를 개개(箇箇)히
직쵸(直招)680)ᄒᆞ니 난의 쵸ᄉᆞ(招辭)와 일분(一分) 다ᄅᆞ미 업ᄂᆞᆫ지라.
승샹(丞相)과 니시(李氏) 졔공(諸公)의 분개(憤慨)ᄒᆞᆷ믄 니ᄅᆞ도 말고
어ᄉᆞ(御使)의 분통졀치(憤痛切齒)681)ᄒᆞᆷᄆᆞᆫ 더옥 비길 ᄃᆡ 업더라.

---

672) 간파(看罷): 보기를 다함.

673) 요악방ᄌᆞ(妖惡放恣): 요악방자. 요사하고 악하며 방자함.

674) 통ᄒᆡ(痛駭): 통해. 몹시 이상하게 여기고 놀람.

675) 격상(擊牀): 격상. 책상을 내리침.

676) 혼암블명(昏闇不明): 혼암불명. 사리에 어둡고 현명하지 못함.

677) 엄형쥰ᄎᆞ(嚴刑準次): 엄형준차. 몇 차례에 걸쳐 엄히 벌을 줌.

678) 청텬벽녁(青天霹靂): 청천벽력. 마른 하늘에 날벼락.

679) 분쇄(粉碎): 단단한 물체를 가루처럼 잘게 부스러뜨림.

680) 직쵸(直招): 직초. 바로 고함.

681) 분통졀치(憤痛切齒): 분통절치. 몹시 분하여 이를 갊.

승샹(丞相)이 이 일이 〈〈(私私)로이 쳐단(處斷)치 못홀 바를 혜아려 부젼(父前)의 품(稟)ᄒ고 즉시(卽時) 냥녀(兩女)를 잡아 츄부(秋部)682)의 ᄃᆡ령(待令)ᄒ라 ᄒ고 냥녀(兩女)의 쵸안(招案)683)을 거두어 샹젼(上前)의 쥬달(奏達)684)ᄒ고 쇼 시(氏) 신원(伸寃)685)ᄒ

• • •

65면

기를 쳥(請)ᄒ니 샹(上)이 ᄯᅩ흔 냥녀(兩女)의 요악방ᄌᆞ(妖惡放恣)ᄒᆞ믈 대로(大怒)ᄒ시고 뉴 형부(刑部)의 회뢰(賄賂)를 밧고 옥졍(獄情)686)을 허트라믈 통히(痛駭)ᄒ샤 뉴 샹셔(尙書)를 츄구(追咎)687)ᄒ시고 도출사(都察使)688) 님경유를 교ᄃᆡ(交代)ᄒ여 옥ᄉᆞ(獄事)를 다스리라 ᄒ시니 님 샹셔(尙書)ᄂᆞᆫ 강명졍직(剛明正直)689)흔 ᄌᆡ(者ㅣ)라 역시(亦是) 통히(痛駭)ᄒ여 형부(刑部)의 니ᄅᆞ러 즉시(卽時) 좌긔(坐起)ᄒ고 난미, 옥난과 숑션을 다 줍아 무르니 과연(果然) 젼후ᄉᆡ(前後事ㅣ) 명빅(明白)흔지라. 형뷔(刑部ㅣ) 이ᄃᆡ로 계달(啓達)690)ᄒ니

---

682) 츄부(秋部): 추부. 곧 형부(刑部)를 가리킴. 추관(秋官)은 중국 주나라 때 육관(六官) 중의 하나였는데, 여기에서 형벌을 관장하였으므로 후에 추관, 추부 등은 곧 형부(刑部)를 지칭하는 말로 쓰임.

683) 쵸안(招案): 초안. 죄인이 복초(服招)한 글.

684) 쥬달(奏達): 주달. 임금에게 아룀.

685) 신원(伸寃): 신원. 가슴에 맺힌 원한을 풀어 버림.

686) 옥졍(獄情): 옥정. 옥사를 다스리는 일.

687) 츄구(追咎): 추구. 허물을 나무람.

688) 도출사(都察使): 도찰사. 도찰원(都察院)의 관리. 도찰원은 중국 명나라·청나라 때에, 벼슬아치의 비위를 규탄하고 지방 행정을 감찰하는 일을 맡아보던 관아.

689) 강명졍직(剛明正直): 강명정직. 성질이 곧고 정직함.

690) 계달(啓達): 글로 임금에게 아룀.

이 가온듸 쏘 두 쟝군(將軍)의 쳡(妾) 금난의 악시(惡事ㅣ) 발각(發覺)흔지라 두 쟝군(將軍)이 역시(亦是) 대로(大怒)ᄒ여 금난을 잡아 죄(罪)를 뭇고 츄부(秋部)의 부치니 샹(上)이 옥난 형뎨(兄弟)의 요악간음(妖惡奸淫)[691]ᄒ믈 블승통히(不勝痛駭)[692]ᄒ샤 즉시(卽時) 죠뉼(照律)[693]ᄒ여 글오샤듸,

"살인자(殺人者)ᄂᆞᆫ 한(漢) 고됴(高祖)의 약[694]법삼쟝(約法三章)[695]의도 샤(赦)치 아냐거늘 ᄒᆞ믈며 옥난, 난미ᄂᆞᆫ 인가(人家) 쳥의(靑衣)로 쥬

⦁⦁⦁

66면

인(主人)의 ᄌᆞ식(子息) 죽이기를 긔탄(忌憚)치 아니ᄒ니 ᄎᆞ(此)ᄂᆞᆫ 시역(弑逆)[696] 일뉘(一類ㅣ)라. 흔 죄(罪)만 ᄒ여도 가(可)히 죽기를 사(赦)치 못ᄒ려던 당하(堂下) 쳔쳡(賤妾)이 감(敢)히 녀군(女君)을 모히(謀害)ᄒ니 그 죄(罪) 가(可)히 블용쥬(不容誅)[697]라 엇지 일명(一命)을 용샤(容赦)ᄒ리오. 옥난, 난미를 다 쳐참능지(處斬陵遲)[698]ᄒ여 그 죄(罪)를 졍(正)히 ᄒ라."

ᄒ시고 두 쟝군(將軍) 시쳡(侍妾) 금난이 당하(堂下) 비쳡(婢妾)으로

---

691) 요악간음(妖惡奸淫): 요사하고 악독하며 간사하고 음란함.

692) 블승통히(不勝痛駭): 불승통해. 놀라움을 이기지 못함.

693) 죠뉼(照律): 조율. 법규를 구체적인 사건에 적용하는 일. 의율(擬律).

694) 약: [교] 원문에는 '악'으로 되어 있으나 오기로 보임.

695) 약법삼쟝(約法三章): 약법삼장. 중국 한(漢)나라 고조가 진(秦)나라의 가혹한 법을 폐지하고 이를 세 조목으로 줄인 것. 곧 사람을 살해한 자는 사형에 처하고, 사람을 상해하거나 남의 물건을 훔친 자는 처벌한다는 것임.

696) 시역(弑逆): 부모나 임금을 죽임. 시살(弑殺).

697) 블용쥬(不容誅): 불용주. 목 베어 죽이는 것으로도 용납되지 못함.

698) 쳐참능지(處斬陵遲): 처참능지. 대역죄를 범한 자에게 과하던 극형. 죄인을 죽인 뒤 시신의 머리, 몸, 팔, 다리를 토막 쳐서 각지에 돌려 보이는 형벌.

녀군(女君)을 도모(圖謀)흔 죄(罪) 즁(重)ᄒ나 인명(人命)은 샹(傷)치 아
냐시니 죽이든 아니ᄒ나 형장(刑杖) 슈치(數次ㅣ) 후(後)의 먼니 북히쥬
(北海州)699)의 츙군(充軍)ᄒ여 위관비(爲官婢)700)ᄒ라 ᄒ시고 기부(其
父) 숑션이 ᄯ흔 죄(罪) 업지 아닌지라 즁형(重刑) 삼(三) 치(次ㅣ) ᄒ여
졀도(絶島) 츙군(充軍)ᄒ여 영영(永永) 샤(赦)ᄅᆞᆯ 닙지 못ᄒ게 ᄒ라 ᄒ시
고 쇼 부인(夫人)의 남챵(南昌) 젹거(謫居)ᄅᆞᆯ 프러 부뷔(夫婦ㅣ) 복합(復
合)701)ᄒ라 ᄒ시고 쇼 샹셔(尙書)ᄅᆞᆯ 위로(慰勞)ᄒ시며 형부샹셔(刑部尙
書) 뉴영걸을702) 삭탈관직(削奪官職)703)ᄒ여 향니(鄕里)의 닉치

* * *

67면

시니 됴얘(朝野ㅣ)704) 쾌(快)히 너기더705)라. 뉴 샹셰(尙書ㅣ) 벼슬
을 아이고 칙됴(責詔)706)ᄅᆞᆯ 밧ᄌᆞ오미 무류(無聊)707) 춤괴(慙愧)ᄒ며
ᄯᅩ 졔니(諸李)ᄅᆞᆯ 볼 ᄂᆞᆺ치 업셔 드듸여 고향(故鄕)으로 ᄂᆞ려가니라.
  익일(翌日)의 옥난, 난미ᄅᆞᆯ 운양(雲壤)708) 시샹(市上)의 가 베히니
난미, 림ᄉᆞ(臨死)의 탄왈(嘆曰),

---

699) 북히쥬(北海州): 북해주. 북방의 가장 먼 곳.

700) 위관비(爲官婢): 관비를 삼음.

701) 복합(復合): 부합. 다시 합침.

702) 걸을: [교] 원문에는 '긔룰'로 되어 있으나 앞의 예를 따르고 국도본(10:113)을 따라 이와 같이 수정함.

703) 삭탈관직(削奪官職): 죄를 지은 자의 벼슬과 품계를 빼앗고 벼슬아치의 명부에서 그 이름을 지우던 일.

704) 됴얘(朝野ㅣ): 조야. 조정과 민간.

705) 더: [교] 원문에는 '너'로 되어 있으나 오기로 보이므로 국도본(10:113)을 따름.

706) 칙됴(責詔): 책조. 꾸짖는 조서.

707) 무류(無聊): 무료. 부끄럽고 열없음.

708) 운양(雲壤): '아득히 멂'의 뜻으로 보이나 미상임.

"니 지믈(財物)을 탐(貪)호 죄(罪)로 셩명(性命)을 일흐니 슈원슈한(誰怨誰恨)[709]이리오? 니(李) 쇼ᄋ(小兒)의 원혼(冤魂)이 엇지 원(怨)을 복(復)호미 아니리오?"

호더라. 임의 냥녀(兩女)를 죽여 시슈(屍首)[710]를 회시(回示) 삼(三)일(日) 만의 숑션이 거두어 쟝(葬)호고 적쇼(謫所)로 도라가니라.

두 쟝군(將軍)은 무부(武夫)의 셩(性)이 과격(過激)호지라 금난의 악ᄉ(惡事)를 대로(大怒)호여 법부(法部)의셔 다ᄉ려 ᄂ친 거슬 다시 잡아다가 형쟝(刑杖) 일(一) ᄎ(次)를 쏘 쳐 ᄂ치니 난이 반싱반ᄉ(半生半死)[711]호여 최여(輜輿)[712]의 실여 적쇼(謫所)로 가다가 반노(半路)의셔 쟝체(杖處ㅣ) 덧ᄂ 죽으니라. 두 쟝군(將軍)이 금난을 ᄂ치고 다시 부뷔(夫婦ㅣ) 완췌(完聚)[713]

●●●

68면

호여 일 업시 화락(和樂)호니라.

니부(李府)의셔 일문(一門) 샹히(上下ㅣ) 쇼 쇼져(小姐)의 누셜(陋褻)[714]을 신원(伸冤)호미 이러툿 쾌(快)호여 도라오미 쉬올 바를 깃거흐나 ᄌ긱(刺客)이 즁노(中路)의 쏠온다 호니 깁흔 념녀(念慮) 방하(放下)[715]치 못호더라.

---

709) 슈원슈한(誰怨誰恨): 수원수한. 누구를 원망하고 누구를 한스러워함.

710) 시슈(屍首): 시수. 시체와 머리.

711) 반싱반ᄉ(半生半死): 반생반사. 거의 죽게 됨.

712) 최여(輜輿): 치여. 짐수레.

713) 완췌(完聚): 완취. 완전히 모임.

714) 누셜(陋褻): 누설. 더러운 누명.

715) 방하(放下): 마음을 놓음.

정부(-府)의셔 또 옥난의 작악(作惡)이 발각(發覺)ㅎ미 대경통히
(大驚痛駭)ㅎ여 비록 지는 일이나 부인(夫人)은 처음 옥난을 허(許)
ㅎ여 손으(孫兒)의게 도라보님를 한(恨)ㅎ고 쇼 시(氏)의 격거(謫居)
고쵸(苦楚)와 윤문의 비명춤스(非命慘死)716)ㅎ미 준잉ㅎ믈 이긔지
못ㅎ여 탄식(歎息)ㅎ더라.

승상(丞相)이 바야흐로 어스(御使)를 블너 일쟝(一場) 딕칙(大責)ㅎ
여 전일(前日) 긔망(欺罔)ㅎ믈 슈죄(數罪)717)ㅎ니 어시(御使ㅣ) 황공
(惶恐) 샤죄(謝罪)ㅎ고 감(敢)히 다시 발명(發明)치 못ㅎ더라. 례뷔(禮
部ㅣ) 거힝(擧行)ㅎ여 쇼 시(氏)의 셩718)친록(成親錄)719)을 곳치며 례
폐(禮幣)720)를 가쵸와 쇼부(-府)의 보니고 젼후(前後) 블명(不明)을 샤
죄(謝罪)ㅎ니 쇼부(-府) 일개(一家ㅣ) 쇼졔(小姐ㅣ)의 신원(伸冤)이

••

69면

쾌(快)ㅎ믈 깃거ㅎ고 태부인(太夫人)은 니시(李氏)의 문명(問名)721)
을 어르만져 탄식(歎息) 왈(曰),

"월이(-兒ㅣ) 진실(眞實)노 쇼죄(所遭ㅣ)722) 긔구(崎嶇)ㅎ도다. 니
가(李家)의 문명(問名)이 두 번(番) 도라가고 세 번(番) 다시 오니 츠

---

716) 비명춤스(非命慘死): 비명참사. 제 명대로 살지 못하고 참혹하게 죽음.

717) 슈죄(數罪): 수죄. 죄를 하나하나 따짐.

718) 셩: [교] 원문에는 '셔'로 되어 있으나 오기로 보여 국도본(10:115)을 따름.

719) 셩친록(成親錄): 성친록. 혼인을 이루었다는 기록.

720) 례폐(禮幣): 예폐. 고마움과 공경의 뜻으로 보내는 물건. 폐백.

721) 문명(問名): 혼인을 정한 여자의 장래 운수를 점칠 때에 그 어머니의 성씨를 물음.
여기에서는 그 종이를 이름.

722) 쇼죄(所遭ㅣ): 소조. 치욕이나 고난을 당함.

후(此後)나 안과(安過)723) 홀가 브라노라."

ᄒᆞ더라.

노 태부인(太夫人)이 샤명(赦命)을 드르른 후(後)는 굴지계일(屈指計日)724) ᄒᆞ여 손녀(孫女)의 도라오믈 기725)다리고 니(李) 상부(相府)의셔 합문(閤門) 샹히(上下ㅣ) 뉘 아니 쇼 부인(夫人)의 환귀(還歸)726) ᄒᆞ기를 기다리지 아니ᄒᆞ리오. 진 태부인(太夫人) ᄉᆞ녀(思慮)727)는 쇼부(-府) 노 태부인(太夫人) 심ᄉᆞ(心思)와 일반(一般)이러라.

어ᄉᆞ(御使)는 비록 희로이락(喜怒哀樂)을 ᄂᆞᆺ트ᄂᆞ지 아니나 부인(夫人)이 슈이 환가(還家)ᄒᆞ믈 기ᄃᆞ리미 자못 간절(懇切)ᄒᆞ더니 아이(俄而)오728) 샤명(赦命)이 ᄂᆞ련 지 월여(月餘)의 믄득 남챵(南昌) 지부(知府)729)의 쥬문(奏文)730)이 텬뎡(天廷)의 오르고 니(李) 참군(參軍) 문셩의 글월이 니르ᄂᆞᆫ 곳듸 일(一) 월(月) 젼(前)의 부인(夫人)의 봉변(逢變)ᄒᆞᆫ 셜화(說話)를 나라히 알외엿고 대개(大蓋) 문셩의

---

723) 안과(安過): 편안히 지냄.

724) 굴지계일(屈指計日): 손꼽아 날을 기다림.

725) 기: [교] 원문에는 '가'로 되어 있으나 오기로 보임.

726) 환귀(還歸): 돌아옴.

727) ᄉᆞ녀(思慮): 사려. 생각과 염려.

728) 아이(俄而)오: 이윽고.

729) 지부(知府): 고을의 수령. 지현(知縣).

730) 쥬문(奏文): 주문. 임금에게 아뢰는 글.

셔간(書簡)의 왈(曰),

'부인(夫人)이 젹쇼(謫所)의 오신 후(後) 긔게(起居]) 일양(一樣)
무양(無恙)731)ᄒ더니 모월(某月) 모일(某日)의 옥슈(玉樹) ᄀᆞᆺ튼 남ᄋ
(男兒)를 싱(生)ᄒ시고 즉시(卽時) 산후(産後) 여샹(如常)732)ᄒᄆᆡ 유
ᄋ(乳兒]) 완구(完具)733)ᄒ여 무ᄉ(無事)히 슈칠(數七)을 지ᄂᆡ엿더
니 홀연(忽然) 모야(某夜)의 도젹(盜賊)이 드러 부인(夫人) 모ᄌ(母
子) 노쥐(奴主]) 다 실산(失散)734)ᄒ여 죵젹(蹤迹)이 업고 시녀(侍
女) 경쇠 도젹(盜賊)의 칼 아ᄅᆡ 죽으믈 면(免)치 못ᄒ엿ᄂ니이다.'

ᄒ엿ᄂᆞᆫ지라.

니·쇼 냥부(兩府) 샹히(上下]) 늘노 부인(夫人)의 환경(還京)ᄒ
기를 굴지계일(屈指計日)ᄒ다가 이 말을 드ᄅᆞᄆᆡ 엇지 놀납지 아니ᄒ
리오. 쇼부(-府) 노 부인(夫人)과 댱 부인(夫人)은 긔운 엄쇠735)(掩
塞)736)ᄒ기를 자로 ᄒ니 샹셰(尙書]) ᄯᅩᄒᆞᆫ 녀ᄋ(女兒)의 죤망(存亡)
을 몰나 ᄋᆡ도(哀悼)ᄒ믈 마지아니ᄒ나 ᄌᆞ부인(慈夫人) 노ᄅᆡ(老來)737)
의 이러틋 과샹(過傷)738)ᄒ시믈 민망(憫憫)ᄒ여 감(敢)히 긔쇠(氣色)

---

731) 무양(無恙): 몸에 병이나 탈이 없음.
732) 여샹(如常): 여상. 평상시와 같음.
733) 완구(完具): 아픈 곳이 없이 건강함.
734) 실산(失散): 흩어짐.
735) 쇠: [교] 원문에는 '미'로 되어 있으나 의미를 분명히 하기 위해 국도본(10:117)을 따름.
736) 엄쇠(掩塞): 엄색. 막힘.
737) 노ᄅᆡ(老來): 노래. 늘그막.
738) 과샹(過傷): 과상. 지나치게 슬퍼함.

을 발뵈지 못ᄒ고 승안(承顔)739) 화긔(和氣)로 위로(慰勞) 관비(寬
悲)740) ᄒ믈 마지아니ᄒ니 틱부인(太夫人)이 슬프미 오

71면

닉(五內)741) 분붕(分崩)742)ᄒ고 간담(肝膽)이 츈삭(寸削)743)ᄒ나 ᄌ
부(子婦)와 숀ᄋ(孫兒) 부부(夫婦)의 민면(黽勉)744)ᄒ 졍ᄉ(情事)745)
를 가지(可知)ᄒ여 일분(一分) 위회(慰懷)ᄒ미 잇고 니부(李府) 진 태
부인(太夫人)은 통셕(痛惜)746)ᄒ기를 마지아니ᄒ니 승샹(丞相)이 왕
모(王母)의 이 ᄀᆺ트시믈 민망(憫惘)ᄒ여 위로(慰勞) 쥬왈(奏曰),

"쇼 쇼뷔(小婦ㅣ) 비록 극(極)ᄒ 약질(弱質)이오나 텬품(天稟) 쟉
셩(作成)이 견강(堅剛)747)ᄒ옵고 미우(眉宇) 팔치(八彩)748)의 복덕
(福德)이 가죽ᄒ오니 타일(他日) 반ᄃ시 챵ᄋ(-兒)의 가도(家道)를
진졍(鎭定)홀 쟈ᄂᆫ 쇼 시(氏)라. 아직 져의 부부(夫婦) 운익(運
厄)749)이 긔구(崎嶇)ᄒ여 만ᄂᆫ 비 한심(寒心)ᄒ오나 일노써 ᄉ싱(死

---

739) 승안(承顔): 어른의 안색을 살펴 그대로 좇음.

740) 관비(寬悲): 슬픔을 억누름.

741) 오닉(五內): 오내. 오장(五臟).

742) 분붕(分崩): 갈라지고 무너짐.

743) 츈삭(寸削): 촌삭. 마디마디 깎임.

744) 민면(黽勉): 부지런히 힘씀.

745) 졍ᄉ(情事): 정사. 일의 형편이나 까닭.

746) 통셕(痛惜): 통석. 애통해 하고 안타까워함.

747) 견강(堅剛): 굳셈.

748) 팔치(八彩): 팔채. 중국 요(堯)임금의 눈썹이 여덟 가지 색이었다는 데서 유래한 말
로 덕이 있음을 가리킴.

749) 운익(運厄): 운액. 액을 당할 운수.

生) 념녀(念慮)는 업스오리니 복원(伏願) 왕모(王母)는 믈우셩녀(勿憂盛慮)750)호쇼셔."

태부인(太夫人)이 쟝탄(長歎) 슈누(垂淚) 왈(曰),

"여언(汝言)이 최션(最善)호나 노모(老母)는 반싱(半生) 궁박지인(窮薄之人)751)이라 임의 간쟝(肝腸)이 이우런752) 지 오린니 므움이 연(軟)호고 심지(心地) 굿지 못호민가 스롬의 어려온 지경(地境)을 춤아 듯고 보지 못호는 바의 쇼 쇼부(小婦)의 긔화명월(奇花明月)753)

• • •

72면

ヌ튼 긔질(氣質)과 졍뎡슉뇨(貞靜淑窈)754)호 덕힝(德行)으로써 익화(厄禍)755)의 긔구(崎嶇)호미 지어亽싱(至於死生)756)을 졍(定)치 못호기의 이시니 엇지 앗갑고 슬프지 아니호며 더옥 분만(分娩)호여 긔린(麒麟)을 나하더라 호거늘 젹즁(謫中) 실산(失散)호여 모亽(母子) 노쥬(奴主)의 亽싱(死生) 거쳐(去處)를 다 아지 못호니 엇지 더옥 춤통(慘痛)757)치 아니리오?"

셜파(說罷)의 오열(嗚咽) 뉴톄(流涕)하니 태亽(太師ㅣ) 즈위(慈闈)의 숀부(孫婦)를 위(爲)호여 노릭(老來)의 과회(過懷)758)호샤 귀톄(貴

---

750) 믈우셩녀(勿憂盛慮): 물우성려. 큰 근심을 두지 않음.

751) 궁박지인(窮薄之人): 곤궁하고 기박한 사람.

752) 이우런: 시든.

753) 긔화명월(奇花明月): 기화명월. 기이한 꽃과 밝은 달.

754) 졍뎡슉뇨(貞靜淑窈): 정정숙요. 행실이 곧고 깨끗하며 맑고 착함.

755) 익화(厄禍): 액화. 액으로 입는 재앙.

756) 지어亽싱(至於死生): 지어사생. 사생에 이르러.

757) 춤통(慘痛): 참통. 슬프고 고통스러움.

體) 블안(不安)호실가 져어 진삼(再三) 호언(好言)으로 위안(慰安)호
미 빅슈쟝염(白鬚長髥)759)을 붓치고 흐리누근760) 봉졍(鳳睛)761)을
나즉이 호여 즈위(慈闈)를 위로(慰勞)호며 간간(間間) 쇼어(笑語)와
화챵(和暢)호 우음이 면져(面底)762)의 가즉호여 비(比)컨딕 칠십즈
(七十子)의 질츄우희(跌趨兒戲)763)로 방블(髣髴)호니 엇지 홀노 증즈
(曾子)764)의 뜻 밧즈옴과 밍죵(孟宗)765)의 쥭슌(竹筍) 썩거 양지셩효
(養志誠孝)766)호믈 긔특(奇特)다 호리오. 진 부인(夫人)이 우즈(兒子)
와 졔손(諸孫)의 지극(至極)호 셩

●●●

73면

효(誠孝)를 감동(感動)호여 슬프믈 즈못 강잉(強仍)호더라.

어시(御使ㅣ) 부인(夫人)의 분만(分娩) 싱즈(生子)호엿던 쥴을 드
르미 더옥 놀누고 앗기며 슬허하나 셔숙(庶叔)의 셔간(書簡) 가온딕

---

758) 과회(過懷): 마음에 지나치게 둠.

759) 빅슈쟝염(白鬚長髥): 백수장염. 희고 긴 수염.

760) 흐리누근: 부드러운.

761) 봉졍(鳳睛): 봉정. 봉황의 눈동자라는 뜻으로 눈을 높여 이르는 말.

762) 면져(面底): 면저. '얼굴'의 뜻으로 보이나 미상임.

763) 질츄우희(跌趨兒戲): 질추아희. 빨리 달리다가 일부러 넘어지는 등 어린아이의 유
희. 중국 초(楚)나라 사람인 노래자(老萊子)의 고사. 노래자는 칠십이 되었어도 모
친을 위해 오색 무늬의 색동옷을 입기도 하고 물을 받들고 당에 올라가다가 일부
러 미끄러져 어린아이의 울음소리를 내기도 하며 모친을 즐겁게 했다고 함.

764) 증즈(曾子): 증자. 증삼(曾參). 중국 노(魯)나라의 유학자. 자는 자여(子輿). 공자의 덕행과
사상을 조술(祖述)하여 공자의 손자인 자사(子思)에게 전함. 효성이 깊은 인물로 유명함.

765) 밍죵(孟宗): 맹종. 중국 삼국시대 오(吳)나라 사람. 자는 공무(恭武). 효자로서 이름
이 높았으며, 겨울에 그의 어머니가 즐기는 죽순이 없음을 슬퍼하자 홀연히 눈 속
에서 죽순이 나왔다고 함.

766) 양지셩효(養志誠孝): 양지성효. 부모의 마음을 살펴 행하는 정성어린 효성.

일월(日月)은 쳔연(遷延)767)ᄒ여 ᄎᄌ미 어려오믈 긔별(奇別)ᄒ여시니 비록 부인(夫人)의 샹격(相格)768)을 미드미 이시나 진실(眞實)노 텬니(天理) 인ᄉ(人事)를 츄이(推理)키 어려온지라 ᄉ식(辭色)이 타연(泰然)ᄒ나 즁심(中心)의 슬프미 간졀(懇切)ᄒ미 즁야(中夜)의 회한(悔恨)ᄒ여 자긔(自己) 블명(不明)을 탄(嘆)ᄒ고 옥난의 죄(罪) 오히려 쥬뉵(誅戮)769)의 앗가오믈 통히(痛駭)ᄒ더라. 미지하여(未知何如)770)오. 쇼 쇼져(小姐)의 죵말(終末)이 엇지 되고.

지셜(再說). 쇼 쇼졔(小姐ㅣ) 문셩으로 더브러 남챵(南昌)의 니르니 본읍(本邑) 지현(知縣)이 공경(恭敬) 영졉(迎接)ᄒ더라.

---

767) 쳔연(遷延): 천연. 시일이 지남.
768) 샹격(相格): 상격. 관상에서, 얼굴의 생김새.
769) 쥬뉵(誅戮): 주륙. 죄인을 죽임.
770) 미지하여(未知何如): 어찌되었는지 알 수 없음.

빵쳔긔봉(雙釧奇逢) 권지십(卷之十)

1면

츠셜(且說). 쇼 쇼졔(小姐ㅣ) 문셩을 다리고 남챵(南昌)의 니르니 본부(本府) 지현(知縣)1)이 경수(京師) 례부샹셔(禮部尙書) 녀오(女兒)오, 도어수(都御使) 부인(夫人)이 이의 니르러시니 크게 놀나 친(親)히 오리졍(五里亭)2)의 가 마즈 공경(恭敬)ᄒᆞ믈 두터이 ᄒᆞ고 큰 집을 셔러져3) 이의 머믈게 ᄒᆞ고 문셔(文書)를 믿ᄃᆞ라 공츠(公差)4)를 도라보ᄂᆡ니 쇼졔(小姐ㅣ) ᄯᅩᄒᆞᆫ 니부(李府) 챵두(蒼頭)5)를 슈인(數人)을 머므르고 더러는 도라보ᄂᆡ고 구고(舅姑)와 부모(父母)긔 셔간(書簡)을 브쳐 보ᄂᆡ며 싀로온 비회(悲懷) 흉즁(胸中)을 쓴는 듯ᄒᆞ더라.

쇼졔(小姐ㅣ) 인(因)ᄒᆞ여 머믈시 문셩이 밧그로 직희여 보호(保護)ᄒᆞ미 지극(至極)ᄒᆞ고 지현(知縣)의 ᄃᆡ졉(待接)이 극진(極盡)ᄒᆞ니 일신(一身)은 평안(平安)ᄒᆞ나 도라 즈긔(自己) 일신(一身)을 혜아닐진ᄃᆡ 쳔고(千古)의 업순 강샹(綱常) 죄악(罪惡)을 므릅써 이

---

1) 지현(知縣): 현(縣)의 으뜸 벼슬아치.
2) 오리졍(五里亭): 오리정. 마을에서 오 리(里) 떨어진 곳에 있는 장정(長亭). 장정은 예전에, 먼 길을 떠나는 사람을 전송하던 곳.
3) 셔러져: 치워.
4) 공츠(公差): 공차. 관아나 궁에서 파견한 사자(使者)나 관원.
5) 챵두(蒼頭): 창두. 사내종.

역변히(異域邊海)6)의 슈졸(戍卒)7)이 되여 다시 누8)명(陋名)을 신셜(伸雪)9)ᄒ미 어렵고 고원(故園)10)의 도라가 훤당(萱堂)11)

•••

2면

의 치의(彩衣)12)를 츔츌 일13)이 망단(望斷)14)ᄒ지라 비록 딕쟝부(大丈夫)의 쳘셕(鐵石) ᄀᆺᄐᆫ ᄆᆞ음인들 엇지 녹지 아니리오. 스스로 명운(命運)이 긔험(崎險)ᄒᆞᆷᆯ 골돌15)ᄒ나 쥬야(晝夜) 침셕(寢席)의 업디여 ᄂᆞᆺᄎᆞᆯ 드러 텬일(天日)을 보지 아니ᄒ고 읍앙(悒怏)16)ᄒᆞᆷᆯ 이긔지 못ᄒ니 옥용(玉容)이 쵸체(憔悴)ᄒ여 월틱(月態) 이우러 촉뤼17)(髑髏 ㅣ)18) 되여시니 이 니른바 쥬옥(珠玉)이 진흙의 ᄆᆞ치고 빅벽(白璧)이 공산(空山)의 무침 ᄀᆺᄐᆞ니 문셩이 스스로 잔잉19)ᄒᆞᆷᆯ 이긔지 못ᄒ여

6) 이역변히(異域邊海): 이역변해. 아득히 먼 다른 고장.

7) 슈졸(戍卒): 수졸. 수자리 서는 군졸.

8) 누: [교] 원문에는 '뉴'로 되어 있으나 오기로 보이므로 국도본(10:121)을 따름.

9) 신셜(伸雪): 신설. 가슴에 맺힌 원한을 풀어 버리고 창피스러운 일을 씻어 버림. 신원설치(伸冤雪恥).

10) 고원(故園): 고향.

11) 훤당(萱堂): 원래 남의 어머니를 높여 이르는 말이나 여기에서는 자기의 조부모, 부모를 가리키는 말로 쓰임.

12) 치의(彩衣): 채의. 울긋불긋한 빛깔과 무늬가 있는 옷.

13) 훤당(萱堂)의~일: 어머니 앞에서 색동옷을 입고 춤을 출 일. 중국 춘추시대 초(楚)나라의 노래자(老萊子) 고사를 이름. 노래자는 일흔 살의 나이에 색동옷을 입고 부모 앞에서 춤을 추어 부모를 기쁘게 했다고 함.

14) 망단(望斷): 바람이 끊김.

15) 골돌: 한 가지 일에 온 정신을 쏟아 딴 생각이 없음.

16) 읍앙(悒怏): 근심하고 원망함.

17) 뤼: [교] 원문에는 '뇌'로 되어 있으나 오기로 보임.

18) 촉뤼(髑髏 ㅣ): 해골.

19) 잔잉: 불쌍함.

드러가 챵밧(窓-)긔셔 문침(問寢)[20]ᄒ고 위로(慰勞) 왈(曰),

"부인(夫人)이 일시(一時) 지앙(災殃)으로 이러틋 ᄒ시나 오릭지 아
냐 텬샤(天赦)[21]ᄅᆞᆯ 닙어 북(北)으로 도라가시리니 엇진 고(故)로 이러
틋 샹회(傷懷)[22]ᄒ샤 몸 샹(傷)ᄒᆞᆯ 쥴을 아지 못ᄒ시ᄂᆞ니잇고? 쳔싱(賤
生)[23]이 딕노애(大老爺)의 지삼(再三) 부탁(付託)ᄒ시ᄂᆞᆫ 명(命)을 밧
ᄌᆞ와 이리 오믹 노애(老爺ㅣ) 쳔(千) 니(里)의셔 ᄇᆞ라미 즁(重)ᄒᆞᆯ 거시
어늘 엇진 고(故)로 이러틋 샹회(傷懷)ᄒ여 몸 샹(傷)ᄒᆞᆯ 쥴 아

∙∙∙

3면

지 아니ᄒ시ᄂᆞᄂ뇨? 싱(生)이 므슴 ᄂᆞᆺᄎᆞ로 타일(他日) 젹형(嫡兄)[24]긔
뵈오리오?"

쇼제(小姐ㅣ) 읍샤(揖謝) 왈(曰),

"쳡(妾)이 엇지 아지 못ᄒ리오마ᄂᆞᆫ 쳡(妾)이 본(本)딕 약질(弱質)노
슈퇴(水土ㅣ) 익지 못ᄒᆞ믹 긔쇡(氣色)이 병(病)든 둣ᄒ나 관겨(關係)치
아니니 슉(叔)은 방심(放心)ᄒ쇼셔. ᄉᆞ싱(死生)이 명(命)이오, 슈요쟝단
(壽夭長短)[25]이 지텬(在天)ᄒ니 쳡(妾)이 엇지 즈레 쥭을 병(病)이리오?"

문셩이 지삼(再三) 위로(慰勞)ᄒ더라.

쇼제(小姐ㅣ) 이리 온 오(五) 삭(朔) 만의 츄(秋) 구월(九月) 망일

---

20) 문침(問寢): 문안.

21) 텬샤(天赦): 천사. 천자가 죄인을 풀어줌.

22) 샹회(傷懷): 상회. 마음속으로 애통히 여김.

23) 쳔싱(賤生): 천생. 주로 남자가 자신을 낮추어 이르는 말.

24) 젹형(嫡兄): 적형. 서자가 아버지의 정실에게서 난 형을 이르는 말. 여기에서는 서자
인 이문성이 정실 소생인 이관성을 두고 적형이라 부른 것임.

25) 슈요쟝단(壽夭長短): 수요장단. 오래 삶과 일찍 죽음.

(뭘日)26)의 싱즈(生子)ᄒ니 날 쩌의 홍운(紅雲)이 집을 두르고 향닉
(香-) 원근(遠近)의 ᄡ이더니 밋 히ᄋ(孩兒)ᄅᆞᆯ 보니 늉27)준일각(隆準
日角)28)이오, 봉안줌29)미(鳳眼蠶眉)30)라 크게 범인(凡人)으로 더브
러 다르며 분호(分毫)31) 어ᄉ(御使)로 다르미 업스니 홍이 히ᄋ(孩
兒)ᄅᆞᆯ 깃시 ᄲᅡ며 탄식(歎息) 왈(曰),

"니(李) 어시(御使ㅣ) ᄒᆞᄂᆞ토 즈즐32)ᄒᆞ거늘33) ᄯᅩ 엇지 둘을 보리오?"
이ᄶᅵ 문셩이 밧긔셔 듯고 대희(大喜)ᄒᆞ여 의약(醫藥)을 다스려 구
호(救護)ᄒᆞᄆᆞᆯ 극진(極盡)이 ᄒᆞ니 쇼졔(小姐ㅣ) ᄯᅩᄒᆞᆫ 강잉(强仍)ᄒᆞ여
몸을 죠보(調補)34)ᄒᆞᄆᆡ 즉시(卽時) 향

4면

챠(向差)35)ᄒᆞ니 문셩이 드러와 보고 치하(致賀)ᄒᆞ며 경괴 신ᄋ(新兒)
ᄅᆞᆯ 문셩의 알픽 노흐니 문셩이 뒤가(大家) 가문(家門) ᄌᆞ뎨(子弟)로

---

26) 망일(뭘日): 음력 보름날.
27) 늉: [교] 원문에는 '눙'으로 되어 있으나 오기로 보임.
28) 늉쥰일각(隆準日角): 융준일각. 우뚝 솟은 왼쪽 이마. 융준은 우뚝 솟은 모양을 의미
함. 일각(日角)은 이마 왼쪽의 두둑한 뼈 또는 이마 뼈가 불쑥 나온 모양으로 왕자
(王者)나 귀인의 상(相)이라고 함. 이에 비해 월각(月角)은 오른쪽 이마의 불쑥 나온
모양을 의미함. 크게 귀하게 될 골상.
29) 줌: [교] 원문에는 'ᄌᆞ'로 되어 있으나 오기로 보임.
30) 봉안줌미(鳳眼蠶眉): 봉안잠미. '봉안'은 봉의 눈같이 가늘고 길며 눈초리가 위로 째
지고 붉은 기운이 있는 눈이고 '잠미'는 누에와 같이 길고 굽은 눈썹으로 잘 생긴
남자의 눈썹을 표현할 때 주로 사용되는 표현임.
31) 분호(分毫): 몹시 적은 것의 비유. 추호(秋毫). 조금도.
32) 즐: [교] 원문에는 '질'로 되어 있으나 오기로 보이므로 국도본(10:123)을 따름.
33) 즈즐ᄒᆞ거늘: 지긋지긋하거늘. '즈즐ᄒᆞ다'는 '지긋지긋하다'의 옛말.
34) 죠보(調補): 조보. 조리하며 보양함.
35) 향챠(向差): 향차. 회복함.

례법(禮法)을 ᄌᆞ못 알고 승샹(丞相)이 우이(友愛)를 ᄌᆞ못 두터이 ᄒᆞ나 스스로 겸공(謙恭)36) 근신(謹愼)37)ᄒᆞ믈 쥬(主)ᄒᆞᄂᆞᆫ 고(故)로 이의와 쇼져(小姐)를 샹ᄃᆡ(相對)ᄒᆞ나 돗 밧긔 부복(俯伏)ᄒᆞ여 눈을 드지 아닌ᄂᆞᆫ 고(故)로 경픠 히아(孩兒)를 갓가이 노ᄒᆞ미러라. 문셩이 눈을 드러 보고 크게 놀나 복지(伏地) 하왈(賀曰),

"ᄎᆞ이(此兒ㅣ) 비록 강보이(襁褓兒ㅣ)나 이러틋 신긔(神奇)ᄒᆞ니 부인(夫人) 복녹(福祿)은 가지(可知)38)로쇼이다."

쇼제(小姐ㅣ) 츄연(惆然) 탄왈(嘆曰),

"ᄎᆞᄋᆞ(此兒)의 팔지(八字ㅣ) 엇마 죠흐면 이러틋 박복(薄福)ᄒᆞᆫ 어미게 ᄂᆞ리잇고?"

문셩 왈(曰),

"부인(夫人)은 그리 니ᄅᆞ지 마ᄅᆞ쇼셔. 부인(夫人)이 맛츰 운쉬(運數ㅣ) 블니(不利)ᄒᆞ신 ᄽᅢ를 만나 이러틋 ᄒᆞ시나 오ᄅᆡ지 아냐 븍(北)으로 도라가시리니 근심 마ᄅᆞ쇼셔."

쇼제(小姐ㅣ) 샹연(傷然)39)이 유톄(流涕) 왈(曰),

"천고(千古)의 업슨 죄(罪)를 므릅써 목슘 ᄉᆞ름도 죡(足)ᄒᆞ거ᄂᆞᆯ, 엇지 은샤(恩赦)40)를 닙

∘∘∘

5면

ᄉᆞ와 븍(北)으로 도라가리잇고?"

---

36) 겸공(謙恭): 자신을 낮추고 남을 높이는 태도가 있음.
37) 근신(謹愼): 말이나 행동을 삼가고 조심함.
38) 가지(可知): 알 만함.
39) 샹연(傷然): 상연. 슬퍼하는 모양.
40) 은샤(恩赦): 은사. 나라에 경사가 있을 때에, 죄과가 가벼운 죄인을 풀어 주던 일.

문셩이 츔연(慘然) 위로(慰勞) 왈(曰),

"부인(夫人)이 이미ᄒᆞ시미 옥(玉) ᄀᆞᆺᄐᆞ니 텬되(天道ㅣ) ᄌᆞ연(自然) 슬피미 업ᄉᆞ리잇고? 원(願)컨딕 관심(寬心)41)ᄒᆞ시믈 바라ᄂᆞ이다."

쇼졔(小姐ㅣ) 샤례(謝禮)ᄒᆞ더라.

삼칠일(三七日)42) 후(後) ᄋᆞ희를 씨기니 쇼졔(小姐ㅣ) 믄득 보믹 가슴의 붉은 졈(點)이 이시딕 크기 모란 닙 ᄀᆞᆺᄐᆞ여 홍광43)(紅光)이 ᄂᆞᆺ히 뽀이거늘 대경(大驚)ᄒᆞ여 다른 딕를 보니 등의 거믄 ᄉᆞ마괴 일곱이 잇고 빅의 '경문' 두 ᄌᆞ(字) 잇거늘 더옥 놀나 싱각ᄒᆞ딕,

'ᄎᆞ익(此兒ㅣ) 샹뫼(相貌ㅣ)44) 이러틋 ᄒᆞ니 가(可)히 긔특(奇特)ᄒᆞ거니와 아비를 모ᄅᆞ고 이런 궁박(窮迫)ᄒᆞᆫ 어믜게 어이 ᄂᆞᆫ다?'

ᄒᆞ고 다시 말을 아니터라. ᄎᆞ후(此後) ᄋᆞ희를 가ᄎᆞ45)ᄒᆞ여 졈간(暫間) 시름을 잇더라.

일야(一夜)ᄂᆞᆫ 미월(微月)이 희미(稀微)ᄒᆞᆫ딕 방듕(房中)의 안46)ᄌᆞ 경ᄉᆞ(京師)를 ᄉᆞ렴(思念)ᄒᆞ더니 홀노 촌 바름이 알플 지ᄂᆞ며 머리의 뽄 관(冠)이 ᄂᆞ려지거늘 놀나 관(冠)을 거두고 잠간(暫間) 싱각ᄒᆞ더니,

6면

딕경(大驚) 왈(曰),

---

41) 관심(寬心): 마음을 놓음.

42) 삼칠일(三七日): 아이를 낳은 지 스무 하루째의 날. 세이레라고도 하며, 이 기간 동안은 금줄을 쳐서 가족이나 이웃주민의 출입을 삼가고 특히 부정한 곳에 다녀온 사람은 출입을 절대 금함.

43) 광: [교] 원문에는 '관'으로 되어 있으나 오기로 보이므로 국도본(10:124)을 따름.

44) 샹뫼(相貌ㅣ): 상모. 얼굴의 생김새와 외모.

45) 가ᄎᆞ: 가차. 사랑.

46) 안: [교] 원문에는 '아'로 되어 있으나 오기로 보이므로 국도본(10:125)을 따름.

"위퇴(危殆)ᄒ다. 이 엇진 일인고?"

드듸여 샹ᄌ(箱子)의셔 너 블47) 남의(男衣)를 ᄂᆞ니 원ᄂᆡ(元來) 쇼제(小姐ㅣ) 춍명(聰明) 신긔(神奇)ᄒ미 만(萬) 니(里)를 예탁(豫度)48)ᄒ여 이런 일을 짐쟉(斟酌)고 경ᄉ(京師)를 ᄯᅥᄂᆞᆯ 제 빅깁(白-)으로 남의(男衣)를 지어 간ᄉ49)ᄒ엿더니, 금일(今日) 흉(凶)ᄒᆫ 응(應)을 보ᄆᆡ 밧비 홍ᄋᆞ 등(等) ᄉ(四) 인(人)을 블너 니ᄅᆞᄆᆡ,50)

"하ᄂᆞᆯ이 나의게 앙화(殃禍)51)를 일편(一偏)52)되이 ᄂᆞ리오샤 이제 딕란(大亂)이 알픠 당(當)ᄒ여시니 안ᄌ셔 욕(辱)을 바드으믄 우은지라, 이제 피(避)ᄒ고져 ᄒ거니와 유ᄋᆞ(乳兒)를 쟝ᄎᆞᆺ(將次ㅅ) 엇지ᄒ리오? 홍ᄋᆞ 등(等) 삼(三) 인(人)은 나히 져므니 능(能)치 못ᄒᆞᆯ가 두리ᄂᆞ니 경교 등(等)은 나히 잠간(暫間) 더ᄒ고 노실(老實)53)ᄒᆫ지라 남복(男服)을 말고 유ᄋᆞ(乳兒)를 보호(保護)ᄒ여 날을 죠ᄎᆞ라."

ᄉ(四) 인(人)이 이 말을 듯고 황망(慌忙) 슈명(受命)ᄒᆞᄆᆡ 쇼져(小姐)ᄂᆞᆫ 션븨 건복(巾服)54)을 ᄒ고 홍ᄋᆞ 등(等)은 챵두(蒼頭)의 복ᄉᆡᆨ(服色)을 ᄒ고 경교ᄂᆞᆫ 유ᄋᆞ(乳兒)를 어버 갈ᄉᆡ 가ᄇᆡ야온 지믈(財物)을 약간(若干) 가지고 드

---

47) 너 블: 네 벌. 참고로 국도본(10:125)에는 '너 벌'로 되어 있음.

48) 예탁(豫度): 미리 헤아림.

49) 간ᄉ: 간사. 간수함.

50) 니ᄅᆞᄆᆡ: [교] 원문에는 뒤에 '닐러 왈'이 있으나 의미가 중복되므로 삭제함.

51) 앙화(殃禍): 어떤 일로 인하여 생기는 재앙.

52) 일편(一偏): 한결같은 모양.

53) 노실(老實): 노련하고 성실함.

54) 건복(巾服): 웃옷과 갓을 아울러 이르는 말. 흔히 예전에 남자가 정식으로 갖추던 옷차림을 이름.

되여 문셩을 쳥(請)ᄒ여 닐오고져 ᄒ더니,

홀연(忽然) 함셩(喊聲)이 되긔(大起)ᄒ고 살긔(殺氣) 년텬(連天)[55]ᄒ니 노쥬(奴主) 오(五) 인(人)이 심신(心神)이 황홀(恍惚)ᄒ여 뒤문(-門)으로 급(急)히 쒸여 달아니 이쎠 챵황(悄怳)[56]ᄒ 경식(景色)이 엇지 측냥(測量)ᄒ리오. 이십여(二十餘) 리(里)나 힝(行)ᄒ니 믄득 길히 싣혀지고 압히 긴 강(江)이 굴히시니 모다 숨을 졍(靜)ᄒ고 도라보니 경픠 공ᄌ(公子)ᄅᆞᆯ 다리고 간 ᄃᆡ 업ᄂ지라. 쇼졔(小姐ㅣ) 되경(大驚)ᄒ여 크게 ᄒᆞᆫ 쇼릭ᄅᆞᆯ 지르고 것구러져 혼졀(昏絶)ᄒ니 홍ᄋ 등(等)이 밧비 쥬믈너 씌오믹 쇼졔(小姐ㅣ) 쇼릭ᄅᆞᆯ 먹음어 울어 왈(曰),

"박명(薄命) 인싱(人生)이 경ᄉ(京師)의셔 죽지 못ᄒᆞᆷ믄 경ᄋᆞ(-兒)ᄅᆞᆯ 위(爲)ᄒ미라, 구챠(苟且)히 투싱(偸生)ᄒ여 남챵(南昌)의 가 져를 나하 ᄆᆞ음을 위로(慰勞)ᄒ더니 이졔 일ᄒᆞ니 다시 므어슬 뉴렴(留念)ᄒ리오?"

몸을 쇼쇼와 믈의 들고져 ᄒᆞ니 ᄎᆞ시(此時) 식벽달이 몽농(朦朧)ᄒᆞᆫ지라, 찬 셔릭 습삽(颯颯)[57]ᄒᆞᆫᄃᆡ 강쉬(江水ㅣ) 망망(茫茫)ᄒᆞ니 셜운 사름의 회픠(懷抱ㅣ) 더은지

라. 홍아 등(等)이 되곡(大哭)ᄒ고 쇼져(小姐)ᄅᆞᆯ 붓드러 말녀 왈(曰),

---

55) 년텬(連天): 연천. 하늘에 맞닿음.
56) 챵황(悄怳): 창황. 정신없는 모양.
57) 습삽(颯颯): 삽삽. 몸으로 느끼기에 쌀쌀함.

"쇼졔(小姐ㅣ) 이의 니르시미 텬쉬(天數ㅣ)라. 뭇당이 몸을 힘뼈 보쥼(保重)ㅎ샤 원슈(怨讐) 갑흐시미 올커58)늘 엇진 고(故)로 즁도 (中途)의 와 쳔금(千金) 굿튼 몸을 가븨야이 브리려 ㅎ시느니잇고?"

쇼졔(小姐ㅣ) 오열(嗚咽) 왈(曰),

"늬 이제 규문(閨門)의 몸으로 남즈(男子)의 의복(衣服)을 ㅎ고 어 듸를 지향(指向)ㅎ며 ᄋ즈(兒子)를 일흐니 만시(萬事ㅣ) 여몽(如夢) ㅎ지라 츠마 슬 뜻이 업노라."

홍이 다시 간왈(諫曰),

"쇼졔(小姐ㅣ) 젼일(前日) 통달(通達)ㅎ시더니 금일(今日) 엇지 이 러틋 죠급(躁急)ㅎ시뇨? 공직(公子ㅣ) 골격(骨格)이 비샹(非常)ㅎ시 니 아모 듸 가셔도 위틱(危殆)ㅎ미 업스리니 원(願)컨듸 쇼져(小姐) 는 관심(寬心)ㅎ시고 안신(安身)홀 곳을 싱각ㅎ쇼셔."

쇼졔(小姐ㅣ) 울어 왈(曰),

"타향(他鄕)의 아느니 업고 몸이 녀직(女子ㅣ)라 어듸를 지향(指 向)ㅎ여 의지(依支)ㅎ리오? ㅎ믈며 ᄋ즈(兒子)를 일흐니 늬 춤아 살 뜻이 업노라."

언필(言畢)의 일진(一陣)59) 비풍(悲風)60)이 알플 가리오며 졍괴 늦히 피롤 므치고 압히 셔

•••

9면

셔 닐오듸,

58) 커: [교] 원문에는 '거'로 되어 있으나 오기로 보이므로 국도본(10:127)을 따름.
59) 일진(一陣): 한바탕 몰아치거나 몰려오는 구름이나 바람 따위.
60) 비풍(悲風): 몹시 쓸쓸하고 구슬픈 느낌을 주는 바람.

"쇼비(小婢) 임의 시운(時運)이 블니(不利)ᄒᆞ믈 만나 목슘이 칼 긋히 늘닌 넉시 되엿거니와 공ᄌᆞ(公子)ᄂᆞᆫ 무양(無恙)[61]ᄒᆞ시미 반셕(磐石)[62] ᄀᆞᆺᄐᆞ시니 십뉵(十六) 년(年) 후(後) 만ᄂᆞ실 줄 아ᄅᆞ쇼셔. 도젹(盜賊)이 시방(時方) 오(五) 리(里)의 ᄯᄅᆞᄂᆞ이다."

셜파(說罷)의 보지 못ᄒᆞᆯ너라.

쇼졔(小姐ㅣ) 졍교 죽으믈 통도(痛悼)[63]ᄒᆞ나 공ᄌᆞ(公子ㅣ) 무양(無恙)ᄐᆞ 말을 듯고 ᄯᅩ 젼일(前日) 몽ᄉᆞ(夢事)를 싱각고 잠간(暫間) 방심(放心)ᄒᆞ여 도젹(盜賊)이 ᄯᄅᆞᆫ단 말을 크게 두려 이의 강가(江-)으로 말믜암아 두어 보(步)나 ᄂᆞ아가니 비 여러 쳑(隻)이 ᄆᆡ이엿고 사름 것너ᄂᆞᆫ 거ᄅᆞ[64]도 잇거늘 쇼졔(小姐ㅣ) 담(膽)을 크게 ᄒᆞ고 ᄉᆞ공(沙工)의 알픠 ᄂᆞ아가 손을 ᄲᅩ고 만복(萬福)을 칭(稱)ᄒᆞ고 왈(曰),

"우리ᄂᆞᆫ 남방(南方) 사름이라. ᄆᆞᆺ춤 급(急)ᄒᆞᆫ 긔별(奇別)을 고(告)ᄒᆞ려 쟝ᄉᆞ(長沙)로 가더니 원(願)컨디 건널진디 만히 사례(謝禮)ᄒᆞ리라."

ᄉᆞ공(沙工)이 흔연(欣然)이 걸늘[65] 디혀[66] 오ᄅᆞ라 ᄒᆞ거늘 ᄉᆞ(四)인(人)이 비의 올나 즁뉴(中流)[67]ᄒᆞᄆᆡ ᄉᆞ공(沙工)이 홍ᄋᆞ 등(等) ᄉᆞ(四)인(人)의 가진 거시 만흐믈 보고 욕심(慾心)ᄂᆡ여 즁뉴(中流)ᄒᆞ여

---

61) 무양(無恙): 몸에 병이나 탈이 없음.
62) 반셕(磐石): 반석. 넓고 평평한 큰 돌이라는 뜻으로 아주 안전하고 견고함을 말함.
63) 통도(痛悼): 슬퍼함.
64) 거ᄅᆞ: 거루. 거룻배. 돛이 없는 작은 배.
65) 걸늘: 거루를.
66) 디혀: 대어.
67) 즁뉴(中流): 중류. 배를 타고 강의 가운데로 나아감.

믄득 닐오딕,

"슈지(秀才)[68] 션가(船價)[69]를 언마나 쥬려 ㅎㄴ뇨?"

쇼제(小姐ㅣ) 왈(曰),

"달나 ㅎ는 딕로 쥬리라."

ㅅ공(沙工)이 닝쇼(冷笑) 왈(曰),

"슈지(秀才) 져를 다 쥴쇼냐?"

쇼제(小姐ㅣ) 흔연(欣然) 왈(曰),

"거 므어시 어려오리오?"

즉시(卽時) 홍ㅇ 등(等)을 명(命)ㅎ여 가진 바 금은(金銀)을 다 ㅅ공(沙工)을 쥰딕, ㅅ공(沙工)이 일시(一時) 욕심(慾心)을 춤지 못ㅎ여 우연(偶然)흔 말의 제 져러틋 다 쥬믈 보니 의혹(疑惑)ㅎ믈 이긔지 못ㅎ여 또 귀신(鬼神)이 ㅈ가(自家)를 믹밧는[70] 둣 두려오미 나 년망(連忙)이[71] 복디(伏地)[72] 왈(曰),

"쇼인(小人)이 엇지 이런 쯧이 이시리잇고? 일시(一時) 실언(失言)ㅎ미니 샹공(相公)[73]은 샤죄(赦罪)[74]ㅎ쇼셔."

인(因)ㅎ여 뭇히 ㄴ리오고 걸늘 써혀 가거늘 쇼제(小姐ㅣ) 역시(亦

---

68) 슈지(秀才): 수재. 예전에, 미혼 남자를 높여 이르던 말.

69) 션가(船價): 선가. 뱃삯.

70) 믹밧는: 맥받는. 살피는. 헤아리는.

71) 년망(連忙)이: 연망이. 황급히.

72) 복디(伏地): 복지. 땅에 엎드림.

73) 샹공(相公): 상공. 상대 남자를 높여 부르는 말. 여기에서는 소월혜가 남복을 하고 있으므로 뱃사공이 이와 같이 말한 것임.

74) 샤죄(赦罪): 사죄. 죄를 용서함.

是) 亽공(沙工)의 거동(擧動)을 고이(怪異)히 너겨 홍아로 ᄒᆞ여금 블너 닐오ᄃᆡ,

"너 엇지 네 비ᄅᆞᆯ 건너고 그져 이시리오? ᄎᆞ믈(此物)이 쇼쇼(小小)ᄒᆞ나 흔젹 밥갑술 ᄒᆞ라."

ᄒᆞ고 빅은(白銀) 십(十) 냥(兩)을 ᄂᆡ여 쥬ᄃᆡ, 亽공(沙工)이 도라보도 아니코 다ᄅᆞ니 은ᄑᆡ 왈(曰),

"그 亽공(沙工)이 고이(怪異)ᄒᆞ다. 처음은 쟝(壯)흔75) 욕심(欲心)을 내엿다가 져리

◦••

11면

민민히76) 거절(拒絶)ᄒᆞ니 아니 귀신(鬼神)이 쇼져(小姐) 뜻을 시험(試驗)ᄒᆞ민가 ᄒᆞᄂᆞ이다."

쇼져(小姐) 왈(曰),

"너히 말이 가쇠(可笑ㅣ)로다. 져 무리 지보(財寶)의 욕심(欲心)을 ᄂᆡ엿다가 타연(泰然)이 다 쥬ᄆᆡ 제 의심(疑心)ᄒᆞ여 갓거늘 이런 허망(虛妄)흔 말을 ᄒᆞᄂᆞ뇨?"

즉시(卽時) 십(十) 냥(兩) 은(銀)을 강심(江心)을 바라며 더지니 삼(三) 인(人)이 놀나 그 연고(緣故)ᄅᆞᆯ 무ᄅᆞᆫᄃᆡ 쇼졔(小姐ㅣ) 왈(曰),

"ᄎᆞ믈(此物)이 임의 션가(船價)ᄅᆞᆯ 쥬노라 흔 거시니 ᄂᆡ 엇지 거두어 가지리오? 이러므로 슈신(水神)을 쥬어 기인(其人)으로 ᄒᆞ여금 비ᄅᆞᆯ 가지고 단니ᄂᆞᆫ 위틱(危殆)ᄒᆞ미 업게 ᄒᆞ노라."

삼(三) 비(婢) 그 덕틱(德澤)을 탄복(歎服)ᄒᆞ더라.

_____

75) 쟝(壯)흔: 장한. 크고 성대한.
76) 민민히: 지나칠 정도로 매우 심하게.

드듸여 뭇히 ᄂ려 십(十) 니(里)ᄂ 가니 ᄇ야흐로 날이 붉으니 진두(津頭)[77] 힝인(行人)이 왕ᄅ(往來)ᄒ거늘 쇼졔(小姐ㅣ) 졈즁(店中)의 드러가 됴식(早食)을 ᄒ고 문왈(問曰),

"이곳은 어듸뇨?"

졈쥐(店主ㅣ) 왈(曰),

"이ᄂ 남챵(南昌) 지경[78](地境) 안문[79]현이니이다."

쇼졔(小姐ㅣ) 문왈(問曰),

"이리로셔 남챵(南昌)을 가려 ᄒ면 면 니(里)ᄂ 가ᄂ뇨?"

졈쥐(店主ㅣ) 쇼왈(笑曰),

"슈지(秀才) 아지

12면

못ᄒᄂ니 남챵(南昌)이 빅(百) 니(里)라."

쇼졔(小姐ㅣ) 놀나 심즁(心中)의 혜아리듸,

'ᄉ십오(四十五) 리(里)나 왓ᄂ가 ᄒ더니 창황(蒼黃)[80] 즁(中) 듸강(大綱) 먼니 왓도다. 일시(一時) 이 쟝ᄎ(將次ㅅ) 어듸 의지(依支)ᄒ리오?'

ᄒ고 계교(計巧)를 싱각ᄒ더니 홍이 왈(曰),

"이졔ᄂ 젹(賊)이 먼니 가실 거시니 도로 남챵(南昌)으로 가미 엇더니잇고?"

쇼졔(小姐ㅣ) 듸왈(對曰),

---

77) 진두(津頭): 나루.

78) 경: [교] 원문에는 '명'으로 되어 있으나 오기로 보임.

79) 문: [교] 원문에는 '무'로 되어 있으나 뒤에 '문'으로 나와 있어 이와 같이 수정함.

80) 창황(蒼黃): 미처 어찌할 사이 없이 매우 급작스러움. 창졸(倉卒).

"너의 계괴(計巧]) 두 번(番) 일희[81] 입의 들니로다. 이제 원슈 (怨讎)의 사룸이 날을 죽이려 ㅎ다가 못 ㅎ고 분심(憤心)이 흉격(胸膈)의 가득ㅎ엿ᄂᆞ딕 다시 ᄂᆞ아가 그곳의 이시면 벅벅이[82] 목슘을 보젼(保全)치 못ᄒᆞᆯ 거시니 박명(薄命) 인싱(人生)이 인간(人間)을 과도(過度)히 뉴렴(留念)ㅎ미 아니로딕 흉젹(凶賊)을 만나 욕(辱)이 비경(非輕)ᄒᆞᆯ 거시오, 비록 죽으나 더러온 넉시 될 거시오, ᄯᅩ 부모(父母) 싱아(生我)ㅎ신 딕은(大恩)을 일분(一分)도 갑습지 못ㅎ고 그 싱휵(生慉)ᄒᆞᆫ 유톄(遺體)ᄅᆞᆯ 샹(傷)히오리오? 이곳이 남챵(南昌) 디경(地境)이니 귀향 온 죄인(罪人)으로 디경(地境)

· ● ●

13면

을 너무미 되(道]) 아니니 안신(安身)ᄒᆞᆯ 곳을 어더 몸을 금쵸왓다가 혹쟈(或者) 하늘이 도으실진딕 북(北)으로 도라갈가 ㅎ노라."

홍아 등(等)이 뉴톄(流涕) 왈(曰),

"비ᄌᆞ(婢子) 등(等)이 쇼견(所見)이 쳔박(淺薄)ㅎ여 밋쳐 쇼져(小姐)의 셩의(盛意)ᄅᆞᆯ 탁량(度量)[83]치 못ㅎ이다."

ㅎ더라.

졈(店)을 써나 오(五) 리(里)ᄂᆞᆫ 가다가 믄득 보니 길가의 빈 암ᄌᆞ(庵子]) 잇거늘 노쥬(奴主]) 드러가니 황연(荒然)[84]이 븨엿더라. 쇼졔(小姐]) 왈(曰),

---

81) 일희: 이리.

82) 벅벅이: 반드시.

83) 탁량(度量): 헤아림.

84) 황연(荒然): 황폐한 모양.

"졈듕(店中)이 심(甚)히 번요(煩擾)[85]ᄒ니 이곳의셔 ᄎ야(此夜)를 지닐 거시라."

셔로 지혀 안즛더니 밤이 삼경(三更)은 ᄒ여셔 홀연(忽然) 슈십(數十) 강되(強盜ㅣ) 드러와 겁탈(劫奪)ᄒ 돈을 난호려 ᄒ다가 ᄉ름이 이시믈 보고 놀나 믈너셔며 왈(曰),

"너희ᄂ 엇던 사름인다?"

ᄉ(四) 인(人)이 놀나 일시(一時)의 몸을 니러 운픠 몬져 닐오듸,

"우리ᄂ 원방(遠方) 긱(客)이러니 가다가 날이 져므러 이곳의 드러 밤을 지니니이다."

강도(強盜) 왈(曰),

"너희 목슘을 죠

* * *

14면

히 못출 쩌로다. 너희 지믈(財物)을 니라."

흔듸 홍이 젹(賊)이 힝(幸)혀 쇼져(小姐)긔 ᄀ가이 올가 져혀,

"쥬인(主人)은 본(本)듸 션빅로 길흘 갈 뿐이오, 힝쟝(行裝)은 간섭(干涉)지 아냐시니 우리 당당(堂堂)이 줄 거시니 원(願)컨듸 목슘을 사(赦)ᄒ라."

드듸여 낭즁(囊中)의 금돈(金-)을 준듸 젹(賊)이 노왈(怒曰),

"너만 아니 가져실 거시니 져 두 챵[86]두(蒼頭)[87]의 거슬 가져오라."

---

85) 번요(煩擾): 번다하고 시끄러움.

86) 챵: [교] 원문에는 'ᄎ'로 되어 있으나 오기로 보이므로 국도본(10:135)을 따름.

87) 챵두(蒼頭): 창두. 사내종.

은교와 홍벽이 잠간(暫間) 유유(儒儒)[88]ᄒᆞ되 적(賊)이 티로(大怒) 왈(曰),

"너 쇼챵뒤(小蒼頭ㅣ) 엇지 이러틋 거슬리요?"

ᄒᆞ고 다ᄅᆞ드러 품을 뒤여 가진 바를 다 앗고 쇼져(小姐)를 마ᄌ 뒤려 ᄒᆞ더니 홀연(忽然) 금광(金光)이 압흘 가리와 보지 못홀지라 적(賊)이 놀ᄂᆞ고 두려 급(急)히 ᄌᆡ믈(財物)을 슈습(收拾)ᄒᆞ여 가지고 다ᄅᆞᄂᆞ니라.

쇼제(小姐ㅣ) 적(賊)이 간 후(後) 졍신(精神)을 졍(靜)ᄒᆞ여 삼(三) 비(婢)의 낭즁(囊中)을 보니 일(一) 젼(錢) ᄌᆡ믈(財物)이 업ᄂᆞ지라 쇼제(小姐ㅣ) 어히업셔 닐오되,

"금일(今日) 광경(光景)이 나의

●●●

15면

운쉬(運數ㅣ)니 한(恨)ᄒᆞ여 무익(無益)ᄒᆞ며 ᄯᅩ ᄌᆡ보(財寶)ᄂᆞᆫ 더러온 거시라 내 몸의 욕(辱)이 아니 니ᄅᆞ니 다힝(多幸)ᄒᆞ지라 므어슬 근심 ᄒᆞ리오?"

드되여 타연(泰然)이 요동(搖動)치 아니니 그 심지(心地) 너르미 타인(他人)이 가ᄇᆞ야이 의논(議論)치 못홀 비라 져 삼(三) 기(個) 시 비(侍婢) 므어시라 ᄒᆞ리오.

날이 붉으미 드되여 몸을 니러 두어 니(里)ᄂᆞᆫ 가셔 ᄒᆞᆫ 곳의 다ᄃᆞᄅᆞ니 거믄 문(門)이 길을 님(臨)ᄒᆞ엿ᄂᆞ되 문졍(門庭)[89]이 심(甚)히 젹 젹(寂寂)ᄒᆞ거ᄂᆞᆯ 쇼제(小姐ㅣ) 잠간(暫間) 문(門) 알ᄑᆡ 안ᄌ 쉬고 홍이 드러가니 일위(一位) 쟝지(長者ㅣ) 머리의 쇼유관(小儒冠)[90]을 ᄡᅳ고

---

88) 유유(儒儒): 모든 일에 딱 잘라 결정을 내리지 못하고 어물어물한 데가 있음.
89) 문졍(門庭): 문정. 집의 뜰.
90) 쇼유관(小儒冠): 소유관. 작은 갓의 뜻인 듯하나 미상임.

몸의 갈건(葛巾)을 브쳐시니 표표(表表)히[91] 도안(道顔)[92] 학발(鶴髮)[93]이라. 알픽 슐병(-甁)을 노코 져믄 녀즈(女子) 일(一) 인(人)을 다리고 희쇼(戲笑)ᄒᆞ거늘 홍이 ᄂᆞ아가 졀ᄒᆞ고 숀을 믁거 왈(曰),

"딕즈딕비(大慈大悲)[94] 노야(老爺)ᄂᆞ 젹션(積善)[95]ᄒᆞ쇼셔."

쟝지(長者ㅣ) 놀나 눈을 드러 보니 청교아미(淸嬌蛾眉)[96]오, 쇼월운빙(素月雲鬢)[97]이라. 뇨뇨쟉쟉(嫋嫋灼灼)[98]ᄒᆞ미 삼츈(三春)의 옷

● ● ●

16면

ᄂᆞ 도화(桃花) ᄀᆞ더라. 이의 문왈(問曰),

"너의 얼골을 보니 걸식(乞食)ᄒᆞ염 즉지 아니커늘 엇지 빌기를 감심(甘心)ᄒᆞᄂᆞ뇨?"

홍이 눈믈을 흘녀 왈(曰),

"쇼복(小僕)은 졀강(浙江) 쇼 샹셔(尙書) 틱(宅) 챵뒤(蒼頭ㅣ)[99]러니 쇼샹공(小相公)을 뫼와 경스(京師)로 가ᄃᆞ가 길히셔 도젹(盜賊)을

---

91) 표표(表表)히: 사람의 생김새나 풍채, 옷차림 따위가 눈에 띄게 두드러지게.

92) 도안(道顔): 선인의 얼굴을 높이어 일컫는 말.

93) 학발(鶴髮): 두루미의 깃털처럼 희다는 뜻으로, 하얗게 센 머리 또는 그런 사람을 이르는 말.

94) 대즈딕비(大慈大悲): 대자대비. 넓고 커서 끝이 없는 부처와 보살의 자비. 특히 관세음 보살이 중생을 사랑하고 불쌍히 여기는 마음을 이름.

95) 젹션(積善): 적선. 동냥질에 응하는 일을 좋게 이르는 말.

96) 청교아미(淸嬌蛾眉): 청교아미. 고운 눈썹. 아미는 누에나방의 눈썹이라는 뜻으로, 가늘고 길게 곡선을 그린 미인의 고운 눈썹을 이름.

97) 쇼월운빙(素月雲鬢): 소월운빈. 구름같이 풍성한 머리.

98) 뇨뇨쟉쟉(嫋嫋灼灼): 요요작작. 아리땁고 찬란함.

99) 챵뒤(蒼頭ㅣ): 창두. 사내종.

뭇나 반젼(盤纏)100)을 다 일코 겨유 목슘만 느마시니 슈쳔(數千) 니
(里) 힝도(行途)의 경ᄉ(京師)를 득달(得達)은커니와 긔갈(飢渴)을 이
긔지 못ᄒ여 비느이다."

쟝지(長者ㅣ) 왈(曰),

"네 쥬인(主人)이 이졔 어듸 잇느뇨? 흔 번(番) 보고 그 낭픠(狼狽)
흔 낭탁(囊橐)101)을 돕고져 ᄒ노라."

홍이 고두(叩頭) 왈(曰),

"노야(老爺)의 후은(厚恩)은 감격(感激)ᄒ오나 쥬인(主人) 셩품(性
品)이 잔졸(屛拙)102)ᄒ여 졉듸(接待)를 모르시니 노야(老爺)는 다만
일(一) 승(升) 냥미(糧米)를 쥬어 도라보닉실진듸 은혜(恩惠) 난망(難
忘)일가 ᄒ느이다."

쟝재(長者ㅣ) 왈(曰),

"군ᄌ(君子)의 빈쳔(貧賤)은 본(本)듸 셩인(聖人)도 허103)믈치 아
니시니 닉 비록 셩현(聖賢)을 효측(效則)지 못ᄒ나 흔 죠각

17면

ᄌ비지심(慈悲之心)은 잇느니 네 쥬인(主人)이 더옥 잔잉104)흔지라
쾌(快)히 블너오라."

홍이 져 쳐ᄉ(處士)의 언ᄉ(言辭ㅣ) 젹당(適當)ᄒ고 비쇽(非俗)ᄒ믈

---

100) 반젼(盤纏): 반전. 먼 길을 오가는 데 드는 돈. 노자(路資).
101) 낭탁(囊橐): 주머니.
102) 잔졸(屛拙): 몹시 약하고 옹졸함.
103) 허: [교] 원문에는 '흥'로 되어 있으나 오기로 보임.
104) 잔잉: 애처롭고 불쌍함.

흠[105]모(欽慕)ᄒ여 ᄂ아가 쇼져(小姐)를 보고 쟝ᄌ(長者)의 말을 고(告)ᄒ니 쇼졔(小姐ㅣ) 이윽히 싱각다가 가연이[106] 몸을 니러 쵸당(草堂)의 드러가 쟝ᄌ(長者)의게 졀ᄒ니 노인(老人)이 답례(答禮)ᄒ고 문왈(問曰),

"슈진(秀才)[107]ᄂ 어ᄂ ᄯ 스름이시뇨? 셩명(姓名)을 듯고져 ᄒ노라."

쇼졔(小姐ㅣ) 디왈(對曰),

"졀강인(浙江人)이오. 셩명(姓名)은 쇼형이라. 뭇춤 가친(家親)이 경ᄉ(京師)의 겨시므로 놀ᄂ가다가 도젹(盜賊)의게 반젼(盤纏)을 다 일코 도로(道路) 힝걸(行乞)[108]ᄒ믈 면(免)치 못ᄒ더니 대인(大人)이 이러툿 후디(厚待)ᄒ시니 감은(感恩)ᄒ믈 이긔지 못ᄒ도쇼이다. 귀(貴)ᄒ 셩명(姓名)을 알고져 ᄒᄂ이다."

쟝진(長者ㅣ) 왈(曰),

"노인(老人)은 션됴(先朝) 젹 급ᄉ(給事)[109] 벼슬ᄒ엿던 오환이러니 나히 늙어 벼슬을 바리고 고향(故鄉)의 도라와 산슈(山水)를 벗ᄒᄂ이다. 슈진(秀才) 귀가(貴家) ᄌ뎨(子弟)로셔 의외(意外)예 익(厄)을 만나 이러툿 뉴리(流離)

---

105) 흠: [교] 원문에는 '홉'으로 되어 있으나 오기로 보임.

106) 가연이: 선뜻.

107) 슈진(秀才): 수재. 미혼 남자를 높여 부르는 말.

108) 힝걸(行乞): 행걸. 구걸을 함.

109) 급ᄉ(給事): 급사. 급사중(給事中)을 줄여 부른 관직명. 원(元)나라 때 문하성을 없애고 설치된 관직으로, 명나라 때는 육부(六部)의 잘못을 살펴 논박하고 바로잡는 권한을 지님. 궁전 안에서 황제의 시중을 들며 일을 맡아 보았으므로 이러한 명칭이 붙음.

호시나 디단치 아니호고 노뷔(老夫ㅣ)110) 비록 노혼(老昏)111)호나 반젼(盤纏)을 추려 드리리니 평안(平安)이 가쇼셔."

쇼제(小姐ㅣ) 져 오 공(公)의 의긔(義氣)를 크게 감격(感激)호여 스 례(謝禮) 왈(曰),

"디인(大人)이 쇼싱(小生)을 평싱(平生) 처음으로 보시고 이러툿 과 (過)히 은혜(恩惠)를 끼치시니 쇼싱(小生)이 결쵸보은(結草報恩)112)호 미 이실쇼이다."

급시(給事ㅣ) 샤양(辭讓) 왈(曰),

"피치(彼此ㅣ) 환란(患亂)의 구(救)호믄 쟝부(丈夫)의 예시(例事ㅣ) 라 엇지 과도(過度)히 일크르리오?"

쇼제(小姐ㅣ) 오 공(公)의 나히 늙고 즈녜(子女ㅣ) 업스믈 보고 잠 간(暫間) 쇽여 왈(曰),

"쇼싱(小生)이 도젹(盜賊) 만는 후(後) 두리오미 심(甚)호여 능(能) 히 슈삼(數三) 개(個) 쇼챵두(小蒼頭)로 더브러 능(能)히 먼 길을 가지 못홀 거시니 슈일(數日) 젼(前) 경스(京師)로 가는 사름의게 글을 브쳐 시니 가친(家親)이 거마(車馬)를 슈히 보닐 거시니 잠간(暫間) 일월(日 月)을 안졍(安靜)113)혼 곳의 머므르시미 힝심(幸甚)홀가 호느이다."

---

110) 노뷔(老夫ㅣ): 노부. 늙은 남자가 자기를 낮추어 이르는 일인칭 대명사.

111) 노혼(老昏): 나이가 늙어 정신이 흐림.

112) 결쵸보은(結草報恩): 결초보은. 풀을 맺어 은혜를 갚음. 중국 춘추시대 진(晉)나라 때 위과(魏顆)가 아버지 위무자의 죽기 전 유언 대신 평소에 한 말씀을 따라, 위무 자가 죽은 후에 자신의 서모(庶母)를 순장시키지 않고 개가시켰는데 후에 위과가 진(秦)나라와 전투를 벌일 적에 서모의 망부(亡父)가 나타나 풀을 맺어 위과를 도 왔다는 이야기. 『춘추좌씨전(春秋左氏傳)』에 전함.

113) 안졍(安靜): 안정. 편안하고 고요함.

급ᄉᆡ(給事ㅣ) 흔연(欣然) 답왈(答曰),

"노인(老人)이 슈ᄌᆡ[114](秀才)의 긔질(氣質)을 ᄉᆞ랑ᄒᆞ여 말류(挽留)코져 ᄒᆞ더니 슈ᄌᆡ(秀才)이

●●●

19면

러ᄐᆞᆺ ᄒᆞ니 모ᄅᆞ미 머므시미 힝심(幸甚)일가 ᄒᆞ노라."

쇼제(小姐ㅣ) 심즁(心中)의 쳔만다힝(千萬多幸)ᄒᆞ고 급ᄉᆞ(給事)의 후은(厚恩) 관뒤(寬大)ᄒᆞ믈 이긔지 못ᄒᆞ여 칭샤(稱謝)ᄒᆞ니 급ᄉᆡ(給事ㅣ) 셔[115]녁(西-) 별실(別室)을 셔ᄅᆞ져 쇼져(小姐) 일힝(一行)을 안둔(安屯)[116]ᄒᆞ고 됴셕(朝夕) 식믈(食物)을 극진(極盡)이 ᄒᆞ여 ᄉᆞ랑ᄒᆞ믈 친ᄌᆞ(親子)ᄀᆞᆺ치 ᄒᆞ니 쇼제(小姐ㅣ) 아직 두어 달 편(便)히 잇더라.

ᄎᆞ셜(且說). 나슝이 즁노(中路)의 병(病)드러 두어 달 신고(辛苦)[117]ᄒᆞ다가 겨유 회두(回頭)[118]ᄒᆞ여 다시 졸하(卒下)를 거ᄂᆞ려 남챵(南昌)의 니ᄅᆞ러 쇼 시(氏) 햐쳐(下處)[119]를 슬피니 직희미 엄슉(嚴肅)ᄒᆞ거ᄂᆞᆯ 그ᄯᅢ 호협(豪俠)ᄒᆞᄂᆞᆫ 무리를 결납(結納)[120]ᄒᆞ여 밤을 타 쇼 시(氏) 햐쳐(下處)를 ᄲᅳ고 ᄂᆡ당(內堂)의 돌입(突入)ᄒᆞ니 쇼 시(氏) 형영(形影)이 업ᄂᆞᆫ지라 크게 놀나 고이(怪異)히 너겨 밧그로 ᄂᆡ다ᄅᆞ니 챵두(蒼頭)의 무리 일(一) 인(人)도 업ᄂᆞᆫ지라. 크게 분(憤)ᄒᆞ

---

114) ᄌᆡ: [교] 원문에는 'ᄌᆞ'로 되어 있으나 오기로 보임.

115) 셔: [교] 원문에는 '션'으로 되어 있으나 오기로 보임.

116) 안둔(安屯): 사물이나 주변 따위가 잘 정돈됨. 또는 그렇게 되게 함. 안돈(安頓).

117) 신고(辛苦): 어려운 일을 당하여 몹시 애씀.

118) 회두(回頭): 병이 호전됨.

119) 햐쳐(下處): 하처. 손이 객지에서 묵는 곳.

120) 결납(結納): 결납. 나쁜 일을 꾸미려고 서로 한통속이 됨. 결탁(結託).

여 고함(高喊)호고 뒤길노 박라가니 알픠 혼 즁년(中年)의 녀지(女子
ㅣ) 져근 ᄋ희룰 안고 여측(如厠)[121]호거늘 나슝이 혜오듸,

'이

쇼 시(氏)라.'

호고 급(急)히 다라드러 활착(活捉)[122]호니 원닉(元來) 경괴 뒤희
셔졋다가 복통(腹痛)이 급(急)호여 여측(如厠)호더니 슝을 만나니 다
만 비러 왈(曰),

"첩(妾)이 소족지녀(士族之女)[123]로 이졔 그듸의 무례[124](無禮)히
핍박(逼迫)홈믈 춤아 감심(甘心)치 못홀 비라 만일(萬一) 녜(禮)로 마
즐진듸 슌죵(順從)호리라."

슝이 그 주싁(姿色)이 염녀(艶麗)[125]호믈 듸희(大喜)호여 몸을 누
긴듸[126] 경괴 본(本)듸 평민(平民)의 주싁(子息)으로 니부(李府) 양낭
(養娘)의 뼌히여 졍 부인(夫人) 안젼(案前)의 신임(信任)호다가 쇼져
(小姐)룰 죠추 왓더니라. 금일(今日) 도젹(盜賊)의 욕(辱)이 급(急)호
므로 촌 칼흘 뼌혀 멱 지르니 명(命)이 진(盡)혼지라. 나슝이 크게 놀
느며 앗기나 홀일업셔 죽엄을 밀쳐 덥고 죠쵸 히ᄋ(孩兒)룰 보니 용
모(容貌ㅣ) 크게 비상(非常)호거늘 가마니 싱각호듸,

---

121) 여측(如厠): 뒷간에 감.
122) 활착(活捉): 활착. 생포함.
123) 소족지녀(士族之女): 사족지녀. 사대부 집안의 여자.
124) 례: [교] 원문에는 '셔'로 되어 있으나 의미를 분명히 하기 위해 국도본(10:141)을 따름.
125) 염녀(艶麗): 염려. 용모와 태도가 아름답고 고움.
126) 누긴듸: 부드러워지니.

'ᄎᄋ(此兒)를 ᄌ식(子息) 업ᄂᆞᆫ 듸 팔면 듕가(重價)를 바드리라127).'
ᄒᆞ고 졸하(卒下)를 흣터 보내고 경문을 다리고 그윽ᄒᆞᆫ

•••

21면

곳으로 살 곳을 듯보니,

이ᄯᅥ 형부상셔(刑部尙書) 뉴영걸이 부인(夫人) 김 시(氏) 남챵(南
昌)의 잇더니 늣도록 ᄌ식(子息)이 업ᄉᆞ니 뉴 공(公)이 미양 흔(恨)ᄒᆞ
여 쳡(妾)을 어더 경ᄉᆞ(京師)의 두고 인(因)ᄒᆞ여 잇고 오지 아니ᄒᆞ니
김 시(氏) 스ᄉᆞ로 팔ᄌ(八字)를 탄식(歎息)ᄒᆞ더니 거년(去年) 납월(臘
月)128)의 샹셰(尙書ㅣ) 이의 니르러 부인(夫人)의 고단(孤單)129)ᄒᆞ믈
측연(惻然)ᄒᆞ여 은근(慇懃)이 졍(情)을 머믈고 도라가니 김 시(氏) 쩌
를 타 계교(計巧)를 싱각ᄒᆞ고 열 달을 드러누어 아기 셔노라 층(稱)
ᄒᆞ니 뉴 공(公)이 듯고 크게 깃거 약(藥)을 다ᄉᆞ려 보ᄂᆞ니 김 시(氏)
더옥 양양(揚揚)ᄒᆞ여 달이 ᄎᆞ미 심복(心腹) 시녀(侍女) 취향을 금은
(金銀)을 쥬어 파ᄂᆞᆫ 아ᄒᆡ를 사 오라 ᄒᆞ니 취향이 금은(金銀)을 가지
고 남챵현(南昌縣)의 가 듯보더니 홀연(忽然) 보니 ᄒᆞᆫ 쟝ᄉᆡ(壯士ㅣ)
어린 ᄋᆞᄒᆡ를 품고 오거ᄂᆞᆯ 밧비 므르듸,

"아지 못게라. 대랑(大郞)이 ᄎᆞᄋᆞ(此兒)를 팔녀 ᄒᆞᄂᆞ냐?"

나승이 ᄎᆞ언(此言)을 듯고 깃거 왈(曰),

"너 ᄆᆞ츰 길흘 가드가 어

---

127) 팔면 듕가(重價)를 바드리라: [교] 원문에는 '즁가를 밧고 팔면 즁갑슬 바드리라'로
    되어 있으나 부연되어 있어 국도본(10:142)을 따름.
128) 납월(臘月): 음력 섣달을 달리 이르는 말.
129) 고단(孤單): 단출하고 외로움.

더시니 스리 이시면 팔고져 ᄒ노라."

취향 왈(曰),

"닉 나히 늙도록 ᄌ식(子息)이 업스니 스스로 팔ᄌ(八字)를 탄(嘆)ᄒ여 어린 ᄋ히를 스고져 ᄒ더니 딕랑(大郎)이 팔고져 ᄒᆯ진딕 쳔금(千金)을 앗기지 아니ᄒ리라."

드딕여 금(金) 일쳔(一千) 냥(兩)을 닉혀 노흐니 슝이 우연(偶然)이 취향을 만나 이러틋 ᄒ니 깃브믈 이긔지 못ᄒ여 하늘긔 샤례(謝禮)ᄒ딕,

'닉 비록 쇼녀(-女)를 일흐나 이 강보ᄋ(襁褓兒)를 어더 금은(金銀)을 취(取)ᄒ니 닉 팔ᄌ(八字ㅣ) 죠하다.'

ᄒ고 거즛 빗130) 싀와 닐오딕,

"잉잉(媵媵)131)은 ᄎᄋ(此兒)의 샹(相)을 보라. 이러틋 귀인(貴人) 될 ᄋ히를 ᄆ춤 긔갈(飢渴)을 이긔지 못ᄒ여 판들 일쳔(一千) 금(金)을 어히 바드리오?"

취향 왈(曰),

"ᄆ춤 가져온 거시 이ᄲᆫ이니 딕랑(大郎)이 슈고로오나 집으로 올진딕 달나 ᄒᄂ 딕로 쥬리라."

슝이 더옥 깃거 취향을 ᄯᆞ라132) 뉴 샹셔(尚書) 집의 니ᄅ러 취향이 경문을 안고 드러가 김 시(氏)를 쥬고 슈말(首末)을 ᄌ

---

130) 빗: [교] 원문에는 이 글자가 없으나 문맥을 고려하여 국도본(10:144)을 따라 삽입함.
131) 잉잉(媵媵): 아주머니의 의미인 듯하나 미상임.
132) 라: [교] 원문에는 '와'로 되어 있으나 오기로 보이므로 국도본(10:145)을 따름.

23면

시 고(告)ᄒ니 김 시(氏) 크게 깃거 갑슬 혜이지 아냐 쏘 일쳔(一千) 냥(兩)을 쥬니 대되¹³³⁾ 이쳔(二千) 냥(兩)이라. 슝이 깃브미 만신(滿身)의 흡연(洽然)¹³⁴⁾ᄒ여 금(金)을 슈습(收拾)ᄒ며 가지고 경ᄉ(京師)로 가더니 길희셔 졔 동뇨(同僚) 일(一) 인¹³⁵⁾(人)을 만나 슝이 졔집 안부(安否)를 므르니 기인(其人)이 손 져어 왈(曰),

"그듸 아의 집은¹³⁶⁾ 가히 업더라."

인(因)ᄒ여 젼후ᄉ연(前後事緣)을 일일(一一)히 니르니 슝이 대경(大驚)ᄒ여 셔울노 가지 못ᄒ여 ᄉ이길노 다라나 깁픈 산곡(山谷)의 가 ᄉ더라.

이쎠 김 시(氏) 경문을 엇고 대희(大喜)ᄒ여 경ᄉ(京師)의 싱ᄌ(生子)ᄒ믈 통(通)코져 ᄒ더니 뉴 샹셰(尙書ㅣ) 이의 삭직(削職)ᄒ여 니르니 김 시(氏) 놀나 연고(緣故)를 므르듸 뉴 공(公)이 쇼 시(氏) 옥ᄉ(獄事) 결(決)ᄒ다가¹³⁷⁾ 죄(罪) 닙은 일을 니르고 밧비 싱산(生産) 남녀(男女)를 므르니 김 시(氏) 우음을 먹음고 왈(曰),

"쳡(妾)이 만릭(晩來)의 잉틱(孕胎)ᄒ미 고이(怪異)ᄒ 일이어늘 ᄋ지(兒子ㅣ) 크게 긔특(奇特)ᄒ여 범인(凡人)으로 더

---

133) 대되: 대체로. 모두.
134) 흡연(洽然): 매우 흡족함.
135) 인: [교] 원문에는 이 글자가 없으나 의미를 명확히 하기 위해 국도본(10:145)을 따라 삽입함.
136) 집은: [교] 원문에는 '잡일이'로 되어 있으나 의미를 분명히 하기 위해 국도본(10:145)을 따름.
137) 가: [교] 원문에는 '니'로 되어 있으나 오기로 보이므로 국도본(11:1)을 따름.

브러 다른니 오문(吾門)의 힝(幸)이로쇼이다."

언필(言畢)의 취향이 경문을 안아 샹셔(尙書) 알피 노흐니 뉴 공(公)이 보고 경희(驚喜) 쾌락(快樂)ᄒ여 어른만져 칭찬(稱讚) 왈(曰),

"만일(萬一) 부인(夫人)곳 아니면 ᄎᄋ(此兒)를 엇지 ᄂᄋ리오? 싱(生)의 젼일(前日) 블인(不仁)ᄒ던 쥴 붓그럽도다."

김 시(氏) 이쩌 양양(揚揚)ᄒ여 우어 왈(曰),

"쳡(妾)이 비록 ᄋᄌ(兒子)를 ᄂ하시나 샹공(相公)곳 아니면 엇지 어드리오?"

뉴 공(公)이 드듸여 일홈 지어 현명이라 ᄒ고 ᄉ랑이 측냥(測量)업더니 몸의 셰 곳 샹표(上標)[138]를 보고 놀나 긔특(奇特)히 너겨

"ᄎ익(此兒ㅣ) 쟝ᄂᆡ(將來) 귀인(貴人)이 되리로다."

ᄒ고 ᄎ후(此後) 부체(夫妻ㅣ) 현명을 가챠ᄒ여 화됴월셕(花朝月夕)[139]의 ᄌ미를 삼으니 경문이 몸이 므ᄉ(無事)ᄒ나 아지 못게라 부모(父母)를 언제 맛늘고. 하회(下回)를 보라.

각셜(却說). 문셩이 잠을 깁히 드러더니 홀연(忽然) 함셩(喊聲)이 크게 ᄂ거늘 밋쳐 오슬 닙지 못ᄒ고 챵

---

138) 샹표(上標): 상표. 위에 있는 표식.

139) 화됴월셕(花朝月夕): 화조월석. 원래 꽃 피는 아침과 달 밝은 밤이라는 뜻으로, 경치가 좋은 시절을 이르는 말이나 여기에서는 아침과 저녁의 뜻으로 쓰임.

25면

두(蒼頭)로 더브러 각각(各各) 도망(逃亡)ᄒ여 아즁(衙中)의 드러가 군(軍)을 비러 도적(盜賊)을 ᄌ바지라 쳥(請)ᄒ되 지현(知縣)이 크게 놀나 즉시(卽時) 쵹군(囑軍)140) 일쳔(一千) 명(名) 죠발(調發)141)ᄒ여 쇼 부인(夫人) 햐쳐(下處)의 니ᄅ니 도적(盜賊)의 그림ᄌ도 업고 쇼시(氏)의 거쳬(去處ㅣ) ᄯ 업스니 문셩이 졍신(精神)이 비월(飛越)ᄒ여 군졸(軍卒)을 거ᄂ려 급(急)히 ᄯ라가니 안문현 디경(地境)의 일(一) 개(個) 쥭엄이 잇거늘 츌호여 보니 이 졍(正)히 경괴러라. 문셩이 춤담(慘憺)ᄒ믈 이긔지 못ᄒ여 노쟝두(老蒼頭) 영운으로 ᄒ여금 거두어 햐쳐(下處)의 가 념습(殮襲)142)ᄒ라 ᄒ고 ᄯ 십여(十餘) 리(里)를 가니 큰 강(江)이 알픠 가려 잇고 도적(盜賊)의 죵젹(蹤迹)도 쇼져(小姐)의 죵젹(蹤迹)도 업ᄂ지라 더옥 홀 일이 업셔 햐쳐(下處)의 도라와 스스로 일쟝(一場)을 통곡(慟哭)ᄒ고 쥭고져 ᄒ니 디현(知縣)이 급(急)히 말녀 왈(曰),

"이졔 도적(盜賊)의 환(患)이 춤혹(慘酷)ᄒ여 쇼 부인(夫人)이 부지거쳐(不知去處)143)ᄒ여시나 ᄯ 싱각

---

140) 쵹군(囑軍): 촉군. 부리는 군사.
141) 죠발(調發): 조발. 군사로 쓸 사람을 강제로 뽑아 모음.
142) 념습(殮襲): 염습. 시신을 씻긴 뒤 수의를 갈아입히고 염포로 묶는 일.
143) 부지거쳐(不知去處): 부지거처. 간 곳을 알지 못함.

건딕 삼(三) 개(個) 시비(侍婢)로 더브러 다 몰(歿)ᄒ지 아녀실 거시어늘 엇지 ᄋ녀ᄌ(兒女子)의 티(態)를 ᄒ여 죽고져 ᄒᄂ뇨?"

문셩이 곡왈(哭曰),

"쇼싱(小生)이 일즉 블미(不美)ᄒ 위인(爲人)으로 젹형(嫡兄)의 우이(友愛)ᄒ시믈 산히(山海)ᄀ치 너겻더니 이제 그 ᄌ부(子婦)를 닉게 맛져 보닉신 거슬 보젼(保全)치 못ᄒ니 므슴 ᄂᆺᄎ로 븍(北)으로 도라가 승샹(丞相) 노야(老爺)를 보오리오?"

지현(知縣)이 ᄌ삼(再三) 위로(慰勞)ᄒᄃ,

"이제 일이 이의 니ᄅ니 ᄒᆯ 일이 업고 텬되(天道ㅣ) 어진 사름을 돕ᄂ니 혹쟈(或者) 평안(平安)ᄒ미 겨실진ᄃ 그ᄃ 죽으미 우으니 범ᄉ(凡事ㅣ) 급(急)ᄒ미 가(可)치 아닌지라. 혜아려 보라."

문셩이 ᄎ언(此言)을 듯고 졈간(暫間) ᄆ음을 진졍(鎭靜)ᄒ여 ᄉ문(四門)의 방(榜) 붓쳐 쇼 시(氏)를 ᄎᆺ더니 두어 ᄂᆯ 후(後) 경ᄉ(京師)의셔 뉵 시랑(侍郞)이 샤문(赦文)[144]을 가져 니ᄅ니 문셩이 더옥 놀나 슬프믈 이긔지 못ᄒ여 뉵 공(公)을 ᄃ(對)ᄒ여 젼후(前後) 변난(變亂)을 ᄀᆺ쵸

니ᄅ니 뉵 공(公)이 대경(大驚)ᄒ여 왈(曰),

"이제 나라히셔 부인(夫人)을 크게 포쟝(褒獎)[145]ᄒ시믹 노뷔(老

---

144) 샤문(赦文): 사문. 나라의 기쁜 일을 맞아 죄수를 석방할 때에, 임금이 내리던 글.
145) 포쟝(褒獎): 포장. 칭찬하여 장려함.

夫ㅣ) 셩지(聖旨)를 밧드러 니르럿더니 이제 부인(夫人) 거체(去處
ㅣ) 업스니 쟝춧(將次人) 엇지ᄒ리오?"

문셩 왈(曰),

"쇼싱(小生)이 텬하(天下)를 다 도라도 쇼 부인(夫人) 거쳐(居處)를 취
심(推尋)[146]ᄒ여 알고 경ᄉ(京師)로 가리니 노야(老爺)는 몬져 가쇼셔."

드ᄃ여 셔간(書簡)을 닥가 쥬니 뉵 공(公)이 이셔도 ᄒᆯ 일이 업셔
문셩을 니별(離別)ᄒ고 경ᄉ(京師)로 오니라.

지셜(再說). 니부(李府)의셔 뉵 시랑(侍郞)을 보ᄂ고 일기(一家ㅣ)
흔 당(堂)의 모다 말슴ᄒᆯ식 경 시랑(侍郞) 등(等)이 쇼 시(氏) 원민
(冤悶)[147]ᄒ미 쾌(快)ᄒᆯᆯ믈 깃거ᄒ고 어ᄉ(御使)의 붉히 씨ᄃ른믈 다
힝(多幸)ᄒ여 치ᄒᆞ(致賀ㅣ) 분분(紛紛)ᄒ더니 이윽고 파(罷)ᄒ여 믈
너나 어ᄉᆡ(御使ㅣ) 모친(母親) 침쇼(寢所)의 니르러 쳥죄(請罪)ᄒᆞᄃᆡ
부인(夫人)이 혀 ᄎ고 탄식(歎息)ᄒᆯᆯ믈 오릭 ᄒ다가 왈(曰),

"ᄂᆡ 박덕(薄德)흔 위인(爲人)으로 여등(汝等)을 두어 묽은 가문(家
門)의 욕(辱)이 밋츨가 쥬야(晝夜) 방심(放心)치

28면

못ᄒ거ᄂᆞᆯ 네 황구쇼ᄋᆞ(黃口小兒)[148]로 젼후(前後) 힝ᄉᆡ(行事ㅣ) 죡
(足)히 그 몸을 보젼(保全)치 못ᄒᆯ지라. 우리 ᄎ고(此故)로 사름 ᄃᆡ
(對)ᄒᆯ 안면(顏面)이 업더니 이제 요힝(僥倖) 씨ᄃ로미 이셔 현부(賢

---

146) 취심(推尋): 추심. 찾아냄.
147) 원민(冤悶): 원통하고 답답함.
148) 황구쇼ᄋᆞ(黃口小兒): 황구소아. 부리가 노란 새 새끼와 같은 어린아이라는 뜻으로,
    철없이 미숙한 사람을 낮잡아 이르는 말.

婦(부)를 붉히 신원(伸寃)ᄒ니 이런 고(故)로 너를 안젼(案前)의 용납(容納)ᄒᄂ니 ᄎ후(此後)는 ᄆᄋᆷ을 잡아 명교(名敎)149)의 죄인(罪人)이 되지 말나."

어ᄉᆡ(御使ㅣ) 모친(母親)의 ᄌᄌ셩언(字字誠言)150)을 듯고 감격(感激)ᄒ믈 이긔지 못ᄒ여 계샹(稽顙)151) 비샤(拜謝) 왈(曰),

"ᄒᆡᄋᆡ(孩兒ㅣ) 무샹(無狀)152)ᄒ와 이미ᄒ 쳐ᄌ(妻子)로 ᄒ여금 그릇 의심(疑心)ᄒ와 ᄉ디(死地)의 녀코 부모(父母)의 붉은 교훈(敎訓)을 이져 ᄇ리오니 죄(罪) 욕사무디(欲死無地)153)어늘 이졔 부뫼(父母ㅣ) ᄒᆡᄋᆞ(孩兒)의 태산(泰山) ᄀᆞᆺ튼 죄(罪)를 용샤(容赦)ᄒ시고 형인(荊人)154)으로 위로(慰勞)ᄒ시니 ᄒᆡᄋᆡ(孩兒ㅣ) 비록 무샹(無狀)ᄒ오나 ᄯᅩ 득죄(得罪)ᄒ미 이시리잇가?"

부인(夫人)이 기리 침음(沈吟)ᄒ여 말을 아니터니 승샹(丞相)이 드러오니 부인(夫人)과 어ᄉᆡ(御使ㅣ) 니러 마ᄌᄆᆡ 승샹(丞相)이 싱(生)을 ᄂ아오라 ᄒ여 경계(警戒) 왈(曰),

"네 비록

∷●●

29면

이즌 즁(中)이나 쳔비(賤婢)를 ᄀᆞ가이ᄒ여 이런 디란(大亂)을 니ᄅ혀

---

149) 명교(名敎): 유교.
150) ᄌᄌ셩언(字字誠言): 자자성언. 마디마디 정성스러운 말.
151) 계샹(稽顙): 계상. 이마가 땅에 닿도록 몸을 굽힘.
152) 무샹(無狀): 무상. 사리에 밝지 못함.
153) 욕사무디(欲死無地): 욕사무지. 죽으려 해도 죽을 땅이 없음.
154) 형인(荊人): 형차(荊釵)를 한 사람, 즉 아내를 가리킴. 형차는 나무로 만든 비녀로, 검소한 생활을 함을 의미함.

나 닉 너롤 아시(兒時)브터 가르치미 무어슬 니르미뇨마는 네 그 ᄒ
느흘 힝(行)치 아니니 닉 죽으나 구련(九泉)의 눈을 못 가므리로다."

어ᄉᆡ(御使ㅣ) 부친(父親) 말슴을 듯고 톄ᄉᆞ모골(涕泗毛骨)155)ᄒ여
두 번(番) 졀ᄒ여 ᄎᆞ후(此後) 그르미 업ᄉᆞ믈 일ᄏᆞᆺ고 ᄌᆡ삼(再三) 샤죄
(謝罪)ᄒᆞᆫ 후(後) 믈너 셔당(書堂)의 니르니 졔뎨(諸弟)와 슉부(叔父)
와 부마(駙馬) 등(等)이 모다 말슴ᄒ다가 어ᄉᆡ(御使)롤 보고 쳘 슌뮈
(巡撫ㅣ) 왈(曰),

"빅달156)이 당년(當年)의 쳐ᄌᆞ(妻子)로 법(法)을 셰오믈 너모 니르
더니 도금(到今)ᄒ여 거죄(擧措ㅣ) 너모 요란(擾亂)ᄒ니 대쟝뷔(大丈
夫ㅣ) 힝신(行身)의 빗ᄂᆞ미 업도다."

어ᄉᆡ(御使ㅣ) 왈(曰),

"쇼뎨(小弟) 비록 쇼 시(氏)롤 의심(疑心)ᄒ미 이시나 나ᄐᆞᄂᆡ여 ᄃᆞ
ᄉᆞ리미 업거놀 요인(妖人)이 드러 큰 거죠(擧措)롤 일워 ᄂᆡ니 쇼뎨
(小弟) 타시 아니니이다."

슌뮈(巡撫ㅣ) 대쇼(大笑) 왈(曰),

"네 말이 과연(果然) 허무(虛無)ᄒ다. 비록 옥난의 쟉용(作用)이 그
럿틋 ᄒ나 네 지이브지(知而不知)157)홀진

● ● ●

30면

딕 금번(今番) 대란(大亂)이 ᄂᆞ시랴? 너의 ᄉᆞ오나오미 비(比)홀 딕 업
도다. 닉 이번(-番) 국ᄉᆞ(國事)롤 보고 오다가 ᄒᆞᆫ 곳의 니르러 ᄒᆞᆫ 귀

---

155) 톄ᄉᆞ모골(涕泗毛骨): 체사모골. 눈물이 흘러 모골까지 적심.

156) 빅달: 백달. 이몽창의 자(字).

157) 지이브지(知而不知): 지이부지. 알고 있으나 알지 못하는 것처럼 함.

신(鬼神)을 만느니 머리 크기 쟝군(將軍) 굿고 얼골이 흉악(凶惡)ᄒ
미 금강(金剛)158) 굿트야 바로 늬게 돌입(突入)ᄒ거늘 늬 믓춤 비검
(匕劍)159)을 가줏다가 시험(試驗)ᄒ니 감(敢)히 늬게ᄂ 범(犯)치 못ᄒ
고 종쟈(從者) 둘과 졈쥬(店主) 일(一) 인(人)을 히(害)ᄒ니 그 ᄉ오납
기 귀신(鬼神) 뉴(類)의도 심(甚)ᄒ지라. 늬 졈쥬(店主)다려 므르니
ᄎ귀(此鬼)의 일흠은 몽달이니 사름이 이곳을 지닐 젹 브듸 향화(香
火) 등쵹(燈燭)160)으로 졔(祭)ᄒ여야 그런 쟉란(作亂)161)을 아니흔다
ᄒ니 늬 요망(妖妄)이 너겨 칙(責)ᄒ고 왓거니와 너의 ᄉ오ᄂ오미 그
귀신(鬼神)과 흡ᄉ(恰似)ᄒ고 네 일흠은 몽챵이오, ᄌ(字)ᄂ 빅달이
니 곳쳐 몽달이라 ᄒ미 엇더ᄒ뇨?"

좌위(左右ㅣ) 듸쇼(大笑)ᄒ고 어ᄉ(御使ㅣ) 쇼이듸왈(笑而對曰),

"형쟝(兄丈)이 쇼뎨(小弟)를 너모 편박(偏薄)162)ᄒᄂ이다. 사름이
셩인(聖人)도 허믈이 겨시거든

• ● ●

31면

죠고만 쇼ᄋ(小兒ㅣ) 엇지 허믈이 업슬 거시라 몽달의게 비겨 욕(辱)
ᄒ시ᄂ뇨?"

연쉬 대쇼(大笑) 왈(曰),

---

158) 금강(金剛): 금강신(金剛神). 여래의 비밀 사적을 알아서 오백 야차신을 부려 현겁
(賢劫) 천불의 법을 지킨다는 두 신. 절 문 또는 수미단 앞의 좌우에 세우는데, 허
리에만 옷을 걸친 채 용맹스러운 모습을 하고 있음. 왼쪽은 밀적금강으로 입을 벌
린 모양이며, 오른쪽은 나라연금강으로 입을 다문 모양임.

159) 비검(匕劍): 날카로운 검.

160) 등쵹(燈燭): 등촉. 등불과 촛불을 아울러 이르는 말.

161) 쟉란(作亂): 작란. 난을 지음.

162) 편박(偏薄): 너무 박대함.

"너의 스오느오미 몽달의게 더으니라. 몽달이 경긱(頃刻)의 삼(三) 인(人)을 회(害)ᄒ고 그 노(怒)를 발(發)ᄒ미 흉녕(凶獰)163)ᄒ미 결우리 업스니 늬 심(甚)히 흉(凶)이 보왓더니 너의 거동(擧動)이 흡스(恰似)ᄒ다."

어시(御使ㅣ) 웃고 말을 ᄒ고져 ᄒ더니 셩문이 안흐로셔 느오니 얼골의 온화(溫和)홈과 긔품(氣品)의 유법(有法)ᄒ미 공안(孔顔)164)의 도흑(道學)165)을 품은 둣ᄒ니 부미(駙馬ㅣ) 크게 이경(愛傾)166)ᄒ며 날호여 숀을 잡고 왈(曰),

"추이(此兒ㅣ) 삼(三) 셰(歲) 히이(孩兒ㅣ)로딕 이러틋 긔특(奇特)ᄒ니167) 쳘형(-兄)은 몽챵을 업슈히 너기지 마ᄅ쇼셔. 이러틋 셩현ᄌ(聖賢子)를 두어시니 오등(我等)이 공경(恭敬)홀 비로쇼이다."

연쉬 대쇼(大笑) 왈(曰),

"아니 고쉬(瞽瞍ㅣ)168) 슌(舜)169)을 둔 작가?"

어시(御使ㅣ) 쇼왈(笑曰),

"형(兄)이 엇지 쇼뎨(小弟)를 이런 몹쁠 딕 다히시니잇고? 쇼뎨(小弟) 싱어십구(生於十九)의 죠

---

163) 흉녕(凶獰): 성질이 흉악하고 사나움.

164) 공안(孔顔): 공구(孔丘)와 안회(顔回). 높여서 공자(孔子)와 안자(顔子)로 부름. 공자는 중국 춘추시대 노나라의 사상가·학자로 자는 중니(仲尼). 인(仁)을 정치와 윤리의 이상으로 하는 도덕 정치를 강조함. 안자는 공자의 수제자로서, 자는 자연(子淵). 학덕이 뛰어났다고 전해짐.

165) 도흑(道學): 도학. 유교 도덕에 관한 학문.

166) 이경(愛傾): 애경. 사랑이 가득함.

167) 니: [교] 원문에는 이 글자 뒤에 '추데 밋지 못홀지라'가 있으나 맥락에 맞지 않으므로 국도본(11:9)을 따라 삭제함.

168) 고쉬(瞽瞍ㅣ): 고수. 중국 고대 순(舜)임금의 아버지. 순임금이 제위에 오르기 전에 그를 죽이려 하였음.

169) 슌(舜): 순. 중국 고대 순임금을 이름. 성(姓)은 요(姚), 씨(氏)는 유우(有虞), 이름은 중화(重華)이고 역사서에서는 우순(虞舜)이나 순(舜)으로 칭함. 요(堯)임금에게서 임금 자리를 물려받고 후에 우(禹)임금에게 임금 자리를 물려주었음. 창오(蒼梧)에서 죽음.

고만 블미(不美)ᄒ미 업셔 다만 쳐ᄌ(妻子)로 인(因)ᄒ여 부형(父兄)의 칙(責)이 슌슌(巡巡)170)ᄒ나 이는 힝신(行身)의 큰 과실(過失)이 아닌가 ᄒᄂ이다."

연쉬 왈(曰),

"큰 과실(過失)이 아니미 십삼(十三) 어시(御使ㅣ) 샹쇼(上疏)하여 논힉(論劾)171)ᄒ니172)라."

어시(御使ㅣ) 쇼이무언(笑而無言)173)이러니 흥문이 긔문, 셰문을 거ᄂ려 ᄂ오니 ᄎ시(此時) 흥문은 뉵(六) 셰(歲)오, 셰문은 댱 시(氏) 쇼싱(所生)이니 ᄉ(四) 셰(歲)오, 긔문은 공쥬(公主) 쇼싱(所生)이니 삼(三) 셰(歲)라. 다 ᄒ갈ᄀᆺ치 늠〃174)(凜凜)175) 쥰슈(俊秀)ᄒ더라.

부미(駙馬ㅣ) 왈(曰),

"나의 삼(三) 지(子ㅣ) ᄒᄂ토 셩문만 못ᄒ니 이 젼혀(專-) 슈슈(嫂嫂)의 어질이 틱교(胎敎)ᄒ시미로다."

어시(御使ㅣ) 디왈(對曰),

"흥문의 거죄(擧措ㅣ) 극(極)히 총쥰(聰俊)176)ᄒ여 대쟝부(大丈夫)의 가(可)ᄒ니 엇지ᄂ 모ᄅ시니잇고? 셩문은 이(二) 셰(歲)붓터 괴믈

---

170) 슌슌(巡巡): 순순. 여러 번.
171) 논힉(論劾): 논핵. 잘못이나 죄과를 논하여 꾸짖음.
172) 니: [교] 원문에는 '나'로 되어 있으나 오기로 보이므로 국도본(11:10)을 따름.
173) 쇼이무언(笑而無言): 소이무언. 웃고 말이 없음.
174) 늠〃: [교] 원문에는 '넘넘'으로 되어 있으나 의미를 분명히 하기 위해 국도본(11:10)을 따름.
175) 늠〃(凜凜): 늠름. 생김새나 태도가 의젓하고 당당함.
176) 총쥰(聰俊): 총준. 총명하고 준수함.

(怪物)의 거동(擧動)이 이시니 제 어믜룰 달므미 심(甚)ᄒᄂ이다."

부미(駙馬]) 쇼이브답(笑而不答)이러라.

일개(一家]) 쇼 시(氏)룰 손곱아 기ᄃ리더니 일(一) 월(月) 후(後)
뉵 시랑(侍郞)이 니ᄅ러 문셩의 셔간(書簡)을 드리니

• • •

33면

승샹(丞相)이 보기룰 ᄆᆺ지 못ᄒ여 대경(大驚)ᄒ여 이윽히 말이 업더
니 몸을 니러 닝당(內堂)의 드러가 모든 ᄃ이 이 말을 고(告)ᄒ니 일개
(一家]) 막블ᄎ악(莫不嗟愕)177)ᄒ여 면면샹괴(面面相顧])178)러니
태부인(太夫人)이 눈믈을 흘녀 왈(曰),

"ᄋ부(阿婦)의 긔질(氣質)노 이졔 젹(賊)을 만나 ᄉ싱거쳐(死生去
處)179)룰 모ᄅ니 이 도시(都是) 노모(老母)의 팔진(八字])가 ᄒ노라."

태ᄉ(太師]) 급(急)히 위로(慰勞) 왈(曰),

"쇼 시(氏) 원닝(元來) 남챵(南昌) 젹거(謫居)의 무궁(無窮)ᄒ 익
(厄)을 다 씌여 ᄇ리지 아녀실 거시니 히ᄋ(孩兒]) 이번(-番) 슈히
노히믈 의심(疑心)ᄒ더니 이런 일이 이시니 필연(必然) 그 익(厄)의
슈(數)룰 치오려 ᄒ미라. 슈년(數年) 후(後) 무ᄉ(無事)히 모다리니
과녀(過慮)치 마ᄅ쇼셔."

승샹(丞相)이 ᄯ 이ᄀᆺ치 위로(慰勞)ᄒ니 좌위(左右]) 바야흐로 슬
픈 빗출 못 ᄒ고 쇼 시(氏) 뉴리분쥬(流離奔走)180)ᄒ믈 탄(嘆)홀ᄉ

---

177) 막블ᄎ악(莫不嗟愕): 막불차악. 놀라지 않는 이가 없음.

178) 면면샹괴(面面相顧]): 면면상고. 서로 말없이 얼굴만 물끄러미 바라봄.

179) ᄉ싱거쳐(死生去處): 사생거처. 사생은 살아 있는지 죽었는지의 여부, 거처는 간 곳
을 의미함.

180) 뉴리분쥬(流離奔走): 유리분주. 이곳저곳으로 떠돌아다님.

뉴 부인(夫人) 왈(曰),

"노뫼(老母ㅣ) 비록 아난 거시 업스나 그러나 쇼 시(氏) 요몰(夭
沒)181)홀 샹(相)이 아니오 문성의 셔간(書簡)의 경교의 시신(屍身)만
잇고 쇼져(小姐)와 홍아 등(等) 〈(四) 인(人)이 업다

•••

34면

ᄒ니 아뷔(阿婦ㅣ) 본(本)듸 명찰(明察)182)ᄒ미 타류(他類)와 다르니
보신183)(保身)ᄒ미 업지 아니려니와 그 약질(弱質)이 도로(道路)의
뉴리(流離)ᄒ믈 싱각ᄒ니 엇지 ᄆᆞᆷ이 편(便)ᄒ리오?"

승샹(丞相)이 듸왈(對曰),

"셔ᄅᆞ 그러툿 ᄒᆞ여 익(厄)을 치올 거시니 위틱(危殆)홀 근심은 업
거니와 이번(一番) 도적(盜賊)도 필연(必然) 옥난의 일이라 그런 요
악(妖惡)ᄒᆞᆫ 거시 업ᄉᆞ이다."

틱ᄉᆡ(太師ㅣ) 왈(曰),

"사ᄅᆞᆷ이 보지 아닌 거슬 취탁(推度)184)지 못ᄒᆞ거늘 네 엇지 즁회
(衆會) 즁(中) 사ᄅᆞᆷ의 허믈 니ᄅᆞ기를 ᄒᆞᄂᆈ?"

승샹(丞相)이 씌ᄃᆞ라 개용샤례(改容謝禮)ᄒᆞ고 고(告)ᄒᆞ듸,

"문성이 이제 쇼 시(氏)를 ᄎᆞ즈믈 용심(用心)185)ᄒᆞ여 망녕(妄靈)되이
함거(檻車)186)ᄒᆞᄂᆞᆫ 거죄(擧措ㅣ) 이시리니 샐니 블너올 거시니이다."

---

181) 요몰(夭沒): 일찍 죽음.

182) 명찰(明察): 현명하고 통찰력이 있음.

183) 신: [교] 원문에는 '시'로 되어 있으나 오기로 보이므로 국도본(11:11)을 따름.

184) 취탁(推度): 추탁. 미루어 헤아림.

185) 용심(用心): 정성스레 마음을 씀.

186) 함거(檻車): 함거는 예전에, 죄인을 실어 나르던 수레를 말함. 여기에서는 이문성이

태시(太師ㅣ) 고개 죠으니 승상(丞相)이 젼두(前頭)[187]를 혜아리고
부모(父母) 죤당(尊堂) 알픠셔 스식(辭色)ᄒ미 가(可)치 아냐 말슴을
쾌(快)히 ᄒ나 그 약질(弱質)이 므스(無事)ᄒ믈 밋지 못ᄒ여 심즁(心
中)의 잔잉 ᄎ셕(嗟惜)[188]ᄒ나 안식(顔色)을 곳치지 아니코 니러ᄂ니
졍 부인(夫人)이 비록 츰

35면

담(慘憺)ᄒ 심시(心事ㅣ) 이시나 ᄯᅩᄒ 신명(神明)ᄒ미 타류(他類)와
다른 고(故)로 외면(外面)의 ᄂ타ᄂ지 아니ᄒ니 기여(其餘) 쇼년(少
年)들이 각각(各各)이 쇼견(所見)이 이시나[189] 어ᄃ니 가 발뵈리오.

승상(丞相)이 밧긔 ᄂ와 인(因)ᄒ여 가인(家人)을 독쵹(督促)ᄒ여
남챵(南昌)의 보ᄂ고 즉시(卽時) 쇼부(-府)의 니르러 샹셔(尙書)를 보
고 죠용이 슈말(首末)을 닐른디 쇼 공(公)이 듯기를 ᄆᆞᆺᄎ미 대경ᄎ악
(大驚嗟愕)[190]ᄒ여 만항(萬行) 누쉬(淚水ㅣ) 옷 알픠 져져 말을 못
ᄒ니 승상(丞相)이 화(和)히 개유(開諭) 왈(曰),

"쇼뎨(小弟) 지식(知識)이 우몽(愚蒙)[191]ᄒ나 ᄯᅩᄒ 사름의 빈부(貧
富)를 아ᄂ 빅라. ᄋᆞ부(阿婦)의 긔질(氣質)이 십팔(十八) 청츈(青春)
의 ᄆᆞᆺ지 아닐 거시오, 아뷔(阿婦ㅣ) 신명(神明)ᄒ미 범인(凡人)으로

죄인과 같은 마음을 지닐 것임을 뜻함. 국도본(11:11)에는 '감거'
187) 젼두(前頭): 전두. 앞날.
188) ᄎ셕(嗟惜): 차석. 애달프고 안타까움.
189) 나: [교] 원문에는 '니'로 되어 있으나 오기로 보임.
190) 대경ᄎ악(大驚嗟愕): 대경차악. 크게 놀라고 탄식함.
191) 우몽(愚蒙): 어리석음. 우매(愚昧).

비(比)치 못ᄒ니 방신(防身)192)ᄒ미 의심(疑心) 업ᄉ지라 형(兄)은 원(願)컨딕 무익(無益)ᄒ 샹회(傷懷)193)를 긋치고 타일(他日)을 보라."

쇼 공(公)이 톄누(涕淚) 냥구(良久)의 손을 드러 샤례(謝禮) 왈(曰),

"형(兄)의 금옥지언(金玉之言)194)이 쇼뎨(小弟) 무식(無識)ᄒ 흉금(胸襟)이 훤칠195)ᄒ거니와 연(然)이나 혈혈(孑孑) ᄋ녜(兒女ㅣ) 어딕를 의지(依支)ᄒ여 몸을 보

* * *

36면

젼(保全)ᄒ리오? 이룰 싱각흔즉 심간(心肝)이 폐식(閉塞)196)ᄒ고 ᄌ친(慈親)이 녀ᄋ(女兒)를 쥬야(晝夜) ᄉ녀(思慮)ᄒ시ᄂ딕 이졔 므어시라 고(告)ᄒ리오? ᄒ믈며 쇼뎨(小弟) 녀ᄋ(女兒)로 더브러 십(十) 년(年)을 쩌ᄂᆞᆺᄃ가 이졔 겨유 ᄆᄃ미 믄득 ᄉ싱(死生)의 니별(離別)이 이시니 쇼뎨(小弟) 딕쟝뷔(大丈夫ㅣ)나 참지 못ᄒᄂ니 고이(怪異)히 너기지 말나."

승샹(丞相)이 역시(亦是) 탄왈(嘆曰),

"쇼뎨(小弟) 엇지 ᄌ부(子婦) ᄉ랑이 혈(歇)ᄒ리오마ᄂ 일이 이의 니른 후(後)ᄂ 흘 일이 업고 텬슈(天數)룰 잠간(暫間) 아ᄅ미 이셔 말을 쾌(快)히 ᄒ나 이ᄌ미 아니라 형(兄)은 쇼뎨(小弟)의 완완(緩緩)197)ᄒ믈 짐작(斟酌)ᄒ라."

---

192) 방신(防身): 몸을 위험으로부터 방비함.
193) 샹회(傷懷): 상회. 슬퍼하는 마음.
194) 금옥지언(金玉之言): 금과옥조(金科玉條)와 같은 말. 금이나 옥처럼 매우 귀중한 말.
195) 훤칠: 시원함.
196) 폐식(閉塞): 폐색. 막힘.
197) 완완(緩緩): 동작이 느리고 더딤.

쇼 공(公)이 길히 희허(噫噓)ᄒ여 쟝ᄎ(將次ㅅ) 말을 닐오지 못ᄒ니 승샹(丞相)이 ᄌ삼(再三) 위로(慰勞)ᄒ여 왈(曰),

"쇼뎨(小弟) 어려셔붓허 잠간(暫間) 텬문(天文)을 히득(解得)[198]ᄒ미 이ᄂ니 형(兄)이 쇼뎨(小弟)의 말을 밋지 아니ᄒ거든 금야(今夜)의 잠간(暫間) 슬피미 무방(無妨)ᄒ도다."

공(公)이 다만 ᄎ히 눈믈이 가득ᄒ여 믁연(默然)이러라.

밤이 되미 승샹(丞相)이 쇼 공(公)을 다리고 밧긔 ᄂ와 건샹(乾象)[199]

○●●

37면

을 우러러보며 셩신(星辰)의 뉴(類)ᄅ 일일(一一)히 가ᄅ쳐 왈(曰),

"즁간(中間)의 ᄇ근 별은 문혜셩이니 이 ᄋ부(阿婦)의 직흰 별이라 ᄇ기 져러ᄒ니 결연(決然)이 ᄉ싱(死生)의 념녀(念慮ㅣ) 업ᄉ니 형(兄)은 원(願)컨디 두어 히ᄅ 춤으라."

쇼 공(公)이 ᄎ언(此言)을 듯고 크게 깃거 이의 샤례(謝禮) 왈(曰),

"형(兄)의 ᄇ근 쇼견(所見)이 여ᄎ(如此)ᄒ니 만일(萬一) ᄉᄅ 실진디 싱젼(生前) 못ᄂ리니 ᄎ후(此後) 부졀업시 념녀(念慮) 쓰기ᄅ 긋치리라."

승샹(丞相)이 흔연(欣然)이 심ᄉ(心思)ᄅ 여러 왈(曰),

"ᄋ뷔(阿婦ㅣ) 향슈(享壽)[200] 다복(多福)ᄒ미 극(極)ᄒ디 슈삼(數三) 년(年) 익운(厄運)이 깁흔 고(故)로 텬쉬(天數ㅣ) 임의 이러ᄒ니 구ᄎ(苟且)히 ᄎᄌ 무익(無益)ᄒ지라 형(兄)은 그 ᄯᄅ 기ᄃ리고 ᄌ

---

198) 히득(解得): 해득. 뜻을 깨쳐 앎.

199) 건샹(乾象): 건상. 하늘의 현상이나 일월성신이 돌아가는 이치.

200) 향슈(享壽): 향수. 오래 사는 복을 누림.

레 과도(過度)히 쵸죠(焦燥) 마르쇼셔."

쇼 공(公)이 샤례(謝禮) 응낙(應諾)ᄒᆞ더라.

죵야(終夜)토록 셔로 말ᄉᆞᆷᄒᆞ여 날이 ᄉᆡ미 승샹(丞相)이 도라가고 공(公)이 ᄂᆡ당(內堂)의 드러가 모친(母親)과 부인(夫人)을 ᄃᆡ(對)ᄒᆞ여 ᄎᆞ언(此言)을 니르니 노 부인(夫人)이 졍신(精神)이 비월(飛越)ᄒᆞ여 말을 못 ᄒᆞ고 댱 부

38면

인(夫人)이 크게 울어 졍신(精神)을 ᄎᆞ리지 못ᄒᆞ니 공(公)이 부인(夫人)을 크게 ᄭᅮ즈쳐 금(禁)ᄒᆞ고 모친(母親)을 위로(慰勞)ᄒᆞ디,

"니(李) ᄌᆞ슈[201]의 말이 뉴리(有理)ᄒᆞ고 쟉야(昨夜) 텬문(天文)을 보니 쇼녜(小女ㅣ) 죠곰도 위틱(危殆)ᄒᆞ미 업ᄂᆞᆫ지라 모친(母親)은 과려(過慮)치 마르쇼셔."

인(因)ᄒᆞ여 극진(極盡)이 위로(慰勞)ᄒᆞ고 슬픈 비출 아니니 노 부인(夫人)이 ᄋᆞᄌᆞ(兒子)의 ᄯᅳᆺ을 바다 잠간(暫間) 관심(寬心)ᄒᆞ고 댱 부인(夫人)이 흉쟝(胸臟)[202]이 ᄯᅵᆮ는 ᄃᆞᆺᄒᆞ나 그 모친(母親)을 위(爲)ᄒᆞ여 강잉(强仍)ᄒᆞ야 믈너ᄂᆞ며 하ᄂᆞᆯ을 우러러 읍앙(悒怏)[203]ᄒᆞᆯ ᄯᆞᄅᆞᆷ이러라.

이젹의 니(李) 어ᄉᆡ(御使ㅣ) 남챵(南昌) 쇼식(消息)을 듯고 의[204]ᄉᆡ(意思ㅣ) 어린 ᄃᆞᆺᄒᆞ여 부친(父親) 말ᄉᆞᆷ이 ᄌᆞ못 고명(高明)[205]ᄒᆞ고

---

201) ᄌᆞ슈: 자수. 이관성의 자(字).

202) 흉쟝(胸臟): 흉장. 심장.

203) 읍앙(悒怏): 근심하고 원망함.

204) 의: [교] 원문에는 '어'로 되어 있으나 오기로 보이므로 국도본(11:14)을 따름.

205) 고명(高明): 식견이 높고 사리에 밝음.

쏘 즈개(自家 l) 알미 잇는 고(故)로 즈약(自若)히 믈너 셔당(書堂)의
니른미 쳘 슌무(巡撫)와 뉵 시랑(侍郞) 등(等)이 모다 위문(慰問)ᄒᆞᆫ디
어ᄉᆡ(御使 l) 우어 왈(曰),

"남즈(男子 l) ᄒᆞᆫ 안히를 일흐미 무어시 ᄃᆡᄉᆞ(大事)로와 여러 말 ᄒᆞ
리오?"

연쉬 그 ᄉᆞ미를 잡고 보려 ᄒᆞ거늘 어ᄉᆡ(御使 l) 쑉리치고 다시 말
이 업더니 이ᄯᅥ 운

◦••

39면

이 ᄃᆡ곡(大哭)ᄒᆞ여 눈믈이 강슈(江水) ᄀᆞᆺ고 셩음(聲音)이 쳐졀(凄
切)206)ᄒᆞ여 쇼릭를 닐ᄋᆞ지 못ᄒᆞᆫ지라 싱(生)이 더옥 심ᄉᆡ(心思 l)
측냥(測量)업ᄉᆞ나 강잉(强仍)ᄒᆞ여 크게 칙(責)ᄒᆞᆫ,

"쇼 시(氏) 비록 죽어셔도 네 도리(道理)ᄂᆞᆫ 내 잇시니 그리 아냠
즉ᄒᆞ거늘 엇진 고(故)로 일시(一時) 분찬207)(奔竄)208)ᄒᆞᆷ믈 인(因)ᄒᆞ
여 부즁(府中)의셔 이리 요망(妖妄)이 구ᄂᆞᆫ뇨? 다시 이런 거죠(擧措)
를 홀진ᄃᆡ 영영(永永) 용샤(容赦)치209) 아니리라."

운이 겨유 우름을 그치나 쟝ᄎᆞᆺ(將次ㅅ) 간쟝(肝腸)이 쵼쟝(寸腸)210)
ᄒᆞ여 심즁(心中)의 어ᄉᆞ(御使)를 한(恨)ᄒᆞ여 쇼져(小姐)를 싱각ᄒᆞ고
냥ᄋᆞ(兩兒)를 보호(保護)ᄒᆞ며 남(南)을 ᄇᆞ라 익를 셕인 ᄲᅮᆫ이러라.

---

206) 쳐졀(凄切): 처절. 몹시 처량함.
207) 찬: [교] 원문에는 '춤'으로 되어 있으나 문맥을 고려하여 국도본(11:15)을 따름.
208) 분찬(奔竄): 분찬. 달아나 숨음.
209) 치: [교] 원문에는 '챠'로 되어 있으나 오기로 보이므로 국도본(11:15)을 따름.
210) 쵼쟝(寸腸): 촌장. 마디마디의 창자라는 뜻으로 답답함을 의미함.

어시(御使丨) 운으를 칙(責)ᄒ고 셩문 등(等)을 닛그러 빅화각의 드러가니 졍 부인(夫人)이 옥안(玉顔)의 눈믈이 마르지 아냐 기리 쵸챵(怊悵)ᄒ니 어시(御使丨) 느즉이 위로(慰勞)ᄒ딕,

"쇼 시(氏) 죽으미 업슨 쥴 틱틱(太太)의 신명(神明)ᄒ시므로 거의 아르실 거시어늘 어지 무익(無益)히 샹회(傷懷)ᄒ시ᄂ니잇가?"

부인(夫人)

• ••

40면

이 기리 탄식(歎息) 냥구(良久)의 왈(曰),

"비록 스라신들 널노 인(因)ᄒ여 쳔단비원(千端悲怨)211)을 겻고 타향(他鄉)의 개걸(丐乞)212)ᄒᄂ 거죠(擧措)를 싱각ᄒ니 므음이 셕목(石木)이 아니라 엇지 무심(無心)ᄒ리오? 너ᄂ 과연(果然) 토목(土木) ᄀ튼 거시로다."

어시(御使丨) 웃고 샤왈(謝曰),

"힝익(孩兒丨) 엇지 싱각이 업스릿고? 일이 이의 니르러 샹회(傷懷)ᄒ므로 쇼 시(氏)를 만날 길이 업고 쟝부(丈夫)의 풍치(風采) 아니므로 흔연(欣然)ᄒ오나 이 본(本)딕 죠히 너기미 아니로쇼이다."

부인(夫人)이 탄식(歎息)고 말을 아니ᄒ더라.

어시(御使丨) 이틋날 쇼부(-府)의 느아가 쇼 공(公)긔 뵈고 피셕(避席)ᄒ여 샤죄(謝罪)ᄒ니 공(公)이 탄왈(嘆曰),

"이 도시(都是) 나의 운쉬(運數丨) 블미(不美)ᄒ미라 엇지 네 타시리오?"

---

211) 쳔단비원(千端悲怨): 쳔단비원. 온갖 슬픔.
212) 개걸(丐乞): 빌어서 먹음.

어亽(御使ㅣ) 직삼(再三) 샤죄(謝罪)ᄒ고 드러가 부인(夫人)긔 뵈오니 부인(夫人)이 어亽(御使)를 보고 실셩비읍(失聲悲泣)[213]ᄒ믈 마지아니ᄒ니 어亽(御使ㅣ) 극진(極盡)이 위로(慰勞) 왈(曰),

"형인(荊人)[214]의 굿기미 쇼셔(小壻)의 타시어니와 악뫼(岳母ㅣ) 엇지 이디도록 쇼셔(小壻)의 춤괴(慙愧)

○●●

41면

ᄒ믈 도으시ᄂᆞ니잇고?"

댱 부인(夫人)이 크게 우러 왈(曰),

"쳡(妾)이 엇지 그디를 한(恨)ᄒ리오마ᄂᆞᆫ 모녜(母女ㅣ) 쪄ᄂᆞᆫ 지 십(十) 년(年)의 겨유 만나 믄득 싱니(生離)[215]ᄒᄂᆞᆫ 거죄(擧措ㅣ) 이시니 인비셕목(人非石木)[216]이라 엇지 춤으리오?"

어亽(御使ㅣ) 안싴(顔色)을 화(和)히 ᄒ고 위로(慰勞) 왈(曰),

"악모(岳母) 졍니(情理)[217] 이러ᄒ시미 고이(怪異)치 아니ᄒ오나 후일(後日)을 기ᄃᆞ리시고 과도(過度)히 번뇌(煩惱)치 마ᄅᆞ쇼셔."

부인(夫人)이 무슈(無數)히 울고 말을 못 ᄒ더라.

싱(生)이 하직(下直)고 도라와 일념(一念)의 노히지 아니나 외면(外面)은 ᄌᆞ약(自若)ᄒ더라.

---

213) 실셩비읍(失聲悲泣): 실성비읍. 소리가 나지 않을 정도로 슬피 욺.

214) 형인(荊人): 형차(荊釵)를 한 사람, 즉 아내를 가리킴. 형차는 나무로 만든 비녀로, 검소한 생활을 함을 의미함.

215) 싱니(生離): 생리. 생이별.

216) 인비셕목(人非石木): 인비석목. 사람이 돌이나 나무가 아님.

217) 졍니(情理): 정리. 인정과 도리.

이쩌 샹(上)이 쇼 시(氏)의 분찬(奔竄)218)ᄒ믈 드릭시고 크게 놀ᄂᆞ샤 쇼 공(公)과 승샹(丞相)을 위로(慰勞)ᄒ시고 팔문(八門)219)의 됴셔(詔書)를 ᄂᆞ리와 방문(榜文)220)ᄒ라 ᄒ시고 ᄆᆞ음이 평안(平安)치 못ᄒ시더니,

련히(天下ㅣ) 블힝(不幸)ᄒ여 샹(上)이 질병(疾病)이 미류(彌留)221)ᄒ샤 련해(天下ㅣ) 황황(遑遑)222)ᄒ고 니(李) 공(公)이 임의 련슈(天數)를 혜아리니 심신(心神)이 황홀(恍惚)ᄒ여 식음(食飮)을 젼폐(全廢)ᄒ고 스ᄉᆞ로 몸을 딘

● ● ●

42면

신(代身)코져 ᄒ더니 못ᄎᆞᆷᄂᆡ 붕(崩)ᄒ시니 님붕(臨崩)223)의 태후(太后)긔 ᄉᆞ빅(四拜)ᄒ여 하직(下直) 왈(曰),

"신(臣)이 블쵸(不肖)ᄒᆫ 긔질(氣質)노 대위(大位)의 즉(卽)ᄒ여 낭낭(娘娘)을 몰신(歿身)토록 뫼실가 ᄒ더니 이졔 쳔하(泉下)224)의 도라가오니 블효(不孝) 막ᄃᆡ(莫大)ᄒᆞᆫ지라. 낭낭(娘娘)은 블쵸(不肖) 신(臣)을 개렴(介念)225)치 마ᄅᆞ쇼셔."

태휘(太后ㅣ) 실셩뉴톄(失聲流涕)226)ᄒ신ᄃᆡ 샹(上)이 ᄌᆡ삼(再三)

---

218) 분찬(奔竄): 바삐 달아나 숨음.

219) 팔문(八門): 성의 여덟 문.

220) 방문(榜文): 어떤 일을 널리 알리기 위하여 사람들이 다니는 길거리나 많이 모이는 곳에 써 붙이는 글.

221) 미류(彌留): 병이 오래 낫지 않음.

222) 황황(遑遑): 갈팡질팡 어쩔 줄 모르게 급함.

223) 님붕(臨崩): 임붕. 임금이 죽음을 맞이함.

224) 쳔하(泉下): 천하. 황천의 아래라는 뜻으로 저승을 이르는 말.

225) 개렴(介念): 개념. 마음에 두고 생각하거나 신경을 씀.

226) 실셩뉴톄(失聲流涕): 실성유체. 소리가 나지 않을 정도로 눈물을 흘림.

위로(慰勞)ᄒ시고 계양 공쥬(公主)를 도라보와 글ᄋ샤ᄃᆡ,

"어ᄆᆡ(御妹) 춍명(聰明) 인효(仁孝)ᄒ미 쒸여ᄂᆞ니 모ᄅᆞ미 태낭낭(太娘娘)을 보호(保護)ᄒ여 위틱(危殆)ᄒ시미 업게 ᄒ라."

ᄯᅩ 부마(駙馬)다려 왈(曰),

"경(卿)의 극진(極盡)ᄒᆷ은 다시 니를 거시 업거니와 그러나 어ᄆᆡ(御妹) 평싱(平生)을 흐ᄀᆞᆯᄀᆞᆺ치 평안(平安)케 ᄒ진ᄃᆡ 짐(朕)이 구쳔(九泉)의 눈을 ᄀᆞᆷ으리라."

인(因)ᄒ여 태후(太后)를 드러가쇼셔 ᄒ고 만됴(滿朝)를 명픽(命牌)[227]ᄒ시고 태ᄌ(太子)를 블너 글ᄋ샤ᄃᆡ,

"네 금일(今日)노붓터 니(李) 션싱(生)을 스승으로 아라 범ᄉ(凡事)의 그 말을 어그ᄅᆞ지 말나.

• • •

43면

만일(萬一) ᄒᆫ 말이나 듯지 아냐 ᄃᆡᄉ(大事)를 그릇홀진ᄃᆡ 구쳔(九泉)의 가 보지 아니리라."

태ᄌ(太子ㅣ) 울며 졀ᄒ여 명(命)을 바드시니 샹(上)이 승샹(丞相)을 ᄂᆞ아오라 ᄒ여 숀을 잡고 니ᄅᆞ샤ᄃᆡ,

"션싱(先生)의 튱의(忠義)[228]ᄂᆞᆫ 고금(古今)을 샹고(詳考)ᄒ나 방블(髣髴)ᄒ니 업ᄉ니 다시 니를 거시 업ᄉ나 태ᄌ(太子ㅣ) 젼후(前後) 그릇ᄒ미 이실 거시니 경(卿)은 이윤(伊尹)[229]의 일을 효측(效則)ᄒ

---

227) 명픽(命牌): 명패. 임금이 벼슬아치를 부를 때 보내던 나무패를 뜻하나, 여기에서는 명패를 가지고 벼슬아치를 부르는 것을 의미함.

228) 튱의(忠義): 충의. 충성과 절의.

229) 이윤(伊尹): 중국 은(殷)나라의 이름난 재상으로 탕왕(湯王)을 도와 하(夏)나라의 걸왕(桀王)을 멸망시키고 선정을 베풀었음.

라. 계양이 션뎨(先帝)를 여희옵고 바라²³⁰⁾미 짐(朕)의게 잇더니 이
졔 짐(朕)이 마즈 도라가니 그 졍시(情事ㅣ) 가련(可憐)흔지라. 션싱
(先生)은 모루미 고렴(顧念)²³¹⁾흐믈 평셕(平昔)²³²⁾갓치 흐라."

인(因)흐여 붕(崩)흐시니 직위(在位) 십(十) 년(年)이라. 문무(文武)
졔신(諸臣)이 태즈(太子)를 붓드러 위(位)의 즉(卽)흐니 이 졍통(正
統)²³³⁾ 황뎨(皇帝)라. 발샹거이(發喪擧哀)²³⁴⁾흐니 곡셩(哭聲)이 하늘
의 ᄉ못눈지라. 슬프다! 션종(宣宗)²³⁵⁾이 춍명(聰明) 인효(仁孝) 공검
(恭儉)흐샤 일셰(一世)의 명군(明君)이시러니 향슈(享壽)를 못 흐시
니 텬도(天道)를 가(可)히 탄(嘆)흐염 즉흐더라.

니(李) 공(公)의 셜

⋯ ● ●

44면

워흐미 부모(父母) 샹ᄉ(喪事)로 다루지 아니흐되 강잉(强仍)흐여 졍
ᄉ(政事)를 잡아 쥬야(晝夜) 블틱(不怠)²³⁶⁾흐니 샹(上)이 공경(恭敬)
흐믈 놉흔 스승갓치 흐시더라.

이쩌 계양 공쥬(公主ㅣ) 샹(上)의 붕(崩)흐신 후(後) 셜우믈 춤고

---

230) 라: [교] 원문에는 '리'로 되어 있으나 오기로 보이므로 국도본(11:18)을 따름.

231) 고렴(顧念): 고념. 돌보아 줌.

232) 평셕(平昔): 평석. 예전.

233) 졍통(正統): 정통. 중국 명(明)나라 제6대 황제인 영종(英宗) 때의 연호(1436~
1449). 영종의 이름은 주기진(朱祁鎭, 1427~1464)으로, 후에 연호를 천순(天順)으
로 바꿈.

234) 발샹거이(發喪擧哀): 발상(發喪)은 상례에서, 죽은 사람의 혼을 부르고 나서 상제가
머리를 풀고 슬피 울어 초상난 것을 알림을 뜻함. 거애(擧哀)는 발상과 같은 뜻임.

235) 션종(宣宗): 선종. 중국 명(明)나라 제5대 황제인 주첨기(朱瞻基, 1399~1435)의 묘
호로, 연호는 선덕(宣德, 1425~1435).

236) 블틱(不怠): 불태. 게으르지 않음.

태후(太后) 위로(慰勞)ᄒᆞ믈 지극(至極)히 ᄒᆞ나 태휘(太后ㅣ) 샹(上)이
붕(崩)ᄒᆞ시므로 인(因)ᄒᆞ여 인간(人間)의 머믈 ᄯᅳᆺ이 업셔 쥬야(晝夜)
곡읍(哭泣)으로 날을 보ᄂᆞ시니 공쥬(公主ㅣ) 민망(憫惘)ᄒᆞ여 대의(大
義)로 개유(開諭)ᄒᆞ니 태휘(太后ㅣ) 공쥬(公主)의 효셩(孝誠)을 금동
(感動)ᄒᆞ샤 곡읍(哭泣)을 그치시나 샹(上)의 화(和)ᄒᆞᆫ 안면(顔面)과
부다ᄅᆞ온 말ᄉᆞᆷ을 듯지 못ᄒᆞ시니 됴운모우(朝雲暮雨)[237]의 ᄉᆞ렴(思
念)이 간졀(懇切)ᄒᆞ샤 텬안(天顔)의 눈믈이 마를 젹이 업ᄉᆞ니 공쥬
(公主ㅣ) 일시(一時)를 안젼(案前)의 ᄯᅥᄂᆞ지 아니ᄒᆞ고 됴흔 말ᄉᆞᆷ으로
위로(慰勞)ᄒᆞ여 일월(日月)을 쳔연(遷延)ᄒᆞ여 구가(舅家)의 ᄯᅥ는 지
오린 고(故)로 톄면(體面)의 미안(未安)ᄒᆞ여 졍 부인(夫人)긔 글을 올
녀 고(告)ᄒᆞ니 부인(夫人)이 이 말ᄉᆞᆷ을 승샹(丞相)

45면

긔 젼(傳)ᄒᆞ여 품(稟)ᄒᆞ니 승샹(丞相)이 쾌허(快許)ᄒᆞ더라. 부인(夫人)
이 답셔(答書)를 보ᄂᆡ여 슈월(數月)을 머믈게 ᄒᆞ니 공쥬(公主ㅣ) 셩
은(盛恩)을 칭샤(稱謝)ᄒᆞ고 ᄆᆞ음 노와 태후(太后)를 뫼셔 지ᄂᆡ더니,
 임의 샹(上)의 쟝ᄉᆞ(葬事)를 지ᄂᆡᄆᆡ 태후(太后)긔 ᄒᆞ직(下直)고 ᄂᆞ
올ᄉᆡ 태휘(太后ㅣ) 더옥 셜워ᄒᆞ시나 위후의-선종(宣宗)황후(皇后)- 효셩(孝誠)이 공쥬
(公主)의 지지 아니시고 공쥬(公主)의 ᄆᆞ음을 헛토로지 아니려 됴흔
ᄂᆞᆺᄎᆞ로 니별(離別)ᄒᆞ시니 공쥬(公主ㅣ) 누슈(淚水)를 ᄲᅳ려 하직(下直)
고 니부(李府)의 니ᄅᆞ니 일가(一家) 졔인(諸人)이 모다 됴샹(弔喪)ᄒᆞ
기를 ᄆᆞᆺ고 각각(各各) 치위(致慰)[238]ᄒᆞ니 공쥬(公主ㅣ) 다만 눈믈이

---

237) 됴운모우(朝雲暮雨): 조운모우. 아침 구름과 저녁 비라는 뜻으로 아침과 저녁을 이름.
238) 치위(致慰): 상중(喪中)이나 복중(服中)에 있는 사람을 위로함.

쇼복(素服)의 져즐 쓰룸이러니 이윽고 승상(丞相)이 죠당(朝堂)²³⁹)으로붓터 ㄴ와 공쥬(公主)의 ㄴ와시믈 더옥 슬허 눈믈이 비곳치 쩌러져 만면(滿面)의 가득ᄒ니 공쥬(公主ㅣ) 죤구(尊舅)의 져곳치 통의(通義)²⁴⁰)룰 보고 탄복(歎服)ᄒ고 간담(肝膽)이 촌졀(寸絶)²⁴¹)ᄒ딕 공쥬(公主ㅣ) 본(本)딕 딕례(大禮)룰 몬져 ᄒᄂ지라 방셕(方席) 아릭 부복(俯伏)

● ● ●

46면

ᄒ여 ㄴ죽이 긔운을 뭇ᄌ오니 승상(丞相)이 기리 탄왈(嘆曰),

"나의 평안(平安)ᄒ믄 반셕(盤石) ᄀᆺ트니 다시 므어슬 념(念)ᄒ리오? 연(然)이나 근간(近間) 태후(太后) 긔톄(氣體)²⁴²) 엇더ᄒ시니잇고?"

공쥬(公主ㅣ) 졍금(正襟)²⁴³) 딕왈(對曰),

"태낭낭(太娘娘) 긔운이나 어ㄴ 다룩시리잇고?"

승상(丞相)이 함누(含淚) 왈(曰),

"공쥬(公主ㅣ) 션뎨(先帝)룰 ᄋ시(兒時)의 여희시고 금샹(今上) 우러오미 지극(至極)ᄒ다가 이졔 마ᄌ 붕(崩)ᄒ시니 슬프미 널너 알 빅 아니나 ᄯ흔 일편(一偏)도이 간담(肝膽)을 슬오미 가(可)치 아니ᄒ니 모룩미 관심(寬心)ᄒ쇼셔."

원뉘(元來) 공쥬(公主ㅣ) 것ᄎ로 화열(和悅)ᄒᆫ 둣ᄒ나 그 ᄆᄋᆷ인죽

---

239) 죠당(朝堂): 조당. 조정(朝廷).

240) 통의(通義): 세상에 널리 통하는 도리와 정의.

241) 촌졀(寸絶): 촌절. 마디마디 끊어짐.

242) 긔톄(氣體): 기체. 몸과 마음의 형편이라는 뜻으로, 주로 웃어른께 올리는 편지에서 문안할 때 쓰는 말.

243) 졍금(正襟): 정금. 옷깃을 바로 함.

넉시 스라져 뎨(帝)롤 뜬르고져 ᄒᆞᄂᆞᆫ지라 승샹(丞相)이 ᄌᆞ못 알고 니러툿 니르니 공쥬(公主ㅣ) 두 번(番) 졀ᄒᆞ여 명(命)을 밧고 믈너나 비록 ᄉᆞ시(四時) 문안(問安)의 승안(承顔)244)ᄒᆞᄂᆞᆫ 화긔(和氣)롤 니르나 궁(宮)의 도라온즉 옥쟝(玉腸)245)이 스라져 죠흔 ᄉᆞ싴(辭色)이 업ᄉᆞ니 진 샹궁(尙宮)이 민망(憫憫)ᄒᆞ여 넌즈시 이런 쇼유(所由)롤

●●●

47면

정 부인(夫人)긔 고(告)ᄒᆞ니 부인(夫人)이 근심ᄒᆞ여 ᄎᆞ일(此日) 문안(問安)의 태ᄉᆞ(太師)긔 슈말(首末)을 고(告)ᄒᆞ고 품(稟)ᄒᆞ여 왈(曰),

"공쥬(公主ㅣ) 대의(大義)롤 아ᄂᆞᆫ 비 졀졀(切切)246)이 슬프믈 밧긔 ᄂᆞ지 아니나 그 효의(孝義)로써 황샹(皇上)을 여희오미 쇽으로써 간쟝(肝腸)을 슬오미 쟝ᄎᆞ(將次ㅅ) 인셰(人世)의 머믈 ᄠᅳ지 업ᄉᆞ오니 이 념녀(念慮)로온 곳이로ᄃᆡ 잇ᄂᆞᆫ 곳이 일튁(一宅)이 아니니 ᄒᆞᆫ가지로 위로(慰勞)ᄒᆞ여 지ᄂᆡ리 업ᄉᆞ오니 잠간(暫間) 권도(權道)로 침쇼(寢所)의 ᄃᆞ려와 그 회포(懷抱)롤 위로(慰勞)코져 ᄒᆞᄂᆞ이다."

태ᄉᆞ(太師ㅣ) 쳥파(聽罷)의 놀나 왈(曰),

"공쥬(公主)의 거지(擧止) 이러ᄒᆞᆯ진ᄃᆡ 현부(賢婦)의 말ᄃᆡ로 ᄒᆞ지 엇지 노부(老父)의게 므르리오?"

부인(夫人)이 ᄇᆡ샤(拜謝)ᄒᆞ고 어ᄉᆞ(御使)롤 블너 이 ᄠᅳᆺ으로 승샹(丞相)긔 품(稟)ᄒᆞ니 답왈(答曰),

"부뫼(父母ㅣ) 허락(許諾)ᄒᆞ신 밧긔 엇지 ᄂᆡ게 므르리오?"

---

244) 승안(承顔): 어른의 안색을 살펴 받듦.
245) 옥쟝(玉腸): 옥장. '간장(肝腸)'을 높여 이르는 말.
246) 졀졀(切切): 절절. 매우 간절함.

어시(御使ㅣ) 드러가 고(告)ᄒᆞ니 부인(夫人)이 ᄯᅳᆺ을 결(決)ᄒᆞ여 공 쥬(公主)의 문안(問安)ᄒᆞᄂᆞ 씨를 당(當)ᄒᆞ여 니르ᄃᆡ,

"옥쥬(玉主)의 위의(威儀) 체체(棣棣)[247]ᄒᆞ시므로 부

●●●

48면

듕(府中)의 거쳐(居處)ᄒᆞ시미 졍되(正道ㅣ) 아니나 ᄉᆞ시(事事ㅣ) 권 도(權道)도 이시니 홍문이 입쟝(入丈)[248]ᄒᆞᆯ 동안 홍민명의 머므러 나 와 좌와(坐臥)를 ᄯᅥᄂᆞ지 마ᄅᆞ쇼셔."

공쥬(公主ㅣ) 고모(姑母)의 ᄌᆞ긔(自己)를 무휼(撫恤)ᄒᆞ시ᄂᆞ 졍(情) 을 스치고 감은(感恩)ᄒᆞᆷ믈 이긔지 못ᄒᆞ여 다만 ᄌᆡ비(再拜) 슈명(受 命)ᄒᆞ고 이의 쳐쇼(處所)를 옴겨 쇼옥, 쇼영, 궁인(宮人) 슈오(數五) 인(人)으로 홍민명의 거쳐(居處)ᄒᆞ고 진・허 냥인(兩人)은 본궁(本宮) 을 직희엿더라. 이 홍민명은 크기 빅(百) 간(間)은 ᄒᆞ고 휜칠ᄒᆞ여 여 ᄂᆞ 방ᄉᆞ(房舍)[249]로 더브러 다ᄅᆞ더라.

공쥬(公主ㅣ) 이의 오민 댱 시(氏) 쥬야(晝夜) 뫼셔 위로(慰勞)ᄒᆞᆷ믈 극진(極盡)이 ᄒᆞ고 졍 부인(夫人)이 시시(時時)로 무ᄋᆡ(撫愛)[250]ᄒᆞᆷ믈 평시(平時)로 더ᄋᆞ며 승샹(丞相)이 스ᄉᆞ로 ᄉᆞ랑ᄒᆞ미 지극(至極)ᄒᆞ니 공쥬(公主ㅣ) 두로 은혜(恩惠)를 감격(感激)ᄒᆞ여 슬픈 거슬 모ᄅᆞ고 셰월(歲月)을 보ᄂᆡ더라.

이ᄯᅥ 문셩이 남챵(南昌)의셔 힝쟝(行裝)을 ᄎᆞ려 텬하(天下)를 다

---

247) 체체(棣棣): 체체. 성대히 갖추어짐.

248) 입쟝(入丈): 입장. 장가를 듦.

249) 방ᄉᆞ(房舍): 방사. 방.

250) 무ᄋᆡ(撫愛): 무애. 어루만지고 사랑함.

도라 쇼 시(氏)를 춧고져 ᄒ더니 홀연(忽然) 경ᄉ(京師) 챵뒤(蒼頭ㅣ)

_{○●●}

49면

승샹(丞相)의 셔간(書簡)을 올니거늘 써혀 보니 글와시듸,

'ᄋ부(阿婦)의 환난(患難)은 임의 알관 일이니 망녕(妄靈)되이 츠줄 의ᄉ(意思)를 닉지 말고 셜니 븍(北)으로 도라오라.'

ᄒ엿더라. 문셩이 감(敢)히 거역(拒逆)지 못ᄒ여 드듸여 경ᄉ(京師)의 니ᄅ러 당하(堂下)의셔 고두(叩頭) 쳥죄(請罪)ᄒ여 눈믈이 만면(滿面)ᄒ지라 승샹(丞相)이 친(親)히 손을 잡고 위로(慰勞)ᄒ여 왈(曰),

"ᄋ부(阿婦)의 익운(厄運)이 태심(太甚)ᄒ여 젹봉(賊鋒)[251]을 만나 ᄉ싱거쳐(死生去處)를 모ᄅ미 엇지 너의 타시리오? 죠급(躁急)히 싱각지 말고 관심(寬心)ᄒ여 이시라."

문셩이 오열(嗚咽)ᄒ여 말을 못 ᄒ여 ᄒ니 틱싀(太師ㅣ) 망녕(妄靈)되믈 칙(責)ᄒ고 승샹(丞相)이 지극(至極)히 위로(慰勞)ᄒ믹 문셩이 겨유 진졍(鎭靜)ᄒ여 다만 쳥죄(請罪) 왈(曰),

"쳔뎨(賤弟)[252] 무샹(無狀)ᄒ여 노야(老爺) 부탁(付託)을 져ᄇ리고 슬피믈 게을니ᄒ여 쇼 부인(夫人)으로 ᄒ여금 풍진(風塵) ᄉ이의 거쳐(去處)를 모ᄅ고 이의 니ᄅ

---

251) 젹봉(賊鋒): 적봉. 도적의 칼끝.

252) 쳔뎨(賤弟): 천제. 천한 아우라는 뜻으로 문성이 자신을 낮추어 부르는 말이기도 하고, 자기 신분이 서자이기 때문에 부르는 말이기도 함.

50면

니 죄(罪) 엇지 깁지 아니리잇고?"

승상(丞相)이 주약(自若)히 우어 왈(曰),

"무심즁(無心中) 천병만믹(千兵萬馬 l)253) 쵸옥(草屋)을 뿟니 비록 진황(秦皇)254)의 용(勇)과 마무(馬武)255)의 능(能)ᄒ민들 엇지 잘 병으리와드리오256)? 연(然)이나 ᄋ뷔(阿婦 l) 보신(保身)ᄒ미 반듯ᄒ리니 너는 즈레 과도(過度)히 구지 말나. 뭇ᄂ니 쇼부(-婦) 싱(生)ᄒ미 므어시러요?"

문셩 왈(曰),

"남이(男兒 l)러니다."

인(因)ᄒ여 그 얼골이 어ᄉ(御使)로 분호(分毫)257) 다르지 아닌 말과 몸의 셰 곳 샹표(上標) 이시믈 일일(一一)히 고(告)ᄒ니 일개(一家 l) 식로이 앗기믈 마258)지아니딕 승상(丞相)은 타연(泰然)이 동(動)치 아냐 왈(曰),

"기이(其兒 l) 샹뫼(相貌 l)259) 그러홀진딕 아모 딕 가도 무ᄉ(無事)히 셩쟝(成長)ᄒ여 모드리니 근심홀 빅 아니로다."

---

253) 천병만믹(千兵萬馬 l): 천병만마. 천 명의 군사와 만 마리의 말이라는 뜻으로 무장한 사람의 수가 매우 많음을 이름.

254) 진황(秦皇): 진시황의 뜻으로 보이나 미상임.

255) 마무(馬武): 중국 후한시대의 인물. 자는 자장(子張). 광무제(光武帝)를 도와 왕망(王莽)의 대군을 격파하여 후한(後漢)을 세우는 데 큰 역할을 하고 후에 양허후(楊虛侯)에 봉해짐. 『후한서(後漢書)』, 「마무열전(馬武列傳)」.

256) 병으리와드리오: 방비하리오.

257) 분호(分毫): 가을철에 털갈이하여 새로 돋아난 짐승의 가는 털. 추호(秋毫).

258) 마: [교] 원문에는 '미'로 되어 있으나 오기로 보이므로 국도본(11:22)을 따름.

259) 샹뫼(相貌 l): 상모. 얼굴과 외모.

ᄒᆞ더라.

문셩이 믈너와 어ᄉᆞ(御使)를 보고 죄(罪)를 일ᄏᆞᄅᆞᆫᄃᆡ 싱(生)이 흔연(欣然) 왈(曰),

"쇼 시(氏) 익(厄)이 심(甚)ᄒᆞ여 그러ᄒᆞ니 엇지 아ᄌᆞ비 타시리오?"

문셩이 도량(度量)을 탄복(歎服) 칭션(稱善)260)홀 ᄲᅮᆫ이러라.

이ᄯᅥ 졍통(正統) 황뎨(皇帝) ᄉᆡ로 즉위(卽位)ᄒᆞ시ᄆᆡ 니(李) 승샹(丞相)이 셥

• • •

51면

졍(攝政)261)ᄒᆞ여 졍ᄉᆞ(政事)를 다스리니 국개(國家ㅣ) 일이 업더니 병부샹셔(兵部尙書) 오겸이 졸(卒)ᄒᆞ니 교ᄃᆡ(交代)를 신졈(新點)262) 홀ᄉᆡ 니몽챵의 문무(文武) 지죠(才操)263)를 아ᄅᆞ시ᄂᆞᆫ지라 특별(特別)이 병부샹셔(兵部尙書)를 ᄒᆞ이시니 어ᄉᆡ(御使ㅣ) 년쇼(年少)ᄒᆞ므로264) ᄉᆞ양(辭讓)ᄒᆞ다가 마지못ᄒᆞ여 병부(兵部) 큰 쇼임(所任)의 거(居)ᄒᆞ니 군뮈(軍務ㅣ)265) 호번(浩繁)266)ᄒᆞ고 위의(威儀)267) 쳬쳬(棣棣)268)ᄒᆞ니 샹셰(尙書ㅣ) 지샹(宰相) ᄌᆞ데(子弟)로 호걸(豪傑)의 풍(風)이 이시니 이 본(本)ᄃᆡ 경뉸(經綸)269) 지략(智略)을 복듕(腹中)의 장(藏)ᄒᆞ

---

260) 칭션(稱善): 칭선. 착한 것을 칭찬함.
261) 셥졍(攝政): 섭정. 군주가 직접 통치할 수 없을 때에 군주를 대신하여 나라를 다스림.
262) 신졈(新點): 신점. 새로 낙점함.
263) 지죠(才操): 재조. 재주.
264) ᄆᆞ로: [교] 원문에는 '믈'로 되어 있으나 문맥을 고려하여 이와 같이 고침.
265) 군뮈(軍務ㅣ): 군사에 관한 사무.
266) 호번(浩繁): 넓고 크며 번거롭게 많음.
267) 위의(威儀): 위엄이 있고 엄숙한 태도나 몸가짐.
268) 쳬쳬(棣棣): 체체. 성대히 갖추어짐.

고 병셔(兵書)를 넓이 보와 군즁(軍中) 긔뉼(紀律)[270]을 능통(能通)ᄒ
ᄂ지라 죠곰도 추오(差誤)[271]ᄒ미 업셔 엄졍(嚴正)ᄒᆫ 법녕(法令)이
고금(古今)의 업ᄉᆫ 지죄(才操ㅣ)라. 됴뎡(朝廷)이 칭찬(稱讚)ᄒ고 승
샹(丞相)이 ᄋᆞ즈(兒子)의 방일(放逸)[272]ᄒᆷᄆᆞᆯ 근심ᄒᆯ지언졍 그 지조
(才操)ᄂᆞ 본(本)듸 아ᄅᆞ듸 져듸도록 ᄒᆫ 줄 치 아지 못ᄒ더니 두긋기
ᄆᆞᆯ 이긔지 못ᄒ여 더옥 공검(恭儉)ᄒᆷᄆᆞᆯ 경계(警戒)ᄒ더라.

이젹의 승샹(丞相) 뎨삼즈(第三子) 몽원의 즈(字)ᄂᆞ 빅운이니 얼골
이 늠늠(凜凜)[273]

52면

쥰슈(俊秀)ᄒ여 풍치(風采) 쇄락(灑落)[274]ᄒ미 형(兄)으로 다ᄅᆞ미 업
ᄉᆞ듸 일듸(一代)의 풍뉴지ᄉᆞ(風流才士ㅣ)라 승샹(丞相)이 ᄆᆡ양 침묵
(沈默)ᄒᆷᄆᆞᆯ 경계(警戒)ᄒ더라.

시년(時年)이 십ᄉᆞ(十四) 세(歲)의 니ᄅᆞ니 신쟝(身長)이 유여(裕餘)
ᄒ고 긔거동졍(起居動靜)[275]의 죠곰도 미진(未盡)ᄒ미 업ᄉᆞ니 승샹
(丞相)이 죠모(祖母)의 년긔(年紀) 놉ᄒ시믈 슬허 제즈(諸子) 셩혼(成
婚)을 밧비 ᄒ듸 션종(宣宗) 쵸긔(初忌) 아직 지ᄂᆞ지 아녀시미 일월

---

269) 경뉸(經綸): 경륜. 일정한 포부를 가지고 일을 조직적으로 계획함. 또는 그 계획이
　　나 포부를 뜻함.
270) 긔뉼(紀律): 기율. 도덕상으로 여러 사람에게 행위의 표준이 될 만한 질서.
271) 추오(差誤): 차오. 틀리거나 잘못됨.
272) 방일(放逸): 멋대로 거리낌 없이 놂.
273) 늠늠(凜凜): 늠름. 생김새나 태도가 의젓하고 당당함.
274) 쇄락(灑落): 인품이 깨끗하고 속된 기운이 없는 것을 말함.
275) 긔거동졍(起居動靜): 기거동정. 일상생활에서 몸의 움직임.

(日月)을 쳔연(遷延)276)ᄒ더니,

시(時)의 공부샹셔(工部尙書) 최문샹이 부인(夫人) 쇼 시(氏)를 취(娶)ᄒ여 뉵(六) 녀(女)를 낫코 단산(斷産)ᄒ니 쇼 부인(夫人)이 댱뷔(丈夫ㅣ) 졀샤(絶嗣)277)홀가 근심ᄒ여 넓이 미희(美姬)를 구(求)ᄒ여 혜염으로 쇼실(小室)을 삼으니 혜염이 최가(-家)의 드러가 즉시(卽時) 아들을 ᄂᄒ니 공(公)이 크게 깃거 승젹(承嫡)278)ᄒ여 종샤(宗嗣)279)를 밧들게 ᄒ니 혜염을 슉인(淑人)을 봉(封)ᄒ고 혜염이 무궁(無窮)ᄒ 영화부귀(榮華富貴)를 누리며 년(連)ᄒ여 삼(三) ᄌ(子)를 낫코 졍실(正室) 셤기믈 극진(極盡)이 ᄒ니 현명(賢名)이

• • •

53면

최가(-家)의 쟈쟈(藉藉)ᄒ더라.

최 공(公)의 필녀(畢女) 쇼이 쇼졔(小姐ㅣ) 년(年)이 십삼(十三)의 니ᄅ니 용뫼(容貌ㅣ) 금당(金塘) 부용(芙蓉)과 츄슈(秋水) 모란(牡丹) ᄀᆺᄐ여 덕되(德道ㅣ) 유한280)(幽閑)281)ᄒ고 풍영(豊盈)282) ᄌ약(自若)ᄒ여 비록 싁싁ᄒ미 눗브나 기여(其餘)ᄂᆞᆫ 단쳐(短處ㅣ)283) 업ᄉ지라. 최 공(公)이 극(極)히 ᄉ랑ᄒ여 ᄀᆺᄐ 빵(雙)을 엇고져 ᄒ여 몽원

---

276) 쳔연(遷延): 천연. 시일을 미루어 감. 지체함.

277) 졀샤(絶嗣): 절사. 자손이 없어 대가 끊어짐.

278) 승젹(承嫡): 승적. 첩에게서 난 서자가 적자로 됨.

279) 종샤(宗嗣): 종사. 종가 계통의 후손.

280) 한: [교] 원문에는 '환'으로 되어 있으나 오기로 보이므로 국도본(11:25)을 따름.

281) 유한(幽閑): 인품이 그윽하고 느긋함.

282) 풍영(豊盈): 풍만하고 넉넉함.

283) 단쳐(短處ㅣ): 단처. 단점.

을 보고 눈의 드러시티 니(李) 공(公)의 뜻을 아지 못ㅎ여 발셜(發說)
치 아녀더니,

일일(一日)은 몽원 공지(公子ㅣ) 아즈미롤 보라 최부(-府)의 느아
가니 슉인(淑人)이 업거늘 도로 느오고져 ㅎ더니 홀연(忽然) 갓ㄱ이
셔 우음 쇼릭 낭낭(朗朗)ㅎ거늘 가마니 문틈(門-)으로 여혀보니 마준
편(--便) 난간(欄干)의 일위(一位) 녀지(女子ㅣ) 단장(丹粧)을 셩(盛)
히 ㅎ고 손의 공쟉션(孔雀扇)을 들고 시녀(侍女) 일(一) 쌍(雙)을 다
리고 셔셔 잉모(鸚鵡)롤 희롱(戲弄)ㅎ니 용모(容貌)의 고으미 요지
(瑤池)[284] 션재(仙子ㅣ)[285] 강림(降臨)ㅎ 듯ㅎ지라, 공지(公子ㅣ) 쏘
풍뉴(風流) 협골(俠骨)[286]로 텬하무쌍(天下無雙)ㅎ 졀염(絶艶)[287]을
틱(對)ㅎ미 엇지 춘졍(春情)이 업ᄉ리오. 크게 ᄉ모(思慕)ㅎ여

●●

54면

눈이 쑤러질 듯 ᄇ라더니 이윽고 안으로 드러가니 공지(公子ㅣ) 졍
신(精神)이 어린 듯ㅎ여 도라와 가마니 깃거 닐오티,

"졔 임의 쳐즈(處子)오, 야야(爺爺)와 최 공(公)이 막[288]역(莫
逆)[289]의 붕우(朋友)니 결혼(結婚)ㅎ미 어려오미 업슬 거시니 아즈미
롤 즐 달닉면 혼인(婚姻)이 손 뒤혐[290] 굿트리라."

---

284) 요지(瑤池): 중국 곤륜산에 있다는 못. 주(周)나라 목왕(穆王)이 서왕모(西王母)를
만났다는 이야기로 유명함.
285) 션재(仙子): 선자. 선녀. 여기에서는 서왕모(西王母)를 가리킴.
286) 협골(俠骨): 장부다운 기골.
287) 졀염(絶艶): 절염. 비할 데 없을 정도로 아주 예쁨.
288) 막: [교] 원문에는 '마'로 되어 있으나 오기로 보임.
289) 막역(莫逆): 막역지우(莫逆之友)의 준말. 서로 거스름이 없는 친구라는 뜻으로, 허
물이 없이 아주 친한 친구를 이르는 말.

최 슉인(淑人)의 올 씌룰 타 죠모(祖母) 쥬 시(氏) 방(房)의 드러가 슉인(淑人)을 보니 뭇춤 쥬 시(氏) 업고 슉인(淑人)이 홀노291) 잇더니 공지(公子) 슉인(淑人)을 잡고 문왈(問曰),

"아지 못게라. 샹셔(尙書)긔 쳐즈(處子) 쭐이 잇느냐?"

뒤왈(對曰),

"잇거니와 공지(公子) 므러 므엇흐려 ᄒᆞᄂᆞ뇨?"

공지(公子) 그 얼골 모양(模樣)을 일일(一一)히 니르며 왈(曰),

"이거시 최 공(公)의 녀의(女兒)냐?"

슉인(淑人)이 놀나 왈(曰),

"그듸 언제 남의 규즁(閨中) 녀ᄋ(女兒)룰 보뇨?"

공지(公子) 쇼왈(笑曰),

"우연(偶然)이 보왓거니와292) 얼골을 보믹 하늘이 임의 날을 유의(有意)ᄒᆞ여 닉시믈 알지라. 아즈미 즁믹(仲媒) 노룻 ᄒᆞ미 엇더ᄒᆞ뇨?"

슉인(淑人)이 쳥파(聽罷)의 거짓 노왈(怒曰),

"그

* * *

55면

듸 진실(眞實)노 무샹(無狀)ᄒᆞ다. 후문(侯門)293) 규녀(閨女)룰 여혀보와 이러틋 비례(非禮)로 구(求)ᄒᆞ니 승샹(丞相) 노야(老爺)긔 고(告)ᄒᆞ리라."

---

290) 뒤혀: 뒤집기.

291) 노: [교] 원문에는 '느'로 되어 있으나 오기로 보임.

292) 와: [교] 원문의 글자는 식별이 어려우나 문맥을 고려하여 이와 같이 표기함.

293) 후문(侯門): 제후의 집안이라는 뜻으로 여기에서는 재상의 집안을 의미함.

공지(公子ㅣ) 밧비 비러 왈(曰),

"아즈미 만일(萬一) 니 말을 입 밧긔 닌즉 니 추형(次兄)의 환(患)을 당(當)ᄒ리니 원(願)컨틱 날을 술오라."

대왈(對曰),

"추낭군(次郞君)의 쟝칙(杖責)을 싱각ᄒ니 이졔도 심담(心膽)이 셔늘ᄒ니 고(告)ᄒ믄 아니려니와 듕294)인(仲人)295) 노릇슨 아니리라. 최 쇼졔(小姐ㅣ) 현쳘(賢哲)296)ᄒ미 고금(古今) 셩녀(聖女)로 흡ᄉ(恰似)ᄒ거ᄂᆯ 엇지 그틱 ᄀᆺ튼 탕ᄌ(蕩子)로 뚝을 지으리오?"

공지(公子ㅣ) 쇼왈(笑曰),

"아즈미 날을 엇진 고(故)로 탕재(蕩子)로 니ᄅᄂ뇨? 니 즉금(卽今) 남교(藍橋)297)의 슉녀(淑女)를 취(娶)ᄒ려 ᄒ고 가듕(家中) 홍쟝(紅粧)298)의 흔ᄎᆺ 유졍재(有情者ㅣ) 업ᄉ니 탕재(蕩子) 두 말은 극(極)히 이민ᄒ니 원(願)컨틱 아즈미ᄂ 날노 ᄒ여금 최 시(氏)를 취(娶)케 ᄒ라."

슉인(淑人)이 눈을 흘긔여 왈(曰),

"어틱셔 져 말이 나ᄂ뇨? 추형(次兄)의 힝ᄉᆨ(行事ㅣ) 그틱ᄶ 이시니 ᄂᆷ의 쳐ᄌ(處子)를 여어보와 구(求)ᄒ는 남재(男子ㅣ) 군ᄌ(君子)냐?"

공지(公子ㅣ) 웃

---

294) 듕: [교] 원문에는 '쥬'으로 되어 있으나 오기로 보이므로 국도본(11:28)을 따름.

295) 듕인(仲人): 중인. 중매(仲媒).

296) 현쳘(賢哲): 현철. 어질고 사리에 밝음. 또는 그런 사람.

297) 남교(藍橋): 중국 섬서성(陝西省) 남전현(藍田縣) 동남쪽에 있는 땅. 배항(裴航)이 남교역(藍橋驛)을 지나다가 선녀 운영(雲英)을 만나 아내로 맞고 뒤에 둘이 함께 신선이 되었다고 하는 이야기가 당나라 배형(裴鉶)의 『전기(傳奇)』에 실려 있음.

298) 홍쟝(紅粧): 홍장. 미인의 화장을 비유적으로 이르는 말로 여기에서는 여종이나 창녀를 이름.

고 오슬 잡아 괴로이 보쳐딕 슉인(淑人)이 견집(堅執)²⁹⁹⁾ㅎ여 듯지
아니니 공직(公子ㅣ) 착급(着急)³⁰⁰⁾ㅎ여 익걸(哀乞)ㅎ믈 마지아니터
니 홀연(忽然) 병부샹셔(兵部尙書) 몽챵이 금관(金冠)을 기우리고 옥
면(玉面)의 쥬긔(酒氣) 졈졈(點點)³⁰¹⁾ㅎ여 금슈(錦繡)³⁰²⁾ 융복(戎
服)³⁰³⁾을 씌을고 이에 드러와 져 거동(擧動)을 보고 블승의심(不勝疑
心)ㅎ여 닐오딕,

"삼뎨(三弟) 아즈미를 딕(對)ㅎ여 므슴 말을 간졀(懇切)이 ㅎᄂ뇨?"

공직(公子ㅣ) 놀나 급(急)히 니러 마즈 말을 아니니 슉인(淑人)이
미미(微微)히 우으며 니르지 아닌ᄂ지라, 샹셰(尙書ㅣ) 이윽히 싱각
다가 졍쉭(正色) 왈(曰),

"삼뎨(三弟) 아니 규벽(窺壁)³⁰⁴⁾의 월쟝(越牆)³⁰⁵⁾ㅎᄂ 일이 이셔
아즈미로 동심(同心)ㅎᄂ냐?"

공직(公子ㅣ) 황공(惶恐)ㅎ여 말을 못 ㅎ고 슉인(淑人) 왈(曰),

"당금(當今)의 금즈옥쯱(金紫玉-)³⁰⁶⁾ᄒ 딕신(大臣)이 규벽(窺壁)홀

---

299) 견집(堅執): 의견을 바꾸지 않고 굳게 지님.

300) 착급(着急): 착급. 몹시 급함.

301) 졈졈(點點): 점점. 여기저기 점찍은 듯 흩어져 있음.

302) 금슈(錦繡): 금수. 수놓은 비단.

303) 융복(戎服): 철릭과 주립으로 된 옛 군복. 무신이 입었으며, 문신도 전쟁이 일어났
을 때나 임금을 호종(扈從)할 때에는 입음.

304) 규벽(窺壁): 담을 엿봄. 남자가 여자를 몰래 만나는 것을 말함.

305) 월쟝(越牆): 월장. 담을 넘음. 남자가 여자를 몰래 만나는 것을 말함.

306) 금즈옥쯱(金紫玉-): 금자옥띠. 금자(金紫)는 금인(金印)과 자수(紫綬)로, 금인(金印)
은 관직의 표시로 차고 다니던 금으로 된 조각물이고 자수는 고위 관료가 차던 호
패(號牌)의 자줏빛 술임. 옥띠, 즉 옥대(玉帶)는 임금이나 관리의 공복(公服)에 두

줄 아지 몽원 공ㅈ(公子)는 몰ㄴ이다."

샹셰(尚書ㅣ) 잠쇼(暫笑) 왈(曰),

"아ㅈ미 엇지 고이(怪異)흔 말을 ㅎㄴ뇨? 당쵸(當初) 고향(故鄉) 산촌(山村)의 가 쇼 시(氏)를 보니 이 굿ㅌ여 담을 너므미 아니라 잇ㄴ 곳이 격졀(隔絶)307)치 아니미

∘●●

57면

두어 말로 시험(試驗)ㅎ미 규벽(窺壁)의 비(比)홀 비 아니라. 늬 쏘 그 힝실(行實)이 이신들 몽원 등(等)이 비호미 가(可)ㅎ냐?"

셜파(說罷)의 공ㅈ(公子)를 직쵹ㅎ여 연고(緣故)를 므르니 공지(公子ㅣ) 샹시(常時) ㅊ형(次兄)의 엄졍(嚴正)ㅎ믈 두리더니 금일(今日) 이러틋 ㅎ믈 보고 홀일업셔 젼후슈말(前後首末)을 일일(一一)히 고(告)ㅎ니 샹셰(尚書ㅣ) 쳥파(聽罷)의 졍쇠(正色) 왈(曰),

"네 비록 쇼이(小兒ㅣ)나 례모(禮貌)308)를 알녀든 엇지 이런 무례(無禮)흔 거죠(擧措)를 ㅎㄴ뇨?"

공지(公子ㅣ) 부복(俯伏)ㅎ여 감(敢)히 답(答)지 못ㅎ니 슉인(淑人)이 쇼왈(笑曰),

"샹셰(尚書ㅣ) 늡 칙망(責望)ㅎ미 가(可)히 붓그럽도다. ㅈ가(自家)는 남의 집 쳐ㅈ(處子)와 말도 ㅎ여 두고 삼공지(三公子ㅣ) 여어보고 구(求)ㅎㄴ 줄 쑤짓ㄴ뇨?"

샹셰(尚書ㅣ) 졍쇠(正色) 왈(曰),

르던, 옥으로 장식한 띠임.

307) 격졀(隔絶): 격절. 사이가 떨어져 있음.

308) 례모(禮貌): 예모. 예의에 맞는 몸가짐.

"아즈미 쇼으(小兒)의 예긔(銳氣)309)를 너모 도도지 말나. 늬 샹시(氏) 어들 제 져러툿 ᄒ더뇨? 쇼 시(氏)와 말ᄒ믄 져의 심쳔(深淺)310)을 알녀 ᄒ미요, 졍실(正室)과 달나 ᄌᆡ실(再室)이니 몽원의 ᄒᆡᆼᄉᆞ(行事)의 비(比)ᄒ랴?"

슉인(淑人)이 대쇼(大笑) 왈(曰),

"샹셰(尙書ㅣ) ᄒᆞᆫᄌᆞᆺ 말 죠흐므로 만신(滿身) 허믈

• • •

58면

을 가리오ᄂᆞ냐? 쵸례(醮禮)311) 빅냥(百兩)312)으로 ᄆᆞᄌᆞ미 어늬 다ᄅᆞ리오?"

샹셰(尙書ㅣ) 미쇼(微笑)ᄒ고 니러 곡난(曲欄)313)의 비회(徘徊)ᄒ여 다시 말을 아니니 엄졍(嚴正)ᄒᆞᆫ 긔운 츄공(秋空)314) 폐월(蔽月)315)이 놉히 도담 ᄀᆞᆺᄐ니 공ᄌᆞ(公子ㅣ) 황연(惶然)316)ᄒᆞᆷ믈 이긔지 못ᄒ여 밧그로 나가니 샹셰(尙書ㅣ) 냥구(良久)히 침음(沈吟)ᄒ다가 슉인(淑人)을 ᄃᆡ(對)ᄒ여 닐오ᄃᆡ,

"몽원이 발셔 최 쇼져(小姐)를 눈의 드러시니 그 ᄯᅳᆺ을 막으려 ᄒ

---

309) 예긔(銳氣): 예기. 적극적인 기세.

310) 심쳔(深淺): 심천. 마음의 깊고 얕음.

311) 쵸례(醮禮): 초례. 전통적으로 치르는 혼례식.

312) 빅냥(百兩): 백량. 100대의 수레라는 뜻으로 혼인하여 여자를 맞이함을 이름. 『시경(詩經)』, <작소(鵲巢)> 중 "새아씨가 시집옴에 백 량으로 맞이하도다. 之子于歸 百兩御之."에서 유래한 것으로. 제후의 딸이 제후에게 시집갈 적에 보내고 맞이함을 모두 수레 백 량으로 하였음.

313) 곡난(曲欄): 좁은 난간.

314) 츄공(秋空): 추공. 가을 하늘.

315) 폐월(蔽月): 구름에 가려진 달.

316) 황연(惶然): 당황하는 모양.

여 홀 일이 업고 부뫼(父母]) 아딕신즉 즁칰(重責)이 그 몸의 당(當)
ᄒᆞ여 기리 요란(搖亂)ᄒ리니 아즈미ᄂᆞᆫ 최 공(公)다려 니ᄅ고 일즉 야
야(爺爺)긔 구혼(求婚)ᄒᆞ여 두엇ᄃᆞ가 션뎨(先帝) 쵸긔(初忌)³¹⁷⁾ 지닌
후(後) 셩례(成禮)ᄒ게 ᄒ라.”

슉인(淑人)이 쇼왈(笑曰),

“니 엇지 즁미(仲媒) 쇼임(所任)을 ᄒ리오? 연(然)이나 샹셰(尙書])
앗가ᄂ는 그ᄃ되도록 ᄭ짓다가 ᄯᅩ 엇지 이러툿 관곡(款曲)³¹⁸⁾히 구ᄂ뇨?”

샹셰(尙書]) 쇼왈(笑曰),

“아즈미 어렷ᄂ냐? 니 비록 블쵸(不肖)ᄒ나 동ᄉᆡᆼ ᄉ랑이 헐(歇)ᄒ
리오마ᄂ는 져 듯ᄂᆞᆫ 듸 올타 ᄒᆞ여 더옥 방즈(放恣)ᄒ 므음을 도도리오?
제 ᄯᅩ 므음이

59면

그러ᄒ 후(後) 칰(責)ᄒᆞ여 무익(無益)ᄒ 고(故)로 죠용이 쳐치(處置)
ᄒᆞ여 일이 슌편(順便)³¹⁹⁾코져 ᄒᄂ니 아즈미 거동(擧動)을 보니 므ᄉ
일을 니려 ᄒᄂᆞᆫ 거동(擧動)이라, 아즈미 본(本)듸 죵요롭지³²⁰⁾ 못ᄒ
니 ᄎ시(此時)의 엇지 죵요로리오?”

슉인(淑人)이 역쇼(亦笑) 왈(曰),

“샹셔(尙書)의 온유(溫柔)³²¹⁾ 졀당(切當)³²²⁾ᄒ미 금일(今日) 쳐음

---

317) 쵸긔(初忌): 초기. 사람이 죽은 지 1년이 되는 날.
318) 관곡(款曲): 매우 정답고 친절함.
319) 슌편(順便): 순편. 마음이나 일의 진행 따위가 거침새가 없고 편함.
320) 죵요롭지: 종요롭지. 없어서는 안 될 정도로 매우 긴요하지. 진중하지.
321) 온유(溫柔): 성질이 온화하고 부드러움.
322) 졀당(切當): 절당. 사리에 꼭 들어맞음.

이니 첩(妾)이 위(爲)ᄒ여 깃거ᄒᄂ이다. 첩(妾)이 비록 지식(知識)이 우몽(愚蒙)323)ᄒ나 샹셔(尙書) 말슴ᄃᆡ로 ᄒ리이다."

샹셰(尙書ㅣ) 쇼왈(笑曰),

"원ᄂᆡ(元來) 아ᄌᆞ미 날을 업슈히 너겨 보왓ᄃᆞᆺ다? 닉 비록 호화(豪華)324)의 ᄯᅴ여 삼가ᄂᆞ 말이 업ᄉᆞ나, 그 쇽인즉 셩현(聖賢)325) 군ᄌ(君子)326)와 졔갈(諸葛)327)의 모략(謀略)을 품어시니 아ᄌᆞ미 또 엇지 능(能)히 알니오?"

인(因)ᄒ여 금션(錦扇)을 쳐 ᄃᆡ쇼(大笑)ᄒ니 슉인(淑人)이 또 우셔 왈(曰),

"ᄌᆞ고(自古) 이ᄅᆡ(以來)로 ᄌᆞ칭쟈(自稱者)328)ᄂᆞ 샹셔(尙書)쑨이로다. 엇지 져리 우쟈(愚者)의 ᄀᆞᆺ가오뇨?"

샹셰(尙書ㅣ) 또 웃고 왈(曰),

"고인(古人)이 니르ᄃᆡ, '스스로 니르미 붉다.' ᄒ나 므어시라 ᄒ여야 아ᄌᆞ미게 칭찬(稱讚) 쇼릭를 드르리오? 다

---

323) 우몽(愚蒙): 어리석고 사리에 어두움.

324) 호화(豪華): 사치스럽고 화려함.

325) 셩현(聖賢): 성현. 성인(聖人)과 현인(賢人). 지혜와 덕이 뛰어난 사람과 어질고 총명한 사람.

326) 군ᄌ(君子): 군자. 학식과 덕행이 높은 사람.

327) 졔갈(諸葛): 제갈. 중국 삼국시대 촉(蜀)나라 유비(劉備)의 책사 제갈량(諸葛亮)을 이르는 말. 자(字)는 공명(孔明)이며, 별호는 와룡(臥龍) 또는 복룡(伏龍). 후한 말 유비를 도와 촉한을 건국하는 제업을 이룸.

328) ᄌᆞ칭쟈(自稱者): 자칭자. 자기 자신을 칭찬하는 자.

만 흔늣 쇼실(小室)329)을 어더 손을 잇그러 슈유블니(須臾不離)330)
ᄒ여야 아ᄌ미 기리랴?"

슉인(淑人)이 홀 말이 업셔 기리 우스니 샹셰(尚書ㅣ) ᄯ 웃331)기
를 그치지 아니코 밧그로 ᄂ가더라.

슉인(淑人)이 ᄎ일(此日) 본부(本府)의 도라가 샹셔(尚書)를 ᄃ(對)
ᄒ여 몽원 공ᄌ(公子)의 말을 일일(一一)히 니ᄅ고 ᄯ 니ᄅᄃᆡ,

"쳡(妾)이 족질(族姪)을 기리미 아니오, 그 힝ᄉ(行事)를 올투 ᄒ미 아니
로ᄃᆡ, 그 풍치(風采) 드믄 줄 노얘(老爺ㅣ) 보시ᄂ 빈니 쇼년(少年)의 삼가
지 못ᄒ믈 개회(介懷)332)치 마ᄅ시고 결혼(結婚)ᄒ시미 엇더ᄒ니잇고?"

최 공(公)이 쳥파(聽罷)의 놀나더니 우어 왈(曰),

"닌 본(本)ᄃᆡ 몽원의 풍치(風采)를 ᄉ랑ᄒ더니 이러틋 범남(汜
濫)333)ᄒ 뜻 잇ᄂ 줄 알니오? 네 말이 오르니 셜니 니(李) 공(公)다려
닌 말노써 니ᄅ고 구혼(求婚)ᄒ라."

슉인(淑人)이 슈명(受命)ᄒ여 이튿날 협문(夾門)으로죠ᄎ 니부(李府)
의 니ᄅ러 승샹(丞相)긔 품(稟)334)ᄒᄃᆡ,

"샹셔(尚書) 필녀(畢女) 최 쇼져(小姐)의 년(年)이 십삼(十三)이니
얼골 힝ᄉ(行事ㅣ) 고인(古人)의게 지ᄂ 고(故)로 샹셰(尚書ㅣ)

---

329) 쇼실(小室): 소실. 첩.
330) 슈유블니(須臾不離): 수유불리. 잠시도 떨어지지 않음.
331) 웃: [교] 원문에는 '우'로 되어 있으나 오기로 보이므로 국도본(11:34)을 따름.
332) 개회(介懷): 어떤 일 따위를 마음에 두고 생각하거나 신경을 씀.
333) 범남(汜濫): 범람. 외람됨이 넘침.
334) 품(稟): 웃어른에게 어떤 일의 가부나 의견 따위를 아룀.

61면

극익(極愛)³³⁵⁾ 호샤 문호(門戶)의 한쳔(寒賤)³³⁶⁾ 호믈 니르시고 삼공즈

(三公子)의 건질(巾櫛)³³⁷⁾을 밧들믈 쳥(請)호시더이다."

언필(言畢)의 쇼뷔(少傅ㅣ) 고쟝대쇼(鼓掌大笑)³³⁸⁾ 왈(曰),

"최문샹이 누의를 하 귀즁(貴重)호여 호믹 필경(畢竟)은 믹파(媒

婆) 노릇슬 시기느냐? 우리 츠후(此後) 누의라³³⁹⁾ 말고 이(李) 믹픠

(媒婆ㅣ)라 호미 가(可)호도다."

무평³⁴⁰⁾빅이 쇼왈(笑曰),

"문회(門戶ㅣ) 한쳔(寒賤)타 말이 올흔지라. 너 굿튼 쳡(妾)을 어더

거지(擧止) 실죠(失措)³⁴¹⁾호기의 밋쳣고 쳡즈(妾子)로 죠종(祖宗)³⁴²⁾

을 밧들녀 호니 쏘혼 알기는 아난도다."

슉인(淑人)이 답왈(答曰),

"쳔믹(賤妹) 최 공(公)의 명(命)을 거스지 못호여 삼공즈(三公子)의

혼취(婚娶)의 즁믹(仲媒) 되믹 졔샹공(諸相公)의 긔롱(譏弄)이 혼 층

(層)이 더을쇼이다."

승샹(丞相) 왈(曰),

---

335) 극익(極愛): 극애. 지극히 사랑함.

336) 한쳔(寒賤): 한천. 한미하고 천함.

337) 건질(巾櫛): 건즐. 수건과 빗. 아내가 남편의 수건과 빗을 챙기는 것을 의미함.

338) 고쟝대쇼(鼓掌大笑): 고장대소. 손뼉을 치며 크게 웃음.

339) 라: [교] 원문에는 '리'로 되어 있으나 오기로 보이므로 국도본(11:35)을 따름.

340) 평: [교] 원문에는 '령'으로 되어 있으나 앞의 예를 따라 이와 같이 수정함.

341) 실죠(失措): 실조. 행동을 잘못함.

342) 죠종(祖宗): 조종. 조상의 신주(神主)와 패위(牌位).

"저343) 등(等)이 엇지 누의를 긔롱(譏弄)ᄒ리오? 일이 그러ᄒ므로344) 희셕(諧釋)ᄒᄂᆫ 말이로다. 최 시(氏) 진실(眞實)노 엇더ᄒ뇨?"

ᄃᆡ왈(對曰),

"비록 공쥬(公主)와 쇼 부인(夫人)긔ᄂᆫ 비(比)치 못ᄒ나 댱부(-婦)의 쇼담345)ᄒ미ᄂᆫ 안항(雁行)346)이 될가 ᄒᄂᆡ이다."

쇼뷔(少傅ㅣ) 쇼왈(笑曰),

"니ᄅ지 말나. 누의 위

* ● ●

62면

ᄌ(僞滋)347)ᄒᄂᆫ 말이로다. 용녈(庸劣)ᄒᆫ 최문샹 ᄯᆞᆯ이 엇지 댱 시(氏)긔 밋ᄎ리오? 댱 시(氏) 쇼담홀 ᄲᅮᆫ 아냐 싁싁 쇄락(灑落)ᄒᆫ 태되(態度ㅣ) 경국식(傾國色)이니348) 엇지 최가(-家) 용녈(庸劣)ᄒᆫ 거시 ᄯᆞᆯ이 반분(半分)이들 밋ᄎ리오?"

슉인(淑人)이 니ᄅᆞᄃᆡ,

"샹공(相公)이 최 공(公)과 결원(結怨)349)ᄒ미 잇ᄂᆞ냐? 엇지 미양 과도(過度)히 폄박(貶薄)350)ᄒᄂᆞ뇨? 최 샹셰(尙書ㅣ) 비록 군ᄌ(君子) 힝신(行身)의 미진(未盡)ᄒ나 샹공(相公)다만 ᄂᆞᆯ가 ᄒᄂᆡ이다."

---

343) 저: [교] 원문에는 '너'로 되어 있고 국도본(11:35)에도 '여'로 되어 있으나 문맥을 고려하여 이와 같이 수정함.

344) 므로: [교] 원문에는 '믈'로 되어 있으나 문맥을 고려하여 국도본(11:35)을 따름.

345) 쇼담: 소담. 생김새가 탐스러움.

346) 안항(雁行): 기러기의 행렬이란 뜻으로, 여기에서는 대등한 짝의 의미로 쓰임.

347) 위ᄌ(僞滋): 위자. 거짓으로 보탬.

348) 니: [교] 원문에는 '나'로 되어 있으나 맥락을 고려하여 이와 같이 수정함.

349) 결원(結怨): 원한을 맺음.

350) 폄박(貶薄): 남을 헐뜯고 얕잡음.

쇼뷔(少傅ㅣ) 숀 져어,

"더럽고 츄(醜)ᄒ다. 닉 엇지 최문샹만 못ᄒ리오?"

슉인(淑人) 왈(曰),

"최 샹공(相公)이 용널(庸劣)ᄒ나 규즁(閨中) 쳐ᄌ(處子)의게 글 더 지기351)ᄂᆞᆫ 아니터이다."

쇼뷔(少傅ㅣ) 슉인(淑人)을 밀쳐 왈(曰),

"그러 아니믹 대쟝뷔(大丈夫ㅣ) 아니라 ᄒᄂᆞ니 누의ᄂᆞᆫ 하 기리지 말나. 다 아노라."

승샹(丞相)이 늘호여 즘쇼(暫笑) 왈(曰),

"최 공(公)을 누의 기리지 뉘ᄅᆞ셔 기리리오? 연(然)이나 구혼(求婚)은 누의 날을 쇽이지 아닐 거시니 최 공(公)으로 ᄋᆞ시(兒時) 붕우(朋友)오, 셔로 ᄌ식(子息)을 ᄂᆞ호미 가(可)치 아니미 업ᄉᆞᆫ지라 엇지 블허(不許)ᄒ

• • •

63면

리오? 연(然)이나 부모(父母)긔 춰품(取品)ᄒ여 허(許)ᄒ시거든 회보 (回報)352)ᄒ리라."

슉인(淑人)이 칭샤(稱謝)ᄒ고 믈너가다.

ᄎᆞ셕(此夕)의 승샹(丞相)이 졍당(正堂)의 드러가 부모(父母)긔 뵈 고 최 공(公)의 구혼(求婚)ᄒᄂᆞᆫ 말을 고(告)ᄒ니 태ᄉᆡ(太師ㅣ) 왈(曰),

"최문샹이 어진 사ᄅᆞᆷ이요, 또 슉인(淑人)이 너를 쇽이지 아니리니 결혼(結婚)ᄒ미 무방(無妨)ᄒ도다."

---

351) 규즁(閨中)~더지기: 규중 처자에게 글 던지기. 예전에 이연성이 정혜아와 혼인하 기 위해 조카 이몽창을 시켜 정혜아에게 편지를 전한 일을 말함.

352) 회보(回報): 어떤 문제에 관한 요구나 물음에 대해 대답으로 보고함.

승샹(丞相)이 슈명(受命)ᄒ고 믈너와 명일(明日)의 최 공(公)을 보고 나지353) 구혼(求婚)ᄒ시믈 칭샤(稱謝)ᄒ고 허혼(許婚)ᄒ니 최 공(公)이 크게 깃거 샤례(謝禮)ᄒ여 왈(曰),

"혹싱(學生)이 문호(門戶)의 한미(寒微)홈과 녀ᄋ(女兒)의 용잔누질(庸孱陋質)354)을 슬피지 아니코 녕낭(令郞)의 션풍(仙風)을 흠355)모(欽慕)356)ᄒ여 산계(山鷄)357) 봉황(鳳凰)을 겻짓고져358)ᄒ여 망녕(妄靈)되이 구혼(求婚)ᄒ엿더니 이제 쾌허(快許)ᄒ시니 평싱(平生) 경시(慶事ㅣ)로쇼이다."

승샹(丞相)이 흔연(欣然) 쇼왈(笑曰),

"쇼뎨(小弟) 형(兄)으로 더브러 붕우(朋友)의 졍(情)이 가비얍지 아니코 ᄯ 쳔미(賤妹)로써 인연(因緣)ᄒ여 피ᄎ(彼此) 졍분(情分)이 둣거오니 결혼(結婚)ᄒ미 이딕도록 죠금도 블가(不可)ᄒ미 업

●●●

64면

거늘 엇지 과도(過度)히 닐ᄏᄅ시ᄂ뇨?"

무평359)빅이 쇼왈(笑曰),

"형(兄)이 쳔미(賤妹)의 셰찬 긔질(氣質)의 훈아여360) 말숨죠ᄎ 져

---

353) 나지: 몸을 낮추어.
354) 용잔누질(庸孱陋質): 용렬하고 비루한 자질.
355) 흠: [교] 원문에는 '홉'으로 되어 있으나 오기로 보임.
356) 흠모(欽慕): 기쁜 마음으로 사모함.
357) 산계(山鷄): 꿩.
358) 겻짓고져: 짝짓고자.
359) 평: [교] 원문에는 '령'으로 되어 있으나 앞의 내용과 통일을 위해 수정함.
360) 훈아여: '기가 꺾여'의 의미로 보이나 미상임.

리 향암(鄕闇)361)되뇨? 피춫(彼此) 소문(斯文) 일뭑(一脈)이라 결혼(結婚)호미 예소(例事)오, 또 형(兄)이 금조옥듸(金紫玉帶)362)로 지위(地位) 지녈(宰列)363)이러늘 므어시 한미(寒微)호여 져 말을 호ᄂ뇨? 이 아니 천미(賤妹)의게 쓸오여 적실녀(嫡室女)로 공경(恭敬)호미냐?"

일좨(一座ㅣ) 대쇼(大笑)호고 최 공(公)이 쇼왈(笑曰),

"조회364) 엇지 사름을 업슈히 너기ᄂ뇨? 그듸 누의 나의 취실(娶室)이니 날을 공경(恭敬)호염 죽호도다."

쇼뷔(少傅ㅣ) 딕쇼(大笑) 왈(曰),

"어린 최 공(公)이 가쇼(可笑)의 말 호ᄂ도다. 우리 천미(賤妹)를 형(兄)이 당쵸(當初)ᄂ 첩(妾)으로 취(娶)호여시나 도금(到今)호여ᄂ 슉인(淑人)을 봉(封)호고 그 조식(子息)을 승젹(承嫡)365)호니 우리게 셔얼(庶孼)이라 어듸셔 큰 말이 ᄂᄂ뇨?"

최 공(公)이 웃고 왈(曰),

"그듸 천366)미(賤妹)라 호여 업슈히 너겨 미양 날을 긔롱(譏弄)호니 네 누의를 닉치리라."

쇼뷔(少傅ㅣ) 입을 빗고 우어 왈(曰),

"이 반드시 누의 젼에(傳語ㅣ)로다. 누

<hr />

361) 향암(鄕闇): 시골에서 지내 온갖 사리에 어둡고 어리석음.

362) 금조옥듸(金紫玉帶): 금자옥대. 금자는 금인(金印)과 자수(紫綬)로, 금인(金印)은 관직의 표시로 차고 다니던 금으로 된 조각물이고 자수는 고위 관료가 차던 호패(號牌)의 자줏빛 술. 옥대는 임금이나 관리의 공복(公服)에 두르던, 옥으로 장식한 띠.

363) 지녈(宰列): 재열. 재상의 반열(班列). 벼슬의 품계가 재상과 같은 서열임을 이름.

364) 조회: 자회. 이한성의 자(字).

365) 승젹(承嫡): 승적. 서자가 적자가 됨.

366) 천 [교]: 원문에는 '쳐'로 되어 있으나 오기로 보임.

의롤 바린들 뉘 두리ᄂ냐?"

셜파(說罷)의 좌위(左右ㅣ) 대쇼(大笑)ᄒ더라.

승상(丞相)이 최 공(公)으로 더브러 돗 우히셔 혼ᄉ(婚事)롤 뎡(定)
ᄒ고 셩례(成禮)ᄂ 황샹(皇上) 쵸긔(初忌)367) 지ᄂ 후(後) 일우려 ᄒ
니 삼공지(三公子ㅣ) 깃거ᄒ미 측냥(測量)업더라.

일월(日月)이 뉴미(流邁)368)ᄒ여 션종(宣宗)369) 쵸긔(初忌) 지ᄂ미
군신(君臣)의 익통(哀慟)이 측냥(測量)업고 더옥 니(李) 승상(丞相)의
슬허ᄒ미 졔신(諸臣)의 비기리오. 진실(眞實)노 미시(每事ㅣ) 다 흥
치(興致)370) 쇼연(蕭然)371)ᄒ여 삼(三) 년(年)을 기ᄃ리고져 ᄒ되 진
부인(夫人) 년셰(年歲) 고심(高甚)372)ᄒ시니 그 ᄉ이 일을 아지 못ᄒ
여 브득이(不得已) 최부(-府)의 통(通)ᄒ고 길일(吉日)을 퇴(擇)ᄒ니
최 공(公)이 ᄌ장(資裝)373)을 셩(盛)히 ᄒ고 신낭(新郎)을 마줄시 최
공(公) 집이 니부(李府)로 격닌(隔鄰)374)이나 문(門)을 도라가니 샹게
(相距ㅣ)375) 먼지라. 신낭(新郎)이 위의(威儀)롤 거ᄂ려 최부(-府)의

---

367) 쵸긔(初忌): 초기. 사람이 죽은 지 1년이 되는 날.
368) 뉴미(流邁): 유매. 세월이 흐름.
369) 션종(宣宗): 선종. 중국 명나라 제5대 황제 주첨기(朱瞻基)의 묘호. 연호는 선덕(宣德)이고 재위 기간은 1425~1435년임.
370) 흥치(興致): 흥과 운치.
371) 쇼연(蕭然): 소연. 쓸쓸해짐.
372) 고심(高甚): 매우 많음.
373) ᄌ장(資裝): 자장. 시집갈 때 가지고 가는 혼수.
374) 격닌(隔鄰): 격린. 서로 가까이 이웃함. 또는 그런 이웃.
375) 샹게(相距ㅣ): 상거. 떨어져 있는 두 곳의 거리.

니르러 기러기를 젼(奠)ᄒ고 신부(新婦)로 더브러 부즁(府中)의 니르러 독좌376)를 밋고 폐빅(幣帛)을 밧드러 존당(尊堂)의 ᄂᆞ오니 최 시(氏) 빗ᄂᆞᆫ 용뫼(容貌ㅣ) 삼식도화(三色桃花ㅣ) 니

• • •

66면

슐의 져즌 ᄃᆞᆺ 별 ᄀᆞ튼 안ᄎᆡ(眼彩)와 잉도(櫻桃) ᄀᆞ튼 쥬슌(朱脣)이 진짓 졀식가인(絶色佳人)이라. 구괴(舅姑ㅣ) 깃거 희식(喜色)이 미우(眉宇)의 움즉이고 태부인(太夫人)이 최 슉인(淑人)을 도라보와 왈(曰),

"네 본(本)ᄃᆡ 구변(口辯)이 시럽슬 분 아니라 ᄒᆞᆫ 일도 잘ᄒᆞᄂᆞᆫ 일 업더니 오늘 신부(新婦)를 보니 네 공(功)이 큰지라 노뫼(老母ㅣ) 맛당이 샹(賞)ᄒᆞ리라."

드듸여 금종(金鍾)의 슐을 가득이 부어 친(親)히 쥬시니 슉인(淑人)이 의긔양양(意氣揚揚)ᄒᆞ여 쑬어 바다먹으니 샹셰(尙書ㅣ) ᄒᆞᆫ 가의 셧더니 ᄎᆞ경(此景)을 보고 너른 ᄉᆞ매로 입을 빗고 미쇼(微笑)ᄒᆞ니 쇼뷔(少傅ㅣ) 무슈(無數) 희언(戲言)이 븍밧쳐 말을 ᄎᆞᆷ기 어려오나 틱ᄉᆞ(太師) 면젼(面前)이므로 감(敢)히 발셜(發說)치 못ᄒᆞ고 눈 쥬어 우슬 분이러라.

셕양(夕陽)의 파연(罷宴)ᄒᆞ니 신부(新婦) 슉쇼(宿所)를 쵸믹당의 뎡(定)ᄒᆞ다.

삼공직(三公子ㅣ) 신부(新婦)의 졀염(絶艶)377)이믈 보고 희긔(喜氣) 비양(飛揚)378)ᄒᆞ여 신방(新房)의 드러가 신부(新婦)를 보니 젼일

---

376) 독좌: 새색시가 초례의 사흘 동안 들어앉아 있는 일.

377) 졀염(絶艶): 절염. 뛰어나게 아름다움.

378) 비양(飛揚): 높이 떠오름.

(前日)은 가는 틈으로 먼니셔 보와시미 즈시

•••
67면

아지 못ᄒ더니 갓가이 되(對)ᄒ미 그 빙졍염염(氷淨艶艶)379)ᄒ 틱되(態
度 l) 누실(樓室)이 븕은 둣ᄒ니 크게 깃거 무380)한(無限)ᄒ 졍(情)이
측냥(測量)업셔 환환(歡歡)ᄒ 희긔(喜氣)로 옥슈(玉手)ᄅ 잡고 닐오되,

"쇼져(小姐)ᄂ 후문(侯門)381) 녀ᄌ(女子)오 빅운382)은 방외(方外)
남ᄌ(男子 l)라 이졔 셔ᄅ 뭇ᄂ니 이ᄂ 텬연(天緣)이라 엇지 깃브지
아니리오?"

쇼졔(小姐 l) 붓그려 브답(不答)ᄒ니 싱(生)이 더옥 과혹(過惑)383)
ᄒ여 ᄒ가지로 금니(衾裏)의 ᄂ아가니 은졍(恩情)이 산히(山海) 경
(輕)ᄒ더라.

쇼졔(小姐 l) 이의 머므러 동동(洞洞)384)ᄒ 효셩(孝誠)과 신혼셩뎡
(晨昏省定)385)의 슉흥야미(夙興夜寐)386)ᄒ여 죠금도 미진(未盡)ᄒ미
업ᄉ니 졍 부인(夫人)이 지극(至極) ᄉ랑ᄒ나 쇼 시(氏)ᄅ 싱각ᄒ여

---

379) 빙졍염염(氷淨艶艶): 빙정염염. 얼음같이 맑고 아름다움.
380) 무: [교] 원문에는 '문'으로 되어 있으나 오기로 보임.
381) 후문(侯門): 제후의 집안.
382) 빅운: 백운. 이몽원 자신의 자(字).
383) 과혹(過惑): 지나치게 미혹됨.
384) 동동(洞洞): 매우 공경함.
385) 신혼셩뎡(晨昏省定): 신혼성정. '혼정신성(昏定晨省)'과 같은 뜻으로 저녁에 부모님
    의 잠자리를 보살펴드리고 새벽에 아침 문안을 드리는 일.
386) 슉흥야미(夙興夜寐): 숙흥야매. 아침에 일찍 일어나고 밤에는 늦게 잔다는 뜻으로,
    아침 일찍부터 밤늦게까지 직무에 몰두하여 부지런히 일함을 이르는 말.

눈믈 아니 흘닐 날이 업더라.

최 시(氏) 믈읫 힝식(行事ㅣ) 미진(未盡)ᄒ미 업ᄉᄃᆡ 투긔(妬忌) 심(甚)ᄒ여 ᄉᆡᆼ(生)이 만일(萬一) 시녀ᄇᆡ(侍女輩)를 희롱(戲弄)ᄒᆞᆰ즉 것ᄎ로 발(發)ᄒᄂᆞᆫ 일이 업ᄉ나 옥ᄆᆡ(玉貌ㅣ) 심(甚)히 ᄎᆞ고 음식(飮食)을 긋쳐 죽기를 달게 너기ᄃᆡ 남이 아지

_{●●●}

68면

못ᄒᆞ게 ᄒᆞ니 ᄉᆡᆼ(生)이 일일(一日)은 시비(侍婢) 쇼안으로 희롱(戲弄)ᄒ다가 이 거죠(擧措)를 만나 감(敢)히 의ᄉ(意思)치 못ᄒᆞ고 빅(百)가지로 다ᄅᆡ여 슈유블니(須臾不離)387)ᄒᆞ고 다시 그런 거죠(擧措)를 아니니 최 시(氏) ᄉᆡᆼ(生)의 이러ᄒᆞ믈 더옥 증분(憎憤)388)이 너기니 원닉(元來) ᄆᆞᄋᆞᆷ이 고집(固執)되여 ᄌᆞ가(自家)로 과도(過度)ᄒᆞᆫ 은정(恩情)도 슬희 너기고 천인(賤人)과 동슉(同宿)흠도 증분(憎憤)이 너기니 대강(大綱) 그 셩졍(性情)이 가쟝 고샹(高尙)ᄒᆞ더라.

부마(駙馬)와 몽원 공ᄌᆞ(公子)의 금슬(琴瑟)은 챵화(唱和)389)ᄒᆞᄃᆡ 샹셰(尙書ㅣ) 벼슬이 팔좌(八座)390)의 죤(尊)ᄒᆞ므로도 환부(鰥夫) 공방(空房)이 셰구년심(歲久年深)391)ᄒᆞ니 부뫼(父母ㅣ) 비록 쇼 시(氏)

---

387) 슈유블니(須臾不離): 수유불리. 잠시라도 떨어져 있지 못함.

388) 증분(憎憤): 분하고 한스러워함.

389) 챵화(唱和): 창화. 남의 시에 운(韻)을 맞추어 시를 짓거나 시사(詩詞)를 서로 주고받는 일. 부부의 금실이 좋음을 비유적으로 이르는 말.

390) 팔좌(八座): 중국 후한·진(晉)나라 때에, 육조의 상서(尙書) 및 일령(一令), 일복야(一僕射)를 통틀어 이르던 말. 이후 재상을 이르는 말로 쓰임.

391) 셰구년심(歲久年深): 세구연심. 세월이 매우 오래됨.

죽지 아냐시믈 지긔(知機)ᄒ나 분슈(分手)392)ᄒ연 지 이지(二載)393)
의 쇼식(消息)이 막연(漠然)ᄒ니 쥬야(晝夜) 싱각ᄒ여 흥미(興味) 슈
연(捨然)394)ᄒ고 싱(生)이 비록 화려(華麗)ᄒ므로 싱각ᄂ 빗츨 닉지
아니나 그 ᄆ음인즉 ᄌ가(自家)로 인(因)ᄒ여 이미흔 슉녀(淑女)를
풍진(風塵) 스이의 바리니 엇지 심시(心思ㅣ) 죠흐리오. 미양 침쇼
(寢所)의 니른즉 냥ᄋ(兩兒)를

• • •

69면

어른만져 쳑연(戚然)395) 탄식(歎息)ᄒ믈 마지아니터라.

시(時)의 국구(國舅) 됴겸이 삼ᄌ(三子) 냥녀(兩女)를 두어 쟝녀(長
女)ᄂ 황후(皇后) 되고 ᄎ녀(次女) 졔염이 년(年)이 십오(十五) 셰(歲)
라. 얼골이 당딕무ᄡᅡᆼ(當代無雙)ᄒ고 녀공(女工)의 긔묘(奇妙)ᄒ미 측
냥(測量)업스니 국귀(國舅ㅣ) 크게 ᄉ랑ᄒ여 ᄀᆺ튼 ᄬ(雙)을 구(求)ᄒ
더니 원닉(元來) 텬ᄌ(天子) 악공(岳公)396)으로 권셰(權勢) 일셰(一
世)를 기우리니 집이 대궐(大闕)과 일양(一樣)이오, 직빅(財帛)이 뫼
ᄀᆺ트미 졔염 쇼졔(小姐ㅣ) 일싱(一生) 부귀(富貴)의 ᄲᅥ여 타인(他人)
을 안하(眼下)의 묘397)시(藐視)398)ᄒ고 스스로 얼골이 텬하(天下)의

392) 분슈(分手): 분수. 서로 작별함.
393) 이지(二載): 이재. 2년.
394) 슈연(捨然): 사연. '생각 등이 없어진 모양'으로 보이나 미상임.
395) 쳑연(戚然): 척연. 근심스럽고 슬픔.
396) 악공(岳公): 장인.
397) 묘: [교] 원문에는 '몰'로 되어 있으나 의미를 분명히 하기 위해 국도본(11:43)을 따름.
398) 묘시(藐視): 업신여기어 깔봄.

딕두(對頭)ᄒ리 업스믈 즈랑ᄒ더라.

국귀(國舅ㅣ) ᄀᆺ튼 사회를 둣고져 ᄒ더니 시임(時任) 병부샹셔(兵部尙書) 니몽챵이 쇼 시(氏)를 일코 울젹(鬱寂)히 지ᄂᆡ믈 듯고 즁ᄆᆡ(仲媒)로 구혼(求婚)ᄒ니 승샹(丞相)이 블허(不許) 왈(曰),

"쇼 시(氏) 직금399) 거쳐(居處)를 모른나 쟝ᄂᆡ(將來) 모들 거시오 셜ᄉ(設使) 못지 못ᄒ여도 돈ᄋᆞ(豚兒ㅣ)400) 냥ᄋᆞ(兩兒) 이시니 졀샤(絕嗣)401)홀 근심은 업ᄉᆞᆫ지라 ᄌᆡ취(再娶) 념(念)은 업ᄂᆞ이다."

ᄒ니 ᄆᆡ픠(媒婆ㅣ) 도라가

○●●

70면

이딕로 고(告)ᄒ니,

국귀(國舅ㅣ) 한(恨)ᄒ나 그 권셰(權勢) 풍치(風采)를 ᄉ모(思慕)ᄒ여 가마니 황후(皇后)긔 이 ᄠᅳᆺ을 통(通)ᄒ여 쇼원(所願)을 일우믈 쳥(請)ᄒ니 황휘(皇后ㅣ) 본(本)딕 마후(馬后)402)의 어진 품(品)이 업셔 ᄉ친(私親)을 후(厚)히 치믈 한(漢)젹 녀후(呂后)403)와 일반(一般)인 고(故)로 흔연(欣然) 낙종(樂從)404)ᄒ여 죠용이 황샹(皇上)긔 빅(百)

---

399) 직금: 지금.
400) 돈ᄋᆞ(豚兒): 돈아. 남에게 자신의 아들을 낮춰 이르는 말.
401) 졀샤(絕嗣): 절사. 자손이 없어 대가 끊어짐.
402) 마후(馬后): 중국 후한(後漢) 때의 마황후를 이름. 마황후는 마원(馬援)의 딸로, 명제(明帝)의 후비(后妃)인데 부덕(婦德)이 후궁(後宮)에서 으뜸이었고 사가(私家)의 일로 조정에 간여하지 않았다고 함. 『후한서(後漢書)』, 「명덕마황후(明德馬皇后)」.
403) 녀후(呂后): 여후. 중국 전한(前漢)의 시조인 고조(高祖) 유방(劉邦)의 황후. 유방이 죽은 뒤 실권을 잡고 여씨 일족을 고위직에 등용시켜 여씨 정권을 수립하고, 유방의 총비(寵妃)인 척부인(戚夫人)의 수족을 자르고 변소에 가두기도 함.
404) 낙종(樂從): 낙종. 흔쾌히 허락함.

가지로 쉬405)며 고(告)ᄒ니 샹(上)이 ᄯ흔 션406)종(宣宗)의 춍명호예
(聰明好禮)407)ᄒ신 셩품(性品)이 바히 업셔 브드러워 후(后)의 말ᄉᆞᆷ
을 드르시고 니(李) 샹셔(尙書)를 명픿(命牌)408)ᄒ려 ᄒ시니 필경(畢
竟)이 엇더ᄒ고 하회(下回)를 보라.

명일(明日) 니(李) 샹셔(尙書)를 브르시니 샹셰(尙書ㅣ) 젼지(傳旨)를
밧ᄌᆞ와 년망(連忙)이409) 죠복(朝服)을 ᄀ초와 봉궐(鳳闕)410)의 인ᄃᆡ(引
對)411)ᄒ니 샹(上)이 흔연(欣然)이 샤좌(賜座)412)ᄒ시고 니르샤ᄃᆡ,

"짐(朕)이 금일(今日) 경(卿)의게 니를 말이 잇ᄂ니 경(卿)은 모름
미 군명(君命)을 슌슈(順受)413)ᄒ라."

샹셰(尙書ㅣ) 돈슈(頓首) 샤은(謝恩) 왈(曰),

"폐히(陛下ㅣ) 쇼신(小臣)의게 나리오실 말ᄉᆞᆷ이 하언(何言)이니잇고?"

샹(上) 왈(曰),

"이 다른 일이 아니

---

405) 쉬: [교] 원문에는 '슘'으로 되어 있으나 오기로 보임.

406) 션: [교] 원문에는 '셩'으로 되어 있으나 오기로 보임.

407) 춍명호예(聰明好禮): 총명호례. 총명하고 예를 좋아함.

408) 명픿(命牌): 명패. 임금이 신하를 시켜 벼슬아치를 부름.

409) 년망(連忙)이: 연망히. 급히.

410) 봉궐(鳳闕): 궁궐의 문 또는 궁궐을 이르는 말. 중국 한나라 때에 궁궐의 문 위에
구리로 만든 봉황을 장식한 데서 유래함.

411) 인ᄃᆡ(引對): 인대. 원래 임금이 자문하기 위해 신하를 불러 접견함을 뜻하나 여기
에서는 임금을 뵈는 것을 이름.

412) 샤좌(賜座): 사좌. 임금이 신하에게 자리에 앉도록 권함.

413) 슌슈(順受): 순수. 순순히 받아들임.

라 경(卿)이 쇼 시(氏)를 풍진(風塵) 스이의 일코 환부(鰥夫)로 잇다
ᄒ니 짐(朕)이 싱각건딕 경(卿)이 년쇼(年少) 대신(大臣)으로 쟉위(爵
位) 팔좌(八座)414)의 존(尊)ᄒ미 이시니 엇지 일(一) 쳐(妻)를 위(爲)
ᄒ여 미싱(尾生)415)의 어린 샹(像)416)을 효측(效則)ᄒᄂ뇨? 짐(朕)이
스스로 가연(可憐)417)ᄒ믈 춤지 못ᄒ여 국구(國舅) 됴겸의 ᄎ녀(次
女)로 샤혼(賜婚)418)ᄒᄂ니 경(卿)은 길일(吉日)을 퇵(擇)ᄒ여 뉵녜
(六禮)419)로 셩례(成禮)ᄒ라."

샹셰(尙書ㅣ) 듯기를 못ᄎᄆᆡ 십분(十分) 놀ᄂ딕 안싴(顔色)을 블변
(不變)ᄒ고 고두(叩頭) 샤은(謝恩) 왈(曰),

"셩은(聖恩)이 미신(微臣)의게 호텬망극(昊天罔極)420)ᄒ샤 쳐ᄌ(妻

---

414) 팔좌(八座): 중국에서 시대마다 가리키는 대상이 약간씩 달랐으나 대개 재상을 이
   르는 말로 쓰임. 여기에서는 이몽창이 병부상서를 하고 있기 때문에 임금이 이와
   같이 칭한 것임.

415) 미싱(尾生): 미생. 중국 춘추시대 노(魯)나라 사람. 여자와 다리 아래에서 만나기로 약
   속하고 기다렸으나 여자가 오지 않자 소나기가 내려 물이 밀려와도 기다리다가 마침
   내 교각을 끌어안고 죽었음. 약속을 굳게 지켜 융통성이 없는 인물의 대명사로 쓰임.

416) 샹(像): 상. 형상. 모습.

417) 가연(可憐): 가련. 불쌍히 여김.

418) 샤혼(賜婚): 사혼. 임금이 신하에게 혼인을 내려줌.

419) 뉵녜(六禮): 육례. 『주자가례』에 따른 혼인의 여섯 가지 의식. 곧 납채(納采)・문명
   (問名)・납길(納吉)・납징(納徵)・청기(請期)・친영(親迎)을 말함. 납채는 신랑 집
   에서 청혼을 하고 신부 집에서 허혼(許婚)하는 의례이고, 문명은 납채가 끝난 뒤에
   남자집의 주인(主人)이 서신을 갖추어 매파를 여자 집에 보내어 여자 생모(生母)의
   성(姓)을 묻는 의례며, 납길은 문명한 것을 가지고 와서 가묘(家廟)에 점쳐 얻은 길
   조(吉兆)를 다시 여자 집에 보내어 알리는 의례고, 납징은 남자 집에서 여자 집에
   빙폐(聘幣)를 보내어 혼인의 성립을 더욱 확실하게 해 주는 절차이며, 청기는 성혼
   (成婚)의 길일(吉日)을 정하는 의례이고, 친영은 신랑이 신부 집에 가서 신부를 맞
   이하여 신랑 집에 돌아오는 의례임.

420) 호텬망극(昊天罔極): 호천망극. 넓고 큰 하늘처럼 은혜가 끝이 없음.

子)⁴²¹)의 유무(有無)를 다 번⁴²²)뇌(煩惱)ᄒ시니 신이 간⁴²³)뇌도지(肝腦塗地)⁴²⁴)ᄒ나 다 갑습지 못ᄒ리로쇼이다. 폐쳐(弊妻)⁴²⁵)를 일흔 후(後) 굿ᄐ여 졀부(節夫)⁴²⁶)의 신(信)을 둘게 너기미 아니로ᄃᆡ 쇼녜(-女ㅣ) 신(臣)으로 ᄒ여 만(萬) 니(里)의 죄슈(罪囚) 되여 필경(畢竟)은 젹환(賊患)을 만나 ᄉ싱(死生) 존몰(存沒)을 모ᄅ오니 신(臣)이 비록 남ᄌ(男子ㅣ)나 사ᄅᆷ 져ᄇ리미 ᄉ류(士類)의 죄(罪)를 어더ᄉᆞᆫ지라 ᄎ고(此故

• • •

72면

로 그 거취(去就)⁴²⁷) ᄎ기를 기ᄃ리옵ᄂ니 엇지 지취(再娶)의 ᄯᆺ이 이시리잇고?"

샹(上)이 쇼왈(笑曰),

"경(卿)은 니ᄅᆫ바 신시(臣仕ㅣ)⁴²⁸)로다. 짐(朕)이 비록 미(微)ᄒ나⁴²⁹) 경(卿)의 군뷔(君父ㅣ)니 그 말을 거역(拒逆)ᄒ미 가(可)ᄒ냐?"

샹셔(尚書ㅣ) 피셕(避席) 샤죄(謝罪) 왈(曰),

"신(臣)이 엇지 군명(君命)을 역(逆)ᄒ리잇고마ᄂ 신(臣)의 아븨 집의 이시니 그 슬히(膝下ㅣ) 되여 아지 못ᄒᄂ 디 혼인ᄃᆡᄉ(婚姻大事)

---

421) 쳐ᄌ(妻子): 처자. 처(妻).

422) 번: [교] 원문에는 '변'으로 되어 있으나 오기로 보이므로 국도본(11:45)을 따름.

423) 간: [교] 원문에는 '갈'로 되어 있으나 오기로 보이므로 국도본(11:45)을 따름.

424) 간뇌도지(肝腦塗地): 참혹한 죽임을 당하여 간장(肝臟)과 뇌수(腦髓)가 땅에 널려 있다는 뜻으로, 나라를 위하여 목숨을 돌보지 않고 애를 씀을 이르는 말.

425) 폐쳐(弊妻): 폐처. 자기 아내를 낮추어 이르는 말.

426) 졀부(節夫): 절부. 절개를 지키는 남편.

427) 거취(去就): 거취. 사람이 어디로 가거나 다니거나 하는 움직임.

428) 신시(臣仕ㅣ): 신사. 신하가 되어 벼슬을 하는 사람.

429) 나: [교] 원문에는 '니'로 되어 있으나 문맥을 고려하여 국도본(11:46)을 따름.

를 쥬장(主張)430)치 못ᄒ리로쇼이다."

샹(上) 왈(曰),

"경부(卿父)ᄃ려 니ᄅ려니와 ᄯᅩᄒᆫ 경(卿)의 ᄯᅳᆺ을 알고져 ᄒ노라."

샹셰(尙書ㅣ) 디왈(對曰),

"신(臣)이 비록 지식(知識)이 우몽(愚蒙)ᄒ오나 죠강지쳐블하당(糟糠之妻不下堂)431)을 싱각ᄒᄂ이다."

샹(上)이 ᄯᅩ 글ᄋ샤디,

"쇼 시(氏) 이시면 짐(朕)이 엇지 샤혼(賜婚)ᄒᄆ 이시리오?"

ᄒ시니 샹셰(尙書ㅣ) 샹(上)의 ᄯᅳᆺ이 여ᄎ(如此)ᄒ시믈 보ᄆ 능(能)히 사양(辭讓)ᄒᆯ 길이 업고 ᄯᅩ 평ᄉᆼ(平生) 졍심(貞心)이 군젼(君前)의 거슯쓰믈 아니려 ᄒ더니 ᄎ시(此時)ᄅᆯ 당(當)ᄒ여 샹(上)의 블명(不明)ᄒ시믈 개탄(慨歎)ᄒ여 안ᄉᆨ(顔色)을 ᄉᆨᄉᆨ이

∘●●

73면

ᄒ고 쥬왈(奏曰),

"미신(微臣)의 쳔누(賤陋)432)ᄒᆫ 쇼회(所懷)ᄅᆯ 군샹(君上) 탑하(榻下)의 쥬(奏)ᄒ오ᄆ 만ᄉ무셕(萬死無惜)433)이오나 금일(今日) 셩샹(聖上)

---

430) 쥬장(主張): 주장. 주재(主宰).

431) 죠강지쳐블하당(糟糠之妻不下堂): 조강지처불하당. 가난할 때 함께 고생한 아내는 내쫓지 않음. 조강지처는 지게미와 쌀겨로 끼니를 이을 때의 아내라는 뜻으로, 몹시 가난하고 천할 때에 고생을 함께 겪어 온 아내를 이르는 말임. 이 말은 중국 후한 광무제(光武帝)가 그 누이인 과부 호양공주의 청으로 신하 송홍(宋弘)에게 호양공주를 어떻게 생각하는지 묻자 송홍이 한 말로 전해짐. 『후한서(後漢書)』, <송홍전(宋弘傳)>.

432) 쳔누(賤陋): 천루. 천하고 비루함.

433) 만ᄉ무셕(萬死無惜): 만사무석. 만 번 죽어도 아깝지 않음.

이 신(臣)의 쇼쇼(小小) 졍심(貞心)을 모르시고 미인(美人)으로써 샤혼(賜婚)코져 ᄒ시니 신(臣)이 ᄯ 엇지 군부(君父) 안젼(案前)의 긔망(欺罔)ᄒ리잇고? 신(臣)이 쵸(初)의 쇼녜(-女ㅣ) 쳔(賤)ᄒ여실 젹 취(娶)ᄒ여 그 니친지졍(離親之情)434)을 긍435)측(矜惻)436)히 너기옵더니 밋 쇼문이 도라와 신(臣) ᄉ랑ᄒ믈 지극(至極)히 ᄒ고 쇼녜(-女ㅣ) 빙번(嬪番)437)의 쇼임(所任)을 당(當)ᄒ여 근노(勤勞)ᄒ미 심(甚)ᄒ고 두어 ᄌ식(子息)을 두어 오륜(五倫)이 두렷ᄒ거ᄂᆞᆯ 신(臣)이 무샹(無狀)ᄒ와 그릇 의심(疑心)ᄒ미 간당(奸黨)의 샹쇠(上疏ㅣ) 텬뎡(天廷)의 어ᄌ러워 아녀ᄌᆡ(兒女子ㅣ) 이역변희(異域邊海)438)의 젹거(謫居)ᄒ여 ᄆᆞᆺ ᄎᆞᄂ 풍진(風塵) ᄉ이 ᄌ최를 곰쵸니 신(臣)이 사름 져ᄇᆞ린 죄(罪) 태산(泰山) ᄀᆞᆺᄌ온지라 당당(堂堂)이 회과(悔過)ᄒ미 올커ᄂᆞᆯ ᄒ믈며 ᄉᆞ싱(死生)을 아지 못ᄒ고 타인(他人)을 취(娶)ᄒ여 즁궤(中饋)439)를 맛지믄 식자(識者)의 일이 아니라 셩샹(聖上)은 슬피쇼

74면

셔."
  샹(上)이 싱(生)의 언에(言語ㅣ) 격졀(激切)440)ᄒ고 ᄉᆞ긔(辭氣) 엄

---

434) 니친지졍(離親之情): 이친지정. 어버이와 헤어진 마음.
435) 긍: [교] 원문에는 '궁'으로 되어 있으나 오기로 보임.
436) 긍측(矜惻): 불쌍하고 가여움.
437) 빙번(嬪番): 빈번. 아내의 뜻인 듯하나 미상임.
438) 이역변희(異域邊海): 이역변해. 매우 먼 변방.
439) 즁궤(中饋): 중궤. 안살림 가운데 음식에 관한 일을 책임 맡은 여자의 뜻이나 여기에서는 안살림을 가리킴.
440) 격졀(激切): 격절. 격렬하고 절절함.

슉(嚴肅)ᄒ믈 긔탄(忌憚)[441]ᄒ시나 황후(皇后)의 쇼쳥(所請)을 드러 게신 고(故)로 블열(不悅)ᄒ여 글ᄋ샤ᄃᆡ,

"쇼녜(-女ㅣ) 이실진ᄃᆡ 경언(卿言)이 올커니와 임의 존망(存亡)을 모ᄅ며 짐(朕)의 말을 가바야이 너기ᄂᆞ뇨?"

드ᄃᆡ여 믈니치시고 ᄂᆡ시(內侍)ᄅᆞᆯ 명(命)ᄒ여 승샹(丞相)을 명초(命招)[442]ᄒ시니 샹셰(尚書ㅣ) 홀일업셔 믈너 집의 도라오ᄆᆡ 즁ᄉᆡ(中使ㅣ)[443] ᄒᆞᆫ가지로 니ᄅᆞ러 승샹(丞相)긔 샹명(上命)을 젼(傳)하니 샹셔(尚書)ᄂᆞᆫ 즁ᄉᆡ(中使ㅣ) 이시므로 고(告)치 못ᄒ여 믁믁(黙黙)하고 승샹(丞相)은 연고(緣故)ᄅᆞᆯ 모ᄅᆞ고 관복(官服)을 ᄀᆞ쵸와 궐하(闕下)의 니ᄅᆞ러 됴회(朝會)ᄒ니 샹(上)이 닐너 글ᄋ샤ᄃᆡ,

"짐(朕)이 경(卿)의 아ᄃᆞᆯ 몽챵의 환거(鰥居)ᄒ믈 념(念)ᄒ여 도 국구(國舅) ᄎᆞ녀(次女)로 샤혼(賜婚)ᄒ니 몽챵이 고집(固執)히 샤양(辭讓)ᄒ고 듯지 아닌ᄂᆞᆫ지라 경(卿)은 모ᄅᆞ미 그 ᄆᆞᄋᆞᆷ을 개유(開諭)ᄒ고 짐심(朕心)을 죠츠라."

승샹(丞相)이 쳥파(聽罷)의 대경(大驚)ᄒ여 밧비 좌(座)ᄅᆞᆯ 써나 쥬왈(奏曰),

"이제

⸭•

75면

신ᄌᆞ(臣子) 몽챵이 블명(不明)ᄒ여 이믜ᄒᆞᆫ 쳐ᄌᆞ(妻子)ᄅᆞᆯ 누항(陋巷)의 바려 거쳐(居處) 모ᄅᆞ오니 ᄒᆞ믈며 셩샹(聖上)이 만승지쥬(萬乘之

---

441) 긔탄(忌憚): 기탄. 꺼림.

442) 명초(命招): 임금의 명으로 신하를 부름.

443) 즁ᄉᆡ (中使ㅣ): 중사. 궁중에서 왕명을 전하던 내시.

主)444)로 늬쳥(內請)445)으로 외됴(外朝)의 샤혼(賜婚)ᄒ시믄 만만블
가(萬萬不可)ᄒ오니 젼교(傳敎)를 거두시미 힝심(幸甚)ᄒ도쇼이다."

상(上)이 졍ᄉᆡᆨ(正色) 왈(曰),

"션ᄉᆡᆼ(先生)이 비록 션됴(先朝) 탁고대신(托孤大臣)446)으로 위의
(威儀) 존즁(尊重)ᄒ나 이러틋 경시(輕視)ᄒ미 심(甚)ᄒ뇨?"

ᄒ시니 승상(丞相)이 쳥파(聽罷)의 면관돈슈(免冠頓首) 왈(曰),

"신(臣)이 폐하(陛下) 신ᄌ(臣子) 되여 지위(地位) 대신(大臣)이라
ᄒ고 폐하(陛下)를 경시(輕視)ᄒ리잇고? 신(臣)이 ᄌ식(子息)으로써
국구(國舅)의 ᄋᆡ셔(愛壻)447)를 삼을진ᄃᆡ 비단 우히 곳츨 더으미로ᄃᆡ
신(臣)의 아비 쵸려(草廬)의 미쳔(微賤)ᄒᆫ 몸으로 션뎨(先帝) 은혜(恩
惠)를 닙ᄉ와 쟉위(爵位) 쳔승(千乘)448)의 니ᄅ러시나 일쵝 외람(猥
濫)ᄒ고 황츅(惶蹙)449)ᄒ여 여러 블쵸ᄋ(不肖兒)의 번화(繁華)를 금
(禁)ᄒ고 ᄒ믈며 지취(再娶)를 경계(警戒)ᄒ여시니 신(臣)이 엇지 그
말을 역(逆)ᄒ리잇고? 스ᄉ로 뎡심(貞心)이러니 형셰(形勢) 마지못

---

444) 만승지쥬(萬乘之主): 만승지주. 만 대의 병거를 낼 만한 군주로, 곧 천자를 이름. 말
네 마리가 끄는 병거 한 대를 1승(乘)이라고 하였는데, 중국 주(周)나라 제도에 천자
의 영토는 병거 만승을 소유할 수 있었으므로 만승은 곧 천자를 지칭하는 말로 쓰임.

445) 늬쳥(內請): 내청. 부인의 부탁이라는 뜻으로 여기에서는 황후의 청을 말함.

446) 탁고대신(托孤大臣): 탁고한 대신. 탁고는 신임하는 신하에게 어린 임금의 보호를
부탁하는 것.

447) ᄋᆡ셔(愛壻): 애서. 사랑하는 사위.

448) 쳔승(千乘): 천승. 천 대의 병거라는 뜻으로, 제후를 이르는 말. 제후는 천 대의 병
거를 낼 만한 나라를 소유하였음.

449) 황츅(惶蹙): 황축. 지위나 위엄 따위에 눌리어 어찌할 바를 모르고 몸을 움츠림.

ᄒᆞ여 몽현이 두 안히를 두어시나 옥쥬(玉主)의 존귀(尊貴)ᄒᆞ시므로 당녜(-女ㅣ) 엇지 엇게를 가ᄅᆞ리오? 일시(一時) 부빈(副嬪)의 항녈(行列)이니 ᄯᅩ 엇지 냥쳬(兩妻ㄴ) 쟉시리잇고? 쇼 시(氏) 당당(堂堂)ᄒᆞᆫ 샹문(相門) 녀ᄌᆞ(女子)로 블미(不美)ᄒᆞ미 업거늘 이졔 줌간(暫間) 분니(分離)ᄒᆞᆷ을 인(因)ᄒᆞ여 시 사름을 모흐리잇고? 폐히(陛下ㅣ) 이리 ᄒᆞ시니 신(臣)이 선황(先皇)을 싱각하여 간담(肝膽)이 촌졀(寸絶)450) ᄒᆞᆷ을 춤지 못ᄒᆞ리로쇼이다."

셜파(說罷)의 봉안(鳳眼)의 눈믈이 시얌 솟둣 ᄒᆞ니 샹(上)이 여시 비열(如是悲咽)451)ᄒᆞ시나 ᄌᆞ긔(自己) ᄯᅳᆺ을 셰우지 못ᄒᆞ시니 룡안(龍顔)이 크게 블안(不安)ᄒᆞ샤 냥구(良久) 후(後) 니ᄅᆞ샤ᄃᆡ,

"션싱지언(先生之言)이 짐심(朕心)을 무안(無顔)케 ᄒᆞ거니와 짐(朕)이 임의 됴 국구(國舅)의게 허락(許諾)ᄒᆞ여 일시(一時)의 고치지 못홀지라. 노태ᄉᆞ(老太師) 졍심(貞心)이 그러홀진ᄃᆡ 짐(朕)이 뭇 당이 슈됴(手詔)452)로 쳥(請)ᄒᆞ리니 노태ᄉᆞ(老太師)ᄂᆞᆫ 박고통금(博古通今)453)ᄒᆞᄂᆞᆫ ᄃᆡ신(大臣)이니 인군(人君)의 말을 아니 드를 니(理) 업ᄂᆞᆫ이

---

450) 촌졀(寸絶): 촌절. 마디마디 끊어짐.
451) 여시비열(如是悲咽): '같이 슬퍼함'의 의미인 듯하나 미상임.
452) 슈됴(手詔): 수조. 제왕이 손수 쓴 조서.
453) 박고통금(博古通今): 옛일에 박식하고 지금 일에 통달함.

라."

이졔 퇴흑ᄉ(太學士) 위병으로 명픠(命牌)ᄒ시니 승샹(丞相)이 셰
셰(細細)히 싱각ᄒᄆᆡ 다른 신하(臣下)의 녀ᄌ(女子)와 달나 국구(國
舅)의 녀익(女兒ㅣ)니 ᄂᆡ쳥(內請) 드르시ᄆᆡ 크게 가(可)치 아니ᄒᆞᆫ지
라. 일단(一端)454) 튱셩(忠誠)이 금(金)을 연(軟)히 너기고 인군(人君)
앗기옵ᄂᆞᆫ ᄆᆞ음이 극(極)ᄒᄆᆡ 밧비 명픠(命牌)ᄅᆞᆯ 머므로시게 ᄒ고,

"됴뎡(朝廷) 신뢰(臣僚ㅣ) 드르면 시비(是非) 분운(紛紜)455)홀 거시니
신(臣)이 스ᄉ로 셩지(聖旨)ᄅᆞᆯ 밧ᄌᆞ와 셩녜(成禮)ᄒ리니 또 쇼 시(氏) 모
다도 됴강(糟糠) 즁궤(中饋)ᄂᆞᆫ 움죽이지 못홀 줄 쥬(奏)ᄒᄂᆞ이다."

샹(上)이 승샹(丞相)의 강개(慷慨)ᄒᆞᆫ 언ᄉ(言辭)ᄅᆞᆯ 드르시고 시러금
다시 강박(強迫)지 못ᄒᆞ샤 윤죵(允從)456)ᄒ시니 승샹(丞相)이 믈너 본
부(本府)의 도라와 셔헌(書軒)의 니르러 눈믈이 옷 알ᄑᆡ 져져 이윽이
혼미(昏迷)ᄒ니 승샹(丞相)이 국구(國舅)의 혼ᄉ(婚事)ᄅᆞᆯ 과도(過度)히
블쾌(不快)ᄒᄆᆡ 아니로ᄃᆡ 샹(上)의 이러ᄒ시믈 골돌ᄒ고 젼두(前頭)와
션죵(宣宗) 탁고(托孤)ᄅᆞᆯ 싱각ᄒᄆᆡ 심간(心肝)이 폐ᄉᆡᆨ(閉塞)457)ᄒ니 부

마(駙馬)와 샹셰(尙書ㅣ) 년458)망(連忙)459)이 구호(救護)ᄒᆞ여 반향

454) 일단(一端): 한 조각.
455) 분운(紛紜): 어지러움.
456) 윤죵(允從): 윤종. 임금이 신하의 말을 좇아 따름.
457) 폐ᄉᆡᆨ(閉塞): 폐색. 막힘.

(半晌) 후(後) 졍신(精神)을 출혀 노각헌의 드러가 태스(太師)긔 슈말(首末)을 즈시 고(告)호니 틱시(太師ㅣ) 크게 놀나 냥구(良久) 후(後) 말을 아니호다가 승샹(丞相)을 칙왈(責曰),

"닉 본(本)딕 분호(分毫)도 인셰(人世)의 머믈고져 뜻이 업스딕 외로오신 편모(偏母)를 져브리옵지 못호여 쇽졀업시 여러 셰월(歲月)을 보닉여 즐거오미 업고 옥보금직(玉寶金財)460) 샹즈(箱子)의 가득호나 다 블관(不關)호딕 셩텬즈(聖天子) 권이(眷愛)461) 호시는 은권(恩眷)462)을 인(因)호여 위의(威儀) 죠츤 하리(下吏) 분요(紛擾)463)호고 잉쳡(媵妾)이 가닉(家內)의 편만(遍滿)464)호니 이 너의 아비 질겨호는 빅 아니라. 텬직(天子ㅣ) 뜻이 그러호시나 닉 졍심(貞心)이 두 안히 두는 품을 블샹(不祥)465)이 너겨 젼일(前日) 제손(諸孫)의게 닐넛고 네 쏘 드러거늘 여부지심(汝父之心)466)을 알며 닉쳑(內戚)과 결혼(結婚)호믈 짐줏 죠히 너기드시 승슌(承順)467)호여 군샹(君上)의 이러툿 호신 일을 간(諫)치 아니호니 네 텬하(天下) 졍승(政丞)이 되여 므

---

458) 년: [교] 원문에는 '녕'으로 되어 있으나 오기로 보임.

459) 년망(連忙): 연망. 매우 급함.

460) 옥보금직(玉寶金財): 옥보금재. 보석과 금.

461) 권이(眷愛): 권애. 보살펴 사랑함.

462) 은권(恩眷): 임금의 총애.

463) 분요(紛擾): 분요. 어수선하고 소란스러움.

464) 편만(遍滿): 널리 그득 참.

465) 블샹(不祥): 불상. 상서롭지 않음.

466) 여부지심(汝父之心): 네 아비의 마음.

467) 승슌(承順): 승순. 윗사람의 명령을 순순히 좇음.

어슬 보졍(輔政)468)ᄒ미 잇ᄂ뇨?"

셜파(說罷)의 안쉭(顏色)이 쉭쉭ᄒ여 츄샹녈일(秋霜烈日)469) ᄀᆺᄐ니 승샹(丞相)이 싱아(生我)470) 삼십칠(三十七)의 틱ᄉ(太師)의 쥰샹(峻霜)471)ᄒ 칙(責) ᄃᆞᄅᄆ이 쳐음이니 황공(惶恐)ᄒ고 두리오미 욕ᄉ무디(欲死無地)472)ᄒ여 밧비 관(冠)을 벗고 머리를 두ᄃᆞ려 ᄀᆞ오ᄃᆡ,

"ᄒᆡᄋ(孩兒)의 블민(不敏)ᄒ미 야야(爺爺)의 셩덕(盛德)을 져ᄇᆞ리오니 ᄒ(何) 면목(面目)으로 안젼(案前)의 뵈오리오? 슈연(雖然)이나 암믹(暗昧)ᄒ 쇼견(所見)의 셩샹(聖上) ᄯᆺ이 굿지 졍(定)ᄒ여 겨시미 두어 번(番) 간(諫)ᄒ여 엇지 못ᄒ고 각신(閣臣)으로 브르샤 야야(爺爺)긔 젼교(傳敎)코져 ᄒ시ᄂ지라. 인군(人君)이 쳐쇽(妻屬)을 외됴(外朝)의 듕믹(仲媒)ᄒ시미 큰 실덕(失德)이니 졍문한 등(等) 일딕(一代) 강직(剛直)ᄒ 직샹(宰相)이 가마니 아니 이셔 샹쇼(上疏)ᄒᄂ 일이 이실 거시오, 셩뇌(聖怒ㅣ)를 쵹훼(觸毁)473)ᄒ즉 원찬(遠竄)ᄒᄂ 거죄(擧措ㅣ) 이실 거시니 고요코져 ᄒ미요, ᄯᅩᄒ ᄒᆡ이(孩兒ㅣ) 션됴(先朝) 유죠(遺詔)474)를 싱각고 금샹(今上) 허믈을 ᄀᆞ리오고져 ᄒ여 브득이(不得已)ᄒ 일이나 야야(爺爺)

---

468) 보졍(輔政): 보정. 정사를 보필함.
469) 츄샹녈일(秋霜烈日): 추상열일. 가을 서리와 뜨거운 해.
470) 싱아(生我): 생아. '난 지'의 의미로 보이나 미상임.
471) 쥰샹(峻霜): 준상. '준엄하고 서릿발 같음'의 뜻인 듯하나 미상임.
472) 욕ᄉ무디(欲死無地): 욕사무지. 죽으려 해도 죽을 곳이 없음.
473) 쵹훼(觸毁): 촉훼. 다른 사람을 함부로 대하여 그 권위를 훼손시킴.
474) 유죠(遺詔): 유조. 임금의 유언.

의 존의(尊意)를 모르미 아니오, 히익(孩兒ㅣ) 즐겨 혼 일이 아니로
쇼이다. 젼두(前頭) 亽셰(事勢)를 싱각ᄒ니 금일(今日)은 쇼亽(小事)
요 히익(孩兒ㅣ) 죽을 곳을 어듬이니이다."

언파(言罷)의 눈믈이 봉안(鳳眼)의 흐르기를 비 곳트믈 마지아니
니 팃시(太師ㅣ) 듯기를 뭇츠미 바야흐로 위국튱심(爲國忠心)을 치
알고 탄식(歎息) 왈(曰),

"우리 부지(父子ㅣ) 박복(薄福)ᄒ여 뮭은 셩군(聖君)을 여희오니
므어슬 한(恨)ᄒ리오? 금일(今日) 거죄(擧措ㅣ) 쏘혼 텬명(天命)이라
현마 엇지ᄒ리오?"

승샹(丞相)이 비샤(拜謝)ᄒ고 믈너느니 찬 쏨이 단슘(單衫)[475]의
비엿ᄂ지라. 팃亽(太師)의 엄졍(嚴正)ᄒ미 여亽(如此)ᄒ되 승샹(丞相)
은 싱ᄂ(生來)의 혼 번(番) 크게 칙(責)ᄒ미 업亽니 승샹(丞相)의 긔
특(奇特)ᄒ믈 더옥 씨ᄃ롤너라.

됴 국귀(國舅ㅣ) 니(李) 승샹(丞相) 허락(許諾)을 밧고 크게 깃거
즁미(仲媒)로 구혼(求婚)ᄒ니 승샹(丞相)이 가연이[476] 허락(許諾)ᄒ
고 길일(吉日)을 퇴(擇)ᄒ니 계츈(季春) 회간(晦間)[477]이라.

연슈 등(等)이 샹셔(尙書)를 보고 어즈러이 치하(致賀)ᄒ니 샹셰
(尙書ㅣ) 미미(微微)히

---

475) 단슘(單衫): 단삼. 적삼.
476) 가연이: 선뜻.
477) 회간(晦間): 그믐께.

웃고 괴로이 너기는 ᄉ싴(辭色)이 업ᄉ니 모다 죠히 너긴다 ᄒ더라.

승샹(丞相)이 쇼 공(公)을 ᄎᄌ 보고 죠용이 됴 시(氏) 혼ᄉ(婚事)를 셜파(說破)478)ᄒ고 ᄯ 사례(謝禮) 왈(曰),

"ᄌ당(慈堂)이 일죽 위급지시(危急之時)479)의 녕션대인(令先大人)480)이 거두어 ᄉ라신 은혜(恩惠) 바다히 엿고 태산(泰山)이 가ᄇ야올지라. 쇼뎨(小弟) 등(等)이 은혜(恩惠)를 다 갑지 못ᄒ 거시어늘 이제 형(兄)의 흔 ᄎ 녀ᄋ(女兒)를 편(便)히 거ᄂ리지 못ᄒ여 풍진(風塵) ᄉ이의 ᄇ리고 신인(新人)을 엇게 되니 무신무의(無信無義)481)ᄒ미 심(甚)흔지라 어ᄂ 면목(面目)으로 닙어셰샹(立於世上)482)ᄒ리오?"

쇼 공(公)이 쳥파(聽罷)의 탄식(歎息) 손샤(遜謝) 왈(曰),

"쇼뎨(小弟) 명되(命途ㅣ) 궁박(窮薄)483)ᄒ여 녀ᄋ(女兒)를 실산(失散)ᄒ니 누를 한(恨)ᄒ리오? 형언(兄言)을 미더 쟝ᄂ(將來) 못기를 기ᄃ리ᄂ니 녕낭(令郎)484)이 열 미인(美人)을 츄(娶)ᄒ다 관계(關係)ᄒ며 ᄯ 이ᄂ ᄉ셰(事勢) 브득이(不得已)ᄒ시니 쇼뎨(小弟) 텬셩(天性)이 블통(不通)ᄒ나 엇지 슬퍼지 아니며 ᄯᆯ의 젹국(敵國)을 ᄶ리리오?"

승샹(丞相)이 역탄(亦嘆) 왈(曰),

---

478) 셜파(說破): 설파. 분명히 말함.
479) 위급지시(危急之時): 위급한 때.
480) 녕션대인(令先大人): 영선대인. 상대의 돌아가신 아버지를 높여 이르는 말.
481) 무신무의(無信無義): 신용도 의리도 없음.
482) 닙어셰샹(立於世上): 입어세상. 세상에 섬.
483) 궁박(窮薄): 매우 기박함.
484) 녕낭(令郎): 영랑. 윗사람의 아들을 높여 이르는 말.

"아부(阿婦)의

•••
82면

익회(厄會)[485) 거의 쇼삭(消索)[486)ᄒ여 가느니 금년(今年) ᄉ이의 못
느리라."

쇼 공(公)이 쳑연(戚然)[487) 타루(墮淚) 뿐이러라.

이러구로 길일(吉日)이 두다르니 일개(一家ㅣ) 즁당(中堂)의 모다
신랑(新郞)을 보닐ᄉ 졔인(諸人)이 쇼 시(氏)를 싱각고 비ᄉ(悲色)이
은은(隱隱)[488)ᄒ되 샹셰(尚書ㅣ) 죠곰도 블쾌(不快)ᄒ미 업셔 안ᄉ
(顔色)이 흔연(欣然)ᄒ미 츈양(春陽) ᄀ트여 관복(官服)을 졍졔(整齊)
ᄒ고 느가니 모다 탄식(歎息)ᄒ더라.

샹셰(尚書ㅣ) 됴가(-家)의 니르러[489) 젼[490)안(奠雁)을 못고 닉당
(內堂)의 드러가 교비(交拜)를 일우고 동방(洞房)[491)의 니르니 버린
거시 찬란(燦爛)ᄒ고 ᄉ치(奢侈)ᄒ미 눈이 밤[492)븨니[493) 샹셰(尚書
ㅣ) 눈을 드지 아니코 단졍(端整) 위좌(危坐)[494)ᄒ엿더니 야심(夜深)

---

485) 익회(厄會): 액회. 불행한 고비.
486) 쇼삭(消索): 소삭. 없어짐.
487) 쳑연(戚然): 척연. 슬퍼하는 모양.
488) 은은(隱隱): 그윽하고 깊음.
489) 러: [교] 원문에는 이 뒤에 '국귀 ᄌ셔를 거느려'가 있으나 부연된 것으로 보아 국
      도본(11:56)을 따름.
490) 젼: [교] 원문에는 '졍'으로 되어 있으나 오기로 보이므로 국도본(11:56)을 따름.
491) 동방(洞房): 신방(新房).
492) 밤: [교] 원문에는 '밥'으로 되어 있으나 오기로 보여 국도본(11:57)을 따름.
493) 밤븨니: 눈이 부시니. 밤의니.
494) 위좌(危坐): 몸을 바르게 하고 앉음. 정좌(正坐).

ᄒ니 신뷔(新婦ㅣ) 가비야온 쟝쇼(粧素)495)로 이의 쵹하(燭下)의 안
ᄌ니 샹셰(尙書ㅣ) 흠신(欠身)496)ᄒ여 잠간(暫間) 쌍셩(雙星)497)을
흘니미 이 본(本)되 죠미경(照魔鏡)498)이 아니로되 사름의 우렬499)
(優劣)이 목하(目下)의 ᄉ못ᄂ 고(故)로 됴 시(氏)의 위인(爲人)이 싀
험(猜險)500)ᄒ고 가슴 가온되 니검(利劍)501)을 품

···

83면

은 줄 아지 못ᄒ리오. 크게 놀나 혜아리되,

'뉘 쳐음 뎡(定)ᄒ 쯧이 됴 국구(國舅)의 일이 비록 무샹(無狀)ᄒ나
그 쓸은 무죄(無罪)ᄒ니 만일(萬一) 슌후(淳厚)502)ᄒ 위인(爲人)일진
되 부부(夫婦)의 의(義)를 긋지 마려 ᄒ엿더니 ᄎ인(此人)이 니러틋
흉녀(凶戾)503)ᄒ니 ᄌ가이 못홀 거시라. 남ᄌ(男子ㅣ) 쳐셰(處世)ᄒ
미 엇지 화근(禍根)을 ᄌ가이ᄒ리오?'

이쳐로 싱각하미 심듕(心中)이 경희(驚駭)504)ᄒ여 공슈(拱手) 단좌
(端坐)ᄒ여 삼경(三更)이 된 후(後) 가연히 의되(衣帶)를 그르고 옥샹

---

495) 쟝쇼(粧素): 장소. 화장으로 꾸미지 않고 깨끗이 차림. 소장(素粧).
496) 흠신(欠身): 공경하는 뜻을 나타내기 위하여 몸을 굽힘.
497) 쌍셩(雙星): 쌍성. 두 별이라는 뜻으로, 두 눈을 이르는 말.
498) 죠미경(照魔鏡): 조마경. 마귀의 본성을 비추어서 그의 참된 형상을 드러내 보인다
　　 는 신통한 거울.
499) 우렬: [교] 원문에는 '울열'로 되어 있으나 의미를 명확히 하기 위해 국도본(11:57)을 따름.
500) 싀험(猜險): 시험. 시기심이 많고 엉큼함.
501) 니검(利劍): 이검. 날카로운 칼.
502) 슌후(淳厚): 순후. 온순하고 인정이 두터움.
503) 흉녀(凶戾): 흉려. 흉악하고 사나움.
504) 경희(驚駭): 경해. 놀람.

(玉牀)505)의 눕히 누어 깁히 잠드니 이쩍 됴 시(氏) 샹셔(尙書)의 텬일
(天日) ㅈ튼 위풍(威風)을 보고 크게 깃거 ㅈ긔(自己) 팔ㅈ(八字) 죠흐
믈 스스로 치하(致賀)ㅎ더니 의외(意外)예 싱(生)의 긔식(氣色)이 낙〃
(落落)506)ㅎ여 동(動)치 아니믈 보고 졍흥(情興)507)이 이즈러지고 의
심(疑心)ㅎᄂ 쏫이 밍동(萌動)508)ㅎ여 일(一) 경(更)이나 안ᄌ 싱(生)
의 동지(動止)를 슬피딘 숨쇼릭도 업시 누어시니 됴 시(氏) 크게 고이
(怪異)히 너겨 혹 반편(半偏)509)인가 의심(疑心)ㅎ여 입쇽의셔 ᄭ즈

•••

84면

ᄌ딘,

"슉믹블변(菽麥不辨)510)도 잇도다. 쥬인(主人)을 누으라 권(勸)토
아니코 혼ᄌ ᄌ니 져런 인ᄉ블셩(人事不省)511)도 이실ᄉ?"

ㅎ니 싱(生)이 임의 다 듯고 크게 우이 너기딘 요동(搖動)치 아니
터니 됴 시(氏) 춤지 못ㅎ여 겻히 노힌 ᄎ(茶) 그릇슬 업쳐 바리니
싱(生)이 누은 딘로 흘너 드러가니 됴 시(氏) 쇼릭ㅎ여 닐오딘,

"군ᄌ(君子)야 믈 드러가ᄂ이다."

싱(生)이 잠간(暫間) 몸을 두로혀 믈너 누어 금금(錦衾)으로 몸을

---

505) 옥샹(玉牀): 옥상. 옥으로 만든 침상.

506) 낙〃(落落): 낙락. 냉담(冷淡).

507) 졍흥(情興): 정흥. 흥겨운 정취.

508) 밍동(萌動): 맹동. 어떤 생각이나 일이 일어나기 시작함.

509) 반편(半偏): 반편이. 지능이 보통 사람보다 모자라는 사람을 낮잡아 이르는 말.

510) 슉믹블변(菽麥不辨): 숙맥불변. 콩인지 보리인지를 구별하지 못한다는 뜻으로, 사리
분별을 못 하고 세상 물정을 잘 모름을 이르는 말.

511) 인ᄉ블셩(人事不省): 인사불성. 사람으로서의 예절을 차릴 줄 모름.

굼쵸고 다시 동(動)치 아니니 됴 시(氏) 크게 이상(異常)이 너기고 진짓 슉믹블변(菽麥不辨)만 너겨 철편(鐵鞭)을 드러 더지며 닐오딕,

"야얘(爺爺ㅣ) 일(一) 녀(女)를 위(爲)ᄒ여 어딕 가 병인(病人)을 어더 오시뇨? 닉 일즉 드르니 그딕 풍신(風神)512) 직홰(才華ㅣ)513) 일셰(一世)의 영걸(英傑)이라 ᄒ더니 이제 얼골은 사롬 ᄀᆺᄐᆡ 엇지 져러툿 용녈(庸劣)ᄒ여 잠잘 줄만 알고 부부(夫婦) 즁정(重情)은 모르느뇨?"

싱(生)이 그려도 동(動)치 아니ᄒ니 됴 시(氏) 쵹블(燭)을 손의 들고 느아가 보니 싱(生)의 너른 니

‥●‥

85면

마와 죠흔 귀밋치며 빅셜(白雪) 긔븨(肌膚ㅣ)514) 텬디(天地) 죠화(造化)를 가져 붉은 긔운이 져의 부정(不正)ᄒᆞᆯ 슬와 ᄇᆞ리며 쇄락(灑落)ᄒᆞᆫ 풍치(風采) 져의 어두온 눈이 황연(晃然)515)이 붉은 듯 싁싁 슉엄(肅嚴)ᄒᆞᆫ 거동(擧動)이 눈 우히 셔리를 더음 ᄀᆺᄐᆞ니 흠모(欽慕)ᄒᆞᄂᆞᆫ ᄆᆞ음이 만신(滿身)의 가득ᄒᆞ나 그 엄슉(嚴肅)ᄒᆞᆯ 믄득 두려 쵹(燭)을 믈녀 노코 쇼리를 ᄂᆞ쵸와 닐오딕,

"앗가 군(君)의 누으신 딕로 믈이 드러가니 당돌(唐突)이 씌오미라 고이(怪異)히 너기지 마르쇼셔."

샹셰(尙書ㅣ) 져의 젼후(前後) 거죠(擧措)를 보고 셰샹(世上)의 져

---

512) 풍신(風神): 풍채.
513) 직홰(才華ㅣ): 재화. 빛나는 재주.
514) 긔븨(肌膚ㅣ): 기부. 살갗.
515) 황연(晃然): 환하게 밝은 모양.

런 위인(爲人)이 이시믈 긔괴(奇怪)히 너기고 쇼년(少年) 일단(一端) 호승(好勝)516)이 업지 아냐 우읍기를 그음 업스디 제 업슈히 너겨 욕(辱)이 층가(層加)홀지라 믁517)연(黙然)이 안즈 볼 만ᄒ더니 됴 시 (氏) 싱(生)의 말 아니믈 챡급(着急)ᄒ여 겻히 ᄂ아가 오슬 흔드러 기 리히 므ᄅ디.

"그디 엇지 말을 아니ᄂ뇨? 나의 얼골이 ᄎ브냐? 지믈(財物)이 브 족(不足)ᄒ냐? 나

•••

86면

의 얼골은 셔싀(西施)518)를 웃고 지빅(財帛)519)은 뫼 ᄀ트니 므어시 ᄆᄋᆷ의 츠지 아냐 이리 ᄒᄂ뇨? ᄂᆡ 비록 블쵸(不肖)ᄒ나 황명(皇命) 으로 그디 가뫼(家母ㅣ)520) 되니 므어슬 셔로 은회(隱晦)521)홀 일 이 시리오?"

싱(生)이 쏘흔 답(答)지 아니ᄒ니 홀일업셔 그 뾰존 손을 ᄲᅥ혀 보 니 희기 옥(玉) ᄀ고 곱기 다듬은 듯ᄒ니 일ᄏ라 닐오디,

"녯날 하랑(何郞)522)과 슌텬523)이 곱기 유명(有名)터니 그디는 이

---

516) 호승(好勝): 남 이기기를 좋아하는 마음.
517) 믁: [교] 원문에는 '믄'으로 되어 있으나 오기로 보이므로 국도본(11:60)을 따름.
518) 셔싀(西施): 서시. 중국 춘추시대 월(越)나라의 미녀.
519) 지빅(財帛): 재백. 재물과 비단.
520) 가뫼(家母ㅣ): 한 집안의 주부.
521) 은회(隱晦): 감춤.
522) 하랑(何郞): 중국 삼국시대 위(魏)나라의 하안(何晏)을 이름. 자는 평숙(平叔)으로, 조조(曹操)의 의붓아들이자 사위. 반하(潘何)라 하여 서진(西晉)의 반악(潘岳)과 함 께 잘생긴 남자의 대명사로 불림.
523) 슌텬: 미상.

사름 둘히셔 빅승(倍勝)524)ᄒ도다. 그딕 부뫼(父母ㅣ) 군ᄌ(君子) ᄀᆞ
튼 아들을 두어시니 복(福) 되미 결을 이 업슬가 ᄒ노라."

샹셰(尙書ㅣ) ᄎ언(此言)을 듯고 크게 통히(痛駭)525)ᄒ여 숀을 쌔
리치고 좌(座)를 믈이니 샹셰(尙書ㅣ) 본(本)딕 싁싁ᄒ 긔상(氣像)의
미온(未穩)526)ᄒ믈 먹음으믹 일온바 븍풍(北風)의 한월(寒月)이 바야
ᄂ 듯ᄒ니 됴 시(氏) 무류(無聊)코 한(恨)ᄒ여 니를 ᄀᆞᆯ고 닐오딕,

"죵시(終是) 져리 ᄒ거니와 필경(畢竟)은 죠치 못ᄒ리라."

샹셰(尙書ㅣ) 브답(不答)이러니 이윽고 경괴(更鼓ㅣ)527) 늉늉528)
ᄒ고 계셩(鷄聲)

∘●●

87면

이 싀비를 보(報)ᄒ니 샹셰(尙書ㅣ) 몸을 니러 관셰(盥洗)529)ᄒ고 다
시 단좌(端坐)ᄒ엿더니 날이 싀미 닉당(內堂)의 니르러 악모(岳母)를
보니 국구(國舅) 부인(夫人) 뉴 시(氏) 가쟝 어질어 말ᄉᆞᆷ이 은근(慇
懃)ᄒ고 셩덕(盛德)이 미우(眉宇) ᄉᆞ이의 비최니 샹셰(尙書ㅣ) 그 ᄯᆞᆯ
이 담지 아냐시믈 ᄎᆞ탄(嗟歎)ᄒ고 본부(本府)로 도라오니 즁당(中堂)
의셔 쇼부(少傅)를 뭇나 졀ᄒ니 쇼뷔(少傅ㅣ) 우으며 문왈(問曰),

"신부(新婦)의 현블쵸(賢不肖ㅣ) 엇덧터뇨?"

샹셰(尙書ㅣ) 춤은 우음이 바야흐로 발(發)ᄒ여 일쟝(一場)을 크게

---

524) 빅승(倍勝): 배승. 배나 나음.
525) 통히(痛駭): 통해. 몹시 이상스러워 놀람.
526) 미온(未穩): 평온하지 않음.
527) 경괴(更鼓ㅣ): 밤에 시각을 알리려고 치던 북.
528) 늉늉: 융융. 센 바람이 나뭇가지 따위에 부딪칠 때 나는 소리.
529) 관셰(盥洗): 관세. 손발을 씻음.

웃고 답(答)지 아니ᄒ니 쇼뷔(少傅ㅣ) 다리고 졍당(正堂)의 니르니 틱부인(太夫人)이 밧비 문왈(問曰),

"됴 시(氏) 엇더터뇨?"

싱(生)이 미미(微微)히 웃고,

"젼두(前頭)롤 가(可)히 알 사롬이러이다."

뉴 부인(夫人)이 우문(又問) 왈(曰),

"어지러 그러ᄒ든 말이냐?"

샹셰(尙書ㅣ) 쇼이딕왈(笑而對曰),

"슌후(淳厚)ᄒ 뉴(類)의ᄂ 버셔ᄂ더니다."

부인(夫人)이 아연(啞然)530)ᄒ여 쇼 시(氏)룰 싀로이 싱각고 탄식(歎息)ᄒ믈 마지아니딕 태ᄉ(太師)와 승샹(丞相)이 믁믁(黙黙)ᄒ여 시비(是非)룰 아니ᄒ니 모

···

88면

다 말을 아니터니 이윽고 태ᄉ(太師)와 승샹(丞相)이 니러ᄂ 후(後) 공쥬(公主)와 냥 시(氏) 등(等)이 퇴(退)ᄒ니 쇼뷔(少傅ㅣ) 문왈(問曰),

"앗가 너의 웃ᄂ 거동(擧動)이 고이(怪異)ᄒ니 됴 시(氏) 아니 우은 거죄(擧措ㅣ) 잇더냐?"

싱(生)이 쏘ᄒ 긔이지 아냐 슈말(首末)을 일일(一一)히 고(告)ᄒ고 스스로 졀도(絶倒)531)ᄒ여 좌(座)룰 명(定)치 못ᄒ여 뉴 부인(夫人) 등(等)이 웃기룰 춤지 못ᄒ니 기여(其餘) 쇼년(少年)을 니르리오. 부민(駙馬ㅣ) 줌쇼(暫笑)ᄒ고 글오딕,

---

530) 아연(啞然): 놀라 어안이 벙벙한 모양.

531) 졀도(絶倒): 절도. 배를 안고 넘어질 정도로 몹시 웃음. 포복절도(抱腹絶倒).

"만고(萬古)의 그런 녀지(女子ㅣ) 이시리오? 네 말이 과도(過度)훈
가 ᄒ노라."

샹셰(尙書ㅣ) 웃고 디왈(對曰),

"쇼뎨(小弟) 평싱(平生)의 사름 허믈 니르기를 아니ᄒ더니 츳녀(此
女)의 거동(擧動)은 만고(萬古)의 업ᄉ미 번거히[532] 파셜(播說)[533]ᄒ
ᄂ이다."

뉴 부인(夫人)이 탄왈(嘆曰),

"쇼 시(氏) 비록 견두(前頭)의 모드나 됴 시(氏)로 인(因)ᄒ여 신셰
(身世) 편(便)치 못ᄒ리로다."

쇼부(少傅ㅣ) ᄯᅩ 웃고 왈(曰),

"몽챵이 즈쇼(自少)로 우음 춤기와 잉분(仍憤)[534]키를 아니터니
됴 시(氏)를 필연(必然) 귀즁(貴重)[535]ᄒᄂ도다. 그 거죠(擧措)를 ᄒ
디 지이브지(知而不知)[536]ᄒ니 발셔 됴 시(氏) 향(向)훈 졍(情)을

● ● ●

89면

가지(可知)로다."

샹셰(尙書ㅣ) 쇼왈(笑曰),

"쇼질(小姪)이 셜ᄉ(設使) 블민(不敏)ᄒ나 이런 음녀(淫女)ᄂ 결단
(決斷)코 용샤(容赦)치 아닐 거시뇨 ᄯᅩ훈 동슉(同宿)지 아닐 거시니

---

532) 번거히: 어수선하게.
533) 파셜(播說): 파설. 말을 퍼뜨림.
534) 잉분(仍憤): 분을 참음.
535) 귀즁(貴重): 귀중. 귀하고 소중히 여김.
536) 지이브지(知而不知): 지이부지. 알면서도 모르는 척함.

슉뷔(叔父ㅣ) 이러툿 ᄒᆞ시ᄂᆞ이고? 당년(當年)의 슉뷔(叔父ㅣ) 청 슉모(叔母)[537]를 후ᄃᆡ(厚待)ᄒᆞ실너니잇가?"

쇼뷔(少傅ㅣ) ᄃᆡ쇼(大笑) 왈(曰),

"질ᄋᆞ(姪兒ㅣ) 너모 범남(氾濫)ᄒᆞ여 아ᄌᆞ비[538] 농(弄)ᄒᆞᄂᆞ냐? 청 시(氏)의 힝ᄉᆞ(行事)ᄂᆞᆫ 고금(古今)을 기우려도 방블(髣髴)ᄒᆞ니도 업ᄉᆞ니 ᄂᆡ 블명(不明)ᄒᆞ여 박ᄃᆡ(薄待)ᄒᆞ미 아니이라."

샹셰(尙書ㅣ) ᄃᆡ왈(對曰),

"쇼질(小姪)이 그ᄯᅢ 나히 어려 셰졍(世情)[539]을 아지 못ᄒᆞ나 금일(今日) 됴 시(氏)의 힝ᄉᆞ(行事)ᄂᆞᆫ 십ᄇᆡ(十倍) 승(勝)ᄒᆞ미 이시니 ᄋᆞ명(我命)이 고이(怪異)ᄒᆞ여 져 인믈(人物)을 어드믈 탄(歎)ᄒᆞ나 홀일업ᄂᆞ이다."

뉴 부인(夫人)이 ᄯᅩ 웃고 왈(曰),

"청 시(氏)ᄂᆞᆫ 비록 필경(畢竟)이 ᄃᆡ악(大惡)이나 친영(親迎) 날 이러 굴믄 아닌ᄂᆞᆫ지라. 젼두(前頭) 화근(禍根)이 젹지 아닐노다."

ᄐᆡ부인(太夫人)이 웃기를 ᄎᆞᆷ지 못ᄒᆞ시고 일좌(一座ㅣ) 대쇼(大笑)ᄒᆞ니 졍 부인(夫人)이 ᄉᆡᆼ(生)의 언경(言輕)ᄒᆞ믈 미온(未穩)이 너기고 됴 시(氏) 힝ᄉᆞ(行事)를 귀

90면

를 가리와 듯지 말과져 ᄒᆞ나 쇼부(少傅)와 무평[540]ᄇᆡᆨ이 찬쇼(贊

537) 청 슉모(叔母): 청 숙모. 이연성의 아내였던 청길을 말함.

538) 비: [교] 원문에는 '미'로 되어 있으나 문맥을 고려하여 국도본(11:64)을 따름.

539) 셰졍(世情): 세정. 세상물정.

540) 평: [교] 원문에는 '령'으로 되어 있으나 앞의 예를 따라 이와 같이 수정함.

笑)541)ᄒ고 존당(尊堂)이 므러 우으시니 감(敢)히 말을 못 ᄒ고 정식(正色)홈도 가(可)치 아냐 간간(間間)이 미쇼(微笑)홀 분이니 샹셰(尙書ㅣ) 모친(母親)의 깃거 아니시ᄂ 긔식(氣色)을 술피고 다시 말을 아니코 파(罷)ᄒ여 믈너나 모친(母親) 뒤흘 ᄯ와 빅각의 니르니 부인(夫人)이 샹셰(尙書ㅣ)다려 왈(曰),

"네 앗가 취(醉)ᄒ엿던다? 긔 므슴 거죄(擧措ㅣ)러냐?"

샹셰(尙書ㅣ) 공슈(拱手) 듸왈(對曰),

"됴녀(-女)의 거동(擧動)이 임의 그러틋 ᄒ고 존당(尊堂)이 므르시니 부부(夫婦)의 규방(閨房) 셰쇄(細瑣)542)ᄒ 일인들 긔이리잇고?"

부인(夫人)이 졍식(正色) 왈(曰),

"너의 힝식(行事ㅣ) 가지록 광픽(狂悖)543)ᄒ도다. 됴 시(氏) 셜스(設使) 그러ᄒᆫ들 남직(男子ㅣ) 춤아 비례(非禮)의 말슴을 죠흔 말 젼(傳)ᄐ시 파셜(播說)ᄒ여 흔흔(欣欣)544)ᄒᄂ뇨? 다시 이런 말을 두 번(番) 닉지 말나."

샹셰(尙書ㅣ) 피셕(避席) 샤죄(謝罪)ᄒ고 쇼이듸왈(笑而對曰),

"히이(孩兒ㅣ) ᄯ흔 됴녀(-女)의 허믈을 외인(外人)다려 챵누(昌漏)545)ᄒ 비 아니라 드르신 비 슉당(叔堂)과 존당(尊堂)이시니 됴 시(氏)의

---

541) 찬쇼(贊笑): 찬소. 웃음을 도움. 따라 웃음.
542) 셰쇄(細瑣): 세쇄. 시시하고 자질구레함.
543) 광픽(狂悖): 광패. 미친 사람처럼 말과 행동이 사납고 막됨.
544) 흔흔(欣欣): 기뻐함.
545) 챵누(昌漏): 창루. 누설하여 퍼뜨림.

허믈이 느타늘 일이 업술가 ᄒᆞᄂᆞ이다."

부인(夫人)이 믁연(默然)ᄒᆞ고 쇼 시(氏)를 싱각ᄒᆞ니 쳑연(戚然)ᄒᆞ믈 씌둣지 못ᄒᆞ니 샹셰(尙書ㅣ) 죠흔 말노 위로(慰勞)ᄒᆞ고 슈레를 다ᄉᆞ려 쇼 샹셔(尙書) 집의 니ᄅᆞ러 악부모(岳父母)긔 ᄇᆡ현(拜見)ᄒᆞ니 샹셰(尙書ㅣ) 흔연(欣然)이 닐오듸,

"너는 국구(國舅)의 ᄋᆡ셰(愛婿ㅣ) 되고 졀ᄉᆡᆨ미ᄋᆞ(絶色美兒)를 취(娶)ᄒᆞ니 노뷔(老夫ㅣ) 친(親)히 가 치하(致賀)ᄒᆞᆯ 거시로듸 ᄌᆞ당(慈堂)이 미양(微恙)546)이 겨신 고(故)로 가지 못ᄒᆞ엿더니 업슨 쳐ᄌᆞ(妻子)의 부모(父母)를 신근(信勤)547)이 ᄎᆞᄌᆞ니 유신(有信)ᄒᆞ미 젹지 아니토다."

샹셰(尙書ㅣ) 샤왈(謝曰),

"악쟝(岳丈)은 이 엇진 말ᄉᆞᆷ이니잇고? ᄉᆞ셰(事勢) 브득이(不得已)ᄒᆞ여 죠 시(氏)를 취(娶)ᄒᆞ나 쇼셔(小婿)의 즐겨 ᄒᆞ미 아니로쇼이다."

쇼 공(公)이 미쇼(微笑) ᄲᅮᆫ이오, 댱 부인(夫人)이 비록 어지나 만금(萬金)ᄀᆞᆺ치 너기던 일(一) 녀(女)로써 싱(生)이 그릇 의심(疑心)ᄒᆞ여 죵시(終是) ᄉᆞ싱(死生) 영결(永訣)이 되고 도금(到今)ᄒᆞ여 ᄌᆡ취(再娶)ᄒᆞ믈 보니 셜우미 칼을 삼킨 듯ᄒᆞ여 실셩뉴톄(失聲流涕) 왈(曰),

"현셔(賢婿)의 춍명(聰明) 인

---

546) 미양(微恙): 가벼운 병.
547) 신근(信勤): 믿쁘고 부지런함.

즉(仁慈)ᄒ미 홀노 녀ᄋ(女兒)로 ᄒ여금 쳔니타향(千里他鄕)548)의 분니(分
離)ᄒ여 ᄉ싱(死生)을 모르니 쳡(妾)의 셜움은 텬디(天地)를 부앙(俯仰)549)
ᄒ여 홀 곳이 업스나 그디ᄂ 죠히 신인(新人)으로 화락(和樂)ᄒ리로다.”

싱(生)이 잠간(暫間) 웃고 이연(怡然)550)이 디왈(對曰),

“금일(今日) 악뫼(岳母ㅣ) 쇼싱(小生)의 죄(罪)를 붉히 니르시니 춤괴
(慙愧)ᄒ오미 욕ᄉ무지(欲死無地)로쇼이다. 연(然)이나 쇼싱(小生)이 옥
난을 ᄎ가이홀 적 쇼 시(氏)의게 화근(禍根) 될 쥴 미리 짐쟉(斟酌)ᄒ여
시며 ᄯ 개용단(改容丹)을 아모나 먹어 악쟝(岳丈)이 되여 악모(岳母)
침쇼(寢所)의 가신즉 악뫼(岳母ㅣ) 능(能)히 분변(分辨)ᄒ시리잇가? 이
ᄂ ᄉ광(師曠)551)의 총(聰)이나 아지 못홀지라. 이 도시(都是) 쇼 시(氏)
운익(運厄)이 불힝(不幸)ᄒ여 쇼싱(小生) ᄀ툰 광싱(狂生)552)을 만나 일
싱(一生)이 슌(順)치 못ᄒ니 그거시 쇼셔(小壻)의 죄(罪)로쇼이다.”

댱 부인(夫人)이 좀간(暫間) 안식(顔色)을 ᄂ쵸고 손ᄉ(遜謝) 왈(曰),

“쳡(妾)이 엇지 현셔(賢壻)를 그릇 너기리오마ᄂ 져를 ᄯ즈ᄂ 지 삼
(三) 지(載)의 어안(魚雁)553)이 돈졀(頓絶)554)ᄒ니 모녀지졍(母女之

---

548) 쳔니타향(千里他鄕): 천리타향. 조국이나 고향에서 멀리 떨어져 있는 다른 지방. 만
리타향(萬里他鄕).

549) 부앙(俯仰): 하늘을 우러러보고 땅을 내려다봄.

550) 이연(怡然): 얼굴빛을 좋게 한 모양.

551) ᄉ광(師曠): 사광. 중국 춘추시대 진(晉)나라 때의 악사로 음률을 잘 분간한 인물.

552) 광싱(狂生): 광생. 미친 사람.

553) 어안(魚雁): 물고기와 기러기라는 뜻으로, 편지나 통신을 이르는 말. 잉어나 기러기
가 편지를 날랐다는 데서 유래함.

554) 돈졀(頓絶): 돈절. 편지나 소식 따위가 딱 끊어짐.

情)을 춤지 못ᄒᆞ미라.

⊙●●

93면

현셔(賢壻)ᄂᆞᆫ 유감(遺憾)치 말나.”

샹셰(尙書ㅣ) 흔연(欣然) 듸왈(對曰),

“쇼셰(小壻ㅣ) 엇지 유감(遺憾)ᄒᆞᆯ 쯧이 이시리잇가마ᄂᆞᆫ 앗가 말슴을 히셕(解釋)ᄒᆞᄆᆡ ᄌᆞ연(自然) 번독(煩瀆)555)ᄒᆞᄆᆞᆯ 면(免)치 못ᄒᆞ도쇼이다.”

부인(夫人)은 함누(含淚) 브답(不答)이오 샹셔(尙書)ᄂᆞᆫ 탄식(歎息)고 말을 아니터라.

샹셰(尙書ㅣ) 반일(半日)을 안ᄌᆞ 악공(岳公) 부부(夫婦)를 위로(慰勞)ᄒᆞ고 셕양(夕陽)의 도라오니 ᄎᆞ시(此時) 모츈(暮春)이라 츈일(春日)이 화챵(和暢)556)ᄒᆞ여 졍(正)히 즐거온 사롬의 흥(興)을 돕ᄂᆞᆫ 쩌나 샹셔(尙書)ᄂᆞᆫ ᄆᆞ음이 울울(鬱鬱)ᄒᆞ여 ᄉᆞ뎨(四弟) 몽샹을 블너 가마니 므ᄅᆞ듸.

“야야(爺爺)와 형쟝(兄丈)이 어듸 겨시뇨?”

답왈(答曰),

“빅형(伯兄)은 궁(宮)의 가 완화(緩話)557)ᄒᆞ시다가 ㅇᄌᆞ(兒子) 등(等)을 더브러 게셔 슉침(宿寢)ᄒᆞ시고 야애(爺爺ㅣ) 슉부(叔父)로 더브러 노각헌의셔 슉침(宿寢)ᄒᆞ시고 셔헌(書軒)이 븨엿ᄂᆞ이다.”

샹셰(尙書ㅣ) 환희(歡喜)ᄒᆞ여 듸월누의 가 챵녀(娼女) 위난을 블너 셔당(書堂)의셔 다리고 ᄌᆞ니 가ᄂᆡ인(家內人)이 아모도 모ᄅᆞ더라.

---

555) 번독(煩瀆): 개운하지 못하고 번거로움.

556) 화챵(和暢): 화창. 날씨가 온화하고 맑음.

557) 완화(緩話): 여유롭게 담소함.

이튿날 됴 시(氏) 신부(新婦) 례(禮)를 굿쵸와 부듕(府中)의 니르러

••

94면

죤당(尊堂) 구고(舅姑)긔 폐빅(幣帛)을 느오니 얼골이 삼츈(三春) 화
시(花時) 굿트니 모다 기리기를 마지아니ᄒᆞ디 승샹(丞相)과 죤당(尊
堂)이 블쾌(不快)ᄒᆞ여 ᄒᆞ나 겻츠로ᄂᆞᆫ 흔연(欣然)ᄒᆞ더라. 신부(新婦)
슉쇼(宿所)를 화영당의 명(定)ᄒᆞ여 보닉고 싱(生)을 경계(警戒)ᄒᆞ디,
"신뷔(新婦 l) 비록 깃브지 아니나 인군(人君)이 쥬신 거시오 쏘
ᄂᆞ타ᄂᆞᆫ 허믈이 업시 박디(薄待)ᄒᆞ믄 그른니 모른미 공경(恭敬)ᄒᆞ여
항녀지의(伉儷之義)558)를 온젼(穩全)이 ᄒᆞ라."
샹셰(尚書 l) 거야(去夜) 광경(光景)을 츠마 고(告)치 못ᄒᆞ고 쏘 역
명(逆命)ᄒᆞᆯ 연괴(緣故 l) 업셔 슈명(受命)ᄒᆞ고 믈너 화영당의 니르니
됴 시(氏) 일변(一邊) 반기고 일변(一邊) 노(怒)ᄒᆞ여 향벽(向壁)ᄒᆞ고
보지 아니니 니(李) 샹셰(尚書 l) 더옥 우이 너기를 이긔디 못ᄒᆞ나
ᄉᆞᆨ(辭色)을 블변(不變)ᄒᆞ고 샹요(牀)559)의 ᄂᆞ아가니 됴 시(氏) 더
옥 노(怒)ᄒᆞ여 싱각ᄒᆞ디,
'필뷔(匹夫 l) 쏘 젼일(前日) 거동(擧動)을 ᄒᆞ니 결연(決然)이 바려
두지 못ᄒᆞ리라.'
ᄒᆞ고 ᄯᅮ즈져 왈(曰),
"괴독(怪毒)560)ᄒᆞᆫ 필뷔(匹夫 l) 셔당(書堂)의셔 ᄌᆞ지 아니코 므슴ᄒᆞ

---

558) 항녀지의(伉儷之義): 항려지의. 부부의 의리. 항려(伉儷)는 짝을 가리킴.
559) 샹요(牀): 침상에 편 요라는 뜻으로, 잠자리를 이르는 말.
560) 괴독(怪毒): 괴이하고 독함.

롸 드러와 닉 심ᄉ(心思)를 어ᄌ러이ᄂ뇨?"

샹셰(尚書ㅣ) 못ᄎ닉 답(答)지 아니터라. 츠시(此時) 최 슉인(淑人)이 신인(新人)을 즁딕(重待)561)ᄒᄂ는가 알녀 규시(窺視)562)ᄒ다가 츠경(此景)을 보고 대경(大驚)ᄒ여 년망(連忙)이 졍당(正堂)의 니ᄅ러 므든 딕 이 말을 고(告)ᄒ니 뉴 부인(夫人) 이히(以下ㅣ) 하 히춤(駭慚)563)이 너기고 승샹(丞相)과 태ᄉ(太師ㅣ) 경춤(驚慚)564)ᄒ여 말을 아니튼가 틱ᄉ(太師ㅣ) 슉인(淑人)을 칙왈(責曰),

"신뷔(新婦ㅣ) 엇지 이런 거죄(擧措ㅣ) 이시리오? 네 다시 이런 고이(怪異)ᄒ 말을 입 밧긔 닉지 말나."

슉인(淑人)이 황공이퇴(惶恐而退)565)ᄒ고 졔쇼년(諸少年)이 틱ᄉ(太師)의 엄졍(嚴正)ᄒ 경계(警戒)를 드ᄅ믹 숑연(悚然)ᄒ여 믈너가니 승샹(丞相)이 죠 시(氏) 힝ᄉ(行事)를 어히업시 너기고 아니쏘이 너기나 함믁(含黙)ᄒ여 시비(是非)를 아니터라.

샹셰(尚書ㅣ) 츠야(此夜)를 싀와 외당(外堂)의 ᄂ와 심하(心下)의 통히(痛駭)ᄒ미 극(極)ᄒ여 죵일(終日)토록 입을 여지 아니터니 쏘 이날 밤이 다ᄃᄅ니 부몡(父命)이 엄슉(嚴肅)ᄒ고 화영566) 두 ᄌ(字ㅣ)

---

561) 즁딕(重待): 중대. 소중하게 대우함.
562) 규시(窺視): 엿봄.
563) 히춤(駭慚): 해참. 놀라고 부끄러움.
564) 경춤(驚慚): 경참. 놀라고 부끄러움.
565) 황공이퇴(惶恐而退): 황공하여 물러남.
566) 화영: 조제염의 처소인 화영당을 이름.

분울(憤鬱)567)호믈 이긔지 못호여 옥계(玉階)의 산보(散步)

호기를 야심(夜深)토록 호다가 춘 니슬이 오슬 스무츠니 마지못호여
완완(緩緩)이 거러 침쇼(寢所)의 니르러 젼일(前日)과 굿치 금침(衾
枕)의 누어 동(動)치 아니니 됴 시(氏) 져의 거동(擧動)을 십분(十分)
고이(怪異)히 너기고 또 옥모미랑(玉貌美郎)568)을 디(對)호여 졍(情)
을 펴지 못호여 추야(此夜)는 잠간(暫間) 안즈다가 블을 스스로 쓰고
의구(依舊)히 샹셔(尚書)의 겻히 누으니 샹셰(尚書ㅣ) 더옥 히연(駭
然)호여 주는 드시 누어시니 됴 시(氏) 닐오디,

"그디 죄(罪) 업슨 쳡(妾)을 종시(終是) 미몰호니 이 엇지 식쟈(識
者)의 호염 죽흔 일이리잇고? 쳡(妾)이 임의 황명(皇命)을 밧잡고 부
모(父母) 명(命)으로 그디와 더브러 주하샹(紫霞觴)569)을 논호고 부
부(夫婦)의 명회(名號ㅣ) 덧덧호니 일침동와(一寢同臥)570)호나 남이
실힝(失行)으로 아니 알니라."

드디여 거동(擧動)과 호는 말이 귀를 씨고 시븐지라 샹셰(尚書ㅣ)
크게 통히(痛駭)호고 두통(頭痛) 어듬 굿트냐 잠간(暫間)도 요동(搖
動)호미 업스니 됴 시(氏) 한(恨)호여 일변(一邊) 꾸즛고 일변(一邊)
향긔(香氣)

---

567) 분울(憤鬱): 분하고 우울함.
568) 옥모미랑(玉貌美郎): 옥같이 아름다운 외모를 지닌 남자.
569) 주하샹(紫霞觴): 자하상. 자하주(紫霞酒)를 담는 술잔. 자하주는 신선들이 마신다는
    술로, 여기에서는 혼례 때 마신 합환주(合歡酒)를 말함.
570) 일침동와(一寢同臥): 함께 잠을 자고 같이 누움.

97면

로온 긔질(氣質)을 겻지으미 흔희(欣喜)ᄒ미 틱악(泰嶽) ᄀᆺ타야 흔흔(欣欣)히 웃고 혹(或) 말ᄒ여 쳔만(千萬) 가지 거동(擧動)이 능(能)히 엇지 다 긔록(記錄)ᄒ며 거야(去夜) 경싀(景色)을 다홀진ᄃᆡ 도로혀 허랑(虛浪)571)ᄒ미 만흔 고(故)로 다 ᄲᅢ히니라.

ᄎ시(此時) 샹셰(尙書ㅣ) ᄎ야(此夜)ᄅᆯ 겨유 싀와 ᄂᆡ당(內堂)의 문안(問安)ᄒ고 셔당(書堂)의 도라와 쟉야ᄉᆞ(昨夜事)572)ᄅᆯ 싱각ᄒ니 심싀(心思ㅣ) 분울(憤鬱)ᄒ여 식음(食飮)을 믈니치고 셔당(書堂)의 누엇더니 졔형뎨(諸兄弟) 니ᄅ러 두문(杜門)ᄒᆯ믈 무ᄅᆞ니 싱(生)이 강잉(强仍) ᄃᆡ왈(對曰),

"심긔(心氣) 블평(不平)ᄒ니 죠리(調理)코져 ᄒᆞᄂᆞ니이다."

모다 고지드ᄅᆞᄃᆡ 부미(駙馬ㅣ) 의심(疑心)ᄒ나 이목(耳目)이 번다(繁多)ᄒ여 뭇지 못ᄒ더니 이윽고 모다 헤여지고 홀노 쇼부(少傅)와 부미(駙馬ㅣ) 잇더니 쇼뷔(少傅ㅣ) 싱(生)다려 왈(曰),

"금일(今日) 너의 긔싀(氣色)을 보니 아지 못게라 블평(不平)ᄒᆫ 일 잇ᄂᆞ냐?"

샹셰(尙書ㅣ) 침음(沈吟) 미쇼(微笑) 부답(不答)이어늘 부미(駙馬ㅣ) 니어 문왈(問曰),

"슉뷔(叔父ㅣ) 무ᄅᆞ미 겨시거늘 엇지 ᄃᆡ답(對答)지 아닌ᄂᆞ뇨? 이

---

571) 허랑(虛浪): 언행이나 상황 따위가 허황하고 착실하지 못함.
572) 쟉야ᄉᆞ(昨夜事): 작야사. 지난 밤의 일.

아니 됴 시(氏) 후딕(厚待)ᄒ믈 딕인(大人)이 경계(警戒)ᄒ시니 블쾌
(不快)ᄒ미냐?"

샹셰(尚書ㅣ) 공슈(拱手) 딕왈(對曰),

"쇼뎨(小弟) 엇지 이 ᄯᅳᆺ이 이시며 부부(夫婦)의 일실동거(一室同
居)ᄒ미 예시(例事ㅣ)니 블쾌(不快)ᄒ미 이시리잇고마ᄂᆫ 쇼뎨(小弟)
의 만ᄂᆫ 바ᄂᆫ 고금(古今)의 듯지 못ᄒ던 말과 쳔고(千古)의 업슨 거
동(擧動)이니 ᄆᆞ음이 번민(煩悶)ᄒ여 딕병(大病)이 ᄂᆞᆯ 듯ᄒ딕 야얘
(爺爺ㅣ) 임의 흔 번(番) 경계(警戒)ᄒ시미 겨시니 이런 말ᄉᆞᆷ을 못
고(告)ᄒᆯ지라 쇼뎨(小弟) 됴녀(-女)의 손의 죽을쇼이다."

말을 ᄆᆞᆺᄎᆞᄆᆡ 부마(駙馬)와 쇼뷔(少傅ㅣ) 놀ᄂᆞ고 희연(駭然)ᄒ여 쇼
뷔(少傅ㅣ) 왈(曰),

"ᄌᆞ고(自古)로 녀ᄌᆡ(女子ㅣ) 픽악(悖惡)[573]ᄒ여 삼가지 못ᄒ미 잇
거니와 됴 시(氏)의 젼후(前後) 힝ᄉᆞ(行事)ᄂᆞᆫ 골경신힉(骨驚神駭)[574]
하니 형쟝(兄丈)이 드릭실진딕 엇지 널노ᄡᅥ 어린 남ᄌᆡ(男子ㅣ) 되게
ᄒ시리오? 당당(堂堂)이 고(告)ᄒ여 션쳐(善處)ᄒ시게 ᄒ리라."

샹셰(尚書ㅣ) 샤례(謝禮)ᄒ고 부마(駙馬)ᄂᆞᆫ 시비(是非)를 아니나
비례지언(非禮之言) 드릭 줄 뉘웃쳐 믁연(默然)이 니러 ᄂᆞ가니 쇼뷔
(少傅ㅣ) 대셔헌(大書軒)의 가 승

---

573) 픽악(悖惡): 패악. 사람으로서 마땅히 하여야 할 도리에 어그러지고 흉악함.
574) 골경신힉(骨驚神駭): 골경신해. 뼈가 저리고 넋이 놀람.

샹(丞相)긔 뵈고 좌위(左右ㅣ) 고요ᄒᆞ믈 타 됴 시(氏) 젼후(前後) 거
동(擧動)을 ᄌᆞ시 고(告)ᄒᆞ고 글오ᄃᆡ,

"몽챵이 본(本)ᄃᆡ 쳥슈(淸秀)ᄒᆞ미 뉴(類)다ᄅᆞᄃᆡ 져의 삼(三) 일(日)
고이(怪異)ᄒᆞᆫ 거죠(擧措)를 당(當)ᄒᆞ여 큰 병(病)이 발(發)ᄒᆞᆯ ᄃᆞᆺᄒᆞᄃᆡ
형쟝(兄丈) 경계(警戒)를 두려 ᄌᆞ임(自任)치 못ᄒᆞ니 형쟝(兄丈)은 싱
각ᄒᆞ여 보쇼셔. 어ᄂᆞ 어린 남ᄌᆡ(男子ㅣ) 녀ᄌᆞ(女子)의 이 ᄀᆞᆺ튼 경샹
(景狀)을 ᄀᆞᆷ심(甘心)ᄒᆞ리잇고?"

승샹(丞相)이 쳥파(聽罷)의 대경(大驚)ᄒᆞ여 미우(眉宇)를 씽긔고
글오ᄃᆡ,

"나의 평싱(平生) ᄯᅳᆺ이 비례지언(非禮之言) 블문(不聞)을 삼가더니
금일(今日) 현뎨(賢弟) 니ᄅᆞ기를 블힝(不幸)이 ᄒᆞ도다. 니 당쵸(當初)
몽챵으로써 됴 시(氏)를 후ᄃᆡ(厚待)ᄒᆞ여 그 화심(禍心)575)을 가다듬고
져 ᄒᆞ미오, ᄯᅩ 사ᄅᆞᆷ이 ᄂᆞ타ᄂᆞᆫ 허믈이 업시셔 박ᄃᆡ(薄待)ᄒᆞᆷ은 인쟈(仁
者)의 일이 아닌 고(故)로 ᄉᆞ시(事事ㅣ) 슌편(順便)576)코져 ᄒᆞ더니 쳔
승지가(千乘之家)577) 녀ᄌᆡ(女子ㅣ) 여ᄎᆞ(如此)ᄒᆞ니 몽챵이 당당(堂堂)
ᄒᆞᆫ 팔좌(八座)의 존(尊)ᄒᆞᆷ믈 가지고 ᄎᆞ경(此景)을 ᄀᆞᆷ슈(甘受)ᄒᆞᆯ 빅 아
니니 현뎨(賢弟)ᄂᆞᆫ 내 말노 일너 셔당(書堂)의셔 조

---

575) 화심(禍心): 남을 해치려는 마음.

576) 슌편(順便): 순편. 마음이나 일의 진행 따위가 거침새가 없고 편함.

577) 쳔승지가(千乘之家): 천승지가. 천 대의 병거(兵車)를 낼 만한 집안. 곧 제후의 집
안을 이름.

호(調護)ᄒ게 ᄒ라."

쇼뷔(少傅ㅣ) 칭샤(稱謝)ᄒ고 믈너와 싱(生)다려 니ᄅ니 싱(生)이 딕희(大喜)ᄒ여 이날브터 셔당(書堂)의 잇고 됴 시(氏) 침쇼(寢所)의 발샤리 림(臨)치 아니ᄒ나 일념(一念)이 쇼 시(氏)의게 믹쳐 플닐 젹이 업스니 ᄌ긔(自己) 당년(當年) 박ᄒᆡᆼ(薄行)578)을 츄회(追悔)579)ᄒ고 분슈(分手)ᄒ연 지 삼(三) 지(載)의 쳥죄(青鳥ㅣ)580) 신(信)을 젼(傳)치 아니ᄒ니 쇽졀업시 ᄭᅮᆷ을 죠ᄎᆞ 넉슬 늘릴 ᄯᅮᆫ이러라.

일일(一日)은 부민(駙馬ㅣ) 내당(內堂)의 들고 셔헌(書軒)이 븨여 시믈 타 위난을 블너 거문고를 타이더니 삼공ᄌᆞ(三公子) 몽원이 보고 우어 왈(曰),

"형쟝(兄丈)이 엇지 챵녀(娼女)를 ᄀᆞ가이ᄒ시ᄂᆞ뇨?"

샹셰(尙書ㅣ) 쇼왈(笑曰),

"환부(鰥夫) 공방(空房) 삼(三) 년(年) 겻근 우형(愚兄)이 챵녀(娼女)를 ᄀᆞ가이ᄒ미 고이(怪異)ᄒ냐?"

삼공진(三公子ㅣ) 웃고 좌(座)의 ᄂᆞ아가 역시(亦是) 챵녀(娼女) 교난을 블너 쥬비(酒杯)를 ᄂᆞ오니 샹셰(尙書ㅣ) 말녀 왈(曰),

"우형(愚兄)은 쳐진(妻子ㅣ) 업슨 고(故)로 잠간(暫間) 힉쇼(解消)코져 기녀(妓女)를 ᄀᆞ가이ᄒ거니와 너는 최슈(-嫂) ᄀᆞᄐ 쳐진(妻子)를 두고 챵

---

578) 박ᄒᆡᆼ(薄行): 박행. 박대한 행동.
579) 츄회(追悔): 추회. 지난 일을 뉘우침.
580) 쳥죄(青鳥ㅣ): 청조. 반가운 사자(使者)나 편지를 이르는 말. 청조가 서왕모의 소식을 전해 준다 한 데서 유래함.

믈(娼物)을 깃가이ᄒ미 가(可)치 아니니라."

공지(公子 l) 쇼이디왈(笑而對曰),

"쇼뎨(小弟) 일시(一時) 풍졍(風情)581)으로 이러ᄒ나 쟝구(長久)히 유졍(有情)ᄒ려 ᄒ미 아니로쇼이다."

샹셰(尙書 l) 미쇼(微笑)ᄒ고 야심(夜深)토록 한화(閑話)582)ᄒ다가 삼공지(三公子 l) 믈너가니 샹셔(尙書)ᄂᆞᆫ 위란으로 더브러 즈니라.

삼공지(三公子 l) 추형(次兄)의 힝ᄉ(行事)를 보고 믄득 ᄆᆞ음이 방즈(放恣)ᄒ여 교란을 유졍(有情)ᄒ여 이러ᄒᆞ 일(一) 삭(朔)이 된 후(後) 최 쇼졔(小姐 l) 우연(偶然)이 알고 크게 통히(痛駭)ᄒ여 추일(此日)붓허 식음(食飮)을 젼폐(全廢)583)ᄒ고 싱(生)을 용납(容納)지 아냐 죽기를 ᄌᆞ분(自分)584)ᄒ니 싱(生)이 착급(着急)ᄒ여 쥬야(晝夜) 겻히 안ᄌ 그릇ᄒ롸 비ᄅᆞ디 최 시(氏) 일언(一言)을 블응(不應)ᄒ고 폐식잠와(廢食潛臥)585)ᄒ니 이런 연고(緣故)를 침당(寢堂) ᄌᆞ긔(自己) 시녀(侍女)밧 뉘 알니오. 싱(生)이 최 쇼져(小姐)의 오릭 이러ᄒ믈 민망(憫憫)ᄒ여 도로혀 심증(心症)586)이 ᄂᆞᄂᆞᆫ지라.

일일(一日)은 옥슈(玉手)를 잡고 닐오디,

---

581) 풍졍(風情): 풍정. 풍치가 있는 정회.

582) 한화(閑話): 한담. 한가하게 서로 주고받는 이야기. 또는 중요하지 않은 이야기.

583) 젼폐(全廢): 전폐. 아주 그만둠.

584) ᄌᆞ분(自分): 자분. 스스로 헤아림.

585) 폐식잠와(廢食潛臥): 식음을 전폐하고 머리를 싸매고 누움.

586) 심증(心症): 마음에 마땅하지 않아 화를 내는 일.

"요스이 시쇽(時俗)587) 남이(男兒 l) 칠(七) 부인(夫人)과 열두 미인(美人)

●●●
102면

을 두느니도 잇느니 싱(生)이 일시(一時) 풍졍(風情)으로 기녀(妓女)
를 유졍(有情)ᄒ나 원(願)컨틴 부인(夫人)은 음식(飮食)을 느오고 모
음을 널녀 식노(息怒)588)ᄒ라."

최 쇼졔(小姐 l) 닝쇼(冷笑) 왈(曰),

"쳡(妾)이 엇지 부ᄌ(夫子)589)의 외입(外入)ᄒ믈 한(恨)ᄒ리오? 군지
(君子 l) 샹문(相門)590) ᄌ뎨(子弟)로 쳔인(賤人)과 동슉(同宿)ᄒ니 쳡
(妾)이 부ᄌ(夫子)의 브졍(不正)ᄒ믈 보지 말고져 ᄒ미라. 만일(萬一) ᄉ
문(斯文)591) 일믹(一脈)으로 동녈(同列)이 되면 영화(榮華 l) 될가 ᄒ느
니 군ᄌ(君子)는 셜니 셔당(書堂)으로 느가시고 ᄌ최 니ᄅ지 마ᄅ쇼셔."

싱(生)이 쳥파(聽罷)의 노(怒)ᄒ여 ᄉ미를 썰쳐 느가니라. 최 시
(氏) 의구(依舊)592)히 니러 신셩혼졍(晨省昏定)593)을 쎡로 ᄒ고 죠금
도 블호(不好)ᄒ미 업스니 싱(生)이 쇽이러 ᄒ다가 못 ᄒ여 쏘 진실
(眞實)노 그 진졍(眞情)이 쳥고(淸高)ᄒ믈 혜아려 ᄎᆞ야(此夜)의 침쇼

---

587) 시쇽(時俗): 시속. 그 당시의 풍속.
588) 식노(息怒): 노여움을 가라앉힘.
589) 부ᄌ(夫子): 부자. 남편을 높여 부르는 말.
590) 샹문(相門): 상문. 재상의 집안. 또는 재상을 배출한 집안.
591) ᄉ문(斯文): 사문. 유학자.
592) 의구(依舊): 옛날 그대로 변함이 없음.
593) 신셩혼졍(晨省昏定): 신성혼정. 혼정신성. 밤에는 부모의 잠자리를 보아 드리고 이
른 아침에는 부모의 밤새 안부를 묻는다는 뜻으로, 부모를 잘 섬기고 효성을 다함
을 이르는 말.

(寢所)의 니르러 취침(就寢)홀식 최 시(氏) 신싞(神色)594)이 춘 지 굿
트야 믁연(默然)이 원거(遠居)ᄒ여 말이 업ᄉ니 싱(生)이 홀일업셔
도로 나간죽 교란으로 즐기니 쇼

• • •

103면

졔(小姐ㅣ) 분(憤)ᄒᄆᆯ 이긔지 못ᄒ여 이의 한 병(病)이 되여 침셕(寢
席)의 바리여 곡긔(穀氣)를 슫고 죽기로 졍(定)ᄒ니 이러틋 ᄒᄆᆷ 여
러 날이 되니 구괴(舅姑ㅣ) 연고(緣故)ᄂᆫ 모ᄅᆞ고 오릭 유병(有病)ᄒ
믈 우려(憂慮)ᄒ여 의약(醫藥)으로 극진(極盡)이 치료(治療)ᄒ나 낫
지 아니ᄒ고 졈졈(漸漸) 위틱(危殆)ᄒ니 쇼져(小姐)의 유뫼(乳母ㅣ)
크게 쵸죠(焦燥)ᄒ여 슉인(淑人)을 ᄎᆞᄌ 쇼유(所由)595)를 고(告)ᄒ니
슉인(淑人)이 크게 놀나 이의 니르러 쇼졔(小姐ㅣ)를 보니 금금(錦
衾)596)의 ᄲᅳ히여 옥용화뫼(玉容花貌ㅣ)597) 쵸최(憔悴)598)ᄒ여 몰나
보게 되여시니 슉인(淑人)이 ᄂᆞ아가 쇼져(小姐)의 손을 잡고 졍싟(正
色)고 개유(開諭)599) 왈(曰),

  "쇼졔(小姐ㅣ) 노야(老爺)와 부인(夫人) 교훈(敎訓)을 밧ᄌᆞ와 례
(禮)를 아ᄅᆞ실 거시거ᄂᆞᆯ 공ᄌᆡ(公子ㅣ) 쇼년(少年) 호긔(豪氣)의 일시
(一時) 삼가지 못ᄒᄆᆷ 이신들 쇼졔(小姐ㅣ) 져딕도록 식음(食飮)을

---

594) 신싞(神色): 신색. 안색의 높임말.

595) 쇼유(所由): 소유. 까닭.

596) 금금(錦衾): 비단 이불.

597) 옥용화모(玉容花貌): 옥용화모. 옥 같은 얼굴과 꽃 같은 모습.

598) 쵸최(憔悴): 초췌. 수척함.

599) 개유(開諭): 사리를 알아듣도록 타이름.

전폐(全廢)ᄒ고 죽기를 ᄌ분(自分)ᄒ시니 죤당(尊堂)과 승샹(丞相) 노애(老爺ㅣ) 아ᄅ신즉 미온(未穩)[600]ᄒ시미 적지 아니실 거시오, 타인(他人)이 드ᄅ즉 긔쇼(譏笑)[601]홀지니 쇼져(小姐)

• • •

104면

ᄂ 병(病)을 죠보(調保)[602]ᄒ여 음식(飮食)을 ᄂ와 죤당(尊堂) 구고(舅姑)긔 졍셩(定省)[603]을 폐(廢)치 마ᄅ쇼셔."

최 쇼졔(小姐ㅣ) 쳥파(聽罷)의 슉인(淑人)이 ᄌ가(自家) 경계(警戒)ᄒ미 올흔 줄 ᄭᅵ다라 샤죄(謝罪) 왈(曰),

"니싱(李生)의 힝ᄉᆡ(行事ㅣ) 크게 졍도(正道)의 어근ᄂ니 죠급(躁急)ᄒᆫ 셩품(性品)의 ᄒᆫ 병(病)이 되엿더니 셔모(庶母)의 가ᄅ치시미 ᄌᆞ못 올흔지라, ᄎ후(此後) ᄆᆞ음을 곳쳐 죠리(調理)ᄒ리이다."

슉인(淑人)이 깃거 ᄌᆡ삼(再三) 위로(慰勞)ᄒ더니 믄득 공ᄌᆞ(公子ㅣ) 드러오니 슉인(淑人)이 졍ᄉᆡᆨ(正色) 왈(曰),

"공ᄌᆞ(公子ㅣ) 이십(二十) 젼(前) 쇼년(少年)으로 공명(功名)도 닐오지 아냐셔 희쳡(姬妾)은 므ᄉ 일이오? 쳐음의 남의 규ᄂᆡ(閨內)를 여어 보고 날을 보치니 ᄂᆡ 마지못ᄒ여 냥가(兩家)의 즁ᄆᆡ(仲媒) 노ᄅᆺ슬 ᄒ여 공ᄌᆞ(公子)의 원(願)을 일워거든 므ᄉ 일노 이리 요란(擾亂)이 구ᄂᆞ뇨?"

공ᄌᆞ(公子ㅣ) 쇼왈(笑曰),

"그ᄃᆡᄂᆞ 브졀업ᄉᆞᆫ 말을 ᄒ여 외인(外人)이 듯게 말나. ᄂᆡ 일시(一

---

600) 미온(未穩): 평온하지 않음.
601) 긔쇼(譏笑): 기소. 비방하여 웃음.
602) 죠보(調保): 조보. 몸을 조리하여 보존함.
603) 졍셩(定省): 정성. 문안. 혼정신성(昏定晨省).

時) 풍졍(風情)으로 혼 챵녀(娼女)를 도라보나 므슴 딕싀(大事ㅣ)라 아즈미 이딕도록 말 만

105면

히 굴며 최 시(氏) 년일(連日) 폐식(廢食)ㅎ고 침셕(寢席)의 잠와(潛臥)ㅎ
여 규닉(閨內)를 쇼요(騷擾)ㅎ니 이 엇지 슉녀(淑女)의 도리(道理)리오?"
이러툿 셔로 문답(問答)홀 젹 승샹(丞相)이 몿춤 지닉다가 추언(此
言)을 드룬지라 심즁(心中)의 어히업스나 알안 톄 아니코 드러가 최 시
(氏)를 보고 그 병(病)이 오릭 눗지 아니믈 념녀(念慮)ㅎ여 극진(極盡)
이 무휼(撫恤)604)ㅎ고 밧그로 느가니 공지(公子ㅣ) 부친(父親)이 앗가
말을 다 드릭신 줄 알고 크게 놀느고 황공(惶恐)ㅎ믈 마지아니ㅎ더니,
이쩌 승샹(丞相)이 외당(外堂)의 느와 몽원을 결박(結縛)ㅎ여 챵녀(娼
女)를 유졍(有情)ㅎ미 가되(家道ㅣ) 챡난(錯亂)605)ㅎ믈 슈죄(數罪)606)ㅎ
여 수십(四十) 쟝(杖)을 쳐 닉치고 교란을 ᄋ역(衙役)607)으로 칙뎡(責
征)608)ㅎ여 교방(敎坊)의 일홈을 써히고 본향(本鄕)으로 보닐싀,

106면

몽샹이 웃고 부마드려 왈609),

---

604) 무휼(撫恤): 불쌍히 여겨 위로함.
605) 챡난(錯亂): 착란. 어지럽고 어수선함.
606) 슈죄(數罪): 수죄. 범죄 행위를 들추어 세어 냄.
607) ᄋ역(衙役): 아역. 아노(衙奴). 수령이 지방 관아에서 사사롭게 부리던 종.
608) 칙뎡(責征): 책정. 꾸짖어 보냄.
609) 몽샹이~왈: [교] 원문에는 '부민 승시ᄒ여 느즉이 고왈 몽챵이 챵녀를 ᄌᄀ가이ᄒᄆ

"츠형(次兄)이 몬져 챵믈(娼物)을 유졍(有情)ᄒ시므로 삼형(三兄)이 빙화 겨시이다."

ᄒ니 부마(駙馬ㅣ) 경노(驚怒)[610]ᄒ여 샹셔(尙書)ᄅᆞᆯ 블너 ᄃᆡ칰(大責)ᄒ여 아을 규졍(糾正)[611]치 아니코 동심모의(同心謀議)ᄒᆞᆯᄆᆞᆯ 칰(責)ᄒ니 샹셰(尙書ㅣ) 발명(發明)[612]ᄒᆞᆯᄃᆡ 부마(駙馬ㅣ) 익[613]노(益怒) 왈(曰),

"이제 나히 츠고 지위(地位) 금ᄌᆞ(金紫)[614] 태각(台閣)[615]의 올ᄂᆞ거ᄂᆞᆯ 엇진 고(故)로 부형(父兄) 쇽이믈 능ᄉ[616](能事)로 아나뇨?"

샹셰(尙書ㅣ) 면관(免冠) 샤죄(謝罪)ᄒᆞᆯ ᄯᆞ믄이오, 몽원이 교란 ᄀᆞᆺ가이 ᄒᆞᆯᄆᆞᆯ 모ᄅᆞ로라 ᄒ고 죵시(終是) 니ᄅᆞ지 아니ᄒ니 부마(駙馬ㅣ) 십분(十分) 무[617]히[618] 너겨 부친(父親)긔 고(告)ᄒ지라. 승샹(丞相)이 츠언(此言)을 듯고 대로(大怒)ᄒ여 샹셔(尙書)ᄅᆞᆯ 블너 한 말을 아니코 니ᄅᆞᄃᆡ,

"너의 ᄀᆞᆺ가이ᄒᆞᆫ 재(者ㅣ) 엇던 사룸고?"

샹셰(尙書ㅣ) 안셔(安徐)[619]히 ᄃᆡ왈(對曰),

"챵녀(娼女) 위란을 거야(去夜)의 회포(懷抱)ᄅᆞᆯ 쇼헐(消歇)[620]ᄒ노

로 몽원이 법마다 이런 거죄 이시니 져를 브ᄅᆞ샤 기녀의 일홈을 ᄊᆞ히고 본향으로 보ᄂᆡ쇼셔 ᄒ니 몽샹이 웃고 ᄀᆞᆯ오ᄃᆡ'로 되어 있으나 부마가 승상에게 고하는 장면이 뒤에 또 나와 있어 이 부분은 부연으로 보이므로 국도본(11:82)을 따름.

610) 경노(驚怒): 놀라고 노함.
611) 규졍(糾正): 규정. 잘못을 바로잡음.
612) 발명(發明): 죄나 잘못이 없음을 말하여 밝힘.
613) 익: [교] 원문에는 '역'으로 되어 있으나 문맥을 고려하여 국도본(11:82)을 따름.
614) 금ᄌᆞ(金紫): 금자. 금인(金印)과 자수(紫綬)로, 금인(金印)은 관직의 표시로 차고 다니던 금으로 된 조각물이고 자수는 고위 관료가 차던 호패(號牌)의 자줏빛 술.
615) 태각(台閣): 한대(漢代), 상서(尙書)의 호칭. 후에 각신(閣臣)을 가리키기도 함.
616) 능ᄉ: [교] 원문에는 '영ᄌᆞ'로 되어 있으나 오기로 보이므로 국도본(11:82)을 따름.
617) 무: [교] 원문에는 없으나 의미를 고려하여 국도본(11:83)을 따름.
618) 무히: 무이. 밉게.
619) 안셔(安徐): 안서. 편안하고 느릿느릿함.
620) 쇼헐(消歇): 소헐. 없앰.

라 풍악(風樂)을 드른 비로쇼이다."

승상(丞相)이 브답(不答)ᄒ고 드듸여 위란을 교란과 ᄒᆞᆫ가지로 ᄂᆡ치고 샹셔(尙書)를 계하(階下)의 ᄭᅮᆯ

•••

107면

리고 슈죄(數罪) 왈(曰),

"네 천창(賤娼)을 갓가이ᄒ여 쇼 시(氏)로써 거쳐(去處)를 모르고 ᄯᅩ 엇지 챵믈(娼物)을 유정(有情)ᄒ며 동싱(同生)죠ᄎᆞ ᄀᆞ라치ᄂᆞ뇨? 네 가지록 ᄂᆡ 경계(警戒)를 홍모(鴻毛)621) ᄀᆞ치 너기기만 쇠ᄒ니 여뷔(汝父ㅣ) 다시 니르지 아니리니 이제란 네 ᄆᆞᆷ되로 아모리ᄂᆞ ᄒᆞ라."

드듸여 미러 ᄂᆡ치니 무평622)빅이 쇼이문왈(笑而問曰),

"형쟝(兄丈)이 엇지 이번(-番)은 몽챵을 치지 아니시ᄂᆞ뇨?"

승샹(丞相) 왈(曰),

"졔 죄(罪) 가(可)히 칠십(七十)은 마즐 거시로듸, 셩은(聖恩)이 과도(過度)ᄒ샤 큰 벼슬의 잇게 ᄒᆞ시니 ᄯᅩ 미를 져를 위(爲)ᄒ여 더으미 믈시(勿施)623)ᄒ미 아니라 군명(君命)을 공경(恭敬)ᄒ미라."

빅(伯)이 웃고 왈(曰),

"남이(男兒ㅣ) 혹(或) 미식(美色)을 갓가이ᄒ나 칠십(七十) 쟝(杖) 즁칙(重責) 닙도록 ᄒᆞ리오? 이ᄂᆞᆫ 너모 과도(過度)ᄒᆞ니이다."

승샹(丞相) 왈(曰),

"ᄌᆞ고(自古)로 남이(男兒ㅣ) 미식(美色)을 ᄉᆞ모(思慕)ᄒᆞᆷ 샹시(常

---

621) 홍모(鴻毛): 기러기의 털이라는 뜻으로, 매우 가벼운 사물을 이르는 말.

622) 평: [교] 원문에는 '령'으로 되어 있으나 앞의 예를 따라 이와 같이 수정함.

623) 믈시(勿施): 물시. 하려던 일을 그만둠.

事ㅣ)라. 우형(愚兄)은 써 호뒤 부모(父母)의 쥬신 몸으로 됴강(糟
糠)624) 정실(正室)이 죡(足)호거늘 엇지 츄잡(醜雜)흔 챵부(娼婦)를

갓가이호여 몸을 샹(傷)히오리오? 우형(愚兄)이 일즉 샹여(相如)625)
의626) 화스(華事)627)를 괴로이 너기고 신싱(申生)628), 미싱(尾生)629)
의 어리믈 통히(痛駭)630)호노니 현뎨(賢弟)논 고이(怪異)히 너기지
말나.”

빅(伯)이 웃고 샤례(謝禮) 왈(曰),

“앗가 말솜은 희언(戱言)이라. 제질(弟姪) 호샹(豪爽)631)호미 형쟝
(兄丈)곳 아니면 엇지 인뉴(人類)의 샌혀노리오?”

호더라.

---

624) 됴강(糟糠): 조강. 지게미와 쌀겨로 끼니를 이을 때의 아내. 가난하고 천할 때부터
고생을 함께 겪어온 아내를 뜻함.

625) 샹여(相如): 상여. 사마상여. 중국 전한시대의 인물. 과부가 된 부잣집 딸 탁문군
(卓文君)을 만나 그녀를 유혹하여 함께 도망친 일이 있음.

626) 의: [교] 원문에는 없으나 문맥을 명확히 하기 위해 국도본(11:85)을 따름.

627) 화스(華事): 화사. 화려한 일.

628) 신싱(申生): 신생. 중국 진(晉)나라 헌공(獻公)의 태자. 신생은 헌공이 그 서모뻘 되
는 제강(齊姜)과 몰래 정을 통하고 낳은 아들로 헌공이 궁문 밖으로 내보내 신씨
(申氏)라는 백성 집에 주어 기르게 하고 이름도 신생(申生)이라고 지어 줌. 후에 헌
공의 총희(寵姬)인 여희(驪姬)가 자기 아들 해제(奚齊)를 태자로 세우려고 독이 든
술과 고기를 신생이 헌공에게 보낸 것처럼 꾸미고 신생을 참소하였으나 신생은 이
를 해명하려 하지 않고 자살하였음.

629) 미싱(尾生): 미생. 중국 춘추시대 노(魯)나라 사람. 여자와 다리 아래에서 만나기로
약속하고 기다렸으나 여자가 오지 않자 소나기가 내려 물이 밀려와도 기다리다가
마침내 교각을 끌어안고 죽음. 약속을 굳게 지켜 융통성이 없는 인물을 가리킬 때
주로 인용됨.

630) 통히(痛駭): 통해. 몹시 놀라고 이상하게 여김.

631) 호샹(豪爽): 호상. 호탕하고 시원시원함.

승샹(丞相)이 셕문안(夕問安)의 드러가니 틱ᄉ(太師ㅣ) 몽챵 등(等) 업ᄉ믈 뭇ᄂ지라, 승샹(丞相)이 딕왈(對曰),

"챵ᄋ(-兒) 형뎨(兄弟) 챵녀(娼女)ᄅᆞᆯ 갓가이ᄒᆞ여 부듕(府中)의 금쵸와시ᄆᆡ ᄭ으져 니쳣ᄂᆞ이다."

틱ᄉ(太師ㅣ) 고개 좃고 말을 아니터라.

어시(於時)의 샹셰(尙書ㅣ) 부친(父親) 슈죄(數罪) 명빅(明白)ᄒᆞ시믈 듯고 뉘웃쳐 믈너 셔당(書堂)의 와 몽원을 구완632)홀ᄉᆡ 부ᄆᆡ(駙馬ㅣ) 미우(眉宇)의 츤 긔운이 밍녈(猛烈)ᄒᆞ여 샹셔(尙書)ᄅᆞᆯ 본 톄 아니ᄒᆞᆫ지라, 샹셰(尙書ㅣ) 크게 두려 쳥죄(請罪) 왈(曰),

"쇼뎨(小弟) 블민(不敏)ᄒᆞ와 형댱(兄丈)을 긔망(欺罔)ᄒᆞᆫ 죄(罪) 만ᄉ유경(萬死猶輕)633)이라. 형댱(兄丈)은 죄(罪)ᄅᆞᆯ 붉히 다ᄉ리시고 관셔(寬恕)634)

• • •

109면

ᄒᆞ시믈 ᄇᆞ라ᄂᆞ이다."

부ᄆᆡ(駙馬ㅣ) 광슈(廣袖)635)로 귀ᄅᆞᆯ 가리와 듯지 아니코 몽원을 경계(警戒)ᄒᆞ여 이윽흔 후(後) 니러ᄂᆞ니 샹셰(尙書ㅣ) 츄회(追悔)636) 한탄(恨歎)ᄒᆞᆷ믈 이긔지 못ᄒᆞ여 다만 삼공ᄌ(三公子)ᄅᆞᆯ 븟드러 보호(保護)홀 ᄯᆞ름이러니, 이튼날 부ᄆᆡ(駙馬ㅣ) 나와 공ᄌ(公子)의 병(病)을 뭇거늘 샹셰(尙書ㅣ) 다시 익걸(哀乞)ᄒᆞ딕,

---

632) 구완: 아픈 사람이나 해산한 사람을 간호함.
633) 만ᄉ유경(萬死猶輕): 만사유경. 만 번을 죽어도 오히려 가벼움.
634) 관셔(寬恕): 관서. 너그럽게 용서함.
635) 광슈(廣袖): 광수. 통이 넓은 소매.
636) 츄회(追悔): 추회. 지난 일을 뉘우침.

"쇼제(小弟) 어리고 아득흔 뜻이 다만 부형(父兄)의 칙(責)을 두리고 정도(正道)를 싱각지 못ᄒ여 형쟝(兄丈) 안젼(案前)의 고(告)치 못ᄒ여시나 형쟝(兄丈)이 임의 붉히 비최신 후(後) 또 엇지 쇼뎨(小弟)의 말을 드르셰야 아르시리오? 쇼뎨(小弟)의 무상(無狀)637)ᄒᄆ 크거니와 이졔 졈지 아닌 나히 야애(爺爺) 칙(責)을 닙ᄉ와 문(門)의 죄인(罪人)이 되고 형쟝(兄丈)이 마ᄎ 용납(容納)지 아니시면 므ᄉ 눗ᄎ로 사ᄅᆷ을 ᄃᆡ(對)ᄒ리오? 원(願)컨ᄃᆡ ᄎ후(此後) 그르미 업ᄉ리이다."

부ᄆᆡ(駙馬ㅣ) 졍ᄉᆡᆨ(正色) 단좌(端坐)ᄒ여 츄파(秋波)638)를 드지 아니코 함구(緘口) 블응(不應)ᄒ니 엄(嚴)한 긔운이 셜샹가샹(雪上加霜)639) ᄀᆞᆺ고

 •●

110면

ᄉᆞᆨᄉᆞᆨ흔 용모(容貌)ᄂᆞ 츄텬(秋天)이 놉흠 ᄀᆞᆺ트니 샹셰(尙書ㅣ) 머리를 두다려 ᄌᆡ삼(再三) 샤죄(謝罪)ᄒ더니 믄득 쇼부(少傅ㅣ) 드러와 닐오ᄃᆡ,

"므ᄉ 일노 몽현은 져러틋 미몰흔 톄ᄒ고 몽챵은 엇지 샤죄(謝罪)ᄒᄂ뇨?"

냥인(兩人)이 밧비 니러 마ᄎ 좌졍(坐定)ᄒᄆᆡ 쇼부(少傅ㅣ) 다시 므르니 샹셰(尙書ㅣ) 슈말(首末)을 잠간(暫間) 고(告)ᄒ니 쇼부(少傅ㅣ) 웃고 왈(曰),

---

637) 무상(無狀): 무상. 아무렇게나 함부로 행동하여 버릇이 없음.
638) 츄파(秋波): 추파. 가을 물결같이 고운 눈.
639) 셜샹가샹(雪上加霜): 설상가상. 원래 눈 위에 서리가 덮인다는 뜻으로, 난처한 일이나 불행한 일이 잇따라 일어남을 이르는 말이나 여기에서는 매우 냉랭함을 의미함.

"몽챵의 힝식(行事ㅣ) 비록 도(道)의 어긋ᄂᆞ나 큰 과실(過失)이 아니어늘 네 형쟝(兄丈)긔 고(告)ᄒᆞ여 죄(罪)를 어더 쥬고 너죠ᄎᆞ 곱지 아닌 샹(狀)을 ᄒᆞ여 몽챵을 죠ᄅᆞ나뇨?"

부마(駙馬ㅣ) 안셔(安徐)히 ᄃᆡ왈(對曰),

"쇼질(小姪)이 엇지 몽챵을 그르다 ᄒᆞ리잇고? ᄌᆞ고(自古)로 친(親)ᄒᆞ미 부ᄌᆞ(父子) 형뎨(兄弟) ᄀᆞᄐᆞ니 업거늘 몽챵은 그러치 아냐 범ᄉᆞ(凡事)를 긔이기를 계교(計巧)ᄒᆞ여 외친ᄂᆡ쇼(外親內疏)640)ᄒᆞ믈 심(甚)히 ᄒᆞ고 지어(至於) 위란을 ᄀᆞ가이ᄒᆞ믄 쇼질(小姪)이 임의 알고 뭇ᄂᆞ 비여늘 제 ᄆᆞᄎᆞᄂᆡ 발명(發明)ᄒᆞ니 어린 쇼견(所見)의 그윽이 블쵸(不肖)ᄒᆞ여

•••

111면

동싱(同生) ᄉᆞ랑을 극진(極盡)이 못ᄒᆞᆫ가 골돌ᄒᆞ고 ᄯᅩ 져의 도리(道理)ᄂᆞ 쇼질(小姪)이 므ᄅᆞ고 그런 일이 잇ᄂᆞᆫ가 므러도 은휘(隱諱)치 아니미 올커늘 아ᄂᆞ 바를 긔이미 심(甚)ᄒᆞ니 쇼질(小姪)이 ᄌᆞ춤ᄌᆞ괴(自慙自愧)641)ᄒᆞ여 감(敢)히 언어(言語)를 통(通)치 못ᄒᆞ미로쇼이다."

언파(言罷)의 쇼부(少傅) 안젼(案前)인 고(故)로 블호지식(不好之色)642)이 업셔 거지(擧止) 안졍(安靜)ᄒᆞ고 좌와(坐臥ㅣ) 죠용ᄒᆞ니 쇼부(少傅ㅣ) 칭찬(稱讚) 왈(曰),

"만일(萬一) 형쟝(兄丈)곳 아니면 엇지 너를 두리오? 진짓 형(兄)의 후(後)를 니으리로다."

---

640) 외친ᄂᆡ쇼(外親內疏): 외친내소. 밖으로 친한 척하고 속으로는 홀대함.
641) ᄌᆞ춤ᄌᆞ괴(自慙自愧): 자참자괴. 스스로 부끄러움.
642) 블호지식(不好之色): 불호지색. 좋지 않은 낯빛.

부미(駙馬 l) 느족이 비샤(拜謝)ᄒ고 다시 말을 아니니 쇼뷔(少傅
l) 비록 슈히(手下 l)나 너모 이리 ᄒᆞᆯ 긔탄(忌憚)ᄒ여 다시 권(勸)
치 아니코 니러ᄂᆞ니 부미(駙馬 l) ᄯᅩᄒᆞ 뒤흘 죠ᄎᆞ 가ᄂᆞ지라. 샹셰(尙
書 l) 더옥 숑연(悚然)ᄒ여 나가 샤죄(謝罪)ᄅᆞᆯ 쳥(請)치 못ᄒᆞ더라.

일일(一日)은 졍 부인(夫人)이 최 시(氏) 침쇼(寢所)의 니ᄅᆞ러 문병
(問病)ᄒ고 머리ᄅᆞᆯ 어ᄅᆞ만져 닐오ᄃᆡ,

"아부(阿婦)의 ᄎᆞᆼ명(聰明)ᄒᆞᄆᆞ로 엇지 강샹(綱常)을 ᄉᆞ몿지 못ᄒᆞ여
지아비 병(病)

...

112면

듕(重)ᄒᆞᆯ 아ᄅᆞᄃᆡ 슈히 죠보(調保)ᄒ여 구호(救護)ᄒᆞᆯ 싱각지 아니
코 눌노 심ᄉᆞ(心思)ᄅᆞᆯ ᄉᆞ로ᄂᆞ뇨.? 우리 부쳬(夫妻 l) 비록 블민(不敏)
ᄒ나 아부(阿婦)ᄅᆞᆯ 허믈ᄒᆞ미 업ᄉᆞᆯ 거시니 다시음 죠심(操心) 익익(益
益)ᄒ여 아부(阿婦)의 병(病)이 스ᄉᆞ로 ᄂᆞᆺ고 그 웃사ᄅᆞᆷ이 즁(重)ᄒᆞᆫ 쥴
싱각홀지어다."

부인(夫人) 말ᄉᆞᆷ이 비록 현현(顯顯)이 니ᄅᆞ미 업ᄉᆞ나 임의 ᄯᅳᆺ이 깁
흐니 최 시(氏) ᄯᅩᄒᆞ ᄎᆞᆼ명(聰明)ᄒᆞᆫ지라 엇지 모ᄅᆞ리오. 톄ᄉᆞ모골(涕
泗毛骨)[643]ᄒ여 샤죄(謝罪) 왈(曰),

"쇼쳡(小妾)의 죄(罪) 산히(山海) ᄀᆞᆺ투니 다시 므슴 ᄂᆞᆺᄎᆞ로 문(門)
을 나 죤구(尊舅) 안젼(案前)의 뵈오리잇고? 슈연(雖然)이나 금일(今
日) 말ᄉᆞᆷ을 폐간(肺肝)의 삭이리이다."

부인(夫人)이 흔연(欣然) 위로(慰勞)ᄒ고 도라간 후(後) 잠간(暫間)

---

643) 톄ᄉᆞ모골(涕泗毛骨): 체사모골. 눈물이 흘러 모골까지 적심.

ㅁ음을 도로혀믹 십여(十餘) 일(日) 후(後) 쾌츠(快差)ㅎ니 단장(丹
粧)644)을 일우고 정당(正堂)의 문안(問安)호싀 최 시(氏) 죤구(尊舅)
겨시믈 보믹 옥면(玉面)의 춤싴(慙色)645)이 가득ㅎ고 냥협(兩頰)이
취홍(取紅)ㅎ여 눗츨 드지 못ㅎ딕 승상(丞相)이 믓춤닉

• • •

113면

아른 톄 아니ㅎ고 흔연(欣然)이 쾌병(快病)ㅎ믈 일너 안싴(顔色)이
츈양(春陽) 굿고 죤당(尊堂)은 일즉 아지 못ㅎᄂ 빅라 깃거 굴오딕,

"아뷔(阿婦ㅣ) 슈십(數十) 일(日) 병셰(病勢) 침즁(沈重)646)ㅎ믈 념
녀(念慮)ㅎ더니 이졔 므스(無事)히 회두(回頭)647)ㅎ니 다힝(多幸)ㅎ
도다."

최 시(氏) 계슈(稽首) 샤례(謝禮)홀 쑨이러라.

싱(生)의 병쇼(病所)의 죽음(粥飮)648)을 쎡의 밋게 ㅎ여 년쇽(連續)
ㅎ니 샹셰(尙書ㅣ) 또흔 극진(極盡)이 붓드러 구호(救護)ㅎ여 일(一)
삭(朔) 후(後) 향차(向差)ㅎ딕 부뫼(父母ㅣ) 샤명(赦命)이 업사니 형
뎨(兄弟) 냥인(兩人)이 울울(鬱鬱)ㅎ고 공직(公子ㅣ) 최 시(氏)를 한
(恨)ㅎ여 굴오딕,

"부녜(婦女ㅣ) 투긔(妬忌) 너모 과도(過度)ㅎ여 지아비로써 죄인(罪
人)을 믹ᄃ니 그 므슴 부되(婦道ㅣ)리오?"

---

644) 단쟝(丹粧): 단장. 얼굴, 머리, 옷차림 따위를 곱게 꾸밈.
645) 춤싴(慙色): 참색. 부끄러운 빛.
646) 침즁(沈重): 침중. 병세가 심각하여 위중함.
647) 회두(回頭): 병이 호전됨.
648) 죽음(粥飮): 죽음. 맑은 죽.

샹셰(尙書]) 쇼왈(笑曰),

"미스(每事) 일을 아등(我等)이 그릇ᄒ고 어이 부인(夫人) 녀ᄌ(女
子)를 칙망(責望)ᄒ리오?"

공ᄌ(公子]) 부답(不答)이러라.

이ᄶ 위란 등(等)이 힝니(行李)649)를 ᄎ려 본향(本鄕)으로 갈ᄉᆡ 위
란이 울며 샹셔(尙書)긔 고왈(告曰),

"천쳡(賤妾)이 힝(幸)혀 노야(老爺)의 거두시믈 닙ᄉ와 빅(百) 년
(年)으로 바랏더니 이

⋯••

114면

의 만(萬) 니(里)의 ᄂᆞ치이니 운산(雲山)이 ᄀᆞ리오고 도뢰(道路]) 요
원(遙遠)홀지라 다시 안젼(案前)의 신임(信任)ᄒ오믈 어이 바라리잇
고? 다만 회650)ᄐᆡ(懷胎) 슈월(數月)이라 남녀(男女) 간(間) 타일(他日)
샹공(相公)을 ᄎᆞᄌᆞ리이다."

샹셰(尙書]) 위로(慰勞) 왈(曰),

"ᄂᆡ 일시(一時) 풍졍(風情)으로 너를 유졍(有情)ᄒᄆᆡ 잇더니 이제
엄교(嚴敎]) 여ᄎᆞ(如此)ᄒ시니 감(敢)히 머므지 못ᄒ나 타일(他日)
ᄎᆞᄌᄆᆡ 잇실 거시오. 복즁ᄋᆞ(腹中兒)ᄂᆞᆫ 나의 ᄌᆞ식(子息)이라 엇지 유
렴(留念)치 아니리오?"

위란이 울며 하직(下直)ᄒ고 교란이 ᄯᅩ 잉ᄐᆡ(孕胎) 긔운(氣運)이
이시믈 공ᄌ(公子)긔 고(告)ᄒ고 울며 비별(拜別)ᄒ니 공ᄌ(公子])
호언(好言)으로 위로(慰勞)ᄒ더라.

---

649) 힝니(行李): 행리. 길을 떠날 때 쓰는 물건과 차림. 행장(行裝).

650) 회: [교] 원문에는 '희'로 되어 있으나 문맥을 고려하여 이와 같이 수정함.

일일(一日)은 최 슉인(淑人)이 셔당(書堂)의 니르니 샹셔(尚書)는 듁침(竹枕)의 누어 다리를 두드리고 셩651)문으로 손을 쥬믈니고 공즈(公子)는 당건(唐巾)을 반탈(半脫)652)ᄒ고 즈리의 누어 구을며 샹셔(尚書)드려 왈(曰),

"이졔 위란 등(等)이 다 잉퇴(孕胎)ᄒ여시니 느죵을 엇지리잇고?"

샹셰(尚書ㅣ) 우어 왈(曰),

"그

115면

런 것 쥬쳐(做處)653)ᄒ기야 그리 어려우랴?"

ᄒ거늘 슉인(淑人)이 느아가 닐오ᄃᆡ,

"낭군(郎君) 등(等)이 부모(父母) 안젼(案前)의 득죄(得罪)ᄒ여 인뉴(人類)의 츙슈(充數)치 못ᄒ며 다시 거동(擧動)이 져러ᄐᆞᆺ 츄잡(醜雜)ᄒ뇨?"

샹셰(尚書ㅣ) 밧비 몸을 니러 마ᄌ 왈(曰),

"ᄎ신(此身)이 블쵸(不肖)ᄒ여 부모(父母) 안젼(案前)의 용납(容納)지 못ᄒ여 아모 ᄃᆡ도 우혈(寓穴)654)이 업셔 누엇더니 아ᄌ미 흉보기는 므ᄉ 일고?"

공ᄌᆡ(公子ㅣ) 노(怒)ᄒ여 글오ᄃᆡ,

"그ᄃᆡ 져러ᄐᆞᆺ 괴독(怪毒)ᄒᆫ 젹녀(賊女)655)를 늬게 즁ᄆᆡ(仲媒)ᄒ여

---

651) 셩: [교] 원문에는 '경'으로 되어 있으나 현재 이씨 집안에 아들은 '경문'이 아닌 '셩문'이므로 이와 같이 수정함.

652) 반탈(半脫): 반을 벗음.

653) 쥬쳐(做處): 주처. 처리함.

654) 우혈(寓穴): 몸을 둘 만한 곳.

닉 일시(一時) 풍정(風情)으로 챵녀(娼女)를 희롱(戲弄)ᄒ므로 인(因)
ᄒ여 ᄉ단(事端)을 크게 일외여 날노써 ᄉ십(四十) 쟝(杖) 즁칙(重責)
을 어더 쥬니 아ᄌ미를 당당(堂堂)이 셜치(雪恥)656)ᄒ리라.”

숙인(淑人)이 노왈(怒曰),

“당쵸(當初)의 닉 그ᄃᆡ다려 최 쇼져(小姐) 즁ᄆᆡ(仲媒)ᄒ얏노라 ᄒ
더냐? 비례(非禮)로 여어보고 날을 보치여 구혼(求婚)ᄒ여 두고 져
말이 어ᄃᆡ로셔 ᄂᆞᄂᆞ뇨? 최 쇼져(小姐) ᄀᆞ튼 슉녀(淑女)를 두고 쟝657)
화(墻花)658)를 유정(有情)ᄒ다가 쟝칙(杖責)을 닙고

•••

116면

닉 투시라 ᄒᆞᄂ냐?”

싱(生)이 익노(益怒) 왈(曰),

“나의 말이 입으로셔 ᄂᆞ지 어ᄃᆡ로 ᄂᆞ리오? 다만 최 시(氏)를 숙녜
(淑女ㅣ)라 ᄒ니 가(可)히 이답도다. 숙녜(淑女ㅣ) 그러ᄒ랴? 원닉(元
來) 최문샹 ᄯᆞᆯ이 그 엇지 의젓ᄒ리오?”

숙인(淑人)이 ᄃᆡ로(大怒) 왈(曰),

“그ᄃᆡ 가(可)히 무샹(無狀)ᄒ도다. 최 샹셔(尙書ㅣ) 쟉위(爵位) 팔
좌(八座)의 죤(尊)ᄒ미 잇고 년긔(年紀) 최다(最多)ᄒ거늘 그ᄃᆡ 감
(敢)히 일홈 블너 욕(辱)ᄒ리오? 쇼부(少傅) 샹공(相公) 닉 희롱(戲弄)
ᄒ실 젹 그러툿 ᄒ시니 그ᄃᆡ죠ᄎ 홀가 시브냐?”

---

655) 젹녀(賊女): 젹녀. 도적의 딸.
656) 셜치(雪恥): 셜치. 부끄러움을 씻음. 셜욕(雪辱).
657) 쟝: [교] 원문에는 ‘챵’으로 되어 있으나 오기로 보이므로 국도본(11:95)을 따름.
658) 쟝화(墻花): 쟝화. 담 밑의 꽃이라는 뜻으로, 창녀를 이르는 말. 노류쟝화(路柳墻花).

공주(公子ㅣ) 숀을 젓고 머리를 흔드러 왈(曰),

"시관(試官)이 눈이 업셔 급뎨(及第)를 쥬고 셩텬지(聖天子ㅣ) 관인(寬仁)ㅎ샤 져를 지녈(宰列)659)의 두어 겨신지라. 원닉(元來) 아즈미 그른 거슬 춍이(寵愛)ㅎ미 군지(君子ㅣ) 아니라."

슉인(淑人)이 딕로(大怒)ㅎ여 꾸즈져 왈(曰),

"그딕 져르틋 어른을 혜지 아니니 닉 당당(堂堂)이 승상(丞相)긔 고(告)ㅎ고 쏘 죄(罪)를 어더 쥬리라."

공지(公子ㅣ) 닝쇼(冷笑) 왈(曰),

"아즈미 날을 최 샹셔(尚書) 후거리둧 말을 억탁(臆度)660)ㅎ거니와 두리지

• • •

117면

아닌노라."

샹셰(尚書ㅣ) 니어 쇼왈(笑曰),

"젼일(前日)의 아즈미 딕모(大母)긔 하쥬(賀酒)661) 바다먹을 졔는 몽원을 감격(感激)ㅎ미 쳘골밍심(徹骨銘心)662)ㅎ더니 금쟈(今者)의 엇지 니러틋 ㅎ느뇨?"

슉인(淑人)이 졍싇(正色) 왈(曰),

"샹셔(尚書)는 도도지나 마르쇼셔."

샹셰(尚書ㅣ) 왈(曰),

---

659) 지녈(宰列): 재열. 재상의 반열(班列).

660) 억탁(臆度): 이치나 조건에 맞지 아니하게 생각함.

661) 하쥬(賀酒): 하주. 축하주.

662) 쳘골밍심(徹骨銘心): 철골명심. 뼈에 사무치고 마음에 새김.

"내 엇지 미거(未擧)663)혼 ᄋ희를 도도리오? 심난(心亂)ᄒ여 누엇
ᄂᄃᆡ 아ᄌᆞ미 어ᄃᆡ로셔 ᄂᆡᄃᆞ라 요란(擾亂)이 구ᄂᆞ뇨? 원(願)컨ᄃᆡ 타일
(他日)난 삼(三) 일(日)만 몽원과 실난(詰難)664)ᄒ고 금일(今日)난 그
치미 엇더ᄒ뇨?"

슉인(淑人)이 노왈(怒曰),

"므슴 ᄒ랴 후일(後日)을 기ᄃᆞ리리오? 금일(今日) 노야(老爺)긔 고
(告)ᄒ고 샹셔(尙書) 형뎨(兄弟)를 다 즁장(重杖)을 어더 쥬라."

샹셰(尙書ㅣ) 짐줏 대경(大驚)ᄒᄂᆞᆫ 톄ᄒ여 관(冠)을 벗고 ᄯ우러 비
러 왈(曰),

"최 샹셔(尙書) 부인(夫人)은 죄(罪)를 샤(赦)ᄒ고 셩덕(盛德)을 드
리오샤 야야(爺爺)긔 고(告)치 마ᄅᆞ쇼셔. 져즘ᄭᆡ 갓 칙(責) 닙고 ᄯ또
당(當)홀진ᄃᆡ 어이 슬니잇가? ᄌᆡᄉᆡᆼ지은(再生之恩)665)을 펴쇼셔."

인(因)ᄒ여 두 손을 비비여 빈ᄃᆡ 슉인(淑人)이 노(怒)ᄒ야

ᄉᆞ미를 썰쳐 드러가니 샹셔(尙書) 형뎨(兄弟) 대쇼(大笑)ᄒ더라.

이ᄯᅵ 됴 시(氏) 샹셔(尙書)의 ᄌᆞ최 끈쳐시니 크게 분히(憤駭)666)ᄒ
여 쟉난(作亂)코져 ᄒᄃᆡ 존당(尊堂)과 승샹(丞相) 부부(夫婦)의 엄즁
(嚴重)ᄒ미 타류(他類)와 다ᄅᆞ고 가법(家法)이 극엄(極嚴)ᄒ며 위의
(威儀) 톄톄(棣棣)667)ᄒ니 감(敢)히 의ᄉᆞ(意思)치 못ᄒ고 울울(鬱鬱)

---

663) 미거(未擧): 철이 없고 사리에 어두움.

664) 실난(詰難): 힐난. 트집을 잡아 거북할 만큼 따지고 듦.

665) ᄌᆡᄉᆡᆼ지은(再生之恩): 재생지은. 다시 살리는 은혜.

666) 분히(憤駭): 분해. 분하고 마음이 어지러움.

ᄒ여 죠각668)을 기다리더라.

이젹의 독부(督府) 마운이 졸(卒)ᄒᄆᆡ 죠졍(朝廷)이 ᄃᆡ쟝군(大將
軍) 쟝쳥으로 교ᄃᆡ(交代)ᄒ여 슈년(數年)이 되엿더니 졍통(正統) 삼
(三) 년(年)669) 하(夏) 오월(五月)의 변뵈(變報ㅣ)670) 눈 늘이ᄃᆞᆺ ᄒ여
쟝쳥이 삼십만(三十萬) ᄃᆡ군(大軍)을 거ᄂᆞ려 디경(地境)을 범(犯)코
져 ᄒ니 샹(上)이 대경(大驚)ᄒᄉᆞ 문무(文武) 졔신(諸臣)을 다 금난뎐
(金鑾殿)671)의 모호샤 계교(計巧)ᄅᆞᆯ 므ᄅᆞ시니 니(李) 승샹(丞相)이 쥬
왈(奏曰),

"이졔 쟝젹(-賊)이 슈만(數萬) 군(軍)을 거ᄂᆞ려 슈륙(水陸)으로 댱
구(長驅)672)ᄒ여 ᄂᆞ아오니 그 셰(勢) 인의(仁義)로 다ᄅᆡ지 못홀지라
뭇당이 지용(智勇)의 냥쟝(良將)을 ᄀᆞᆯ히여 칠 거시니이다."

샹(上) 왈(曰),

"이졔 짐(朕)이 유

⋯••

119면

츙(幼沖)ᄒᆫ 나히 ᄃᆡ위(大位)의 즉(卽)ᄒᆞ얀 지 오ᄅᆡ지 아냐셔 변방(邊
方)이 요란(擾亂)ᄒ니 엇지 큰 근심이 아니리오? 션ᄉᆡᆼ(先生)은 지식

---

667) 쳬쳬(棣棣): 체체. 셩대히 갖추어짐.

668) 죠각: 틈.

669) 졍통(正統) 삼(三) 년(年): 정통 3년. 1437년. 정통은 중국 명(明)나라 제 6대 황제
인 영종(英宗) 때의 연호(1435~1449). 영종의 이름은 주기진(朱祁鎭, 1427~
1464)으로, 후에 연호를 천순(天順, 1457~1464)으로 바꿈.

670) 변뵈(變報ㅣ): 변을 알리는 보고.

671) 금난뎐(金鑾殿): 금란전. 원래는 중국 당(唐)나라 때 문인 학사들이 임금의 조서를
기다리던 궁전의 이름이었는데, 이로부터 황궁의 정전(正殿)을 가리키는 말로 쓰임.

672) 댱구(長驅): 장구. 계속 몰아침. 승승장구(乘勝長驅).

(知識)이 고명(高明)ᄒ니 못당이 쟝슈(將帥)를 굴히여 보닉게 ᄒ라.”

승샹(丞相)이 도라 싱각건딕 됴뎡(朝廷)의 냥쟝(良將)과 모신(謀臣)이 업손지라 심즁(心中)의 탄(嘆)ᄒ믈 마지아냐 관(冠)을 숙이고 미쳐 딕답(對答)지 못ᄒ여셔 니부샹셔(吏部尚書) 졍 공(公)이 가연히 나와 츌반(出班) 쥬왈(奏曰),

“태ᄌ쇼부(太子少傅) 니연셩과 병부샹셔(兵部尚書) 니몽챵이 명문지ᄌ(名門之子ㅣ)673)오 츙의(忠義)와 용냑(勇略)674)이 잇고 영긔(英氣)675) 개셰(蓋世)676)ᄒ니 슉질(叔姪) ᄎ(此) 냥인(兩人)이 족(足)히 쟝쳥을 파(破)ᄒ리이다.”

샹(上)이 대열(大悅)ᄒ샤 도라 승샹(丞相)다려 문왈(問曰),

“연셩과 몽챵의 ᄌ죄(才操ㅣ) 능(能)히 쟝젹(-賊)을 졔어(制御)ᄒ랴?”

승샹(丞相)이 돈슈(頓首) 왈(曰),

“연셩은 인ᄌ(人材) 영오(穎悟)ᄒ니 혹쟈(或者) 승젼(勝戰)홀 법(法)이 잇ᄉ오나 몽챵인즉 황구치이(黃口稚兒ㅣ)677)니 국가(國家) 딕ᄉ(大事)를 그릇홀가 두리ᄂ이다.”

졍 샹셰(尚書ㅣ)

• • •

120면

다시 쥬왈(奏曰),

---

673) 명문지ᄌ(名門之子ㅣ): 명문지자. 이름난 집안의 자식.
674) 용냑(勇略): 용략. 용기와 지략.
675) 영긔(英氣): 영기. 영웅의 기상.
676) 개셰(蓋世): 개세. 위엄이나 기상이 세상을 뒤덮음.
677) 황구치이(黃口稚兒ㅣ): 황구치아. 부리가 누른 새 새끼처럼 어린 아이.

"니(李) 승상(丞相)의 말숨이 겸퇴(謙退)ᄒᆞ미여니와 몽챵의 인ᄌᆡ(人材) 출범(出凡)ᄒᆞ미 연셩의 우히니 셩념(聖念)을 과려(過慮)치 마ᄅᆞ시고 이 냥인(兩人)으로 보니시면 승젼(勝戰)ᄒᆞ미 여반쟝(如反掌)678)이리이다."

샹(上)이 죠ᄎᆞ샤 하죠(下詔)679)ᄒᆞ여 니연셩을680) 슈군도독(水軍都督)을 ᄒᆞ이시고 몽챵으로 뇩군도독(陸軍都督)을 ᄒᆞ이샤 명일(明日) 출샤(出師)681)케 ᄒᆞ시니 승샹(丞相)이 믈너 부즁(府中)의 니ᄅᆞ러 모든 ᄃᆡ 이 말을 고(告)ᄒᆞ미 일개(一家ㅣ) 대경(大驚)ᄒᆞ여 믈 ᄭᅳᆯ듯 ᄒᆞᄃᆡ 태ᄉᆞ(太師ㅣ) 이연(怡然)682)이 놀ᄂᆞ지 아냐 ᄀᆞᆯ오ᄃᆡ,

"신ᄌᆡ(臣子ㅣ) 국녹(國祿)을 허비(虛費)ᄒᆞ고 이런 ᄢᅵ의 갑지 아니리오?"

드듸여 쇼부(少傅)를 도ᄅᆞ보와 ᄀᆞᆯ오ᄃᆡ,

"네 나히 졈고 아는 거시 부죡(不足)ᄒᆞ니 능(能)히 흉젹(凶賊)을 쇼멸(掃滅)683)ᄒᆞᆯ가 시브냐?"

쇼뷔(少傅ㅣ) 하셕(下席)684) 비샤(拜謝) 왈(曰),

"ᄒᆡ이(孩兒ㅣ) 비록 흑식(學識)이 고루(固陋)685)ᄒᆞ오나 ᄯᅩᄒᆞᆫ 일편(一偏)되미 국은(國恩)을 져ᄇᆞ리고 몸을 샤쟝(沙場)686)의 ᄇᆞ리지 아니ᄒᆞ리이다."

---

678) 여반쟝(如反掌): 여반장. 손바닥을 뒤집듯 쉬움.

679) 하죠(下詔): 하조. 조서를 내림.

680) 을: [교] 원문에는 없으나 문맥을 고려하여 국도본(11:101)을 따라 삽입함.

681) 출샤(出師): 출사. 군대를 싸움터로 내보내는 일.

682) 이연(怡然): 편안한 모양.

683) 쇼멸(掃滅): 소멸. 싹 쓸어 없앰.

684) 하셕(下席): 하석. 자리 아래로 내려옴.

685) 고루(固陋): 낡은 관념이나 습관에 젖어 고집이 세고 새로운 것을 잘 받아들이지 아니함.

686) 샤쟝(沙場): 사장. 전쟁터.

승샹(丞相)이 칭션(稱善) 왈(曰),

"삼뎨(三弟) 쾌단(快斷)687)흔 말숨이 여츳(如此)ᄒ니 죡(足)히 근심치 아니려니와 다만 몽챵을 근심ᄒᄂ이다."

드듸여 샹셔(尙書)를 브르니 샹셰(尙書ㅣ) 닉쳐연 지 일(一) 월(月)만의 브르시ᄂ 명(命)이 니르니 깃브고 의혹(疑惑)ᄒ여 년망(連忙)이 좌하(座下)의 니르러 쳥죄(請罪)ᄒ니 승샹(丞相)이 ᄉᄆᆡ로셔 됴보(朝報)688)를 닉여 쥬니 샹셰(尙書ㅣ) ᄭᅮ러 밧ᄌᆞ와 보기를 ᄆᆞᆺ고 피셕(避席) 빅샤(拜謝) 왈(曰),

"신ᄌᆡ(臣子ㅣ) ᄉᆞ디(死地)라도 거역(拒逆)지 못ᄒ오려든 ᄒ믈며 군ᄉ(軍士)를 거ᄂ려 쟝슈(將帥) 되믈 근심ᄒ오며 더옥 슉뷔(叔父ㅣ) 흔가지로 가시니 의려(意慮)홀 빈 업도쇼이다."

승샹(丞相)이 그 샹쾌(爽快)흔 말을 듯고 심하(心下)의 깃거ᄒ되 ᄉᆞ식(辭色)지 아니ᄒ고 좌위(左右ㅣ) 칭복(稱福)ᄒ믈 마지아니ᄒ더라.

태부인(太夫人)이 노년(老年)의 냥손(兩孫)을 먼니 보닉믈 이연(哀然)ᄒ여 즉시(卽時) 돗글 베프고 쇼쟉(小酌)689)을 여러 쇼부(少傅) 등(等)을 젼숑(餞送)홀ᄉᆡ 부인(夫人)이 친(親)히 잔을 드러 쇼부(少傅)와 샹셔(尙書)를 권(勸)ᄒ

---

687) 쾌단(快斷): 시원스럽고 분명함.

688) 됴보(朝報): 조보. 조정의 결정 사항, 관리 임면 등을 실은, 조정에서 낸 문서.

689) 쇼쟉(小酌): 소작. 조촐하게 차린 술자리.

여 ᄀᆞᆯ오ᄃᆡ,

"노뫼(老母 |) 셔산(西山) 낙일(落日) ᄀᆞᆺᄐᆞᆫ 인ᄉᆡᆼ(人生)이 여등(汝等)의 위로(慰勞)ᄒᆞ믈 심닙더니 이제 위디(危地)ᄅᆞᆯ 향(向)ᄒᆞ니 노뫼(老母 |) 심간(心肝)이 버히ᄂᆞᆫ 듯ᄒᆞᆫ지라. 원(願)컨ᄃᆡ 너히ᄂᆞᆫ 슈히 흉젹(凶賊)을 ᄉᆞᆨ평(削平)690)ᄒᆞ고 도라와 인군(人君)의 기ᄃᆞ리미 잇게 말나."

쇼부(少傳)와 샹셰(尙書 |) 쌍슈(雙手)로 밧ᄌᆞ와 마시기를 ᄆᆞᆺ고 샤례(謝禮) 왈(曰),

"쇼손(小孫) 등(等)이 비록 지식(知識)이 우몽(愚蒙)ᄒᆞ여 손오(孫吳)691)의 ᄌᆡ죄(才操 |) 업ᄉᆞ오나 이런 챵궐(猖獗)692)ᄒᆞᄂᆞᆫ 도젹(盜賊)을 두릴 ᄇᆡ 아니오니 죠금도 과려(過慮)치 마ᄅᆞ쇼셔."

ᄐᆡ부인(太夫人)이 쳑연(戚然)ᄒᆞ여 즐기지 아니시니 ᄐᆡᄉᆞ(太師 |) 위로(慰勞) 왈(曰),

"연·챵 이(二) ᄋᆞ(兒 |) 비록 년쇼(年少)ᄒᆞ오나 ᄆᆞᆺᄎᆞᆷᄂᆡ 셩공(成功)ᄒᆞ오리니 태태(太太)ᄂᆞᆫ 믈우(勿憂)ᄒᆞ쇼셔."

승샹(丞相)이 니어 쥬왈(奏曰),

"신ᄌᆡ(臣子 |) 국녹(國祿)을 먹고 이런 위급지시(危急之時)의 군은

---

690) ᄉᆞᆨ평(削平): 삭평. 반란이나 소요를 누르고 평온하게 진정함. 평정(平定).

691) 손오(孫吳): 손오. 손무(孫武)와 오기(吳起). 손무는 중국 춘추시대의 병법가로, 오나라 왕 밑에서 초나라, 진나라를 위압하고 절도와 규율 있는 군사를 양성함. 저서로 병서 『손자(孫子)』가 있음. 오기는 중국 전국시대의 병법가로, 증자(曾子)에게 배우고 노(魯)나라, 위(魏)나라에서 벼슬한 뒤에 초(楚)나라에 가서 도왕(悼王)의 재상이 되어 법치적 개혁을 추진하였음. 저서에 병서 『오자(吳子)』가 있음.

692) 챵궐(猖獗): 창궐. 못된 세력이나 전염병 따위가 세차게 일어나 걷잡을 수 없이 퍼짐.

(君恩)을 아니 갑ᄉ오리잇가? 됴모(祖母)ᄂᆞ 관심(寬心)693)ᄒᆞ쇼셔."

부인(夫人) 왈(曰),

"닌들 모ᄅᆞ리오마ᄂᆞ 니별(離別)이 년년(戀戀)ᄒᆞ믈 춤지 못ᄒᆞ노라."

ᄒᆞ더라. 샹셰(尙書ㅣ) 믈너 셔당(書堂)의 오니

• •

123면

부미(駙馬ㅣ) 샹셔(尙書)의 손을 잡고 쳑연(戚然) 왈(曰),

"여러 형뎨(兄弟) 광금(曠襟)694)의 즐기므로써 금일(今日) 네 ᄉ디(死地)로 향(向)ᄒᆞ니 우형(愚兄)의 ᄆᆞ음을 어디 비(比)ᄒᆞ리오?"

샹셰(尙書ㅣ) 형쟝(兄丈)의 일양(一樣) 미온(未穩)ᄒᆞ여 샤(赦)치 아니믈 민망(憫惘)ᄒᆞ여 ᄒᆞ더니 ᄎᆞ언(此言)을 듯고 쳔만(千萬) 깃거 다만 샤례(謝禮) 왈(曰),

"쇼뎨(小弟) 임의 국은(國恩)을 닙언 지 셰ᄌᆡ(歲載)695) 오ᄅᆞ니 몸을 바아도 셩은(聖恩)을 다 갑습지 못ᄒᆞ올지라 젼쟝(戰場)의 죽은들 현마 엇지리잇가?"

부미(駙馬ㅣ) 홀연(忽然) 블길(不吉)히 너겨 위로(慰勞) 왈(曰),

"너의 ᄌᆡ죠(才操)로 쵸로(草露)696) ᄀᆞᆺᄐᆞᆫ 도젹(盜賊)을 사멸(死滅)ᄒᆞ미 반ᄃᆞᆺᄒᆞ니 엇지 근심ᄒᆞ리오? 모ᄅᆞ미 젼승(戰勝)ᄒᆞ여 슈히 도라오라."

언미필(言未畢)의 승샹(丞相)으로 샹셔(尙書)를 브ᄅᆞ시니 냥인(兩人)이 급(急)히 되셔헌(大書軒)의 니ᄅᆞ니 승샹(丞相)이 쵹(燭)을 붉히

---

693) 관심(寬心): 마음을 놓음.

694) 광금(曠襟): 흉금을 터 놓음.

695) 셰ᄌᆡ(歲載): 세재. 해.

696) 쵸로(草露): 초로. 풀의 이슬처럼 미미하고 곧 없어질 존재.

고 쇼부(少傅)와 샹셔(尙書)를 딕(對)ᄒ여 병법(兵法) 승픽(勝敗)를 니를식 쇼부(少傅)다려 슈젼(水戰)홀 긔묘지략(奇妙之略)697)을 가르 치고 샹셔(尙書)다려 뉵젼(陸戰)홀 모

칙(謀策)을 죵야(終夜)토록 니르기를 못ᄎ미 무평698)빅이 웃고 왈(曰),

"셕일(昔日) 제갈공명(諸葛孔明)699)이 닐오딕, '강풍(强風)의 슈젼 (水戰)은 쥬낭(周郎)700)이 잘ᄒ고 뉵젼(陸戰)은 노ᄌ경(魯子敬)701)이 잘ᄒ다.' ᄒ더니 금셰(今世)의 쥬(周) 공ᄌ(公子)와702) 노ᄌ경(魯子敬) 이 잇고 슈뉵젼(水陸戰) 승픽(勝敗)를 달통(達通)ᄒᄂ 형쟝(兄丈)이 겨시니 공명(孔明) 블워 아닐지라. 셩샹(聖上)이 벼개를 놉히시고 틱 평(太平)을 누리실쇼이다."

승샹(丞相)이 줌쇼(暫笑) 왈(曰),

"져믄 ᄋ히들이 엇지 노슉(魯肅)과703) 쥬유(周瑜)의 직죠(才操)를 당 (當)ᄒ며 우형(愚兄)이 엇지 제갈량(諸葛亮)의 직죠(才操)를 당(當)ᄒ리오?"

---

697) 긔묘지략(奇妙之略): 기묘지략. 기묘한 지략.

698) 평: [교] 원문에는 '령'으로 되어 있으나 앞의 예를 따라 이와 같이 수정함.

699) 제갈공명(諸葛孔明): 제갈공명. 중국 삼국시대 촉(蜀)나라 유비(劉備)의 책사 제갈 량(諸葛亮)을 이르는 말. 공명은 자(字). 별호는 와룡(臥龍) 또는 복룡(伏龍). 후한 말 유비를 도와 촉한을 건국하는 제업을 이룸.

700) 쥬낭(周郎): 주랑. 주유(周瑜). 중국 삼국시대 오(吳)나라의 인물. 자는 공근(公瑾). 문무(文武)에 능하였으며, 유비의 청으로 제갈공명과 함께 조조의 위나라 군사를 적벽(赤壁)에서 크게 무찔렀음.

701) 노ᄌ경(魯子敬): 노자경. 중국 삼국시대 오(吾)나라 손권(孫權)의 책사 노숙(魯肅)을 이르는 말. 자경은 자(字). 손권을 도와 조조의 군사를 적벽(赤壁)에서 크게 무찌름.

702) 와: [교] 원문에는 '과'로 되어 있으나 문장을 매끄럽게 하기 위해 국도본(11:106)을 따름.

703) 과: [교] 원문에는 '와'로 되어 있으나 문장을 매끄럽게 하기 위해 이와 같이 수정함.

인(因)ᄒ여 탄식(歎息) 왈(曰),

"ᄎ시(此時) 시이ᄉ변(時移事變)704)ᄒ고 환시(宦侍) 국권(國權)을 엿보니 ᄂᆡ 죽을 곳을 아지 못ᄒ노라."

쇼뷔(少傅ㅣ) 위로(慰勞) 왈(曰),

"젼두ᄉᆡ(前頭事ㅣ)705) 임의 텬명(天命)이니 홀일업고 형쟝(兄丈) 복(福)이 둑거오시니 뭇ᄎᆞᆷᄂᆡ 므ᄉ(無事)ᄒ리이다."

승샹(丞相)이 기리 탄왈(嘆曰),

"우형(愚兄)의 몸이 므ᄉ(無事)홀 쥴은 나도 알거니와 인군(人君)이 그 곳을706) 일흐신 후(後)

* * *

125면

내 ᄉ라시미 브졀업슬가 ᄒ노라."

무평707)빅 등(等)이 쟝탄(長歎) 뉴톄(流涕)러라.

평명(平明)의 쇼부(少傅)와 샹셰(尚書ㅣ) ᄂᆡ당(內堂)의 드러가 모단 ᄃᆡ 하직(下直)ᄒ니 틱ᄉᆡ(太師ㅣ) 됴민벌죄지도(弔民伐罪之道)708)로 경계(警戒)ᄒ고 가연이 니별(離別)ᄒ니 쇼부(少傅)와 샹셰(尚書ㅣ) 졀ᄒ기ᄅᆞᆯ 뭇고 뉴 부인(夫人)긔 하직(下直)ᄒ니 부인(夫人)이 ᄉ긔(辭氣) 엄졍(嚴正)ᄒ여 일호(一毫) 비ᄉᆡ(悲色)이 업ᄉ니 부부(夫婦) 냥인(兩人)의 통쳘(洞徹)709)ᄒ미 여ᄎᆞ(如此)ᄒ더라. 졍 부인(夫人)이

---

704) 시이ᄉ변(時移事變): 시이사변. 시대가 바뀌며 국가적 변란이 생김.
705) 젼두ᄉᆡ(前頭事ㅣ): 전두사. 앞일.
706) 곳을: [교] 원문에는 '쇼ᄉᆞᆯ'로 되어 있으나 의미를 명확히 하기 위해 국도본(11:107)을 따름.
707) 평: [교] 원문에는 '령'으로 되어 있으나 앞의 예를 따라 이와 같이 수정함.
708) 됴민벌죄지도(弔民伐罪之道): 조민벌죄지도. 백성을 위로하고 죄 지은 사람을 벌하는 도리.
709) 통쳘(洞徹): 통철. 깊이 살펴서 환하게 꿰뚫음.

쇼부(少傅)의 졀을 답례(答禮)ᄒ고 글오ᄃᆡ,

"슉슉(叔叔)은 모ᄅᆞ미 됴민벌죄(吊民伐罪)ᄒᄆᆞᆯ 싁싁이 ᄒ시고 므ᄉᆞ(無事)히 도라오시ᄆᆞᆯ ᄇ라ᄂᆞ이다."

쇼뷔(少傅ㅣ) 왈(曰),

"슈슈(嫂嫂)의 경계(警戒)ᄅᆞᆯ 폐간(肺肝)의 삭이리니 원(願)컨ᄃᆡ 죤당(尊堂)을 뫼와 평안(平安)ᄒ쇼셔."

샹셰(尙書ㅣ) 모친(母親)긔 하직(下直)ᄒ고 인(因)ᄒ여 ᄡᅡᆼ톄(雙涕)ᄅᆞᆯ 드리와 글오ᄃᆡ,

"ᄒᆡ이(孩兒ㅣ) 금일(今日) 젼진(戰陣)의 향(向)ᄒ니 ᄉᆞᄉᆡᆼ(死生)이 미급(未及)710) ᄉᆞ이라 다시 환향(還鄉)ᄒᄆᆞᆯ 밋지 못ᄒᆞᆸᄂᆞ니 원(願)컨ᄃᆡ 모친(母親)은 블쵸ᄋᆞ(不肖兒)ᄅᆞᆯ ᄉᆡᆼ각지 마ᄅᆞ시고

• • •

126면

만슈무강(萬壽無疆)ᄒ쇼셔."

부인(夫人)이 쳥파(聽罷)의 크게 블길(不吉)히 너겨 졍ᄉᆡᆨ(正色) 왈(曰),

"네 당당(堂堂)ᄒᆞᆫ 쟝부(丈夫)로 몸의 융복(戎服)을 닙고 이러틋 녹녹(錄錄)711)ᄒᆞᆫ 말을 ᄒ니 이 엇진 도리(道理)뇨?"

승샹(丞相)이 ᄯᅩ흔 칙(責)ᄒ니 샹셰(尙書ㅣ) 눈믈을 거두고 다시 졀ᄒᄆᆡ ᄎᆞ마 믈너셔지 못ᄒ니 승샹(丞相)이 비록 말을 아니나 심하(心下)의 의려(意慮)ᄒᄆᆡ 깁더라. 쇼부(少傅)의 쟝ᄌᆞ(長子) 몽셕과 ᄎᆞᄌᆞ(次子) 몽션과 댱녀(長女) 빙혜와 빙희 냥인(兩人)이 다 각각(各各)

---

710) ᄉᆞᄉᆡᆼ(死生)이 미급(未及): 사생이 미급. 죽고 사는 것이 미치지 않는다는 뜻으로, 사생을 알 수 없음을 이르는 말.

711) 녹녹(錄錄): 녹록. 평범하고 보잘것없음.

부친(父親) 오술 붓드러 하직(下直)ᄒ고 공쥬(公主), 댱 시(氏), 최 시 (氏), 무평712)빅 댱즈(長子) 몽경 쳐(妻) 허 시(氏) 등(等)이 다 각각 (各各) 비별(拜別)홀ᄉᆡ 쇼부(少傅ㅣ) 즈녀(子女)를 어른만져 흔연(欣 然)히 죠히 이시라 ᄒ고 샹셰(尚書ㅣ) 셩문 등(等) 냥ᄋᆞ(兩兒)를 안아 년년(戀戀)ᄒ다가 가연이 문(門)을 나 교댱(敎場)의 가 군ᄉᆞ(軍士)를 죠련(調練)ᄒ여 궐하(闕下)의 하직(下直)ᄒ니 샹(上)이 인견(引見)ᄒ 샤 위유(慰諭)713)ᄒᄆᆞᆯ 두터이 ᄒ시고 ᄯᅩ 골ᄋᆞ샤ᄃᆡ.

"금일(今日) 국가(國家) 대ᄉᆞ(大事)를 경(卿) 등(等)의

··

127면

게 못즈 보ᄂᆡᄂᆞ니 모ᄅᆞ미 죠심(操心)ᄒ여 텬됴(天朝) 예긔(銳氣)를 손(損)케 말나."

냥인(兩人)이 ᄉᆞ비(四拜) 샤은(謝恩)ᄒ고 빅모(白旄)714) 황월(黃鉞)715) 과 샹방검(尚方劍)716)이며 션참후계(先斬後啓)717) 젼지(傳旨)를 밧ᄌ 와 믈너 군듕(軍中)의 니ᄅᆞ러 ᄃᆡ오(隊伍)를 ᄎᆞ려 길ᄂᆞ니 만됴(滿朝ㅣ) 다 십(十) 니(里)의 ᄂᆞ와 비송(陪送)718)홀ᄉᆡ 승샹(丞相)이 부마(駙馬)

---

712) 평: [교] 원문에는 '령'으로 되어 있으나 앞의 예를 따라 이와 같이 수정함.

713) 위유(慰諭): 위로하고 달램.

714) 빅모(白旄): 백모. 털이 긴 쇠꼬리를 장대 끝에 매달아 놓은 기(旗).

715) 황월(黃鉞): 황금으로 장식한 도끼. 보통 천자가 정벌할 때 지님.

716) 샹방검(尚方劍): 상방검. 상방서(尚方署)에서 특별히 제작한, 황제가 쓰는 보검. 중 국 고대에 천자가 대신을 파견하여 중대한 안건을 처리하도록 할 때 늘 상방검을 하사함으로써 전권을 주었다는 표시를 하였고, 군법을 어긴 자가 있을 때 상방검 으로 먼저 목을 베고 후에 임금에게 아뢰도록 하였음.

717) 션참후계(先斬後啓): 선참후계. 군법을 어긴 자가 있을 때 먼저 목을 베고 후에 임 금에게 아룀.

718) 비송(陪送): 배송. 웃어른이나 지위가 높은 사람을 따라가서 전송함.

와 삼공조(三公子) 몽원과 무평719)빅 등(等)으로 각각(各各) 별시(別詩)를 지어 니별(離別)ᄒ고 다시음 냥인(兩人)을 경계(警戒)ᄒ니 냥인(兩人)이 비샤(拜謝) 슈명(受命)ᄒ고 손을 ᄂ화 남(南)으로 향(向)ᄒ니 검극(劍戟)720)이 삼렬(森列)721)ᄒ여 쳔(千) 리(里)의 비최고 긔치(旗幟)722) 일광(日光)을 ᄀ리오니 군듕(軍中)이 싁싁ᄒ고 듸외723)(隊伍ㅣ) 엄듕(嚴重)724)ᄒ여 임의 승젼(勝戰)ᄒᆯ 긔상(氣像)이 당당(堂堂)ᄒ듸 샹셔(尙書)와 쇼부(少傅)의 고은 얼골이 융복(戎服) 가온듸 더 아름다오니 만됴(滿朝) 바라보와 칭션(稱善) 흠복(欽服)ᄒᄆᆯ 마지아녀 승샹(丞相)긔 치하(致賀)ᄒᄂᆫ 빗치러라.

승샹(丞相)이 샹셔(尙書)와 쇼부(少傅)를 숑별(送別)ᄒ고 도라올ᄉᆡ 무평725)빅이 ᄆᆞ샹(馬上)의셔 눈믈을 흘

녀 왈(曰),

"이졔 ᄌᆞ경726)이 삼십(三十)이 못ᄒ고 빅달727)이 이십(二十)이 겨유 지낫거ᄂᆞᆯ 험디(險地)를 향(向)ᄒ니 엇지 긔필(期必)728)ᄒ리오?"

---

719) 평: [교] 원문에는 '령'으로 되어 있으나 앞의 예를 따라 이와 같이 수정함.
720) 검극(劍戟): 칼과 창.
721) 삼렬(森列): 촘촘하게 늘어서 있음.
722) 긔치(旗幟): 기치. 예전에 군대에서 쓰던 깃발.
723) 외: [교] 원문에는 '위'로 되어 있으나 오기로 보이므로 국도본(11:111)을 따름.
724) 엄듕(嚴重): 엄중. 엄숙하고 진중함.
725) 평: [교] 원문에는 '령'으로 되어 있으나 앞의 예를 따라 이와 같이 수정함.
726) ᄌᆞ경: 자경. 이연성의 자(字).
727) 빅달: 백달. 이몽창의 자(字).
728) 긔필(期必): 기필. 꼭 이루어지기를 기약함.

승상(丞相)이 함누(含淚) 쳐연(悽然) 왈(曰),

"동긔(同氣) 졍(情)이 버히는 둣ㅎ나 임의 몸을 국가(國家)의 허(許)ㅎ여시니 현마 엇지ㅎ리오?"

드딕여 집의 도라오니 태ᄉ(太師) 부뷔(夫婦 l) 죠금도 슬허ㅎ미 업고 승상(丞相)도 됴흔 ㅊ로 죤당(尊堂) 부모(父母)를 위로(慰勞)ㅎ딕 믐의 샹셔(尙書)의 림힝(臨行)ㅎ여 ㅎ던 거동(擧動)을 싱각ㅎ니 불길(不吉)히 너기믈 ᄭᅵᆺ둣지 못ㅎ여 일념(一念)의 노힌 ᄯᅢ 업ᄉ나 구트여 식(辭色)지 아니ㅎ고 혜아 부인(夫人)729)을 위로(慰勞)ㅎ믈 지극(至極)히 ㅎ고 몽셕 등(等)과 셩문 등(等)을 자가(自家) 셔헌(書軒)의 두고 보호(保護)ㅎ믈 못 미출 둣ㅎ니 졔이(諸兒 l) 부친(父親) 셔ᄂᆞ믈 잇고 평안(平安)이 머므나 ᄎᆞ회(嗟乎)730)라! ᄎᆞ힝(此行)의 샹셰(尙書 l) 낙슈지익(落水之厄)731)을 만ᄂᆞ니 아지 못게라. 필경(畢竟)이 하여(何如)오. 하회(下回)를 분히(分解)732)ㅎ라.

ᄎᆞ셜(且說). 쇼 쇼졔(小姐 l) 급ᄉ(給事)의 집의

● ● ●

129면

잇션 지 슈월(數月)이라. 급ᄉ(給事)의 후딕(厚待) 가지록 두텁고 일신(一身)이 평안(平安)ㅎ나 강보(襁褓) 유ᄌ(乳子)를 ᄉᆞ념(思念)ㅎ고 죤당(尊堂) 부모(父母)의 샹회(傷懷)ㅎ시믈 싱각ㅎ니 간쟝(肝腸)이

---

729) 혜아 부인(夫人): 이연셩의 아내 졍혜아를 이름.

730) ᄎᆞ회(嗟乎): 차호. '아 슬프다.'의 뜻으로 쓰는 말.

731) 낙슈지익(落水之厄): 낙수지액. 물에 빠지는 불행.

732) 분히(分解): 분해. 나누어 봄.

날노 바아지는 듯ᄒ야733) 침좌(寢坐)734)의 탄식(歎息) 쵸챵(悄悵)ᄒ
믈 이긔지 못ᄒ니 홍ᄋ 등(等)이 죠흔 말노 위로(慰勞)ᄒ더라.

오 급시(給事ㅣ) 일즉 샹실(喪室)ᄒ고 쳡(妾)을 어더 스더니 또 죽
고 본현(本縣) 기싱(妓生) ᄒᄂ흘 어더 가스(家事)를 맛지니 기녜(其
女ㅣ) 얼골이 아름답735)고 가무(歌舞)를 잘ᄒ니 일홈은 퇴진이라. 급
스(給事)의 즁디(重待)736)를 바다 다른 쯧이 업스나 본(本)딕 기싱
(妓生)이라 외당(外堂)을 규시(窺視)737)ᄒ여 쇼 쇼져(小姐)의 옥안화
틱(玉顔華態)738)를 보니 제 엇지 싱닉(生來)의 져런 미남ᄌ(美男子)
를 귀경ᄒ여시리오. 크게 흠모(欽慕)ᄒ여 ᄎ후(此後) 의식(衣食)을
풍비(豊備)739)히 ᄒ고 시시(時時)로 그 화풍(華風)740)을 바라보와 스
모(思慕)ᄒᄂ 므음을 능(能)히 억741)제(抑制)치 못ᄒ여 일일(一日)은
월야(月夜)를 타 외당(外堂)의 니르니 쇼제(小姐ㅣ) 쵹하(燭下)의 비
겨 쳔단(千端) 심회(心懷)

* * *

130면

방촌(方寸)742)을 어ᄌ러이니 봉미(鳳眉)를 씽긔여 만시(萬事ㅣ) 부운

---

733) ᄒ야: [교] 원문에는 없으나 문맥을 매끄럽게 하기 위해 국도본(11:113)을 따름.
734) 침좌(寢坐): 침상(寢牀). 곧 와탑(臥榻).
735) 답: [교] 원문에는 '듬'으로 되어 있으나 오기로 보이므로 국도본(11:113)을 따름.
736) 즁디(重待): 중대. 소중히 대우함.
737) 규시(窺視): 엿봄.
738) 옥안화틱(玉顔華態): 옥안화태. 옥같이 아름다운 얼굴과 화려한 자태.
739) 풍비(豊備): 넉넉하게 갖춤.
740) 화풍(華風): 화려한 풍채.
741) 억: [교] 원문에는 '걱'으로 되어 있으나 오기로 보이므로 국도본(11:114)을 따름.
742) 방촌(方寸): 방촌. 사람의 마음은 가슴속의 한 치 사방의 넓이에 깃들어 있다는 뜻

(浮雲) ᄀᆞᆺᄐᆡ여 ᄒᆞ더니 홀연(忽然) 일(一) 개(個) 미인(美兒 ㅣ) 예예(裔裔)743)히 거러 ᄂᆞ아와 례(禮)ᄒᆞ니 쇼졔(小姐 ㅣ) 경아(驚訝)744)ᄒᆞ여 늘호여 몸을 일워 ᄀᆞᆯ오ᄃᆡ,

"혹ᄉᆡᆼ(學生)은 지ᄂᆞ가ᄂᆞᆫ 사ᄅᆞᆷ이러니 마춤 쥬인(主人) 노야(老爺)의 산고ᄒᆡ활지은(山高海闊之恩)745)을 닙어 슈월(數月)을 엄뉴(淹留)746)ᄒᆞ니 은혜(恩惠) 태산(泰山) ᄀᆞᆺ거늘 미인(美人)은 하인(何人)이완ᄃᆡ 심야(深夜)의 니ᄅᆞ러ᄂᆞ뇨?"

틱진이 옷기슬 엄의고 왈(曰),

"쇼쳡(小妾)은 이 집 시녜(侍女 ㅣ)라. 나히 표ᄆᆡ(摽梅)747)의 ᄂᆞ져시ᄃᆡ 일죽 사ᄅᆞᆷ을 돕지 아냐더니 샹공(相公) 풍ᄎᆡ(風采)ᄅᆞᆯ 보니 쇼쳡(小妾)의 평ᄉᆡᆼ(平生) 원(願)ᄒᆞ던 비라. 원(願)컨ᄃᆡ 용납(容納)ᄒᆞ쇼셔."

쇼졔(小姐 ㅣ) 무망즁(無妄中)748)의 ᄎᆞ언(此言)을 듯고 놀납고 우이 너겨 왈(曰),

"나ᄂᆞᆫ 본(本)ᄃᆡ 샹문(相門) 남ᄌᆞ(男子)로 졍실(正室)이 잇고 ᄆᆞᆺ춤 운익(運厄)이 긔구(崎嶇)ᄒᆞ여 풍진(風塵) ᄉᆞ이의 뉴락(流落)ᄒᆞ나 오ᄅᆡ지 아냐셔 고퇴(故宅)749)의 도라갈 거시니 도즁(途中)의셔 미ᄉᆡᆨ750)(美色)을 ᄀᆞᆺ가이ᄒᆞ며 ᄒᆞ믈며 쥬인(主人) 샹공(相公) 은혜(恩惠) 틱산(泰山) 하

___

으로, 마음을 달리 이르는 말.

743) 예예(裔裔): 걷는 모양. 걸음걸이가 가볍고 어여쁨.

744) 경아(驚訝): 놀라고 의아함.

745) 산고ᄒᆡ활지은(山高海闊之恩): 산고해활지은. 산처럼 높고 바다처럼 넓은 은혜.

746) 엄뉴(淹留): 엄류. 오래 머무름.

747) 표ᄆᆡ(摽梅): 표매. 잘 익어서 떨어진 매실이라는 뜻으로, 혼기가 지난 여자를 이르는 말.『시경(詩經)』, <표유매(摽有梅)>.

748) 무망즁(無妄中): 무망중. 별 생각이 없이 있는 상태.

749) 고퇴(故宅): 고택. 옛날에 살던 집.

750) 미ᄉᆡᆨ: [교] 원문에는 '쥬각'으로 되어 있으나 문맥을 고려하여 국도본(11:115)을 따름.

히(河海) 깃거늘 그 시녀(侍女)를 깃가이ᄒ여 빈은(背恩)ᄒ리오? 미인(美人)은 날 깃튼 용졸지인(庸拙之人)751)을 지니 보고 죠히 아룸다온 미랑(美郞)을 어더 히노(偕老)홀지어다."

퇴진이 쇼져(小姐)의 거절(拒絶)ᄒ믈 보고 크게 실망(失望)ᄒ여 왈(曰),

"쳡(妾)이 감(敢)히 혼야(昏夜)의 벽(壁)을 ᄲ리고 담을 너므미 아니라 스스로 군ᄌ(君子) ᄉ모(思慕)ᄒᄂ 쯧으로 당돌(唐突)이 ᄂ왓더니 샹공(相公)이 이러툿 믹몰ᄒ시니 쳡(妾)이 붓그러오미 ᄎ 둘 ᄯᆞ히 업ᄉ나 쳡(妾)이 비록 쳔인(賤人)이나 군ᄌ(君子)긔 ᄒ 번(番) 쯧을 알외고 ᄯᅩ 다른 쯧이 이시리오? ᄎ후(此後) 심규(深閨)의 샹공(相公)을 직히고 이시리이다."

쇼졔(小姐ㅣ) 져의 말이 져러툿 ᄒ니 가만이 싱각ᄒᄃᆡ,

'ᄎ인(此人)의 닉ᄌᆡ(內在) 엇던고 슬펴 타일(他日) 니(李) 군(君)의 금ᄎ(金釵)752)를 빗닉미 죠타.'

ᄒ고 잠간(暫間) 츄파(秋波)를 드러 퇴진을 보믹 이 본(本)디 거울 안광(眼光)이라 타류(他類)와 다르니 엇지 사룸의 심듕(心中)을 ᄉ믓지 못ᄒ리오. 졔 니르기를 사룸을 좃지 아

---

751) 용졸지인(庸拙之人): 용렬한 사람.
752) 금ᄎ(金釵): 금차. 금비녀라는 뜻으로, 첩을 이르는 말.

낫노라 흐나 안광(眼光)의 댱낭(張郞) 니랑(李郞) 길드리던 형샹(形
象)753)이 가득ㅎ고 냥미간(兩眉間)의 살긔등등(殺氣騰騰)754)ㅎ니 쇼
제(小姐ㅣ) 크게 통히(痛駭)ㅎ여 츄파(秋波)를 ᄂ초고 졍식(正色) 묵
도(默睹)755)ㅎ니 팀진이 졍(情)을 억졔(抑制)치 못ㅎ여 좌(座)를 굿가
이ㅎ여 말로써 ᄯᆺ을 도도거늘 쇼졔(小姐ㅣ) 통히(痛駭)ㅎ믈 이긔지
못ㅎ여 졀칙(切責) 왈(曰),

"네 계집의 몸으로써 거즛 군ᄌᆞ(君子)를 ᄉᆞ모(思慕)ㅎ노라 ㅎ며 거지
(擧止) 이러틋 음난(淫亂)ㅎ니 엇지 군ᄌᆞ(君子)의 졍시(正視)홀 비리오?
늬 ᄯᆺ이 임의 낙낙(落落)756)ㅎ여 너의 셰어(說語)757)를 드를 비 아니라."

ㅎ고 다시 동(動)치 아니니 팀진이 크게 무류(無聊)ㅎ고 심하(心
下)의 디로(大怒)ㅎ여 드러가 졀치(切齒) 왈(曰),

"지ᄂ가ᄂ 츅싱(畜生)으로 이러틋 ㅎ기를 잘ㅎ랴? 당당(堂堂)이 ᄯᆺ
ᄎ 닉치리라."

계교(計巧)를 싱각ㅎ여 일일(一日)은 급ᄉ(給事)다려 왈(曰),

"쇼 슈ᄌᆡ(秀才) 용(庸)758)치 못흔 사롬이라. 거일(去日)의 홀연(忽
然) 이곳의 드러와 쳡(妾)을 희롱(戲弄)ㅎ니 이ᄂ 쥬인(主人)의

---

753) 댱낭(張郞)~형샹(形象): 장씨 남자와 이씨 남자를 길들이는 모습. 장씨와 이씨는 중국
　　에서 많은 인구를 가진 성씨인바, 장씨 남자와 이씨 남자를 길들인다는 것은 많은 남
　　자를 만남을 의미함. 기생의 모습을 형상화할 때 이 표현이 쓰이기도 하는데 예를 들
　　어 『전등신화(剪燈新話)』의 <애경전(愛卿傳)>에도 장랑, 이랑 운운하는 표현이 보임.
754) 살긔등등(殺氣騰騰): 살기등등. 살기가 표정이나 행동 따위에 잔뜩 나타나 있음.
755) 묵도(默睹): 묵묵히 봄.
756) 낙낙(落落): 낙락. 어떤 일을 할 마음이 없어짐.
757) 셰어(說語): 세어. 달래는 말.
758) 용(庸): 성질이 순함.

133면

은혜(恩惠)를 닛고 첩(妾)을 도적(盜賊)고져 ᄒ미라. 힝실(行實)이 므
샹(無狀)759)ᄒ니 가(可)히 이 집의 두지 못홀지라."

급시(給事ㅣ) 왈(曰),

"쇼 슈지(秀才) 졍인군지(正人君子ㅣ)760)니 결연(決然)이 규벽(窺
壁)761)홀 인믈(人物)이 아니라."

틱진이 노왈(怒曰),

"쇼 슈지(秀才) 얼골이 미여관옥(美如冠玉)762)이오, 말숨이 풍화(豊
華)763)ᄒ니 엇지 화졉(花蝶)이 곳 ᄯ릭는 지풍(才風)764)이 업스리오?
샹공(相公)이 밋지 아니시고 쇼 슈지(秀才) 첩(妾)을 욕(辱)ᄒ믄 층가
(層加)765)ᄒ리니 첩(妾)이 결연(決然)이 이곳의 잇지 못ᄒ도쇼이다."

급시(給事ㅣ) 다만 위로(慰勞)ᄒ고 젼혀(全-) 쇼싱(-生)을 의심(疑
心)치 아니터라.

---

759) 므샹(無狀): 무상. 사리에 밝지 못함.
760) 졍인군지(正人君子ㅣ): 정인군자. 마음씨가 올바르며 학식과 덕행이 높고 어진 사람.
761) 규벽(窺壁): 벽을 엿본다는 뜻으로, 여자를 몰래 만남을 이르는 말.
762) 미여관옥(美如冠玉): 아름답기가 관옥(冠玉)과 같음. 관옥은 관(冠)의 앞을 꾸미는
    옥으로, 남자의 아름다운 얼굴을 비유적으로 이르는 말.
763) 풍화(豊華): 풍성하고 화려함.
764) 지풍(才風): 재풍. 재주와 풍채.
765) 층가(層加): 한층 더해짐.

역자 해제

1. 머리말

<쌍천기봉>은 18세기에 창작된 것으로 추정되는 작가 미상의 국문 대하소설로, 중국 명나라 초기를 배경으로 남경, 개봉, 소흥, 북경 등 다양한 공간에서 벌어지는 사건을 그려낸 작품이다. '쌍천기봉(雙釧奇逢)'은 '두 팔찌의 기이한 만남'이라는 뜻으로, 호방형 남주인공 이몽창과 여주인공 소월혜가 팔찌로 인연을 맺는다는 작품 속 서사를 제목으로 정한 것이다. 이현, 이관성, 이몽현 및 이몽창 등 이씨 집안의 3대에 걸친 이야기로, 역사적 사건을 작품의 앞과 뒤에 배치하고, 중간에 이들 인물들의 혼인담 및 부부 갈등, 부자 갈등, 처첩 갈등 등 한 가문에서 벌어질 수 있는 다양한 갈등을 소재로 서사를 구성하였다. 유교 이념인 충과 효가 전면에 부각되고 사대부 위주의 신분의식이 드러나 있으면서도, 이러한 이데올로기에 저항하는 인물들이 등장함으로써 작품에는 봉건과 반봉건의 팽팽한 길항 관계가 형성될 수 있었다.

2. 창작 시기 및 작가

<쌍천기봉>의 창작 연도는 정확히 알 수 없고, 다만 18세기에 창작되었을 것으로 추정할 뿐이다. 온양 정씨가 필사한 규장각 소장

<옥원재합기연>은 정조 10년(1786)에서 정조 14년(1790) 사이에 단계적으로 필사되었는데, 이 <옥원재합기연> 권14의 표지 안쪽에는 온양 정씨와 그 시가인 전주 이씨 집안에서 읽었을 것으로 보이는 소설의 목록이 적혀 있다. 그중에 <쌍천기봉>의 후편인 <이씨세대록>의 제명이 보인다.[1] 이 기록을 토대로 보면 <쌍천기봉>은 적어도 1786년 이전에 창작된 것으로 짐작할 수 있다.

또, 대하소설 가운데 초기본인 <소현성록> 연작(15권 15책, 이화여대 소장본)이 17세기 말 이전에 창작된바,[2] 그보다 분량과 등장인물의 수가 훨씬 많은 <쌍천기봉>은 <소현성록> 연작보다 후대의 작품일 가능성이 높다.

<쌍천기봉>의 작가를 확정할 만한 자료는 아직 발견되지 않았다. 작품 말미에 이씨 집안의 기록을 담당한 유문한이 <이부일기>를 지었고 그 6대손 유형이 기이한 사적만 빼어 <쌍천기봉>을 지었다고 나와 있으나 이는 이 작품이 허구가 아니라 사실임을 부각하기 위한 가탁(假託)일 가능성이 크다.

<쌍천기봉>의 작가는 확인할 수 없으나 작품의 수준과 서술시각을 고려하면 경서와 역사서, 소설을 두루 섭렵한 지식인이며, 신분의식이 강한 인물로 추정할 수 있다. <쌍천기봉>은 비록 국문으로 되어 있으나 문장이 조사나 어미를 제외하면 대개 한자어로 구성되어 있고, 전고(典故)의 인용이 빈번하다. 비록 대하소설 <완월회맹연>(180권 180책)에는 미치지 못하지만, 다른 유형의 고전소설에 비

---

1) 심경호, 「樂善齋本 小說의 先行本에 관한 一考察 - 온양정씨 필사본 <옥원재합기연>과 낙선재본 <옥원중회연>의 관계를 중심으로-」, 『정신문화연구』 38, 한국정신문화연구원, 1990.

2) 박영희, 「소현성록 연작 연구」, 이화여대 박사논문, 1994 참조.

하면 작가의 지식 수준이 매우 높은 편이다. <쌍천기봉>에는 또한 집안 내에서 처와 첩의 위계가 강조되고, 주인과 종의 차이가 부각 되어 있으며, 사대부 집안이 환관 집안과 혼인할 수 없다는 인식도 드러나 있다. 이처럼 <쌍천기봉>의 작가는 학문적 소양을 갖추고 강한 신분의식을 지닌 사대부가의 일원으로 추정된다.

3. 이본 현황

<쌍천기봉>의 이본은 현재 국내에 2종, 해외에 3종이 있는 것으로 확인된다.[3] 국내에는 한국학중앙연구원(이하 한중연본)과 국립중앙도서관(이하 국도본)에 1종씩 소장되어 있고, 해외에는 러시아, 북한, 중국에 각각 소장되어 있는 것으로 알려져 있다.

한중연본은 예전 낙선재(樂善齋)에 소장되어 있던 국문 필사본으로 18권 18책, 매권 140면 내외, 총 2,406면이고 궁체로 되어 있다. 국도본은 국문 필사본으로 19권 19책, 매권 120면 내외, 총 2,347면이며 대개 궁체로 되어 있으나 군데군데 거친 여항체가 보인다. 두 이본을 비교한 결과 어느 본이 선본(善本) 혹은 선본(先本)이라고 말할 수는 없을 것 같다.[4] 축약이나 생략, 변개가 특정한 이본에서만 이루어져 있지 않기 때문이다.

러시아의 경우 상트페테르부르크레닌그라드 아시아민족연구소 아세톤(Aseton) 문고에 22권 22책의 필사본 1종이 소장되어 있고,[5] 북

---

3) 이하 이본 관련 논의는 장시광, 「쌍천기봉 연작 연구」, 서울대 석사논문, 1996, 6～21면을 참조하였다.

4) 기존 연구에서는 국도본을 선본(善本)이라 하였으나(위의 논문, 21면) 더욱 면밀한 검토가 필요하다.

5) О.П.Петрова, Описание Письменых Памятников Корейской Культуры, Москва: Издальство Академий Наук СССР, Выпуск1:1956, Выпуск2:1963.

한의 경우 일찍이 <쌍천기봉>을 두 권의 번역본으로 출간하며 22권의 판각본으로 소개한 바 있다.[6] 권1을 비교한 결과 아세톤 문고본과 북한본은 거의 동일한 본으로 보인다. 다만 북한에서 판각본이라 소개한 것은 필사본의 오기로 보인다. 한편, 중국에서 윤색한 <쌍천기봉>은 현재 미국 하버드대학교의 하버드-옌칭 연구소에서 확인할 수 있다고 한다.

필자가 직접 확인하지 못한 중국본을 제외한 4종의 이본을 검토해 보면, 국도본과 러시아본(북한본)은 친연성이 있는 반면, 한중연본은 다른 이본과의 친연성이 떨어진다.

4. 서사의 구성

<쌍천기봉>의 주인공은 두 팔찌를 인연으로 맺어지는 이몽창과 소월혜다. 특히 이몽창이 핵심인데, 작가는 그의 이야기를 작품의 한가운데에 절묘하게 배치해 놓았다. 전체 18권 중, 권7 중반부터 권14 초반까지가 이몽창 위주의 서사이다. 이몽창이 그 아내들인 상씨, 소월혜, 조제염과 혼인하고 갈등하는 이야기가 중심을 이루고 있다. 이몽창 서사의 앞에는 그의 형 이몽현이 효성 공주와 늑혼하고 정혼자였던 장옥경을 재실로 들이는 내용이 전개되고, 이몽창 서사의 뒤에는 이몽창의 여동생인 이빙성이 요익과 혼인하는 이야기가 이어진다.

작가는 이처럼 허구적 인물들의 서사를 작품의 전면에 내세우는 한편, 역사적 사건담으로 이들 서사를 둘러싸는 구성 방식을 취하고 있다. 즉, 작품의 전반부에는 명나라 초기 연왕(燕王)의 정난(靖難)

---

6) 오희복 윤색, <쌍천기봉>(상)(하), 민족출판사, 1983.

의 변을, 후반부에는 영종(英宗)이 에센에게 붙잡히는 토목(土木)의 변을 배치하였다. 그리고 이들 역사적 사건을 허구적 인물의 성격 내지 행위와 연관지음으로써 이들 사건이 서사에 자연스럽게 녹아 들도록 하였다. 즉, 정난의 변은 이몽창의 조부 이현이 지닌 의리와 그 어머니 진 부인에 대한 효성을 보이는 수단으로 활용되었고, 토목의 변은 이몽창의 아버지인 이관성의 신명함과 충성심을 보이는 수단으로 제시되어 있다.

물론 작품의 말미에는 이한성의 죽음, 그리고 그 자식인 이몽한의 일탈과 회과가 등장하며 열린 결말을 보여주고 있지만, 전체적으로 보았을 때 역사적 사건이 허구적 사건을 감싸는 형식은 <쌍천기봉>이 지니는 구성상의 특징이라 할 수 있다.

5. 유교 이념과 신분의식의 표출

<쌍천기봉>에는 유교 이념인 충과 효가 강하게 드러나 있고, 아울러 사대부 위주의 신분의식 또한 두드러지게 나타나 있다. 이러한 면에서 <쌍천기봉>은 상하층이 두루 향유할 수 있는 작품이라기보다는 상층민이자 기득권층을 위한 작품임을 알 수 있다.

충과 효는 조선시대를 지탱하는 국가 이념으로, 이 둘은 원래 임금과 신하, 부모와 자식 사이에 상호적인 의리를 기반으로 배태된 이념이었으나, 점차 지배와 종속 관계로 변질된다. 두 가지는 또 유비적 속성을 지녔다. 곧 집안에서 부모에 대한 자식의 효도는 국가에서 임금에 대한 신하의 충성과 직결되도록 구조화한 것이다.

<쌍천기봉>에는 충과 효가 이데올로기화한 모습이 적나라하게 나타나 있다. 예컨대, 늑혼(勒婚) 삽화는 이데올로기화한 충의 대표적

사례이다. 이몽현은 장옥경과 이미 정혼한 상태였으나 태후가 위력으로 이몽현을 효성 공주와 혼인시키려 한다. 이 여파로 장옥경은 수절을 결심하고 이몽현의 아버지 이관성은 늑혼을 거절하다가 투옥된다. 끝내 태후의 위력으로 이몽현은 효성 공주와 혼인하고 장옥경은 출거된다. 태후로 대표되는 황실이 개인의 혼인을 지배하고 있다. 그리고 그 지배 논리를 충(忠)에서 찾고 있다.

효가 인물 행위의 동기와 방향을 결정하는 경우도 나타난다. 부모가 특정한 사안에 대해 자식의 선택권을 저지하고 자신의 뜻을 관철시키려 한다면 그것은 인지상정의 관계를 권력 관계로 변질시켜 버린 것이다. 예를 들어 이현이 자기의 절개를 굽히는 것은 모두 어머니 진 부인에 대한 효성 때문이다. 이현이 처음에 정난의 변을 일으키려 하는 연왕을 돕지 않겠다고 하였으나 결국 어머니 때문에 연왕을 돕니다. 또 연왕이 황위를 찬탈해 성조가 되었을 때 이현은 한사코 벼슬하기를 거부하지만 자기의 뜻을 굽히고 벼슬하게 되는 것도 어머니 진 부인이 설득했기 때문이다. 이외에도 자식은 부모의 뜻에 무조건 순종해야 한다는 논리는 작품 전편에 두드러진다.

<쌍천기봉>은 또 사대부 위주의 신분의식을 드러내고 있다. 이를 선민의식이라 해도 무방하다. 예를 들면, 이몽창이 어렸을 때 집안의 시동 소연을 활로 쏘아 눈을 맞히자 삼촌인 이한성과 이연성이 웃는 장면이라든가, 이연성이 그의 아내 정혜아가 괴팍하게 군다며 마구 때리자 정혜아의 할아버지가 이연성을 옹호하며 웃으니 좌중이 함께 웃는 장면 등은 신분이 낮은 사람, 여자 등의 약자에 대한 인식과 배려가 부족함을 보여주는 대목으로, 신분 차에 따른 뚜렷한 위계를 사대부 남성 위주의 시각에서 형상화한 것이다.

이외에 이현이 자신의 첩인 주 씨가 어머니의 헌수 자리에 나와

앉아 있는 것을 보고 나중에 꾸짖는 장면도 처와 첩의 분별을 분명하게 드러내는 부분이다. 또 이씨 집안에서 이몽창이 소월혜와 불고이취(不告而娶: 아버지의 허락을 받지 않고 혼인한 것)한 것을 알았는데 소월혜의 숙부가 환관 노 태감이라는 오해를 하고 혼인을 좋지 않게 생각하는 장면 또한 그러하다. 후에 이씨 집안에서는 노 태감이 소월혜의 숙부가 아니라 소월혜 조모의 얼제라는 사실을 알고 안도한다. 첩이나 환관에 대한 신분적 차별 의식을 엿볼 수 있다.

6. 발랄한 인물과 주체적 인물

<쌍천기봉>에 만일 유교 이념과 신분의식만 강하게 노정되어 있다면 이 작품은 독자들에게 이념 교과서 이상의 큰 매력을 주지 못했을 것이다. 소설에 교훈이 있다면 흥미도 있을 터인데 작품에서 그러한 역할을 하는 이는 남성인물인 이몽창과 이연성, 주체적 여성인물인 소월혜와 이빙성, 그리고 자신의 욕망을 가감 없이 드러내는 반동인물 조제염 등이다.

이연성과 그 조카 이몽창은 작품에서 미색을 밝히며 여자에 관한 한 자신의 의지를 밀어붙여서 끝내 관철시키는 인물이다. 그러한 과정에서 독자에게 웃음을 제공하기도 한다. 이연성은 미색을 밝히는 인물이지만 조카로부터 박색 여자를 소개받고 또 혼인도 박색 여자와 함으로써 집안사람들의 기롱을 받고 웃음을 자아내게 한다. 이연성은 자신의 마음에 든 정혜아를 쟁취하기 위해 이몽창을 시켜 연애 편지를 전달하기도 해 물의를 일으키는데 우여곡절 끝에 정혜아와 혼인한다. 이몽창의 경우, 분량이나 강도 면에서 이연성의 서사보다 더 강력한 모습을 보인다. 호광 땅에 갔다가 소월혜를 보고 반하는

데 소월혜와 혼인하려면 소월혜가 갖고 있는 팔찌의 한 짝이 있어야 한다는 말을 듣고, 할머니 유요란 방에서 우연히 팔찌를 발견해 그 팔찌를 가지고 마음대로 혼인한다. 이른바 아버지에게 고하지 않고 자기 마음대로 아내를 얻은, 불고이취를 한 것이다.

이연성이 마음에 든 여자에게 연애 편지를 보낸 행위나, 이몽창이 중매 없이 자기 마음대로 혼인한 행위는 현대 사회에서는 얼마든지 있을 수 있는 일이었으나, 18세기 조선의 사대부 집안에서는 있으면 안 되는 일이었다. 이것은 가부장의 권한을 침해하는 매우 심각한 일이었기 때문이다. 집안의 질서가 어그러지는 문제인 것이다. 가부장인 이현이나 이관성이 이들을 심하게 때린 것은 그러한 연유에서이다.

이연성이나 이몽창은 가부장의 권한을 침해하면서까지 중매를 거부하고 자유 연애를 추구하려 한 인물이다. 그리고 결국 그것을 관철시켰다. 작가는 경직된 이념을 보여주면서 한편으로는 이처럼 자유의지를 가진 인물을 등장시킴으로써 서사의 흥미를 제고하고 있다.

이몽창의 아내 소월혜와 요익의 아내이자, 이몽창의 여동생인 이빙성은 남편에 대한 절대적 순종을 강요하는 이념에 맞서 자신의 주체적 면모를 드러내려 시도한 인물들이다. 결국에는 가부장적 이념에 굴복하기는 하지만 이들의 시도는 그 자체로 신선하다. 소월혜는 이몽창이 자신과 중매 없이 혼인했다가 이후에 또 마음대로 파혼 서간을 보내자 탄식하고, 결국 이몽창과 우여곡절 끝에 혼인하기는 하였으나 그 경박함을 싫어해 이몽창에게 상당 기간 동안 냉랭하게 대한다. 이빙성 역시 남편 요익이 빙성 자신을 그린 미인도를 매개로 자신과 혼인했다는 점에서 그 음란함을 싫어해 요익을 냉대한다. 소월혜와 이빙성의 논리가 비록 예법에 근거한 것이기는 하지만, 남편

에 대해 무조건 순종하는 대신 자신의 감정과 호오의 판단을 적극적
으로 드러냈다는 점에서 이들의 행위는 의미가 있다.

<쌍천기봉>에는 여느 대하소설에서와 마찬가지로 욕망을 추구하
는 여성반동인물이 등장하는데 이 작품에서 그러한 역할을 하는 인
물은 이몽창의 세 번째 아내 조제염이다. 이몽창은 일단 조제염이
늑혼으로 들어왔다는 점에서 싫었는데, 혼인한 후 그 눈빛에서 보이
는 살기 때문에 조제염을 더욱 싫어하게 된다. 이에 반해 조제염은
이몽창에 대한 애정이 지극하다. 그러나 조제염의 애정은 결국 동렬
인 소월혜를 시기하고 소월혜의 자식을 살해하는 데까지 연결된다.
조제염의 살해 행위는 물론 어느 사회에서든지 용납될 수 없는 것이
다. 그러나 그녀가 그렇게까지 행동하게 된 원인을 짚어 보면, 그것
은 처첩을 용인한 가부장제 사회에서 비롯되었음을 알 수 있다. 또
한 남성의 애정이나 성욕은 용인하면서 여성의 그것은 용인하지 않
는 차별적 시각도 한 몫 하고 있다. 조제염의 존재는 이처럼 가부장
제의 질곡을 드러내는 기제이면서, 한편으로는 갈등을 심각하게 부
각시킴으로써 서사를 흥미로운 방향으로 이끌어가는 역할을 한다.

7. 맺음말

<쌍천기봉>은 일찍이 북한에서 번역본이 나왔고, 러시아에서도
관심을 가지고 소설 목록에 포함시킨 바 있다. 사회주의 국가에서
이처럼 <쌍천기봉>을 주목한 것은 '자유로운 사랑에 대한 열렬한 지
향과 인간의 개성을 억압하는 봉건적 도덕관념에 대한 반항의 정신
이 구현되어 있기'[7] 때문일 것이다. <쌍천기봉>에 비록 유교 이념이

---

7) 오희복 윤색, 앞의 책, 3면.

부각되어 있지만, 또한 주인공 이몽창의 행위로 대표되는 반봉건적 성격이 내재되어 있음을 주목한 것이다. 일리 있는 해석이다.

<쌍천기봉>에는 여성주동인물의 수난과 여성반동인물의 욕망이 부각되어 있는데, 이것들은 당대의 여성 독자에게 정서적 감응을 충분히 불러일으킬 수 있는 소재들이다. 아울러 명나라 역사적 사건의 배치, <삼국지연의>와 같은 연의류 소설의 내용 차용 등은 남성 독자에게도 매력적으로 보이는 소재였을 것이다. 그리고 이 소설이 지닌 이러한 매력은 당대의 독자에게뿐만 아니라 현대의 독자에게도 충분히 흥미로울 것이라 기대한다.

장시광

전북 진안에서 출생하여 서울대학교에서 고전소설에 관한 연구로 문학박사 학위를 받
았다. 서울대 강사, 아주대 강의교수 등을 거쳐 현재 경상대학교 국어국문학과 교수로
재직 중이며, 경상대학교 여성연구소 부소장을 맡고 있다.
논문으로「대하소설의 여성반동인물 연구」(박사학위논문),「여성영웅소설에 나타난 여
화위남의 의미」,「대하소설 갈등담의 구조 시론」,「운명과 초월의 서사」,「대하소설의
호방형 남성주동인물 연구」등이 있고, 저서로『한국 고전소설과 여성인물』이 있으며,
번역서로『조선시대 동성혼 이야기: 방한림전』,『홍계월전: 여성영웅소설』,『심청전:
눈먼 아비 홀로 두고 어딜 간단 말이냐』등이 있다.
현재 고전 대하소설의 현대화 작업에 주력하고 있으며, 고전 대하소설의 인물과 사건
등에 대한 연구를 진행 중이다. 이후 고전 대하소설의 현대화 작업을 완료하는 것을 목
표로 하고 있다. 아울러 고전 대하소설의 창작 방법 및 대하소설 사이의 층위를 분석하
려 한다.

(팔찌의 인연) 쌍천기봉 5

초판인쇄 2019년 2월 28일
초판발행 2019년 2월 28일

지은이 장시광
펴낸이 채종준
펴낸곳 한국학술정보㈜
주소 경기도 파주시 회동길 230(문발동)
전화 031) 908-3181(대표)
팩스 031) 908-3189
홈페이지 http://ebook.kstudy.com
전자우편 출판사업부 publish@kstudy.com
등록 제일산-115호(2000. 6. 19)

ISBN 978-89-268-8216-0 04810
      978-89-268-8226-9 (전9권)